中国社会科学院文学研究所创新工程

中国社会科学院
文学研究所学刊

Annals of the Institute of Literature

Chinese Academy of Social Sciences

2011

中国社会科学出版社

图书在版编目(CIP)数据

中国社会科学院文学研究所学刊.2011 / 中国社会科学院文学研究所
编.—北京：中国社会科学出版社，2012.12

ISBN 978 - 7 - 5161 - 1634 - 0

Ⅰ.①中… Ⅱ.①中… Ⅲ.①文学研究—文集 Ⅳ.①I0 - 53

中国版本图书馆 CIP 数据核字 (2012) 第 251213 号

出 版 人 赵剑英
责 任 编 辑 郭晓鸿
特 约 编 辑 孙少华 毛晓平
责 任 校 对 邓晓春
责 任 印 制 戴 宽

出 版 中国社会科学出版社
社 址 北京鼓楼西大街甲 158 号（邮编 100720）
网 址 http://www.csspw.cn
中文域名:中国社科网 010 - 64070619
发 行 部 010 - 84083685
门 市 部 010 - 84029450
经 销 新华书店及其他书店

印 刷 北京君升印刷有限公司
装 订 廊坊市广阳区广增装订厂
版 次 2012 年 12 月第 1 版
印 次 2012 年 12 月第 1 次印刷

开 本 710×1000 1/16
印 张 26.75
插 页 2
字 数 466 千字
定 价 68.00 元

目　录

Content

海潮大声起木铎

——再谈林纾的译述与渐进思想

陆建德

内容提要 本文试图揭示林纾的译述以及改良思想与甲午后变法、革命运动之间的深刻联系。林纾不仅是沟通中外的翻译家，还是中国比较文学的开拓者、对本国文化传统有着深刻反省意识的捍卫者。清末民初的知识界往往以二元对立思维为特点，而林纾强调有的价值观念超越国界，因此主张不分夷夏，新旧接续。他呼吁读书人从宦情和自我中解脱出来，不出"怨咨之声"，积极投身于实业与学问，服务国家；他提醒改革者不可有"盛满之气"，深惧"忧爽叫呶"和"傲兀凌轹"的风格不利于认识社会的复杂性，不利于只能行之以渐的改革事业。当时的激进派（不论是康党还是同盟会）国家意识淡漠，内心矫阔，或明或暗地倚仗外国势力发动内战，林纾则从域外小说认识到殖民国家善于利用别国内部矛盾，巧加拨弄，达到控制的目的。他的"西学"细腻具体，恐非个别自以为明了世界大势、心醉于几个抽象名词的新派人物能比。在晚清，林译小说及其序跋曾如"叫旦之鸡"警醒国人，但是辛亥以后，学界受制于朝代思维模式，奉民国为正朔，对不利于"共和"或同盟会、国民党的言论，难以容忍。时间一久，思维就容易僵化板滞，思想资源也偏于剧变与"简易"的一端，面对新的历史挑战，显得单一，甚至贫瘠。林纾行走在历史的迷雾之中，未能预见到政党政治的成败，但是这并不影响他在一个已经与清末民初全然不同的时代的新价值。

关键词 林纾 林译小说序跋 渐进改良 戊戌政变 接续主义

一 变法·时新小说·翻译

1895 年 4 月 17 日,中日《马关条约》签署。消息传到北京,康有为、梁启超等人率众多在京会考的举人联名上书都察院,除了要求变法、练兵,还提出拒和、迁都的主张,以示宁为玉碎的决心。尽管"公车上书"的细节漫漶不清,当事人尤其是康有为自己的回忆很不可靠,它确实拉开了晚清变法与新政的序幕。林纾是否参与此事,尚无确证,但是有一点是肯定的,即他对这类士气嚣张的群体事件深为戒惧。1897 年 11 月,山东巨野教案引发胶州湾事件。翌年(戊戌)3 月,中德订立《胶州湾租借条约》,入京应试的举人又纷纷上书,林纾与净友高凤岐、清宗室寿伯弗也相约同赴都察院,欲进筹饷、练兵、外交、内治四策,受到拦阻。他在南归前驰书一位闽籍京官,告以上书的过程以及撤下的原因:"司官不揆情理,动以宪谕见胁。某等初意亦欲执礼抗辩,第念今日士心嚣动,署状动挟数百人而来,至有要遮总宪马前,峻词相稽,而总宪转下礼优容。此等举动,某等深以为不可。盖尊宪署即以尊朝廷,稍涉激厉,便非敬上之道,故敬谨将呈领回,而又不能已于言者。"他还忠告,进言之路决不能阻塞,不然上言者"将去礼而自恣",那将是更大的不幸①。从这封信里,读者明显感到,林纾力主改革,心中仍存"敬上之道",方式上也比较克制、温和。康有为呼吁变法,自为帝师、教主,激厉张扬,动辄"挟数百人而来",近乎聚众胁迫。林纾在此所指,应是康有为在戊戌年春发起的保国会(亦称强国会)集会以及随后几次声势逼人的活动。保国会设总会、分会,已具政党规模。士人干政,引起几位御史的警觉。统筹改革的中枢已经偏于虚弱,如果进退失据,无法维持社会与政体的稳定,旨在救国的变法终将误国。

戊戌年会考期间,林纾还在同乡李宣龚(字拔可)的北京寓所见到后来

---

① 《出都与某侍御书》,载《畏庐文集》,商务印书馆 1910 年版,第 10 页。都察院主管官员左都御史又称总宪。百日维新期间,礼部主事王照"咆哮公堂"就是"去礼而自恣"的一例。林纾对上书背后求进的意图十分反感:"所谓条陈,皆爱身图进之条陈,非爱国图强之条陈也。"

成为"戊戌六君子"之一的福州同乡林旭。春夏之交，三人一同乘船南归，林旭将林纾、李宣龚送到吴淞江上道别，还交林纾《榕苍杂记》一册，请作文记述他祖父林福祚（字明府）任东流县知县时平反冤狱一事。林旭是林纾的晚辈，岳丈沈瑜庆是林纾好友，叔父与林纾同出潘澹如先生之门。1895 年春，林旭拜康有为为师。戊戌年保国会成立，林旭"为会中倡始董事，提倡最力"①。当年 9 月 5 日，光绪超擢林旭和谭嗣同、杨锐、刘光第四人为四品卿衔军机章京。二十三天以后，林旭喋血菜市口，不久尸体移葬故里。林纾在《林明府政略》一文记述，他听闻凶耗，"太息感伤，未有以吊也"。文章写毕，一份文稿"令焚之晚翠墓"，以明作者不食言之意②。此处的"令"字，读来有很多回味。林纾自传体小说《剑腥录》（1913）第十四、十五两章中的林晚翠就是林旭。在康梁版本的戊戌变法史里，光绪颁给康有为的第二道密诏（即所谓"衣带诏"）由林旭从宫中带出③，林纾应该有所听闻。

　　林纾的翻译与著述始于丁酉、戊戌年间。中国究竟应该如何自强变法，这是他笔墨生涯里没有明言但时时浮现的主题。林纾同情而且主张维新，但是他对康有为一味勇进的行事方式，心存疑惑，对宗派小集团（"党人"）排斥异己，扩张势力，更不以为然。

　　《马关条约》还催生了小说界的一场革命。1895 年 5 月，英国传教士傅兰雅在《申报》和《万国公报》上"求著时新小说"，希望借新小说抨击时文、鸦片、缠足三大时弊。他悬赏丰厚润格，并答应择优秀者印行。应征参赛的稿件多达 162 种④。一两年后，中国士人中的先觉者也开始意识到"说部"的奇妙社会功能，如严复和夏曾佑写道："夫说部之兴，其入人之深、行世之远，几几出于经史之上，而天下之人心风俗，遂不免为说部所持。"⑤

　　① 梁启超：《戊戌政变记》，《饮冰室专集》之一，《饮冰室合集》第 6 册，中华书局 1989 年版，第 104 页。

　　② 见《畏庐文集》，第 29—31 页。平反的逻辑似较勉强："余读《榕苍杂记》，叙狱事前后失统，乃略易置之。"（第 31 页）林旭号晚翠，遗稿《晚翠轩诗集》由李宣龚编校在商务出版。

　　③ 史学界已大致确定这份密诏是康有为虚构的。黄彰健还指出，康梁出逃后丑诋慈禧，对光绪极为不利，"康、梁本不忠于光绪"。转引自茅海建《从甲午到戊戌：康有为〈我史〉鉴注》，三联书店 2009 年版，第 742 页。

　　④ 2006 年，征文原稿 150 件在伯克利大学图书馆发现。这些稿件已由上海古籍出版社在 2011 年 1 月出版（《清末时新小说集》，周欣平主编）。

　　⑤ 严复、夏曾佑：《本馆附印说部缘起》，载《二十世纪中国小说理论资料》（共 5 卷）第 1 卷，陈平原、夏晓虹编，北京大学出版社 1997 年版，第 27 页。

梁启超则将社会风气的鱼烂归罪于通俗小说，要振厉末俗，改造社会，必以白话（"俚语"、"俗语"）小说开始①。他意识到本土资源还不敷使用，因而提倡译印域外政治小说。

傅兰雅出题征文，侨居新加坡的富商、闽籍举人邱炜菱（号菽园居士）大表佩服。那年春天，邱炜菱赴京会试，谅必也为上书的热闹场面所激荡。戊戌变法期间，邱炜菱在自己主编的《天南新报》上撰文抉摘鸦片、缠足和时文三害②，与三年前的征文遥相呼应。大约就在此时，他读了林纾仿白居易白话讽喻诗创作的《闽中新乐府》，书"掷地有声终破鬼，问天无路已惊人"十四字于后，"聊志同慨"③，并出资翻刻，作千字长序，称这些作品"指陈利弊，匡谬正俗，明耻有功，尤与悟性之书为近"，望其为"星洲训蒙家善本"④。庚子年春，他将发表于《天南新报》的文章撮集成篇，以《三害质言》为题刊布。他在卷首写道，当初见到征文广告，急欲阅读应征的时新小说，一年多以后，仍不见新书行世⑤。《三害质言》书后附刻林纾《闽中新乐府》中与三大时弊对应的《生骷髅·伤鸦片之流毒也》、《小脚妇·伤缠足之害也》（共三首）和《破蓝衫·叹腐也》五首白话乐府诗，"以大其传，并广吾论"⑥。此前，邱炜菱已在《五百石洞天挥麈》写到林纾，称他在福建家乡为"坛坫之雄，一时称极"，两人已"翰墨神交"，并抄录《闽中新乐府》中"尤切乡俗"者六首，希望乡人从此"言人事，舍天象"⑦。它们分别是《郁罗台·讥人子以斋醮事亡亲也》、《杀人不见血·刺庸医也》、《检历日·恶日者之害事也》、《棠梨花·刺人子惑风水之说不葬其亲也》、《非命·刺士大夫听术家之言也》和《跳神·病匹夫匹妇之惑于神怪也》。

二十年之后（1918 年 11 月），陈独秀在《新青年》五卷五号发表《克林德碑》一文，将义和拳归罪于中国文化，罪魁祸首就是比儒家思想入人更深的道教，即缘起于阴阳家、方士的种种民间信仰，比如降神扶乩、设坛授

① 《二十世纪中国小说理论资料》第 1 卷，第 28 页。
② 见邱炜菱著《三害质言》（光绪二十六年［庚子］刊印）篇末附记，第 23 页。
③ 邱炜菱：《五百石洞天挥麈》，光绪二十五年［己亥］刻本，卷九，第 16 页。
④ 邱炜菱：《增印〈闽中新乐府〉序》，光绪二十四年［戊戌］仲夏刻本，第 3 页。
⑤ 《三害质言》，第 1 页。
⑥ 《三害质言》中"坿刻"部分的解说。
⑦ 邱炜菱：《五百石洞天挥麈》卷九，第 17 页。《闽中新乐府》中的《检历日》讽喻占候卜筮的迷信，有"须言人事舍天象"之句。光绪丁酉岁末刻本，第 16 页。以下所引《闽中新乐府》均用此本。

法、招魂捉鬼、算命卜卦、阴阳五行和风水凶吉等等[1]。林纾这六首诗所抨击的恰恰就是普通中国人日常生活中常见的怪力乱神。

《闽中新乐府》是林纾第一部文学作品，于光绪二十三年（丁酉，1897）年底由马江船政局工程处长、高凤岐表兄魏瀚出资印行，其创作很可能与傅兰雅的征文有某种联系。戊戌年初春，林纾丧偶，入夏不久，又是通过魏瀚的中介，任职于马江船政局、甫从法国留学归来的王寿昌邀他合作翻译《巴黎茶花女遗事》。己亥年（1899）正月，林纾移家杭州，执教东城讲舍，大约就在此时，译作在福州刻竣[2]，从此这部小说有多种版本行世。清末译风大盛，第一部真正流行而且感动文人学士的外国文学作品，非《巴黎茶花女遗事》莫属。

邱炜萲也把小说视为开启民智的工具，他甚至打算写一部以戊戌维新的失败为题材的小说。康有为得知消息，写诗催他早早动笔，并希望小说将如观世音说法，唤醒公众，震动世界："以君妙笔为写生，海潮大声起木铎。"诗中还有"或托乐府或稗官"之句，说明邱刻《闽中新乐府》或邱著中所引林纾乐府诗，康有为或曾寓目[3]。这首诗的写作时间，大概在庚子年（1900）上半年，当时康有为正在新加坡为"勤王"募集资金。戊戌变法后期，康党图谋发动军事政变，案发后，康有为在英国军舰保护下出逃，到了海外，处处挟"衣带诏"自重。邱炜萲不知康有为作伪，将他奉为上宾，情意殷渥。那年8月，唐才常在武汉举事，得到康有为以及英日等国暗助，邱炜萲则是重要的资助人。张之洞镇压自立军后，间接对邱炜萲施加压力，使后者辞去《天南新报》总理的职位，而且公开表示与"结党营私"的康有为决裂[4]。那部酝酿中的小说自然也就流产了。

也就是在那段时期，邱炜萲读了《巴黎茶花女遗事》，他的这些文字也

---

① 《独秀文存》，安徽人民出版社1987年版，第236页。比较鲁迅1918年8月20日致许寿裳信："前曾言中国根柢全在道教，此说近颇广行。以此读书，有多种问题可以迎刃而解。"《鲁迅全集》第11卷，人民文学出版社2005年版，第365页。

② 见《林纾研究资料》，薛绥之、张俊才编，福建人民出版社1982年版，第22、24页。

③ 康有为：《闻菽园居士欲为政变说部，诗以速之》，载《康有为全集》第十二集，姜义华、张荣华编校，中国人民大学出版社2007年版，第208页。这首诗也反映了重新发现小说"新大陆"的兴奋："闻君董狐说小说，以敌八股功最深。衿缨市井皆快覩，上达下达真妙音。方今大地此学盛，欲争六艺为七岑。"

④ 关于邱炜萲与康有为的关系，详见汤志钧《丘菽园与康有为》（载《近代史研究》2000年第3期）和茅海建《张之洞策反邱菽园》（载《四川大学学报》（社科版）2012年第1期）。

成了经典："以华文之典料，写欧人之性情，曲曲以赴，煞费匠心，好语穿珠……小仲马之文心，冷红生之笔意，一时都活，为之欲叹观止。"评语也可以这样理解：欧人性情本与华人相通，不同文化之间，并无本质上的隔阂。然而邱炜萲又略表歉意，他说林纾本欲译"政治思想之小说"以"开中国之民智"，草创未定，"而《茶花女遗事》反于无意中得先成书，非先生志也"①。邱炜萲相信多译"政治思想之小说"可以开民智，通风气。他从英国政治小说版权高昂，看到英国民智之盛，还举出日本人翻译"皮根氏（旧任内阁）"《燕代鸣翁》的例子。《燕代鸣翁》应指本杰明·迪斯累利（1804—1881）最后一部小说《恩迪米昂》（*Endymion*，1880）。迪斯累利是19世纪最有名的英国政治家之一，长期领导保守党，两度出任首相，1876年维多利亚女王加封他为比肯斯菲尔德伯爵（"皮根氏"取前两个音节）。《恩迪米昂》篇幅大，带有自传性质，涉及英国1819—1859年之间错综的政治文化。这部小说即使在华译出，也只能使读者望而却步。要打破中外畛域，还是需要茶花女这样相对简单的感人故事。再者，亚猛与马克的爱情悲剧实际上动摇了婚姻必须取决于门第、财产等观念，同样有"开民智"的功用。

晚清的小说创作，已有众声喧哗的多元格局，但是新文学的产生，毕竟有赖于大规模引进的域外小说所形成的化学反应。文学界的木铎之声，实际上发自域外小说的翻译。在这一领域，林纾的贡献无人可及，用"海潮大声起木铎"来形容他的文学事业，不但合适，而且颇有反讽意味（主角康有为/观世音被置换），余音袅袅。这句诗带出了邱炜萲与康有为的一段历史，将变法、时新小说和翻译等话题紧紧连接，其来历使研究者时刻不忘林纾翻译与著述的特殊政治文化语境。

林纾不仅是翻译家，还是中国现代文学、比较文学的奠基人之一。他的小说创作取材于时事，打破传统章回小说格式，开风气之先。严家炎、陈平原、杨联芬等学者已经指出林纾小说有范式转换的作用。这方面的内容，本文不拟涉及。林纾为自己所译的六十余种小说作序跋（有的序跋兼而有之），共计七十余篇，长则三千余言，短则二三行，另有大量评点和识语，有的堪称完整的文章。这笔批评遗产丰富多彩，其原创性远在鲁迅

---

① 《挥麈拾遗》，光绪壬寅年上海镌，第1册，卷三，第5页。

的《摩罗诗力说》①之上，又因其细腻的具体性与王国维批评理论上比较抽象的建树互相映照。长期以来，现代文学研究往往以陈独秀的《文学革命论》和胡适的《文学改良刍议》两篇文章为起始点，好像它们是双峰突起的分水岭，于是现代文学批评的发生也确定在 1917 年，而近代文学批评则以林纾、王国维等人为收束②。这种分期方式留下了抽刀断水的遗憾。林纾的序跋与林译小说、林纾诗文构成一个生动有机的整体，它是中国文学转型期连接新旧的关键一环。林纾善于以比较的眼光来审视本国文化，尤其是习焉不察的价值取向，往往有惊人之论；他用古文义法来理解域外小说的叙述手段，屡屡发现中西文心相近，不类而类。当全面否定中国文化传统的新文化运动来势正猛的时候，早就从事白话文学创作的林纾反对废除古文，"强起将须撩虎豹"③，结果因"礼教气与反动态度"④被打入敌对的营垒。进入 80 年代，林纾的地位有所恢复，林薇、张俊才等学者誉他为新文学的"不祧之祖"，他们还在林纾研究的资料收集整理方面，为后来者提供了极大的方便。张俊才多年来辨析林纾与"五四"新文化派争论的缘由，使学界对林纾的所谓"顽固"心存敬意⑤。

庚子年冬至，林纾在杭州为新创办的《译林》杂志（1901 年第 1 期）作序。这年义和团和八国联军相继进京，拳民交哄之际，林纾友人浙江衢州府西安县知县吴德潚与一些家人被难；夏天北京沦陷，他的好友寿伯茀、仲茀自杀殉国。林纾在文中形象地点明了义和团必败的道理："今欲与人斗游，将驯习水性而后试之耶？抑摄衣入水，谓波浪之险，可以不学而试之，冀有万一之胜耶？……亚之不足抗欧，正以欧人日励于学，亚则昏昏沉沉，转以欧之所学为淫奇而不之许，又漫与之角，自以为可胜。此所谓不习水而斗游

---

① 鲁迅留学日本时主要通过日本明治时期介绍西洋文学的著作以及勃兰兑斯的《波兰》（英文）和利特耳的《匈牙利文学史》（英文）编写《摩罗诗力说》。详见北冈正子《摩罗诗力说材源考》，何乃英译，陈秋帆校，北京师范大学出版社 1983 年版。

② 如马利安·高利克《中国现代文学批评发生史：1917—1930》（社会科学文献出版社 1997 年版）和黄霖《近代文学批评史》（上海古籍出版社 1993 年版）。

③ 林纾：《七十自寿诗》，《林纾诗文选》，李家骥、李茂肃、薛祥生整理，商务印书馆 1993 年版，第 170 页。

④ 周作人：《我学国文的经验》，载《知堂文集》，河北教育出版社 2002 年版，第 10 页。

⑤ 详见张俊才著《林纾评传》（中华书局 2007 年版）和张俊才、王勇著《顽固非尽守旧也——晚年林纾的困惑与坚守》（山西人民出版社 2012 年版）。

者尔。"① 不习水性，却要与善泳者"斗游"，结果可想而知。林纾把译书、兴学作为"习水"的一个主要环节。熟知外面的世界，并以比较的眼光来认识自我，转移风俗，改造社会，是一个长期的过程，容不得投机取巧。这一信念在以后数十年中也一再出现在胡适等人的著述之中。林纾与几位朋友编辑《译林》，目的是启蒙并与邪说为敌："昔巴黎有汪勒谛②者，于天主教汹涌之日，立说辟之，其书凡数十卷，多以小说启发民智。"以伏尔泰自励，不论是否得当，毕竟是开明思想的标记。当时清廷迁往西安，林纾不免担忧国家的未来："今日神京不守，二圣西行，此吾曹衔羞蒙耻，呼天抢地之日，即尽译西人之书，岂足为补？虽然，大涧垂枯，而泉眼未涸，吾不敢不导之；燎原垂灭，而星火犹爝，吾不能不燃之。"面对即将译竣的作品，他将掬一溜清溪，"洗我老眼，尽昼夜读之为快耳"③。那一年，流窜海外的康有为和革命派都乘外人入侵之机对自己的祖国发难。林纾立足本土，有拳拳君国之心，虽然对"那拉氏"不满（或许受到康党戊戌话语的影响），仍能顾全大局。他对武汉和惠州那些被人利用的武装行动，极度厌恶。

林纾本来打算译介拿破仑、俾斯麦等英雄人物的传记，请人合作，"均谢非史才"，却译出了茶花女的故事。年近半百的林纾没有想到，他从 1899 年开始至 1923 年，竟然翻译了来自 11 个国家的一百余位作家的作品共 187 种（其中 24 种未刊），另外还在 1912—1913 年间为北京的《平报》译外刊评论 58 篇④。他的译作打开一个观察外部世界政俗民情的窗口，也为国人竖起一面自我认知的镜子，其沟通中外的巨大作用，是后来者难以企及的。林纾自负于他的古文，多少沾有一点传统文人逞能争胜的毛病，但是据此暗示他不甚看重自己的翻译事业（如陈衍），则忽视了他的救时之心，是对他极大的不公。

然而这位翻译家却不懂外文。他在为狄更斯的《孝女耐儿传》所作

① 《二十世纪中国小说理论资料》第 1 卷，第 42 页。《纪西安县知县吴公德潇全家被难事》指出同样的问题："自义和团讧于畿辅，天下汹汹，争以党杀西人为能。一二当路，复养成其毒，以祛除外患。不知吾华虚实，已为所觇。军无后继，合列强之力，以搰一国，举以乱民为责言，以理则绌，为势则屈。祸机至明，而懵懵者仍用快一时之意。"《畏庐文集》，第 65 页。吴德潇被难的缘由，郭道平未刊博士论文《庚子事变的书写与记忆》（北京大学，2011 年）论述甚详。见第 133—164 页。

② "汪勒谛"当指伏尔泰。

③ 《二十世纪中国小说理论资料》第 1 卷，第 42—43 页。

④ 详见张俊才著《林纾评传》，附录二。

《序》（1907）中写道："予不审西文，其勉强厕身于译界者，恃二三君子为余口述其词，余耳受而手追之，声已笔止，日区四小时，得文字六千言。"[①]他的弟子陈希彭如此形容他"手追"的速度："运笔如风落霆转，而每书咸有裁制。所难者，不加点窜，脱手成篇。"[②] 林纾落笔虽快，却是全身心投入，或喜或悲，颜色无定，"吾身直一傀儡，而著书者为我牵丝矣"（《书话》，第120页）。这种奇特的译法自然会有很多不合标准之处，他当然抱有愧疚[③]。为了照顾合作者的声誉，林纾还主动承担责任[④]。对林译的所谓错译和删改，邱炜菱曾为之辩护："（林先生）讲时务经济之学，尽购中国所有东西洋译本读之，提要钩元，而会其通，为省中各后起英隽所矜式。……若林先生固于西文未尝从事，惟玩索译本，默印心中，暇复眰近省中船政学堂学生及西儒之谙华文者，与之质西书疑义，而其所得力，以视泛涉西文辈，高出万万。"[⑤] 胡适在1922年回顾半个世纪以来中国文学演变历程时，非但大大肯定了林译在古文应用方面的巨大成绩，而且称赞他对原著的理解，并说"粗能读原文"的诘难者不具备批评他的资格[⑥]。这一说实际上勾销了钱玄同和刘半农在《新青年》上对林纾的攻讦。

---

　　① 《林琴南书话》，吴俊标校，浙江人民出版社1999年版，第77页。收集、整理林译小说的序跋，朱羲胄功劳最著。详见朱羲胄述编《林畏庐先生学行谱记四种》（世界书局1949年版）之二《春觉斋著述记》卷三。阿英编辑的《晚清文学丛钞·小说戏曲研究卷》（中华书局1960年版）和林薇选编的《畏庐小品》（北京出版社1998年版）中林译小说序跋基本上以《春觉斋著述记》为本，《畏庐小品》以《伊索寓言》跋语130则最长。《林琴南书话》使用比较方便，故用之。本文后面引用此书不再做注，页码用括弧随文注出。

　　② 陈希彭：《十字军英雄记·叙》，《晚清文学丛钞·小说戏曲研究卷》，第289页。

　　③ "其间疵谬百出，乃蒙海内名公不鄙秽其轻率而收之，此予之大幸也。"《孝女耐儿传·序》（《书话》，第77页）

　　④ 《荒唐言·跋》（1908）："至于谬误之处，咸纾粗心浮意，信笔行之，咎均在己，与朋友无涉也。"（《书话》，第116页）

　　⑤ 《挥麈拾遗》，第1册，卷三，第5页。

　　⑥ 《五十年来中国之文学》，载《胡适古典文学研究论集》，上海古籍出版社1988年版，第105—107页。紧接下来胡适竟然写道："但这种成绩终归于失败！"或许他又想起了自己在白话运动中"首举义旗之急先锋"（陈独秀语）的身份。两年后，胡适对林纾在白话诗方面的贡献也予以认可。林纾逝世后不久，他在1924年12月的《晨报六周年纪念增刊》发短文《林琴南先生的白话诗》，并从《闽中新乐府》选诗五首，以志纪念。《胡适学术文集·新文学运动卷》，中华书局1993年版，第460—461页。1912年至1913年，林纾在《平报》上发表大量白话诗（"讽喻新乐府"），用语不避俚俗，"屎尿"和"王八旦"也入诗。相比之下，胡适的白话诗太文绉绉了，"革命"的功劳应该打一个大折扣。据郭道平查考，林纾还在1901年的《杭州白话报》（旬报）上至少发表过五篇白话道情，用的是笔名"竹实饲凤生"。《庚子事变的书写与记忆》，第278—285页。这些白话道情和讽喻新乐府一样，几乎都符合《文学改良刍议》中所说的"八事"，可惜胡适没机会读到。

硬伤当然可以举出很多,但是吹毛求疵的检查没有必要。现在的翻译理论家认为,异域文本要得到理解,必须通过本土既有的形式,甚至被打上本土特定群体所习惯的语言和文化价值的印记,不然交流的目的无法达到。因此,翻译是一个不可避免的归化过程①。或者用钱锺书的话来说,翻译也是一种创造性的改写,是带有"讹"的"媒"。钱锺书称林纾的"篡改"往往有过人之处,他的"大胆放手"的发挥甚至还使很多译者羡慕不已,而他的古文弹性十足,灵活通变,一般都比原著生动简洁。钱锺书年幼时喜爱外国文学,就是林纾的"媒"做得好②。在当时的语境下,诚如郑振铎所言,林纾称得上"忠实的译者"③。

西方翻译史上一个现成的例子可资参考。荷马的英语译本很多,英国 18 世纪上半叶的诗人亚历山大·蒲伯(1688—1744)用英雄双韵体(heroic couplet)翻译荷马的《伊利亚特》(1715—1720)和《奥德赛》(与人合作,1726),译本在读书界大受欢迎,却受到希腊文专家的诟病。1791 年,诗人威廉·柯珀(1731—1800)的荷马译本问世,译者试用无韵体翻译,力言自己的译文信守原文,有意取代蒲伯较为自由的译本。拜伦是蒲伯译文的热心读者,他比较了两位前辈诗人翻译荷马的文字后写了一段排炮似的文字:"不管蒲伯的译文的大错、显然的错、五花八门的错、被指责的错、被公认的错、不能辩驳的错有多少,不管柯珀有多大学问、费多少工夫、费多少时间和苦心,和他的无韵诗怎么样,谁又读过柯珀的译文?……当我第一次读蒲伯的荷马史诗时所感到的狂喜是以后读任何书所不能感到的。"④ 类似的狂喜,在清末民初,甚至一直到 20 年代,是周氏兄弟、郭沫若和钱锺书等人共同经历过的,它所激发出来的读书与创作的热情绝难估量。这方面记载很多,不再重复,忍不住还是要举一例。郭沫若称林纾在文学上的功劳可与梁启超在文化批评上的贡献相比。他在《我的童年》中回忆,他读《迦茵小传》就爱恋上了女主人公,而《撒喀逊劫后英雄略》更给了他决定性影响,"幼时印入脑中的铭感,就好像车辙的古道一样,很不容易磨灭"⑤。林译促

① 转引自郝岚《林译小说论稿》,天津社会科学院出版社 2005 年版,第 180 页。
② 钱锺书:《林纾的翻译》,载《林纾的翻译》,钱锺书等著,商务印书馆 1981 年版。
③ 郑振铎:《林琴南先生》,载《林纾的翻译》,第 15 页。
④ 这是拜伦 1821 年给他的出版商约翰·墨雷的信中的文字,郑敏、刘若端译。见《古典文艺理论译丛》,第一册,人民文学出版社 1961 年版,第 128 页。
⑤ 《郭沫若全集》,文学编,第十一卷,人民文学出版社 1992 年版,第 122—124 页。

发了读者（包括《新青年》译者群体）对外文和外国文学的兴趣，催生了本土的新文学，这是毫无疑问的。

维多利亚时期英国诗人、批评家马修·安诺德在他的著名长文《论荷马史诗的译本》(1860）里也比较过蒲伯和柯珀的两种译文。他承认，蒲伯的双韵体译文太齐整，有雕琢之病，但是他下面这段话是值得主张“直译”者一听的。安诺德认为，译者自以为忠实于原文，便真的能把原文内容译出，实在是一种谬见。他指出：“自然的某一种美，是存在于整体而非分散于各部的。所以诗人的优美总是蕴藏在风格与声调里，而非分散于单词上。谁都晓得柯珀的荷马译本已尽到直译的能事了；谁都晓得蒲伯的译本是放肆大胆的。……然而蒲伯译的《伊利亚特》，大体上说，还比柯珀译的更接近荷马。”为什么呢？因为荷马的原文，不论是在何种情节之中，读来都是简明轻快的，蒲伯的译文大致有此神韵，而柯珀的译文读来就比较滞重，词义虽在，风格尽失①。在随意删削改易的意译流行之时倡说直译，未尝不是大进步，不过将外文的文法和句式结构等形式生硬译出，顺畅的读来不顺，那就谈不上忠于原文的语气口吻了。

钱锺书曾用袁枚论诗的“老手颓唐”四字形容林纾民国二年（1913）后的译作②。对此林纾自己早已预料，他在《冰雪因缘·序》(1909）中承认：“恨余驽朽，文字颓唐，不尽先生所长，若海内锦绣才子，能匡我不逮，大加笔削，则尤祷祀求之。”（《书话》，第100页）民国二年，他又在《深谷美人·叙》表示歉意：“至于笔墨颓唐，尝念余老，嗤之鄙之，一听诸人。”（《书话》，第113页）这些谦辞确实道出了他的雅量。其实林纾在民国二年后的书信与各类创作，仍然精神抖擞，给人以“老来书渐稳”之感。即便译品略微下降，那也是他工作负担过重所致。

二 不分夷夏，新旧接续

1924年10月9日，林纾在京病逝。一个月后，郑振铎在《小说月报》上发表《林琴南先生》一文，对他作出较为全面的评价。他先说林纾守旧的不是，然后从三方面总结他对中国文坛的贡献。首先，林译小说填平了中西

① 《安诺德文学评论选集》，殷葆瑹译，人民文学出版社1958年版，第9—10页。
② 《林纾的翻译》，第35页。

文化之间的深沟，读者近距离观察西方社会，"了然的明白了他们的家庭的情形，他们的社会的内部的情形，以及他们的国民性。且明白了'中'与'西'原不是两个绝然相异的名词"。总之，"他们"与"我们"同样是人。其次，中国读书人以为中国传统文学至高无上，林译小说风行后，方知欧美不仅有物质文明上的成就，欧美作家也可与太史公比肩[①]。再者，小说的翻译创作深受林纾译作影响，文人心目中小说的地位由此改观，自林纾以后，才有以小说家自命的文人[②]。

郑振铎所归纳的林纾的贡献，尤其是第一个贡献，还值得进一步评说。在1924年的中国，知识界还是有不少人喜欢用本质主义的语言来界说中西文化和价值观上的截然对立，就此而言，全面否定或肯定中国文化的人士（比如陈独秀和梁漱溟）是一样的。林纾则不然，他一直相信，中外各国，各有传统，但是中国很多价值具有普适性，超越文化与宗教的疆界，"与万国共也"。他早在《闽中新乐府》中就发表了当时几乎是有点大逆不道的言论："奉告理学人，不必区夷夏"；"铸铁为墙界中外"[③]。他在多篇序跋里怀疑，中国在道德伦理上优于欧西的说法究竟是否成立。他拒绝将欧美文化视为"他者"并用所谓"东方主义"的对立面（或曰孪生兄弟）"西方主义"来强化国人对"非我族类"的成见。这样的觉悟，即便在洋务派之中，也非常少见。清末多数士人抱残守缺，严拒外国，自以为中华道德高尚，林纾在《英孝子火山报仇录·序》（1905）批评了井蛙的妄自尊大："封一隅之见，沾沾以概五洲万国，则目论者之言也。"这些"目论者"认定欧洲为"不父之国"，林纾讽刺他们为"宋儒"："宋儒严中外畛域，几秘惜伦理为儒者之私产。……五伦者，吾中国独秉之懿好，不与万国共也。则学西学者，宜皆屏诸名教外矣。"（《书话》，第26页）译介域外小说，恰恰是要打破人为制造的"中外畛域"，让国人看到，欧美人士也珍视人伦亲情，不能"右中而左外"。英国小说《鹰梯小豪杰》是十年之后亦即1915年出版的，林纾在《序》中交代，他翻译时经常为书中"蔼然孝弟之言"所打动。小说作者夏洛特·玛丽·杨支（1823—1901）属于英国国教会中的保守派，好宣扬克己为人、自我牺牲的美德，她的作品现在很少读者，但是在维多利亚时期，甚至受

---

① 林纾的同辈陈衍、樊增祥等老派文人并不同意此说。
② 《林纾的翻译》，第15—17页。
③ 《闽中新乐府》，第2、22页。

到丁尼生等最出色的作家推崇。林纾称誉小说里的屈雷斯替娜和她儿子"操行过于中朝之士夫"，可见外国人在忠孝友悌上丝毫不逊于中国人。他然后为自己的翻译事业做一小结："计自辛丑入都，至今十五年，所译稿已逾百种。然非正大光明之行，及彰善瘅恶之言，余未尝著笔也。"（《书话》，第120—121页）同样的观点也见于他1919年春致蔡元培的信中："外国不知孔孟，然崇仁、仗义、矢信、尚智、守礼，五常之道，未尝悖也，而又济之以勇。"①

林纾并非一意美化外国，"黜华伸欧"。他强调，寡廉鲜耻、背义忘亲的人不会择地而居。林纾在福州做塾师时曾请当地巨豪出资办学，被拒。在外国小说里他同样发现"钱癖"（《橡湖仙影·序》、《滑稽外史·短评》），中外相似可比之处远远多于人们想象。他在《鱼雁抉微》（即孟德斯鸠的《波斯人信札》）的《序》里写道："余于社会间为力，去孟氏不啻天渊。孟氏之言且不能拯法，余何人，乃敢有救世之思耶！其译此书，亦使人知欧人之性质，不能异于中华，亦在上者能讲富强，所以较胜于吾国；实则阴霾蔽天，其中藏垢含污者，固不少也。"（《书话》，第118页）他尊重女权，主张婚姻自由，虽然以"律之以礼"、"济之以学"为条件，在当时的语境下是非常开明的。且看他在《红礁画桨录·序》（1906）比较中西女性："西人婚姻之自由，行之亦几三百年，其中贞者固多，不衷于礼者亦屡见。谓其人贞于中国，不可也；抑越礼失节逾于中国，又不可也。惟无学而遽撤其防，无论中西，均将越礼而失节。"（《书话》，第58—59页）"无论中西"还是他的基本出发点。

域外小说可以有他山之助，为此林纾强调"不分夷夏"。他指出外国人爱国，目的是让读者认识到爱国这一价值的普世性，从而既爱自己的国家，又理解别国人的爱国②。他一再提倡尚武冒险的精神，同时又要让国人看到西方探险小说中的英雄总是以劫掠外国为能事。因此，"不分夷夏"鼓励睁眼看世界的勇气，绝不是要抹去中国读者独特的历史记忆，泯灭他们的主体意识和集体认同。他在《雾中人》（商务印书馆1906年版）的《序》中对主人公的赞叹背后另有一层用意。黎恩那为得赤玉，"九死一生，一无所悔"。他由此联想到历史人物哥伦布劫美洲，"其赃获盖至巨也"。然后他从历史回到小说："若鲁滨孙者，特鼠窃之尤，身犯霜露而出，陷落于无可行窃之地，

---

① 《答大学堂校长蔡鹤卿太史书》，载《畏庐三集》，商务印书馆1924年版，第26页。

② 日本小说《不如归》结尾处中将片冈毅之女不幸病逝，中将劝女婿川岛武男不要难过："老夫与君别久矣，今且同行至老夫家，论台湾事业。"林纾评道："虽属情恨，结穴仍说国忧，足见日本人之爱国。"《不如归》，商务印书馆1981年版，第112页。

而亦得赀以归。"这种人的特点不可不知:"吾支那之被其劫掠,未必非哥伦布、鲁滨孙之流之有以导之也。……今之厄我吭我挟我辱我者,非犹五百年前(英国)之劫西班牙耶?"林纾并非鼓励国人劫掠。他说:"彼盗之以劫自鸣,吾不能效也。"重要的是必须"求备盗之方",盗的性质不同,对付的手段相应不同。"备胠箧之盗,则以刃,以枪;备灭种之盗,则以学。学盗之所学,不为盗而但备盗,而盗力穷矣。"(《书话》,第45—46页)防范的本事学好了,为盗者就无从着手。这些文字充分体现了他的全球视角。正因意识到殖民主义的威胁,林纾担心共和掩盖内讧的实质,未必就是有效防盗的良方。可叹的是中国读者的识别力低下,容易上当。林纾在1913年2月2日《平报》发表《译叹》一文,深痛国内读者愚昧可欺:"外人蔑我轹我蹂我践我吞并我……至托言爱我而怜我,谋遂志得。言之无检,似我全国之人均可儿侮而兽玩之。"①

　　借域外小说做比较文化的文章,这是林纾的擅长,而在比较的过程中,他又再三留意于本国文化中的盲点与欠缺,这是林译序跋的主要功能之一。这方面的论述很多,再举几个容易为人忽略的例子。

　　说到林纾对于宗教,往往想到他和合作者魏易如何压缩《黑奴吁天录》里的基督教的内容,而且有的删节无损于小说的完整②。其实林纾对宗教的认识更加复杂。福州是最早开放的通商口岸之一,他长期生活在福州,对基督教并无恶感。当地的教会学校(英华书院,成立于1881年)中英文并重,他甚为欣赏。甲午战争后傅兰雅等传教士投身于种种改革时弊的事业,赢得开明士人由衷的尊敬与好感。林纾译出《鲁滨孙漂流记》后,从鲁滨孙充实的生活中悟出"制寂与御穷之道"。他在《序》(1905)中探讨为什么宗教信仰会有安妥人心、激发潜能的神力。鲁滨孙独处孤岛,如同未判决的重犯,终日惶惶,知道死期,反而是一种解脱:

　　　　顾死囚知决日之必至,则转坦易,而泽其容。正以无冀无助,内宁其

---

① 转引自《林纾研究资料》,第37页。时至今日,"儿侮而兽玩"在某些圈子里依然有效,让人扼腕。

② 女奴意里赛与汤姆叔叔都是虔诚的教徒。在小说第三章,意里赛怕丈夫做出凶悖的事来,劝他"归心上帝,或有感应"。哲而治的回话极其敏锐:"此语第当出之安乐窝中人耳!若处吾境地,当不知如何怨黩上帝!"《黑奴吁天录》,商务印书馆1981年版,第11页。可见哲而治是不信上帝的,并把"归心上帝"之类的言辞当欺人语。斯托夫人故意安排他在小说最后信奉上帝,也是当时流行的做法。

心，安死而心转得此须斯之宅，气机发充，故容泽耳。鲁滨孙之困于死岸，初亦劳扰不可终日，既知助穷援绝，极其劳扰，亦无成功，乃敛其畏死之心，附丽于宗教。心既宅矣，遂大出其力，以自治其生。须知生人之必有所寄，则浸忘其忧。鲁滨孙日寓心于锹锄斧斤之间，夜复寓心于宗教，节节磨治，久且便帖，故发言多平恕。① ……至书中多宗教家言，似译者亦稍稍输心于彼教，然实非是。……彼书有宗教言，吾既译之，又胡能讳避而铲锄之？故一一如其所言。（《书话》，第 114—115 页）

有所寄托，就积极投入生活，不再长日悸动，悲号痛哭。林纾不是基督徒，如此认识宗教的作用，在一般同辈读书人之上，但是确实有点犯忌，故而需要解释自己并非"稍稍输心于彼教"。② 一年多以后，林纾又以戏谑恣肆的笔法嘲笑那些凄然无所投附、不能"自治其生"的诗人、名士。笔者以为，两者之间是有联系的。

英国小说《双孝子噀血酬恩记》以 19 世纪末无政府党人反社会的暴力活动为背景，中译本出版时（1907），李石曾、刘师培等人正在巴黎和东京鼓吹无政府主义，并在中国思想界掀起一股连绵起伏的风潮。对刘师培而言，中国历史上缺少国家观念，治理不力，儒家又在经济上实行放任的政策，正是转入无政府的有利条件。林纾自从甲午战争后急切要求变法，尤重改革的中枢即政府的作用；不论是在晚清还是民国，他眼中所见都是一盘散沙，因此希望通过国家与"公"的观念来统合社会。他反对地方专权、军阀割据，而且将那些旨在削弱中国政治统一性的言行理解为列强瓜分之助。在这一社会脉络中，《双孝子噀血酬恩记》就多了一层意义。他在《评语》（1907）中说，无政府党人从事暗杀，意在扶弱抑强，但不计手段，终归不合正道，而这部作品，"用无数正言，以醒豁党人之迷惑"（《书话》，第 81页）。林纾年轻时好以侠客自比，《荆生》里那位"伟丈夫"是他夫子自道。他用《史记·刺客列传》里的聂政比较这本英国小说里的主人公，指出他们

---

① 林纾后来又在《修身讲义》（1916）中以"平恕"来诠释平等自由的观念："须知尔欲自由，当为人保其自由；尔欲平等，当为人保其平等。"转引自张俊才、王勇《顽固非尽守旧也》，第 148页。这一说与胡适的名言"容忍比自由更重要"神似，颇得自由主义精义，恐怕并不是"儒化西学"。

② 传教士也热心将这部小说介绍到中国来。姚达兑发现 1902 年粤语译本，译者为英国传教士英为霖，详见姚达兑《新教伦理与感时忧国：晚清〈鲁滨孙〉自西徂东》一文，载《中国文学研究》2012 年第 1 期，第 19—23 页。

都是出于孝道而酬恩，"不类而类"。但是两者之间又有着区别。严仲子与韩相侠累（名傀）结仇，不知为公为私："仲子之仇傀，不必出于直道，聂政之仇傀，亦未必本诸义愤。"他赞扬英国两孝子，意在质问严仲子、聂政的动机："两孝子仇虚无党人，平乱也。其死正，其义正，即其孝亦正。吾读聂政传，吾益服此两孝子矣。"（《书话》，第80—81页）易言之，聂政虽孝，林纾却看出他的报恩之举未必正当公道，并提出"贫贱受知"的危险在于受恩者可能会不计曲直。中国史籍里一些著名故事公私不分，有财力者的"百金之馈"巧立名目，掩盖了收买、贿赂所谓勇士侠客的实质。人们只记得林纾维护"马班之书"，恐怕不会想到他居然以一部平庸的英国小说为参照，从自己读得烂熟的《史记》故事里读出新的而且是让他心里不安的内容来。

法国小说《利俾瑟战血余腥记》及其续篇《滑铁卢战血余腥记》讲述的是拿破仑战争中一位普通士兵的遭遇。林纾以他特有的艺术与伦理敏感性注意到，中国史籍或历史题材的小说，只要涉及战争，总是采用以将军、军师或"英雄"为中心的叙述模式，下层士兵的感受极难见到。他在为前者写的《叙》（1904）里感叹："余历观中史所记战事，但状军师之撝略，形胜之利便，与夫胜负之大势而已，未有赡叙卒伍生死饥疲之态，及劳人思妇怨旷之情者。盖史例至严，不能间涉于此。虽开宝诗人多塞下诸作，亦仅托诸感讽，写其骚愁，且未历行间，虽空构其众，终莫能肖。"（《书话》，第14页）"卒伍"来自民间，他们在史籍和小说中无名无姓，就像吴起之妻，经常被用作可以随意弃取的工具。意识到普通士兵战时的"生死饥疲之态"，意识到从他们的视角和切身感受来描写战争同样乃至更有效，意味着平等思想的萌发。这两部著作的翻译，也对林纾日后的小说创作有所启发。几年后，他翻译狄更斯的《孝女耐儿传》，发现他"扫荡名士美人之局，专为下层社会写照"（《书话》，77）的特点，并且在短篇小说《洪嫣篁》末尾称扬狄更斯善于"于布帛粟米中述情，而情中有文，语语自肺腑中流出"①。经常有人谴责林纾蔑视人民群众，② 其实五四以后的翻译界注重劳工问题，只是延续了林纾的平等思想以及他对"下层社会"的关心。概言之，林纾的贡献远非郑振铎列举的三点所能概括。

郑振铎在前面提及的纪念文章里有一个很具代表性的观点，即林纾以先

---

① 《畏庐漫录》与《畏庐琐记》合订本，《畏庐漫录》，上海文艺出版社1993年版，第183页。
② 文学史作者常用的例子是林纾致蔡元培信上提到"都下引车卖浆之徒"和"京津之稗贩"。但是林纾在信上提出的问题（即只会说白话的普通百姓能不能做北大文科教授）仍未得到回答。

进始，以落后终。他以林纾早期的白话诗《闽中新乐府》为例，说明这位福州的前辈同乡在戊戌变法之前就是"一个先进的维新党"，但是后来"他的思想却停滞了——也许还有些向旧的方向倒流回去的趋势"，"共和以来，他渐渐地变成了顽固的守旧者了"①。郑振铎语气温和的责备暗含着这样的逻辑：如果林纾早年接受了西方启蒙思想而批判弊俗，呼吁变法，那么他进入20世纪后，眼界应该更加开阔，于是就排满革命，欢迎共和，然后再与五四时期的《新青年》派并肩全面冲击、扫荡旧文化，"打倒孔家店"②。但是这种推理还难以服人。西学深湛，思想未必符合《新青年》版本的"先进"。学衡派诸公有留学美国一流大学的背景，他们的西学功夫未见得浅于《新青年》同仁，为什么他们也有继承传统、新旧接续一说？批评林纾落伍的人们或许忽略了一个事实，即林纾的顽固守旧未必是因为他服膺儒家学说、泥古不化所致。他对欧西文学与文化的了解，不为社会科学或哲学的抽象概念所左右，因具体而可靠，同样可以成为反对激进主义的学理资源。

　　林纾从事译述二十余年，一直有一种维新、改革而不弃旧的关怀。他渴望文化上的旧枝新芽，但是获致新我的道路漫长曲折，那是一个与旧我接续、调适的过程。可以说，他的翻译事业加深了他折中渐进的思想。他在《黑奴吁天录》序言中表示要在排外和媚外两端取其中道："方今嚣讼者，已胶固不可喻譬，而倾心彼族者，又误信西人宽待其藩属，跃跃然欲趋而附之，则吾之书足以儆醒之者，宁云少哉！"③"胶固"不可取，"倾心彼族"也是求亡之道。林纾并不主张中学为体，西学为用，中西的简单对立是不存在的。他在《洪罕女郎传·跋语》（1906）发出了十年后《东方杂志》调和论的先声："予颇自恨不知西文，恃朋友口述，而于西人文章妙处，尤不能曲绘其状。故于讲舍中敦喻诸生，极力策勉其恣肆于西学，以彼新理，助我行文，则异日学界中，定更有光明之一日。或谓西学一昌，则古文之光焰熠矣。余殊不谓然。学堂中果能将洋汉两门，分道扬镳而指授，旧者既精，新者复熟，镕为一片，彼严几道先生不如是耶？译此书竟，以葡萄酒自劳，拾得故纸，拉杂书之。"（《书话》，第41页）结尾一句，作者有意将"葡萄酒"与"故纸"并列，可见两者不是二元对立、互相排斥的，完

---

　　①　《林纾的翻译》，第8页。

　　②　现代文学史一般都以辛亥革命为界将林纾的一生分为两截。张俊才已经在新著《顽固非尽守旧也》一书中质疑了这种做法。

　　③　《黑奴吁天录》，第1页。

全可以调适共存，互相发明①。

　　辛亥革命后，康有为回国，向林纾索画，林纾作"万木草堂图"，康有为酬诗云："译才并世数严林，百部虞初救世心。"严复和林纾两人很早就有志维新，他们的译述都有救世之心，但是早期的严复偶尔有"全盘西化"之嫌，林纾则一直坚持中西调适。严复在《与〈外交报〉主人书》(1902)中强调的是中学与西学之间不可调和的本质性差异，而林纾则否认中学西学水火不容。严复曾断言，中学西学，体用不一，"分之则并立，合之则两亡"②；西学就是尊民叛君之学，尊今叛古之学。这种偏激之论，加上所谓的"物竞天择，适者生存"的社会达尔文主义，实为后来文化激进主义的嚆矢。

　　英国19世纪下半叶多冒险小说，林纾在这些作品里发现，英国人时刻惦念新世界，"斥去陈旧不言"(《书话》，第31页)。但是"斥去陈旧"也是选择性的，不必全以本国文化为非，比如英国人求新而不弃古。他在《英国诗人吟边燕语·序》中举例，英国文学中也有超自然现象，莎士比亚、哈葛德皆然，文明之士坦然不以为病，为什么不能以同样的态度看待自身文化？"吾国少年强济之士，遂一力求新，丑诋其故老，放弃其前载，惟新之从。余谓从之诚是也，顾必谓西人之夙行夙言，悉新于中国者，则亦誉人增其义，毁人益其恶耳。……英人固以新为政者也，而不废莎氏之诗。"(《书话》，第20—21页)华盛顿·欧文的《拊掌录》(今译《见闻札记》)中多怀旧轶事，林纾在《耶稣圣节》的《跋尾》里评道："天下守旧之谈，不尽出之顽固。"(《书话》，第63页)《耶稣圣节前一日之夕景》讲的是一位英国老人如何以地地道道的传统方式过圣诞夜，深得林纾喜爱："老人英产，力存先英轨范……凡人惟有感念祖国之心，则举事始不忘其故。若漫无抉择，见异思迁，此成为何等人者，亦降人耳。"(《书话》，第63页)这句话显然是针对当时已然冒现的文化虚无主义而发。辛亥以后，他看到外国政府和民间保护本国文化遗产尽心尽力，不免联想到中国团体涣散，历史感缺席。他叮嘱民国留日学生，晚清时日本静嘉堂重金购买湖州皕宋楼藏书(1907)，可见嗜古之心与社会进步可以并行不悖。以此为激励，中国学者更应该"无忘

　　① 这一年(1906)，以翻译侦探小说出名的周树奎(桂笙)在上海发起成立"译书交通公会"，该会《宣言》中一段精彩文字表达了同样的精神："新之于旧，相反而相成！苟能以新思想新学术源源输入，俾跻我国于强盛之域，则旧学亦必因之昌大，卒收互相发明之效，此非译者所当有之事欤！"转引自黄霖《近代文学批评史》，第623页。
　　② 《严复集》第3册，王栻编，中华书局1986年版，第558—559页。

中国之所有，取东人之爱国者用以自爱吾国，并以自存吾学"①。一战时欧洲不少城市的建筑损毁严重，战后各国政府出资恢复这些建筑的原貌，比利时首都布鲁塞尔亦不例外。北洋政府魏注东出使比利时，林纾以文赠别，他写道："今天夺雄渠之魄，而比之君长得复完其国。魏君适于此时奉使人其都，睹其残烬之余将一一复其旧观，必有慨乎。"②"复其旧观"就是历史感的切实体现。林纾以一个容易为国人所忽视的欧洲实例说明，眷恋于有纪念意义的旧物，无非是世界通则。

　　林纾确如郑振铎先生所言，早期是"先进的维新党"，但是他与康梁等维新党又有着不可轻视的差别。他对戊戌变法期间的峻厉措施，绝不认同。邱炜蒉为戊戌政变作说部的计划流产，倒是林纾在《剑腥录》（1913）中的几个章节处理了这一题材（小说的主题是庚子之乱）。作者借小说主人公邴仲光之口说出了他对激进路线的怀疑。社会的变迁，自有其自身特点，少数人结为小集团，发号施令，容易招致大祸："今以孤立之国，虱于列强之间，人方眈眈，我乃梦梦，积习已锢，二三君子必欲救之，祸发且不旋踵矣。"③在小说第十四章，仲光从报上读到谭嗣同等四人被任命为专办新政的军机章京，连连顿足："用人太骤，大非国家之福。"那段时期改革的诏敕接二连三，天下称快，仲光却"参以疑信，然终以不躁进为上策"。礼部主事王照上书请光绪出游日本，酿成事端，光绪一怒之下将怀塔布、许应骙等礼部六堂黜免，仲光预料到此事将引起连锁反应，大呼"败矣"④。百日维新期间所谓的"帝党"缺少政治经验与现实感，不善合作、妥协，沦落为企图发动政变的阴谋集团，并非偶然。光绪本人用人失策，也应问责。

　　清末民初的不少维新、革命人士，都抱有文字治国、一部宪法救天下的幻想。他们的兴趣局限于抽象的统治形式，以为确定了一个徒有其名的"体制"、配以宪法条文，社会将由大乱走向大治，于是热衷于拼凑宪章，规划方案，仿佛美政寓于一道道上谕或层层叠叠的条文之中⑤。林纾也向往过宪

---

①　《畏庐三集》，第12—13页。

②　《畏庐三集》，第13页。

③　《林纾选集·小说卷》下册，林薇编选，四川人民出版社1987年版，第43页。

④　同上书，第49—50页。

⑤　1921年，在湖南倡导下各省推行联省自治，当时浙江也成立省宪法起草委员会，全省十一府提交宪法草案多达101部，委员会又选出审查员110席。审查会筛选草案持续三个月，"亲友官僚之酬酢，几于无日无之。……醉饱以后，遗珍山积，一席之费，不下万金"。徐映璞《两浙史事丛稿》，浙江古籍出版社1988年版，第296—317页。

政，但是深知统治形式更换名号，未必具有实质性的意义，因而更加属意于社会治理的程度。不论是鼓民力、开民智、新民德，还是集国力、办学堂、倡实业，都是缓慢的过程，不能期之以骤，成功与否，并不取决于一个漂浮在纸面上的国号。

三　"怀国家之想"

福州船政局（也称马尾或马江船政局）是由左宗棠在 1866 年创办的新式造船厂，全国规模最大，严复以及多数晚清海军人才都是该局附属学堂的毕业生。福州船政局因此也是晚清中外思想交通的重要场地之一，当地读书人时常与学堂学生和一些曾在海外学习的船政局工程师或管理阶层议论国政，指摘时弊。福州士人在近代中外文化交流上的卓绝贡献，是与福州船政局分不开的。林纾与船政局和初创的中国海军事业有深厚感情。1884 年夏，福建海军覆灭于马尾之战，船政局又遭炮击，损毁严重，林纾听闻消息，与友人伫立街头，抱头痛哭，稍后又与友人拦马告状，向左宗棠揭发主持军务者掩盖败绩①。中方在这次海战中的惨败，对他触动极深。林纾的爱国主义是务实而低调的，晚清某些官员则不然，一举一动都重气节，博取了个人的美誉，但是不顾实力的激烈行为只能得到最恶劣的结果。林纾在他的译述事业起始之初就强调"国仇"，希望国人清醒面对列强野心，从来没有突出价值观上的本质对立或文明的冲突。《闽中新乐府》中有这样的见解：士人必须理解国家的难处，不宜轻易挑战欧西，自己留下了声名，却不给国家留下交涉的余地。《蜀鹃啼传奇》里几个泄私愤的士绅率暴徒杀"小洋童"、"老洋婆"，只图痛快。这些人本应为国家分忧，但是却说："自有朝廷担此大任，我辈且行吾事"；"尽有朝廷作主"②。"朝廷"与"我辈"上下隔绝，责任心又何从谈起？强硬派不惧一战，凛然作效死报国状，林纾却看出他们骨子里有私念，未能真正怀国家之想。

林纾的国家意识是与他洞晓西人的爱国主义以及列强间的激烈竞争分不开的。弱国自强，"纵有国仇仇在心，上下一力敦根本"③，切切实实从一针

---

① 张俊才：《林纾评传》，第 35 页。
② 《庚子事变文学集》下册，阿英编，中华书局 1962 年版，第 876、878 页。
③ 《渴睡汉·讽外交者勿尚意气也》，《闽中新乐府》，第 2 页。

一线做起①。因此，他对任何可能导致改革过程出轨的运动、党争和旨在颠覆政府的造反都是畏惧的。他一生曾经执教于多个学校，不论在晚清还是民国，他都教育学生，凡事必以国为先。他与一般保守派的不同就是他很少讲"圣朝"或"君上"，而像共和派那样常讲国家，但是他又拒绝使用在中华民族内部制造分裂的狭隘民族（或种族）主义语言。

《伊索寓言》是林纾 1901 年自杭州到北京后不久与严培南、严璩合译的。译文完成后，他见缝插针，借题发挥，写了很多评注，其中不少论及个人（或地方）与国家的关系。清廷已在 1901 年 1 月 29 日宣布实行新政，但是举国失治，民情暗野，秘密会党撕裂社会，伺机而动。中国人共同体意识淡漠，团体涣散，国家徒有其表，人各自谋，无心于国家，对政府也随意轻慢。改良事业没有强有力的统筹、协调中心，一切设想还是海市蜃楼。林纾的《伊索寓言》识语比较全面地反映了他对个人与国家的关系的认识。有一则寓言讲的是一条失去尾巴的狐狸妄言短尾或无尾之美，引诱同伴去尾。评语不甚相关，强调私心为害，可见林纾心情急迫："一事不便小人之私，虽亡国覆军，亦甘心行之。"② 出于"小人之私"求庇于外国、对抗自己国家的例子举不胜举。戊戌年一些事例隐隐浮现。

晚清中国省界森严，派系林立，疆域虽大，国力分散，清廷缺少综合调配的能力。林纾在《伊索寓言》中骡驴负重登坡、不肯互助的故事后评道："怀国家之想者，视国家之事，己事也，必为同官分其劳。若怀私之人，方将以己所应为委之人，宁知是为公事，固吾力所宜分者。故虽接封联圻，兵荒恒不相恤援，往往此覆而彼亦蹶，则虽有无数行省，直无数不盟之小国耳。哀哉！"③ 不论是个人（一盘散沙）还是地方各级政府（无数不盟之小国），都需要在国家共同体的观念下同心协作。寓言中"萃则成，暌则败"的故事（老人临死前以捆扎起来的小木棒为喻要几个儿子团结）是十分有名的。林纾又拈出晚清改良话语中的关键词"合群"："夫欧群而强，华不群而衰。病在无学，人图自便，无心于国家耳。故合群之道，自下之结团体始。合国群之道，自在位者之结团体始。"④ 华人需要上下结成开放性的民间自治

---

① 《谋生难·伤无艺不足自活也》，《闽中新乐府》，第 13 页。

② 《伊索寓言》，商务印书馆 1938 年版，第 19 页。林译《伊索寓言》初版时间不确，序文作于"壬寅花朝"（1902 年春），当年应该可以印行。国家图书馆图有 1903 年商务印书馆版。

③ 《伊索寓言》，第 24 页。

④ 同上书，第 4 页。

组织（而非歃血为盟的会党），并以这些团体为经纬，培育建设公民社会（civil society），拓展公共空间，编织出一个连接家（宗族）与国的社会整体，这是经过中西比较才会产生的现代性思想[①]。后来一些大人物醉心于"纯粹个人主义之大精神"（陈独秀语），或尼采式的"主我扬己而尊天才"（鲁迅语），完全退回到李白歌颂的"大鹏"理想，反而无益于"合群之道"。

《伊索寓言》里还有一个农夫欲请邻人帮助割麦的故事，林纾因此又想到，一个国家要致强，不能没有自力更生的独立精神："为国家而藉助于人，虞心因之而滋，斗志因之以馁。一不得助，则举国张皇，若敌患非其国所应有者。病在恃人助而不自助也。自助之云，先集国力；国力集，则国群兴。无论敌患，可以合力御之，即大利亦可以合力举之。……人能时时存争命之心以趋事，则求助于人之心熄，事集而国强矣。"[②] 晚清"以夷制夷"的外交政策，有其不得已的原因，但是弊害之一是时常"恃人助而不自助"。甲午战争正式爆发前，清廷决定租用英国商船高陞号运送士兵与军械，被日舰击沉。事后英方接受日方解释，清廷不免张皇失措，"若敌患非其国所应有者"。林纾这些文字也是对政府的批评。其实内政不修的国家还谈不上什么外交政策。

晚清中国还没有发展而为一个现代意义上的国家，"散乱"可以形容一切。各地资源被地方或豪门巨室控制，中央政府要想调动、支配，受到诸多限制；地方上零零星星的改革实践，清廷也难以协调，面对外国势力无所不在的渗透，苦无办法[③]。全国没有统一财政，没有统一货币，没有国家银行，国家无法利用税收和财政政策来从事基础建设、推进工业化并进行一系列改革以强化中央控制，社会组织化程度极低，秘密会社切割、封闭公共空间，公德心缺失。由于盛宣怀等人的精心谋划，电报、航运、铁路和邮政（即"四政"）等领域已经出现总汇、统辖的国家主导迹象，但是一些趋向于藩镇（如各省自建铁路）而不利于"事集"的言论，地方专权，进一步削弱国家，

---

① 传统的乡土中国缺少超越血缘与村落、自愿结合的组织，著名旅美人类学家许烺光讨论过这一问题。《美国人与中国人》第三版，夏威夷大学出版社 1981 年版，第 394—399 页。

② 《伊索寓言》，第 82 页。林纾还在《西湖诗序》中指出南宋"泛散无统"的弊病："南渡以一百余郡之事力，乃赡二万四千余员之冗官，泛散无统，其不能一力于国家之事，固不宜哉。"《畏庐文集》，第 3 页。

③ 海外汉学家在这方面做过透彻的研究。详见《剑桥中国晚清史》（中国社会科学出版社 1993版）下卷中由费维恺执笔的第一章，参看 T. 斯科克波尔著《国家与社会革命》，剑桥大学出版社 1987 年版。

致使政治统一体很快就在"共和"的名义下瓦解。林纾提出"事集而国强"，模模糊糊地呼唤一个强大有效的中央政府，这在当时乃至以后很长时期，可以说是前瞻性的思想。

林纾并无宦情，但是他不在其位，仍谋其政，这是他无私高尚的一面。他尤其痛心的是大难临头，各路豪杰却出于私利拉帮结派，发起无休无止的内斗，让外人坐收渔翁之利，有的甚至公开以租界和外国为靠山，挑战、颠覆国家。正如他不在意自己诗文发源于某家，瓣香于某氏，反对"侈言宗派，收合徒党"①，他对于公共生活中的党派，也不以为然。可叹的是他这方面的言论，民国时期竟然不能容忍。下面两条重要识语在 1938 年商务印书馆版《伊索寓言》被删。

林纾借用寓言中"二仇共载，分船之首尾而居"的故事抨击党争：

> 凡树党而攻人者，党中之人久之必自攻。盖不争则无党，党成则争益烈。始尚合党以攻人，继则反戈而自攻，气已锐发，不可遽敛，且耳目闻见，均争事也，遂以能争为党人之职，亦不择其党中党外之人，触则必争。

他接着举宋朝元祐年间的党争为例说明内斗之害。三个反对王安石变法的保守党（蜀党、洛党、朔党）在新法废罢后互相争斗愈烈，究其原因，"此皆不明于种族之辨者也。天下所必与争者，惟有异洲异种之人，由彼以异洲异种目我，因而陵轹侵暴，无所不至"。他转而愤愤发问："今吾乃不变法改良，合力与角，反自戕同类，以快敌意，何也?"② 此时的中国，面对国仇，应该不分彼此，合力对外，但是康党和另一些依赖种族主义话语的会党却投靠日本或其他任何愿意施以援手的国家，发动武装叛乱，而上海租界也成了向中央挑战的基地，一旦事发，还可以利用治外法权。"党中之人久之必自攻"，也被林纾说中③。在很多场合，林纾明于国际竞争的大势，总是以大中华的观念来看国家的复兴，评论时政时坚拒仇满排满的话语，想不到时代移易，他这番出于公心的言论反而不合潮流了。

---

① 《郭兰石先生增默庵遗集序（代）》，《畏庐文集》，第 6 页。
② 《畏庐小品》，第 123 页。
③ 康党毕永年、王照到了日本后与康梁反目。见杨天石《从帝制走向共和》（社会科学文献出版社 2002 年版）中《毕永年生平事迹钩沉》一文，第 49—61 页。

　　另一条被删的评论又涉及内乱导致外侮的主题。《伊索寓言》里还有一个故事对林纾极有启发:"匠者求材,得一巨橡,意斧力不能劈。乃削其旁枝为楔杙,入其裂纹,因而椎之。橡既裂而叹曰:斧伐吾干,固也。乃即用吾枝为杙以裂我,此其尤可哀者也。故自伐其国,其伤心甚于见覆于敌。"①伊索的时代还没有国的概念,最后一句想必又是林纾手痒,为中国读者"锦上添花"。他在这则寓言后评说道:"嗟夫!威海英人之招华军,岂信华军之可用哉?亦用为楔杙耳。欧洲种人,从无助他种而攻其同种者。支那则否,庚子以后,愚民之媚洋者尤力矣。"②这里说的"华军"指的是"华勇营",系英国1898年强租威海卫后在当地招募的一支部队。八国联军攻打天津和北京时"华勇营"出了大力。当时的英军主要来自香港、新加坡和印度等殖民地,德国远征部队中也有一支"华勇连"。这些服务于入侵部队的中国军队,长期来是我国现代史上回避的话题。林纾熟谙历史,长于比较,在他眼中,庚子年的国内发难者尽管打出光明正大的旗号,还是列强砍伐中国这棵巨橡的工具,逃不出"华勇营"的性质。从"匠者"来说,以巨橡的旁枝为楔子,打入主干,使之轰然倒地,自然是方便实惠的手段。

　　政党政治的各方,只要怀国家之想(或者像美国人那样宣示效忠),同时又珍视一国政治独立性,未必会无止境地攻人、争事,甘为外国"匠者"的"楔杙"。但是林纾的忧惧起于耳闻目见的无数事实,也不过分。美国独立后,新的邦联制度百弊丛生,中央衰微。华盛顿在致联邦党人领袖汉密尔顿的信上切望各州抛弃"一州之见"。他也反对党争,生怕英国或法国会利用美国内部的不团结"拆散邦联",使各州沦为"欧洲列强手中的工具"③。华盛顿在著名的《告别演说》中把维护全国的团结统一奉为"最神圣的宗旨",号召同胞加强连接各州的纽带。他担心党派政治将使国家动荡不宁,国外的敌人将在美国内部物色利益代言人,制造分裂,强迫美国屈服于别国的政策和意志④。华盛顿和林纾都没想到,政党政治只要运作得当,不容外部势力插手,也能大利于国,大利于民。《告别演说》是美国圣典,难怪美国以《外国代理人登记法》监管外国势力在美的一举一动,细致全面,无以复加。自己防范森严,别国应该大门洞开。

---

①　《伊索寓言》,第64页。

②　《畏庐小品》,第118页。《伊索寓言》1938年商务印书馆版删去。

③　《华盛顿选集》,聂崇信等译,商务印书馆1983年版,第208—209页。

④　同上书,第311—326页。

　　辛亥之后，林纾最感失望的就是国人分毫必争的是有位无位，而不是有心无心。他对民国并不是简单绝对地反对。武昌事发，他如此记载当时感觉："余自辛亥九月，侨寓析津，长日闻见，均悲愕之事。西兵吹角伐鼓，过余门外，自疑身沦异域。"（《书话》，第108页）当年十一月，他在寄吴敬宸信上说，"共和之局已成铁案，万无更翻之理"，自己将继续"自食其力，扶杖为共和国老民"。两个月后（壬子年正月），他又表示："仆所望者，吾乡同胞第一节以和衷不闹党派为上着。弊政已除，新政伊始，能兴实业，则财源不溃，能振军政，则外侮不生，能广教育，则人才辈出，此三事者，为纾日夜祷天所求，其必遂者也。……南台五瘟之祀，尚宜一一铲铢，方免愚民迷信。此间自逊位诏下，一带报馆各张白帜，大书革命成功万岁，见者欢呼，此亦足见人心之向背矣。"① 可惜这里略带一丝乐观的语气很快就消失殆尽。

　　辛亥革命后袁世凯当政，这是比较而言最妥善而且能够得到国际认可的安排。既然袁世凯为总统，各方就应该给他一个机会。但是激进派议员却拒绝哪怕是些微的必要妥协，事关权力分配，只照顾到自己党派的利益，致使议会政治步入死路②。迁都的建议以及内阁制、总统制的设计，处处表露一个私字，即便不是明眼人也能立即识破。"共和"之后，激烈的党争让林纾彻底心冷。段祺瑞、袁世凯请他出山，均坚辞不就。他也未曾真心盼望清廷借重武力东山再起。恰恰相反，他怀疑卷入张勋复辟的人士动机不纯："如刘廷琛、陈曾寿之假名复辟，图一身之富贵，事极少衄，即行辞职，逍遥江湖。此等人以国家为孤注，大事既去，无一伏节死义之臣。"③ 戊戌以来，"以国家为孤注"者所在多有，祸首张勋事败后躲进外国使馆，几乎成为一种模式。林纾从1913年4月12日至1922年清明节十一次谒崇陵，主要是因为民国后国家分裂，没有一位政治家、军阀能让他敬重，也没有哪一个政府机构能让他的"国家之想"有所寄托。他的首次谒陵发生于宋教仁在上海被暗杀以后不久。孙中山借宋案发酵之际谋划讨袁，发动所谓"二次革命"。可见林纾是在绝望中将光绪视为国家政治统一体的象征。

　　经常见到这一现象：对国家的忠诚往往为自己或自己所属小团体的利益

---

　　① 《林纾诗文选》，第319—320页。

　　② 详见严泉《失败的遗产——中国首届国会制宪：1913—1923》，广西师范大学出版社2007年版。

　　③ 《答郑孝胥书》，《林纾研究资料》，第101页。

所决定，即便自称主张"共和"的人士，也不例外。林纾则不然，不论在何时何地，处于何种"政体"之下，他都以爱国为宗旨。光绪三十三年（1907），京师大学堂师范生毕业时他作画书文致贺，在文中他表示，国家办学乃有所望，"故国家日励士而盛资其学，即欲以所学淑天下"。作为学生，责任也重："天下惟有国之人，始伸眉与强者耦。愿诸君诏学者念国，毋安其私。"① 五城学生毕业，一部分升入天津大学堂，他嘱咐学生爱国合群："国者，吾命所系属。……天下之蔼蔼裔裔者皆吾群也。仁吾群并仁天下之群。知弗群弗学咸不足以支国。"能合群（即"团队精神"）方能"肆力学问，以苏国困"②。林纾的国家观念在辛亥后尤其可贵。陈任先出使哈克图，与俄国谈判外蒙地位，他撰文（《送陈任先之哈克图》）送别，对当局颇有讽喻之意："今政府知内讧重于边患，必安边始足以全内。"但是他对陈是深表敬佩的："余所以崇陈君者，正所以崇吾国也。"③ 民国过去几年了，林纾已经意识到表面上的"共和"掩盖不了军阀割据的现实。他的《唐藩镇论》一文写的是唐代，想到的是民国头几年的国家涣散。中央太弱既是藩镇的原因，也是结果。一个国家必须有常备军，才有震慑之力：

> 弭藩镇之祸，唯有行征兵之一法。合秀颖鲁钝者，悉用为兵。兵必识字而向学，日耸之以爱国之诚，使知国与身并，卫国即所以全身，割据窃发之事，咸丑愧而不为，而后乱始可弭。若唐代宗之多所含宥，愈要结而愈不逊。……故长于远略者，务使兵心视国犹家，然后始知外侮之万不可容，内乱之毫无所济，则虽有骄将僭竖，亦胡从出而扇诱之耶。④

林纾仿佛试图解决当时的难局，但是没有行之有效的中央财政，全国性的义务兵役制以及士兵的教育如何实行？

　　1915 年，林纾应北京孔教会之请到青年会作演讲，题目是《青年人宜尊重国家》。林纾曾自称"清处士"，对败絮其内的"共和"厌恶尤甚，但是他绝不会因"政体"不合己意就煽动学生造反，或看到国家的挫折幸灾乐祸。

---

① 《大学堂师范毕业生纪别图记》，载《畏庐文集》，第 54 页。
② 《送五城学生入天津大学堂序》，载《畏庐续集》，商务印书馆 1916 年版，第 19 页。
③ 《畏庐续集》，第 26、27 页。陈任先即陈篆，1939 年被军统暗杀于上海。
④ 《畏庐续集》，第 4 页。

有的异见人士专逞意气，政府倾覆，酿成灾难，但只要结果应验他早先所言，他反而扬扬得意；哪怕社会付出巨大的财富与生命的代价，他也不会生出些许不忍之心——"我早就说过了！"这是林纾与某些革命党人最大的不同。演讲第一段讲到英法德日等国士兵在战争中"丈夫死国，一瞑不顾"的气概，此前他为哈葛德小说《黑太子南征录》所作《序》中已经指出数百年前的英国人就"以国为身，不以身为身"（《书话》，第 102 页）。但是在前清，纳贿招权之事不断，人们学会了一套虚伪，"好言我国家，何曾是我国家，特用为巴结朝廷之词，正可于是中觅己利耳"。林纾接着鼓励青少年去私爱国，人人都说"我即国家"，将"我"字溶入国家之中，与之共休戚。以往梁启超与陈独秀曾将青年与老年对立起来，而林纾则不然。他以为，凡是有国家思想、能为国家出力的，即使八九十岁，也是少年；若无国家思想，步步徇私为己，即使年富力强，官阶荣显，也是无用而夭死。他不断向学生灌输的就是为国家同心同德。比如一家失火，应合力救火，人人各自携带贵重逃出，火势蔓延，大家就无家可归。他将"学问"比为"东洋车"，少年也要讲学问："无此车，不能致远，故少年即必坐车之人。国家思想者，拉此车者也。必用国家思想，方能引车而前，则仗此一颗赤心，一张苦口，在少年车后尽力往前而推之，到中华民国平安之地，遂吾愿。"即使自己已老，"一定贾我余勇，极力推车，请诸君稳坐其上，看我老骨头出许多血汗也"[1]。即使作为遗老，他也希望学生在国家思想的引领下学习欧美长处，大到行政，小到一针一线。

他在演讲中引用了"西哲"亚里士多德、斯迈尔[2]、亚只逊以及（大概与青年会有关的）艾迪先生与艾德敷先生，读者明显意识到这方面本土资源不足。林纾强调的是义务与责任，较少涉及权利，比如他看中了亚只逊这句话："生人无论所处何地，皆有当然之义务。"[3] 通过集体认同来实现自己，这在当今大略可以称作黑格尔主义。其实，19 世纪的自由派人士从来没有无条件地将个人置于社会之上，他们用周密的语言讨论秩序和自由、责任与权

---

①　《林纾诗文选》，第 100—104 页。

②　即英国通俗作家斯迈尔斯（1812—1904），《自助》、《品格》和《责任》等书作者。

③　《林纾诗文选》，第 103 页。亚只逊身份待考。19 世纪英国伦理学家布拉德利（F. H. Bradley, 1846—1924）的《伦理研究》（1876）中有一章专论《我在社会上的地位与责任》（"My Station and its Duties"）。在英国的功利主义和自由主义背景下，布拉德利的黑格尔主义引人注目。

利究竟何者为先。穆勒始终看重社会道德、公共精神和社会（或曰共同体）的福祉，他的经典之作《论自由》（严复译为《群己权界论》）第四章讨论的就是"社会驾于个人的威权的限度"①。法国启蒙思想家或许会抽象地处理"人"的话题，穆勒则是一位典型的维多利亚时期人士，或因边沁的影响，很少脱离现实泛论权利。他厌恶赌博、酗酒、随地便溺、游手好闲、不讲清洁等种种恶习，坚持个人享受任何权利，须以遵守一系列必不可少的行为准则为前提，对那些疏于自治或"不配指导自己的人"，社会和舆论必须有力干涉。一国积弱，国家机器不完备，无执法之人，也无守法之人，老百姓还不具一些使得代议制能顺利运转的习惯，"而对于这些习惯的养成，代议制政府可能是一种障碍"②。陈天华《狮子吼》所描写的"民权村"学生，"弗群弗学"，从中或许可以看到 20 世纪初一些中国学生的精神面貌③。

鲁迅因杭州雷峰塔的倒坍（1924 年 9 月）感叹民国后"寇盗式的破坏"和"奴才式的破坏"只留下一片瓦砾，他呼唤新人与建设，但是又讳言去私、克己等带有旧学色彩的伦理概念。有理由担心，后者不能确立，"革新的破坏者"无非还是打了"鲜明好看的旗子"的寇盗、奴才④。林纾则相信有的伦理价值是普遍性的，不背于时。1922 年年底，他在北京尚贤堂（美国传教士李佳白发起重建的尊孔团体）发行的《国际公报》开"畏庐痴语"栏，栏目第一篇"痴语"就是《克己篇》（另有《尚耻篇》和《主信篇》等）。他一再借用王阳明"山中贼"、"心中贼"的比喻，提出克己如克敌，只是克己更难。克己首先必须树立公心，"公字是官军，私字是贼寇"；能克己，公事即能畅行，公益光披，"我之一身"即可以做"太平百姓"。林纾恨不得将私字"铲除净尽"，有点过分⑤。一个公共精神主导的成熟社会，还应该给英国哲学家、自由派思想家罗素所说的"文明合理的自利"留出空间。

那一年（1922），罗素的《中国的问题》在伦敦出版，这本书是根据作者 1920 年 10 月至 1921 年 7 月在中国讲学时的见闻写就的。在书的最后一章《中国的前途》，罗素把自己设想为一位"进步的、具有公共精神的中国

① 约·斯·密尔（即穆勒）：《论自由》，程崇华译，商务印书馆 1996 年版，第 81—101 页。

② 约·斯·密尔：《代议制政府》，汪瑄译，商务印书馆 1984 年版，第 59 页。

③ 《陈天华集》，刘晴波、彭国兴编，饶怀民补订，湖南人民出版社 2008 年版，第 120—121 页。

④ 《鲁迅全集》第 1 卷，第 203—205 页。

⑤ 《林纾诗文选》，第 105—106 页。

人"，希望同胞热爱祖国，自救自强："中国首先应当注重的是爱国主义思想。这种思想当然不是像义和团那样盲目排外，而是秉着开明的态度，向他国学习但又不受其支配。"但是要在政治上独立，还必须做到以下几点：一、建立一个有秩序的政府；二、在中国人支配下发展工业；三、普及教育。考虑到中国特殊的国情，罗素还提议中国的工业不妨多搞"国有工业"。但是社会的转型是否成功，最终必须"用公共思想取代旧时的家族伦理观念"①。林纾如果能读到此书，会对这些建议连连称善，他其实称得上"进步的、具有公共精神的中国人"。

四　改良与革命

甲午战争时，日军为分裂中国还打了一场漂亮的宣传仗。《开诚忠告十八省之豪杰》号召汉族英雄"唱义中原，纠合壮徒"，组织"革命军，以逐满清氏于境外"。此后的中国历史进程不时显现出日本所设计的关键概念。

要团结，就必须走一条和缓的改良之路。狄更斯"以至清之灵府叙至浊之社会"，最让林纾佩服。他的笔法，也让这位译者感叹②。狄更斯笔下的昔日伦敦还点燃林纾对当下中国的一点信心，原来社会可以通过和平的方式演进。他在《块肉余生记·前篇序》（1908）中借英国经验为改良主义张目："英伦半开化时民间弊俗，亦皎然揭诸眉睫之下。使吾中国人观之，但实力加以教育，则社会亦足改良，不必心醉西风，谓欧人尽胜于亚，似皆生知良能之彦。"（《书话》，第84页）易言之，英国的强盛非一日之功，是一个缓慢渐进的历史过程。假如惊于眼前中英之间的反差，就以为欧洲人生而优良，亚洲人处处不堪入目，必须脱胎换骨才有前途可言，那就大错。同一年，他又在《贼史》（《雾都孤儿》）的《序》中强调，百年前的英国与中国大有相似之处："英伦在此百年之前，庶政之窳，直无异于中国，特水师强耳。迭更斯极力抉摘下等社会之积弊，作为小说，俾政治知而改之。每书必竖一义。此书专叙积贼，而意则在于卑田院及育婴堂之不善。……英伦之强盛，几谓天下观听所在，无一不足为环球法则。非得迭更斯描画其状，人

---

① 罗素：《中国问题》，秦悦译，学林出版社1996年版，第191—195页。
② 他还在《撒克逊劫后英雄略·序》中与"伍昭扆太守"（伍光建）谈狄更斯小说八妙。（《书话》，第34—35页）

又乌知其中尚有贼窟耶？顾英之能强，能改革而从善也。吾华从而改之，亦正易易。"他肯定晚清谴责小说揭露腐败、改良社会的意义，希望中国多出几位狄更斯，呈现社会底层的真相，指陈政治得失。李伯元早逝，他为之惋惜，还盼曾朴和刘鹗来揭露"地狱变相"，使社会受益。(《书话》，第 86 页)

林纾因此认为小说家要有积极入世的态度。他从英国小说看出了英国演变的轨迹，这种历史的眼光也反映于他的《海外轩渠录·序》："葛〔利佛〕著书时……去今将二百年。当时英政，不能如今美备，葛利佛侘傺孤愤，拓为奇想，以讽宗国。言小人者，刺执政也。试观论利里北达事，咸历历斥其弊端，至谓贵要大臣，咸以绳技自进，盖可悲也。其言大人，则一味称其浑朴，且述大人诋毁欧西语，自明己之弗胜，又极称己之爱国，以掩其迹。然则当时英国言论，固亦未能自由耳。嗟夫！屈原之悲，宁独葛氏？葛氏痛斥英国，而英国卒兴。而后人抱屈原之悲者，果见楚之以三户亡秦乎？则不敢知矣。"(《书话》，第 43—44 页)① 没有一个国家是完美的，言论或多或少受到限制，作家只能"拓为奇想，以讽宗国"，但是英国居然渐次进步发达，这里何尝没有作家之功！对"三户亡秦"，林纾是怀疑的。他更愿意中国作家像作者斯威夫特那样淋漓痛快地讽刺、痛斥自己国家的阴暗面，沉浸在个人的悲切之中而不能自拔（"抱屈原之悲者"），于事无补，还不如快快振作，投入社会生活。

诚然，改良缺少强烈的心理刺激，又因与现实妥协而不能让人产生道德优越感，但是它的要求可能更高、更苛刻，甚至牵涉到人格的改造、心灵的革命。《爱国二童子传·达旨》(1907) 在林纾序跋中是最长的，约三千余字。他一如往常地寄望于青年学生，称他们为"至宝至贵、亲如骨肉、尊若圣贤之青年有志学生"。他说，外交和节义文章都无法真正强国，如果学生去绝"竞枵响，张浮气"的时髦，人人有所专精，国家才能强盛。他称这部 19 世纪后期的法国通俗小说为"实业之小说"，希望中国学生去除私念，像小说主人公恩特、舒利亚兄弟那样深入社会，从事一业，虽平凡而不嫌不弃，既能谋生，又有益于困厄中的国家："试问法国此时为何时？非师丹大败之后乎？兄弟二人，沿路见法民人人皆治实业，遂亦不务宦达，一力归

---

① 《海外轩渠录》即斯威夫特所著《格利佛游记》。原书四部分，林纾仅译出小人国、大人国两部分。小人国中的两个党派以鞋跟高低为差别。"自明己之弗胜，又极称己之爱国，以掩其迹。"这是敏锐成熟的观察。

农。"林纾心里明白，中国学生未见得看得起两位法国少年，以他们为楷模，更难指望。他在《达旨》里又将批评的锋芒指向上下一致的官本位的文化："中国积习，人非得官不贵，不能不随风气而趋。后此又人人储为宰相之才，以待揆席。"以往修齐治平之类的八股授人以"宰相之实业"，废除科举制度后，朝廷取士专重"法政"，学生惟此一门是骛，同样是追求"宰相之实业"①。以《爱国二童子传》自镜，林纾发现中国一些传统小说、戏剧跳脱不出读书做官的套路，男主人公"始由患难，终以得官为止境，乐一人之私利，无益于国家"。说到中国贱视工农商医，他无限感慨：读书人只存"三台之望"，实业交付给无知无识的"伧荒"，而西方各国的实业精益求精，还有着专业学堂的支持。这就回到了《闽中新乐府》里《谋生难：伤无艺不足自活》一诗的主题。在林纾的眼里，没有什么比高品质的经济贸易发展和保有市场更加急切，他甚至说出这样的话来："宁丧大兵十万于外，不可逐岁漏其度支令无纪极。"② 这就需要各行各业的人才，而他自己的实业就是翻译小说，使学生读后"归本于实业"（《书话》，第 67—70 页）。辛亥前后很多人倡言"革命"，图的是富贵与官位，连孙中山也察觉到了他们"功成利达"的私心。

　　林纾惧怕内乱使得外人可以从容拨弄，这在一定程度上是受了域外小说的影响。他的翻译活动大大加深了他对西方国家取胜之道的理解，比如他对英国人如何驾驭非洲人有了具体的认知。哈葛德的《斐洲烟水愁城录》（*Allan Quatermain*，1887）讲几个英国人到非洲寻找失落已久的部落，请当地

---

　　① 蔡元培在就任北大校长的演说词里如此批评学生："合乎污世，有做官发财思想，故毕业预科者，多入法科，入文科者甚少，入理科尤少。盖以法科为干禄之终南捷径。"1917 年年底，北大本预科在校生为 841 人，文科为 418 人，理科为 422 人，工科仅 80 人。转引自周天度《蔡元培传》，人民出版社 1984 年版，第 90—91 页。在《冤海灵光》里有这一句："今日学法政者，在林满林，在谷满谷。"《林纾选集·小说卷》，下册，第 292 页。对法政的批评还见于《离恨天》（即《保尔和维吉尼》）的《译余剩语》："前清晚期，纯实者讲八股，佻滑者讲运动，目光专注于官场。工艺之龃，商务之靡，一不之顾。"革命之后，运动之术不亡，"而代八股以趋升途者，复有法政。……而工艺之龃，商务之靡，仍弗之顾也。譬之赁舆者，必有舆夫，舆乃可行。今人咸思为坐舆之人，又人人恒以舆夫为贱，谁则为尔抬此舆者？工商者，养国之人也。聪明有学者不之讲，俾无学者为之，欲其与外人至聪明者角力，宁能胜之耶？不胜则财疲而国困。徒言法政，能为无米之炊乎？"（《书话》，第 111 页）

　　② 比较严复 1906 年 7 月 2 日在上海商部实业学校的演说，见《〈严复集〉补编》，孙应祥、皮后锋编，福建人民出版社 2004 年版，第 74—82 页。

土著"狼侠洛巴革"① 为"导引之人"。林纾从这一细节读出丰富内容。他在《序》(1905)中作精到评点,其眼光高出时人许多:"书中语语写洛巴革之勇,实则语语自描白种人之智。……哈氏此书,写白人一身胆勇,百险无惮,而与野蛮拼命之事,则仍委之黑人,白人则居中调度之,可谓自占胜着矣。"(《书话》,30—31)又如他担忧中国内乱有遭瓜分之虞。他在《英孝子火山报仇录·译余剩语》(1905)中如此介绍小说内容:"是书本叙墨西哥亡国事。墨之亡,亡于君权尊,巫风盛,残民以逞,不恤附庸。……外兵一临,属国先叛,以同种攻同种,犹之用爪以伤股,张齿以啮臂,外兵坐而指麾,国泯然亡矣。呜呼!不教之国,自尊其尊,又宁有弗亡者耶!"(《书话》,28)因此年轻学生若无国家观念,虽生在中国仍是无国之民。他对"外人"居中调度、坐而指挥的本事领教太深,唯恐中国出现自己版本的"狼侠洛巴革"们,他们有意无意地成了受雇于外国势力的"导引之人",其角色与威海华军并无二致②。林纾为哈葛德的《古鬼遗金记》作《序》(1912)时又发出同样的感叹。哈氏小说常言蛮荒,"所述均在未开化以前事,其中必纬之以白种人,往往以单独之白种人,蚀其全部,莫有能御之者。……举四万万之众,受约于白种人少数之范围中,何其丑也"(《书话》,第106页)。白人孤胆英雄有领导力,而蛮荒之地的土著居民缺少群体的权利意识,于是就帖然服从。如果一个国家好内斗,还只配与"野蛮"为伍。

林纾在《爱国二童子传·达旨》(1907)的最后将学生和国家分别比为"基"和"墉"(城墙):"基已重固,墉何由颠?所愿人人各有国家二字戴之脑中,则中兴尚或有冀。若高言革命,专事暗杀,但为强敌驱除而已,吾属其一一为卤,哀哉,哀哉。"(《书话》,第70页)也就是说,无政府主义者的恐怖活动无非是强敌对付中华民族的"椓杌"。他警惕殖民主义的野心,又深知国家之间的竞争不计手段,因而国家的安危远比共和、君宪等不着边

---

① 这个"狼侠"也是哈葛德小说《鬼山狼侠传》(*Nada the Lily*,1892)中的人物,吉普林的经典之作《丛林之书》中的狼孩即来源于此。林纾也想以洛巴革的形象来唤醒中国人的"死气":"洛巴革者,终始独立,不因人以苟生者也。"(《书话》,第32页)

② 印裔英国作家奈保尔在《印度:百万叛变的今天》(黄道琳译,三联书店2003年版)中记述了英国人驾驭异族、利用殖民地不同族裔之间矛盾的本领。1857年印度兵变,英军向叛军所据的拉克瑙进发,所过之处,不断有印度人应聘仆佣与挑夫等职位。在英国人指挥下,锡克人上阵作战,勇猛无比。几年前,锡克人被英军领导的印度兵击败,现在他们站到了英国一边。"他们仍然跟其他印度人一样凭本能过日子了",奈保尔写道,"仍然打着印度的内部战争,而对他们所效力的外来帝国体制几乎毫无理解。"第453页。

际的概念重要。他翻译的英国小说《藕孔避兵录》（1909）讲述的是两位英国人破获旅英德侨阴谋配合德国颠覆英国政府的故事。林纾长期以来对种族革命的语言，深为戒惧，手足相残的蠢行必将为窥视中华的势力利用，而孙中山背后的日本势力，也彰彰在目①。

如果一国实力取决于学生与教育，那就不是一时的剧变所能成就。林纾对法国革命式的社会变革是十分警惕的。近百年中国的法国革命史学是中国国内"革命政治文化"的一部分。早在 1890 年，王韬根据日文著作（如冈千仞的《法兰西志》和冈本监辅的《万国史记》）编写的《重订法国志略》首先引进了"法国革命"的概念②，戊戌变法之前，谭嗣同在《仁学》中表达了他对法国革命的渴慕："法人之改民主也，其言曰：'誓杀尽天下君主，使流血满地球，以泄万民之恨。'"③专治法国革命的学者注意到 18 世纪后半期的法国出现一种"革命的政治文化"，而谭嗣同的一些"慷慨"言论与这种文化十分相符。康有为与谭嗣同都是变法先驱，然而他们在是否采取革命手段问题上立场是完全相反的。百日维新期间，康有为请人（从日文？）译编《法国革命记》进呈光绪，希望以明定宪法来防止革命之祸。流亡后，康有为又作《辨革命书》、《答南北美洲诸华商论中国只可行立宪不可行革命书》（1902）等文，坚持改良。他最担心的是革命直接导致国家分裂，并且以 19 世纪意大利、德国的统一来说明一个明了的事实："合则大，分则小；合则强，分则弱。"④中国是否需要法国式的革命，林纾的回答是否定的，就此而言，他与康梁等改良派有不少共识。而且，域外小说强化了他对法国革命以及暴力的反感，或者可以这样说，他从来没有读到过一本正面描写法国革命的小说。在他心目中，革命是内战的另一种说法，是政治上尚未觉醒的野蛮人"用爪以伤股，张齿以啮臂"的蠢行，坐在后台指麾的，还是外人。

①　"日本对华之一贯政策，为煽动内乱，破坏中国之统一。清末之排满革命，日本实援助之，助款济械，历有年所。然彼非同情中国革命，其真正目的，系欲中国长久分裂，彼可坐收渔人之利。在辛亥革命时，日本一面援助孙黄，一面又帮助满清反抗民党，而彼于首鼠两端之际，各取得其操纵与干涉之代价焉。"王芸生编著《六十年来中国与日本》（共八卷）第六卷，三联书店 2005 年版，第 1 页。

②　陈建华：《"革命"的现代性：中国革命话语考论》，上海古籍出版社 2000 年版，第 30—36 页。

③　《谭嗣同全集》（增订本），蔡尚思、方行编，中华书局 1981 年版，第 342—343 页。谭嗣同以为中国复兴的前提就是新旧两党血流遍地，没有调和的余地。带了强烈的敌我意识投入变法运动，结果可想而知。

④　参看金重远《民报和康有为有关法国革命的争论》，载《法国大革命二百周年纪念论文集》，刘宗绪主编，三联书店 1990 年版，第 29—39 页。

　　大仲马的小说《玉楼花劫》(1846) 同情地记载了路易十六一家被拘禁直至遇难的经过。林纾写道:"法国初变共和,昏乱之事,亦惨无天日。"(《书话》,82) 1908 年,他与魏易合作,翻译出版奥克奇男爵夫人(1865—1947) 的《英国大侠红蘩蒥传》。这部小说同样是描绘法国革命后原上层社会的不幸遭遇。他在译本序中称这本小说"斥自由平等,至矣,尽矣"。法国斩刈贵族,"然古无长日杀人而求其国之平治者"。法国革命的错误即在简捷:"天下太快意事,万非吉祥之事。法国之改革,怀愤者多以为是,而高识者恒以为非。此务在有国者上下交警,事事适乎物情,协乎公理,则人心自平,天下自治。"如果他曾批评戊戌变法时的"躁进",痛斥庚子年的群体性的疯狂,而又苦口婆心地劝国人走一条看起来平缓、实际上更加艰难的"上下一力敦根本"之路,那么他对前途未明的巨变当然可以说不。这部流行英国小说于是就被他用作对国人的警示:"至红蘩蒥之有无其人,姑不具论。然而叙法人当日之咆哮,如狂如痫,人人皆张其牙吻以待噬人,情景逼真,此复成何国度!以流血为善果,此史家所不经见之事。吾姑译以示吾中国人,俾知好为改革之谈,于事良无益也。"①

　　在林译小说中,直接描写法国革命的还有他与毛文锺同译的《双雄义死录》(商务印书馆 1918 年版)②。虽然雨果是共和派,他对法国大革命的态度却是暧昧的。在小说第二章,巨剑号巡洋舰遇风浪,剧烈颠簸,一门固定在甲板上的大炮脱开铁链,撞击船体,压死水兵,击碎任何出现在它不规则突进之路上的物件。雨果称它是"永恒的奴隶",借此喻指 1789 年革命爆发后一系列无法控制的事件③。小说卷二第一章是西穆尔丹的画像。这位昔日的神父推崇绝对性,科学摧毁了他的信仰,于是他对宗教的狂热转变为对暴力革命的狂热:"他盲目自信,像箭一样,眼中只有箭靶,直直奔向箭靶。在革命中,最可怕的莫过于笔直的路线了。"④ 摸索而行的改良道路,迂回曲

---

　　① 小说讲的是一个英国秘密会社"红蘩蒥团"("一人指挥,十九人服从") 救助落难法国贵族的故事。领袖是风流倜傥的准男爵佩西·布莱克尼爵士(Sir Percy Blakeney),他暗中以"红蘩蒥"的名义带领十九位英国贵族和上层社会人士组成"红蘩蒥团",出生入死,与法国恶徒"沙弗林公民"斗智斗勇,将法国大革命的"恐怖统治"时期的法国贵族救出虎口。佩西爵士看起来风流倜傥,不问政治,连他的夫人也被他的外观所蒙蔽。小说在 20 世纪初非常流行。"红蘩蒥"是佐罗、蝙蝠侠和蜘蛛侠等无名侠客英雄的前身。

　　② 当时已有东亚病夫(曾朴) 的译本《九十三年》,上海有正书局 1913 年版。

　　③ 《九三年》,桂裕芳译,译林出版社 1998 年版,第 28—37 页。

　　④ 同上书,第 103 页。严复 1916 年 3 月 31 日信:"法哲韦陀虎哥有言:'革命时代最险恶物,莫如直线。'"《严复集》,第 3 册,第 633 页。"法哲韦陀虎哥"就是指法国小说家维克多·雨果。严复在同一封信里也批评梁启超的理想中人"常行于最险直线者"。

折；直线只是不审地势的铁路规划者在城市之间画出的最短连接线，在现实中是行不通的。

《林琴南笔记》中《夏学英》和《二虎》两个故事末尾都有评点，作者借机表达了对辛亥后种种丑相的极端失望："自命为元勋者，多伧偬，力众而声嚣，生杀之权，似转为此辈所执持耳。中国革命后，凡为郡县之会长者，皆为此辈，明目张胆，剽劫其乡里，而转冒公益之名。"① 19 世纪的法国久久不能从革命的阴影里走出来，至于中国，本来治理程度就低，"共和"之后，社会失序更剧，即便支持革命的人士（如李大钊），也怒斥当时的一派乱象。林纾并不是否定共和的理念，他惧怕的是中国将长期处于"恣我所为"的无政府、无法治状态之中："上流者识共和之利；而下流之视共和，直谓有罪，官不能治，可以恣我所为，即为共和国之自由平等，何其谬也！总言之，程度未臻，躐等而为之，宜有是流弊也。"②

民初的混乱令人惊骇，但是其来由并非不能理喻。英国小说《残蝉曳声录》探讨"罗兰尼亚国"的革命原委，林纾在《序》（1912）中将革命归罪于"专制之政体"：

> 凡专制之政体，其自尊也，必曰积功累仁，深仁厚泽。此不出于国民之本心，特专制之政府自言，强令国民尊之为功、为仁、为深、为厚也。呜呼！功与仁者，加之于民者也。民不知仁与功，又强之使言，匪实而务虚，非民之本心，胡得不反而相稽，则革命之局已胎于是。故罗兰尼亚数月之中，而政府倾覆矣。虽然，革命易而共和难，观吾书所记议院之斗暴刺击，人人思逞其才，又人人思牟其利，勿论事之当否，必坚持强辩，用遂其私。……言共和而政出多门，托平等之力，阴施其不平等之权。与之争，党多者虽不平，胜也；党寡者虽平，败也。则较之专制之不平，且更甚矣！

对前清的种种弊政和"文字之狱"③，林纾并不避讳，可见他无意回到"深仁厚泽"等空言虚辞充斥于世的前朝。林纾在《序》的末尾劝国民"力臻于和

---

① 《畏庐小品》，第 364 页。
② 同上书，第 366 页。
③ 参看林纾笔记小故事《查慎行》，载《畏庐漫录》与《畏庐琐记》合订本，第 47 页。

平，以强吾国"①，似还抱有希望。难的是利达之心借革命萌发，收不住了。结果是"舍国仇而论私仇，泯政见而争党见，隳公益而求私益，国亡无日矣！"②

　　林纾于1912至1913年为《平报》创作"讽喻新乐府"多达一百二十二首，总体上看，这些白话诗是当时社会的绝妙写照，而且又体现了他善于从国际的格局来判断国内事务的特点。很多他的同时代人孤立地看待中国的变革，仿佛在北京发生的一切与列强无关。实际上中国国内的各种运动都引起各国的强烈兴趣，它们不动声色地通过代理人获取自己最大的利益。戊戌变法背后有着外人③，后来的革命派则公开宣称"暗结日、英为后劲"，以至辛亥后日本插手中国事务更深。林纾曾为《平报》发表十篇时评④，他切盼南北双方彼此推让，不出恶声。但是在当时的政坛，联合外人打击国内的对立面，已成风气。热衷内斗者眼中所见只是权力，和平之论反而被认为是单纯迂执的。严复也在《平报》上发文说："民国既建，又托于政党之诐辞，所争者存乎门户。门户所以为声利也，人人死党背公，国利民福之言，徒虚语耳。"⑤ 所谓的"二次革命"失败后，孙中山为了倒袁，竟然致函新成立不久的第二次大隈内阁，以印度之于英国来比喻中国之于日本，投附日本的热诚，令人心寒⑥。当时七省宣布独立，林纾写白话诗讽刺，预见到了日本的威胁：

　　　　独立独立，一人欢喜万人泣。

　　　　独立岂皆大将才，不过卷逃思发财。

　　　　浪人当前敌，日本为后台，锣鼓一歇往里来。

---

　　① 《残蝉曳声录》序言末尾署的是"中华民国元年七月朔"。《书话》，第105页。这部小说先在1912年的《小说月报》连载，商务印书馆的单行本1914年出版。

　　② 《离恨天·译余剩语》(1913)，载《书话》，第110页。

　　③ 详见王树槐《外人与戊戌变法》，上海书店出版社1998年版。康有为逃离北京后坐英舰去香港，英国公使馆中文秘书戈颁多次与他谈话，并将谈话内容整理成备忘录。戈颁发现，"他（康有为）对中国与列强的关系和磋商的情形知道得很少，似乎他只集中精力于内政改革问题，不大注意，甚至毫不注意外交关系"。戈颁还在致莫里循信中说，康"真是一个可怜的人——一个狂热的人和空想家"。转引自茅海建《从甲午到戊戌：康有为〈我史〉鉴注》，第791页。康有为在百日维新期间数度建议中国与别国"合邦"，对象要么是日本，要么是英、美。此事又可以为戈颁的评价做注。

　　④ 详见张俊才著《林纾评传》，附录一。

　　⑤ 《〈严复集〉补编》，第126页。

　　⑥ 《六十年来中国与日本》，第六卷，第28—32页。

最后一句尤其不能为后来的国民党所容忍："咸愿孙与黄，早早升天堂。"①

五　怨咨之声与盛满之气

　　林纾曾回忆，他祖母要他像祖父那样"畏天而循分"②。有敬畏之心，才能对自己有所约束。1924 年，他自书春联贴于门上："遂心唯有看山好，涉世深知寡过难。"③ 衰年病老，他对世态是有点悲观的，但是他哪怕在心情恶劣的场合下依旧不忘责己。他在 1882 年中举时已经 31 岁，其后多次赴京考进士，均不第而归。陈宝琛在为林纾 70 大寿写的寿文中称他"六试礼部不遇，则授徒奉母，充然自得"。可见他不为个人的际遇作愤激之词。他对那些自鸣不平的失意者，十分警惕，生怕自己因"不遇"染上同样的毛病。传统文人好说生不逢辰，虽有满腹经纶，报国无门，仿佛朝廷委以重任，做了宰相，世界才是公道的，自己才有机会施展抱负。其实读书人从事一业，惠及百姓和地方，也是服务社会，报效国家，林纾就把教书、翻译当成他的事业。正因为他自己有过屡试不中的经历，对落第者要求更高。他在《伊索寓言》中"狐狸吃不到葡萄"的故事后如此评点："落第者恒以新贵为不通，惟其有甚欲得之心，而卒不得，造言自慰，往往而有。故听言者，必察其发言之端与进言之由。"④ 他在《贾谊、董仲舒、刘向赞各一首并序》中写道：

　　　　三子均不遇于汉，而贾生、刘向语尤愤激，吾则以为少过矣。夫董子两事骄主，身贱而道不行。今读其所为书若未尝有憾焉者，岂其所挟持不如二子之大耶？抑其气之不胜耶？亦以儒者之进退，天也。忧世之不治，可也；愤世之不吾用，不可也。吾观贾生王佐之才，竟侘傺以死；刘向抗言，数对狱吏，其气为不可及矣。皆济之以董子之养，则庶

---

　　① 《林纾诗文选》，第 225 页。在《哀商界》中还有这样两句："万世不能忘此贼，罪魁陈李柏孙黄。陈李柏孙黄，要看天眼张，天眼张时汝快亡。""陈李柏"指当时响应孙中山和黄兴闹独立的陈炯明、陈其美、李烈钧和柏文蔚。同上书，第 222 页。要是说二次革命全是因为袁世凯"窃国"的结果，未免太简单了。

　　② 《先大母陈太孺人事略》，载《畏庐续集》，第 49 页。

　　③ 《林纾研究资料》，第 59 页。

　　④ 《伊索寓言》，第 75 页。

几乎君子之道矣。①

林纾积极入世，反对老庄无为之说，主张人尽其才，不必"槁死于无人之墟"②。但是他在个人的进退上听其自然，绝无必得之心，没有宦情，也不以此自我标榜，这在传统文人中是不多见的③。对他来说，在所学与个人进退之间，前者为重，后者为轻。长期以来，读书人被功名心所左右，个人的野心稍稍受挫就愤愤然，金榜题名则忘乎所以。或悲或喜，皆出于主我的考虑。高梦旦考秀才不中，林纾在《赠高梦旦序》如此称赞他："其艺不售，退居一楼，读书不辍……何其所为类有道者耶。夫士之战艺于有司，屡试而辄北者，其艺果皆可信，又果皆有司之不明耶？耻其不得，而忮人之得，遂发为牢骚侘傺，以自托于贾生、刘蕡者，妄也。……然旦不非同进，不罪有司，怡然理其旧业，竟日对之无倦容，而谓不贤者能之乎？"高梦旦比他年少，但是他要"用旦以自治"(《书话》，第 204 页)。在中国文学史上，如此通达对待考场失败的态度非常少见，要扭转千百年来形成的功利主义读书观，实在太难了。

　　1919 年 2、3 月间，林纾与新派人物公开交恶，他的《荆生》和《妖梦》经北大法科四年级学生张厚载之手在《新申报》的"蠡叟丛谈"栏发表。3 月底，北大校方以莫须有的传播谣言、损坏校誉的罪名将张开除，张不得已准备南归，与林纾告辞。林纾在《赠张生厚载序》中称赞他"其容充然，若无所戚戚于其中者"。他接着写道，能否毕业，不取决于一己；至于求学，则永无毕业之时："君子之立身也，当不随人为俯仰。古之处变而安者，宁

---

①　《畏庐文集》，第 69 页。"君子之道"背后是一种自尊："男子处困，首贵养气。一涉怨望，易生乞怜之心。"《伊索寓言》，第 33 页。

②　《伊索寓言》，第 38 页。

③　比较英国小说家康拉德在《间谍》(张健译，人民文学出版社 2002 年版)一书中关于那位自以为怀才不遇、沦落为恐怖分子的"教授"的描写。"教授"年轻时工作勤奋，是一家技校的实验室技术员，他自以为受到不公平待遇，与校方吵翻。康拉德写道："他非常自信，认为自己的长处没有发挥出来，这样社会就很难对他施行公正的待遇了。公正这个概念有没有标准，那要耐心等待让人家来说，你自己怎么一上来就说人家不公正呢？'教授'是有天才的，但是他缺乏听天由命这一伟大的社会美德。"(第 68 页)"教授"出身微贱，相貌丑陋，但是思想单纯，不通世故。他确信自己将会在社会上腾达，受人尊敬。"要达到这个目标无需求助于技巧、宗教、机谋或财富，需要的只是个人的才智。他从这个观点出发认为自己成功在望。……如果他的野心受到挫折不能实现，那么他对世界的本性就有了更明确的认识：世界上的道德是虚假的、腐朽的、亵渎神灵的。"(第 72—73 页)

尽泯其怨咨之声，顾有命在不可幸而免也。"① "不随人为俯仰"意味着独立思考。《新青年》同人全盘否定中国旧戏的时候，张厚载站出来与老师们辩论，恰是自由精神的体现。

中国诗歌有"言志"的传统，但是"言志"往往蜕变为抒发怨咨之言。酸呻苦吟的害处就是诗人将更加关注自我，同情心（或移情的能力）不能健康发育。林纾对诗人也多怨言。魏瀚在《闽中新乐府》的序言如此交代，作者"畏庐子"自称"不善为诗"，又"不乐为诗人"，写了这些白话诗无意发表，是他"强取而授之梓人"②。诗集是用笔名出版的，而当时的"畏庐"还没有文名。林纾在自序中也说，"目不知诗，亦不愿垂老冒为诗人也，故并其姓名佚之"③。可见诗人的雅号林纾并不羡慕。

在作于1922年的《畏庐诗存·序》上，林纾谈到自己为什么对诗人有恶感："余恒谓诗人多恃人而不自恃。不得宰相之宠，则发己牢骚；莫用伧父之钱，则憾人鄙啬。迹其用心，直以诗为市耳，乃绝意不为诗。"实际上他早在1880年代就加入过诗社④，可见诗人也不是都想"得宰相之宠"，"用伧父之钱"。但是他确实对文人恶习有深刻体会，还利用翻译美国作家欧文著作《旅行述异》的机会，狠狠挖苦、抨击一番。欧文这本随笔或短篇小说集发表于1824年，远不像《拊掌录》那样受读者欢迎，但却因书中第二部分关于文坛和戏台边边角角的十个故事，深得林纾之心。小说叙述者"我"通过一位名为"白克宋"的失意者走进伦敦的街巷，见到种种文艺误人的景象，而"白克宋"本人的沉浮是这一部分的精华。欧文作品里的那些人物只是在社会边缘挣扎，（自以为）有点文才，但是既非名士，亦非诗人。林纾为此书写的两篇短文却以名士和诗人为讽刺的对象，更多着意于中国文学。他在《序》中指出，有的文人属于"自蔽者"一类，他们以自我为中心，多虚枵之气，议论公事，言论偏于险绝，很难取平正的立场，而那一套套的故意作态，简直让人作呕：

　　　　名士立身托业之始，亦何尝用以哕人，顾以不善治生之故，而又傲兀凌铄，自穷其求生之途；又非诸葛公所谓澹泊明志者，衣服饮食，一

---

① 《畏庐三集》，第14页。
② 《闽中新乐府》，第3页。
③ 同上书，第4页。
④ 《林纾研究资料》，第120页。

一希于安饱，无以异于恒人，而独其治生者，力与恒人矫，则宜乎颠沛穷蹙，以诗鸣号，上怨天而下尤人。初未尝反躬而责实，此则自蔽者之流弊也。……且名士者，多幽忧隐憾，散发呼嚣，歌哭不恒，陵诟无上，则浑良夫之叫天也，殆有鬼之气矣。文干当路，书诟故人，茹恚鸣高，嬐欲表洁，无能事事，待人而食，稍不加礼，动肆丑诟，则兰陵老人之怒尹也，殆有盗之气矣。且自窖其诗，已不类于窖藏，而日欲冀人之歆，则为计乃愈左。

写到此处，林纾笔锋一转，自顾一生中"未敢怨犷不平，咆哮以恣吾愤，又未敢蒙耻自托于豪贵"(《书话》，第51页)。

《旅行述异》第二部分的总题是"文家生活"，在《画征》篇之后，林纾写了一篇神采飞扬的识语，格调非常新鲜。他先就中西习俗不同一说发问，这在只认"夷夏之辨"的年代是有点出格的，然后以诙谐恣肆的笔法讨论欧阳修在《梅圣俞诗集序》中提出来的"穷而后工"：

> 西俗之于吾俗，将毋同乎？吾人之言曰：人穷而后诗工。岂诗之能穷人哉？[1] 诗人固有自穷之道，尤以诗为导穷之途；入其途弥深，则其穷也亦弥酷。盖诗者，高超拔俗，驾清风，抱明月，若无与于人事者。心思既旷，见地亦高，傲藐尘壒，恒视人事为淀浊，而漫不屑意，望簪组如桎梏，而鄙不欲加，宜若仙仙而飘举哉。顾妻子之须衣食，如常人也；衣食之求温饱，亦如常人也；而诗道之去治生，则又悬绝如霄壤。一旦忽悟及吾妻吾子，宜衣食也，妻子衣食，亦宜饱暖如恒人，乃大悔恨。吾负此高世之才，而竟幻此寒相。仰首四盼，则峨冠而长绶者，不

---

[1] 《梅圣俞诗集序》："予闻世谓诗人少达而多穷，夫岂然哉！盖世所传者，多出于古穷人之辞也。凡士之蕴其所有，而不得施于世者，多喜自放于山巅水涯之外；见虫鱼草木风云鸟兽之状类，往往探其奇怪，内有忧思感愤之郁积，其兴于怨刺，以道羁臣寡妇之所叹，而写人情之难言。盖愈穷则愈工。然则非诗之能穷人，殆穷者而后工也。"转引自郭绍虞《中国文学批评史》上册，商务印书馆1934年版，第398页。所谓穷而后工，又源于司马迁的"发愤著书"。韩愈说"穷苦之言易好"，并不一定主张"穷苦之言"就在"欢愉之辞"之上。中国译者喜欢把"发愤著书"的观念用于外国作家。孙毓修介绍英国作家，竟说："彭宁（现译班扬）之遭际，亦可怜矣。穷愁著书，中外一例，殆亦天地间一种之公例耶。"他称笛福"怀抱直道，郁郁不得志于宗邦"。《英国十七世纪间之小说家》，载《二十世纪中国小说理论资料》，第一卷，第423、424页。林纾自己有时也落俗套。孟德斯鸠曾担任多种公职，又是巴黎社交场上的明星，林纾却在《鱼雁抉微·序》中说："孟氏者，孤愤人也。"(《书话》，第117页)

能为诗者也；硕腹而拥资者，又不能为诗者也。不能诗而忽富贵，而吾学实冠天人，乃不得一饱，于是郁伊淋漓，日迁怒于富贵者，斥为浊物，作诗寓怀，实皆媢嫉怨望之音吐也。间有富贵者偶加以颜色，则又大喜，以为旷世之知己。但观八哀之诗，冥报之语，足知古人如靖节、少陵，[1] 犹复不免，矧时辈哉！

诗人又互相鄙薄，分门别类，"矜其识力，张其坛坫"。他们往往以地域为界，自高其高："必揭麾举纛，令人望景而趋，是身为齐人，屈天下均齐语；身为楚产，屈天下皆楚语，此势所必不至者也。不善治生，又好龂龂其同类，孤行其意气，则取穷之道，又宁咎人？且诗人者，又乞儿之穷相者也。"（《书话》，第53—54页）林纾也看到这类诗人可以点缀世界，并以新奇的西洋发明（留声机）来比喻诗人失意之状："诗人之诗，殆类留声之机器。人既渺矣，而声响尚存；受抑虽在一身，而能诉其冤抑于千载之下，令人生其惋惜。脱令躬接其人，观彼傲兀之状，又足生厌。"（《书话》，第54页）

　　自我怜悯、无病呻吟乃是传统中国文学中的大病。这种病态的自我关注，削弱了诗人的移情和认知能力，需要弗洛伊德所阐述的"现实原则"加以制约和纠正。林纾的诗人观是民主平等的，非浪漫主义的，与摩罗诗人观异趣。他并不相信诗人有什么资格自称人类的楷模或立法者，反之，诗人应该是社会里普通的一员，没资格享受什么想当然的特权，也得学会谋生的本领，养家糊口。（《伤逝》里的涓生还得想想他自己是不是踏上了"导穷之途"。为什么治生的担子非得转移到子君肩上，而他可以心安理得地抱怨荤菜太少？）林纾把诗人从不食人间烟火的神坛拉回日常生活之中，比那些续写浪漫派诗人神话、自以为领风气之先的文坛后辈更加开明。他读了李拔可的诗之后，鼓励他像杜甫、元结那样做"可信之诗人"。这样的诗人能超越小我，"其以所鸣号者，固大有益于其国众也"[2]。

　　林纾好谐谑，自比莎士比亚《仲夏夜之梦》中喜欢调皮捣蛋的"拍克"。

---

　　① 陶潜《乞食》诗云："衔戢知何谢，冥报以相贻。"杜甫《八哀诗》所记八公，或许可以"富贵者"言之。能对陶潜、杜甫的某些诗作说不，需要极大的勇气。

　　② 《赠李拔可舍人序》，《畏庐文集》，第12、13页。比较英国哲学家、小说家爱丽丝·默多克的"去我"（unselfing）观。默多克在德性与风格之间看出某种联系。她指出，将注意力集中于独立于自己而存在的现实，需要艰难的努力，非能克己者不能为，因为注意力往往偷偷地转回到自我，"在自我怜悯、怨恨、幻想和绝望中寻求慰藉"。因此，以无我之心关注身外的一事一物，也是一种德性。见爱丽丝·默多克：《善的至尊》，伦敦，1970年，第93页。

上面两段引文，语言夸张，但确实是中国文学史上不多见的妙笔。文人反躬自省，学会想他人所想，感他人之感，才是真正艰难的。诗人与小说家一样，也应走出小我的樊笼，进入王国维所说的"无我之境"，进入包罗万象的"人事"（可以是社会活动，也可以是兴趣爱好的追求），乐于一业，心地自宽。这就是为什么林纾为明代的杨继盛自制乐器所感动也会受益："畏庐幼时读杨椒山①年谱，则自闭空房而哭。然吾父母仁爱，兄弟和睦，所遇不如椒山之蹇。吾胡哭也？……椒山少而见屏于父兄，分家时，但得米豆数斗。……后此椒山忠节，可勿待言。然其治乐时，能自购胶漆刀锯之属，躬制乐器，此亦留心实业者也。"（《书话》，第69页）文人不应该太关注自己。林纾欣赏归有光的原因之一是他关心社会生活中的具体问题、小问题。"震川之文，多关心时政。论三区赋役水利书及三途并用议，语语切实，不类文人之言。其最足动人者，无过言情之作。……曾文正讥震川无大题目，余读之捧腹。"②

正是出于对自鸣不幸之病的警觉，对自我的警觉，林纾在给儿子的信上要他警惕"盛满之气"，这和伯克所说立法者必须如履如临是同样的道理③。1908年，林纾子林珪任顺天大城县知县，他驰书示居官之道："患尔自恃吏才，遇事以盛满之气出之，此至不可。凡人一为盛满之气所中，临大事行以简易，处小事视犹弁髦。"④ 十年前的康党，为盛满之气所中；十年后的激进知识分子也多文人恶习，在盛满之气驱使下以偏概全，排斥异己，好走捷径，热爱自由而不明群己权界，行事方式依然专制。

戊戌变法的惨烈结局与个别人物的自负狂妄有必然的联系，康有为、谭嗣同都是"为盛满之气所中"的典型。请看谭嗣同的《晨登衡岳祝融峰二篇》（之一）："身高殊不觉，四顾乃无峰。但有浮云度，时时一荡胸。""豪

---

① 杨继盛，字仲芳，号椒山，嘉靖进士，曾任兵部员外郎，著有《杨忠愍集》。"从尚书韩邦奇游，覃思律吕之学，手制十二律，吹之声毕和。"见《明史》卷二百九《杨继盛传》，中华书局1974年版，第5536页。

② 朱羲胄述编：《春觉斋著述记》卷二，第12页。

③ 伯克的观点与我国"积弊不可顿革"的古训比较相近。他说，我们处置无生命的事物时尚且不能漫不经心，"当我们破与立的对象不是砖木、而是有感觉的生灵时，慎重与细心更成了责任心的一部分。突然改变他们的生存状态、条件和习惯，无数人可能陷入惨境"。因此，一位合格的改革者或"真正的立法者"应有敏感的心，"他应该热爱和尊重他的同类而戒惧他自己"。《法国革命论》，何兆武、许振渊、彭刚译，商务印书馆1998年版，第219页。这一译本将作者名字译为"柏克"，本文采用国内学界通用的"伯克"。

④ 朱羲胄：《年谱》，卷一，第37页。

迈"之类的评语用于此处还略感不足，因为容易掩盖傲慢乃至自我的恶性膨胀。《论艺绝句六篇》（之二）中的两句"气势"更是雄大："万物昭苏天地曙，要凭南岳一声雷。"① 康有为 1888 年就因马江战役之败上书请变法，他在作于当年的七律《感事》中自比贾谊："治安一策知难上，只是江湖心未灰。"② 原来他等候理想中的汉文帝超迁，授以大权（"诸律令所更定，及列侯悉就国，其说皆自贾生发之③"），这样的变法，主次易位，君主乃至整个国家反而沦为改革者实现个人理想的工具。翌年他在《出都留别诸公》中又有豪言壮语："高峰突出诸山炉，上帝无言百鬼行。"④ 这是戊戌之前所作。梁启超在《南海康先生传》中的一段话最能表达康有为的傲气："常有六经皆我注脚，群山皆其仆从之概。"⑤ 一位身居要津的改革者气势豪迈到这等田地，自然想发动政变。康有为的很多举动莫不表明，"尊皇权"只是一个借口而已。

一位爱国者必须学会自制，才能真正无私。林纾在《畏庐记》中自警："持虚栩之气，矫高厉之节，时命适称，其人亦可以权为君子。不幸者，重名在前，美利在后，乡党誉之，朋友信之，终其身无闻过之日矣。"天下最可畏的莫过于后者。他对潜伏的私心极其警惕，"察其发言之端与进言之由"也是针对自己的。鲁迅的《十四年的"读经"》一文骂倒读经，文中有暗指林纾之处（"孔子岂不是'圣之时者也'么"）。他说读一点古文，"就可以知道，怎样敷衍，偷生，献媚，弄权，自私，然而能够假借大义，窃取美名"⑥。看来"糊涂透顶的笨牛"都被这些名实不符的"把戏"糊弄了。林纾偏偏不是。他的《畏庐记》里有一个跟鲁迅非常接近的观点，即没有畏过自治之心，就会"矫厉粉饰，匿瑕护垢，冀以终存其名"⑦。可见该为这种心理"把戏"负责的不是读经，而是畏过自治之心的缺席。很少有士人像林纾那样勤于自省，奇怪的是他的这种品质以前很少有论者谈到。他在《畏庐文集》首篇《析廉》一文指出，贪赃枉法，固然可恨，但是这方面的"律身"

---

① 《谭嗣同全集》，第 76—77 页。

② 《康有为政论集》，汤志钧编，中华书局 1981 年版，第 62 页。

③ 《史记》卷八十四《屈原贾生列传》，中华书局 1982 年版，第 2492 页。

④ 《康有为政论集》，第 73 页。该诗题下有这些文字："吾以诸生上书请变法，开国未有，群疑交集，乃行。"

⑤ 《饮冰室文集》之六，载《饮冰室合集》第一册，第 87 页。

⑥ 《鲁迅全集》，第 3 卷，第 138 页。

⑦ 《畏庐文集》，第 58—59 页。

还远远不够。"一日当官，忧君国之忧，不忧其身家之忧。宁静澹泊，斯名真廉。"贪财为贪，贪权贪势更贪。有的青史留名者"任气以右党，积偏以断国，督下以诿过，劫上以迁权，行固以遂祸，挑敌以市武，胺民以佐欲，屏忠以文昏，其人日恃然自直其直，以为廉"。其实清廉者也有贪权贪势之病，其祸害往往不比贪财为轻，严重的可以"劫君、绝民、覆国"①。

自冒清廉者的驱动力不外乎"骄"，这是《畏庐文集》第二篇《黜骄》处理的话题。"骄"必须严防："盛生骄，骄生阉，阉生决。骄阉之人，而护之以决，授之以柄者，必无幸矣。"这样的人往往假公心行私欲而不自知，处于高位，危害极大："匿欲者言义必工，浅谋者论事易动"，一旦这类人物占据要津，那是全民的灾难。"国无政而令骄阉者得行其志，吾属虏矣！"② 对那些藐视死亡、愿意以身试法的"英雄"，他察觉出他们身上的骄、阉、贪。在《续司马文正〈保身说〉》一文中他写道："危吾言，张吾气，盛吾党，前颠而后踬，既振而复踣，以万金之躯市一字之史，无救于国，徒戮其身，此何为者？"这些文字正可谓谭嗣同的生动写照。文中林纾讨论的是东汉末期一段历史，李膺、杜密死于党锢，郭泰、申屠蟠命运迥异。郭泰专事教育，形成一种舆论影响，林纾甚至颇有以郭泰自况之意："然则处东汉之时，居李（膺）杜（密）之位，所以待群小者，如何而可？曰：志在讨贼，才不至焉，不可；才足讨贼，权不属焉，不可；权属矣，而不得其时，据其势，尤不可。郭、申智者，故翛然而行。"③ 如果司马光讨论东汉党锢的目的是认识他自己时代的政治，那么林纾也是以此检讨清末的有为与有所不为。"才足"、"权属"、再加上时机成熟，那就是瓜熟蒂落，水到渠成，其过程驯致有序。他还举了一个例子："有人夜行，经江村，乘北风而吟。甫出口，群獒夺门而嗥。掷石而投，獒来益众。"假如数人结伴，又当如何？"苟联袂而行，倡和相属，必有愈怪而愈厉者。况又掷石以投，拗其怒而使之必噬乎？"他难道不是在反思戊戌年间的大改革中个别"骄暗者"的行事风格吗？他真正关心的是责任重大的改革者应该如何谨慎从事，而非个人如何"明哲保身"。在复杂的情势下，聚徒结党，"倡和相属"，主动挑衅，只会速败，当

---

① 《畏庐文集》，第 1 页。
② 同上。
③ 《畏庐文集》，第 2 页。1921 年，宣统书"贞不绝俗"四字颁赐林纾。东汉官员范滂称郭泰"隐不违亲，贞不绝俗，天子不得臣，诸侯不得友，吾不知其它"。郭泰事迹见《后汉书》卷六十八《郭泰传》，中华书局 1965 年版。范滂与李膺、杜密相类，"慨然有澄清天下之志"，死于党锢之狱。

事人内心深处并非没有"骄暗者"自私的动机。林纾的这种思想在中国的激进传统中是非常难以理解的。

《畏庐三集》中有一篇文章又涉及戊戌变法时的党祸。理解忠臣烈士的苦心，是难之又难的。林纾在《赠金生锡侯序》里比较了他的朋友寿伯茀与"忼爽之士"的不同品质。甲午之后，寿伯茀也是维新派，戊戌年考中进士，百日维新期间还蒙光绪召见，但是他在风格上与放言高论者迥异：

> 吾友寿伯茀先生生时，与语国家蹙蹙之状，恒惭慨引为己责，其视忼爽叫呶、凌诋一切、貌为忧伤者亦远矣！党祸既兴，逻骑四出，所谓忼爽之士，戚戚患其染，豫走散伏匿。

党祸之后，"豫走散伏匿"的"忼爽之士"除了康梁，还有谁呢？这是林纾对康梁这两位大人物非常直接、严厉的批评①。改革者必须引"忼爽之士"为戒，不然国难未有穷时。林纾在新文化运动几位擎旗人身上看到的还是那副"忼爽叫呶、凌诋一切"的派头。他还在《赠光禄寺卿翰林院庶吉士宗室寿富公行状》一文中写到他的老友："（寿伯茀）论天下大势，以力泯满汉畛域为先，立知耻会，勉励八旗子弟敦学。议者颇有异同，公慨然无所恤。"②思想自由者首先必须面对异议"慨然无所恤"，没有这样的气度，势必不容他人立异，然后四处树敌，危乱大局。相比而言，寿伯茀才是更值得敬仰的改革者。可是在现实中，"忼爽之士"凌诋一切，貌为忧伤，反而容易博取廉价的掌声。辛亥后，康梁回国，林纾也与他们交游，他在赠康有为《万木草堂图》上的题诗中有这样两句："历历忠言今日验，滔滔祸水发端微。"③假如康有为在与革命党人辩论时发表过的反对激变的文字称得上"忠言"的话，那么他在戊戌时的一些卤莽灭裂的党人言行是不是也得为"祸水"的发端负责？严复在1916年的私人信件里对康梁有一段苛评："吾国自甲午、戊戌以来，变故为不少矣。而海内所奉为导师、以为趋向标准者，首屈康梁师弟。顾众人视之，则以为福首，而自仆视之，则以为祸魁。"④林纾以为然否？

---

① 《畏庐三集》，第12页。书中题目下还有几个小字："此稿久遗，觅得补入。"
② 《畏庐文集》，第35页。
③ 《康南海书来索画万木草堂图即书其上》，《畏庐诗存》，卷上，第10页。
④ 《严复集》，第3册，第631页。

　　林纾走上译述之路，魏瀚起过关键作用。魏瀚是中国海军舰船设计制造的先驱，但是他在马尾船政局并不顺心，另谋职位，又遇阻力。林纾鼓励魏瀚北上，在给他的信上，问起他"所制铁舰"的近况，又谈及晚清新政之难、魏瀚个人之难。问题也许出在士人太急于表现自己，建立功勋："有分功之思，则觖望之事弥甚于仇雠。故凡语言酬应，精神稍不相属，引憾已足刺骨。况又忼爽质直，自行己意。此人言之所以不直于执事，必欲求逞者也。"他希望魏瀚坦然自信，"勿见才，勿任气，苟有报国之事，以诚恳雍容出之"①。这才是一位合格的改革者应有的风度。

六　结　　语

　　一战结束后，中国政府决定拆掉庚子赔款后修建的克林德碑，大快人心。抱病在家的陈独秀听闻消息，反而生出无限忧愁。以他之见，义和团闹事的根源未去，拆碑岂非多事？于是他作文探讨拳乱的主因，首先严责道教，然后扩大打击面，将中国文化（儒释道三教合一）、旧戏和守旧党全都送到被告席上，并指明今后世上的两条道路："一条是向共和的科学的无神的光明道路，一条是向专制的迷信的神权的黑暗道路。"② 陈独秀拒绝"洪钧老祖"式的迷信，但是他的反对原因更多是理论的、抽象的，而两条道路说基于简单的二分法，更显草率。林纾在《剑腥录》和《蜀鹃啼传奇》里对义和拳的刻画，同样有警示国民的意思③，但是作者并没有将庚子年怪异的想象固定为中国文化的本质，必须全面彻底更革。按照陈独秀的二元对立思维，林纾反对义和团就有点说不通了。陈独秀或许没有想到，林纾在戊戌变法之前，已经在乐府诗中批判过"洪钧老祖"、"神僧济颠"所代表的弊俗，而且一生未曾松懈。

　　任何改革，不论是社会的还是政治的，其过程必然是迂曲渐进的，但是

---

　　① 《与魏季渚太守书》，《畏庐文集》，第9页。

　　② 《独秀文存》，第241页。

　　③ 周作人觉得《剑腥录》（又名《京华碧血录》）好的是第十九章至二十五章："林先生在这寥寥十五页里记了好些义和拳的轶事，颇能写出他们的愚蠢和凶残来。……想借符咒的力量灭尽洋人，一面对于本国人大加残杀，终是匪的行为，够不上排外的资格。"结果是"于夷人并无重大的损害，只落得一场骚扰，使这奄奄一息的中国的元气更加损伤"。《读京华碧血录》，载《雨天的书》，河北教育出版社2002年版，第185—187页。

从康有为开始的改革者，往往"就便而夺常"，"取快而滋弊"①，他们勇进而不退转，就如《蜀鹃啼传奇》里的罗楠鼓动众人时所说，"一力进前，勿计祸害。天下事畏首畏尾，断无成事"②。不像陈独秀，林纾没能找到中国积弊的原委，他无法劝说自己相信国号的变更就能包治百病，因此他从来不敢"一力进前，勿计祸害"。一国学问、实业如何，是否具备保证治学与兴业的价值根基，才是复兴崛起的真正本钱。清末民初的中国一直有人哗众取宠，号称找到了万恶之源。林纾在致蔡元培信上指出新文化运动与晚清激进主义的联系：两者都是"侈奇创之谈，用以哗众"。以往的革命者要驱除满人，推翻"专制"，以为有了"共和"之名，中国必强。目标都已达到，中国依然困难重重，于是又有过激之论，提出"覆孔孟、铲伦常"。林纾问道："因童子之羸困，不求良医，乃追责其二亲之有隐瘵，逐之，而童子可以日就肥泽，有是理耶？"③ 五四之前，舆论界为一些粗率的"追责其二亲之有隐瘵"的言论所主导。1919 年 3 月 13 日，张奚若从美国致函胡适，表达了他的忧虑："一知半解、不生不熟的议论，不但讨厌，简直危险。"④ 林纾的《妖梦》发表于《新申报》（1919 年 3 月 18—22 日），文中有一句话与张奚若的警告极为相似："善乎西哲毕困腓士特之言曰，智者愚者，俱无害，唯半智半愚之人，最为危险。"⑤ 学生领袖傅斯年在运动后意识到，作为学生，最终必须厚积实力，不轻发泄。胡适后来建议大家拿出镜子来照照自己，丝毫不客气地断言，标语口号和街头政治还无法立人立国："我们必须学人家怎样用教育来打倒愚昧，用实业来打倒贫穷，用机械来征服自然，提高人的能力与幸福。我们必须学人家怎样用种种防弊的制度来经营商业，办理工业，整理国家政治。"⑥ 林纾一生没有宏伟蓝图，他担心"临大事行以简易"，最终危害社会，并将损害目的的正当性。巨变或许能取决于一时，但是能否成功，毕

---

①　这是林纾批评新文化运动主将的用语。《答大学堂校长蔡鹤卿太史书》，《畏庐三集》，第 27 页。

②　《庚子事变文学集》，下册，第 873 页。

③　《畏庐三集》，第 26 页。这一说与伯克在《法国革命论》中的比喻有点相像："一个国家的孩子竟然莽撞地把年迈的父亲剁成碎片置于魔锅之中，他们居然指望用带毒的莠草和莫名所以的咒语使父亲的机体复活，使他们的老父得以重生。"《法国革命论》，第 128 页。

④　转引自耿云志《傅斯年对五四运动的反思——从傅斯年致袁同礼的信谈起》，载《历史研究》2004 年第 5 期。

⑤　转引自《林纾研究资料》，第 85 页。"毕困腓士特"当为"毕困士腓特"，即邱炜萲在《挥麈拾遗》中提及的政治小说《燕代鸣翁》作者"皮根氏"（本杰明·迪斯累利）。

⑥　转引自胡明《胡适传论》，人民文学出版社 2010 年版，第 700 页。

竟取决于实业与学问的储备。

　　20 世纪初的中国危机四伏。陈天华早在 1905 年年底就对出于功名心（即私心）的"取巧"的革命有所意识。他一度为个别人士的名声所惑，但是一旦发现问题，也能直言无畏。他在《绝命书》中表示，为了推翻自己国家政府不惜利用会党和外国势力，断不可取："己力不足，或至借他力，非内用会党，则外恃外资。会党可以偶用，而不可恃为本营。……至于外资则尤危险，菲律宾覆辙，可为前鉴。"而且社会开化未足，"恐未足以救中国，而转以乱中国也"。年轻人必须"坚忍奉公"，"刻苦求学，徐以养成实力，丕兴国家"。在这条崎岖曲折的道路上没有任何捷径："凡作一事，须远瞩百年，不可徒任一时感触而一切不顾。一哄之政策，以后再不宜于中国矣！如有问题发生，勿轻于发难。"① 这种思想，虽然不利于造反夺权，却有利于长治久安。《绝命书》刊发在只在海外流通、公开宣称其首要"主义"为颠覆政府的同盟会杂志《民报》（第二号），林纾大概是看不到的。陈天华在日本大森海湾蹈海的同时，另一位留日学生潘英伯在韩国仁川港投海"殉国"。林纾的《公祭潘烈士文》可能就是为他而作，祭文中的"悯势知衰，惟学是蓄"八字，同样表达了厚积学问、丕兴国家的意思②。

　　一个国家的过去与现在必须接续，将来才有保障。接触并翻译外国文学更强固了林纾渐进的接续主义信念，就此而言，他是《东方杂志》杜亚泉的先行者。19 世纪俄国激进文学批评家杜波罗留波夫在评论屠格涅夫的《前夜》时以这样的语言呼唤翻天覆地的革命："你坐在一个空箱子里，想从里面倒翻箱子，多么费功夫！要是由外面来，一推就翻了。"③ 他所鼓励的是"不在其位，不谋其政"的态度。假如空箱子是社会，那么连这个社会也是他的敌人，至于箱子里无数普通的人民，包括老弱病残，以及祖上传下来的精美的瓷器，会不会因剧烈震动而受到伤害，他是无暇或者说无心计及的。也许，维持箱子不倒才是最重要的。一个国家改变的过程，就像旧房翻新，是一项需要细心筹划的复杂工程，最难的是改建期间还得维持秩序，保证房屋使用者安居乐业。林纾喜欢归有光的文章《项脊轩志》。项脊轩是归有光

----

　　① 见陈天华《绝命书》，载《陈天华集》，第 230—235 页。

　　② 《畏庐文集》，第 74 页。清末改良京剧《潘烈士投海》写的是通州人潘英伯的事迹。祭文中潘烈士名字寅，林薇认为恐即潘英伯。见《林纾选集·文诗词卷》，林薇选注，四川人民出版社 1988 年版，第 124 页，注 1。当时流行的烈士故事其实也多虚构笔法。

　　③ 转引自以赛亚·伯林《俄国思想家》，译林出版社 2001 年版，第 325—326 页。

的书斋，一座"尘泥渗漉"的百年老屋，光线太暗，但是稍为修葺，使不上漏，又"前辟四窗"，于是"日影反照，室始洞然"。经过一番改造，庭里"杂植兰桂竹木"，一有风来，小院子里"风移影动，珊珊可爱"①。这也体现了真正的复兴精神，人们曾因彻底推翻重来或白纸上画图画的热情，将旧房翻新的艺术遗忘。

废弃科举后一年，即光绪三十二年（1906），全国各地成立负责教育的"劝学所"以及宣讲所，同年 7 月 29 日，清廷学部为了"开通民智，启遵通俗"，悉心选择四十种"纯正浅易之书"供宣讲所使用，其中林译小说有三种（《鲁滨孙漂流记》、《美洲童子万里寻亲记》和《黑奴吁天录》）②。林纾选评的《中学国文读本》十册被学校广为采用③。就在林纾逝世之年（1924），商务印书馆出版《畏庐三集》和《后山文集选》等"林氏选评名家文集"共十四种。同年《撒克逊劫后英雄略》由茅盾校订注释，收入商务印书馆的"新学制中学国语科补充读物"系列④。商务印书馆在民国期间究竟印行了多少本林译小说，并无确数，但有一点是肯定的，那就是林纾以切实的工作制衡了某种偏激的趋势，即便没有取得胜利，也多少保证了新旧文化的接续。1981 年商务印书馆重出林译小说丛书，共十种，每种印数不一，多则十万以上，少则三万五千，可见喜爱林译的还大有人在。胡适断言他的翻译事业终归是失败的，实在为时过早。现在，林纾遗言"古文万无灭亡之理"已经是全社会的共识。

重读近现代中国文学史，往往感到林纾的译述与改良思想中，仍有一些重要的内容未被认识。他不仅是沟通中外的翻译家和卓有建树的评论家，也是对本国文化传统有着深刻反省意识的捍卫者。他在比较文化方面的文字，他对激进主义的批判，对实业和学问的反反复复的强调，对欧洲殖民国家和日本如何利用、挑剔别国内讧的认识，今日读来仍未觉过时。他所翻译的域外小说和阅读的欧美报章、著作，也为他的务实渐进的思想着上了底色。林

---

① 《震川先生集》上册卷十七，上海古籍出版社 1981 年版，第 429—430 页。

② 东尔：《林纾与商务印书馆》，载《商务印书馆九十年》，商务印书馆 1987 年版，第 537—538 页。

③ 长洲：《商务印书馆的早期股东》，载《商务印书馆九十五年》，商务印书馆 1992 年版，第 653 页。

④ 1947 年，这部译作又作为"新中学文库"出过三版。据东尔核实，这部小说还有商务印书馆的说部丛书版、万有文库版，在林译小说中"恐怕是版次、印刷量最大的一种"。《商务印书馆九十年》，第 537 页。

纾从未出过国门，但是他的"西学"以数量巨大的译稿为基础，细腻具体，绝非个别自以为明了世界大势、心醉于几个抽象名词而又"以吾辈所主张者为绝对之是"的新派人物能比。他曾浩叹，有的人（如伍光建）"为学率整而趣端"，他们精于西学但又"绝口不言西学"，于是"谀谀者乱西学之真，创立祖说，为国凶蠹"①。重新认识古典文学到现代文学的转型，不妨先从检讨"谀谀者"的西学开始。

　　在晚清，林纾译作的序跋曾如"叫旦之鸡"警醒国人②。辛亥以后，学界往往受制于朝代思维模式，奉民国为正朔，对辛亥前后不利于"共和"或民国领袖的言论，难以容忍。时间一久，思维就僵化板滞，思想资源也偏于剧变与"简易"的一端，面对新的历史挑战，显得单一，甚至贫瘠。"忼爽叫呶"和"傲兀凌轹"虽给人以绝对正确的美好感觉，但却是破坏性的，不利于认识自我和社会的复杂性，不利于只能行之以渐的建设和学问。林纾行走在历史的迷雾之中，未能预见到政治上的成败，但是这并不影响他的译述和渐进改良的思想在一个已经与清末民初全然不同的时代的新价值。在他诞生一百六十年之际，他的"忠悃之诚"和"抑遏掩蔽"的风格③或将引起沉郁而徐缓的回响，宛如远处的海潮大声。

　　（作者在为本文收集材料时，得到了郭道平博的帮助，特此致谢！）

［作者单位：中国社会科学院文学研究所］

---

① 《赠伍昭扆太守序》，《畏庐文集》，第16页。
② 《不如归·序》里有这一名句："纾年已老，报国无日，故日为叫旦之鸡，冀吾同胞警醒，恒于小说序中，撼其胸臆，非敢妄肆嗥吠，尚祈鉴我血诚。"（《书话》，第94页）
③ 《清史稿》卷四百八十六《林纾传》中有"忠悃之诚发于至性"之句。中华书局1998年版，第3442页。吴汝纶称林纾古文"抑遏掩蔽，能伏其光气者"。见《赠马通伯先生序》，《畏庐续集》，第25页。

台湾史志的修纂与近代士人网络

张重岗

　　内容提要　台湾近代士人社群的崛起，有多方面的历史机缘。科举、书院、结社等因素之外，史志的修纂是士人网络建构的重要方式。其中，值得探究的是台湾近代史志与早期史志、日据时代史志之间的差异性和连续性。在史志的修纂中，同时传递了很多信息，诸如台湾士人的史志观念、学思传承和人际网络等。需要进一步思考的是，由此形成的士人网络凸显了何种社会性的力量，它与不同时期的政治权力之间又存在什么样的复杂关系。

　　关键词　台湾史志　士人社群　文化网络　士绅社会

　　台湾近代士人社群的崛起，有多方面的历史机缘。科举、书院、结社等因素之外，史志的修纂是士人网络建构的重要方式。其中，值得探究的是台湾近代史志与早期史志、日据时代史志之间的差异性和连续性。在史志的修纂中，同时传递了很多信息，诸如台湾士人的史志观念、学思传承和人际网络等。需要进一步思考的是：由此形成的士人网络是如何形成的，凸显了何种社会性的力量，它与不同时期的政治权力之间又存在什么样的复杂关系。

　　本文分析台湾士人修纂史志的几个个案，同时讨论以下问题：台湾近代史志的品质和源流；台湾士人网络的形成及其社会力的凸显；台湾民间士人与官方权力之间的互动关系。

一　台湾近代史志个案之一：谢金銮、郑兼才的修志理念与文化交往

清嘉庆九年（1804），48 岁的福建侯官人谢金銮（字退谷）渡海至台湾，担任嘉义县学教谕。同年，比他小一岁的福建德化人郑兼才（号六亭）也宦游台湾，任台湾县学教谕。这一小小的巧合，为台湾史志修纂史的一段佳话提供了难得的机缘。

不久，二人的合作拉开了序幕。仅过了一年，台湾知县薛志亮设局续修《台湾县志》。于是，郑兼才向主事者郑重举荐好友谢金銮，一起参与志书的修纂。他在《申请续修〈台湾县志〉文》写道："因思台邑为附郭首邑，历任各宪建节重地，凡兴除善政、举废宏规，例当备书。其志视外邑所关较重，而头绪亦较繁，非得淹通博雅，未易综核详明。窃见嘉义县学谢教谕金銮，醇实端方，学有本原。令掌斯役，非惟继事修明，足补未备；而于前志所载，其异同得失之故，必能有所折衷，以传来许。某在任已越两年，耳闻目睹，亦得与薛令仰承大示，博采舆论，参核成书。"① 随后，谢、郑二人如愿共同担任县志的总纂，时历二年。清嘉庆十二年（1807），《续修台湾县志》得以编成。该志受到士林的称道，被赞为善本。由于这次修志获得的好名声，之后台湾又议修《郡志》之时，台郡绅士以为必得谢退谷、郑六亭二人而后可；可惜的是，此事未能顺遂达成②。不过，谢、郑二人在修志方面的深远用意，在台湾近代史志修纂史上不失为一个值得深入讨论的特殊案例。

与本文议题相关的有两个方面：一是史志的修纂理念，二是士人的交往之道。进一步，本文试图探究二者之间存在着什么样的内在关联。

对谢金銮、郑兼才来说，《台湾县志》的修纂是一件大事。需要考察的是，他们在修志中有何寄托？这种寄托又有何种伸展？当时，谢、郑二人往复书信甚多，可惜谢金銮的信件今不得见，郑兼才《六亭文集》中则保留了他的若干通信。其中，《与退谷》道："台湾当兵燹之余，孤悬海外，绥辑安

---

① 郑兼才：《申请续修〈台湾县志〉文》，见《六亭文选》，台湾文献丛刊第 143 种。
② 陈寿祺：《台湾县学教谕郑君墓志铭》，见《六亭文选》附录。又参郑兼才《覆署台湾守》，见《六亭文选》。

抚之计，足以重当路忧而不可旦夕宽，诚有十倍于《台志》者。然阁下与兼才之官，固学官也，其责任不足以系海外之安危，而实有关于邑乘之兴废。孔子作《春秋》，谓托之空言，不如见诸行事。志之修，亦犹是也；固关治理之大，而为阁下见诸行事之书也。"① 在信中，他首列"绥辑安抚之计"，认为是治理台湾、事关海外安危的重大战略。但是，修志并不因此而埋没，因为它关系到的是"邑乘之兴废"，同时更隐含着孔子作《春秋》的深意。

正因如此，他才把修志视为"海外事功"："台邑志稿，前年薛司马札来，谓开雕姑苏，经吴中旧友参订；司马死，其稿本梓否未详。阁下精力苦心具见是书，今尚付之不可知，兼才惧焉。世儒泥于重道德之语，辄卑视兴复营建诸举；不知圣人只在诚伪上论，苟涉于伪，即自以为道德，亦属空物，何论事功？若既所志无他，肯以其心为百姓用矣；即一手一足之烈、一土一木之功，安在非治理所关。故台志一役，兼才以为海外事功在此矣。"②

值得细究的是道德、事功二者之间的微妙关系。修志作为一种海外事功，其独特之处在于"有关于邑乘之兴废"的文化力量。而这种文化力量是以道德作为内在动力的。但郑兼才对此的独到理解，是把道德事功化，即所谓"孔子作《春秋》，谓托之空言，不如见诸行事"之说。这便把"兴复营建"与世儒对道德的拘泥区分了开来。而对作为学官的郑兼才来说，修志正是属于兴复营建的重要部分。

以学官自命的郑兼才，由此亦部分地限定了自己的使命。这是他与孔子之间的微妙差别。与孔子的春秋大业相比，郑兼才把自己的修志大事设定为"海外事功"。在他看来，兵治与文治仍有表面上的主次先后之分。"邑乘之兴废"固然重要，亦须以"海外之安危"作为条件。对孤悬海外的台湾的安危，郑兼才的体会甚深。他初到台湾时，恰逢蔡牵骚扰，忧虑随之加重。他所写的《山海贼总论》、《纪御海寇蔡牵事》等文章，散发出的正是动荡中求安定的祈望。

但是，就台湾的治理来说，郑兼才有更深一层的理解。亲民的理念，正是文化优先的体现。《上杨双梧太守书》对此有充分的阐释。当时，时任台湾知府的杨廷理因事内渡，离台在京参加会试的郑兼才以书信慰劳，道："古之君子官于其地，身虽去而心常留；况台湾为执事前后立功之地，想尤

---

① 郑兼才：《与退谷》，见《六亭文选》。
② 同上。

不能一日忘也。今之官台湾者，病在惑于民情浮动之说，往往多设仆役以备不测；甚至莅任之初，民壮导前、乡勇随后，长枪利刃照耀街衢，自谓时地宜然，实则徒滋纷扰。台民好动之习，未必不缘是启之。执事再来，悉事简易；两役淡北，骑从益轻减于平时。此其志在平贼、不为炫众，急于卫民、不自为卫，非徒矫前弊之失，以静制动，理本如是也。"① 其中，他对杨廷理的做法表达了欣赏之意。在他看来，杨廷理很好地处理了"平贼"和"卫民"的关系：平贼固然是明确的任务，但卫民才是内里的精神。处理好了这种关系，民情浮动之说不攻自破，也才能达到"以静制动"的目的。而"以静制动"乃是真正的治理之道，"悉事简易"不过是这种治理之道的外在表现而已。

修志一事，在精神上归属于这一以静制动、息事简易的治理之道。在同一封信中，郑兼才对杨廷理惺惺相惜，表达了二人在台学祠祀、蛤仔难内附、《郡志》重修方面的共同心愿，以及未能遂愿的遗憾之情："兼才离台湾在旧冬十一月之六日，其时初得执事掣回之信，兼才不暇为台民惜，而先自为惜。台学祠祀一门，与定例多歧；昭忠祠所祀，尤多缺略不全。去岁十月间，已录案由县备详；而执事适卸郡篆，事会不就，莫此为甚！然如蛤仔难之请内附、《郡志》之重修，明为执事最关心之事，今尚付之虚愿；如兼才者，又何足云！"② 说到底，这应归属于自古以来有心人的那一声长叹。如此说来，海外事功亦是一种春秋大业。

在修志的理念上，谢金銮、郑兼才试图融入史书的命意。他们虽然明了志与史的差别："作志与作史相仿，而实有不同。史之所重者在时事，志之所重者在地产（山川、疆域为地，人与物皆为产）；史以时事别异同于古今，志以地产别异同于方隅也。"③ 但仍然提出自己的修志理念："志书纪实，系以论断，体仿史书。"④ 从而，凸显了谢、郑二人在方志修纂上的大企图："虽方隅小乘，无可发明，然地理、民风、政事、学校、兵防、形势，上关乎国计、下系乎人伦，稍有偏颇，未必非立言之害。是编凡所指陈，必衷正论。盖天理民彝，无能泯灭者。识者观其书，可以窥其志也。"⑤

---

① 郑兼才：《上杨双梧太守书》，见《六亭文选》。
② 同上。
③ 谢金銮、郑兼才：《〈续修台湾县志〉凡例》，见《续修台湾县志》，台湾文献丛刊第140种。
④ 同上。
⑤ 同上。

如何才能做到史、志的折中融合？谢、郑二人的做法是以前人为典范："是编胚胎出于《朝邑》，而规模则取诸少林。"具体的操作办法，在《凡例》中有所提示："《朝邑志》以史法作志书，其体断，然而略矣；《诸罗志》以论体作志书，其才长，然而变。苟能详而不略、变而不失其正，则庶几矣。是编于二者之间，私折衷焉。"①

康海《武功志》、韩邦靖《朝邑志》历来被视为明代地方志的典范性著作。《四库全书总目提要》评议《武功志》道："王士祯谓其'文简事核，训词尔雅'。石邦教称其'义昭劝鉴，尤严而公。乡国之史，莫良于此'。非溢美也。"② 又评《朝邑志》道："古今志乘之简，无有过于是书者。而宏纲细目，包括略备。盖他志多夸饰风土，而此志能提其要，故文省而事不漏也。然叙次点缀，若有馀闲，宽然无局促束缚之迹。自明以来，关中舆记，惟康海《武功县志》与此《志》最为有名。论者谓《武功志》体例谨严，源出《汉书》；此《志》笔墨疏宕，源出《史记》。然后来志乘，多以康氏为宗，而此《志》莫能继轨。盖所谓'不可无一，不容有二'者也。"③

虽然章学诚对上述二志多有批评："康氏、韩氏皆能文之士，而不解史学，又欲求异于人，故其为书，不情至此，作者所不屑道也。然康氏犹存时人修志规模，故以志法绳之，疵谬百出。韩氏则更不可以为志，直是一篇无韵之《朝邑赋》，又是一篇强分门类之《朝邑考》。"④ 其中的理据，是他所说的"史家法度"："盖缘不知史家法度、文章体裁，而惟以约省卷篇，谓之高简，则谁不能为高简邪？"⑤ 具体说来，章氏的"史家法度"指的是"获麟而后，迁、固极著作之能，向、歆尽条别之理，史家所谓规矩方圆之至也"⑥。这无疑是至高无上的准则。值得一提的是，章学诚把志书的修纂提升到史书的高度："志乃史体"⑦；"志乃史裁，全书自有体例。志中文字，俱关史法，则全书中之命辞措字，亦必有规矩准绳，不可忽也"⑧。对《武功志》、《朝邑志》的评判自然见仁见智，但大体上说来，谢、郑二人与章学诚在以史法修

① 谢金銮、郑兼才：《〈续修台湾县志〉凡例》，见《续修台湾县志》，台湾文献丛刊第140种。
② 《四库全书总目提要》卷六十八，史部二十四。
③ 同上。
④ 章学诚：《书〈朝邑志〉后》，见《文史通义》卷八。
⑤ 同上。
⑥ 章学诚：《〈和州志〉志隅自叙》，见《章氏遗书》外编卷十六。
⑦ 章学诚：《答甄秀才论修志第一书》，见《章氏遗书》卷十五。
⑧ 章学诚：《与石首王明府论志例》，见《章氏遗书》卷十四。

志的理念上是相吻合的。

在谢、郑二人的通信中，提到《武功志》和《朝邑志》之处亦值得咀嚼："近得康对山《武功志》，其书视《朝邑志》，体例稍人时，可从其佳处，亦止在扫除俗见。……近时评《武功志》者，以此书为作志极轨，恐未必然。鄙意谓《武功志》节目详，《朝邑志》格局大。《朝邑志》，阁下谓其太简矣；而《武功志》人物之传后稷等、列女之传太姜等，不伤于赘乎？评者引对山言而称其巨识，岂非因人之见。若使当时裁去不载，正不知又当作何论矣！兹遣儿子钞呈，以酬《朝邑志》之贶。忆昔台志方修而得《朝邑志》，及今再订而得《武功志》，有美必合，事会所值，夫岂偶然！编中讹字俱检校，圈点从原本，并节录评语。地里建置，原载诗碑文，俱未录。迫促钞寄，院试后当全数钞存，秋间在省，两部可互阅也。"① 在信中，郑兼才虽然对《武功志》的获得感到欣喜，并随即命子抄送谢金銮一部，但与《朝邑志》相比仍觉稍逊，而把后者奉为修志的轨辙。有意味的是，章学诚虽有微词，但在比较《武功志》、《朝邑志》后，亦对后者较为首肯："入于六朝小书短记之中，如《陈留风俗》、《洛阳伽蓝》诸传记，不以史家正例求之，未始不可通也。故余于《武功》、《朝邑》二家之志，以《朝邑》为稍优。"② 在对《朝邑志》的评判中，郑兼才所说的"《朝邑志》格局大"，与《四库全书总目提要》的评语"笔墨疏宕，源出《史记》"，及章学诚所称许的六朝风味，大概有内在的相通之处吧。

对谢金銮、郑兼才来说，"规模则取诸少林"一语指向的是台湾史志传统的回溯和史志精神的畅通。在《〈续修台湾县志〉凡例》中，他们梳理了台湾史志的传统，极力称道陈少林主修的《诸罗县志》，视之为台湾邑志之祖："台郡之有邑志，创始于诸罗令周宣子；其时主纂者，则漳浦陈少林也。二公学问经济，冠绝一时；其所作志书，朴实老当。以诸罗为初辟夐陋之地，故每事必示以原本；至其议论，则长才远识，情见乎辞。分十二门，明备之中，仍称高简。本郡志书，必以此为第一也。"这一论断，可与近百年后唐景崧的说法相比较："台湾志存者，莫先《诸罗》，亦莫善于《诸罗》；《府志》淑自《诸罗志》，今《澎湖志》淑自《府志》，体例相嬗也。"③

① 郑兼才：《复退谷》，见《六亭文选》。
② 章学诚：《书〈朝邑志〉后》，见《文史通义》卷八。
③ 唐景崧：《〈澎湖厅志〉序》，见林豪《澎湖厅志》。

在一脉相承的史志书写中，谢、郑《续修台湾县志》与陈少林《诸罗县志》亦有相异的地方。此即郑兼才所说的"谢丈澄心凝虑，讲是去非，宏众美之收、出独裁之见，有所论断，悉秉大义；与陈少林《诸罗县志》，后先同轨。第少林当立法简略之初，洞观事势，故规画以待诸后人；谢丈值俗尚奢淫之后，熟悉人情，故发明使追夫往制。其旨归稍殊，后之览者，亦可以得其用心矣。"① 二书的侧重点虽有差异，但其精神是一贯的。在这种相互传承的脉络中，台湾的史志传统得以建立。

谢金銮、郑兼才修纂《台湾县志》，一方面在史志的脉络上有所打通，并在台湾史志传统的建构中确立了自己的位置；另一方面，则是以史志为枢纽，发展了士人交往的文化网络，打开了社会文化的空间。

在这一文化网络中，最关键的是谢、郑二人的意气相投，《台湾县志》的修纂工作由此散发出特别的光彩。在郑兼才的信中，能感受到对谢金銮的敬佩、挂念之情，如《寄退谷》："前奉教千余言，令儿辈钞存；再四披阅，悔兼才之失，愈服先生读书之有所得。奉答云云，聊写心事，究少着己之谈，负大教多矣。惠示大著四篇，发前人所未发，读之足以正人心而挽颓俗；尽令儿子钞回，以示敝族中之有志正学者，并钞寄伊墨卿、吴清夫二人。"② 又如《复退谷》："兼才复月之二十又六日得手示，回环雒诵，敬悉一切。自来牵挂，顿释于怀；不谓吾两人官况既同，而渡海形迹亦复相似。兼才既为阁下庆，情事追思，复还以自庆也。张抚军虚怀善访，以兼才之钝拙，尚殷殷恳恳；况阁下高才远识，言皆切中，其倾心属意，更不待言。"③当然，这种关切之意来自郑兼才对谢金銮学问及其在志书方面的博学卓识的钦敬。

事实上，谢、郑二人的为人处世之道有着深深的默契，他们共同演绎了清嘉庆年间台湾值得追忆的一段文化往事。陈寿祺在《台湾县学教谕郑君墓志铭》中有一段话道出了这段往事的真正内涵："师儒之官，至今日而敝矣。父师、少师之教，既不得行于左右塾；而瓝叶、兔首、飨射之礼，又无以风示州邑。儽然厕令长之末，旅进旅退，与丞掾伍罢癃者供课殿而已。强者或昧雉其弟子员，弟子员或终其身不敢奉谒，则悍然以违抗为诸生罪。噫！是

① 郑兼才：《〈续修台湾县志〉跋》。
② 郑兼才：《寄退谷》，见《六亭文选》。
③ 郑兼才：《复退谷》，见《六亭文选》。

可伤已。如君与谢君，诚学校之干城、儒林之圭臬，其所为皆他人所不能为；安能复起九原，使斯道犹有所寄哉!"① 可以说，郑兼才、谢金銮是作为师儒之道的象征存留史册的。

值得注意的是，谢、郑二人不仅用力于史志，在经营世务方面同样有卓识远见。他们二人到达台湾时，正赶上蔡牵倡乱。蔡牵欲得蛤仔难为基地，于是，谢金銮撰写了《蛤仔难纪略》六篇，详析其中的利害攸关之处，并上书同乡少詹事梁上国，随后清廷命闽浙总督派员经理。结果，蛤仔难于嘉庆十七年（1812）八月正式设立了噶玛兰厅。而郑兼才刚到台湾之时，海盗蔡牵进犯鹿耳门，他守城有功，被授予江西长宁知县，后未就，调任福建泉州府教授。在台任职期间，郑兼才还屡屡上书，事关乡国利病、须言于当事者，必大声疾呼，他同样在噶玛兰开辟、设治一事上表现出独到的见地。谢、郑二人并非只知埋头读书的文人，更是关心民生利病的书生。他们的人格文品世界，由此显得跌宕多姿。以此视野，反观谢、郑二人的修志大业，更能看到其中的良苦用心。

身为台湾的县学学官，谢、郑二人是上级官员和地方读书人之间的纽带。而他们在处理这些关系时显得得心应手。以下试举台湾知府姚莹的两个批语为例。姚莹在读了郑兼才的书信后写道："六亭、退谷，皆以穷教官而惓惓于杨双梧及郭景江二守牧之贤不置；至千里贻书，念其去留生死。噫！二君可谓缁衣之好者矣。而在上者，顾不能不牵于毁誉，而有掣回之举；虽抚军无如何，岂非娥眉见嫉、今古同慨者哉！读六亭数书，为之泫然。"② 郑兼才的原信如下："郭景江州牧之亡，事出不测；有遗爱在民，转增人思。景江，兼才素未见，双梧太守则在台湾素习。夫能守约者，无真贫；能守拙者，无终败。双梧自为观察，涉历军台，非不能守挫；况今在台湾。所谓挫者，第滞留不得卸担内渡，非有大冤抑也。其疽发于背，度为两公子早达夭折，一卒于家、一卒于都，桑榆晚景，舐犊伤怀，或以此疾作不起耳。来书哀二公之死，因不能释然于为好官，实则自有大数。二公正落得为好官而死，不然何足挂先生齿牙哉!"③ 又一信中也提到："张抚军虚怀善访，以兼才之钝拙，尚殷殷恳恳；况阁下高才远识，言皆切中，其倾心属意，更不待

---

① 陈寿祺：《台湾县学教谕郑君墓志铭》，见《六亭文选》附录。
② 见郑兼才《六亭文选》。
③ 郑兼才：《寄退谷》，见《六亭文选》。

言。杨太守撤回内地，闻系制军附片入告。同官掣肘，吾辈尚然；宜抚军仅付之感喟，莫可如何也。"① 姚莹以地方官身份，自然更能切身体会学官与地方官之间的敦厚交情，因而才有以上的感喟之言。

在郑兼才的另一封书信后，姚莹又批道："真有功名教之书。以此教士，可谓尽职之大者矣。有贤县尹相辅以行其教化，礼乐其有兴乎！余治台邑将期年，而后六亭至。如正文风、端士习、惩淫祀、申大义，诸生虽尝娓娓听之，甚苦于无助。迨六亭至台，而余未几去任矣。回忆期年之中，殊多心事未了，遗憾方长；每见六亭，为之增愧。"② 该信乃郑兼才给黄力夫的回复："承示何穆岩（曰浩）、李古山（祥赓）二君品学为庠中领袖，弟等职守，惟有举优，得以自尽。李君古山，前此固尝登荐牍矣，而逊谢不前；又屡请其所著《学易慎疑》，谦不欲居，然实彼此相爱敬。穆岩何君，皆称其善古文，如足下所云，而鲜及其为人。其落落自好，已可概见。夫所贵乎士者，为其明义理、谙时务，适于用耳。晓畅书旨、安分教授乡里者次之。作事不衷于理，挟所学以骄人者，斯士之下矣。"③ 郑的信中还提到近期台湾的士人风习，真可谓言之谆谆，今天读来仍然感人至深。难怪姚莹以台湾地方大员和一代文宗之力，为郑兼才文集作序，大力表彰之："嗟呼！人贵自立耳。六亭一学官，世所谓末秩冷宦也，而观其生平所至发掘若此，以视高牙大纛无所称于世者，顾何如哉！莹不能不瞿然矣。"④

作为一项有功于千秋的重要地方事务，史志的修纂在增进士人之间的联系方面起着无可替代的作用。史志的修纂不只是地方官的政绩，更能使之流传后世。所以有远见的官员上任伊始，即着力于地方志的编纂修订。《台湾县志》的续修，即是台湾县令薛志亮与县学教谕郑兼才共同谋划的一项事业。郑兼才在《申请续修〈台湾县志〉文》中提到该志修订的缘起："某奉调来台，与台湾县薛令屡思兴举，俱阻于兵役。今则海氛不扇、山匪潜踪，列宪宣播皇猷，一切善后事宜虽尚烦廑念，而教官藉庇宽闲，已得一意于文事。"⑤ 而任其事者，则为郑兼才自己："时大帅留郡，重兵未撤，百姓戎马

---

① 郑兼才：《复退谷》，见《六亭文选》。
② 见郑兼才《六亭文选》。
③ 郑兼才：《复黄力夫》，见《六亭文选》。
④ 姚莹：《〈六亭文集〉序》，见《六亭文选》。
⑤ 郑兼才：《申请续修〈台湾县志〉文》，见《六亭文选》。

之余，绥抚为急；县令责有专属，未遑兼顾。于是，兼才乃先事筹划。"① 又在《上胡道宪》一信中自道心事："升任薛志亮当军兴甫息，忙于抚绥；志局一应事宜，兼才任之过专，往往阻格不行。薛令不惟不生嫌忌，反以兼才代己终事，深抱歉怀；屡在上官曲意调护，俾说得行，而事有济。兼才以此赖之。"② 薛志亮出力也不少，该书初版即是他托人在姑苏印刻，故称"薛刻本"。有趣的是，当时主事者几人之间通信不畅，这一信息并未被修纂者谢、郑所知，而随后谢金銮又有修订，在此志书上注入心力不少，结果造成几种不同的版本，此即郑兼才所说的"薛司马未知退谷有订本，兼才亦未知司马锓板于姑苏。今两人已往，其书犹在；参校合一，责在兼才"③。

　　郑兼才既然把史志的修纂视为一项千秋功业，便特别看重史志的品质："兼才所厌于志书者，小小邑志，督、抚列于前，藩、臬、道、府列于后；始事则申详，既成则呈阅：种种掣肘，恶套可憎。孔子作《春秋》，虽谦言窃取；其笔削之专，游夏莫赞。若以今制行之，请于鲁公、命自周天子、三家为总裁、游夏为分纂，虽圣人亦不能行其志矣。"④ 读书人的品性，在此毕露无遗。

　　与之一脉相承，谢、郑二人修纂《台湾县志》，更为看重的是士人的见地。在书稿初成后，他们即呈请汪瑟莽、莫宝斋和辛敬堂等人阅览。郑兼才记述该志的成书内情道："前《台邑志》仓卒成书，戊辰兼才留都，曾呈汪瑟莽、莫宝斋二师及国子监助教辛敬堂绍业。惟辛敬堂多所纠驳，谢教谕虽不尽从，然因是商订愈密。时已咨补南平，比再调安溪，复屡加删补；晚年精力，尽在此书。"⑤ 又在别处屡屡称道："谢教谕自入局以来，平心和气、竭虑殚精，与在局诸友协力一心；最后，又有袁州辛敬堂助教直言无隐，为是书一大益。"⑥《〈续修台湾县志〉后跋》则主要记述的是辛敬堂⑦对志稿的意见及修纂者对其意见的反馈："入都后，出稿就正，惟袁州辛敬堂（名绍

---

① 郑兼才：《〈续修台湾县志〉跋》。
② 郑兼才：《上胡道宪》，见《六亭文选》。
③ 郑兼才：《〈续修台湾县志〉后跋》。
④ 郑兼才：《复退谷》，见《六亭文选》。
⑤ 郑兼才：《覆署台湾守》，见《六亭文选》。
⑥ 郑兼才：《上胡道宪》，见《六亭文选》。
⑦ 辛敬堂，名绍业，字服先，江西万载人。嘉庆元年（1796）进士，时任国子监助教。与浮梁邓传安齐名，督学翁方纲有"万载浮梁辛与邓，说经夺席惊群英"之句称道二人。

业）助教商订为多。"① 这种良性的知识互动，极大地提升了志书的品质。

最后需要说明，修志在时人心目中是一项公共的事业，故而能集众人之力而有所成就。郑兼才有"台人好义乐捐"之说②。又在该志跋文中特别提到修志一事中的公私问题："既成，将召匠谋修补；同僚王君聚奎曰：'此公事也，奈何君自私？'乃共捐俸成之。改补逾二百余板、重锓板逾五十，费白金若干。聚奎名承纬，晋江人；今春二月由崇安学调至，后兼才仅两月余，称无间焉。"③ 在与谢金銮的讨论中，郑兼才对民间意识的兴起则有很深的感慨："承示志稿，欲大加刊削，而苦于为俗议所牵。诚如尊谕，然今昔时势不同，明以前城郭、坛庙以及沟渠塘堰多治自官，今则不然；而吾闽为甚。衙署、贡院且委之民，街里、桥梁更不必言。台地此项，绰有漳、泉遗风，自非大贤伐善施劳亦所时有。今于各项中，惟择其大者，附见董事姓名；或独力修成，间用特笔，不没人善，于道未悖。余可概删。"④ 因而，修志作为一项公共事业，在官方、民间之间需要多方权衡，而制衡其间的仍是士人一以贯之的公心和公道。

有意味的是，郑兼才身为总纂之一，亦面临公私问题的纠缠。此即他所谓的"惟会试一役，素志所在，未忍遽易"⑤。因参加会试而耽搁了志书的编校出版，这在后来成了他自责的主要困扰："今邑志一役，至逾七载未有成书，皆兼才贪恋虚名，以会试遽离台地所致，虽悔曷追！"⑥ 但这种自责恰好可以作为反例，令人感到，正是由于谢金銮、郑兼才这样的地方学官的心力注入，才使得志书的修纂大业不致废坠："窃惟此志之修，距旧志约五十余年；中加林逆一案事实记载，关系最巨。至祠祀一门，名实多乖。兼才详修文庙时，俱申请订正，载入新志。而谢教谕自开局至成书，阅月仅十，殚心竭力，不惮烦劳。年来因有指驳，复屡加修订。台人好义，乐捐于始，断无不乐成于终。特无官总其事，遂至散涣不前。后任郡县，以其事向未申详，竟视为可已。今隔久愈难，后来台人若鸠金私雕，暗中改窜，以伪乱真，致是非倒置、公道无存，又兼才与谢教谕所大惧也。"⑦ 其中，洋溢着的

---

① 郑兼才：《〈续修台湾县志〉后跋》。
② 郑兼才：《上汪制军论修〈台湾县志〉书》，见《六亭文选》。
③ 郑兼才：《〈续修台湾县志〉后跋》。
④ 郑兼才：《复退谷》，见《六亭文选》。
⑤ 郑兼才：《覆署台湾守》，见《六亭文选》。
⑥ 郑兼才：《上汪制军论修〈台湾县志〉书》，见《六亭文选》。
⑦ 同上。

是士人身上绵延不绝的文化精神。而这种精神，依托于志书的修纂，随着台湾文教社会的兴起，逐渐成长为台湾近代文化的灵魂。

二　台湾近代史志个案之二：林豪/陈培桂 (杨浚)公案及台湾士人社群的兴起

同治元年（1862）秋，32 岁的鹭江举人林豪渡台，居住于艋舺。当时正值戴潮春起事之时。林豪在一次南下访友途中，遇到正奉檄办团练的林占梅，二人一见如故。林豪受邀造访潜园，开启了二人之间的一段交谊。这段交往，由于此后的修志问题，在台湾史志史上留下了很深的印记。七年后，福建侯官人杨浚也抵达台湾，任教于板桥林本源府中；同年，广东高要人陈培桂亦渡台，任淡水同知。次年即同治九年（1870）正月，杨浚应陈培桂之聘，纂修《淡水厅志》。谁料想，一场争执在不知不觉之中已然酝酿成形。

连横在《台湾通史》中记述此事道："（同治）六年，淡水同知严金清聘修厅志。淡自开设以来，尚无志。前时郑用锡曾辑《志稿》二卷，多疏略。豪乃与占梅商订体例，开局采访。凡九月，成书十五卷，未刊。而陈培桂任同知，别延侯官杨浚修之。浚，文士也，无史识，多方改窜。豪大愤，撰《〈淡水厅志〉订谬》以弹之。"①

林豪在《〈淡水厅志〉订谬》自序中慨叹：

> 著述一道，可易而言哉？古人作史有"三长"之说，非才学兼优，不足以胜任。无识以运其才，犹游骑泛骛而弗能范以驰驱，其去驽下者几何！地志为史志之流，其可苟焉已哉？豪于同治六年，承观察吴公及严紫卿司马之招，辑《淡水厅志》。自维才学两疏，固辞不获；而家雪村方伯复极意怂恿，乃于仲春开局采访，至十月成《厅志》十五卷。观察梁公为之序，谬加许可，谓不负斯任。自知学殖久荒，仅据见闻所及者书之；匆匆急就，何堪问世！第其去取之间，不滥不潜，刊落浮词，独抒管见，于海防、戎政、吏治、风俗诸篇，三致意焉；窃谓初心差不负也。
>
> 书既成，而方伯归道山、司马解官去，余亦退棹里门，与是书相忘

---

① 连横：《林豪传》，见《台湾通史》卷三十四。

久矣。岁癸酉，友人以陈司马刻本见贻，略阅一过，则是非颠倒、部居错乱，迥失本来面目。其最可骇者，莫如"兵燹"一门，纪施侯之攻鸡笼，则满纸皆谬；纪戴逆之乱，则脱误太多。盖他处仅词义未当，识者能察其非；此则时事所系，恐后人或沿其妄而末由辨也。尤可慨者，莫如"海防"、"田赋"等论，以地方切要之言而十不存一，何由资后人考镜，俾造一方之福也？夫人性不可稍偏，偏则悖；人心不可有私，私则蔽。彼非矫异，何以自张其军？有明知诬罔而故蹈者矣！陈君聪明自负，其意在拔帜立帜，遂不觉矫揉造作以至此也。嗟嗟！豪竭力搜罗，辑成此编，以存一方掌故。陈司马既得据为蓝本，而又有意歧异，遂至疵谬迭出，贻误后人，谓非豪与吴、严二君子倡修此稿转遗之戚钦？于是叹著书之难而史才之不可复睹也！①

　　首先需要注意的是，连横《台湾通史》林豪传中提到的争执双方是林豪和杨浚；但在林豪的《〈淡水厅志〉订谬》文本中，他所针对的对象则是时任淡水同知的陈培桂。这种微妙的差别，为我们解读历史和士人心态提供了入口。

　　连横对这场争执的解读，注重的是史家和文士之间的差别。故有"豪乃与占梅商订体例"、"浚，文士也，无史识"之类明显的对比。这一点并非不重要，但却可能遮盖了其他重要的分歧。林豪的史学和史识在后文还会提到，这里想先说明林豪在对陈培桂而非杨浚的批评中隐含着何种历史的意味。

　　林豪在《〈淡水厅志〉订谬》的正文部分一开头，就直接点名陈培桂给以迎头痛击："《淡水厅志》刻本，陈郡丞培桂就原稿点窜、续貂以刊行者也。"② 后文又有对杨浚的同情之词："篇首姓名，培桂公然以纂辑自居足矣。乃于监生某某、市井纤儿之知州衔某某，亦滥厕采访之列，且加于三品衔候选道外郎之前而序中所称，代为草创之举人杨浚独不得预，何也？"③

　　陈培桂在《〈淡水厅志〉序》中记述编纂缘起时，仅略提前人稿本及主笔杨浚："曩者郑氏用锡、严氏金清均有稿本，访求数月得之，未为周备；

---

① 林豪：《〈淡水厅志〉订谬》自序，见《淡水厅志》附录，台湾文献丛刊第172种。

② 林豪：《〈淡水厅志〉订谬》，见《淡水厅志》附录。

③ 同上。

遂以九年正月开局采访，发凡起例，次第纂辑。延侯官杨中翰浚代为草创，迄十月告成，缮稿呈政道宪黎公；公复厘订增损，余更细加参酌，定为今书，都十六卷。事求其实，政不厌详；浮文缛节，概从芟薙。后之览者，庶谅仆愚勇于创始，不以古人名地志相苛，则厚幸矣。"①

两相对比，就可发觉林豪对陈培桂并非滥施攻击，而是有意为之。其中固然有对文本部分的意见，但同时弥漫的是文本之外的情绪。如果仅仅是针对《淡水厅志》文本部分，那么，主笔杨浚或许更应该成为批评的对象。但事情显然并不如此简单。杨浚在林豪笔下，同样是一个受害者。当批评的文本主笔成为自己的同情对象时，那么其中的暧昧之处逐渐明了起来。如果再加上后人对林豪所指责部分的回护②，更显出林豪的订谬之中的意气部分有超出史识部分的意味。简言之，在对陈培桂的肆言攻击中，林豪在对对方的学识表达不屑的同时，更释放的是一股对官府不当作为的难以抑制的愤慨和不满。

有意味的是，林豪有什么底气敢于向陈培桂叫板呢？林豪的底气来自两个方面：一是史学的功底和先前在《淡水厅志》修纂上所下的工夫，二是台湾士人社会民间力量的崛起。

林豪史学的源流和见地，在《〈淡水厅志〉订谬》中论艺文、文征的一段文字中可见一斑：

> 培桂例言谓：史家志艺文，皆纪著述书目而已；若载文章，是选文、非志也。淡厅人文初启，著述难立专志。旧稿所载之文亦资考证，未可以不合志例而废之。今依章氏学诚《文史通义》之论，列为"文征"云云。豪按：培桂此说，即其矫情示异、大言欺世之尤者也。夫向来志书之有艺文，则自《通志》、郡邑各志皆同，不自《淡志》始也。第视选手之能否；岂惟淡厅初起，欲资考证而设哉？"文征"即艺文之别名，有以异乎？培桂第引章氏《通义》之说以惑人，袭其名而不求其实，不过仍旧稿所载略以增减而已；果何异耶？且所云不合史家志例，亦非通论。盖古来史官修史，其名目容有异同；是故两汉、晋、唐谓之

① 陈培桂：《〈淡水厅志〉序》。
② 在台湾文献丛刊版本中，惜余在《〈淡水厅志〉弁言》中称："本书间有纰缪，《续志稿》编者林豪另撰有《〈淡水厅志〉订谬》一卷，言之綦详。平情而论，本书错误固属不免，仁智互见之处亦所在俱有；林氏几斥其一无是处，未免过甚。兹特附《订谬》一卷于书末，俾资参阅与折衷。"

"书"，三国谓之"志"，五代以来谓之"史"。安得谓班、马是，而陈寿、欧阳则非乎？《盐铁论》即《食货志》，《礼乐书》即《律历志》，题目各殊，将孰是而孰非乎？即章氏"文征"之名，亦章氏所自创耳；曷尝本前人之志例乎？必谓纪书目为艺文志，载文章不得称艺文志，则如鲁之《春秋》但纪大纲，而后人之《十六国春秋》、《十国春秋》何以备载颠末也？"三通"内之《通志》，何以与今之各省通志体例不同也？地志有表，本袭史书中之名；而何以与《史记》年表殊也？史志列传，其源出于左氏，而列传但纪各人事实，与《左传》何以互异也？必谓既载书目、不可复载文章，则《史记》相如之"赋"，韦氏之"诗"，董、贾之"对策"，赵充国之"奏疏"，何以各载入传中而不可枚举也？总之，国史与地志，源同而流分；通志与郡邑各志，又各有大小之不同。是以史书艺文志，自纪著述书目，欲并收文章，则不胜其繁。地志专纪一方掌故，兼选文章以资者镜，亦义所不废；不必因淡水初辟，稍宽其例也。如必因淡水初辟之故，则湖北非新辟也？章氏《湖北通志》于政事、人物而外，别为文征，又何为耶？大抵艺文、文征之名既皆有所本，则各从所好，惟各识其职已矣。第不可徒袭其名、不求其义，务为岸异之说以饰智而惊愚耳。忆先君子撰《厦门志》时，观察周芸皋先生以章氏《文史通义》抄本见遗；又致书云："章氏深于论文，特好为新奇之说，自辟门径；故所撰《湖北通志》以不慊于时，为后人所废。"观此，则章氏之得失长短可见矣。然章氏以文章悉归文征，未尝换入他卷，尚能自守其藩篱；而培桂以文章杂厕各卷中，或有题目、或无题目、或以题目大书于前、或分注于后，其堪连类并入者又或置于文征中。夹杂如是，尚云依章氏之说，则所未解。[①]

　　林豪在该段文字中，借艺文、文征的名目大肆发挥，对陈培桂处理淡水文章的做法表达了异议。言之甚详，也有理有据。但是，他们的具体处理方案乃别一话题，林豪借题发挥的部分则更有意思，即他如何面对官修史书、如何批判章学诚的传统、如何建立自己的史学观念等话题，以及这些话题背后的社会意识和社会力量的兴起。从这些话题和现象中，可以感受到历史的脉动。

---

① 　林豪：《〈淡水厅志〉订谬》，见《淡水厅志》附录。

林豪擅长修志，其史学乃家传之学，得自其父林焜熿，其父则受之于周凯。周凯有识略，善属文，乃一代名宦。高澍然《〈内自讼斋文集〉序》述其传承："盖今作者推武进张皋文先生。其文体骨昌黎，神明庐陵，养气之善者也。其门人传其业者二人。一仁和陈君扶雅，一先生也。二人者，澍然幸皆得而友之。而扶雅之博厚，先生之清明，皆所服膺，愧未能及焉。"① 吴德旋《台湾道周公墓志铭》称："公之寄兴清远，非夫北俗之人所得窥其涯际矣。"② 周凯对于修志有心得，曾为蒋镛《澎湖续编》作序道："史志之体，当用史法。政治、礼乐、法度、贤臣、义士、孝子、顺孙、节妇之行，莫不赅举。不仅仿《图经志》地理伊古云。"③ 道光十年（1830），林焜熿协助福建兴泉永道周凯分纂《厦门志》；随后，又依照《厦门志》的体例纂成《金门志》若干卷，林豪续成之。周凯《〈金门志〉序》称："林生焜熿，金门人也。从余修《厦门志》，遂以自任采掇遗籍，搜罗志乘，且遍历山川，按其形势、兵制，求之官书遗事，访之父老，凡二年，得《金门志》若干卷。其体例悉从《厦门志》。红毛、倭寇、郑氏之乱，悉遭蹂躏，颠末详《厦门志》者，不复载。余为芟辑而成之，亦足备守土者之资取。其书当与《厦门志》参观，遂合而名之曰《厦金二岛志》，而付诸梓。林生盖有志之士哉！"④ 除了《金门志》和《淡水厅志》之外，林豪还修纂了《澎湖厅志》。同治八、九年间，林豪主讲于澎湖文石书院，光绪初又返回续任。在澎期间，林豪辑成《澎湖厅志》。唐景崧对此颇有褒奖："台湾志存者，莫先《诸罗》，亦莫善于《诸罗》；《府志》淑自《诸罗志》，今《澎湖志》淑自《府志》，体例相嬗也。"⑤

这里呈现的是两个并不相悖的史志源流：一个是周凯、林焜熿及林豪的亲相授受的传承；另一个是自陈梦林《诸罗县志》以来，延及《台湾府志》乃至《澎湖志》的传统。林豪上述文字中对陈培桂的批评，背后的理据之一即是周凯、林焜熿对章学诚史学的省察。但这仅是史学自立主宰的开始，征实、佐治和创例更能体现修志的功力所在。事实上，在对实事、风俗和民情方面的了解和同情方面的差异，显示了林豪与陈培桂、杨浚的根本区别。

① 高澍然：《〈内自讼斋文集〉序》，见周凯《内自讼斋文集》，台湾文献丛刊第82种。
② 吴德旋：《台湾道周公墓志铭》，见周凯《内自讼斋文集》。
③ 周凯：《〈澎湖续编〉序》，见蒋镛《澎湖续编》，台湾文献丛刊第115种。
④ 周凯：《〈金门志〉序》，台湾文献丛刊第80种。
⑤ 唐景崧：《〈澎湖厅志〉序》。

　　当时，历史的实事是台湾地方社会的脉动，及伴随而起的士人社群力量的生长。对此，初至其地的陈培桂、杨浚感触不深，难免有所忽视，有时亦因怀有私见而导致更大的障蔽。

　　其中最特出的是林占梅问题。林豪在《〈淡水厅志〉订谬》中，为林占梅提出辩护："淡属富民之慷慨好施、明大义者，当以林占梅为第一。初以倡捐津米、团练保卫地方，得保举；以浙江道员用，加盐运使衔、孔雀翎，御赐匾额以旌之。已而毁家纾难，功在淡、彰。若其能诗、能画、能琴、能射、能音乐，皆卓卓可传。乃培桂概从抹煞；仅谓丁曰健暂住堑城，饷需无几，占梅多方凑集，卒以集资被控等语。夫既需饷无几，何用多方凑集？而当丁道未至，占梅募勇克复大甲，拒战年余；丁道既至，占梅带勇数千会同南下，所费之饷岂无几乎？占梅被控，乃因粤民挟恨相攻杀，为林南山所累；岂尽关集饷之故耶？是不得不辨。"① 林豪在戴潮春事件中与林占梅相遇，此后又入主潜园，撰著《东瀛纪事》以留作永久记录。以林豪对林占梅的了解，自然所记不虚。至于是否有回护成分，则可参看他人的评述，如连横、王松等。

　　连横在《台湾通史》卷三十三《林占梅列传》中，评议林豪、杨浚在记述其人其事上的歧异："连横曰：侯官杨浚新修《淡水厅志》，其文多谬，乃复挟其私心，以衡人物，亦何足以征信哉？林占梅为一时之杰，倾家纾难，保障北台，忌者多方构陷，占梅竟以愤死。浚不于此时为之表白，而列其人于志余，谓颇有一发千钧之力。夫一发千钧，厥功多矣，列之志余，不亦小哉？同安林豪曰：'占梅力排众议，投袂而前。悉群虏于目中，运全局于掌上。屡收要隘；再复坚城。以视夫阶下叩头者，其人之贤不肖何如也。'连横曰：林豪之论，贤于杨浚。作史须有三长，而知人论世，尤贵史德，而后不致颠倒也。"②

　　王松在《台阳诗话》亦褒奖林占梅道："林雪村方伯，新竹巨室也。乡间称孝，且笃于世谊交情，慷慨任侠，有东汉八厨风。又闻其雅抱尚而多才思，彝鼎琴尊，珍怪罗列，书画、丝竹、骑射诸艺，亦色色精绝。著有《潜园琴余草》八卷。其诗于中晚宋人为近。游览写怀，直从性真流出，空所依傍，自成一家；而其卷卷爱国之诚，自不能已，所谓处江湖之远，不忘其君

---

①　林豪：《〈淡水厅志〉订谬》，见《淡水厅志》附录。
②　连横：《台湾通史》卷三十三。

者欤?"①

当时的竹堑乃是台湾文化最发达的地区,特出的表征是士人社群的崛起,其中的领袖人物正是郑用锡和林占梅。郑用锡身为开台进士,地位无与伦比;与之相抗者是无功名的豪杰之士林占梅。

郑用锡走的是科举旧路,取得成功后恩宠并加,此后家业鼎盛,自不待言。杨浚在纂辑《淡水厅志》后,即入住郑用锡所建的北郭园。此时郑用锡刚去世两年,杨浚受其子郑稼田的委托,编次《北郭园全集》。杨浚在《〈北郭园诗钞〉序》中讲述郑用锡的人品文品,颇能得其神韵:"昔高达夫五十始学诗,祉亭先生亦归田后所作为多也。盖发于性情,深得三百篇之遗旨。其品格在晋为陶靖节、在唐为白乐天、在宋为邵尧夫,间有逼肖元遗山者。先生自家居奉养,托迹郊垌,日以歌咏为事,世比之山中宏景,介休林宗。所筑精舍曰'北郭园',万峰环峙,秀甲瀛壖,宜其得江山之助,不求工而自工矣。"② 又在《〈北郭园全集〉序》中叙其门风:"先生与予寄籍,一磺溪,一榕郡,然同温陵产也。今幸获交稼田,相依日笃。而一门之内,食指千计,黄童白叟,咸蔼然可亲,恂恂有儒素风。益叹先生遗泽未艾,不其山下书带及见于今也! 予以海外羁人,得此邂逅,殆文字因缘有夙契欤?"③ 近人亦评郑氏家族的学风和文风:"在教育学风上,闽地尊崇朱子之学的风气,也随闽人入台,在陈梦林、蓝鼎元、陈瑸、邓传安等人的推动下,本地儒学与福建儒学渊源紧密;而在文学创作上也颇受闽学熏陶,如新竹郑氏家族用锡、用鉴、如兰等,尊奉紫阳家训,故此后族人在学术上,宗法道德之说;散文创作上,文主载道;诗则颇好说理,染有宋诗风格。"④ 郑氏家族在紫阳家训熏陶下形成的乡贤风格,亦是守护乡土的一种方式。北郭园的交游,则仕宦为多,温雅保守的一面较为偏胜。

林占梅潜园的状况则不同。在潜园士人中,怀才不遇者、浪迹天涯者居多数。当时,出入潜园的士人有林豪、曾骧、查元鼎、吴春樵、宁敬长、秋曰觐、许廷用、林维垣、郑如兰、彭廷选、陆翰芬、姜绍祖、郭襄锦、蔡见志、叶春波等。杨浚也曾应邀赴潜园观菊:"天涯海角久离家,四度秋风鬓

---

① 王松:《台阳诗话》,台湾文献丛刊第 34 种。
② 杨浚:《〈北郭园诗钞〉序》,见郑用锡《北郭园诗钞》,台湾文献丛刊第 41 种。
③ 杨浚:《〈北郭园全集〉序》,见《北郭园诗钞》附录。
④ 黄美娥:《台湾古典文学史概说》,未刊。

欲华；一事不曾愁客邸，借人亭馆看黄花。"①

　　林占梅及其潜园的精神，则有待进一步彰显。林豪在《〈淡水厅志〉订谬》中特别提到："拙稿于流寓一门，得吴希潜、曾骧二人。吴，浙之石门人；曾，粤之嘉应诸生。性刚方不阿，著述颇富；皆卒于淡水，各有诗集，已成家数，必传无疑。余藏其稿，录于《清风集》中，将刊以问世也。乃培桂概从削去，而但录郁永河一人。夫永河遍游台湾，于淡水特偶尔过客，《府志》已传之矣；何待滥拾其唾耶！且以著述论，亦无以胜于曾、吴二人也。嗟乎！二君生既怀才不遇，身后微名复为纤儿所掩；岂真遭逢不遇，死犹然耶？"② 其中的不平之气，溢于言表。实际上，林豪不只是为吴、曾二人疾呼，更是为自己、为普天下怀才不遇的读书人一抒不平之气。

　　林占梅的潜园，成了汇聚这一不平之气的场所和文化符号。在这个场所中，既有相知相惜的情谊，更回荡着磊落慷慨的豪气。潜园的精神，即是林占梅的性情气质的显现。林占梅曾自作《潜园主人歌》："试问潜园主，镇日何所为？开轩纳远岫，种竹沿水湄。清谈招乐广，大睡彷希夷；睡足启双眸，窗外日迟迟。息机常抱瓮，窥园不下帷；踟跦抚古琴，偃仰吟小诗。琴亦无定曲，心旷神自怡；诗亦不拘体，意到笔自随。……我非昔贤比，襟怀不外斯。嗟自弃养后，百念早灰之；久凭邓禹笑，长抱义道悲！陈、张成仇怨，友道更难持；已作伤弓鸟，择交当再思。况系闲散人，性懒不受羁；不若长掩关，悠悠学叔痴。赀产永不营，荣辱总不知；但求常安饱，此外听天施。如问意云何？黄、老是吾师。"③ 此歌道出了林占梅心存道义、与琴共舞的襟怀和品性。曾骧对林占梅的叙写，亦颇能道其性情。他为林占梅的《潜园琴余草》作序，称："余年四十，即弃诸生而客于台。虽举业尽废，然诗歌、文史结习未忘，恨可与谈者少耳！林雪村都转，淡水巨室也，乡闾以孝称，且笃于世谊交情，慷慨任侠，有东汉八厨风。又闻其抱雅尚而多才思，彝鼎琴尊，珍怪纷罗，于书画、丝竹、骑射诸艺亦色色精绝。是清秘阁再见、倪云林复生也，心钦迟之。"④ 这是林占梅、曾骧等人的知音之感和豪迈之气的自然流露。

　　林占梅有两面特质，豪杰和隐士的气质集合在一个人的身上。园林中的

---

　　① 杨浚：《潜园观菊》，见《台湾诗钞》卷四，台湾文献丛刊第 280 种。
　　② 林豪：《〈淡水厅志〉订谬》，见《淡水厅志》附录。
　　③ 林占梅：《潜园琴余草简编》，台湾文献丛刊第 202 种。
　　④ 曾骧：《〈潜园琴余草〉序》，见林占梅《潜园琴余草简编》。

林占梅乃是其悠游静息的一面，事功中的林占梅则显示了跌宕磊落的一面。林豪《〈淡水厅志〉订谬》强调后者才是其更内在的部分，故称："林雪村方伯《闻警戒严》、《登埤誓众》诸诗，英气勃发；余以有关时事，故亟登之。至吟咏园中景物，则美不胜收；严选数首，以见其概。乃培桂概从删去，仅录其《内湖庄》一首；此则《潜园琴余草》中率尔之作也。"① 由此出发，他认定陈培桂的《淡水厅志》选诗与林占梅自身造成了一定的错位。

　　林占梅现象的出现，起码与三个方面的士人状况有关：一是黄骧云，二是徐宗干，三是林豪、曾骧等。这三个方面的士人脉络，可用曾骧的一句话来概括："雪村恒言：知我者惟黄公雨生（骧云）、徐公树人（宗干）及余数人而已。"② 黄骧云代表的是其家族③，徐宗干代表的是地方官员④，林豪、曾骧等代表的则是流寓之士。连横《林占梅列传》中的一段话，表达的是类似的意思："占梅工诗书，精音乐。军兴之时，文移批答多出其手；暇则弹琴歌咏，若无事然。筑潜园于西门内，结构甚佳。士之出入竹堑者无不礼焉，文酒之盛冠北台。"⑤ 这里需要点明，林占梅得益于商人家族提供的优厚条件，并能以急公好义的作为赢得地方官员的信赖，才可能进一步完成在文化交游方面的高调演出。

　　潜园士人的心志和作为，各有不同。查元鼎流连诗酒，晚年境益穷，守益坚。曾骧尽力于诗，其诗集《笨云诗钞》可传世。林豪走的则是实学一路："豪以厦门人久游台湾，凡夫国计盈虚，民生利弊，皆有所论。而于澎事尤关切。"⑥ 他所撰写的《东瀛纪事》、《淡水厅志》和《澎湖厅志》等，均可圈可点。连横以史家身份称道其人其书，可知其价值："同安林卓人孝廉豪，同治初来台，主于潜园，著《东瀛纪事》，以纪戴潮春之役。余读其书，

---

① 林豪：《〈淡水厅志〉订谬》，见《淡水厅志》附录。

② 曾骧：《〈潜园琴余草〉序》。

③ 连横《林占梅列传》述其家境及早年交游："祖绍贤，垦田习贾，复办全台盐务，富冠一乡。有子七，长祥瑞，生占梅，早卒；季父祥安抚之。占梅少颖异，读书知礼，无纨绔气。进士黄骧云奇之，妻以女。年十一，挈游京师，出入缙绅门，学乃日殖。性豪迈，好交名下士，济困扶危，糜万金不少惜。"

④ 徐宗干为林占梅《潜园琴余草》作序，云："鹤山善琴，手挥目送，别有会心；故诗味多琴味。山中访隐、海上移情、理性返真、忘形合谱，殆有得于味外味者，丝桐云乎哉？章句云乎哉？仆解组退居，雨窗闲坐，手兹编而三复之，如聆《梅花弄》、《桃源吟》，不觉翛然意远。缀数言于简端，鹤山可许为知音否？"

⑤ 连横：《台湾通史》卷三十三。

⑥ 连横：《台湾通史》卷三十四。

饶有史法。"①

　　颇有深意的是，林占梅、林豪等人的精神血脉，在后辈士人王松、洪弃生、连横等的身上有自觉的延续。这成为历史的未尽的话题。

　　　　　　　　　　　　　　　　［作者单位：中国社会科学院文学研究所台港澳室］

---

①　连横：《台湾诗乘》卷四，台湾文献丛刊第 64 种。

海外华文文学的若干基本概念

杨匡汉

　　内容提要　海外华文文学是中国本土以外不同区域的华人创作的文学，是中华文化流传与外播后华人生存经验与世界的碰撞，是华文作家用母语在非母语的异质土壤上寻找心灵归宿的艺术表达，形成了文化母体"内"与"外"既有联系、更有区别的特殊的汉语文学形态，也成为当今文学世界一道独特的景观。鉴于"海外华文文学"受到学术界越来越多的关注，本文从思维空间、价值取向、文化形式、存在方式、书写策略等方面，论述了海外华文文学的若干基本概念。本文认为，海外华文文学存在着汉语思维、多重边缘、灵性思维、视界融合的四度文学空间；海外华文文学具有多样性、关联性、共生性、变异性的知识特征；海外华文文学的文化属性与身份认同，和创作主体既相适应又有所变化；海外华文文学的话语形态与叙述方式，也呈现了"怀旧"、"失乐园"、"荒原"、"隐喻"、"情境逻辑"等多种诗性言说的风貌。本文同时期待海外华文作家在"东""西"参照、古今会通中进一步发挥叙事才能与智慧，同当今世界进行更有深度的对话。

　　关键词　思维空间　知识谱系　文化属性　身份认同　诗性叙述

一　文学思维的四度空间

当我们环顾全球之时，或许会意识到，世界在运行中不仅相互依存，而且同频共振。即使你不向沧海驰去，沧浪也会向你逼来。

在万类霜天竞自由的时空，作为一种特殊文化景观的海外华文文学，与人们的价值观念、文化形态、存在方式相适应，也必然会展现自身特殊的思维空间，特殊的"以道观物"的思维向度，特殊的"闪亮登场"的思维视阈。

可以说，正是由于以下四种海外华文文学思想的四度空间的展现，使我们的考辨对象变得更加通明透亮，也为我们把握对象时提供一个必要的认知前提和诗学依据。

（一）汉语思维的空间

语言是人类的家园。语言和世界同构。在这个地球上，人类和世界的关联往往表现在我们的语言里。而每一种语言，都有与之对应的人类群体——"语种"，也因此而成为符号世界和现实世界的纽带。

"语种的华文文学"这一概念，从逻辑上看似乎有语义重复之嫌，但在海外华文文学的形成和发展过程中，自有特殊的作用和意义。或者说，从海外华文文学一开始其实就已经潜在，因为是语言（形式），才生出文学创作及其研究。如果没有语言（种），海外华文文学就不可能存在。诚然，华人用不同的语言书写和表意，产生的文学形态自然是不同的。按常理来说，用汉语（母语）书写的（作品），我们才能称之为华文文学；而用英语书写的，只能称之为"英语文学"。面对着华人用不同语言（包括母语）进行创作的作品，我们只能统称之为"华人文学"，或者，把华人用非母语书写的作品，命名为"华裔文学"。之所以有这么多相互纠结缠绕的甚至是说不清、理还乱的问题，是因为这当中不仅首先跟语言有关，还跟文化与族性相关。但是，如果我们认为海外华文（语）文学与世界上各地存在的英语文学、法语文学、德语文学、俄语文学等是各自独立并存的关系的话，那么，海外华文文学首先应该是一种语言的华文文学，其次才是文化的华文文学，当然，作为一个民族的语言，它也是民族（族性）的华文文学。

散居世界各地的华文作家，用文学的特殊形式来表现自我认同，本身就是对自身文化的认同，而"语种"义不容辞地承担着这一母体文化的情感意蕴。旅美作家陈若曦说，汉语就是我的家。另一位旅美作家严歌苓在《母体的认可》一文中，深有感触地道出心声："在异国以母语进行写作，总使我感到自己是多么边缘的一个人。而只有此刻，当我发现自己被母语的大背景

所容纳、所接受；当我和自己的语言母体产生遥远却真切的沟通时，我才感
到一阵突至的安全感。"① 的确，用自己的母语在非母语的异质土壤上来表达
自己、寻找自己的心灵归宿和情感源流，就是走进并且拥有自己所喜欢的世
界。从根本上说，华文文学在海外当属于一种跨越文化经验的写作。作家对
"自我"的定位，是取决于一个人站在何种立场，选择何种姿态，采取何种
叙述形式及语言来表达人生情感和经验的决定性因素。譬如，在留学生/新
移民作家那里，之所以拥有独立自足的精神空间，一个重要的特点是它们所
带来的一种新的叙述语言的空间。作品的语言空间可以为读者创造出艺术想
象的空间，其建立，不仅体现在作品词语的驾驭和题材适应范围的变化与扩
展上，还依赖于作者对世事人情的洞察和看法所采用的不同特殊视角和方
式。对这些方式和视角的表达，要求作者能够用新鲜的语言形式，在颇富张
力的语词和结构形式中为读者带来新的审美经验。可以断言，对一个有思想
有深度的海外华文作家来说，语言功力是最重要的素质，缺乏或不具备驾驭
语言的这种天赋或才情，就无法创造和拥有自己的语言空间，更不可能让自
己的作品走向最佳的艺术境界。严歌苓的《人寰》之所以富有魅力，在于作
品中充分展现她驾驭母语而形成的独特的语言风格。小说使用了"说出来"
的方式，循序渐进，步步为营，在一种开放和商讨的语言氛围中，探寻生命
个体本质存在的各种可能性，其本身就是通过独特的语言方式对"自我"本
质的一种寻找和发现，一种"让文学讲汉语"的文心和诗道。

　　在汉语思维的言说空间，新移民文学还表现在作家对他们笔下的形象和
感情表达的丰富性上，那些鲜活的人物已经不再是传统文本里的一张张思乡
而显得疲惫不堪的脸庞和一个个愁眉莫展的无家游子，而是一群活生生且多
样化地存活在西方社会中的华人形象，这就是作家语言叙述空间所产生的有
效性即语言效应。正因为如此，作家便能站在新的角度和姿态上，解读传
统，面向世界，审视自我。尤其是进入全球化语境中，"文学的越界已成为
一种大趋势，语种的文学现象实际上是文学全球化的一个鲜明的表征。因此
语种文学显然比以往更有纳入文学研究概念家族和阐释视阈的学理依据和讨
论之必要"。② 至于有的学者提出不要因为语种的限定而忽略海外华人华裔的

---

　　① 严歌苓：《母体的认可》，《中国时报》（台北）1998 年 3 月 30 日。
　　② 刘登翰、刘小新：《关于华文文学几个基础性概念的学术清理》，《文学评论》2004 年第 4
期。

非汉语写作的作品和文学现象，我们以为，这是一个问题的两个面，正如一把扇子，一面写着中文或画着中国画，另一面写着英文或印上西洋油画，无论是谁是哪方人士（不同种族），哪怕都是出自华人之手，但它毕竟存在于两个扇面之上，它们两者可以对应互补，但不可混为一谈。诚如东方与西方同在一个地球，但毕竟无论从地理时空、文化时空等方面看，都是有所差别相互独立的（存在），但两者可以彼此交流互动。当然，作为研究者，你完全可以对两个扇面进行欣赏评价，或比较、或解读、或说出你的看法。如果以上蹩脚的比喻有一定的说服力的话，那么，我们就可以理解加拿大华人学者梁丽芳的《扩大视野：从海外华文文学到海外华人文学》呼吁的缘由，乃是表明在"扩大视野"上。应该说，梁氏提出的华人的非汉语写作与华文写作并存是一种事实，无可争辩。如果从族性视角来说，两者的确可以并行同步研究；从文化视角，可以交叉比较研究；从语种视角，当然必须区别分开研究；从个人化写作视角，则可以以个案方式（包括作家与文本）进行研究；倘若从边缘性视角观照，的确如梁氏所言："他用的边缘性却成为华裔发声、自我肯定、反抗强势控制、重建本身族裔历史的场域。"①

　　如此说来，只有当我们看到问题的两面性甚至因多重视角而带来的不同方法时，才能理顺其中的本质区别和存在的差异。倘若从单一视角看问题，就容易出现偏差及另一种局限。如果我们一厢情愿，总认为应该把华人的非华文书写硬拉带扯连同华人的母语写作（华文文学）合并在以"华人文学"来命名的范围里，同样无法有令人满意的回答和充足的学理依据。道理很简单，因为华人文学根本不足以对华文文学实行有效的全面覆盖，正如华文文学并非简单地包含于华人文学。理由何在？如果我们站在现代新文学的视野加以考察，便可发现，非华人作家的华文书写同样不可忽视。这样的例子举不胜举，韩国的许世旭等一些用华文书写的作家，是不能小觑的。如果我们只顾及华人的非汉语写作，而放弃了非华人的汉语写作，似乎没有多大的必要。因此，同样值得质疑。"这样简单化处理或是策略性排除，也让我们看到一个悖论的事实：当我们向华人外语文学开放边界时，却顾此失彼地将非华人的汉语写作拒之门外。"② 关于这个问题，所牵涉的面较为广泛，毕竟是

---

　　① 梁丽芳：《扩大视野：从海外华文文学到海外华人文学》，转自加拿大华文作家作品选《白雪红枫》，加拿大华裔作家协会 2003 年版，第 281 页。
　　② 胡贤林：《范式转换还是学科重构？》，《华文文学》2007 年第 5 期。

属于两个完全不同的文学形态（系统），因为语言是文化的主要载体，语言不同，作者的思维、表达文本的内涵以及读者指向都大异其趣，包括其中所表现的文化身份、文化内蕴、文化解读等。诚然，在全球化语境下，如果从后殖民理论中流散写作的视角切入，对华人的非汉语（外语）创作与华人的华文创作进行比较研究，即打破华文文学自设的"语种"限定，开放边界，或许有利于我们认识华人在双重文化背景下的不同文化选择，有助于我们找到一条打通多元文化如何交汇相融、并存共生的经验之路，从而更全面地理解和认识海外华人文学和东西方文化。

可以说，作为世界上一个古老民族语言的汉语，是一个独立的符号表述体系。"海外华文文学"中的"华文"，就表明文学与生活的境遇，都会自然地呈现于汉语的体系之中。当作家在言说，就是一个无限开放的汉语在敞开无穷尽的言说功能；而用这种言说去创新，正是华文作家此一特殊群体的特殊使命。如果这个群体偏离了这一思维与言说的空间，不仅是这个群体、也是整个华文文学的灾难。

（二）多重边缘的空间

由于华人散居海外各地，每一方水土又有当地的区域性文化，海外华文文学处于双重或多重的夹缝之中：一是远离中原主流文化或文学传统中心，不论在地理空间还是在文化空间，都处于母体文化的边沿或边缘地带；一是在居住国主流文化中，属于外来文化或少数民族文化，只能是无可奈何地如花自开自落于边缘。这是一种尴尬，也是一种洒脱；这是一份焦虑，也是一份自在；这是一种局限，也是一种张力。

这种边缘化的事实是：一方面主流文化意识和权力话语的鞭长莫及，文人们可以逍遥自在地抒写和表现心中之块垒，从而形成了海外华文文学有别于主流文化体系的某种大胆开拓、冒险犯难，甚或离经背道的人文性格，也不必为某种政治形势和场面放歌，更不必戴着面具痴人说梦般写些言不由衷的赞词。另一方面，海外华文文学是海外华人文化的组成部分，用汉语书写的语言根性和源自于中国文学传统的因素使然，其所潜在的慎终追远意识和正统价值观念，在深层意识里还是挥之不去，使得越是处于边缘地带的作家，越容易潜意识地担忧起自己真正的"边缘化"。因此，主观意识上又想方设法努力向主流文化和母国文化靠拢，产生了双向"趋同"的现象，力求融入当地主流文化，又担心自身（母体）文化被搁置于一边。这种困惑与尴尬就像是自己的抽屉里，放着一本被人遗忘的诗集。有的作家如是说："我的灵魂和精神家园，在绝大的程度上就是深沁我体肤毛孔、主导我的基本价值体系的中国文化，因为种种的误解，我尝试过疏离它，摆脱它，但终是不能。我如今看到的中国文化精华的部分，于我恰似一池温度永远相宜的春水，重新回归于它并浸泡其中，便使我有种心安舒适、有信有靠的感觉。"尽管"在精神世界的层面上，那个留在太平洋云水那端的大'国'小'家'，是离我越来越远、越来越难以回归了，那种不舍放弃而又必将并且终将放弃的痛，总是追随在心头。然而我明白，去国离家是我自己的选择，正如对我生命中所有其他事情的选择、取舍一样，我必须对这个选择了流浪的决定付出我应付的代价，所以，我知道我没有可能再奢望能与那些把一生留了那片我称之为祖国的土地上的人们分享那里的一切，包括欢乐和痛苦，归属和拥有；而且我更明白，开弓就没有回头箭，我在流浪之途中经历过的心灵、思维、习惯上的所有改变，都已经使我绝不可能对故国作出那种完璧似的回归，所以为了心灵的无羁，我只能放弃那种对不可能的追求"。——旅美女作家陈谦在《文化"边缘"人》[1]一文中流露出这样真切的心声。于是，作家自嘲是游走于"边缘"的"两面派"，却"真的是可以过出心平气和的滋味的"。这是在域外生活较长时间之后形成的一种特殊心态。

毋庸讳言，早期的华人移民和第一代新移民在人文性格方面依然有寻根谒祖，敬祖认宗，甚或叶落归根的强烈意识，实际上就折射出一种"边缘趋同"的隐性心理。此外，在海外闯荡，生活在物质丰富、文明发达的西方社会，在谋生中散居的华人为了壮大自身的实力，每个人都期待能像中"六合彩"似的在一夜间成为人所共知的富翁，华文作家同样无法回避，也无从逃避。因为是人总要过日子，过好每一天。于是，许多作家亦商亦文，文商结合。一旦致富了又不忘故土家园，甚至捐资支持家乡的文教事业等，或在居住国支持华人参政，或筹资支持当地自己认定的党派参加竞选等。从文化心理层面看，反映出希冀拉近身处双重（文化）边缘的他乡异域与故土家园的心理距离的不懈努力。诚然，海外华文文学的生长往往又得益于边缘地带和作家的处境。这与其说是作家个体生命移植之后，通过书写在海外重新打造了中国文学的新文化传统，不如说是为我们也为时代提供了有价值的个人记忆文本和对传统文化的继承和发展，亦可看做是西方世界里边缘对中心的某

---

① 湖南人民出版社 2007 年版。

种间接性回应。如果说中心往往因强大而导致自足保守，缺乏危机性反省，那么，"主流"与"正统"形成系统相对稳定的"熵"，则不利于新生事物的发展。反观边缘，心理负担少，有多重参照，且面临着潜在的认同焦虑的挑战，相对较易阐述属于个人的自我之见、自我之思。

作为一种跨文化现象，华文书写在海外总是处于一种流动性的多重边缘空间。对于此一空间状态，不妨如此描述：对母（语）国来说，俨然是从域外传来的边缘的声音；对所在国主流文化而言，也是一种边缘的文化（现象）；从族群种属来分，是属于"外来人"的少数民族文学；从写作者自身来说，文化身份的暧昧与含混也是一种边缘；从文学本身的处境来看，在高度商业化时代，文学已逐渐走向边缘。总之，无论从语种、从文化、从族性、从个体等诸方面来考察和观照，海外华文文学都逃不出"边缘"这个空间，并且总是在边缘处沿着自身的路线在寻梦中"圆梦"，在行走中流散和遍布于世界各地。也因此，在这一多重边缘空间里，海外作家的内在世界与外在世界实际上是呈多样化面貌，或表现出浓重的流放情绪，或流露出深刻的漂泊疏离感，或更多地反映中西文化传统的碰撞、冲突和交融。

置身于中西文化交汇处的多重边缘时空，面对语言和文化的障碍，生存的焦虑与茫然未可的未来，这些因素时刻都在拷打海外华文作家的内心，也使他们有更多的机会反思自己的写作。面对新的文化语境，如何重拾汉语的诗性魅力，通过自我审视去表达另一个自我，重新为自我定位，并为自己提供一个更为自由的书写空间呢？让我们把视线转移到自我放逐之后的诗人北岛，看他是怎样作出思考的：

> 是鹞鹰教会歌声游泳 / 是歌声追溯那最初的风 // 我们交换欢乐的碎片 / 从不同的方向进入家庭 // 是父亲确认了黑暗 / 是黑暗通向经典的闪电 // 哭泣之门砰然关闭 / 回声在追赶它的叫喊 // 是笔在绝望中开花 / 是花反抗着必然的旅程 // 是爱的光线醒来 / 照亮零度以上的风景 。

这首名叫《零度以上的风景》①　的诗作，是北岛身处边缘空间之后意识到必须重返故乡的愿望，因而诗人把自己的写作引入了一个更为深邃的内在

---

① 台北九歌出版社 1996 年版。

经验领域与更为隐秘的私人性经验空间，并赋予诗歌更高的意义，即对于母语的责任。这种变化标志着北岛到海外之后的某种转变。而多年的海外经历、体验和感受，则意味着诗人对于生存方式、最初的追溯和必然的旅程以及理解世界方式的嬗变。显然，"边缘"使他的思维空间放大了。

作为一种学术意识形态，"边缘"之说其实是预设了一个"中心"（或"主流"）与"边缘"之间的二元对立。"边缘"意识形态很可能导致对"主流内部的'边缘'"和"中心以外的'边缘'"的价值的忽略与轻视。事实证明，海外华文作家身处多重边缘，但不等于不能于边缘有所作为。"边缘化"甚至可以看做是海外华文文学的一大思维空间，有其好处、长处。在边缘站立，能转化为许多正面的东西，如可以用良知"冷眼向洋看世界"，可以逾越现世功利活动之位而对商业主流和流行俗流作出抗争，可以如钱锺书先生所说的"敢云大隐藏人海，且耐清寂读我书"，可以独处于文字世界里咀嚼更多的人生况味、人世难题和人间悲欢。"边缘"也因此而成为对意义空间无限性的探寻之道。文学史上那些杰出的精品大家，难道不也是站在"边缘"发出知性的声音吗？难道不是在"边缘"的沉潜状态之中和先哲的伟大灵魂相逢吗？

（三）灵性思维的空间

华文文学承继着东方，尤其是中国传统艺术之脉。中国传统艺术十分重视精神的层面，重视心灵的作用。宗白华讲到中国艺术时，强调中国艺术是一个虚灵世界，一个灵性空间，在"空寂中生气流行，鸢飞鱼跃，是中国人艺术心灵与宇宙意象'两镜相人'互摄互映的华严境界"；灵性思维创生的意境，"既得屈原的缠绵悱恻，又得庄子的超旷空灵。缠绵悱恻，才能一往情深，深入万物底核心，所谓'得其环中'。超旷空灵，才能如镜中月，水中花，羚羊挂角，无迹可寻，所谓'超以象外'"。他还指出，中国艺术家所擅长的，乃是"灿烂的'艺'赋予'道'以形象和生命，'道'给予'艺'以深度和灵魂。"由此可见，灵性思维追求"意境"，艺术创作要显示一种形而上的人生感、历史感和宇宙感，那是一个"永恒的灵的空间"①。

也因此，西方人关注外在物体的探析的目光，和东方人（尤其是中国

---

① 均见宗白华《中国艺术意境之诞生》一文，《中国古代美学艺术论文集》，上海古籍出版社1981年版。

人）关注生命体验与心灵领悟的感受之间，存在着认识论和存在论的不同，并且通过思维方式和话语方式表现出来。旅美华文作家吴玲瑶在《ABC 学中文》一文中提到流行的几则笑话，美国孩子对中国一些有灵性的成语和诗句常常误解，如把"不白之冤"想象为"黑人受了冤枉"，把"长生不老"读作"老不生长"，把"口若悬河"理解为"一面说话一面喷口水"，把"绝代佳人"误会为"不能生孩子的美人儿"，把"雪霁天晴朗，腊梅处处香"吟唱成"辣妹处处香"，更不要说把"武则天"听成是"百货公司打五折的日子"了。这些日常生活中发生的问题，实际上反映了西方文化重视推理、逻辑、分析，而东方文化则强调直觉、顿悟、喻义，并非纯粹的知识论系统。汉语是东方文化的宝库，民族智慧的珍珠。许多语言灵性四射，咀嚼起来满口皆香。"因小及大"那样抽象的哲理，汉语用"一叶知秋"去传达，且叶落之实与秋降之虚，被形象地凝缩了；"君子之交淡如水"，以水的自在自然、长流不息，象征着真诚而久远的友谊；说"多"，用的是有密集感、流动感的"过江之鲫"；说"少"，用的是传达落寞情怀的"寥若晨星"；"人去楼空"表面上告诉你一个"走"的信息，却暗示了一种失落与凄楚，一种往事不堪回首的沧桑感……这些融叙事、抒情、哲理于一炉的词语组合，西语翻译都很困难。但是，也正是这种本体论的、形而上的、无言之诗的灵性思维，有可能更接近艺术所需要的。在汉语世界，民间的智慧与创造更是闪着灵光。如针对交谈中的弯弯绕绕、不靠谱，民间就有"打开窗子说亮话"之说，话有"亮""暗"之别，又以"开窗"补叙，此一灵性表达，足可驱散那种对话中"吞吞吐吐"的暗云迷雾。

　　洛夫所写的数千行长诗《漂木》①，不仅赋予一块漂动粗粝的木头以生命以灵魂，重要的在于让我们在"漂木"的灵性透视中，窥见大千世界形形色色的奇观异景，领略到造成诗人对生命存在本身的复杂多元的质地与色彩的涵纳和包容。木头原是生于陆地或长于高山的，一旦流放于浩茫之大海中，似乎在告诉我们木头本身所具有的双重（地域）境遇，也隐喻着诗人从一个空间到另一个空间流动迁徙的漂泊历程，其蕴涵复合多元的意义和价值，体现在过程本身。请看诗人对于复杂而奥秘的生命存在的灵性思考与表达：

　　　　生命里的　道 ／ 生命外的　禅 ／ 庄子蝶的美学，东方智慧 ／ 天涯

---

　　① 台北联合文学出版社 2001 年版。

美学/超理性的宇宙美学 / 无非都是你眼中的混沌 / 和骨髓里 / 凝固
了的骚动 / 所共同建构的 / 一种高度稳定而圆融的韵律 / 一种远方的
召引，以及 / 内心最深厚的疑虑 / 不时蠢动如魔 / 如某种喊叫 / 一
座面目不清的城堡从雾中浮现 / 其实是一堆暧昧却足以使整个宇宙 /
长治久安的符号

　　诗人正是以灵视、玄思，借"漂木"构建了一幅生命意识的图景，把创
作空间提升到全人类共同遵循的价值观念诸如自由、平等、人性等向度上，
以更开放的视野和宽容的姿态，去处理人类价值中的公分母，反省人类共同
的困惑，呼唤足以展现文明底蕴的生命共感，反映人类命运与生存状态。此
类传达灵魂回声的心诚意正的作品，拓展了华文创作壮阔的历史文化时空。
　　灵性思维往往一扫拘牵，超拔以自由不羁，溢漫以启迪发端，滂湃以指
涉范围，其笔法诡谲，其言语清醇。旅美的华裔散文家王鼎钧有一篇《脚
印》[1]，常人以为他可能从人生的一步一个脚印写起，但他灵思妙想，从"人
死了，他的鬼魂要把生前留下的脚印一个一个捡起来"的民间传说落笔，人
老了，要在自己留下脚印也留下唱歌的地方，让"人散落，泪散落，歌声散
落，脚印散落，我一一仔细收拾，如同向夜光杯中仔细斟满葡萄美酒"。这
还不够，作者又腾挪鸿爪，突发逆向而行的灵心妙悟："我若站在江头江尾
想当年名士过江成鲫，我觉得我 20 岁。我若坐在水穷处、云起时看虹，看
上帝为中国人立的约，看虹怎样照着皇宫的颜色给山化妆，我 15 岁。如果
我赤足站在当初看蚂蚁打架看鸡上树的地方让泥地由脚心到头顶感动我，我
只有 6 岁。"当然，这只是感觉，都是一种追求灵视、灵思的感觉，其生命
旅行和时光逆向，"昨日今我一瞬间"，那些长跑、长考、长歌，那些长年的
煎熬和长夜的痛哭，就没有时间也没有机会发生了。于是，作者悟得人生的
种种故事，"应该与我们的灵魂同在，与我们的人格同在"，此时此刻，"脚
印"化为灵动的"记忆"，而"记忆"又跃上葱茏，成为大解脱，大轻松，
"这是大割大舍大离大弃，也是大结束大开始。我想躺在地上打个滚儿恐怕
也不能够，空气会把我浮起来"。此时此刻，作者也不再孤苦无依，其"夕
阳红"式的晚唱，呼应着岁月容颜之盛放，生命经验之敞开。
　　显然，灵性思维体现了视通万里的艺术想象力。却不只是一种通常所说

---

　　① 王鼎钧：《脚印》，见《左心房漩涡》，台北尔雅出版社 1988 年版。

的想象力,更有"灵思"融于其间。文学不只照鉴现实。文学需要与"更高处"——生命信仰之道、理想世界之岸的精神能量倾心交谈。那是一个比现实此在更高的灵性界域。灵性思维犹如阳光雨露,照亮生命也涤滤心灵。灵思总是力求将"有限"的生命链接"无限"的波流。也因此,灵思清质悠悠,澄辉蔼蔼,温雅疏淡,蕴藉深厚,能在言情不尽之中,见生命信仰之殿宇,见哲理思辨之泓奥。这一对接了艺术传统的思维空间,在海外华文诗歌散文领域,为越来越多的作者所开拓,并纳入同中见异、平中见奇的知识谱系。

(四) 视界融合的空间

就常理而言,由于东西方文明的冲突,两种文化的沟通有相当的难度,要沟通就得去碰壁。然而,文化的融合又是可能的,它将变成完全不同的另一种文化,另一只骡子。海外华文文学为我们提供的另一个思维向度,就是视界融合的空间。

身居海外,又随着中国内地的开放,华文作家即使处于多重边缘,却也同时获得了来去自由的"家园"。不仅作家本人,还有笔下的人物,可以在此岸与彼岸交错间行走——躯体上的行走和精神上的行走。在两边行走,用两种甚至多重视点去看世事、世情、世景,去比较"同"与"异",去寻找人类精神深处可以相通的元素,这就构成了海外华文文学很独特的一个方面。

荷兰华文女作家林湄"十年磨一剑"的长篇小说《天望》[①],为我们提供了视界融合的艺术空间。作家以独特的生存经验与文化自觉,叙述了以微云和弗来得两个分别从遥远的东西方文化精神"原乡"走出来的人物为男女主人公,在物质与精神、情感与人格的矛盾冲突中,最终都获得自我救赎的人生旅程。此书引起了海内外许多学者的关注。法国巴黎大学比较文学教授韦遨宇指出:"难能可贵的是,作者能跳出狭隘视野的东西方'文明中心论',以关怀人类命运、生存状况的博大胸襟和普济之心,推倒横亘在不同民族文化背景间的那堵看不见的'柏林墙'。在作者笔下的文学世界里,架起一座不同肤色、不同语言、不同文化的人们之间得以理解、信赖、宽容与博爱的

---

① 林湄:《天望》,2004 年《欧洲时报》连续全文刊载,长江文艺出版社 2004 年版。

桥梁。"① 小说中，男主人公弗来得在世人眼里是堂·吉诃德式的傻子，但世人在他眼里更是傻子；他有着西方人文化传统的傲慢和偏见，却又有宗教朴拙的真诚与爱心。堂·吉诃德只能在孤独中郁郁寡欢而死，而弗来得用真诚的爱赢获了懂得感恩于海神的微云的爱，即便后来成为盲者，"心眼"却分外明亮起来。这是一个天人相望，人的良知最终会被触动的美的历程。"融合"是个大视野。林湄在谈到这部小说的创作时深有感慨："人类不知道自己在做什么，可是天在俯视这个世界。在文化、信仰、性别的差异里，人们一次一次地否定融合，一个又一个的希望被挫败。我没有办法跟人类对话，只好和天对话，跟自然对话，跟宇宙对话，跟自己对话，跟作品对话，在焦虑和绝望中寻找光明和美好。"② "天"在林湄的心目中，是超验的东西，是每个人的良知，具有现实与梦想、宗教与世俗、科学与情感、本义与喻义、彼岸与此岸等多种文化含义的融合性。

　　这种"融合"自然是一个艰难的过程。人在异邦，彼岸世界让人见识到不同的文化，看到过去没有注意到的事物，察见不同的人生和人性，一旦"视界融合"地去看问题，便具有引来"他山之石"和清朗"繁复之玉"的意义。旅美华文作家吕红就谈到这样一种切身感受："出国以后，常常感觉到既面临冲突，又面临被同化。其实世界是多元的，通过各种冲突和交融，最终会达到一种和谐。西方人也到东方来学我们的长处，他们对东方文化特别感兴趣。文化的冲突和碰撞必然要产生交汇融合。人类文化就像太极图般呈现出互补结构。西方的阳刚与东方的阴柔互补，才能达至阴阳平衡。我们应该找到超越人种、肤色、民族、国籍以及宗教派别的人类心灵共通点，从而达成和谐发展的远景。"③ 此一感性表述，尽管有诗学上的缺陷（如"西方阳刚"、"东方阴柔"的区分过于简单且有偏差，如"和谐发展"应以"和而不同"为前提），但基于人类共同体的非物质遗产和话语编码，从而趋向"视界融合"的精神维度，仍然体现了一种世界文化/文学饮之太和的理念，也是海外华文文学知识谱系中比较特殊、有特别价值的生态项。由"视界融合"而形成的理解，将不再是作者原有的思想成见，也不完全是作品或历史的原有知识内容，读者通过这种在历史中既能接受、又有更新的理解方式，

---

　　① 　王红旗：《寻找人类灵魂的救赎之策》，《爱与梦的讲述》，社会科学文献出版社 2010 年版，第 83 页。

　　② 　同上书，第 95 页。

　　③ 　王红旗：《撕碎东西方"情人"温情的面纱》，《爱与梦的讲述》，第 291 页。

给人生和世界开辟了新的可能性，为海外华文文学构成一个自在自足的大空间、大视野。

二　知识谱系的诗学特征

按照福柯的说法，谱系学与其说是追究起源（ursprung）——事物沿着一条线索上溯至源头、青春期、神谱以及天启般的秘密关系等等，不如说它试图勾勒出来源（herkunft）。福柯解释道，对来源的探讨，"是要驻足于细枝末节，驻足于开端的偶然性；专注于它们微不足道的邪恶；倾心于观看它们在面具打碎以后的另一副面具的涌现；决不到它们所在之处去寻找它们：通过'挖掘卑微基础'，使它们有机会从迷宫中走出，那儿并没有什么真理将它们置于卵翼之下"①。就是说，谱系学所抛弃的是事物进化的连续性（认为是文化史、文学史的作业），而看重断层、裂缝、细节、差异，确定种种细节知识，聚拢种种异质性的东西，搅动种种恒定的事物，重新集结那些曾被历史遗忘和散落的碎片，从而真正把足可刻骨铭心的文化/文学烙印，留存于并非先验或预设的语言、观念、沉思、价值之中。也因之，福柯认为，谱系学的目光，"必须成为一种区别、分布、散播间距和边缘，并使它们发生作用的犀利的目光——一种解散性目光，它能解散自身，能消解那种被认为统治着历史的人类存在的统一性"②。这无疑是一种散点透视的目光。在这种目光下的观察所得，自然会成为一种透视性、碎片性的知识，不隐匿什么，相反，把立场、意愿、背景、观念一一裸呈出来，或否定，或首肯，或反驳，或认可，或弱化，或强化，从而凸显坦诚的学术姿态，凸显还原历史和经验的本貌，而把异的质素保存下来。

福柯的谱系学观念，将其与传统历史学截然对立起来，具有完全的颠覆性，这一点我们难以苟同，因为历史、传统乃至经年积聚之物，是不可随意颠覆的。但他反对把千事万物还原到某个"一"上，主张不去归于"同一"的异质性路线，倒可以给我们考辨海外华文文学的知识谱系时有所启迪。不错，福柯在《知识考古学》和《尼采·谱系学·历史》中对认知主体、连续性、总体性、目的论深为厌倦，我们在文学研究中，仍需质疑他对常识轻狂

---

① 参见《福柯集》，杜小真编，上海远东出版社 1998 年版，第 150 页。
② 同上书，第 156 页。

的动摇；然而，他将谱系学诉诸差异，诉诸事物谱系的研究，诉诸激发局部知识和破碎知识的获取，不啻可以催生我们如何从过去形而上学和本质主义的陷阱中解放出来，使海外华文文学的研究，真正变成自主性的、有其自身规律和独特性的知识体系。

例如，以往有一种普遍的"共识"，认为中国传统文化——尤其是儒家文化，不仅是中国本土文学、也是海外华文文学的唯一源头和脉络。这种基于"归于同一"的思路，不考虑"文变染乎世情"和"才性异区，文体繁诡"① 的历史与现状，多少对海外华文文学内在结构的坚固程度有所忽略。因为我们随时可以提出一些疑问：当"中华性"被设定为海外华文文学的考察视阈时，我们有什么理由用所谓本土的传统文化去填充"海外"这个概念？当历史已驶入新的陌生地带，各种经验型的导航图陆续失效，我们如何解释处于海外不同文化版块如此之多的文学问题？当我们都呼吸着这个时代的空气，又如何紧张地与周围的历史和现实进行全方位的对话？等等。这样，从思想、智慧到知识，都要求我们对海外华文文学这道独特的风景线重新加以调整视角，观其殊相。

基于以上思考，在我们看来，海外华文文学的知识谱系，有以下明显的诗学特征。

其一，多样性

当今世界，总体趋势无疑是经济全球化、政治多极化、文化多样化。对于海外华文文学而言，"多样性"不仅是一种现实的存在——你有你的思想，我有我的方向，你有你的才性，我有我的招数，你有你的文体，我有我的话语，你有你的湖海豪情，我有我的山林精神，等等。四海之内，没有统一的坐标，只有美丽的花朵在其适性的土壤上开放。"多样性"还意味着当世界发生不可思议的种种变化时，在时代风云造就了新型的意识形态时，海外华文文学面临着充满未知的挑战时，更需要有各种路径和多样选择的可能性。这种"可能性"，就需要我们重体验、重洞察，有探索的勇气。

"多样性"不是一成不变的文化遗产。"多样性"要求我们防止借文化差异之名，把那些差异神圣化、凝固化。华文文学面对的当今天下，是随着人类从远古彼此阻隔的历史，发展到现代多元的世界史，生机勃勃并具有更大阐释空间的世界性、全人类性话语的产生，跨文化、多民族文化的多向度的

---

①　刘勰：《文心雕龙·体性》。

拓展，使过去习称的"西方"和"东方"进入了"建设性交锋"的文化格局。也就是说，承认人类性的、客观的知识体系的有效性，就意味着来自不同地区、不同民族的文化知识体系，可以在"建设性交锋"中逐渐交融，进而达到知识的不断进步。这样，华文文学所象征的"东方"，就不仅是包含了中国而并非等同于中国；在多样性的探索进程中，也不是简单的"西方中心"或"东方中心"的文化与文学，而是超越了地区、民族的狭隘性的共享的普遍性的精神产品。也因此，以汉语语系为基石的跨文化的多样性，成为海外华文文学知识谱系中显著的诗学特征之一。

其二，关联性

诗学思维关注事物之间的互相联系。海外华文文学创作与研究中，和其他文学学科相关联，多年来也集中在对待一系列文学的核心命题上，诸如存在与意识、客体与主体、中心与边缘、文本间性与主体间性、内容与形式、语言与历史、时代性与民族性、外部研究与内部研究等的关系。这些知识命题或二项对立，其间存在审美中介和辩证联系。但在创作与批评实践中，也不时出现过问题与毛病，不是把前者或后者片面化绝对化，就是从一个极端走向另一个极端，以至将本来有联系的二项对立关系凝固化。前些年海外华文文学界关于"中心"与"边缘"、"语种的文学"与"文化的文学"的争论，即是忽视"关联性"的例证。看来，我们有必要经常把"反思"意识引入文学创作与研究中来。国外一些著名学者的治学态度可以给华文文学界一些启示。如托多洛夫是法国结构主义大师，曾将文学源流和历史排除于文学之外，及至晚年在其《诗学》一书里明确反思，强调应把文学作品同心理学、人类学和社会学联系起来，使之具有哲学和历史的性质。还有俄苏形式主义大师什克洛夫斯基，晚年也坦承只注意"形式"的"错误"，在他90高龄（1982年）出版的《散文理论》中写道："我曾经把生活之流和艺术之流分离开来，这是不对的，这二者被失望、光荣和对功勋的召唤联系在一起。"

实践反复证明，诗学指向并非一个既成的、割裂的对象，总是由文学活动展露且与多方面的外在或内在的东西联系在一起的，因而含有文学移动过程中的复杂关系与内部张力的特点。

涉及海外华文文学中"关联性"的问题自然也是多方面的。就现时的情况而言和提升知识水准而论，这种关联，主要集中在以下两点：

一是哲学意义上"突然"与"应然"的横向链接关系。具体到书写，即"纯文学"与"实生活"之间的关系。这里的"纯文学"，是指真正意义上

"应然"的文学。"纯文学"生长于"时代性"、"生活流"的层面上,为现时的"实然的生活"所孕育;但它更成就于"超时空"的层面,既呈现历史的"桃花源"境界,又更高地呈现为哲学的"红楼梦"境界。"纯文学"自然涉及"实然"的生活,涉及现实的、具体的、短暂的功利,但它不以此为唯一追求;相反,它以广义的、长远的功利为内涵,以历史地审理人类生存法则为己任,即王国维所说的"无用之用"——无目的之合目的性。华文文学从根本上维系的也是一种"应然",是人类精神发展与心灵提升的"大生活"、"大目的"。

二是"此文学"与"彼文学"之间的纵向比较关系。这里,不仅仅是在"中西"之间进行比较研究,就其反思实践和创作路径而言,还要考察来自不同地域、民族、传统、风格的华文文学及其思维方式,考察不同风貌的华文文学的艺术策略及其解读的资源,并通过关联性的互读而得以相互借鉴。这种纵向比较,既跨了"本土",又跨了"海外",从而为通向世界华文文学的不同诗学途径开辟道路。我们注意到,在一些有文化自觉的海外华文文学家那里,正是通过"此文学"与"彼文学"的比较,越来越注重将作品结构的设想同历史的设想、知识的设想更好地联系起来,种种外部关系也为文本所包容,作品置于越来越广泛的、由作者、文本、时代、历史以及审美传统构成多重层次的语境。这一新生的特征,将预示着海外华文文学领域有可能出现大器度、大气象的好作品。

其三,共生性

海外华文文学世界作为一个复合体,在不同的"四间"(即"时间—空间—人间—字里行间"),将不同的生存世态、人文生态、表现形态、价值姿态呈现于世人面前。由于文化情结与内在传承、语言载体与异质交融性、历史演进与趋向本土性等多重因素,就整体而言,存在着难以切割、互补互通的共生性。尤其随着"地球村"的出现,各种大小文化的互动,使海外华文文学的复合、共生的特征更见明显。如果进一步从诗艺生态学的视点去看,那么,海外华文文学从人、自然、社会、民族、文化等各种变量关系中,去研究文学如何纳入与之共生的生态环境系统,纳入与之共生的"核心物"、"生态项"或"生态因子"互动的知识范畴,就成了此一文学的生长点。

"共生性"之于文本,实际上包含了人们常说的"互文性"问题。"互文性"又称"文本间性"。1966 年,法国的克丽斯蒂娃在其出版的《词·对话·小说》中，提出了"互文性"的概念，认为一篇文本中交叉出现了其他文本的表述方式，而任何一个文本，也都吸收或转换了别的什么文本，这种关系网络就叫做"互文性"。罗兰·巴特又发挥了"互文性"的观点，认为文本是作者、读者、批评家和文字之间的话语空间关系，是一个共生、生成的过程。他还指出，任何文本都是"互文本"，在这个空间中，前文本，文化文本，可见与不可见的文本，以及无意识或自动的引文等等，都会做出重新的分配组合。很明显，罗兰·巴特已经不单单注意到两种文本之间的关系，而是把所有的文本都看成一个无法分割、足以共生的"网"，"互文性"也因之而成为任何一个文本得以产生的话语空间。以至于后来一些批评家认为，对一篇作品的解读，都应是"互指性"和"共生性"的解读。

互指、互文、共生的文本特点，对于海外华文文学的诗学考辨具有特殊的意义。特别是 20 世纪五六十年代出生、80 年代去国的新移民作家，他们无疑携带着中国当代历史和中国当代文学的记忆，无疑传承着五四新文学的精神谱系与文学传统，也无疑源于新的海外生活的刺激而产生内心的震荡和倾诉的欲望。然而当他（她）们表达这种震荡和欲望时，就多了一重对于文本的开放性的思考。他（她）们的作品，既竭力摆脱前辈们原有的原乡/异乡、离散/怀旧、文化身份/国籍认同的精神纠缠，又在文本中突破了"文学记忆"里那些训诫性、独断性、夸饰性、指路性的单向度的叙述姿态、叙述语调与叙述语汇，而使对于历史和人生的书写，视角更为新颖，语体更见灵活，常常可以"你中有我，我中有你"，文本间性因此也更为立体和丰富。

"共生性"的互文现象，对于创作主体而言，也有助于克服一味躲进象牙塔的唯我论倾向。"文本间性"事实上和"主体间性"联系在一起。主体间性指的是在自我本身和经验意识的本原性结构中，"己者"与"他者"不可分离，面对着同一个世界，同一个梦想，"我"的先验主体本身包括他人的存在和意义。这在华人世界中特别明显：同一时空中有不同的精彩也有不同的忧伤和苦难，但每个主体都是"主体间性"世界的一部分，命运和理想则是异形同构的。更何况进入信息时代和网络世界，华文文学的"文本间性"和"主体间性"历历在目，不论作家漂泊于何方，文学的互动、互文、共存、共荣，更成为共同的特征。

其四，变异性

这里主要是指现代知识谱系与古典诗学传统的关系。

　　海外华文文学的知识谱系，其"远传统"，其"理论资源"，自然因为属于"华文"而离不开中国古典诗学。按照美籍华裔学者蔡宗齐教授的说法，"自古以来，将文学视为和谐化过程的概念，是中国古典诗学的公分母。中国古代的批评家从不把文学理解为能提示或阻碍终极真理的一种知识形式。他们把文学当作一个循环的、和谐的过程。这个过程起源于外部世界，在内心世界得以发展，最后反过来作用于外部世界。当它完成了这一循环，它便把和谐带给一切相关的现象和经验——自然与人，外与内，公与私，感觉与超感觉，如此等等。这一核心信念整合了历代产生的不同文学概念与理论"①。也如同夏威夷大学华裔教授成中英所言，中国诗学的特点是五个本体存在的层次和向面：宇宙、心灵、道德、礼乐与艺术，其中蕴涵了中国古代文人重视的涵容、沉潜、刚健、高明、和乐、自由之美②。

　　然而，人事有代谢，往来成古今。时代变了，山水变了，笔墨也必然会变，古典诗学和现代诗学从知识谱系上的变异也产生了。变异显于表面——从文言文变成白话文，更隐于内里——从古典的"太和安详"之"核"，到现代的"多元多向、失序不宁"的"裂变"。一方面，那些古典的语感、格调、词汇不少已濒临消亡，诸如"之、乎、者、也"在现代人看来已有隔世之感；另一方面，古典式表意文字和现代人生活的互证关系得以新的挖掘释放，转换成以现代人生活中鲜活的形象印证词汇的新的意蕴，新的词汇反过来以独特的含义（不是古典标本状态的简单存留），强化了对现代人生存状态和灵魂状态的书写。

　　更重要的是知识结构的变异。海外华文文学的出现，不能简单地将这一现象，视为"中心（西方国家）"生产的"知识体系"（西洋文学）在"边缘"（第三世界）消费（海外华文）的一个版本。从全球视野看，则是意识形态扩散、历史语境放大以后，"现代化范式"这一"散播系统"的构成部分。这一自然化的知识形态，一方面和中国古典诗学迥异，另一方面又可能完全与西方"视阈契合"。这样，海外华文文学的知识谱系和范式结构，就有了显（开放）和隐（潜藏）的二相性，有了"文化比较情境"的不可简单操作性，以及它在发展进程中"不断浮出地表"的须等待性和时机际遇性。

----

　　①　[美]蔡宗齐：《中西文化比较中的内文化、跨文化与超（个体）文化视角》，周颖译，《文艺理论研究》2009 年第 4 期。
　　②　参见孙焘《中国美学向世界打开了大门——第 18 届世界美学大会综述》，《中华读书报》2010 年 8 月 18 日。

从这个意义上讲，目前我们在对海外华文文学知识谱系的诗学考辨时所涉及的，包括概念、观点、命题、主义、意识、法则等等，都充满了知识的张力和弹性，隐藏着不少可能的变数，也存在着可以接通的榫眼。我们强调以"世界目光"和"地球村意识"取代古典诗学（请注意："取代"而非"取消"），并非自作多情的理论虚构，而实在是因为有着真切、实在、鲜活的历史与现实的内容所致。

海外华文文学尽管实现了从"古代"到"现代"、从"本土"到"海外"的转换，但作为"华文"的思维特征，作为以象形表意为遣词的艺术原则，并没有从"根"上改变。"以不变应万变"，正是一种文化情境和艺术策略的表达，且在知识谱系中具有恒定的价值。海外华文文学研究常常谈到中西文化的冲撞，其中文化情境的"叙述"及其代表性"意象"的不同，自然会作为一个比较对象。例如，从深处、从源头看，东方庄子"窍喻"里的"气"，和西方柏拉图"洞喻"里的"光"，可以视为中西传统文学的两个基本文化意象，或称两个基本的知识"原型"。庄子提供的是"气"—"听"—"虚"—"道"的理路，而柏拉图展示的是"光"—"看"—"幻"—"相"的图像。"气"与"光"呈现艺术意象，"听"与"看"获得艺术途径，"虚"与"幻"显示艺术形态，而"道"与"相"的不同所指，体现了艺术哲学的差异。海外华文文学的变异，"变"来"变"去，并未脱离这两种文化原型的比较视野。华文作家所做的种种努力，总体上是将"气"与"光"融合起来，一切的变异，都是在既彼此包含又超越过去的结合部求得进步。

对于上述几种诗学特征，研究者需要做的，是作出价值阐释。为"多样性"、"关联性"、"共生性"和"变异性"所催动的海外华文文学，经一百多年的"长江后浪推前浪"，无论是面上的拓展还是数量的递增，都已取得了巨大进步。然而，以"知识谱系"的观念论之，"进步"并非仅仅限于直线性的增幅运动，而要看到它如何朝着理想状态的螺旋式上升。因此，我们不必以"巨大进步"而轻言"已臻繁荣"。其原由是，"进步"作为一个知识命题，作为一个诗学概念，既有事实因素（如作家作品的数量），更有价值因素的考辨。实际上，"进步"以变化为前提，是一种积极的事态，"世上新人超旧人"说明了华文作家能力的成长；"进步"同时又要受到评价的诗学标准、尺度、经验、知识乃至操守的影响，并非一个"量化"可以解决问题。这样，论及海外华文文学的成长特色，若以"时序"的切割和"代"的概念去阐释诗学的演进，显然并不足取。为创作冠以"数量"、"阶段"与"代"之名，只能赋予线性的时间意义。然而，文学作为创造性行为，总是超越作品诞生的时间与数量，其价值评判就看是否卓越，是否抵至人性的底蕴和达到人心的深度。道理很简单："代""代"之后，人生还是人生，文学还是文学，而"深度"才是一切。

总之，观当今海外华文文学，需要在动态因素的运行、艺术秩序的嬗变以及外缘意识背景的转换中，进行"质"的提高而不仅是"量"的积累的评估。这恰恰是知识考量和诗学考辨最需要的目光。

三　文化属性与身份认同

文化属性与身份认同，在海外华文文学知识谱系中，是一个绕不过去的诗学问题。

一般而言，任何民族，任何个人，只要生活在特定的社会生活框架之内，其文化认同必然浸染了身份的认同。大凡有了文化归属的共同性，不同的族群、不同的群体，可以彼此认同，可以守望相助，甚至可以建构患难与共的生命联系。

在生命旅程中，不论是"血统"抑或"传统"，所标示的是线性的一脉相连；而由血统"到达传统"，所呈示的是从生理层面向历史文化层面的平行延扩。海外华文文学以中华历史文化为"脉"为"缘"，这个"脉"，这个"缘"，为中华文化所特有的血缘、族缘、地缘、物缘、业缘的"五缘"文化所构成。说华人是"一盘散沙"那是历史的偏见，从过去到现在，"文化属性"在空间上可谓"一族之内"，"身份认同"在时间上可谓"变与不变"。

身份认同是一种历史的产物。人们的认同和归属，往往可以随着历史、文化的变迁而发生变化，并通过沧桑积淀于人们的深层意识之中。也因此，这种认同会渐渐成为一个族群或群体的共同性想象，它以一个共同体能够产生共同的意愿、念想和行动为条件，以形成共同的生活规范、族类精神和价值观念为旨归。上升到哲学意义，这也是一种"存在之思"。

不过，基于文化的多样性和多重性，海外华文文学的知识谱系中，"身份认同"也呈现了比较复杂的情景。通常情况下，"认同"就个体指向而言，是确认"我是谁"以及盼望自己成为什么样的人；就共同体指向而言，是"我们归属于谁"亦即对于不同社会和文化传统的信任。自然，两者又总是紧密相关的。"认同"往往因时、因地、因世情之变和代际之距，而呈现出连续性、差异性、流动性、多重性等丰富的特性。对于海外华文文学家来说，其文化属性和身份认同，举其要端，大致有以下几种状况：

一是身份认同与民族认同完全一致的

以旅欧作家赵淑侠为例，她祖籍东北，出生于北平。抗战八年，随父母颠沛流离，漂泊、浪迹了大半个中国。按她的说法，自己成长于内忧外患的年代，却又是"中华民族万众一心，最团结，最有生气，中国人最以做中国人为荣，虽苦犹傲，一点都不崇洋的时代"[①]，这个时代的烙印深深影响了她的一生，也决定了她的忧患意识和民族意识。因此，无论是她后来流寓台湾，或是远赴欧洲，都常常感时忧国，心系整个中华民族。人在"浪迹天涯，远离亲朋"的孤绝状态中，她的忧患感和归属感，使她在一系列作品中穿透着对中国传统文化中追求和谐与温情的渴念。她说："对我来说，个人和民族是如此休戚相关和相属，是没有别的什么感情可代替的。"[②] 她走到哪里，都铁定地自认始终是个"中国人"。也正是这一中国身份（identy）的连续认同，在她创作从《我们的歌》、《塞纳河畔》到《凄情纳兰》等多部长篇小说的过程中，赋予她一种又遥远又亲近的"在中国"的空间想象，一种本体性的安全感和历史感，那也是身份认同与民族认同相一致的、长在身上流在血里的恒定元素。印尼的黄东平同样是一个典型的例子。祖籍中国福建的他，酷爱鲁迅而习文，视写作为记录华侨艰难沧桑的使命。尤其是长篇小说《侨歌》三部曲（由《七洲洋外》、《赤道线上》、《烈日底下》组成），被誉为"华侨史诗"。他发愿为华人写作，说"为了苦难无告的华侨！为了非吐不快的我自己"，"不但这一生，我要写完它，若是有'来生'，再写完另一生"。晚年贫病交加，但华侨华人之身心，始终不改初衷。

二是身份认同、民族认同与国家认同相交叠的

这是一种既分裂又交叠的认同现象。诚如龚鹏程所言："既认同所居地为其政治身份所属，应对它效忠；又认同文化母国为其精神依托。"[③] 这种现象在东南亚华文文学界比较普遍。马来西亚华文作家黄文斌如此描述他们的精神缠绕与矛盾状态："身为马来西亚华人，我们至少面对两种困惑：一，

---

① 赵淑侠：《那是个什么样的时代》，《雪峰云影》，台北道声出版社 1984 年版，第 76 页。
② 赵淑侠：《情困与解脱》，台北九歌出版有限公司 1994 年版，第 196 页。
③ 龚鹏程：《世界华文文学新世界》，《华文文学》2010 年第 1 期。

身为华人，我们希望能够保留汉民族的文化、教育与生活方式；二，身为马来西亚的国民，我们也希望与其他种族共同塑造一个共生共荣的'新兴国家'。"① 在这种情况下，如果居住地的主流意识形态成为把来自不同地区、不同民族的历史经验和文化传统的多元族群联系在一起的基础，华人华文保持自身的文化特性不受到打压，将是东南亚多元社会活力和文化活力的重要体现。

三是因身份认同的不确定性而变化的

对于许多海外华文作家而言，离开母国，常年漂泊，的确有一种"身世浮沉雨打萍"之感。由于文化与文学的实践有一种可替代性，身份认同也会有时发生变化。

以严歌苓为例，尽管她生于、长于中国，尽管她在国族认同方面常常把自己视为"我是个来自中国大陆的年轻女人"②，然而，作为在中国内地"文革"中成长起来的晚生代华文作家，她的身份认同观已不同于前辈海外华文作家。"文革"的经历使她对中国传统文化产生割裂与疏离，对诸多流行的、正统的价值观念存在不少逆反心理；而在美国的学习、生活以及"嫁作他人妇"的经历，使她的所思所想被"全球化"观念洗了牌。她已没有那么浓重的"中国情结"，相反，她更愿意以"旅行者"的、变动不居的文化身份，以"冷眼向洋看世界"的视角，来思考人、思考人性、思索人类的一些问题，来寻找更具有环球性的叙述方式和能够在全世界流通的叙述语言。于是，她以"游牧"作为自己文化与写作的定位，并告白于他人——"所谓'游牧'，无非是指我们从地理到心理的社会位置：既游离于母语主流，又处于别族文化的边缘。游牧部落自古至今是从不被别族文化彻底认同，因此从不被异种文化彻底同化的。但它又不可能不被寄居地的文化所感染，从而出现自己的更新和演变，以求得最适当的生存形式。"③

这说明，文化认同的建立，与其个人的、族群的以及世事的变迁相联系。诚如单德兴所言："在试图建立文化认同之际，实宜认知其中的暂时性、流变性、想象性、建构性，也就是说，任何文化认同都可能只是在特定的脉

---

① 黄文斌：《从钱穆持守旧传统文化的意义反思马华文化之建设》，参见《新马华族文史论丛》，新加坡新社 1993 年版。
② 严歌苓：《失眠人的艳遇》，《无非男女》，花山出版社 2003 年版，第 128 页。
③ 严歌苓：《中国文学的游牧民族——在马来西亚文艺营开幕式上的演讲》，《波西米亚楼》，当代世界出版社 2001 年版，第 128 页。

络及时空情境中所暂时建立的（甚至是随立随破、随破随立的），固然有其特定作用，然而随着时空条件的变迁，认同的过程和结果可能也有所不同。"① 也因此，对于处在流动性、离散性状态中的海外华文作家，其文化认同与身份，与其认为原本如此、笃定不移，倒不如将其视作行进中可变动的一部分，视作一边是延续一边是断裂的双轴，视作于不同时空脉络中"建构/解构/重构"的过程。总之，不确定性正是反映了文化/身份认同上的动态性。

四是身份认同改弦更辙的

历史的加速行进和时代的不断更替，往往会深深改变个体的存在。同样，在海外华文文学中，生命的连续性与一致性也会渐次中断，乃至发生变异。对于"新新一代"的海外作者而言，随着生存难度已不成大问题，随着对故园母土文化认知的渐行渐远，他们对彼岸文化、对居住地风土人情的深度认同，已渐次遮蔽乃至压倒了中国血缘的指认。一个不争的事实是，对于在异邦土生土长的华裔后代来说，前辈们那种在历史的长河和空间的广袤中具有的历史感已经淡漠乃至消失，他们变得很"务实"，也会因时空分离而不知道"我是谁"，"我身在何处"。在更为加深的"自我西方化"的生命进程中，"身份认同"的连续性被中断了的"新新一代"书写者，可以无师自通地拥有"西方之眼"，回返自身以寻找被殖民者遗漏的东方奇观；也可以拥有"异之目光"，以"全球人"的姿态去观东方人、察东方雨。此时，即便是望乡，也成了"忘乡"；因为"忘乡"，也是前辈所念兹在兹的"中华情结"，而到了他们这一代、更下一代，已是相当模糊的"望乡"。诉诸文学书写，那种"去中国"性的现象也自然呈示出来。此时，他（她）们不喜欢别人突出他（她）的种族背景，像美国的汤亭亭（著有《女勇士》等）、加拿大的黄明珍（著有《神州怨》等），虽系土生华裔，但她们在英语环境中成长与写作，非常反感被别人称为"华裔作家"。黄明珍是加拿大大报《环球邮报》的驻京记者，但她认为，自己生在加拿大，长在加拿大，有何必要点明种族背景？称她为"加拿大华人作家"是"种族歧视"，是"源于一百多年来西方社会对华人移民的压迫"。汤亭亭对"华裔作家"的身份界定也相当敏感，明确表示："我是一个美国人，一个美国作家"。对于此种

---

　　① 单德兴：《析论汤亭亭的文化认同》，《文化属性与华裔美国文学》，台北"中研院"欧美所1994年版，第20页。

情景，女学者赵庆庆做了具体分析："1. 他们出生在加拿大或美国，土生土长，是那里的公民，所以，他们自然首先以加拿大作家或美国作家自居；2. 加拿大、美国本身就是多种族的移民国家，说某某是加拿大人、某某是美国人本身就包含了他/她可能是白种人，也可能是其他种族的潜台词，没必要非得点出他们是华裔作家；3. 他们大概认为，被称作是加拿大华人作家、美国华裔作家、或者北美华人作家等等，会让人以为他们的作品靠兜售华人故事、满足主流社会猎奇心理获胜，靠题材打天下，而不靠写作水平和思想深度。"① 也因之，我们应当理解和尊重他（她）们的姿态与身份认同。

此外，在部分海外华人作家那里，由于生存于多种文化与传统背景的"混搭"环境，受到多方面的伦理思想与道德力量的影响，心理的危机感与身份困惑呈现一种改弦更辙的"文化混生"现象。我们从美国华裔身份作家谭恩美的作品如《通灵女孩》《拯救溺水鱼》中不难看到，主要人物不仅在血缘上有着"混生"性，而且文化目光、文化方式上也是"混合"着的。这样，从作家自身到作品中的人物，往往具有双重的、"混合"性的文化身份和意识。有学者因而指出："当他们遇到问题时，他们会自觉或不自觉地用两种文化方式去处理。然而当他们用中国方式去处理遇到的问题时，在现实社会中往往会遇到困难；当他们用美国方式去解决遇到的问题时，他们在潜意识里会受到中国文化的影响，而且还常常遇到来自家庭和华人社会的阻力。因此，两种碰撞的文化常常使他们困惑，使他们陷入困境。"② 或许，这种出现于全球化语境中文化身份认同上的"混合"、"混生"现象，将成为新的趋势。

"身份认同"常常构成了海外华文文学书写者足可理解的一种文化焦虑。然而，我们愿意提出一个诘问：作为海外华文作家，除了文化的、族群的或国别的身份之外，是否还有与审美主体相关联的另一重身份？

回答应该是肯定的。这第五重身份，不妨名之为"创造者身份"。或许，对于作家而言，这是最重要的身份。

我们常言的"身份"问题，基本上是由自我和历史、自我和他者的关系

---

① 赵庆庆：《风起于〈红浮萍〉》，《世界华文文学论坛》2010 年第 1 期。

② 程爱民、张瑞华：《中美文化的冲突与融合：对"喜福会"的文化解读》，《国外文学》2001 年第 3 期。

决定的，况且流行的观点多少带有"遗传"的成分。也就是说，由前人遗传给后人或由环境养育了变异之人，"身份"是被预设、被规范了的。这种理解，还停留在原初的、本能的层面，并且往往含有"薪传"、"过去"的意味。然而，作家毕竟是精神财富的创造者，因此，在个人创造性的、人文的层面上，一个作家的真实身份，应是不停地创造——作家既创造着思想和作品，也在实际上创造着自己的身份，发出自己的天问。大凡优秀的作家作品，在某种意义上，主体性可以理解为另一种形态的"身份"。

旅居加拿大、坚持用双语写作的李彦就认为："作品自己会说话，读者中自有明眼人，只要你是优秀的作家，何必在乎前面加不加你的种族标签？"① 她以自己的创作体验，谈到用双语交替进行写作时的不同感受："用两种语言创作，感觉的确是不同的。当我想表达对生命更深层次上最真切的心灵体验时，似乎用只有 26 个字母的英文来得更顺畅自然，更能任思绪自由驰骋，不太受文字表象的干扰。而当我想追寻辞藻，韵律，或者视觉上带来的愉悦和享受时，中文因其文字本身的魅力，无疑更胜一筹。"②

旅英诗人杨炼对于多年来身处异域的"游离状态"，并不感到自己身份和创作的无奈。他有自己的主体性选择：

　　我从未流散于中文。但什么是"中文"？我们每天醒来说话，是否就等于理解这个语言？包括其精彩和缺陷，特别是对敞开人类思想可能具有的意义？汉字、中文书写和古典杰作中的大部分蕴含，还没"出土"，这造成了我们当代文学的贫瘠。无论出国的原因为何，我觉得，我现在像站在中文船桅上的一个瞭望水手，从周围海岛、海流、甚至星座移动中，报告自己这条船的位置。请注意，我就在这条船上！是既内又外（并非仅仅"从外面"）地在创造与自身的思想对话。我的一部部作品，无论在哪里写成，要等待多久才用母语出版，都在加入这个地貌的演化。同时，思想上的距离远比地理上的距离重要，正是它的审视，能给风景一个几何学的深度。我以为这个状态很理想，不是因为它"游离"，而是因为它根本没有游离。相反，距离在帮我更自觉、更有机地深入！要是你问：没有身在国外怎么办？我答：好办。那就在你自己之

---

① 　参见赵庆庆《风起于〈红浮萍〉》，《世界华文文学论坛》2010 年第 1 期。

② 　同上。

内，去发明那个大海！①

　　作家作为创造主体，有时候也可以从自己所起的笔名上体现出身份与性格。旅法的华裔女作家山飒，就谈到自己笔名的由来：

　　　　我特别喜欢大山，从小就是看着北京的西山长大的，所以对山特别依恋。我写第一本小说的时候，住在瑞士的山里给画家巴尔蒂斯做助手，于是我就用这个"山飒"做了笔名。"飒"是一个小龙卷风，这个字很有趣，在甲骨文中，是一个人在风里行走。但是这个"风"，在最古最古的甲骨文里又是"凤"，"飒"是从"凤"字演化来的，是一个鸟。鸟又是我特别喜欢的一个象征性的符号，鸟张开双翼就可以在空中翱翔，是自由的象征，所以我觉得这个"飒"字很能代表我的性格。庄子《逍遥游》中的那种大鹏是借着风在空中翱翔，扶摇直上。这是我的理想，我要追求这样的艺术感觉。②

　　这么一来，或许我们可以在进行诗学考辨时，将海外华文作家的"身份"问题列成这样一个公式：

身份＝族群认同＋文化属性＋社会（国家、国别）角色＋创造主体

　　无疑，海外华文作家驾驭着传统语言形态的"诺亚方舟"，在曲曲弯弯的海岸线上，在这个地球的几块大陆板块的漂移与拼对上，进行着文学的博弈。或许旅美的小说家袁劲梅在一篇小说中借主人公"焦急"与"疑惑"而生发的自白，比较真实地映射了海外作家写作的文化身份与位置："我眼前的这一大小两个板块，东一块，西一块，是明显拼对不上的。我就是它们中间的海，东边的海岸线我熟悉，西边的海岸线我也懂。我拍打东边的海岸，因为它的曲折和凹凸是我熟悉的历史书；我拍打西边的海岸线，因为它的线条和沙滩是我一直研究的小风景。我想让他们来个两岸对论，可是我不是船。"③ 不是"船"，却也成就了文学创造者架构的"桥"——复杂而又多样

---

① 阿多尼斯、杨炼对话录：《伟大的诗歌注定是另一种形式的思想》，《中华读书报》2010 年 5 月 19 日。
② 王红旗、山飒对谈《构筑自己的文学理想国》，《爱与梦的讲述》，社会科学文献出版社 2010 年版，第 206 页。
③ 袁劲梅：《老康的哲学》，《人民文学》2009 年第 12 期。

的"桥"。海外华文作家在"桥"上看风景：有的，是以"异乡人"的身份观察当地人的生活，冷静，而并不隔膜；有的，是以"海外人"的身份回望与返视大陆，在"内"与"外"之间来去，更易理性与客观；有的，是以"边缘人"的身份侧目而视社会与人生的边边角角，既入世又出尘，也获得了另一种高蹈的述说。当然，更重要的是作为一名作家，总还是以"文学人"的身份，去艺术地记录、书写、印证族群、文化、社会的世态炎凉。

四　话语形态的叙述谱系

如果说海外华文文学的"诗化哲学"所强调的是关于审美的普遍性知识，那么，所谓的"文学性—审美性"，就创作而言，最为切近、也最具有操作性的，是有关文学自身的知识表述与艺术传送的内在构造问题。

一般来说，早期的海外华文文学所侧重的，是"乡愁"、"寻根"、"悲情"、"离散"、"怀旧"、"文化焦虑"等归属于人道主义、民族主义思潮范畴的内容，而如何以对"话语"的激活，去穿越这些思潮而获得叙述者的"主体性"，似乎有所忽略。自20世纪80年代起，华文文学界开始了寻找新的理论、创作与学术话语的自觉性，探询新的话语资源——特别是以"文学语言"和"叙述学"为重心的书写走向，成为从刻板僵化、准社会学的或旧的文艺学所惯用的思维模式和话语结构突围出来的精神动力源。作家尤其是小说散文家，总是在叙述中思想、感知和理解，不把叙述当作"概念的形式"或"观念的结构"去指谓世界，语言和叙述应当成为真正意义上的"审美媒体"。

对"话语"媒介的注重，是作家们对"形象大于思想"的寻求，也构成了海外华文文学知识谱系中"诗性言说"的元素。

这样，我们对于海外华文文学知识谱系的考辨，自然要把诗学话语形态列入重要的思考范围。话语形态牵涉到文化表述；文化表述牵涉到诗性逻辑；诗性逻辑牵涉到叙事文本；叙事文本又牵涉到能否释放"诗性"的能量——这些构成带有循环往复特征的话语形态，不仅仅是一个叙事方式问题，恰恰涉及叙事诗学的内核，即"怎么写"、"怎么传达"既属集体又属个人性的生存经验。

若是将诗学话语稍加梳理，这种"叙述"在海外华文文学中，呈现出的也是多种形态：

怀旧叙事

对于海外华文作家而言，尽管身在异乡为异客，他们的心是漂泊的，他们的居所是漂泊的，他们的牵挂也是漂泊的，但是，萦恋母土原乡——哪怕是梦中的或想象中的，终成为他们在文化心理上的一种依凭。"日暮乡关何处是，烟波江上使人愁"（崔颢：《黄鹤楼》）也好，"海畔尖山似剑铓，秋来处处割愁肠，若为化作身千亿，散上峰头望故乡"（柳宗元：《与浩初上人同看山寄京华亲故》）也罢，"乡愁"是代代相传的漂泊意识，是长久的失眠。身处加拿大的老诗人洛夫说："临老去国，远奔天涯，割断了两岸的地缘和政治的过去，却割不断长久养我、育我、塑造我的人格，淬炼我的智慧，培养我的尊严的中国历史和文化。"即使是远隔万里、物是人非，也不会遗弃原乡情怀，跃然于纸上，自然成为一种怀乡叙事，一种美丽的忧伤式的话语形态。

故园怀旧与唯美表达的结合，使一些海外华文作品上升到一定的诗学境界。那孤帆远影，那万里江天，那斜晖脉脉，映入一代又一代海外游子的心灵屏幕。

这在那些传达家园情怀的诗文中，表现得尤为突出。菲律宾华文诗人在一首诗中抒怀："伫立在王彬北桥怅望/时光在前/阴影在后/面对南桥/不知该向南或向北走/向南或北/路上遍是先祖斑斑的脚印。"居住在菲律宾的华人，每年过两次圣诞。菲律宾土语中"圣诞"叫"巴士歌"，称中国农历除夕为"中国人的巴士歌"，年年在"中国人的圣诞"合府团聚，长辈分发"红包"（压岁钱）给未成年子孙。菲华女作家林婷婷因此写道："海外诗人，已走过了好几代岁月的辛酸，虽然移植的华人，历经变质的冲击，但由于我们仍保存着'甜粿、桛柑和红包'的美好传统，我们紧紧抓住的是一份中国意识，我们向往的仍是一片家园情怀！"[①]

不难看出，故园——在作家们的文字里所获得的，不仅仅是符号学的意义与价值，也不独属于地理空间、生态空间的个性化呈示，主要是一种文化诗学的空间维度。正是在这一维度上的文化诗学，与"为艺术而艺术"并无多大的关联，恰恰相反，这里既是形式的，又是内容的，是艺术的，又是人生的，并且在唯美的表意策略上找到一个嫁接点。

---

① 林婷婷：《推车的异乡人》，台北巨龙文化事业有限公司 1992 年版。在菲律宾，"甜粿"和"桛柑"一年一度的大赠送，不仅是华人过年的习俗，也是华人与菲律宾人友谊交往的传统。

从知识谱系学的视角看，这个"嫁接点"在中华文学史上可以找到源头。人们一提到"怀旧"，一提到这一自我意识的萌发、感性、精细化和艺术的诗意化，会联想到"莼鲈之思"的重要典故。这一典故出自魏晋时期士人兼诗人张翰（张季鹰）。张翰出身于士家大族，官至名爵，在位没有多久，就遇上著名的"八王之乱"。张翰是个明白人，也是出了名的"纵任不拘"。适逢乱世，他选择了"急流勇退"，懂得"低调"的必要性。按照《世说新语》的记载："张季鹰辟齐王东曹掾，在洛，见秋风起，因思吴中菰菜羹、鲈鱼脍，曰：'人生贵得适意尔，何能羁宦数千里，以要名爵乎？'遂命驾便归。俄而齐王败，时人皆谓为见机。"对于这段叙述，其话语的解读，可以有政治层面的"见机行事"之智慧，可以有人生态度层面的"贵得适意"之通脱，也可以有情感层面的"故园恋慕"之思绪。张翰留下的作品极少，但才气横溢，诗句风流。如《杂诗》开篇："暮春和气应，白日照园林。表条若总翠，黄华如散金。"这"黄华如散金"竟能让后人、唐代的李白拍案叫绝，且在《李太白集》中引用过不下 20 次。话说回来，当代海外华文作家的怀乡叙事，自然不会全然接通张翰的精神状态，尤其是政治层面和人生态度层面上，显然不可能等同于张翰。但在情感层面上，那文化含义丰富的"莼鲈之思"，也绵延不绝地萦绕着海外华文作家的魂魄，且化作笔底波澜。例如北岛，20 世纪 80 年代末至 90 年代初，在去国六年时间里搬家就搬了七国十五家，这行径近乎疯狂，也使他深感漂泊者几近一无所有。唯有的是心里、梦中还有"乡音"："祖国是一种乡音/我在电话线的另一端/听见了我的恐惧/于是我们迷上了深渊"。这是典型的文化怀乡，"恐惧"是到处流浪被悬置的真实心态，迷上"深渊"是因为乡音而生发的深沉回声。这可谓现代版"莼鲈之思"，那作为表层文化的吴中食物被电话线替代，但作为深层文化的乡思，则对接了传统，诗意地传达了出来。

"怀旧叙事"是一种侧重于时间性的"序事"方式。时间体现物质运动和精神活动的顺序性、持续性。时间意识连接着生命意识。"怀旧"作为逆向的时光回流，所标示的是对人生刻度的追怀，对天地之道的指向，对文化密码的揭示，本质上是人对世界、历史、生命的感觉的一种折射。帆影虽已远去，但作为永远有着憧憬与追求的象征，活跃在人们的记忆里。当然，"怀旧"还有特定的价值观的灌注，有创作主体的投入，也有幻想自由度的发挥，自然成为流寓海外的华文作家在时间表述形态上的重要选项。

失乐园叙事

"失乐园"式的叙事，出于因放逐而痛感人性、文化上的"家园失落"。这种空间性的"失落"，并非意味着失望、绝望，而取文化批判的方略，传达对历史变迁、人生浮沉而造成的人文焦虑。

对于许多海外华人来说，他们似乎都尊崇华族的一种生存哲学：人活着，短的是人生，长的是苦难；即使艰辛，只要能同他的亲人同在一个空间生存，这苦难也拥有一种承受的快乐。这种生存哲学，会以坎坷乃至破败的生存，去肯定生命的永恒价值。不过，随着时间的推移，在异国他乡，当先辈们的离去成为正常的生命更替，当家园伦理日渐崩塌、流逝，真正的"乐园"只能存在于记忆之中——这是精神意义上的连根拔起，是心灵上的"失乐园"。这样，当海外华文作家叙述这种精神景况时，一般多取虚拟的精神还乡的话语形态，其间的矛盾和茫然，会透露于字里行间。

从存在论的角度去看，每一位华文作家都是游子，既需要有一次次的精神远游，也需要一次次的精神还乡；每一位华文作家都有个体在世的境遇，既需要"伊甸园"的期待，也常常有"失乐园"的慨叹。

对于这种"失乐园叙事"，华文作家所致力的，是在一种"月有阴晴圆缺，人有悲欢离合"的背后，让人看到那条悠长寂寥的灵魂的阴影，一起咀嚼"乐园"有失有得的幸福与忧伤；不仅如此，还得思索其来路和去向——那才是"失乐园叙事"得以穿越时光隧道、重获心灵深度的通途。或许，正是从这个"失而复得"的层面上，可谓一种积极的"反失乐园"的叙述话语。

之所以出现这种叙述方式，原因就在于，作为一个华文作家，无论走到哪里，身在何处，无论是身体的漂泊还是精神的漂泊，只要拥有一颗不泯的赤子之心，就不应被理念所隔，不应被五色所迷，不应被疆域所限。因为作为知识分子的作家，他们的共同"乐园"，应是人类历史所积淀的知识海洋；他们的心灵和人格，不仅为民族文化所缔造，也为世界文明所缔造。

20 世纪 90 年代初开始羁旅海外的学者刘再复，在其《漂流手记》《西寻故乡》等著作里，对"乐园"和"祖国"的重新定义是颇有意味的。他在文学上扬弃权力意义上的国家（乐园），追寻情感意义上的国家（乐园）。这种经解构之后的重构，使他的散文打破了"乡恋"的模式（这一点是海外华文作家尤应引起重视和注意的关键）。由于受中国文学传统的影响，受内陆型农耕文化维系土地的传统文化心理以及难以摆脱的这种民族群体的历史潜意识积淀的影响，由"思乡"母题派生出的乡愁、乡恋、乡情、乡趣等模式，如繁星般布满了中国文学的天穹，在海外华文作家笔下同样俯拾皆是。诚然，表现"感时忧国"或"涕泪飘零"等主题，在特定的历史境遇和时代语境下，的确创造了许多动人的诗篇，也很有必要。但进入全球化和人类走向"地球村"的时代，就必须对这一文化母题进行反思了。其实，在现代人的心目中，"乐园"不是一块永远不变的土地，"乐园"或明或暗。"即使把故乡视为美丽而遥远的梦幻，也应把这种梦幻视为流动状态才好。故乡跟着人流动，这故乡才是活的，而且才有更丰富的内涵。"而对于每一个真正的诗人作家，应该有属于自己的精神领地，或者说有一个他所热爱的世界。这个领地、这个世界，不完全属于现实和公众，只属于自己。或许，这就是作家的乐园，是自己构造的理想国即精神王国。对此，刘再复如是叙说：

> 我所热爱的那个世界是什么？它在哪里？它是一个国度还是一个部落？它是黄花地还是百草园？它在此岸还是在彼岸？我既说不清也无法命名。也许老子的"名可名，非常名"，在此倒可为我辩解。你发现我在打破地理意义上的"乡愁"模式之后仿佛又产生另一种乡愁，另一种眷恋，这是真的。我的眷恋就是对于"我所热爱的那个世界"的眷恋，我的乡愁也正是对于"我所热爱的那个世界"的沉思、钟情与向往。这一令我时时萦绕心头的世界，就是我的良知故乡和情感故乡，因此，我的依稀可觉的乡愁，可说是一种良知的乡愁和情感的乡愁。说到这里，你大约已经理解，我的"西寻故乡"，寻找的正是"我所热爱的那个世界"。①

"乐园"的失而复得，尽管也有时间的元素，但主要表达了一种空间秩序的破碎与重建，属于叙事空间的操作范围。这种叙事，侧重于指涉横向的空间，"何处是归程？长亭连短亭！"那是一个更广义的、深邃的精神空间。

荒原叙事

论及"荒原叙事"，让人自然联想到艾略特的名诗《荒原》。《荒原》分"死者葬仪"、"对弈"、"火诫"、"水里的死亡"和"雷霆的话"五个"乐章"，借助宗教神话寻找圣杯来暗示诗的主题：一次世界大战后的欧洲，因

---

① 刘再复、刘剑梅：《共悟人间：父女两地书》，上海文艺出版社 2001 年版，第 4 页。

浩劫使沃土夷为一片"荒原",西方文明变成空虚、干涸、沉沦、腐朽和龟裂无水、荒寂凋零。艾略特因之而呼吁圣杯——上帝的出现,以祈求天降滂沱,灵魂获救,荒原复苏。《荒原》的寓意为"复苏",诗人借助神旨,达到渲染"虚无"的暗示层面。

海外华文文学中的"荒原叙事",尽管从艾略特的"荒原"意象中得到启迪,却不是寄希望于"圣杯"的恩施,而是实实在在的俯视大地,透视大地上发生的现实的事情。它往往通过时空交叉的叙事形态呈示出来。

不妨先看一下新西兰华文作家胡仄佳的一篇散文《荒原上的红石头》[①]。澳洲原有一种震撼人心的蛮荒苍凉,方圆百里突兀平地拔起,上面寸草不生,天苍苍野茫茫,大气霸气得让人自觉渺小。红石头令人感觉它非人世之物,庞然有宇宙天外的气度。称它是石头其实是大山,从某个角度看它有着月球的表面,山体上深深的痕迹仿佛来自陨石的撞击,也像是抽象雕刻。转到山的另一面,红石头横躺着宛如饱经沧桑的史前巨人化石,肌理奇妙地凝固在强大结实的壮年。时间在这里以亿年为分秒地移动,人世过客留下的痕迹微弱之亟。风风雨雨和日落日出,把红石头不动声色地玩出了各种色彩,眼花缭乱之际,时间豁然有了纵横的深度。作家因此而发出浩叹:

> 荒凉是美!巨石是美!它的美,无法纳入任何人的腰包,或让一个人独享。和人类追求所有的奢侈物质相比,澳洲荒原上的红石头永恒得意味深长。

作家自称并非"绿党"(环保团体)人士,但渴望人类自身多保留一些丛林净水,保留好天然的生态环境,保留好苍穹如盖、天蓝似海、巨石似雕,甚至说欧洲白人对"新大陆"的发现与开发若能晚几百年才是好事。

这里,不仅是作家对诗意地栖居的向往,更是通过"荒原"的意象的一种"反荒原"叙事。当人类从崇拜自然而迈入奴役自然的"现代",大陆被开垦,森林被砍伐,海洋被污染,草原被沙化,气候被恶化,除了人类,所有的生命都在大幅度地减少,人对自然的道德将沦丧,宗教亦式微或变异。我们说,宇宙意识之于人类,无非是要处理好天、地、人、神之间的伦理关系。这里包括三种生态意义上的关系:人与自然,人与社会,人与自我。三

---

① 胡仄佳:《荒原上的红石头》,《渴望绿色》,海峡文艺出版社 2002 年版。

者之中，人与自然的关系是人类认识的起源和故乡。老子早就说出了华夏子民的价值观："人法地，地法天，天法道，道法自然。"人以自然为师、为友，自然是人的神圣殿堂，乃天经地义。在对自然环境以"治理"为名行"破坏"之实的今日世界，"异化"首先突出地表现在人与自然的伦理关系上，原本应是"敬畏自然，亲近自然"、"人与宇宙中的万物平等"的理念，被"人是自然界的灵长"、"改造山河"、"人定胜天"的观念所代替，人文意义上的"荒原"必然出现。

　　作为文学家，当然无法回避这一"实在"。尽管当代海外华文作家分散在天南地北，置身于不同的文明方式和生存方式，其实，无论在哪一个处境中，都会遇到这个"荒原"问题，都会寻求人与自然相和谐的世界图景在文化轨迹上延伸，也都会将此一过程中可以共通的喜怒哀乐、独立思考告诉世人。作为生存于大地、深怀悲悯的写作者，最大限度地敞开心灵，最有情愫地关爱自然，去见证、去祈祷、去折射矛盾重重的现代"荒原"，表现文学家的大野之恋、大爱之心、大气之念。这种"荒原"叙事，诚如东南亚华文作家所言："于此大地，于此雨林，于此大河，我们如何相对，已没有了贫富，没有了贵贱，而回归到了自然。还有什么比心灵回归到自然来得澄明呢？"[①]

　　隐喻叙事

　　在华文表述中，隐喻的认知模式是经过长期的文化积淀而逐步形成的。就话语形态而言，隐喻的特征是"隐"，由"隐"而产生"不喻而喻"的多义联想。隐喻包含一个目标域（明已成德，率道继善），一个投射域（能承载"存在"的意义的种种事物，并由"实"导入"虚"），以及将两者连接起来的经验——通过记忆和叙事把个人生活隐含入一个整体中，使存在系统内的因素之间互相指涉并发生意义的曲变，从而发挥表意能力与审美神韵。这样，隐喻就不是"像什么"和"是什么"之类的比喻词，而往往是作品内容和经验之"下"的、"潜伏"的话语形态及深层隐含义自身。

　　华文文学在海外，面临着不同文化、不同语言之间比喻的差异。这种差异，包括本体、喻体和用词的不同。有时候，是本体相同而喻体不同；有时候，是喻体相同而本体不同；也有时候，本体存在而喻体缺失。中国西部地区民间话语"瘦不过羊肉，亲不过娘舅"，其表层意思是羊肉怎么瘦都好吃，

---

① ［马来西亚］潘雨桐：《大地浮雕》，《赤道形声》，台北万卷楼图书有限公司 2000 年版。

舅甥关系比叔侄关系更亲密乃深层的含义。这个隐喻所链接的是华夏子民的人生经验。而在英语中，"叔叔"和"舅舅"是由同一个单词表示的，那种华人心目中亲属关系中的亲与疏、远与近的关系，在英语世界中表达不出来。加拿大华文女作家李彦的小说《红浮萍》，书名就是一种隐喻，暗指主人公"小平"在西方漂泊浮沉的命运，也富有诗意。但在西方人那里，"浮萍"是何种植物，他们搞不明白，更别说隐喻和引申了。所以，李彦最早用英语写《红浮萍》时，书名就用了 *Daughters of the red land*，意即"红土地的女儿们"，那么直接，那么通俗，却也缺乏意味——那是面对西方读者的一种无奈之举。后来李彦自己动手撰写了中文版，才恢复了"红浮萍"之名，且用这一隐喻进行思维与叙事。这是归属于中华文化特有的经验和想象才得以获取的认知与表达方式。

　　"愿指魂兮识路，教寻梦也回廊！"在旅欧华裔作家赵淑侠 2009 年出版的新作《凄情纳兰》中，反反复复地运用了"回廊"的意象和"回廊"的意境，铺叙了主人公纳兰容若人生和情爱的圣地之旅。这是一个真实的而又经过艺术加工的人物的凄情命运。主人公纳兰容若，容若为字号，本名是纳兰性德，号楞伽山人，康熙十五年即他 21 岁时，中进士，任御前侍卫，多次扈跸出巡。更重要的是，他有超群的禀赋，主持编纂长达 1792 卷的《通志堂经解》，还创作了包括诗、词、赋、杂文在内的《通志堂集》计 20 卷。王国维在《人间词话》中称道他为"北宋以来，一人而已"。纳兰性德在政治、文化、艺术、理论上的成就是多方面的，《凄情纳兰》则截取了他情爱生活的一面；纳兰性德仅仅 30 年的人生，曾与四个女人有过婚姻关系，《凄情纳兰》则在种种矛盾纠葛中，侧重于一个"文学男人"的形象塑造。而在这一艺术形象的塑造过程中，纳兰府上那红柱绿瓦、悠长婉曲的回廊，纳兰词中多次出现的"回廊"这一缠绵悱恻、情意脉脉的特殊文化符号，成了赵淑侠隐喻叙事的感性通道。"回廊一寸相思地，落月成孤倚。背灯和月就花荫，已是一年踪迹十年心"，作家借纳兰性德的曼妙词句，把主人公的多情、痴情推向了断肠人在天涯的极致。可见，在隐喻叙事中，类似"回廊"这样的景物，因为蕴涵着原有的文化知识和经验，成了可以用来印证和解读另一个领域（爱情、婚姻）的认知活动。这种集体无意识的获得，这种归属于特定文化的隐喻模式，利于与他人交流，并引发心灵的共鸣。

　　关于"隐喻"，中西语境中历来都有相当的关注，对此也有可通约性和差异性的表述。在西方批评术语中，"隐喻"（metaphov）这个希腊词源于

meta（意为"过来"）和 phavein（意为"携带"），即通过这个特殊的语言叙述过程，一"物"的若干方面被"带"到或"移"至另一"物"之上，以至第二"物"被说得仿佛就是第一"物"。瑞恰兹在《修辞哲学》①中，指出"思维是隐喻性的，是凭借比喻进行的"，并分别用"喻旨"和"喻体"来描述隐喻的组成：喻旨表示比喻要说明的本体，喻体则表示比喻词。现代西方诗家都非常重视隐喻。布鲁克斯在《嘲弄——一种结构原则》②中甚至断言："我们可以用这样一句话来总结现代诗歌的技巧：重新发现隐喻并且充分运用隐喻。"在韦勒克和沃伦合著的《文学理论》③中，他们又将"隐喻"的知识概念细分出四个基本因素：类比；双重视野；揭示无法理解、诉诸感官的意象；泛灵论的投射。福勒在《现代批评术语词典》④中也确认："语言具有极强的隐喻性，其原因在于人们发现难于把握新概念，除非用具体的方式来表达它们。因此毫不奇怪，将多重意义融为一体的隐喻成了文学和最重要的手段。"总之，在西方诗学体系中，"隐喻"是一大元素，是文学活力的来源。

在"隐喻"问题上，"他山之石"和"泰山之石"自有可通约的间性，因为在华文语系中，也都强调"隐"，强调"喻"，强调"言外之旨"。宋人陈骙在《文则》中，就列"隐喻"为比喻十法之一："其文虽晦，义则可寻。"不过，华夏的古典文论，常用的是"隐秀"一词。"隐秀"和"隐喻"一字之差，说明了"隐秀"是将"隐"与"秀"两个质素对立统一地去看，更概括出一条重要的创作规律，其意义也超出了"叙述"方式的范围。"隐秀"一词最早出自刘勰的《文心雕龙》："文之英蕤，有秀有隐。隐也者，文外之重旨也；秀也者，篇中之独拔者也。隐以复音为工，秀以卓绝为巧，斯乃旧章之懿绩，才情之嘉会也。"⑤现存《隐秀》篇佚文指出："若篇中泛隐，等宿儒之无学，或一叩而语穷；句间鲜秀，如巨宝之少珍，若百诘而色沮，斯并不足于思，而亦有愧于文辞矣。"可见，"隐秀"的功能涉及了比"隐喻"更大的范围，它能使蕴藉者蓄隐而意愉，英锐者抱秀而心悦，远非从一

---

① 1936 年作，时任教于哈佛大学。参见王先霈、王又平主编《文学批评术语词典》，上海文艺出版社 1999 年版。

② 1949 年作，又通称"反讽"，袁可嘉译自柴贝尔编《美国文学批评选集》，参见《现代美英资产阶级文艺理论文选》，作家出版社 1962 年版。

③ 刘象愚、邢培明、陈圣生、李培明译，三联书店 1984 年版。

④ 参见王先霈、王又平主编《文学批评术语词典》。

⑤ 刘勰：《文心雕龙·隐秀》。

"物"的携带或转移了。这样，事溢词外又秀媚句间，不仅极受中国历代文人、也为当今海外华文作家所重视。如马来西亚陈大为写"祠堂高坐"，"风雪从意念的左侧阔步先行/诗睁开右边的眼睛"，意识投影和意象叙述在隐秀中运转，时间凝止的瞬间有了空间化的展现；如澳大利亚庄伟杰写"依依惜别"，用的是"揉春为酒，剪雪成诗"的隐秀笔墨，情在词外又状溢目前，此等叹"隐"又"秀"的传达，更可以在瞬间照亮现实中的迷识，让叙述的时间与空间在交错中充分拓张。

情境逻辑叙事

海外华文作家作为身处异域的"在场者"，解读其人其文，需要引入一种具有时空指向性的"情境逻辑"。也就是说，要把观察的对象，从以形式逻辑的命名、命题为起始点，转向以具体的人为起始点。因为命名、命题本身不具有价值世界，唯有人，唯有具体的人与文，才有价值世界。这个视点的转移，才有可能把一些描述性、概念性的事实命题，真正统一到人的各种价值追求和有意义的活动中来，从而避免外在的、空泛的价值方向及其先验的判断。这也有助于我们在对海外华文作家考量时，研究的路径由外在论进入内在论，即追问作为"在场者"的具体情境，追问价值相对主义对于他们意味着哪些实在的内容。

在这里，"情境逻辑"作为一种内在论的考察方式和叙述方式，或许更可以激发一种贯通性的情感，一种穿透情境的情感，一种在其生发过程中可以包容理性活动的情感，一种在异国他乡很可能出现的相对性的情感。

需要把问题说得具体一些。

例如，我们常常说"距离产生美"。但从"情境逻辑"的角度看，也可以说"距离产生相对感"。"美"往往正是从"相对感"中生发出来，而"相对感"也有一种情感强度上的层次之别。

还是让一些作品来说话吧。

在《寄居者》（严歌苓著）中，"我"——女主角 May 与两个犹太青年彼德和杰克布，在二战爆发后都流落于上海。彼德的教养和理性强烈地吸引"我"，杰克布的自然气质则与"我"相似。然而事情的发展令人吃惊：在国难当头时，露出自私本相，彼德囤米发财成了奸商，杰克布则在德日勾结企图屠杀三万在中国的犹太人的紧急关头挺身而出！小说的结尾更见惊奇：May 窃取了杰克布的护照，与彼德准备登上赴美的轮船，"我"突然省悟，返身留下来了，去寻找杰克布……这是一种相对意义上的惊奇感。惊奇感不仅仅出自故事情节的跌宕起伏，而是提示了地球上、非常环境中的"寄居者"们，那种人类之间彼此相残，那种人为熏陶出来的"贵雅"（彼德）和天然本性的率真（杰克布）的两两殊异，价值判断也就从这种相对感中凸现出来。

在《都市即景》《十字街头》（非马著）等诗作中，"汽车"、"摩天楼"、"人流"、"霓虹灯"都变成值得疑虑的物象。车群是"目射凶光的兽群"，"四面八方/群兽咆哮而至/惊动一双悠游的脚/加入逃窜的行列//尘沙过处/一只斑马/痛苦地挣扎/终于无声倒下"——这是一种相对意义上的疑惑感。疑惑出自对大都市所产生的反自然、非人性一面的质疑。人们对现代化城市的疑虑和担忧已属世界性现象，宁静、安全、健康在城市生活中渐行渐远，人与城市的关系经历着一场危机，当"赢家通吃"的"发展"模式把危机带进"城市相框"时，诗人的发难是"天问"式的：谁买去了我们的生活？相对于盲目扩张的都市现代化，我们的生活越现代越幸福吗？

在《考验》（於梨华著）中，主人公钟乐平为获得大学里的终身教授职位而拼搏，却遭遇了评审委员会的学术不公。尽管得到犹太人、律师利维的听证辩护而有望获取正当权益，但他还是意识到"玻璃天花板现象"背后所隐含的无形偏见，毅然辞职，另谋生计，以避免原校方的报复——这是一种相对意义上的茫然感。茫然因种族歧视而产生，倘若以谦抑的态度与现实妥协，必然意味着在充满敌意的环境中无法继续生存和工作，那也只有一声叹息，一生惆怅。

在《北美之城》（万沐作）中，诗人以"文化震荡的前沿"为题记，写道："柏拉图的灵性在齿轮中呻吟/华兹华斯的吟咏在湖畔的水泥路上粉碎/孤魂野鬼在秋风里哭泣/变形的婴儿在蔚蓝的海洋上痴笑/奇异的生命在这里发酵/古怪的笑容始终挂在城市的脸上"——这是一种相对意义上的晃动感。晃动不仅是躯体的，还是心灵的。晃动是动态的，也是变态的、异化的。

在《杀妻》（张系国著）中，故事的焦点是吴子乔和妻子的冲突与对立。赴美以前"夫贵妻荣"、"男主外，女主内"的家庭结构，由于到了美国以后变成"阴盛阳衰"，主人公从"一家之主"降为"家庭男仆"，结构性的解体必然发生。吴子乔甚至想象出108种杀妻法，而他最后的去处是精神病院——这是相对意义上的解体感。解体感有被动的，也有主动的。美国社会对华人男性的歧视，残酷的现实使吴子乔精神崩溃，"杀妻"具有一定的受动性；吴子乔不明白自己深陷凄凉却又常常幻想、沉湎于成为华界武术大师，原本被阉割的感情主动转化为暴力行为。彼此纠结，必然成为社会的牺牲品。

在《人工花与差臣宣慰》（郑愁予作）中，诗人淡漠送客："客居为桥，舒掌屈指之间／五年十年的／过着，见春亦不为计／见晨亦不为计／老友相见淡淡往／见美酒亦不／欢甚……"——这是相对意义上的落寞感。错开了"梦土"，因心碎而落寞，因愁绪而寂然。一个曾经怀拥天地的人，如今却以简单的寂寞坐着看花、待客；一种曾经一咏三叹的华美韵律，却变易为精神开始软化的滞缓散板。这种相对感看似"消磁"，却是生命逼迫诗人的一种言说。

而在《芝加哥之死》（白先勇著）中，主人公吴汉魂从六年苦读博士学位始终无所归依的生存状态，到精神与情感在两种文化之间摆荡不已的灵魂状态，最后毕业时的"一夜风流"导致了这种极度悬荡的终止——生命的死亡。"吴汉魂"的名字也是丢失了中华文化之魂而悬荡与死亡的象征，他最终"立在梦露街与克拉克的十字路口茫然不知何去何从"——这是相对意义上的失去方向意识的虚无感。"对酒当歌，人生几何"的虚无感造成了精神的颓废。这种"颓废"所承受的是生命终结的痛苦，其"颓废"的艺术呈示，也在对抗资产阶级现代性中获得了一种与进步相关的异化意识。这种"颓废"体验，在早期的留学生文学中可谓比比皆是。当具有道德歧义的"颓废"通过"相对感"的学术批评话语"漂白"其美学内涵，我们不难看到这一"情境逻辑"的合理性。

当然，仅仅用相对感来分析人物心理，有可能导致将历史文化视野排除于外。相对感源于文化冲突和价值冲突，往往会导致一种价值偏执——这是相对主义的普遍形式。你总得在文化冲突的环境中生存、活动，有践行，不可能没有偏颇、偏见、偏执，因之带来了生存现状和创作状态中的一些局限性，也增加了海外华文文学问题的复杂性。在这里，过度乐观和悲观都无济于事，问题是需要正视相对主义现象在海外华文文学中的出现方式以及如何在伴随着一些作家。在 2010 年 5 月江西举行的"当代小说高峰论坛"上，旅居加拿大的华文作家张翎，就袒露了自己因"相对感"而生发的困惑。她说：

> 自己小说创作的困惑之一就是地域的距离，造成了一把"双刃剑"，让自己有种"又爱又恨"的感觉。一方面，海外华文作家离母语、故土

的环境很远，所以在回望时能够保持理性和清醒；但另一方面，由于缺乏与土地扎实的接触，写当代中国现实时会感觉没有底气。①

很明显，一个海外华文作家，生活在本土之外的疆界，地理上、心理上、精神上必定与本土产生距离，产生相对感。由于地理距离，既意味着审视空间的相对扩大，也意味着与本土社会的接触相对疏远；由于心理距离，既意味着可以过滤掉一些相对紧张的焦虑，也意味着一些亲近的东西变得相对模糊；由于精神距离，既意味着可以在两种文化、两种语言之间看到某些相对阻隔，却又在人性深处有所相通的因子，也意味着对于那些原本看不见、至今仍令人罔顾不解的精神地带的探索相对地困难。或许，带着这种"距离"与"相对感"的优长和匮缺进入创作，其"情境逻辑"可以有更多的艺术生长点。

这也再次说明，在文学创作中，严谨和理性依然是不可或缺的。聪明的作家会用哲学家的方式思考，用情境逻辑构成叙述语言，用两两相对去展示互殊共构，并用诗学——美学尺度的把握，以反思和警惕可能失控的煽情。

作为"话语形态"的叙述谋略，自然不止上列数端。因为知识谱系范围内的叙述问题，内涵要丰富复杂得多。例如仅以"叙法"而言，清人刘熙载就分出 18 种："叙事有特叙，有类叙；有正叙，有带叙；有实叙，有借叙；有详叙，有约叙；有顺叙，有倒叙；有连叙，有截叙；有豫叙，有补叙；有跨叙，有插叙；有原叙，有推叙。种种不同，惟能线索在手，则错综变化，惟吾所施。"② 这 18 种已够繁复驳杂，但刘氏对"线索"的强调，可谓点睛之笔。那么，海外华文文学作家的"线索在乎"作何阐释？从上列几种叙述方式不难看到，他们的"叙事"既包括了主意主旨（"怀旧"、反"失乐园"），也包括了寓理寓识（"荒原"）；既包括了传之有径（"隐喻"），也包括了操作尺度（"情境逻辑"）。"怀旧"、"失乐园"、"荒原"、"隐喻"、"情境逻辑"等叙述话语，可谓证实海外华文文学这门新兴学科的合法性知识话语，依赖这些有价值的陈述，在叙说者和倾听者之间达致更多的共识。况且，"怀旧"与"乡愁美学"，"失乐园"与"放逐美学"，"荒原"与"生态美学"，"隐喻"与"交错美学"，"情境逻辑"与"相看两不厌，只有敬亭山"

① 参见王杨《小说应展示连接生活剖面的"丝"》，《文艺报》2010 年 5 月 28 日。
② 刘熙载：《艺概·文概》。

的"对视美学"之间，都可以找到某些有意味的联系的"线索"。对于许多海外华文作家来说，一旦"线索"在握，更能放手在东西参照、古今会通中发挥其叙事才能与智慧，同当代世界进行有深度的对话。也正是在这一知识层面上，海外华文作家业已取得的初步成果，让我们看到如此景象：凝眸处，从今又添一段新绿①。

[作者单位：中国社会科学院文学研究所]

---

①　此处移用李清照《渔家傲》一词末句。原文为"凝眸处，从今又添一段新愁"，笔者改"愁"字为"绿"。

剩余价值流转中的艺术:马克思
美学的经济哲学重构

刘方喜

内容提要 包括艺术在内的精神生产,是在由物质生产中的"剩余劳动(时间)"所创造的并从物质生产中游离、流转出来的"剩余价值(自由时间)"的基础上发展起来的,而这种精神生产既可以是为资本增值服务的作为"生产劳动"的"商业化精神生产",也可以是作为"非生产劳动"的"自由的精神生产",这两种不同性质的精神生产,体现了剩余价值流转的两种不同方向。资本作为剩余价值流转的一种历史性方式的特点是:试图把剩余价值的流转封闭在资本自身的"自我增值"之中,而拒绝与包括自由的精神生产在内的人其他活动分享,如此,资本主导下的生产方式就与包括艺术在内的自由的精神生产形成对立,而这种对立体现了资本主义生产的内在对抗性——只是这种对抗性,在马克思所处的19世纪普遍贫困社会中,主要是通过直接的物质生产表现出来的,而在20世纪下半叶以来的西方当代普遍富裕的消费社会中,则主要是通过"商业化精神生产(符号经济)"表现出来的。在资本主导下的全球化迅猛发展的进程中,与"符号经济(商业化精神生产)"无度膨胀相伴随的,一方面是贫富分化及10亿左右的饥饿人口,另一方面是物品进而自然资源、能源的无度消耗,全球生态及我们这个星球的文明面临着严峻挑战,在当代社会处境下重构马克思美学的经济哲学分析框架,具有多方面的重要意义。

关键词 剩余价值的流转 自由的精神生产 商业化精神生产

一　全球化、符号经济与剩余价值的流转及分享

我们现在所面对的是一个全球化迅猛发展的时代，尽管反对全球化的浪潮此起彼伏，但是没有迹象表明：全球化的步伐会停止或减缓下来。马克思已经认识到资本扩张所具有的世界主义的本性，但是，当今资本全球化的广度与深度，恐怕是马克思所未曾充分预见到的。

全球化具体地表现为各种事物在全球范围内的高速流转：资金、资源、能源、商品、人员、信息、文化、符号乃至污染、犯罪（比如贩毒、恐怖活动）、病毒（比如艾滋病病毒）等等——我们强调：这其中还有一种重要事物的流转，即"剩余价值的流转"，也即通常所谓的资本的跨国流转。本论题的基本思路就是：将当今全球范围内包括艺术在内的高速的"文化符号的流转"与"剩余价值的流转"，充分结合在一起加以考察。高速发展的"文化符号生产"，使20世纪下半叶以来的当代资本主义，摆脱了19世纪资本主义似乎无法摆脱的物质商品生产过剩的危机；但作为资本增值的一个高速扩张的新领域，商业化的"文化符号生产"依然没有摆脱资本作为"剩余价值的流转"方式所固有的内在对抗性，已经并将继续使资本主义进而也使全人类遭遇新的危机，2008年以来蔓延全球的金融风暴即是最新例证之一。商业化的"文化符号生产"，一方面意味着商品的文化符号化，另一方面也意味着文化符号的商品化：如果说商品的文化符号化成功地克服了传统资本主义商品物质性生产过剩的危机的话，那么，包括艺术在内的文化符号的商品化则将加深当代资本主义的内在对抗性及由此而来的危机。

面对迅猛发展的全球化，乐观主义者宣称"地球是平的"，但是种种事实表明：当今人类遭遇的社会冲突、生态冲突等未见减缓，反而呈现出可能被激化乃至失控的趋势——我们强调：这种激化趋向，与"资本"这种"剩余价值流转"的历史性方式的内在对抗性密切相关，这种内在对抗性在当今时代也被全球化了，而这种全球化了的内在对抗性，又集中体现在全球范围内高速扩张的商业化的文化符号生产中：与高速的文化符号流转相伴的，一方面是我们这个星球依然存在10亿左右的饥饿人口，另一方面是高速的物品流转与消耗——无度自由竞争的文化符号的消费，与无度自由竞争的文化符号的生产相互刺激，所带来的是物品的无度消耗，进而是自然资源与能源的无度消耗——这在缓慢地把我们这个星球及其文明带向毁灭的边缘，如果

说全球核武器可以在一瞬间毁灭我们这个星球的话——马克思把生产力的高度发达视为扬弃资本主义文明对抗性的必要但非充分的条件,但当代高度发达生产力状况下日趋严峻的全球生态危机却似乎在表明:在扬弃自身对抗性之前,人类文明本身却可能就已经被彻底毁灭了——这恐怕也是马克思所未曾充分预见到的。

"剩余价值的流转",是我们从动态角度概括马克思剩余价值理论的一个范畴,我们强调:这既是一个经济哲学范畴,同时也是一个社会哲学范畴、文化哲学范畴,这一范畴所标示的理论线索,是久已被忽视的马克思社会文化哲学的一条重要主线。马克思的剩余价值理论,是紧叮资本之牛的牛虻,是刺入资本之鳄的芒刺——马克思之后,西方主流经济学不断绞尽脑汁地试图屏蔽这只牛虻、拔掉这根芒刺,最终"剩余价值"被作为一个太不具有经济学专业性的范畴而被驱逐出西方当代主流经济学。另一方面,资本主义内部从来不缺乏批判的声音,马克思之后有所谓"西方马克思主义"及所谓"文化研究"等,这些思潮确实继承了马克思的社会批判精神,但它们共同的理论出发点是:反对马克思的经济决定论或所谓"经济主义",它们关注的是当代资本主义的"文化符号的流转"及其中的意识形态斗争、文化身份认同等等,"剩余价值流转"这一经济哲学范畴在这些思潮中自然也就被湮没不闻了。于是,这或许是一个惊人的发现:在当代西方资本主义的整体理论格局中,在由非批判性的主流经济学和批判性的文化研究这样两条似乎截然对立的"旋律线"构成的"赋格曲式"的理论大合唱中,马克思批判性的剩余价值理论似乎被成功地埋葬了。

全球范围内高速的"文化符号的流转",似乎把人类带入了"符号经济"时代(文化研究中有所谓的"景观社会"、"图像社会"、"拟像社会"等类似表述),而这其中的"符号"很大程度上是指具有形象性、审美性的艺术符号——这是当代艺术哲学或美学介入资本全球化研究的重要切入点,当然,由此我们也可以说:缺乏艺术哲学或美学的维度,我们对作为在当今全球经济整体格局中具有统治力量的"符号经济"的分析,就很难说是全面而深入的。我们强调:驱动全球范围内高速的"文化符号流转"的,是全球范围内在"资本"主导下的高速的"剩余价值流转",而这种"剩余价值流转"又主要发生在不同的民族国家之不同的生产活动之间,即主要发生在发达国家的"符号生产(符号经济)"与不发达国家的"物品生产(实体经济)"之间——这是当代美学发挥自身现实批判力量的切入点,而由于在当今全球分工格局中被称为"世界工厂"的中国处在不发达国家的"物品生产（实体经济）"这一低端，由此构成的美学批判，也就具有一定的本土性。

用"剩余价值流转"来描述马克思政治经济学的基本思路，似乎无人反对，问题在于，许多人似乎只看到了发生在人的不同"集团"即资本家阶级与工人阶级之间的剩余价值流转：剩余价值是工人阶级创造的，但却被资本家阶级全部无偿占有——这确实是马克思剩余价值理论的一个重要方面，但并非其所有方面。

当然，当今时代与马克思所处时代相比，资本主导下的剩余价值流转的具体特点，确实发生了很大变化：

（1）首先，剩余价值流转其中的人的"集团"单位发生了很大变化，即，在很大程度，已由资本主义国家内部的不同"阶级"，变为全球范围内不同的"民族国家"，也就是说，在当今时代，在发达国家与不发达国家之间的"剩余价值流转"，似乎更能体现"资本"的基本特性。

（2）其次，与以上特点密切相关的，是剩余价值流转其中的"活动"范围发生了很大变化，即，由主要围绕"直接的物质生产"展开，变为主要在"商业化精神生产"与"直接的物质生产"也即通过所谓的"符号经济"与"实体经济"之间展开，也就是说，在当今时代，在"符号经济"与"实体经济"之间的"剩余价值流转"，似乎更能体现"资本"的基本特性。

马克思的剩余价值理论相对而言主要讨论的是：（1）以"阶级"为基本单位；（2）围绕"直接的物质生产"展开的剩余价值流转——剩余价值理论在当代所受到较为普遍的质疑和挑战，也主要来自以上紧密联系在一起的两个方面：

（1）在马克思相关的具体结论中，剩余价值全部为资本家所独占，工人大众只能获得维持生存也即所谓"再生产劳动力"的必需品，而西方发达国家摆脱普遍贫困而进入普遍富裕的消费社会后，工人大众中的很大一部分人不再是仅仅只能获得必需品，而且也能获得越来越多的非必需品——这表明工人大众也开始"分享"剩余价值了，于是，马克思立足于剩余价值的社会批判理论似乎就不再适用于当代资本主义社会了——但是我们认为：这种判断把研究的视野仅仅封闭在西方发达国家内部，而如果在真正的全球化的视野中、以"民族国家"为剩余价值流转的基本单位，马克思这方面的理论就会重新焕发出应有的巨大社会批判力量。

（2）与以上现象密切相关，西方摆脱普遍贫困而进入丰裕社会后的另一重要现象是：在西方当代社会生产的整体结构中，"直接的物质生产"即所谓"实体经济"趋于萎缩，而与之相对的"符号经济"日趋扩张。在这方面，马克思确实强调了剩余价值的"物质性"或"实体性"的方面，《资本论》第1卷主要讨论的就是剩余价值在实体性的"直接的物质生产"中的生成，第3卷讨论金融资本时才直接涉及剩余价值的"符号化"或"虚拟化"（当然第2卷讨论货币时就已涉及价值的符号性等问题了）。在当今这样一个符号经济迅猛扩张的时代，剩余价值或通常所谓财富的"符号性"确实在日趋加强，凭借直观印象，许多人或许认为实体性财富（价值、剩余价值）及其创造活动"直接的物质生产"就变得无足轻重了——这种直观性的经验判断其实是很成问题的。总体来说，西方当代学者轻视实体性的"直接的物质生产"及剩余价值的实体性、物质性，很大程度上也是由他们把理论视野仅仅封闭在西方发达国家内部造成的——从真正全球化的角度来看，实体制造业的萎缩，与西方发达国家把自己的实体制造业转移到不发达国家密切相关。

日趋加重的全球生态危机，或许是改变轻视实体性直接物质生产及剩余价值物质性的观念的重要契机：符号经济的迅猛扩张如果只涉及符号、观念、意义这些非物质性因素的高速流转的话，那么，符号经济似乎就会成为"绿色低碳经济"了，它与全球生态冲突无关——事实却绝非如此：高速的符号流转与高速的物品流转和消耗是非常紧密地捆绑在一起的，某种程度可以说两者之间的关系是一种互为因果、互为表里的关系。所以，问题的关键在于：不能割裂与实体经济、物品生产的关联，来就符号经济论符号经济，而应在全球社会生产的总体结构中、在两者的紧密关联中来分析符号经济——而贯穿其中的一条重要红线或纽带就是"剩余价值的流转"！当今世界，剩余价值或财富的迅速膨大，确实主要发生在符号经济中，但置于全球社会生产总体结构来看，符号经济迅速扩张所带来的一个必然性的结果是：物品生产及其消耗速度和规模的扩张——就是说：符号经济的扩张，确实使物品生产在全球社会生产总体结构中的"作用"或"地位"趋于下降（也正因为如此，物品生产过剩不再像19世纪那样会对当今资本主义生产总体结构产生较大冲击），但却未使其"速度"和"规模"下降，如此的结果就是极大地加快了自然资源、能源的消耗——对于全球生态危机的加剧，符号经济的扩张难辞其咎——在这方面，把全球生态危机归咎于西方强调人与自然分裂、对立的文化观念，未免太过观念主义了；而试图用中国传统的"天人合一"的文化观念来应对全球生态危机,则未免太过浪漫主义了。

所以,问题的关键在于:不是争论在当代全球范围内的社会财富的创造、流转过程中,实体性的直接的物质生产与所谓"符号经济"谁更重要,而是重视在全球社会生产总体结构中符号经济与实体经济之间无法割裂的关联——而这种关联主要正是通过"剩余价值的流转"这一中介形成的——这也是我们对马克思剩余价值理论作当代重构的重要切入点,而在这方面,如果说马克思相对而言更重视围绕物质生产或实体经济所展开的剩余价值的流转的话,我们今天更应重视发生在实体经济与符号经济之间的剩余价值的流转——如此就会使马克思剩余价值理论重新焕发出巨大的理论和现实力量。

这里简单辨析一下围绕"剩余价值"的理论纷争。"剩余价值"确实是一种理论建构,与它对应的,确实不是社会生活中非常具体而确定的经验性的某种实体,而是发生在社会生活中的由诸多环节组成的财富流转过程,因此,马克思没有也不可能对"剩余价值"作出实体性的证明,同样,否定剩余价值理论也不可能提供实体性的证据——分歧其实是在理论的视野、视角与价值立场——众所周知,斯密等古典政治经济学家已对资本由诸多环节组成的流转过程作了较为系统、在实证的意义上也可以说是准确的描述和分析,但他们没有"发现"剩余价值,当然也就没有非常自觉地从"剩余价值"的角度去分析资本流转的过程——马克思非常明确而坚定地把自己经济学研究的价值立场定位在为工人阶级解放服务上,用今天的话语来说这是一种鲜明的"底层立场"或"底层视角"——马克思强调研究的科学性、真理性,但从不讳言自己的价值立场。古典政治经济学家相对而言更重视交换、流通,而与之相对,马克思还重视生产,可以说有着一种非常突出的"生产视角",而研究视野和视角的不同,又会产生不同的意识形态后果:从生产的视角、以直接的物质生产为出发点,马克思揭示剩余价值是由物质生产劳动"创造"的,或者说首先是在物质生产中"产生"的,流通等不创造而只是"实现"剩余价值,物质生产劳动的承担者是工人,所以,剩余价值也就是由工人创造的,却被资本家独占,两者之间的关系是剥削和被剥削的关系;单纯从交换视角、以流通为出发点,则会得出这样的结论:剩余价值是在交换、流通中产生的,在交换中,资本家付给工人工资,交换后他所得到的多于他的投资的价值,乃是他的资本所"创造"的价值即所谓"利润",与工人无关,他与工人在交换中的关系是平等的、自由的。斯密其实非常同情工人阶级,他也不会声明自己的经济学研究是为资本家阶级服务的,但是其研究结论所产生的实际后果却是掩盖工人阶级被剥削的社会现实，从而成为一种维护剥削的意识形态。

马克思后，西方主流经济学更趋远离"生产视角"，而当代资本主义发达国家内部直接的物质生产的相对萎缩，似乎又在为这种远离"生产视角"的理论运作的合理性提供有力的证据，而与直接的物质生产相关的剩余价值理论似乎就变得更加不值一驳、不值一提了——这种理论运作的后果同样是掩盖了某种不平等社会关系，只是这种不平等关系更突出地体现在发达国家与不发达国家之间了——而在当今时代重构马克思的剩余价值理论，也体现了立足于不发达国家的底层立场和视角。另一方面，马克思剩余价值理论强调物质生产重要性的"生产视角"，同时也是一种"自然视角"，马克思对物质生产的基本定义之一是："人和自然之间的物质变换"活动，而剩余价值就首先又是在这种"人和自然之间的物质变换"活动中产生的——只关注交换、流通的西方当代主流经济学当然就没有这种"自然视角"，也就不可能关注自然生态问题：经济学家会将自然生态问题作为一个很不专业的问题，心安理得地排斥在自己的研究范围之外。总而言之，马克思不仅强调了剩余价值在人与人之间尤其人的不同"集团"之间的流转，而且还强调剩余价值在人与物（自然）之间的流转（生成），因此，马克思剩余价值理论有着一种由"人与人社会关系"、"人与物自然关系"两个基本向度构成的"关系哲学"分析框架。重构马克思的剩余价值理论与"关系哲学"，强调西方发达国家的"符号经济"与不发达国家的"实体经济"之间的联系是通过全球范围内的"剩余价值的流转"形成的，既体现了一种鲜明的"底层立场（视角）"，同时也体现了一种清晰的"自然（生态）视角"，为我们分析全球化迅猛发展中不见趋缓的全球社会冲突与生态冲突提供了极好的切入点和坚实的立足点。

面对当今时代，我们对马克思剩余价值理论确实应作出一定的调整或重构，尤其要改变或突破"工人所创造的剩余价值被资本家全部独占"这样一种单一的刻板印象。尽管有万般变化，但马克思所揭示的作为"剩余价值流转"方式的资本的本质特性在当今时代并无变化——马克思用"剩余劳动（价值）吸收器"、"自我增值"等表述来揭示资本的本质特性，作为"剩余价值的流转"或人类处置剩余价值的一种历史性方式，资本的这种本性就表现为：把"剩余价值"封闭在"自我增值"的高速运转之中，而拒绝把"剩余价值"从这种"自我增值"中游离、流转出来，进而也就是拒绝人的其他活动"分享"剩余价值——这是资本主义种种对抗性的根源所在。

从相关原始经典文献来看，其实马克思不仅考察了发生在资本家阶级与工人阶级之间的剩余价值的流转，还考察了发生在人的不同"活动"之间的剩余价值的流转，并且，不仅考察了"此岸"的"必然王国"内部的不同活动比如"直接的物质生产"与"商业化精神生产"之间的剩余价值的流转，而且还考察了发生在"此岸"的"必然王国"与"彼岸"的"自由王国"之间的剩余价值（自由时间）的流转，而包括艺术在内的"自由的精神生产"处在"彼岸"的"自由王国"之中（这一点表明剩余价值理论不仅具有批判性，同时也具有建设性）——这可以说是马克思围绕"剩余价值流转"所展开的经济哲学批判的美学维度，而以此为出发点和立足点，我们可以进一步考察发生在符号经济与实体经济、发达国家与不发达国家之间的剩余价值的流转，如此考察，将会使马克思经济哲学中的剩余价值论在当今全球化时代所依然具有的巨大批判性和建设性力量得到充分的发挥。

资本把"剩余价值"封闭在"自我增值"中而拒绝分享的本性的表现之一，就是拒绝包括艺术在内的"自由的精神生产"活动分享剩余价值，如此，"资本主义生产就同某些精神生产部门如艺术和诗歌相敌对"——这是从活动与活动之间的关系来说的；而从人与人之间的关系来说，作为"人格化的资本"的资本家拒绝与工人分享剩余价值，恰恰也是资本把剩余价值封闭在自我增值而拒绝分享这种本性的又一重要表现。资本，绝不仅仅只是一种经济范畴，它同时也体现了人的社会生活的一种组织原则（利润最大化），这种组织原则在西方现代社会的发展进程中所发挥的力量是非常巨大的——但是，我们强调：资本绝非西方现代社会唯一的塑造力量，某种程度上可以说，恰恰是驾驭资本的力量与资本扩张的力量一起，塑造了当今西方社会的整体风貌——这又突出地表现在 20 世纪下半叶以来西方所经历的由普遍贫困的"生产型社会"向普遍富裕的"消费型社会"的转型之中：在西方当代消费社会中，工人大众中很大一部分人除了维持生命的基本生存资料外，还获得了一定享受资料——这至少表明这部分人"分享"到了一定的剩余价值（用于社会保障、非必需性消费等）——这种剩余价值分享的结果是：西方发达国家内部的社会冲突趋于缓解。但是，今天全球范围内的社会冲突却并不见缓解，而西方发达国家如果真想缓解全球社会冲突从而使我们这个星球进入一个相对和谐的状况的话，除了让不发达国家也能分享到一定剩余价值，别无他法——然而我们可以这样期待吗？

资本的全球扩张必然还将持续进行下去，资本把"剩余价值"封闭在"自我增值"中而拒绝分享的组织原则，在未来很长的一段时期内恐怕还很难从人类社会生活中驱逐出去——但这并不意味着人类就只能毫无作为。不见趋缓的全球范围内的社会冲突、生态冲突，"倒逼（因为这些冲突与资本扩张密切相关）"人类不断寻求并积聚驾驭资本的力量——而重要路径之一就是：让剩余价值从资本自我增值中游离、流转出来而能被全人类及人的其他活动所分享，而让包括艺术在内的人的"自由的精神生产"活动能够分享剩余价值，则有利于缓解在如此发达的生产力状况下人类在自由上所遭遇的种种困扰，兹不多论。

二　艺术"经济哲学"分析的原典性与创新性：反本开新

马克思艺术哲学思想的基本点是以物质生产为基础，但却存在既相互联系又相互区别的两种不同分析框架：一是"经济基础—上层建筑"框架，艺术"意识形态"论就是在此框架中展开的，这主要是一种"政治哲学"分析框架；与此相对，还有一种"经济哲学"分析框架，即以物质生产中"必要劳动（时间）—剩余劳动（时间）"为出发点的"剩余价值的流转"的分析框架——这两种分析框架构成了马克思艺术哲学体系既有联系又有区别的两个基本维度。从原始经典文献上来说，传统的艺术意识形态论主要是建立在马克思《〈政治经济学批判〉导言》等文献基础上的，而本论题的立论则主要是建立在马克思《资本论》第4卷即《剩余价值理论》第4章"关于生产劳动和非生产劳动的理论"中以下这三段重要论述基础上的：

因为施托尔希不是历史地考察物质生产本身，他把物质生产当作一般的物质财富的生产来考察，而不是当作这种生产的一定的、历史地发展的和特殊的形式来考察，所以他就失去了理解的基础，而只有在这种基础上，才能够既理解统治阶级的"意识形态"组成部分，也理解一定社会形态下"自由的精神生产"。他没有能够超出泛泛的毫无内容的空谈。而且，这种关系本身也完全不像他原先设想的那样简单。例如资本主义生产就同某些精神生产部门如艺术和诗歌相敌对。不考虑这些，就会坠入莱辛巧妙地嘲笑过的十八世纪法国人的幻想。既然我们在力学等等方面已经远远超过了古代人，为什么我们不能也创作出自己的史诗来呢？于是出现了《亨利亚特》来代替《伊利亚特》。

同一种劳动可以是生产劳动，也可以是非生产劳动。

例如，密尔顿创作《失乐园》得到了5磅，他是非生产劳动者。相反，为书商提供工厂式劳动的作家，则是生产劳动者。密尔顿出于同春蚕吐丝一样的必要而创作《失乐园》，那是他的天性的能动表现。后来，他把作品卖了5镑。但是，在书商指示下编写书籍（例如政治经济学大纲）的莱比锡的一位无产者作家却是生产劳动者，因为他的产品一开始就属于资本，只是为了增加资本的价值才完成的。

作家所以是"生产劳动者"，并不是因为他"生产出观念"，而是因为他使出版他的著作的书商发财，也就是说，只有在他作为某一资本家的雇佣劳动者的时候，他才是生产的。（以上引号与黑体均为引者所加）①

上面三段论述可视为马克思艺术哲学的"总纲"，而本论题的主要内容，就是对这三段经典论述的具体、深入而系统的阐述。三段论述重要的关键词是："物质生产"、"意识形态"、"自由的精神生产"、"增加资本的价值（即资本增值）"、"生产劳动者"、"生产出观念"等，而其重要的背景是"剩余价值理论"，也就是说马克思是在讨论剩余价值理论时展开以上三段论述的，这些关键词之间的关系是："物质生产"是最终的"基础"，（1）"生产出观念"的活动即"意识形态"活动，（2）作家作为"生产劳动者""为了增加资本的价值"所进行的活动即"商业化精神生产"，（3）密尔顿创作《失乐园》虽然"卖了5镑"，但由于"一开始"就不是"为了增加资本的价值才完成的"，因而是"非生产劳动"，作为"他的天性的能动表现"的"出于同春蚕吐丝一样的必要而创作《失乐园》"的活动就是"自由的精神生产"——马克思对艺术三形象即"观念（意识形态）生产"、"自由的精神生产（作为'非生产劳动'的精神生产）"、"商业化精神生产（作为'生产劳动'的精神生产）"之间的区别作了较为清晰的说明，这三

---

① 《马克思恩格斯全集》第26卷第1册，人民出版社1972年版，第296、150、432页。

种生产又都是建立在"物质生产"基础上的；而"自由的精神生产"、"商业化精神生产"与"物质生产"之间的联系和区别，是通过"剩余价值的流转"形成的——这就是马克思艺术"经济哲学"分析的基本思路和框架。

我们认为，应该从马克思哲学的基本精神及其发展历程，来理解马克思的艺术哲学或美学思想及其在马克思哲学体系中的地位：马克思的经济哲学存在着一种美学的批判维度。当代法国理论家鲍德里亚指出：

> 虽然马克思的思想清算了资产阶级的伦理学，但在资产阶级的美学面前，马克思的思想仍然无能为力，马克思思想的含混性令人费解，但它与政治经济学一般体系的共谋恰恰是意味深长的。在马克思主义战略的核心处，在它关于质与量的逻辑区分中，马克思主义思想继承了资产阶级思想中审美的和人道主义的毒素……[1]

鲍德里亚准确地揭示了马克思政治经济学乃至整个马克思主义哲学体系中有着一种"美学"的维度，他认为这是对"资产阶级思想中审美的和人道主义的毒素"的继承，而马克思相关论述也确实可见德国古典美学家康德、席勒的影响——那么，我们必须回应的是：马克思美学与"资产阶级的美学"究竟有何区别？鲍德里亚所谓的"审美的和人道主义的毒素"与马克思早期著述《1844年经济学哲学手稿》相关——从西方当代学术思想史的角度来看，这一手稿的"发现"，对"西方马克思主义"哲学尤其美学产生了重大影响——英国马克思主义者安德森用"形式的转移"来概述西方马克思主义的理论转向，强调在这种转移中"马克思早期著作中最重要的作品——1844年的巴黎手稿——为时虽晚的发现，是一个决定性的事件"，由此而来，"西方马克思主义整个说来，似乎令人困惑地倒转了马克思本身的发展轨道。马克思这位历史唯物主义的创始人，不断从哲学转向政治学和经济学，以此作为他的思想的中心部分；而1920年以后涌现的这个传统的继承者们，却不断地从经济学和政治学转回到哲学"，"它毫无例外地建立一种上溯到马克思以前的哲学渊源"[2]。在这方面，中国当代所谓的"实践"美学在基本思路上与

---

① ［法］让·鲍德里亚：《生产之镜》，中央编译出版社2005年中文版，第20—21页。
② ［英］佩里·安德森：《西方马克思主义探讨》，人民出版社1981年版，第66—77页。

西方马克思主义是一致的。

那么，该如何审视和评估这种"转移"、"倒转"呢？我们的基本认识是：后世研究者从《1844年经济学哲学手稿》演绎出一种美学思想无可厚非，然而，倘若认为这就代表马克思成熟的美学思想，则在学术上很难成立：

（1）仅仅从文献学的角度来说，我们把对马克思美学思想的阐释建立在对《资本论》等更为成熟的理论文献分析的基础上，较之建立在"手稿"上的阐释，显然要更接近马克思成熟的美学思想。

（2）从学科的角度来看，我们不太同意安德森把马克思思想的发展历程一般性地概述为"不断从哲学转向政治学和经济学"，我们更愿意概述为，如果说早期马克思的哲学思想与经济学的联系还不够紧密的话，那么，其哲学思想成熟的重要标志就是与经济学联系得更加紧密了——正是在此意义上，我们把马克思成熟的哲学思想表述为"经济哲学"——置于西方现代思想史中，这种表述更能揭示马克思哲学思想的独特性：在马克思之前和之后的西方理论格局中，"经济学"与"哲学"往往是相互分割的；当然，另一方面，把"哲学"与"经济学"充分结合起来，也同时表明，马克思成熟的经济哲学思想，又恰恰是把欧洲大陆的理性主义（以德国古典哲学为代表）与英国的经验主义（政治经济学是这种经验主义传统的产物之一）充分结合起来的产物。

（3）从基本的理论范畴来看，《1844年经济学哲学手稿》为后世学者所特别重视的一个范畴是"异化劳动"——这显然不是代表马克思成熟思想的范畴，那么，什么范畴可以代表马克思的成熟思想呢？恩格斯《马克思墓前的讲话》指出了马克思的两大理论贡献：一是发现和揭示"直接的物质的生活资料的生产"在人类社会历史发展中的基础性作用，二是发现"剩余价值"——而这两大理论发现又皆汇总于马克思的政治经济学著述尤其《资本论》之中，因此，"剩余价值"才是标志马克思思想成熟的重要的基本范畴，而《资本论》则标志其剩余价值理论的成熟。

因此，从中外当代相关美学学术史的发展来看，我们把对马克思美学思想的阐释建立在对其《资本论》及"剩余价值"理论的基础上，较之建立在《1844年经济学哲学手稿》及"异化劳动"理论的基础上的研究，是对西方马克思主义"倒转"之"再倒转"，进而也是一种重要突破。

另一方面，"剩余价值"范畴理论，也最能代表马克思哲学思想的基本精神，即对资本主义社会及其生产内在对抗性的批判性揭示。"资本主义生产就同某些精神生产部门如艺术和诗歌相敌对"，这句话被相关艺术美学研究所广泛征引，但阐释往往不够到位，因为没有充分结合这句话的大的理论语境即剩余价值理论来进行分析，而只有充分结合"剩余价值的流转"，这句话才能得到相对更准确的解释——马克思指出：

> 古代人连想也没有想到把剩余产品变为资本……他们把很大一部分剩余产品用于非生产性支出——用于艺术品，用于宗教和公共的建筑。他们的生产更难说是建立在解放和发展物质生产力（即分工、机器、将自然力和科学应用于私人生产）的基础上。①

"古代人"把"很大一部分剩余产品用于非生产性支出——用于艺术品"，也就是把物质生产所创造的剩余价值（剩余产品）从物质生产中游离、流转出来而"用于艺术品"，或者说被生产艺术品的活动所分享，由于这种"游离"、"分享"，在古代人那里，艺术反而获得一定程度的自由发展（尽管是在有限的限度内）；现代资本家"把剩余产品变为资本"，也就是把物质生产所创造的剩余价值（剩余产品）重新投入物质生产之中以获得更大的剩余价值，就是说，"资本主义生产"从本性上拒绝把剩余价值从物质生产中游离出来而让人的其他活动分享，如此，"艺术和诗歌"这些"自由的精神生产"所需的剩余价值这种物质基础受到了限制——这就是两者之间的"相敌对"，这种"敌对"揭示了资本主义物质生产的内在对抗性——由此亦可见："艺术和诗歌"这些"自由的精神生产"，乃是马克思揭示资本主义生产内在对抗性的重要立足点，忽视这种立足点或者说忽视美学维度，对马克思社会批判理论的理解是非常片面的。

三　三大"生产"之间的"剩余价值的流转"：审美批判新维度

我们首先在"剩余价值的流转"的框架，来分析马克思经济哲学的当代适用性。本论题在理论上所针对的一个重要对象是"文化研究"：在西方当

---

① 《马克思恩格斯全集》第 26 卷第 1 册，第 603 页。

代资本主义整体理论格局之中，不乏批判的声音，但缺乏一种审美的批判——这可以从社会文化批判代表性的理论"文化研究"中看出，前已指出，鲍德里亚批评了马克思对"资产阶级思想中审美的和人道主义的毒素"的继承，他本人自然也就自觉地排斥审美的维度；英国当代理论家拉什、厄里强调："我们避免贝克与吉登斯的某些认识派的偏见，力图开发自反性的审美维度。"① ——某种程度上可以说，缺乏"审美维度"，乃是"文化研究"中所存在的较为普遍的现象，而马克思具有审美维度的经济哲学，则会为重建当代社会文化批判的审美维度提供重要理论资源。

前已指出，有关"剩余价值的流转"，一个为人所熟知的说法是从"人与人社会关系"的角度对"剩余价值的流转"的资本主义方式所作出的分析："剩余价值"是工人创造的，却被资本家完全无偿占有——这体现了资本主义"人与人社会关系"的对抗性，而这种对抗性主要是在分配领域（初次分配）中表现出来的——但是"剩余价值流转"的资本主义方式所造成的对抗性，绝不仅限于此，也绝不仅仅局限于分配领域。我们强调"剩余价值的流转"框架又是建立在物质生产之内的"必要劳动时间—剩余劳动时间"这一时间结构框架上的——以此来看，资本家独占全部剩余价值，已经是发生在物质生产之"外"的事情了（剩余价值已经被物质生产创造出来了），而"剩余价值的流转"的"起点"应在物质生产之"内"，也就是要以"必要劳动时间—剩余劳动时间"这一时间结构为剩余价值的流转的起点：为资本家所独占的剩余价值，是由物质生产之"内"的工人的"剩余劳动（时间）"创造出来的——如果撇开这一点，资本主义剩余价值的流转方式的对抗性就只体现在分配领域，而马克思是坚决反对只从分配领域来研究资本主义的对抗性的。

因此，我们首先要对"剩余价值的流转"的过程做一些分析——马克思《〈政治经济学批判〉导言》对此有所描述：

> 肤浅的表象是：在生产中，社会成员占有（创造、改造）自然产品供人类需要；分配决定个人分取这些产品的比例；交换给个人带来他想用分配给他的一份去换取的那些特殊产品；最后，在消费中，产品变成

---

① ［英］斯科特·拉什、约翰·厄里：《符号经济与空间经济》，商务印书馆 2006 年版，第 10 页。

享受的对象，个人占有的对象。生产创造出适合需要的对象；分配依照社会规律把它们分配；交换依照个人需要把已经分配的东西再分配；最后，在消费中，产品脱离这种社会运动，直接变成个人需要的对象和仆役，供个人享受而满足个人需要。①

"生产—分配—交换（流通）—消费"等，就构成了财富流转同时也是"剩余价值流转"过程的不同环节：如果说在分配、交换、流通等环节中剩余价值主要是在"人与人社会关系"中流转的话，那么，"在生产中，社会成员占有（创造、改造）自然产品供人类需要"描述的就是剩余价值在"人与物自然关系"中的流转——也就是说，马克思不仅重视剩余价值在人与人之间的流转（剩余价值之分割），而且也重视剩余价值在人与物之间的流转（剩余价值之生成）——由此可见马克思的"剩余价值流转"论是与其关系哲学高度结合在一起的。这里要特别强调的是，从"财富流转"的角度来看，马克思最具代表性也最成熟的经典著作《资本论》，某种程度可以说就是对资本主义"剩余价值流转"结构方式和全过程的系统分析：第 1 卷"资本的生产过程"可以说研究的是在"生产领域"中的剩余价值的流转（"生产"创造出剩余价值，是财富流转的出发点），第 2 卷"资本的流通过程"研究的是在"流通领域"中的剩余价值的流转（在"流通"中剩余价值得以实现），而第 3 卷"资本主义生产的总过程"研究的则是在"生产总过程"中的剩余价值的流转——具体地说考察的是在企业利润、银行利息、地租之间的剩余价值的流转或分割——从"人与人社会关系"的角度来说就是剩余价值在实业资本家、银行资本家与地主之间的流转或分割。而与之相对照，马克思后的西方经济学往往只关注"流通领域"的财富流转或者说以"流通"为财富流转的出发点，过分专业化的狭隘视野使其不再具有哲学的广度和深度。

以上初步分析表明：马克思既在（1）"人"与"人"之间、同时也在（2）"人"与"物（自然）"之间考察剩余价值的流转——以此来看，只关注"流通"的西方经济学所考察的只是发生在"人"与"人"之间的财富流转。此外，所谓"人与人之间"又主要是指人的不同"集团"之间，比如 19 世纪主要是指资本家与工人两大阶级之间，而在当今全球化迅猛发展的时代，则主要是指发达国家与不发达国家这样的不同"民族国家"之间。此外，马

---

① 《马克思恩格斯全集》第 46 卷上册，人民出版社 1979 年版，第 26 页。

克思还特别重视对发生在（3）人的"活动"与"活动"之间的剩余价值的流转的研究，这方面的分析又主要体现在对"自由时间"这一重要范畴的分析中：

> （剩余劳动创造出剩余产品），剩余产品把时间游离出来，给不劳动阶级提供了发展其他能力的自由支配的时间。因此，在一方产生剩余劳动时间，同时在另一方产生自由时间，整个人类的发展，就其超出对人的自然存在直接需要的发展来说，无非是对这种自由时间的运用，并且整个人类发展的前提就是把这种自由时间的运用作为必要的基础。①

就是说：不劳动阶级可以把劳动阶级创造的剩余价值从直接的物质生产中游离出来而流转向发展自己能力的自由活动——那么，作为人类历史上最后一种"不劳动阶级"的资本家阶级，又是如何处置自己占有的剩余价值的呢？马克思指出，"资本的不变趋势一方面是创造可以自由支配的时间，另一方面是把这些可以自由支配的时间变为剩余劳动"，把"自由时间变为剩余劳动"，就是把物质生产创造出的剩余价值不是"游离"出物质生产而是重新投入物质生产之中以获得更大的剩余价值，也就是：资本及作为"人格化资本"的资本家使剩余价值重新流转回物质生产，如此，也就把剩余价值封闭在物质生产之内而使之只作封闭性的内部循环，而不再流转向资本家自己或别人自由发展的自由活动——这其中也形成一种对抗性，这种对抗性是在人的两种不同"活动"（物质生产与自由创造活动）之间形成的，显然不同于在人的两种不同"集团"（资本家阶级与工人阶级）之间形成的那种"人与人社会关系"的对抗性。资本主义的"剩余价值的流转"方式，不仅造成"人与人社会关系"的对抗，同时也造成"人与物自然关系"的对抗，并且这两种对抗性关系是相互规定的——这是从完整的"关系哲学"的角度，对资本主义"剩余价值的流转"方式特性所作的揭示和分析。

　　马克思哲学的一个重要基本特征是历史的、发展的眼光，我们也应以这种眼光来看待马克思哲学本身。马克思后，西方资本主义社会经历了重大转型，那么，立足于"19世纪资本主义"的马克思的理论，是否还适用于对"20世纪资本主义"的分析？我们认为，经过某种调整后，马克思从"剩余

---

　　① 《马克思恩格斯全集》第 47 卷，人民出版社 1979 年版，第 287 页。

价值流转"对"直接的物质生产—商业化精神生产—自由的精神生产"及三者之间关系的生产结构所作的分析,依然适用于分析当代资本主义:20 世纪以来资本主义的当代社会转型的重要表现之一就是"生产结构的重组"——简单地说就是,"商业化精神生产(符号经济)"的快速发展及在资本主义生产整体结构中的势力地盘的快速扩张,而"直接的物质生产(实体经济)"在其中的势力地盘相对趋于收缩。

对于不同于 19 世纪的"20 世纪资本主义"社会,有很多种描述,其中一种描述是"消费(型)社会",与此相对应,19 世纪以前的社会被称为"生产(型)社会"。按英国当代理论家吉登斯的理解,"消费社会"这一术语对 20 世纪下半叶以来新的社会体系的新特征有所揭示,那么该如何进一步描述这些特征呢? 吉登斯《批判的社会学导论》[①] 指出,"社会学不可能是一种中性的知识活动,它不能不关心其分析对其研究对象可能产生的实际影响"(序言第 1 页),该书第二章的标题"对立的解释:工业社会还是资本主义"揭示对人类现代社会的两种不同描述,吉登斯指出,"资本主义社会的观点首先是与卡尔·马克思联系在一起的",而"马克思的著作对社会学具有持续的影响,它们是对工业社会理论的某些假设进行批判的主要基础"(第 18—19 页)。吉登斯尽管没有直接点出,但实际上视"工业社会"为一种接近"中性"的描述,在此中性概念谱系中,工业社会之后的社会形态被称为"后工业社会",与此相关的还有诸如"丰裕社会"、"信息社会"等概念大抵也主要是中性描述。马克思的"资本主义社会"概念则是对西方现代社会的一种批判性的描述,以此来看,当今消费时代的资本主义较之马克思所处时代的资本主义确实发生了非常大的变化,比如马克思所分析的工人与资本家两大阶级关系结构现在就发生了极大的变动等,有些西方学者还认为当代资本主义与社会主义逐渐趋同——但西方当代社会依然还是"资本主义社会",而这是因为其社会运作主要还是围绕"资本增值"的逻辑组织起来的。至少直到现在,消费社会还是只是在资本主义世界实现的,消费社会的主导力量也就依然还是资本增值扩张的力量——对当代消费社会种种现象的"批判性"的描述就必须追溯到此,而停留于现象的中性的知识学描述,客观上就会掩盖这一点,进而有利于为资本增值服务的各种意识形态神话的建构与流布。

---

① [英]安东尼·吉登斯:《批判的社会学导论》,郭忠华译,上海译文出版社 2007 年版。

　　从"批判"理论的发展史来看，康德和马克思为我们提供了批判的两种现代范式。在西方现代哲学史上，康德以三大"批判"构成自己的哲学体系，对其所谓"批判"的含义有不同的理解。其《纯粹理性批判》第二版序文所谓"为信仰留余地，则必须否定知识"①可以视为对"批判"的一种描述，我们可以将这种意义上的康德式批判称为"划界式"批判：康德在"信仰"与"知识"之间划界，是为了批判"知识"越界侵入"信仰"的地盘（当然另一方面也是批判"信仰"越界侵入"知识"的地盘，如中世纪经院哲学，这为"科学"这种"知识"的发展清除了障碍）；同样，我们也可以说，康德美学所谓的"判断力批判"也存在划界式批判的倾向：审美"非功利性"是为了批判功利尤其经济功利对审美活动的越界侵入，"非概念性"则是批判概念理性尤其科技理性对审美活动的越界侵入——尽管康德在划界的同时也试图跨界搭起连通各领域之间的桥梁（如用审美连通感性与理性——这种美学思路后来为席勒所承继），但总体来说其"划界"意识对后世哲学社会科学发展的影响可能更大，尤其对所谓学科分化应该有较大影响：美学学科的分化、自治使审美活动走向独立、纯粹、自律，美学与其他学科比如经济学等、审美活动与其他活动比如经济活动等日趋割裂——今天美学研究在反思中认为康德美学对艺术审美钻进象牙塔而走向封闭有重要影响，这有一定道理，但是或许并非康德的本意。在曾经被视为非功利的艺术文化与功利性极强的商业经济日趋交融的当今消费时代，或许我们应该重新认识康德的"划界式"批判：这种交融实际上绝非是一种力量对等的联姻，总体来说乃是经济及市场商业规则向艺术审美文化活动大规模的"越界"侵入——在此时代状况中，割裂与商业经济的关联来强调艺术审美文化活动的独立的内在规律固然不可，但是对艺术审美文化与商业经济的交融只作"中性"的理解则会掩盖市场经济规则对艺术审美文化活动的越界侵入这一严峻现实，因此，只有在对市场经济越界侵入艺术审美文化的批判和抵抗中，美学才能获得自身应有的现实的社会文化力量——作如是观，康德美学的"非功利性"理念尤其其划界式批判，在今天仍具有非常积极的意义，依然是对当代消费资本主义进行审美批判的重要理论资源。

　　马克思的哲学其实也是一种"批判"哲学，即"政治经济学批判"，离开其"政治经济学批判"去研究马克思哲学和美学是非常有问题的（这恰恰

———————————

　　①　［德］伊·康德：《纯粹理性批判》，商务印书馆1960年中文版，第21页。

是马克思后"西方马克思主义"及后现代文化研究的"问题"所在)。与康德的"划界式"批判相比,马克思哲学或者说其政治经济学批判中的"经济哲学"则是一种"二重性"批判——马克思本人对此有所论述:

> 经济学家们毫无例外地都忽略了这样一个简单的事实:既然商品有二重性——使用价值和交换价值,那末,体现在商品中的劳动也必然具有二重性,而象斯密、李嘉图等人那样只是单纯地分析劳动,就必然处处都碰到不能解释的现象。实际上,这就是批判地理解问题的全部秘密。①

马克思对资本主义制度本身的分析也是"二重性"的:既使生产力高速发展,又阻碍生产力进一步发展。我们对当代消费资本主义艺术文化与商业经济交融的现象同样要作"二重性"理解和批判:与极大地促进物质生产力发展一样,当代资本主义也已表明它也能极大地促进精神生产力的发展——但文化精神生产领域同样没有摆脱其"二重性",或者说在其中资本主义内在"二重性"恰恰有更高程度的体现了。古典自由主义只看到资本主义促进生产力发展的一面,"二重性"分析的阙如,使其成为维护资本主义的重要意识形态——同样,如果只看到当代资本主义消费社会文化符号过度膨胀的一面,而缺乏"二重性"分析,也会有意无意成为维护资本主义的新的意识形态。

大致说来,19世纪,"商业化精神生产"在资本主义整体生产体系中的作用很不大——也正因为如此,马克思才得出这样的结论:"从事各种科学或艺术的生产的人,工匠或行家,为书商的总的商业资本而劳动,这种关系同真正的资本主义生产方式无关,甚至在形式上也还没有从属于它","资本主义生产在这个领域中的所有这些表现,同整个生产比起来是微不足道的,因此可以完全置之不理"② ——对于20世纪资本主义来说,马克思的这一具体结论,显然已不再适用,因为20世纪资本主义的一个重要特征恰恰是:"商业化精神生产"在资本主义整体生产体系中的作用越来越大,"从事各种科学或艺术的生产的人"、"为书商的总的商业资本而劳动"这些"商业化精

---

① 《马克思恩格斯全集》第32卷,人民出版社1975年版,第11—12页。
② 《马克思恩格斯全集》第26卷第1册,第442—443页。

神生产""同整个生产比起来"绝对不再是"微不足道"因而也绝不能再"置之不理"了；这些精神生产由"同真正的资本主义生产方式无关"到越来越彻底地融入资本主义生产方式、由"甚至在形式上也还没有从属于它"到越来越彻底地从属于它——这恰是经历社会转型后的20世纪资本主义不同于19世纪资本主义的新的社会特征之一。

与此相关，我们再看马克思"资本主义生产就同某些精神生产部门如艺术和诗歌相敌对"这一论述，它揭示了"资本主义生产"拒绝把剩余价值游离出物质生产而用于精神生产的特点——而20世纪尤其二次世界大战后的西方资本主义社会一个重要的新特点是：精神生产的高速发展，或者说文化与经济也即精神生产与物质生产的日趋交融，也或者说传统意义上的物质生产（实体经济）越来越文化化、符号化——这一新特点表明：当代资本主义生产已开始把越来越多的剩余价值从物质生产中游离出来而用于文化精神生产了——这对马克思的"敌对"论当然是一种挑战。但是，从物质生产中游离出来的剩余价值，不是流转向"自由的精神生产"，而是流转向"商业化精神生产"，而这种"商业化精神生产"同样暴露了资本主义生产的内在对抗性——只是这种对抗性表现为精神生产"内部"的一种对抗，而相对而言，马克思"资本主义生产就同某些精神生产部门如艺术和诗歌相敌对"所揭示的则是外在于精神生产的与物质生产的一种"外部"的对抗。

从原始经典文献来看，尽管马克思认为精神生产"同整个生产比起来是微不足道的"，但马克思在著名的政治经济学批判"导言"中涉及"艺术生产"与"物质生产"发展的关系问题，在《资本论》第4卷即《剩余价值理论》第4章"关于生产劳动和非生产劳动的理论"中更是有大量关于精神生产问题的讨论，并且还区分了"商业化精神生产"与"自由的精神生产"的不同（在"生产劳动—非生产劳动"的框架中）——这也构成了我们相关讨论的原始文献基础。因此，我们所强调的"直接的物质生产—商业化精神生产—自由的精神生产"这三大生产结构论，也就并非在马克思理论之外另起炉灶，而只是对其相关理论一种新的拓展——而拓展的出发点是当代社会新的现实。

四　三元"时间结构"、"资料结构"、
"需求结构"论及其现实针对性

我们再从两种三元"时间结构"及三元"资料结构"、"需求结构"等，来对以上所论三元"生产结构"中的"剩余价值流转"作进一步分析，进而更进一步揭示和分析"资本"作为"剩余价值流转"的一种历史性方式所形成的对抗性。

众所周知，"剩余价值"这一表述本身就突出地显示出马克思理论的批判性，因此，我们建立在"剩余价值的流转"基础上的美学理论本身同样突出地昭示出批判性。但是，另一方面，我们强调的是：这一范畴及与其相关的"自由时间"范畴、"必要劳动时间—剩余劳动时间"框架，绝非仅仅只具有批判性，同时也具有建设性，并且，绝非仅仅适用于分析资本主义生产方式，而是适用于分析人的所有生产方式及与之相关的人类文明：生产劳动时间如果仅仅只由再生产人的生命即维持人的基本生存的"必要劳动时间"构成，那么，就不会有人类文明的产生和发展；只有当生产劳动在基本生存资料外还能创造出"剩余产品"时——这时人的物质生产时间结构就由"必要劳动时间—剩余劳动时间"构成了，包括艺术在内的人类文化、文明才能在"剩余产品"、"自由时间"的基础上产生、发展起来——由此可见："必要劳动时间—剩余劳动时间"乃是马克思分析人类社会及其文明发展最基本的哲学框架之一，以"经济基础—上层建筑"为马克思社会文化哲学的唯一框架的认识是相当片面的。"剩余劳动时间"创造出"剩余价值（产品）"——这对人类社会进入文明以后所有的历史阶段来说都是如此，而不同的社会形态及相应的生产方式之不同，很大程度上就在"剩余价值的流转"的方式（方向）或对"剩余价值（自由时间）"的处置方式之不同上：马克思指出，在前资本主义的各种社会形态中，物质生产创造出的剩余价值（产品）主要都"游离"出物质生产，而资本主义社会及其生产方式的独特性在于，把物质生产创造出的剩余价值，不是"游离"出而是重新投入进物质生产之中以获得更大的剩余价值——正是这种对剩余价值的处置方式，大大促进了物质生产力的发展，同时也产生了一系列对抗。

（一）"剩余价值的流转"与资本的"自我增值"特性

可以说，"资本"天生地就是"剩余价值的流转"方式，但"剩余价值的流转"却并非天生地就采取"资本"的运转方式，也就是说，"资本"只是人类"剩余价值的流转"的一种历史的暂时的方式：在资本主义之前，剩余价值不是如此流转的，在资本主义之后，剩余价值也可以不如此流转——这里要附带说明的是，对马克思历史发展观影响最大的是黑格尔，黑格尔强调自然界与人类社会中的一切事物皆处于变化与发展之中，因而一切事物皆具有历史性、暂时性——马克思对这种认识是有所继承的，而两人的不同之处在于，黑格尔认为支配社会事物发展变化的是"绝对理念"——马克思当然不同意这一点，那么，马克思所认为的支配社会事物发展变化的东西是什么呢？从不同的角度或层面可能会有不同的表述，而其中之一就是"剩余价值"——当然最大不同是：与"绝对理念"对应的是唯心主义的历史观，而与"剩余价值"对应的则是唯物主义的历史观——除此之外，我们认为，"剩余价值"与"绝对理念"在对历史发展动力及结构的分析方面具有很多同构性，比如，黑格尔认为，历史的发展乃是绝对理念的一种自我运动，而在马克思看来，"资本"作为一种"剩余价值"处置方式的重要特征，就是"剩余价值"之"自我增值"：

> 资本的辩护士为了把资本说成是生产的永恒因素，说成是与一切社会形式无关、为任何劳动过程因而也就是为一般劳动过程所固有的关系，把资本同资本借以存在的使用价值混为一谈；同样，经济学家先生们为了回避资本主义生产方式所特有的现象，宁愿忘记资本的本质的东西，即资本是创造价值的价值，因而资本不仅是自我保持的价值，而且同时是"自我增值"的价值。例如，他们忘记这一点是为了说明生产过剩是不可能的。在这里，资本家被看成这样一种人，他只关心一定产品（他靠出卖他的商品来占有这些产品）的消费，而不关心预先存在的价值即购买力本身和抽象财富本身的增值。（引号与黑体为引者所加）①

作为"资本的辩护士"的经济学家先生们所缺乏的正是黑格尔的历史意识，

---

① 《马克思恩格斯全集》第47卷，第107页。

当然，我们也可以说，马克思从黑格尔那里获得了批判资本主义永恒论的历史哲学基础。以上引文值得注意的一点是：揭示资本主义的"生产过剩"与资本"自我增值"的特性密切相关。那么，资本的"自我增值"又是如何具体表现出来的呢？

（二）"实体性剩余劳动时间—符号化剩余劳动时间—自由时间"结构论

马克思分析"自由时间的流转"所涉及的一种三元"时间结构"论，对资本的"自我增值"的特性有较为清晰的揭示：

> 在必要劳动时间之外，为整个社会和社会的每个成员创造大量可以自由支配的时间（即为个人发展充分的生产力，因而也为社会发展充分的生产力创造广阔余地），这样创造的非劳动时间，从资本的立场来看，和过去的一切阶段一样，表现为少数人的非劳动时间，自由时间。资本还添加了这样一点：它采用一切技艺和科学的手段，增加群众的剩余劳动时间，因为它的财富直接在于占有剩余劳动时间；因为它的直接目的是价值，而不是使用价值。

> 于是，资本就违背自己的意志，成了为社会可以自由支配的时间创造条件的工具，使整个社会的劳动时间缩减到不断下降的最低限度，从而为全体［社会成员］本身的发展腾出时间。但是，资本的不变趋势一方面是创造可以自由支配的时间，另一方面是把这些可以自由支配的时间变为剩余劳动。如果它在第一个方面太成功了，那么，它就要吃到生产过剩的苦头，这时必要劳动就会中断，因为资本无法实现剩余劳动。

> 这个矛盾越发展，下述情况就越明显：生产力的增长再也不能被占有他人的剩余劳动所束缚了，工人群众自己应当占有自己的剩余劳动。当他们已经这样做的时候，——这样一来，可以自由支配的时间就不再是对立的存在物了，——那时，一方面，社会的个人的需要将成为必要劳动时间的尺度，另一方面，社会生产力的发展将如此迅速，以致尽管生产将以所有的人富裕为目的，所有的人的可以自由支配的时间还是会增加。因为真正的财富就是所有个人的发达的生产力。那时，财富的尺度决不再是劳动时间，而是可以自由支配的时间。以劳动时间作为财富的尺度，这表明财富本身是建立在贫困的基础上的，而可以自由支配的时间是同剩余劳动时间相对立并且是由于这种对立而存在的，或者说，

个人的全部时间都成为劳动时间，从而使个人降到仅仅是工人的地位，使他从属于劳动。①

资本"自我增值"的具体方式就是"把这些可以自由支配的时间变为剩余劳动"——从价值形态来说，也就是使物质生产创造出的"剩余价值"重新流转回物质生产以获得更大的"剩余价值"——此即"剩余价值"之"自我增值"，与此相关，马克思还把"资本"定位为"剩余劳动的吸收器"："资本发展成为一种强制关系，迫使工人阶级超过他们自身生活需要的狭小范围的要求而去完成更多的劳动。资本作为别人勤劳的发生器、剩余劳动的吸收器和劳动力的压榨器，它在精力、贪婪和效率上远远超过以往一切以直接强制劳动为基础的生产制度。"② 而资本的这种本质又是历史性的，"资本的发展不是始于创世之初，不是开天辟地就有……甚至劳动对资本的单纯形式上的从属，即延长工作日和把工人阶级的全部自由时间都当作归资本所有的时间来占有的这一基础，也只是随着资本主义生产方式的实际发展而以相同的程度向前发展的"③。"把工人阶级的全部自由时间都当作归资本所有的时间来占有"，也即"把这些可以自由支配的时间变为剩余劳动"。资本从本性上力图把社会生产创造的全部剩余价值都吸收到自身中来，如此也就使剩余价值在"自我增值"中只作封闭性的内部循环，并因为拒绝与其自我增值活动以外的人的其他活动分享剩余价值，这自然就与需要分享剩余价值的人的其他活动领域比如"自由的精神生产"形成对立。

　　要特别强调的是，以上引文提到了三种时间，"必要劳动时间"、"剩余劳动时间"、"可以自由支配的时间（即'自由时间'）"——正是这三种时间及三者之间的联系和区别，构成了马克思"时间哲学"的基本框架："必要劳动时间—剩余劳动时间"构成了直接的物质生产的时间结构，而只有游离、流转出直接的物质生产，"剩余劳动时间"才可能实际地转化为"自由时间"，而"可以自由支配的时间是同剩余劳动时间相对立并且是由于这种对立而存在的"，正是由自我增值的资本拒绝把"剩余劳动时间（价值）"游离出物质生产造成的——其重要后果就是"生产过剩"。

---

① 《马克思恩格斯全集》第 46 卷下册，第 221—222 页。
② 《马克思恩格斯全集》第 16 卷，人民出版社 1964 年版，第 348—349 页。
③ 《马克思恩格斯全集》第 48 卷，人民出版社 1982 年版，第 120 页。

　　马克思曾经预测：自我增值的资本所造成的生产过剩的经济危机最终会葬送资本主义——从西方资本主义的实际发展历史来看，19世纪末、20世纪初的经济危机确实差一点儿葬送了资本主义，但资本主义却也艰难地躲过了灭顶之灾，并在其后的一定历史时期内反而获得了速度更快的发展——这可以从多方面加以分析，而我们则可以从紧密联系在一起的时间哲学和活动哲学的角度加以分析："把这些可以自由支配的时间变为剩余劳动"就会使物质生产中的"剩余劳动时间"不断地膨胀，这就使资本主义物质生产患上了饱胀症（生产过剩），不断膨胀的"剩余劳动时间"会撑破资本主义物质生产的肚皮——而当代资本主义通过把"剩余劳动时间（剩余价值）"游离出直接的物质生产而流转向"商业化精神生产"，一定程度上克服了物质生产的饱胀症——最近的一个例证是：2008年蔓延全球的经济危机就首先并不是物质产品生产过程的危机，当然，另一方面，这场危机本身表明，克服了物质生产的饱胀症、物质产品生产过剩的危机后，资本主义又产生了新的危机，而这又进一步表明资本主义并未真正克服自身的内在对抗性——某种程度上可以说只是这种内在对抗性的外在表现形式发生了变化而已。

　　不管怎么说，要充分揭示当代资本主义的内在对抗性，对马克思的某些具体结论必须作出相应的调整：今天看来，马克思"把这些可以自由支配的时间变为剩余劳动"这一表述中的"剩余劳动"其实是指"实体性"的"剩余劳动"——从时间形态来说就是存在于物质生产中的"实体性"的"剩余劳动时间"，而当这种实体性剩余劳动时间游离出物质生产（实体经济）而流转到"商业化精神生产（符号经济）"中就被"符号化"了，可称之为"'符号化'的剩余劳动（时间）"——如此，我们就可以清理出在"剩余价值的流转"中与"直接的物质生产—商业化精神生产—自由的精神生产"这三大生产相互对应的"时间结构"及由此形成的"世界结构"（见下页图）：

生产结构	直接的物质生产	商业化精神生产	自由的精神生产
时间结构	实体性的剩余劳动时间	符号化的剩余劳动时间	自由时间
世界结构	此岸世界（必然王国）	彼岸世界（自由王国）	

我们首先对以上图表作两点简要说明：（1）直接的物质生产时间总和中当然还包括"必要劳动时间"，以上图表只是从"剩余劳动时间（剩余价值）的流转"的角度展开的，故不提及。（2）"商业化精神生产"的时间被称为"剩余劳动"的时间，是因为这种生产劳动依然在资本的自我增值中运转，而没有游离出资本自我增值活动；而"符号化"意味着这种剩余劳动时间已从实体性的直接的物质生产中游离出来了，而这种"符号化"恰恰不意味着"自由化"。

经过以上调整和重构以后，我们就会发现马克思经济哲学对于批判当代资本主义依然具有极强的现实针对性。马克思对黑格尔历史观的另一种继承表现为辩证地看待一切历史事物，或者说充分揭示其"二重性"——对待"资本"这种"剩余价值的流转"的历史方式尤其如此。在以上引文中，马克思对资本的"二重性"的分析是，"资本就违背自己的意志，成了为社会可以自由支配的时间创造条件的工具"，而"资本的不变趋势一方面是创造可以自由支配的时间，另一方面是把这些可以自由支配的时间变为剩余劳动"："为社会可以自由支配的时间创造条件"也就是为人的自由发展创造条件，而"在创造人的自由发展的条件进程中却不断地剥夺了人的自由发展的自由"，可以说体现了资本最基本的"二重性"或对抗性，这种对抗就具体表现为，"把这些可以自由支配的时间变为剩余劳动"，从而剥夺了人自由发展的现实条件即"可以自由支配的时间"——这在 19 世纪资本主义生产中表现为使"可以自由支配的时间（剩余价值）"流转回物质生产，而在当代资本主义生产中则表现为使"可以自由支配的时间（剩余价值）"流转向"商业化精神生产"，也即把"可以自由支配的时间"变为"符号化"的"剩余劳动（时间）"。

剩余价值流转回物质生产而不是从其中游离出来而流转向"自由的精神生产"，于是就造成物质生产与"自由的精神生产"之间的抽象对立；剩余价值游离出物质生产后流转向"商业化精神生产"，物质生产与精神生产之间的对立就不那么明显了，但是，"商业化精神生产"依然处在资本自我增值的运转之中而不是从中游离出来，因而依然处在"此岸"的必然王国，从而与处在"彼岸""自由王国"中的"自由的精神生产"形成抽象对立——从这个意义上来说，"商业化精神生产（符号经济）"只是当代资本主义在传统的物质生产之外另开辟出的一片"必然王国"而已，其不断的高速扩张，变本加厉地更快地不断挤压着"自由王国"及"自由的精神生产"的疆域。

（三）"必要劳动时间—用于消费产品（娱乐等）的自由时间—用于自由活动的自由时间"结构论

以上所讨论的三元时间结构论，主要是从"生产"的角度展开的，马克思还结合"消费"分析了"自由时间的流转"当然也是"剩余价值的流转"的结构。

> 如果所有的人都必须劳动，如果过度劳动者和有闲者之间的对立消灭了——而这一点无论如何只能是资本不再存在，产品不再提供占有别人剩余劳动的权利的结果，——如果把资本创造的生产力的发展也考虑在内，那末，就会在 6 小时内将生产必要的丰富产品，这 6 小时生产的将比现在 12 小时生产的还多，同时所有的人都会有 6 小时"可以自由支配的时间"，也就是有真正的财富，这种时间不被直接生产劳动所吸收，而是用于娱乐和休息，从而为自由活动和发展开辟广阔天地。时间是发展才能等等的广阔天地。大家知道，政治经济学家们自己认为雇佣工人的奴隶劳动是合理的，说这种奴隶劳动为其他人，为社会的另一部分，从而也为［整个］雇佣工人的社会创造余暇，创造自由时间。[①]

"不被直接生产劳动所吸收"，也就是把"自由时间"（当然从价值形态上来说就是"剩余价值"）从直接的物质生产中"游离"出来，那么，游离出直接物质生产的"自由时间"有什么用途呢？马克思还分析指出：

> 自由时间，可以支配的时间，就是财富本身：一部分用于消费产品，一部分用于从事自由活动，这种自由活动不像劳动那样是在必然实现的外在目的的压力下决定的，而这种外在目的的实现是自然的必然性，或者说社会义务——怎么说都行。[②]

"用于娱乐和休息"、"用于消费产品"可以归为一类，而"用于从事自由活动"则是"自由时间"的另一类用途——我们可以用"自由时间"这两种用

---

① 《马克思恩格斯全集》第 26 卷第 3 册，人民出版社 1974 年版，第 280—281 页。
② 同上书，第 282 页。

途的理论来分析当代资本主义:20 世纪以来的当代资本主义社会被称为"消费社会"、"闲暇(休闲)社会"等,给人的一个突出印象是休闲娱乐业的快速发展,我们可以说大量的"自由时间"被用于或流转向娱乐、消费产品的活动了,但却似乎没有被用于或流转向自由发展的"自由活动"。资本主义当代消费社会的重要研究者鲍德里亚强调,"自由时间本身也变得越来越需要直接或间接地被购买以被'消费'"①,马尔库塞更明确指出,"'自由'时间不同于'闲暇'时间。后者在发达工业社会是充裕的,但就其受商业和政治的管理而言,并不是自由的"② ——也就是人的娱乐、消费活动被越来越多地纳入"购买"的"商业管理"体系之中了——这是从"消费"的角度来说的,而从"生产"的角度来说,进而也是在"生产—消费"这种"活动哲学"框架中:大众消费需要而商业管理体系也必须能提供越来越多的文化、娱乐商品,于是,"商业化精神生产"就快速发展起来了。也就是说,通过市场购买这一环节,大量的"自由时间"被用于或流转向娱乐、消费产品的活动,就意味着大量的"自由时间"被用于或流转向"商业化精神生产"了。

马克思说:"所有的人都会有 6 小时'可以自由支配的时间',也就是有真正的财富,这种时间不被直接生产劳动所吸收,而是用于娱乐和休息,从而为自由活动和发展开辟广阔天地。"在当代资本主义消费社会中,大量的自由时间,确实不再被"直接生产劳动所吸收"即从直接的物质生产中"游离"出来而被"用于娱乐"、"用于消费产品"了,但却并未出现"为自由活动和发展开辟广阔天地"的情况和趋势——而这是因为:"用于娱乐"、"用于消费产品"的自由时间,通过市场购买这一环节,不是为"自由活动和发展"而是为"商业化精神生产"开辟出了"广阔天地",而"自由活动和发展"的"天地"及其所需要的"自由时间(剩余价值)"反而相对受到越来越大的挤压——这确是马克思所未曾明确想见的,但是,根据马克思关于"剩余价值的流转"的基本原理,我们是可以对此作出有效阐释的。

(四)"生存资料—享受资料—发展资料"结构论

上面提到"自由时间"有两种用途,也可以说"自由时间"有两种存在

---

① [法]让·鲍德里亚:《消费社会》,南京大学出版社 2001 年中文版,第 170—171 页。

② [美]赫伯特·马尔库塞:《单向度的人——发达工业社会意识形态研究》,重庆出版社 1988 年版,第 42 页注释 1。

形态，与"必要劳动时间"合在一起也就形成一种三元"时间结构"："必要劳动时间—用于消费产品（娱乐等）的自由时间—用于自由活动的自由时间"，与以上三元"时间结构"相关，恩格斯还提出了三元"资料结构"论，即"生存资料—享受资料—发展资料"结构论：

> 把动物社会的生活规律直接搬到人类社会中来是不行的。一有了生产，所谓生存斗争便不再围绕着单纯的生存资料进行，而要围绕着享受资料和发展资料进行。在这里——在社会地生产发展资料的情况下——从动物界来的范畴完全不能应用了。①

马克思也有类似的说法，"只要'生活资料和享受资料'是主要目的，使用价值就起支配作用"②，"对工人本身来说，必要劳动表现在生活必需品上，对资本家来说，剩余产品表现在这样一些产品上，这些产品一部分由生活必需品组成，一部分由奢侈品组成，一部分形成用于扩大再生产的积累基金"③，"生存资料"即生活必需品，满足人的生存需求；"享受资料"即相对于必需品的奢侈品，满足人的享受需要；而"用于扩大再生产的积累基金"则与"发展资料"相关。这种三元"资料结构"与三元"时间结构"的对应关系（如下图示）：

时间结构	必要劳动时间	用于消费产品（娱乐等）的自由时间	用于自由活动的自由时间
资料结构	生存资料（必需品）	享受资料（奢侈品）	个人发展资料

在马克思、恩格斯看来，这三种时间、三种资料之间并不必然存在对立，但在资本主义条件下却形成了对立——我们加入三元"生产结构"与"价值（财富）结构"得出下面这样的图表来对此加以说明：

---

① 《马克思恩格斯全集》第 20 卷，人民出版社 1971 年版，第 652—653 页。
② 《马克思恩格斯全集》第 46 卷下册，第 388 页。
③ 《马克思恩格斯全集》第 49 卷，人民出版社 1982 年版，第 516 页。

生产结构	直接的物质生产	商业化精神生产	自由的精神生产
资料结构	生存资料（必需品）	享受资料（奢侈品）	个人发展资料
价值结构（财富结构）	必要价值（必要财富）	剩余价值（剩余财富）	

　　"享受资料"、"发展资料"乃是"剩余价值"流转出"直接的物质生产"之后的产物，文化精神产品相对于维持生存的必需品来说也是一种"奢侈品"。这其中的关键在于："享受资料"的生产与消费，并不必然需要通过商业化的渠道，比如前资本主义社会中的剥削者，可以直接雇用工匠为自己生产享受资料（奢侈品），或者直接雇用艺术家为自己生产艺术品，而底层大众也可以通过自己进行文艺创作（如民歌、民间故事等等）而自娱自乐——而把包括享受资料、文化产品在内的所有生活资料、所有产品都纳入商业化渠道，恰恰是资本主义社会区别于前资本主义各种社会形态的重要特征所在。

　　这里同样需要对马克思的相关具体观点作出调整：《资本论》第 2 卷在讨论两大部类生产即"生产资料"与"消费资料"的生产时，强调了第 II 部类即"消费资料"生产内部"必要生活资料（必需品）"与"奢侈品"生产之间的平衡——但是，马克思反复强调，"只要假定动机不是发财致富本身，而是享受，资本主义就从根本上被废除了"①，"决不应当忘记，这种剩余价值的生产——剩余价值的一部分再转化为资本，或积累，也是这种剩余价值生产的不可缺少的部分——是资本主义生产的直接目的和决定性动机。因此，决不能把这种生产描写成它本来不是的那个东西，就是说，不能把它描写成以享受或者以替资本家生产享受品为直接目的的生产。如果这样，就完全看不到这种生产在其整个内在本质上表现出来的特有性质"②——"剩余价值"的生产，才是"资本主义生产的直接目的和决定性动机"，如果假定目的和动机是"享受资料"的生产，"资本主义就从根本上被废除了"——从"剩余价值的流转"的角度来说，资本使剩余价值不是流转向"享受资料"的生产（当然更不是流转向"生存资料"的生产），而是主要流转向"发展资料"的生产。而限制剩余价值流转向享受资料（奢侈品）的生产，最终就会打破社会生产第 II 部类内部生存资料生产与享受资料生产之间的平

---

① 《马克思恩格斯全集》第 24 卷，人民出版社 1972 年版，第 137 页。
② 《马克思恩格斯全集》第 25 卷，人民出版社 1974 年版，第 272 页。

衡——结果就是，产品当然又首先是必需品之"生产过剩"，进而造成经济危机。前已指出，20世纪以来的当代资本主义较为成功地克服了产品生产过剩的危机，从三元"资料结构"来看，就在于其较为成功地持续性地保持住了"生存资料（必需品）"与"享受资料（奢侈品）"生产之间的平衡，而不再被周期性地打破——这是从"生产"的角度来说的，而从"消费"的角度进而也是从供需平衡的角度来说：要使"享受资料（奢侈品）"生产保持足够的规模（以与必需品的生产达到平衡），对"享受资料（奢侈品）"就必须有足够的消费需求或者足够多的消费者——在马克思所处的19世纪，工人大众基本上是被排除在"享受资料（奢侈品）"消费之外的，而西方当代资本主义社会则把工人大众中的很大一部分人也纳入到了"享受资料（奢侈品）"消费范围之中，从"自由时间（剩余价值）的流转"的角度来说就是全社会"用于消费产品（娱乐等）的自由时间"大幅度增加了——某种程度可以说这是当代资本主义能够克服传统的产品生产过剩危机的原因的最终落脚点——这也确是马克思所未曾明确想见的。

　　这里还要说明的是，当代"奢侈品"的形式也发生了很大变化：传统的奢侈品的"奢侈性"，相对依赖于产品的材料和质地，比如金银以及其他稀罕物等；而当代奢侈品的"奢侈性"则越来越依赖于产品的"品牌"这种符号性、文化性很强的因素——因此，即使狭义的奢侈品生产也越来越接近于"文化生产"。这里再对所谓"商业化精神生产"这一概念作一附带性的说明：这一概念狭义上是指所谓的"文化产业"，而广义上还包括前面所说的品牌奢侈品的生产，再推而广之还应包括传统的物质产品的生产中通过工业设计等融入了越来越多的符号性、文化性因素等现象——因此，这方面的准确的表述是：当代资本主义社会生产整体过程（生产、营销、广告、流通等等环节）中所融入的文化因素越来越多了——用马克思两大部类理论来表述，即"社会总生产"中文化性享受资料生产的分量越来越大，如此等等，兹不多论。

　　马克思指出，李嘉图所谓的"为生产而生产"恰恰标志着资本主义生产方式之趋于成熟，而所谓"为生产而生产"就是指资本主义以"发展资料"而非"享受资料"的生产为"直接目的和决定性动机"——但是，马克思同时反复强调：资本主义所追逐的"发展资料"，只是为"社会"的生产力的发展，而不是为"个人"的生产力的发展，而且为此目的，"个人"的生产力的自由发展反而受到压制——而这并不仅仅指工人，占有个人自由发展的物质条件的资本家,总体来说也并不把这些物质条件用于他们自己个人的自由发展,如此,社会所创造出的物质财富总体上就很少被用于"每个人的自由发展"或者说很好能被人的自由发展活动所分享——这是资本主义生产"二重性"的又一表现。马克思认为,在资本主义生产体系中,享受资料的生产不能过度发展,而一旦过度发展就会动摇资本主义生产体系本身——而当代资本主义发展的实际情况表明,享受资料生产的过度发展,没有动摇资本主义体系,而似乎反而使资本主义体系更加稳固了:如果说 19 世纪资本主义生产源源不断的发展动力是来自"为生产而生产"的话,那么,当代资本主义生产源源不断的发展动力则似乎来自"为消费而消费"——而这正标志着资本主义由"生产型社会"向"消费型社会"的转型,同时资本主义的主流意识形态也由"生产主义(为生产而生产)"转向"消费主义(为消费而消费)"。因此,马克思在这方面的具体认识确实要针对这种当代社会实际作出相应的调整;而马克思基于对"剩余价值的流转"的分析所形成的一些理论框架,则依然能有效地对当代资本主义作出批判性分析:从三元"时间结构"来看,当代资本主义突出现象是"用于消费产品(娱乐等)的自由时间"越来越多,即使直观地来推导,在这种总体时间结构中,"用于自由活动的自由时间"会随之相应减少;从三元"资料结构"来看,突出现象是"享受资料"生产领域的扩大,同样即使直观地来推导,在这种总体资料结构中,用于个人自由发展的"发展资料"的生产领域会随之相应缩小——而"用于消费产品(娱乐等)的自由时间"的增多、"享受资料"生产领域的扩大,又是通过商业化的渠道即"商业化精神生产"来实现的,因此,这种增加、扩大,最终意味着资本把自己吸收剩余价值(自由时间)的领域转移到"商业化精神生产"了,或者说,"商业化精神生产"成为资本在当代吸收"剩余劳动"的主要的"吸收器"了——结论就是:

在当代资本主义社会中,资本作为"剩余劳动的吸收器"的"自我增值"的本性未变,只是其外在表现形式或"吸收器"的主要形式变了,由"直接的物质生产"变为"商业化精神生产",而在"商业化精神生产"中的资本增值所体现的,依然是剩余价值在"自我增值"中作封闭性的内部循环的资本本性,资本作为"剩余价值的流转"方式依然拒绝让人"自由的精神生产"分享剩余价值,因而与"自由的精神生产"之间的对立依然没有消失,甚至可以说更加尖锐了。

这里要特别强调的是:"用于自由活动的自由时间"、用于个人自由发展的"发展资料"及建立其上的"自由的精神生产"——这些皆是美学之元——这些范畴对于有效地批判当代资本主义至关重要。前已指出,作为当代资本主义消费社会的重要批判者,鲍德里亚批评马克思哲学对"资产阶级思想中审美的和人道主义的毒素",而鲍德里亚本人的社会批判则抛弃了审美的维度——一个具体的表现是他对马克思"自由时间"理论的误读乃至曲解:马克思强调"自由时间"至少有两种不同用途,或"用于消费产品(娱乐等)",或"用于自由活动",而鲍德里亚只讲"用于消费产品(娱乐等)"的自由时间,却不讲"用于自由活动"的自由时间——对这种自由时间及建基其上的"自由的精神生产"的无视,跟鲍德里亚自觉抛弃社会批判的审美维度是正相一致的,而抛弃"审美"之维或美学之元,乃是包括鲍德里亚在内的很多西方后现代文化研究者的社会文化批判的一个相通的重要特点——从"时间结构"来说,他们只是过度地关注了当代资本主义"用于消费产品(娱乐等)的自由时间"增加这一现象,而忽视了这种增加连带性的后果,即"用于自由发展的自由时间"的相应减少——与此相关,从"活动哲学"的角度来说,就表现为他们过度偏执于社会批判的"消费"视角(消费主义范式),而忽视了"生产"视角(生产主义范式)对于批判当代资本主义的重要性。

我们再从"生产"历史发展的角度,来对"自由的精神生产"做一些简单的说明:从逻辑的角度来说,"自由的精神生产"的基本特性只有首先在与"直接的物质生产"的比较中才能显现出来,而后者又是总是处在历史变动之中的。前已指出,黑格尔的历史辩证法或辩证的历史观对马克思多有影响,马克思的社会形态及"生产"方式发展变化三段论,也可见黑格尔辩证法三段论的影响:(1)马克思指出,资本主义之前的劳动尤其手工艺劳动还具有"半艺术"的性质,从这个意义上说,"直接的物质生产"与艺术生产之间的对立还并不那么尖锐;(2)而"资本主义生产就同某些精神生产部门如艺术和诗歌相敌对",表现为资本主义"直接的物质生产"越来越丧失"艺术"的特性;(3)资本主义种种对抗性被扬弃后,包括艺术在内的"自由的精神生产"与"直接的物质生产"之间的抽象对立也会被扬弃,"自由的精神生产"会获得大发展,而"直接的物质生产"本身也会重新获得一定的"艺术"或"半艺术"性质——"直接的物质生产"及其与"自由的精神生产"之间关系的这种历史变化过程,就是一种"否定之否定"的过程。

这里还要附带说明几点:(1)康德以来,西方艺术学理论越来越强调艺术之纯粹性，或者说越来越强调纯粹的"艺术性"——而这恰恰与西方资本主义物质生产越来越丧失"艺术性"几乎是同步的，当代艺术学对此所作的评价过于消极（比如说艺术家越来越逃避社会而躲进象牙塔等论调），而我们认为艺术及其理论的这种发展趋向也具有"二重性"，强化纯粹的艺术性，何尝不是对物质生产越来越弱化艺术性的一种平衡呢？兹不多论。（2）由马克思的相关论述可见，所谓"自由的精神生产"当代不仅包括所谓"纯艺术"，至少还包括手工艺等生产活动，从经验的角度来看，应包括个人会从中获得一定愉悦感的所有的改变物质形式的活动——即马克思所谓的"人和自然之间的物质变换"活动。（3）说在当代资本主义社会中，"商业化精神生产"的疆域日趋扩大、"自由的精神生产"的疆域日趋缩小，也并非把这两种生产截然分开，或者说，并不意味着是强调实际的生产活动中存在着一种纯之又纯、铁板一块的"商业化精神生产"或"自由的精神生产"——与这种描述相关的实际的经验状况是，在当代消费社会中，说大众获得越来越多的艺术享受，其实主要是指大众作为"消费者"所获得的对艺术商品的消费性的享受，而艺术商品的"生产者"总体来说恰恰是少数的，并且是"职业化"的——我们可以推测，如果大众的艺术享受主要是通过自娱自乐的形式获得的，而不借助购买艺术文化商品（或者所谓艺术文化服务），那么，当代"艺术文化产业"就会受到沉重打击——所以，艺术文化的产业化发展，必然会把大众限定在"消费者"这一角色上，而相应的，大众作为艺术文化"生产者"所进行的"业余化"的自娱自乐的艺术文化生产活动必须受到一定压制；另一方面，艺术文化商品的职业化的"生产者"所从事的相对而言也不是"自由的精神生产"——与此针锋相对，我们提出：抵抗或者至少平衡作为资本吸收剩余劳动的新的"吸收器"的"商业化精神生产"的策略之一是，倡导艺术文化生产的"业余化"。

（五）"生存需求—自由消费的需求—自由生产的需求"结构论

　　与三种"资料"对应的是人的三种"需求"："生存需求—享受需求—发展需求"，如果充分结合"生产—消费"这种人的"活动结构"来分析的话，所谓"享受需求"实际是指"自由消费的需求"——而所谓"自由消费"又是相对于维持肉体存在、满足"生存需求"这种"不自由的消费"而言的，而以上所谓的"用于消费产品（娱乐等）的自由时间"，也就可以称为"自由消费的时间"；而个人的"发展需求"就是指"自由生产的需求"，满足这种"需求"意味着个人生产力（创造力）充分自由的发挥。

（六）有关"剩余价值的流转"的总结构图

剩余价值流转结构	必要劳动时间	符号化剩余劳动时间←←——————————←		自由时间←	实体性剩余劳动时间 ——————— 必要劳动时间
活动结构	消费		生产		
	必要消费	自由消费	精神生产		直接的物质生产
			商业化精神生产	自由的精神生产	
时间特性	不自由	自由	?	自由	不自由
资料结构	"使用"生活资料				"创造"生活资料
	生存资料之使用	享受资料之使用	个人发展资料之不自由的使用	个人发展资料之自由的使用	
需求结构	生存需求（必要消费的需求）	享受需求（自由消费的需求）	?	发展需求（自由生产的需求）	创造需求满足的物质基础
需求特性	消费性需求		?	生产性需求	
	物质需求	精神需求			
	自然需求	文化需求			
人的形象	自然主体	文化主体			自然主体
产品结构	物质产品之消费	精神产品之消费	精神产品之生产		物质产品之生产
			不自由	自由	
财富结构	必要财富	剩余财富（剩余价值）			财富之源
世界结构	必然王国此岸世界	自由王国	?	自由王国	必然王国此岸世界

　　综合前面的分析，我们列出以上图表，并在此结构图中为"自由的精神生产"定位：在"剩余价值流转结构"中，它处于从直接的物质生产中游离出来的"自由时间"中——与此相关，它是"剩余财富"的自由使用；在

"活动结构"中，它首先是相对于"消费"而言的"生产"；在"资料结构"，它是个人发展资料的自由使用；在需求结构中，相对于"消费性需求"而言，它所满足的是一种"生产性需求"，相对于生存性的必要的、物质的、自然的需求来说，它所满足的是一种自由的、精神的、文化的需求；从"世界结构"来说，它处于彼岸的"自由王国"，但以从处于此岸的必然王国中的直接的物质生产中游离出来的"剩余财富（剩余价值、自由时间）"为必要的物质基础。

前已指出，我们又是在三元"生产结构"中来为"自由的精神生产"定位的，也就是在与"直接的物质生产"、"商业化精神生产"的联系与区别中来为其定位的："自由的精神生产"与"商业化精神生产"同为"精神生产"的相通之处在于，都是在从"直接的物质生产"中游离出来的"剩余价值（剩余劳动时间、发展资料）"的基础上发展起来的；而两者的不同乃至对立之处在于，"自由的精神生产"是个人发展资料的"自由的"使用，"商业化精神生产"则是对个人发展资料"不自由的"使用，也就是说，区别在于对个人发展资料"使用方式"的不同——也正是这种对个人发展资料使用方式的"不自由"，造成"商业化精神生产"本身的一系列对抗（以上图表中用"？"来标示这种对抗）：相对于始终处于此岸的"必然王国"中的"直接的物质生产"时间的不自由来说，它作为"精神生产"的时间应是自由的，但在为资本增值服务的意义上，它又是不自由的，依然处在此岸的"必然王国"。

再从"需求"的角度来看"商业化精神生产"的对抗性：相对于维持生存的自然性、物质性的需求来说，"商业化精神生产"的产品所满足的是文化性、精神性的需求，但却不是自由性的需求，或者说，不是人的需求的自由的满足——当代西方消费文化研究强调，消费者的"需求"是被厂商、销售商等人为制造出来的因而也是被操控的、不自由的，而我们则从"生产—消费"这种活动结构来揭示消费活动与生产活动是相互制约、相互决定的，正是"商业化精神生产"的不自由，造成对其产物即文化商品之"消费"的不自由，简言之，生产性不自由决定消费性不自由，反之亦然。这其中一个重要的关键词是"自由生产的需求"或"生产性需求"——这是"审美生产主义"的需求哲学的立足点：马克思强调，"一个人'在通常的健康，体力，精神技能技巧的状况下'，也有从事一份正常的劳动和停止安逸的需求，这在斯密看来是完全不能理解的"①　——这是马克思经济哲学与以斯密等为代表的资产阶级古典政治经济学在"需求哲学"上的重要分野，马克思反复强调劳动本身也是人的一种本质性的能动性的需求，我们不妨将这种需求概括为"生产性需求"。马克思还强调，直接的物质生产与自由的精神生产之间的对立并不具有必然性，直接的物质生产同样是人的能动性、创造性本质的一种重要体现——而资本主义生产的重要的历史性特征恰恰在于使这两者之间产生抽象对立，只是这种对立也在历史地变化着，如果说在马克思的时代这种对立主要表现为精神生产与外在于自身的物质生产之间的"外部"对立（因而用"精神—物质"这对范畴可以揭示资本的对抗性）的话，那么，当代资本主义在这方面的对立则相对而言主要表现为精神生产的"内部"对立，即"商业化精神生产"与"自由的精神生产"之间的对立——在这种现实状况下，再用"物质（性）—精神（性）"这对范畴来对当代资本主义的对抗性进行分析和批判，其针对性就不太强了。从"需求"的角度来说，在马克思的时代，工人大众只能满足自身的生存需求，而在当代资本主义社会中，迅猛发展、高速扩张的"商业化精神生产"使工人大众中的很大一部分人的文化性、精神性的需求也获得了满足，相对于维持生存需求的消费的不自由来说，这种满足文化、精神需求的消费就是自由的——但是，不管怎么说，绝对多数人在"工作"中的自由发展自身创造力的"生产性需求"却并未得到更好的满足——相对而言的自由的消费与不自由的生产或者说消费性的自由与生产性的不自由之间的对立，就成为当代资本主义对抗性的重要表现——正是由于这一点，相对于传统的"物质（性）—精神（性）"这对范畴来说，"消费（性）—生产（性）"这对范畴对于揭示当代资本主义的对抗性更具针对性。

　　斯密以后，资产阶级经济学发生了很大的变化，但在"需求哲学"上的基本人性假设一直未变，即无视"生产性需求"也是基本的人性需求之一。比如资产阶级经济学的一个重要的核心结论是市场的重要功能是"资源"的优化配置，个人能动性、创造性的生产力也被视为是一种"资源"，即所谓的"人力资源"，市场确实是配置人力、物力资源的优化方式，但其"优化"的标准是利润最大化，而人力本身能否充分调动起来、自由发挥出来，不在资产阶级市场经济学的考虑之列。从需求的角度来说，当代资本主义的"剩

---

① 《马克思恩格斯全集》第 46 卷下册，第 112 页。

余价值的流转”方式，确实有利于满足人的自由的“消费性需求”，但却依然不利于满足人的自由的“生产性需求”——资本在“剩余价值的流转”方式上的内在对抗性依然没有被扬弃①。

［作者单位：中国社会科学院文学研究所理论室］

---

① 关于“需求”的“生产性”、“消费性”问题的详细分析，参见拙文《“快感”与“生产”的剥离：消费主义的审美后果》，《中国社会科学院文学研究所学刊·2009》，中国社会科学出版社 2010 年版。

"文"与"论":文本位"文章"新概念的一次分化

——著述"文章"向修辞"文章"观念的演变

吴光兴

内容提要 本文通过"文章"一词的用例用法的研究,探讨文本位的著述"文章"新概念在后汉、魏、两晋时期由分类而分化的情形。内涵广泛的著述"文章"新概念建构之后,众多的体裁有一个二分的现象,这两个大的类别,多数时候被概括为"文"与"论"。在"文章"新概念之下,"文"、"论"对立标目,质言其实,是诗赋类、论说类二分"文章"的天下。这一大的分类在形式上,又略具有文集、专书的倾向。两晋时期,图书"四部"系统分类、命名的尝试与流行,标志着"文章"新概念由分类走到了"分化"的境地,促进了著述"文章"向修辞"文章"观念的演化。以论述类、史传类为主要内容的"论"类著述,在文学观念层面,总体上逐渐被排斥到修辞"文章"概念之外。

关键词 "文章"用例 "四部"目录 "论"书 "史"书

"扬雄—班固"观念系统之中的"文章"是个包含史书、论说、辞赋等在内的比较宽泛、也比较完整的文本著述的概念。《论衡》当中曾见有将五经六艺、诸子传书、造论著说、上书奏记、文德之操等"五文"汇总论述的情形(《佚文》篇),其中后三种属汉代当时的文章范围之内,六艺经传、诸子多是古人之文,略有"古"、"今"文章分别之观念,这是一种文章"史"(即今言"文学史")角度的分类。从班固身后的 1、2 世纪之交,至汉末建安时期，随着文章事业的日趋发达，文人群体的日趋活跃，文章种类的日趋繁荣，文本位"文章"概念的分化已经完全有迹象可循。新兴的著述"文章"概念在总体上被分成"文"与"论"两部分，这两部分的发展在一定程度上，相辅相成、相得益彰，绵历公元2、3世纪大约二百年的汉末、魏、西晋时期。

"文章"新概念的"文"、"论"分类最终走到了分化的结局，导致著述"文章"概念的分解。以图书目录学上"四部"分类法为例，原"文章"新概念之下的"论"类部分的主体，论说类、史传类的著作形式从"文章"系统独立出去，多以专书的形式，组成四部目录系统的"子部"、"史部"而另立门户，"子学"、"史学"开始与文章"文学"分庭抗礼。剩余在"文章"概念之下的原"文"类部分以及"论"类部分的残余的部分，相应地就要以一种新的方式进行理论观念方面的组合。"文笔说"的"文章"新概念接过了文学观念史的接力棒。

观察"文章"新概念一次分化的整个过程，东晋百年大致充当的是"犬牙交错"的边际区域，既是"文论"时代的末期，又是"文笔"时代的初期。一方面，文论分化的大局，进入东晋已定；另一方面，文笔区分的观念，东晋是建构的阶段。若以不能兼得为原则，则东晋属于文笔的时代。

关于文章分类为文、论两部分，曾经有论者注意及此，但是，只以为是一种分类的尝试①。没有将之提到文章文学观念史的高度审视，自然，不可能揭示其所具有的深刻的历史意涵。

一　"文章"之分为文、论二大类

（一）　文、论之平分"文章"

"文章"的天下，曾经由"文"与"论"二者来平分，对于这一客观史实的了解出于偶然。笔者最初读《三国志》卷六《刘表传》裴注引西晋挚虞《文章志》曰："（周不疑）著文论四首。"周不疑为刘表别驾刘先之甥，据说聪明才智可与曹操爱子曹冲相比。中华书局点校本以书名号括"文论"二字

---

①　逯钦立曰："这种用两个字著录制作的标目，我们称之为'两类式'的著录法。'两类式'的著录，是《后汉书》所没有的。所以我们断言这种新分类的'两类式'，始于魏、晋，而不起于东汉。""质言之，文翰、文赋、文论、文笔，都是应用两个可以兼赅众制的字，造成我们所谓'两类式'的著录名目。"《汉魏六朝文学论集》，陕西人民出版社1984年版，第346—347页。

上，作"著《文论》四首"，似乎不疑有作品篇名《文论》者四首。笔者疑
惑之下，细绎之，觉得所谓"文论四首"应指其作品有"文"有"论"，共
计四首而言。一旦作此理解，周不疑生活的汉末建安时期①以及其后的曹魏
时期的其他有关文人著述体裁的名称概念的相关用例，在分类问题上似乎一
下子豁然开朗起来，直接用文、论二字分类合成"文论"概念名称的其他用
例，比如：

> 帝（高贵乡公）常与中护军司马望等讲宴于东堂，并属文论。（《三
> 国志·魏书·三少帝纪》注引傅畅《晋诸公赞》）
> （嵇康）善属文论。（《三国志·王粲传》注引嵇喜《嵇康传》）
> （嵇）康所著诸文论六七万言，皆为世所玩咏。（《三国志·王粲传》
> 注引《魏氏春秋》）

如果并不泥定"文"与"论"二个标目的名称一定要联袂出现，其他可循此
二大类方式作分类的例子，又有：

> 撰录（陈思王曹）植前后所著赋、颂、诗、铭、杂论，凡百余篇，
> 副藏内外。（《三国志·魏书·陈思王传》录景初中诏书）
> （王粲）著诗赋论议垂六十篇。（《三国志·王粲传》）
> （何晏）作《道德论》及诸文赋，著述凡数十篇。（《三国志》卷九
> 《曹爽传》）

这些例子中，"赋、颂、诗、铭"与"杂论"、"诗赋"与"论议"、"文赋"与
"著述"都可以分为前后二截，其实就是二类。三例中的前截都包括"赋"，后
截除何晏的例子用"著述"外，曹植、王粲的例子都用到"论"字。

在论述中表示"文章"一分为二的例子，又如，《三国志》卷二一《刘
劭传》记载散骑侍郎夏侯惠荐表曰："伏见常侍刘劭，深忠笃思，体周于数，
凡所错综，源流弘远，是以群才大小，咸取所同而斟酌焉。……文章之士爱
其著论属辞……"论述中将"文章"一剖为二："著论"与"属辞"。是以

---

① 据《三国志·刘表传》裴注引《零陵先贤传》，曹操遣刺客杀周不疑，则他之去世在建安
时。

论、辞为"文章"二类。西晋著名诗人左思《咏史》曰:"弱冠弄柔翰,卓荦观群书。著论准《过秦》,作赋拟《子虚》。"(《文选》卷二一)也证明论、赋可以概括文章。而以"准《过秦》"为"著论"之理想境界,又证明文、论分类的时代,"论"不仅限于专书之作,因为贾谊《过秦论》就是单篇之论。

总之,说"文章"分为"文"、"论"二类,以"文"、"论"作为类目的名称,只是取其比较常用而已。以前述诸例看,"文"的部分有时称为辞、赋,"论"也有称为"著述"的,并非绝对。关键的是承认有这么一种二分法。至于文、论名称形成的方式,"文"好像是个单纯的类名称,诗、赋等等组成了"文"类,"文"就是诗、赋等组成的一个类别的大名;而"论"本身经常充当一种体裁的名称,同时又充当高于一个体裁的类别的大名,如同兼职,作为类别名称的"论"的语义,如果在平面上看,是"'论'体等等"的意思。

(二)"诗赋"集与"论"书

"文章"之分为诗赋类、论说类两大类,下面续以曹丕、曹植、徐干等人的具体例子,作更进一步的说明。《三国志·魏书·文帝纪》注引胡冲《吴历》曰:"帝(按:魏文帝曹丕)以素书所著《典论》及诗赋饷孙权,又以纸写一通与张昭。"(按:曹丕以他的作品《典论》与诗赋,用丝帛写一份赠孙权、复用纸写一份赠孙权的大臣张昭。)《典论》与诗赋显然属于两个部分。无名氏作《中论·序》,称徐干性不喜随俗,见当世"辞人美丽之文并时而作",因此"废诗赋颂铭赞之文,著《中论》之书二十二篇"。可见《中论》与"诗赋颂铭赞"之类"美丽"无用之文,应当区而别之,显然不是同类。徐干是建安邺下时期受曹氏父子礼遇的著名文士,他之作成《中论》,曹丕极为羡慕,一再感叹徐干从此可以不朽了。一则曰:"(孔)融等已逝,唯(徐)干著论,成一家言。"(《典论·论文》,《文选》卷五二)再则曰:"伟长(徐干字)独怀文抱质,恬淡寡欲,有箕山之志,可谓彬彬君子者矣。著《中论》二十余篇,成一家之言。辞意典雅,足传于后,此子为不朽矣。"(《与吴质书》,《文选》卷四二)所以,某种意义上,徐干写成《中论》,就是激励曹丕撰《典论》的一个因素。重视"论"著的创作,这是一个时代文人士大夫的共同趣味与风尚,曹丕的胞弟曹植是代表建安文学,甚至中古文学最高成就的诗赋作者,他心目中最高的著述理想也是要写一部藏之名山、传之后代的"子书"。曹植《与杨德祖书》:"辞赋小道,固未足以揄扬大义,彰示来世也。……昔扬子云先朝执戟之臣耳,犹称壮夫不为也;吾虽德薄,位为蕃侯,犹庶几戮力上国,流惠下民,建永世之业,流金石之功,岂徒以翰墨为勋绩,辞赋为君子哉?"在这段话中,曹植自称,作为魏国的诸侯,他的理想是为国家建功立业,决不满足于靠辞赋出名。接着说:"若吾志未果,吾道不行,则将采庶官之实录,辩时俗之得失,定仁义之衷,成一家之言。虽未能藏之于名山,将以传之于同好。"① 这段话是说,如果立德、立功的理想不能实现,那就著书立说,"成一家之言",即使不能藏之名山,也要流传于将来。显然,曹植心目中流传将来、使他不朽的著作,必然也是一部《中论》、《典论》式的"论"著。又据前揭曹丕《与吴质书》透露,"德琏(应场字)常斐然有述作之意,其才学足以著书,美志不遂,良可痛惜!"则邺下另一著名文人应场本来也有计划要写一部"论"书的。而应场遗文中的《文质论》,应是他未成的"论"书当中的一篇。

从上述诸例的具体事证看,与诗赋类文章多为散篇有所不同,"论"类文章若能达致最后的圆满,似乎在形式上以结集为专书、书名又多冠以"论"字为主要标志,如《中论》、《典论》是。如果以散篇的形式、收录于文集之中,大概就是上文揭引的一些用例当中的"杂论"之流了。就"论"类、诗赋类二者的关系而言,区别大于联系,各有一片天地,它们共同顶着"文章"的天空,所组成的共同体有点像现代政治实体中的"联邦",甚至"邦联"。另外,在建安文人的"文章"观念之中,从价值道义层面着眼,"论"类要比诗赋类位置更高一些,直接对接古代士大夫的"立言"传统,更为作者的理性所重视。

(三) 晋代作者之"两栖"理想

诗赋的作者若志存高远,都心系一部子书,这一"文章"文学理想的惯例,似乎一直延续至西晋、东晋初。下面举陆机、陆云、葛洪的例子。《抱朴子外篇》佚文:"陆平原作子书未成,吾门生有在陆君军中,常在左右,说陆君临亡曰:'穷通,时也。遭遇,命也。古人贵立言,以为不朽,吾所作子书未成,以此为恨耳。'余谓仲长统作《昌言》,未竟而亡,后缪袭撰次之。桓谭《新论》,未备而终,班固为其成。琴道今才士,何必不赞成陆公

---

① 《曹集铨评》卷八。

子书?"① 西晋诗赋文学最高成就的代表陆机，临终时，为其所作子书未成而遗恨。

葛洪又引友人嵇含的话，称陆云所撰《陆子》："诚为快书。其辞之富者，虽覃思不可损也；其理之约者，虽鸿笔不可益也。观此二人（按：指二陆），岂徒儒雅之士、文章之人也。"② 陆云所作子书名"陆子"者，《隋书·经籍志》："梁有《陆子》十卷，陆云撰。"两《唐志》亦均著录。

葛洪并作诗赋杂文与子书之事迹，他自己记录在《抱朴子外篇·自叙》篇中：

> 洪年十五六时，所作诗赋杂文，当时自谓可行于代。……洪年二十余，乃计作细碎小文，妨弃功日。未若立一家之言，乃草创子书。……至建武中，乃定凡著内篇二十卷，外篇五十卷。碑颂诗赋百卷，军书檄移章表笺记三十卷。

葛洪志在"立言"，所以，他本人对子书之创作情有独钟，甚至以之与儒家经典相辅助。《抱朴子·尚博》曰："抱朴子曰：正经为道义之渊海，子书为增深之川流。仰而比之，则景星之佐三辰也；俯而方之，则林薄之裨嵩岳也。虽津途殊辟，而进德同归；虽离于举趾，而合于兴化。故通人总原本以括流末，操纲领而得一致焉。"但是，从他的论述中又可见，子书之创作，似乎在当时某些人看来，是不如创作诗赋之有兴趣的，《尚博》篇又曰："或贵爱诗乘浅近之细文，忽薄深美富博之子书。以磋切之至言为驳拙，以虚华之小辩为妍巧。真伪颠倒，玉石混淆。同广乐于桑间，钧龙章于卉服。悠悠皆然，可叹可慨者也。"

总而言之，在葛洪的时代，文、论分类与对垒的局势，似乎已经难称旗鼓相当。所以，就种下了分化的种子。在内外因素的影响之下，子书之离开"文章"之域，前途已经不远矣。

二　《典论·论文》文章"四科"二类八目说

下面的论述，提出《典论·论文》所论文章体裁"四科"，实际上隐含

---

① 《太平御览》卷六〇二，《全晋文》卷一一七。
② 《意林》，《北堂书钞》卷一〇〇，《太平御览》卷六〇二，《全晋文》卷一一七。

文章分类的三个层级，这就是本文所谓"二类四科八目"说。

曹丕的论文名著《典论·论文》对文章分类问题有专门论述，文中称为"四科"："夫文，本同而末异。盖奏议宜雅，书论宜理，铭诔尚实，诗赋欲丽。此四科不同，故能之者偏也，唯通才能备其体。"前节所述此二类与曹丕所谓"四科"之间有什么关系呢？

《典论·论文》所谓文章"四科"可以轻易归结为二类，即"奏议书论"与"铭诔诗赋"两大类，其原文列举时的次序都无须变革，或许《典论·论文》之原次，本就隐含着前二科、后二科各自类似的意思。四科所成之两类，正可以笼统地概括于"论"、"文"两大名之下。当然，曹丕此处所论文章"四科"可能也是有一定历史条件的，王充《论衡》曾将过往之著作、今人之著作略作区分，这是很有见地的。试仍以《典论·论文》所论述的对象而言，最受尊敬的"文章"典范必然是周文王之作《周易》与周公之作《周礼》。试问，若以"四科"绳之，《周易》、《周礼》当归何科呢？所以，这里需要明确，《典论·论文》所谓四科，主要是就汉魏之际的有生命力的活着的文章体裁而言的，是一个不会超过当时的"近现代"的概念。

在"文章"分为文、论两大类的层级之下的，就是《典论·论文》本文所述的"四科"。这里不烦词费，需要指出，四科的名称"奏议"、"书论"、"铭诔"、"诗赋"，都是当时流行的熟语成词，曹丕的论述某种意义上仅是将它们综合在一起作了一个论述而已。但是，组成四科的名目的八个字，又是各自具有独立词义的文章体裁的名称，这一点，论者已有一定关注①，这对于更清晰地了解汉魏之际的"文章"观念，是具有意义的。

(一)　四科之一"奏议"

通观《后汉书》、《三国志》，"奏议"一词的用例俯拾皆是。《三国志·王粲传》裴注引《典略》曰："（王）粲才既高，辩论应机。钟繇、王朗等虽各为魏卿相，至于朝廷奏议，皆阁笔不能措手。"可知所谓"奏议"其实就是群臣上书议事的文章体裁。《三国志》卷二二《陈群传》裴注引《魏书》曰："（陈）群前后数密陈得失，每上封事，辄削其草，时人及其子弟莫能知

---

① 孙望《选学述略》："《典论·论文》……分为四科，也可以理解为八小类……就其性质相近而归并起来，则有四种耳。"《孙望选集》，南京师范大学出版社 2002 年版，第 34 页。王运熙、杨明《中国文学批评通史（魏晋南北朝卷）》："曹丕《典论·论文》将八种文体分为四科，指出其应具的风格。"上海古籍出版社 1996 年版，第 101 页。

也。论者或讥群居位拱默，正始中诏撰群臣上书，以为'名臣奏议'，朝士乃见群谏事，皆叹息焉。"撰集群臣上书，书名曰"群臣奏议"，更足证"奏议"之体裁，单独言之，即指上书。文人也有特别擅长撰"奏议"者，《三国志》卷九《夏侯渊》裴注引《文章叙录》曰："（夏侯）惠字稚权，幼以才学见称，善属奏议。"东汉的太尉府诸曹有"奏曹"之设，"主奏议事"①，专管上书议事。

刘师培《论文杂记》以《汉志》所录为例，列举古来奏议作品存于《五经》与《诸子》者，曰："奏议之体，《汉志》附列于六经。"自注："如《尚书》类列议奏四十二篇，《礼类》列议奏三十八篇，《春秋》类列议奏三十九篇、奏事二十篇，《论语》类列议奏二十篇；而河间献王对上下三雍官列于儒家，博士贤臣对列于杂家，此又奏议类之附列诸子中者也。"② 余嘉锡《古书通例》于《韩非子·存韩》篇、《贾山》八篇、贾谊《新书》等一一指陈臣下上书言事之例，以证诸子中名篇，多有与后世文体"上书"、"疏"（按：实即奏议之类）等相合者③。总之，性质上类似于奏议的作品，应是自古就有的。然而，以《汉志》所著录的为例，它们为何散落在许多部类，而不是聚集在一起呢？这是因为当时还处在著述"文章"的"前史"的阶段，文本"文章"的观念尚未建构与流行，遑论作为"文集"之类编、作为"文章"四科之一之奏议作品之集中辑录？

刘勰《文心雕龙·章表》等篇对于"奏议"名与实之源流，论述最为系统。传说的尧、舜时代，尧咨四岳、舜命八元，君主与大臣咨商国事，则大臣必然要陈辞帝庭的，这就是臣下言事的原型，尽管最初主要是口头陈辞、未必有文字草稿。"降及七国，未变古式，言事于王，皆称上书。秦初定制，改书曰奏。汉定礼仪，则有四品：一曰章，二曰奏，三曰表，四曰议。章以谢恩，奏以按劾，表以陈请，议以执异。"（《章表》篇）据此，所谓"奏议"，古来皆称"上书"，秦朝改名为"奏"，汉代礼仪，始分"奏"为章、奏、表、议四品。汉魏时期流行的"奏议"的名称，实质上是章、奏、表、启四品公文的省称，是合二名以称四实。

《奏启》篇曰："昔唐虞之臣，敷奏以言；秦汉之辅，上书称奏。陈政

---

① 《后汉书》，中华书局 1959 年版，第 3559 页。

② 刘师培：《中国中古文学史·论文杂记》，人民文学出版社 1959 年版，第 114 页。

③ 余嘉锡：《古书通例》，上海古籍出版社 1985 年版，第 55—59 页。

事，献典仪，上急变，劾愆谬，总谓之奏。奏者，进也。言敷于下，情进于上也。"对于文章体裁之"奏"，这里的解说比之汉仪当中"奏以按劾"的规定，要更为全面，事实上，笔凝风霜的弹劾文，只是"奏"体作品的一个组成部分而已。"自汉以来，奏事或称上疏"，臣下进言政事的范围，要广泛得多。"奏"体作品，如贾谊《上疏陈政事》①等，历代名作迭起。

《议对》篇曰："周爰咨谋，是谓为议。议之言宜，审事宜也。""议"之一体，则讨论国是之文也。汉代每有要事，常召集群臣会议。总之，《典论·论文》文章四科之一"奏议"，字面上起码是包含"奏"与"议"二种体裁在内的，进言称奏、议事称议，而它所代表的应该是章、表、奏、议等更多的臣下上书论事的体裁。作为这一概念的外延部分，那些不是出于臣下的、同样行于王廷之上的其他所谓公家之文（公文）如诏、策、教、令等，从体裁归类的角度看，可能也得纳入这一类别的范围。

至于"奏议宜雅"，"雅"的标准，作为有史以来朝廷公文即"王言"的传统观念，《汉书·艺文志》六艺略《尚书》部小序曰："号令于众，其言不立具，则听受施行者弗晓。古文读应尔雅，故解古今语而可知也。"②东汉人上书亦论曰："古者帝王有所号令，言必弘雅，辞必温丽，垂于后世，列于典经。"（《后汉书》卷四五《周荣传》）可见这是一脉相承的。

（二）四科之二"书论"

"书论"的名称同样流行于后汉魏晋时期，王充《论衡·对作》就有"汉家极笔墨之林，书论之造，汉家尤多"的话。作者分别有"书"、"论"体裁作品的记录者，见于《后汉书》者颇多。比如《后汉书·文苑·王逸传》："著《楚辞章句》行于世。其赋、诔、书、论及杂文凡二十一篇。又作《汉诗》百二十三篇。"又如《文苑·赵壹传》："著赋、颂、箴、诔、书、论及杂文十六篇。"魏桓范《世要论·序作》篇特为论述"书论"之作：

　　　夫著作书论者，乃欲阐弘大道，述明圣教，推演事义，尽极情类，记是贬非，以为法式。当时可行，后世可修。且古者富贵而名贱废灭，不可

---

①　当时或许并无篇名，此处题目据《汉书·贾谊传》拟。

②　笔者已于拙文《著述之风与两汉时期文本位"文章"新概念的建构》"西汉'文章尔雅'"节详述之。可参看。

胜记，唯篇论倜傥之人，为不朽耳。夫奋名于百代之前，而流誉于千载之后，以其览之者有益，闻之者有觉故也。岂徒转相放效，名作书论，浮辞谈说，而无损益哉？而世俗之人，不解作体，而务泛溢之言，不存有益之义，非也。故作者不尚其辞丽，而贵其存道也；不好其巧慧，而恶其伤义也。故夫小辩破道，狂简之徒，斐然成文，皆圣人之所疾矣。①

由桓范的论述可知，作为单一的名称，"书论"主要指论说类文章体裁。

准之"奏议"、"铭诔"、"诗赋"等三科之例，组成"书论"科目名称的二字"书""论"理应分别又代表一种体裁。"论"的名义明确，而"书"为何种体裁之名，则不容易遽断。《文心雕龙·书记》曰："盖圣贤言辞，总为之书，书之为体，主言者也。""书"的名称，所指非常广泛，黄侃曰："案：箸之竹帛谓之书，故《说文》曰'箸也'（聿部）；传其言语谓之书，故《说文》曰'如也'（序）。是则古代之文，一皆称之曰书。……据此诸文，知古代凡箸简策者，皆书之类。"②"书"名虽古义范围广大，然而，自魏晋以下，几乎成为书记、尺牍之专名。笔者疑以书记之"书"与论说之"论"配合为"书论"一科，略有未安。以布局非常有序的《文心雕龙》的篇次为例，有关文章体裁诸篇当中，《史传》、《诸子》、《论说》三篇连续论述，而《书记》篇殿于最末，相隔遥远，也可旁证"书论"名称当中之"书"若分析而言，不当指书记、尺牍。以《典论·论文》所谓"书论宜理"之规范的论述为例，"理"的屋檐之下，似以共覆"论说"、"叙事"二体裁为安。别详下述两个专节的论述。

"书论"究竟是怎样的"文章"一科，虽大体以"论"书为主，其中似是而非之疑惑，以其涉及的方面较多，均见下面两个专节之讨论。此不赘述。

至于"奏议"、"书论"二科目又可以归之同一类，可取余嘉锡的论述为证。曰：

　　余谓周、秦诸子，皆有以自名其学，而思以其道易天下，故无不窥世主之好恶，度时君之所能行以为之说，其达而在上，则其条教书疏，

---

① 《群书治要》，《全三国文》卷三七。
② 《文心雕龙札记》，华东师范大学出版社 1996 年版，第 105 页。

即其所著书。其穷而在下，则与其门弟子相与讲求之，或著之简策，或传之口耳，从游者受而记焉。《庄子·天下》篇之论宋钘、尹文曰："上说下教，强聒而不舍也。"夫上说者，论政之语也，其体为书疏之类。下教者，论学之语也，其体为论说之类。凡古人自著之文，不外此二者。其他纪载言行，解说义理者，则后学之所附益也。①

（按：余氏所谓"书疏"，于"四科"实是"奏议"）所谓"论说"，与"书论"最接近。他所论述的是周秦诸子著作的两个种类，二者当然是联系为一体的。这一论述借用过来，可以说明《典论》"四科"之奏议、书论归为一类比较自然。加上一些外围的体裁，就组成"论"类文章共同体。余氏所论本来就是诸子学，所以，从其历史渊源的角度看，未尝不可以说，"文章"概念之下之"奏议"、"书论"，就其体裁的类型、性质而言，与百家争鸣、处士横议时代之"诸子"的作品比较接近。

（三）四科之三"铭诔"

"铭诔"的名称，也流行于汉魏时期。《后汉书》卷五六《种暠传》："昔先贤既没，有加赠之典，周礼盛德，有铭诔之文。"引述的是《周礼》。按之《周礼》，铭、诔分别与生前表彰、死后哀悼相关，均应依据礼乐制度，归王官所掌。李贤注引《周礼·司勋》曰："凡有功者，铭书于王之太常。"又曰："卿大夫之丧，赐谥（读）诔。"（按：《周礼·春官·小史》）《释名·释典艺》："铭，名也。述其功美，使可称名也。"毕沅注引《礼记·祭统》："铭之义，称美不称恶。"《释名》又曰："诔，累也。累列其事而称之也。"苏舆注引《文心雕龙》："累其功德，旌之不朽也。"② 总之，铭、诔二体本义是称颂恭维德行之美。

《三国志》卷五三《张纮传》："纮著诗赋铭诔十余篇。"《三国志》卷五五《凌统传》："使张承为作铭诔。""铭诔"之作，当时颇为普遍，针对其流弊，桓范《世要论》辟专篇《铭诔》作批评：

夫谕世富贵，乘时要世，爵以赂至，官以贿成。视常侍黄门宾客假

---

① 《古书通例》，第66页。

② 《释名疏证补》，上海古籍出版社1984年影印本，第318页。

其势,以致公卿牧守。所在宰莅,无清惠之政,而有饕餮之害。为臣无忠诚之行,而有奸欺之罪。背正向邪,附下罔下。此乃绳墨之所加,流放之所弃。而门生故吏,合集财货,刊石纪功,称述勋德,高遐伊、周,下陵管、晏,远追豹、产,近逾黄邵。势重者称美,财富者文丽。后人相踵,称以为义,外若赞善,内为己发,上下相效,竞以为荣,其流之弊,乃至于此,欺曜当时,疑误后世。罪莫大焉!且夫赏生以爵禄,荣死以诔谥,是人主权柄。而汉世不禁。使私称与王命争流,臣子与君上俱用。善恶无章,得失无效,岂不误哉!①

本来铭、诔都掌于王官公家,因为汉朝官方没有禁绝民间私谥,一旦公私互用,这种以称美为本义的体裁,所引发的弊病遂泛滥成灾。蔡邕算得上汉魏晋时期铭诔之作的第一号大手笔,《续汉书》记载:"(郭泰卒,)蔡伯喈为作碑,曰:吾为人作铭,未尝不有惭容,唯为郭有道碑颂无愧耳。"②可见一般而言,当时"刊石纪功,称述勋德"之铭诔碑颂之文,已经完全沦落为财贿可买的虚文。职是之故,我们更容易理解《典论·论文》"铭诔尚实"品目当中的"实"字的含义。

前揭蔡邕的例子中已经将碑、铭、颂混为一谈,《世要论》又有《赞象》篇,是证当时"赞象"之作亦流行于时。桓氏曰:"夫赞象之所作,所以昭述勋德,思咏政惠,此盖诗颂之末流矣。"其实赞、颂、碑、铭、诔等体裁在流行过程当中,互有出入,构成一个小的文章共同体,大致可以称为是"诗赋"为中心的边缘体裁。

(四)四科之四"诗赋"

"诗赋"列在四科之四,但是,通观《典论·论文》全文,又可见与辞赋相关的论述,占有的是该文最大的篇幅,甚至还列举了王粲、徐干许多作品的题目。作为《七略》、《汉书·艺文志》对《诗赋略》记录的主体,《诗赋略》等于是建立了一套以辞赋为中心的论述体系,比之四科中的其他三科,"诗赋"的解释,因此也是最不烦辞费的。"诗赋"一科以《诗经》为渊源,以辞赋为主体与大宗,亦包括歌诗在内。《典论·论文》论述"诗赋"

---

① 《群书治要》,《全三国文》卷三七。
② 《世说新语·德行》"郭林宗至汝南"条注引。

作品最多，却无一字提及新兴的五言诗，"五言腾踊"的热潮，在比较正经的论述中居然还没有什么地位，足可以提醒我们，"诗赋"首先是一科、其次才包括二目，在当时人的观念意识里，五言诗、辞赋尚不享有对等的地位。四科中的其他三科的六目，程度不同地存在着类似的"偏正"、"主从"结构。

关于"诗赋欲丽"之规范，亦不烦辞费。以扬雄广为引用的"诗人之赋丽以则，辞人之赋丽以淫"而言，就是以"丽"字代表诗赋的最大公约数的。

而论到"铭诔"、"诗赋"二科之归为同类，晚于曹丕约百年的葛洪《抱朴子·自叙》篇记录他编定自己的文章作品，"碑颂诗赋百卷"，与"军书檄移章表笺记三十卷"分别将碑、颂、诗、赋合在一起编集，碑与铭诔同类，自然可以代表同类作品。足证魏晋时期的编集惯例，是以铭诔、诗赋为同类的。论其原因，此类作品形式上多为韵文，多本于礼乐制度之根源，多崇尚修饰文美。这与"四科"当中的另二科"奏议"、"书论"较然有别。《典论·论文》"铭诔尚实"、"诗赋欲丽"二者连文，本有互文见义之意。

综上所述，《典论·论文》所谓文章"四科"，表面上看，将文章的体裁分为四个科目：奏议、书论、铭诔、诗赋。这是一个显性的论述。细绎之，组成四科的八个字，本身又代表八种体裁的细目：奏、议、书、论、铭、诔、诗、赋。而如果向上提一个层次，"四科"又可以归为文、论二大类。《典论·论文》的文章四科分类法，宣示的是一个具有周延性的系统的文章分类的模式。

三　"论"书与"子书"——汉魏晋"书论—子书—近世子家"名称的来龙去脉

(一)"论"书的兴起与流行

这里探讨的主要是前揭"八目"之一的"论"，鉴于"论"书(当其辑为专书时)经常又包括"文论"分类系统之下的"论"类的诸体裁，所以，有时又不免范围比之狭义的"论"大一些。

讨论汉魏晋时期的"论"类书的历史，我们如果先入为主地按照《四库全书总目》的分类，或者哪怕按照《隋书·经籍志》的分类去理解，称为"汉魏诸子"云云，不一定能得其真相。因为这批产生于汉魏时期的、最初

　　绝大多数都于书名冠以"某某论"的著作,作者并不自觉也不认同其为"诸子"。当时,是称为"文章"大名之下的"书论",亦单称曰"论"。因其中多数都结集为独立的专书,我们讨论时,称为"'论'书"也可以。

　　汉代大儒董仲舒著书,不愿意厕诸子之列,《论衡·案书》篇曰:"董仲舒著书,不称'子'者,意殆自谓过诸子也。"汉代"论"书之蔚兴,是在西汉末至两汉之交的时期。自西汉中叶汉武帝时代独尊儒术之后,士大夫文人多数耻言诸子,因为诸子与孔子立异。《汉书·艺文志·序》曰:"战国纵横,真伪分争,诸子之言纷然殽乱。"这种论述就代表了当时人的基本的观点。

　　《盐铁论》尽管是以"论"为名的较早的著作,但是,不能作为"某某论"类型书的渊源。《盐铁论》一书,记录整理群臣与贤良文学讨论国家盐铁政策,若准之汉魏之际《典论·论文》四科的分目,应是"奏议"一科。而"论"书,在"书论"的科目之下。所以,其名则同,性质有区别。

　　对于"书论"著作得名之原由,王充《论衡·对作》、刘勰《文心雕龙·论说》提供了两个可资互相补充的线索。《论衡·对作》篇曰:"汉家极笔墨之林,书论之造,汉家尤多。"王充生当东汉前期,此处有关汉代"书论"著作盛极一时的论述,指的是两汉之交及东汉初的情形。而他之所谓"书论","论"是其中的关键词,对于"论"书创作之历史定位,《论衡·对作》篇又有与所谓"作"、"述"之比较,曰:"论者,述之次也。五经之兴,可谓作矣。太史公《书》、刘子政《序》、班叔皮《传》,可谓述矣。桓山君《新论》,邹伯奇《检论》,可谓论矣。今观《论衡》、《政务》(引按:王充所撰另一部书),桓、邹之二论也,非所谓作也。"总之,这是"论"书之体形成早期,王充的某种自谦与历史定位,这证明"论"书之兴,大致继《史记》、刘向所撰书以及《汉书》等(按:班彪《传》是《汉书》前身)而起,当时认为,是一种新兴的文儒著作方式。泛泛地将"论"书与先秦"诸子"相提并论,忽视了这一著作体裁在两汉之际兴起之时的创新因素。

　　"论"书之权舆与典范,允推桓谭《新论》一书。王充甚至以《新论》比方孔子的《春秋》,评价超过司马迁、扬雄。《论衡·案书》曰:"质定世事,论说世疑,桓君山莫上也。"《定贤》篇曰:"世间为文者众矣,是非不分,然否不定,桓君山论之,可谓得实矣。……孔子不王,素王之业,在于《春秋》。然则桓君山不相,素丞相之迹,存于《新论》者也。"《超奇》篇:"(桓谭)作新论,论世间事,辩照然否,虚妄之言,伪饰之辞,莫不证定。

彼子长、子云论说之徒，君山为甲。"

　　而众所周知，桓谭是效法扬雄的，"扬子云丽文高论"，所谓"高论"之"论"，非《法言》而何？所以，汉代"论"书之原型又不能不推《法言》。《法言》书名上没有冠以"论"字，但是，扬雄《自序》与班固《汉书·扬雄传赞》都说明，《法言》系拟《论语》而成。"法言"也者，顾名思义，法度之言，正大光明之言论也。借用宋代江西诗派的话头，未尝不可以说"论"书之作，乃祖《论语》而宗《法言》。这样的一种脉络，当然没有必要与"诸子"相牵合了。

　　《新论》是未完之书，或曰也是班固所续成[①]。以王充对桓谭的崇敬为例来看，《新论》在班固续成之前，必然已经在当时流传并产生巨大影响。东汉魏晋时期，"论"书之创作蔚然成风，络绎不绝于史，极其壮观。仅以《隋书·经籍志·子部》著录者为例，桓谭《新论》以下，有王符《潜夫论》、王逸《正部论》、周生烈《要论》、魏文帝曹丕《典论》、徐干《中论》、王肃《正论》、王粲《去伐论》、杜恕《体论》、袁准《正论》、王婴《古今通论》、夏侯湛《新论》、杨泉《物理论》、华谭《新论》、梅陶《新论》、蔡韶《闵论》、何晏《道德论》、梁旷《南华论》、任嘏《道论》、嵇康《养生论》、阮侃《摄生论》、失名《无宗论》、失名《圣人无情论》、顾欢《夷夏论》、崔寔《正论》、刘邵《法论》、刘廙《政论》、阮武《正论》、桓范《世要论》、失名《刑声论》、卢毓《九州人士论》、失名《通古人论》、王充《论衡》、蒋济《万机论》、杜恕《笃论》、钟会《刍荛论》、张显《析言论》、杨伟《时务论》、失名《古世论》、殷仲堪《论集》、郭颁《群英论》、姚信《昕天论》、虞喜《安天论》，共计约43部。散见于史籍记载中的还有不少。当时天下文人之创作"论"书，必定有百千部。

　　（二）"论"与"子"

　　关于"论"书之书名认同"子书"之时期。桓谭以下创作"论"书的风气，至建安时期，如本章第一节所述，曹丕、曹植、徐干等仍非常热衷。桓范《世要论·序作》篇对"书论"写作之批评，也从侧面证明曹魏时著"论"书的时尚仍在。人们将"论"书称为"子书"，认同先汉时代的"诸子"系列，以本文的取证为例，两晋之交葛洪《抱朴子》中的论述，概称

----

①　《抱朴子外篇》佚文："桓谭《新论》，未备而终，班固为其成。"

"子书"，而不称"论"。以曹魏、两晋之交为上下限，则"论"书之转称"子书"，转折期似在西晋①。当然，舆论不能一律，前揭汉魏晋时期的四十多部"论"书，尽管以汉魏西晋为主，但也包括部分属于东晋的作品。

西晋以"子"冠名之子书，要以傅玄《傅子》为最著名。傅玄（217—278）是典型的跨越魏、晋的人物，《隋志》载"《傅子》百二十篇，晋司隶校尉傅玄撰"。《晋书》卷四七本传记载傅玄著《傅子》之事迹与影响曰："玄少时避难于河内，专心诵学，后虽显贵，而著述不废。撰……'傅子'，为内、外、中篇，凡有四部、六录，合百四十首，数十万言。并文集百余卷行于世。玄初作内篇成，子咸以示司空王沈。沈与玄书曰：'省足下所著书，言富理济，经纶政体，存重儒教，足以塞杨墨之流遁，齐孙孟于往代。每开卷，未尝不叹息也。"不见贾生，自以过之，乃今不及。"信矣！'"②

《傅子》是傅玄入西晋之后的作品，今检西晋之前以"子"名书者，汉魏只有比较零星的例子，比如，东汉魏朗著《魏子》，朗与李膺、陈蕃交往，列名"八俊"，是东汉"党锢之祸"的受难者之一，史载"著书数篇，号'魏子'"（《后汉书·党锢列传》本传）。值得注意者，魏朗本贯会稽上虞，为吴地人，与王充同乡③。而三国时期的吴国作者，作品亦多称"子"，《隋志》著录："梁有《周子》九卷，吴中书郎周昭撰。"（儒家）"《唐子》十卷，吴唐滂撰。"（道家）"梁有《诸葛子》五卷，吴太傅诸葛恪撰。"（杂家）儒家著录"《顾子》十卷，晋扬州主簿顾夷撰"，道家著录"梁有《陆子》十卷，陆云撰"，顾夷、陆云皆由吴入晋者。

其后，两晋之交葛洪之《抱朴子》，干宝之《干子》，孙绰之《孙子》都堪称那个时代的名"子"。风行一时的"论"书终于回到了传统"子书"的轨道上来。尽管不过是"百家争鸣"时代开辟的"诸子"与"子书"历史的回光返照而已。

分析"论"书与"子书"之关系，可以从积极、消极两方面看。积极一面多是形式上的，尽管诸子百家群弟子围绕，皆成学术流派，而新时代的

---

① 余嘉锡曰："汉以后著作名为'子书'，其实'论'也。"《古书通例》，第74页。按：质之实际，汉以后著作以"论"为名者多，"名为'子书'"者不多，余氏之论，其千虑之失乎？

② 按：这是《汉书·贾谊传》里面的名言，文帝久不见贾谊，见了之后，还是感叹贾谊之卓越，为人所不及。曰："吾久不见贾生，自以为过之，今不及也。"

③ 王充著《论衡》，是"论"书造作初期的健将，但是，声张诸子，突出时流，也是他学术思想上的一个特识。参见徐复观《王充论究》第四节《王充学术思想的特点》，《两汉思想史》卷二，华东师范大学出版社2001年版。

"论"书，充其量只是个人著作，然而，从著作的目的看，"诸子"与"论"书都追求"成一家之言"，即"立言"之鹄的；从著作类型论，即谋篇与论述的形式意义层面而言，发表一些观点、建立一些论述，汉魏晋的"论"书，与先汉时代的"诸子"书接近。基于著作形式的历史认同，将"论"书归类为"子"，有一定道理。《晋中经簿》所谓"近世子家"的概括有其适当性，详见下面《"近世子家"之历史定位》节。尽管也可以说，由"论"书转变来的新时代之"子书"，仅是"子"之皮毛，仍然是"论"之血肉。

"论"书与"子书"关系之消极的一面，是就其宗旨而言的。循名责实，"诸子"本指各家守一先生之言而成源流宗派的意思，因此，才有《七略》不承认"小说家"可以拥有"家"之地位①，"小说家"因为没有宗旨，可以判定不入流。以此为例，"论"书之作，绝大多数没有要与儒家立异的学术目的，主要目标在建立著作者个人的论述而已。余嘉锡比较论述周秦汉魏"子书"，认为汉魏以后的子书，只是章学诚所说的"伪体子书"而已，实质上不得与"百家争鸣"的诸子并列。曰：

> 东汉以后，以儒立教，以农立国，故所著子书，惟儒家著作得其近似。……古之诸子号称九流者，东汉以后，惟有儒家耳。其他诸家，大率以别子旁宗入继，非其嫡系。必求其学之所自出，几于无类可归，目录家自以其意，强为分隶。而魏、晋以后儒家，名为子书，实则词章，章学诚所以有伪体子书之讥也。②

其实，汉代往后的"论"书作者，本意力追"诸子"者并不多。学术与著作的成就，具体评价可以见仁见智，但是，汉魏晋之"论"书，与传统的"子书"之间的区别客观存在。这一面的真相，很容易被忽略。

《文心雕龙·诸子》篇亦曾作"子"、"论"之辨析，曰："若夫陆贾《新语》，贾谊《新书》，扬雄《法言》，刘向《说苑》，王符《潜夫》，崔寔《政论》，仲长《昌言》，杜夷《幽求》，咸叙经典，或明政术，虽标论名，归乎诸子。何者？博明万事为子，适辨一理为论。彼皆蔓延杂说，故入诸子之流。"

---

① 《汉志·诸子略》大序曰："诸子十家，其可观者九家而已。"
② 《古书通例》，第75—76页。

今按：刘勰将汉人下至晋人杜氏的相关著作笼统观察，似乎略昧于"书论"一体发展之源流。所列举的《新语》等八件作品中，仅有《潜夫论》、《政论》二书书名当中有"论"字，但是，刘勰说"虽标'论'名，归乎诸子"，可见他承认汉晋人之著作，当时是有一个"论"名与流行的"论"的观念存在的。可惜，他又说，这些著作都应该归类为"诸子"。与笔者本文的结论正好相反。这可能是为了迁就《文心雕龙》本书所设置的"诸子"、"论说"区别的标准。

（三）"近世子家"之历史定位

汉魏晋的"论"书成就，中间有"子书"意识之阑入，至西晋小康的年代最终获得了"近世子家"的历史定位。这一定位的提出与流行，似乎只有几十年之暂，但是，时隔千百年之后，学者再次审视这一定位时，眼睛不禁为之一亮。

西晋荀勖等撰《中经新簿》始分图书为甲、乙、丙、丁"四部"，其中的"乙部"，"有古诸子家、近世子家、兵书、兵家、术数"（《隋志·序》）。细审这一分法，一方面，是将汉魏"书"论、子书系列与古诸子汇为一部，明确显示了学术源流的变迁；另一方面，在乙部之内，不按《七略》、《汉志》的成规划分诸子为"九流"，而是在"古诸子家"、"近世子家"之间作分别。前一方面的情况众所周知，姑置不论。后一方面的处置，堪称汉晋"文章"观念当中"论"的观念所遗留的一截"化石"。所谓"近世子家"与"古诸子家"之分，强调的是貌似的"子家"在"古"与"近世"之间的差别。清末民初著名的《书目答问》子部的分类，在陈陈相因的"九流"惯例因袭千百年之后，首列"周秦诸子"而与汉代以后"儒家"以下各家分别[①]，曾经引起学界骚动，叹为特识，其实，可能就是受启发于《中经新簿》[②]。

《三国志》卷一三《王朗传附王肃传》裴松之注引《中经新簿》称为"晋武帝中经簿"，论者推测《中经新簿》成书于西晋咸宁六年至太康十年

---

① 《书目答问》卷三"子部"题注："周秦诸子，皆自成一家学术，后世群书，其不能归入经史者，强附子部，名似而实非也。若分类各冠其首，愈变愈歧，势难统摄，今画周秦诸子聚列于首，以便初学寻览，汉后诸家，仍依类条列之。"《书目答问补正》，第187页。

② 余嘉锡曰："《中经新簿》之类例，以分古诸子家、近时子家为最有条理。盖自汉而后，不独名法之学失其传，即他家亦多无师法，非复周秦之旧。取后世之书强附九流，是犹吕夺嬴宗，牛继马后，问其名则是，考其实则非也。张之洞《书目答问》……今乃知源出于（荀）勖耳。"《目录学发微》，巴蜀书社1991年版，第137页。

（280—289）之间①，大致近是，则“近世子家”之概念反映的是西晋盛世太康年间对“论”书、子书系列的认识。而东晋开始，文章文学观念史上文、论分流、分化的大势日趋底定，所以，以“近世子家”之名概括汉晋“文章”领域之中论“书”的历史成就，已经比较靠近“盖棺论定”。

东晋之初，继承《中经新簿》而成的李充撰《晋元帝书目》，以“甚有条贯，秘阁以为永制”（《晋书·文苑·李充传》）的论述来看，分类法为以后官方目录书之成规，中古著名的《七录》、《隋志》或都因循之。以此为例，逆推之，则“子部”内部之分类，李充似乎重新回归了《七略》九流分类的旧贯。与“古诸子家”相区别的所谓“近世子家”的标目从此进入历史尘封，这也标志着风光一时的汉魏晋“论”书创作热潮，终成明日黄花。

章学诚、余嘉锡对于“秦汉诸子”与“汉魏以后诸子”之联系与区别，措意、论述较多，但是，总体上对当时人投入在不朽之“论”上的热情理解不够。更没有结合到西汉中后期以后著述“文章”观念进行考察。

综上所述，以“近世子家”的历史定位的用语为例，可以看到，汉晋“文章”概念之下的“论”书的观念，通过“子家”的共同名称，与战国“诸子”之学具有联系；而通过名称上的“近世”二字，又反映了其与“‘古’诸子”之间之客观区别。明乎此，我们就可以潜入文章文学观念史的“历史之流”。

四 “论”书与史“书”——兼及中国古代 史学的建构与“独立”问题的探讨

在著述“文章”新概念建构与流行的较早阶段，以司马迁《史记》为代表的史书，其实是占有举足轻重的地位的。但是，或许由于后来史学与文学分家，文学史、史学史的论者，似乎都对这一段极其重要的因缘关系有所忽略。按之当时的观念，在“文章”概念二次分化之前，史书应即隐身于“文论”体系当中的“论”的类别，于“四科”系统属于“书论”科。

（一）“司马迁遗产”及其背景

在汉代的语境中讨论史书，司马迁《史记》是第一个不容回避的话题。

① 王重民：《中国目录学史论丛》，中华书局1984年版，第41页。

后世说到司马迁，当然是史学的巨擘。但是，我们如果更贴近一点司马迁的时代，会有一点不一样的感受。特别是如果结合西汉中叶往后的著述"文章"观念建构的历史背景时，更是如此。最初"文章"是等同于"书"的一个名词与概念。《汉书》追崇汉武帝时代的伟大成就，曰："文章：司马迁、相如。"这是说司马迁是著述"文章"方面的代表人物，与写作辞赋的司马相如并驾齐驱，并非将之专业性地理解成"史学"方面的人物。这一论述方式，不是一个偶然的个案，比班固的时代晚一百多年，汉魏之际的刘邵《人物志·流业》篇又曰："能属文著述，是谓文章，司马迁、班固是也。"并不是"文章"突然变成了专指"史书"之义，依然是著述"文章"的意思，是表彰司马迁、班固在著述方面的伟大成就。司马迁、班固分别是《史记》、《汉书》两本"史书"的作者，这却不是刘邵的论述所要突出的，他的意识中表彰的是"文章""著述"。

这涉及的其实是个如何阅读、接受、认同《史记》、《汉书》，甚至整个"史书"的问题。按照《史通》的论述，史官人物本来可以分成两种，一种是当时记录档案的人物、一种是后来撰著史书的人物①。后一种撰著史书的史官，与撰著其他性质作品的作者，大体上只是分工的不同而已，大家都是文人，都是创作"文章"的"著作者之林"中人物，则是所共同的。

参之《史记·自序》的自述，《史记》尊崇、效法的是《春秋》。如果一味地以后例前，我们会发现，纪传体史书怎么会是编年体史书的"子女"的呢？其实，当时尚无后世所谓"史学"的概念，遑论"史学"之体裁、体例。如众所周知，此后继承了《史记》"纪传体"体裁的《汉书》出，才建立了历代奉为成规的断代史的"正史"之标准。《史记》面临的境况是类似的。《汉书·司马迁传赞》曰："自古书契之作而有史官，其载籍博矣。"所谓"书契"、"载籍"，都是篇籍即"书"即"文章"的概念。在司马迁面对的历史语境当中，堪称高尚的理想，应是"立言"著述的传统，《史记》有意识要加入的应是"立言"著述的共同体。其中的典范是孔子著《春秋》，其次，则战国诸子所著书。汉人的大"文章"概念，亦包括《楚辞》与辞赋系列在内。

---

① 《史通·史官建置》曰："夫为史之道，其流有二。何者？书事记言，出自当时之简；勒成删定，归于后来之笔。然则当时草创者，资乎博闻实录，若董狐、南史是也。后来经始者，贵乎俊识通才，若班固、陈寿是也。"

有鉴于此，我们可以说，"司马迁遗产"在西汉末及两汉之交时期所激发的是一种"立言"著述的热潮，独立的史书、史学、叙事之体的意识，恐怕还得有待异日。接着探讨的《法言》与《史记》的关系，亦可作此方面的例子。

(二)《法言》与《春秋》、《史记》

关于《法言》一书写作之缘起，扬雄的自述说得最为清楚：

> 雄见诸子各以其知舛驰，大氐诋訾圣人，即为怪迂，析辩诡辞，以挠世事，虽小辩，终破大道而或众，使溺于所闻而不自知其非也。及《太史公》记六国，历楚汉，讫麟止，不与圣人同，是非颇谬于经。故人时有问雄者，常用法应之，譔以为十三卷，象《论语》，号曰"法言"。

历来读扬雄《自序》（即《汉书·扬雄传》）[①] 者多数理所当然地据《自序》与班固《汉书·扬雄传赞》，将《法言》理解成只是模拟《论语》，较少将扬雄这段自述作两段分解。近人徐复观对此有非常敏锐的观察，他的《扬雄论究》指出，《法言》其实由两个部分组成，写作动机则分别针对他所面对的当时思想学术界的两股潮流，曰：

> 《法言》实由两大部分所构成。一部分是拟《论语》，另一部分则在用心上是拟《春秋》。虽然前一部分文字的分量远超过后一部分，但为了真正了解他的思想，以及后一部分所给予班氏父子所作《汉书》的巨大影响，决不应把它忽略过。……在两汉任何一部思想性的著作中，找不出像《法言》这样以大量篇幅来品评人物的。他是力追孔子。孔子的思想人格，不仅表现在《论语》上，更表现在《春秋》上。孔子作《春秋》，以褒贬为万世立人极，好胜的扬雄，断没有不向往之理。但"《春秋》，天子之事也"，他这一野心，只能用间接的方式表达出来，当时及后人便被他瞒过了。
>
> 他自述作《法言》的动机，实际有二。由"雄见诸子各以其知舛

---

① 按：《汉书·扬雄传》袭扬雄《自序》而为之，为学者共识。

驰"到"使溺于所闻而不自知其非也"的这段话,好像说的是先秦的情形,其实主要针对他所面对的思想形势。由董仲舒所引发的许多方技谶纬,怪诞不经之说……给思想文化以极大的扰乱。但他们几乎皆依附各种传说性的古人以及孔子以自重。……这便构成《法言》的第一部分。接着他说"及《太史公》记六国,历楚汉,讫麟止,不与圣人同,是非颇谬于经"。这是说史公所作《史记》,对历史人物的是非,不合于孔子所作《春秋》的褒贬,"颇谬于经"的"经",是指《春秋》而言的。由此一动机所写出的,是属于《春秋》的第二部分。①

徐氏所指扬雄用来纠正《史记》的《法言》第二部分,是《重黎》、《渊骞》二篇。具体内容这里不暇讨论。扬雄对《史记》的批评对班彪、班固父子之撰《汉书》产生了巨大的影响。至于拟《论语》而作的著作,是否应该兼容对《史记》内容进行纠正的部分,这主要要看作者有无兼容的理由。徐氏惊讶于一部思想性的著作花那么大篇幅讨论历史人物,其实,汉人也没有"思想性著作"的概念。魏晋之际的傅玄作《傅子》,名"子"之书应该是论理的,其中三分之一的篇幅用来容纳他所著的一部史书(《魏书》),这又当如何理解呢?总之,模拟《论语》的著作并没有"复制"《论语》,由《法言》分作两部分所引出的话题,似乎还没完。

　　笔者接着徐先生的论述,所要提出的问题是:《法言》的两个部分自然是个统一体(二者合为一本书),它们统一于什么之下呢?《自序》已经说明,扬雄认为"诸子"与《史记》都不符合孔子的是非,要给予纠正。那么,在学术立场即"是非"的问题上,《法言》是统一的,即纠正诸子与《史记》在"大义"方面之不当。在扬雄当时的语境中,论理、叙事的分别似乎是次要的,尚不必截然分开,"立言"传统中最高的标准是"大道"。而扬雄《法言》又引导出了历时数百年的"论"书或曰"书论"的传统。魏桓范《世要论·序作》曰:"夫著作书论者,乃欲阐弘大道,述明圣教,推演事义,尽极情类,记是贬非,以为法式。当时可行,后世可修。"反过来对照《法言》,对于诸子、《史记》的纠正,是可以统一于类似原则之下的。"思想性著作"与史书之间,并不存在大不了的"隔阂"。

----

① 《两汉思想史》卷二,第308—309页。

(三)"论"书中的叙事因素

继《法言》而作的汉魏"书论"历史上枢纽式的典范之作桓谭《新论》，其与《春秋》之关系亦值得注目。《新论》曰："余为《新论》，述古今，亦欲兴治也，何异《春秋》褒贬耶！"《论衡·案书》篇："《新论》之义，与《春秋》会一也。"《论衡·对作》篇："众事不失实，凡论不坏乱，则桓谭之《论》不起。"按诸王充的论述，桓谭之"论"包括事、论两方面因素，事求实、论不乱，即实事、正论。而这一著作标准明确继承自《春秋》。因此，王充才极其推崇桓谭，后儒推孔子为"素王"，王充谓桓谭为"素丞相"。而联结"王"与"丞相"的就是《春秋》与《新论》二书。于此可见新兴的"论"书之体与《春秋》的密切关系。"论"书之于叙事之体以及后起的史书之关系，亦可于此窥见一斑。《新论》全书已佚，佚存的篇目之中，有《杂事》、《闵友》，记事之体显然。

侯康《补三国艺文志》论曹丕《典论》曰："据《后汉书·献帝纪》注、《袁绍传》注，及《魏志》《袁绍》、《刘表》两传注，知其书兼有记事体。"①（按：《三国志》注、《后汉书》注引《典论》者，个别例子有与《典略》相混者。）然而，曹丕《典论》一书之中，如《奸谗》篇、《内诫》篇，夹叙夹议，叙事的分量比较大。《论郤俭等事》的内容具有传奇杂传的风格。而《自叙》纯然是一篇自传，侯氏说本书"兼有记事体"，大致是可以成立的。

曹丕的胞弟曹植没有如愿留下一部"论"书，从他当初宣布的豪迈的作"论"宣言中，也可以看到叙事因素的地位。《与杨德祖书》曰："若吾志未果，吾道不行，则将采庶官之实录，辩时俗之得失，定仁义之衷，成一家之言。虽未能藏之于名山，将以传之于同好。"② 这里"采庶官之实录"指运用史事，"辩时俗之得失"指辨正风俗，"定仁义之衷"指折中群言以归大义，"成一家之言"与司马迁当年发誓一定要完成《史记》用的是同一句话，即"立言"、遗传不朽之格言。

总之，从各种例子分析，汉魏晋的"书论"或曰"论"书的观念，并不排斥叙事因素。而且，"论"书传统所仰望的最大典范《春秋》，本来就是一本寄大义于史事的著作，《史记》、《汉书》作为两汉作者"立言"之作的杰

---

① 《二十五史补编》，第 3183 页。
② 《曹集铨评》卷八。

出代表，亦是两本纯粹记事的史书。尽管我们不能直接说《史记》、《汉书》属于"子论"系列，但是，归属"立言"系列是天经地义的。或许历史的成规是官方修史，所以，如《典论·论文》那样全面论述"文章"之作，亦不方便正面论述史书问题，然而，在"二类四科八目"的周延性的论述系统之中，隐约应是有史书系列的位置的，即"书论"之"书"，当然是"论"类"文章"的组成部分。

（四）《傅子》中的史书

汉魏晋"论"书、子书，与叙事体、史书的关系，最为明确的例子，可举傅玄《傅子》之收录所撰《魏书》。关于傅玄《傅子》之作，《晋书》卷四七本传曰："玄少时避难于河内，专心诵学，后虽显贵，而著述不废。撰论经国九流及三史故事，评断得失，各为区例，名为《傅子》，为内、外、中篇，凡有四部、六录，合百四十首，数十万言，并文集百余卷行于世。"傅玄《傅子》与文集百卷并行于世，依然是魏晋人"论"（子）书、"诗赋"集并传的习惯。《傅子》百二十卷，《隋志》、两《唐志》均著录。唐人《群书治要》、《意林》有大量选录，证明唐代本书必然是传世的，《崇文总目》以下宋代书目仅登残本，宋初已经残佚，今有诸家辑本。

傅玄参与撰述《魏书》之事迹，《晋书》本传曰："与东海缪施俱以时誉选入著作，撰集《魏书》。"《史通·古今正史》曰："魏史，黄初、太和中始命尚书卫觊、缪袭草创纪传，累载不成。又命侍中韦诞、应璩，秘书监王沈，大将军从事中郎阮籍，司徒右长史孙该，司隶校尉傅玄等，复共撰定。其后王沈独就其业，勒成《魏书》四十四卷。"后来传世的《魏书》是王沈单独署名的作品，傅玄所撰《魏书》的底本，作为"中篇"，收入了他自己的《傅子》，如上所述，《傅子》全书分为内、外、中三篇。严可均《傅子辑本序》曰："问：'《傅子》为内、外、中篇，有四部六录，云何区别？'曰：'内篇撰论经国九流；外篇三史故事，评断得失；中篇《魏书》底本，而以自叙传终焉。四部六录莫考。"①傅玄与撰《魏书》史书的底本收入《傅子》，有力证明魏晋人的"论"书、子书是可以兼容史书的；也就是说，质之当时的观念，史书可以视为占有"文章"世界半壁江山的"论"书、子书的一个组成部分。事情有时候就是需要推到极端，才能表明真相的，《法言》、《新

---

① 据姚振宗《隋书经籍志考证》引文，《全晋文》卷四七略有不同。

论》、《典论》诸例当中所反映的"论"书与叙事体、史书藕断丝连、若即若离的关系，只有出现了《傅子》这样的例子，才能使我们将论断直截说明白。

其实，统合论说、史书的就是一个"理"字，《典论·论文》"书论宜理"之"理"。汉魏以上的"理"字，常规体现为事物之理与认识之理两种形式。这里，可以参考戴震名著《孟子字义疏证》中的一段解释："理者，察之而几微必区以别之名也，是故谓之分理；在物之质，曰肌理，曰腠理，曰文理；（原注：亦曰文缕。理、缕，语之转耳。）得其分则有条而不紊，谓之条理。孟子称'孔子之谓集大成'曰：'始条理者，智之事也；终条理者，圣之事也。'圣智至孔子而极其盛，不过举条理以言之而已矣。"① 总之，所谓"理"本就是事物当中存在的可以分别出来的次序，而经人类论述出来的次序，又得称为"条理"。能够观察、认识事物条理的人，得称为"智"；而将这些条理广而大之，作比较终极论述者，就是孔子一样的圣人。我们如果想方设法，去除头脑中经东晋玄学、特别是宋代理学洗礼所造成的许多观念上的障碍，理解唐代以前、特别是西晋以上的"理"字之义，问题不大。这个由事物之"理"而论述之"理"的称为"理"的对象，我们人类主体在与它发生关系的时候所做的行为称为"论"，《释名·释典艺》："论，伦也。有伦理也。""论"就是认识主体"分别条理"的行为方式。那么，按条理叙述事件，就是叙事体之得"理"，按条理论述道理，就是论说体之成"理"。一个统合论说、叙事为一的"论"之文体、"理"之典范，应是这样建构并传播的。

论说之成"理"，本来没问题。史书之得"理"之评价，例如班氏之评价《史记》"善序事理"，《汉书·司马迁传赞》："刘向、扬雄博极群书，皆称（司马）迁有良史之材，服其善序事理，辨而不华，质而不俚。"可见良史之才，当序事以理。

（五）从"史书"到"史学"的独立

综以上各小节所述，"史书"尽管因为是王官所守，所以大体上是个比较敏感的论述对象，然而，在著述"文章"新概念之中从来不是没有位置的，根本不可能自外于"文章"。司马迁、班固是公认的第一流的文章代表，《史记》、《汉书》是最杰出的"立言"之作。有鉴于此，"文章"新概念中史

---

① 《孟子字义疏证》，中华书局 1982 年版，第 1 页。

书的位置只能在"论"类的"书论"科一系。随着著述"文章"新概念的文、论分化的历程，"史书"与"史学"先后才走出了一条"独立之路"，不仅独立于"论"，而且独立于"文章"。

在西晋荀勖《中经新簿》的图书目录"四部"系统之中，丙部包括史记、旧事、皇览簿、杂事。除了《皇览》后来转入"子部"，其他三部分都是以"事"为宗，终于走出了"史书"独立的第一步。东晋初的《晋元帝目录》，将四部当中的乙、丙部互换，以后相沿成习。宋殷淳、梁任昉、刘孝标的四部目录名目不详，王俭《七志》不立史部，阮孝绪的名著《七录》内篇二称为"记传录"。南朝时期乙部图书逐渐获得了"史部"的称号。是为"史书"之独立。

"史学"之建立，要以刘宋"四学"并建的事件最为著名，只是"四学"之"史学"，"学"是学校之义。然而，既然"史"能成为学校教育的一个分支，当然足以表明一个独立的学术门类"史学"之存在。本来汉代以降，文章方面的大人物如班固、张衡、蔡邕、陆机等都兼修史书；《世说新语·文学》篇收录东晋文人故事，史家习凿齿即在其中。到了南朝后期，梁简文帝萧纲《答湘东王书》评价同时著名史家裴子野曰："裴氏乃是良史之才，了无篇什之美。"[①] 可见其时所谓文章之才、史学之才，已经分明有别了。则史学之独立，大约在晋宋之际。

本来《春秋》之义，即主事、理相生。后代立论、立言，事、理并用，史书得以与著述"文章"概念当中的"论"类产生瓜葛。但是，玄学发达之后，玄理专"论"之范围，某种意义上也促成了史书及各类传记的繁荣昌盛，以及史书与"论"书之彻底分离。则史书、史学独立于"论"，亦应大致在东晋时期。

总之，在著述"文章"新概念的历史河流之中，史书一系虽若隐若现，其实是贯穿始终的。随着"文章"概念的文、论分化，"史书"、"史学"才逐渐走上了独立的道路。

五　"文"、"论"分化之结局

晋室南渡，不再返回。著述"文章"的文本位新概念由最初的文、论

---

① 《梁书·文学·庾肩吾传》。

"分类",最终也走上了"分化"的不归路。从分类到分化,尽管过程是错综复杂的,山川形势、犬牙差互,然而,大体仍可以观察得到。西晋、东晋之交,是个历史的转折点。

第一,文本位"文章"概念其实就是个"书"的概念,所以,图书分类体系的异动,自然关系"文章"概念的变化。西汉末叶"文章"概念建构之初,《七略》设立的图书"六略"分类体系主要针对皇家中秘所藏的以往的书,与初建构时期的新概念关系尚不大。而西晋荀勖《晋中经簿》所创始的图书"四部"体系,就不能作如是观了,这时"文章"新概念已经流行二百多年。后代称为经、史、子、集四部的图书分类系统,《中经新簿》是始作俑者。《隋志·序》记载《中经新簿》之分类:"分为四部,总括群书。一曰甲部,纪六艺及小学等书;二曰乙部,有古诸子家、近世子家、兵书、兵家、术数;三曰丙部,有史记、旧事、皇览簿、杂事;四曰丁部,有诗赋、图赞、汲冢书,大凡四部合二万九千九百四十五卷。"

在现代西化的图书目录学建立之前,"四部"系统主导中国历代目录学近两千年,历来对它的评价都非常高。其实,《中经新簿》虽然将图书分成了"四部",但是,只作甲、乙、丙、丁四部之区分,并未进行经、史、子、集的命名①。这就意味着某种程度上的面对图书现实的一种"权宜"与"试探"。大概新生事物创始之初都免不了。

在《中经新簿》四部分类的"试探"之后,东晋初之"确认",同样是有意义的。晋元帝时,李充撰《晋元帝书目》,始将《中经新簿》之甲乙丙丁四部之乙、丙互换,由是四部之次序始定。从此以后,相沿成习,"秘阁以为永制"(《晋书·文苑·李充传》)。经此确认与修订,亦将《中经新簿》分部之权宜、疑似之意,略为扫尽。

总之,经过西晋、东晋的二次图书编目分部,《史记》等独立为一部,"论"书与"古诸子"并类为一部,"诗赋"等为一部,再加上《六艺》小学等传统的一部。事实上的经、史、子、集分类方式已经初具规模。这样一种"书"世界的新区分的尝试与确认,客观上弱化了"文章"新概念的内部统一性,而强化了它的"文"、"论"两大部类的区别性,我们不能不承认其所具有的对于"文章"新概念的分化的倾向。当然,也可以说这是"文章即

---

① 余嘉锡认为,校书编目,求卷帙均匀是一种考虑,"(《中经新簿》)不立部名,但以甲乙丙丁为目……持以较后世经史子集,虽亦约略近似,而其实非也"。《目录学发微》,第137页。

书"事业繁荣发达的自然结果。而论其"分化"进程,它的第一步,自然要从"文章"概念内部的第一个裂痕即它的大的部类之分("文"与"论")开始。而在"立言"之"论"书之中若隐若现的史书一系,与单纯论说的"论"的一系,二者叙事性、说理性的区别,堪称"文章"概念内部的第二个裂痕。以"四部"分类系统为例,它是两步并作了一步,将子论、史书、诗赋一次性地分入三部。经历了如此的分别与隔离,要在观念意识之中仍将著述"文章"概念视为一个统一体,特别是内部联系比较密切的统一体,就不太容易了。所以,西晋、东晋两次编目分部,是著述"文章"概念分化的一个关键点。

第二,作为文、论分化焦点对象,"论"类本身的变化亦值得观察。作为"论"体变迁的一个特别的背景,魏西晋玄学、东晋玄学之间的形势风尚之变,这里不可能仔细论述。但是,所谓玄学即玄远、玄理之学,它的一个中心论题就是言、意之辨,在人类言语、思维之间做文章。其主流的观点认为意、象、言、书(或"文"即文字)诸层面等而下之,所以,这一风气的盛行,于以"文"(书)为本位的著述"文章"概念非常不利。诗赋类"文章"本来就是骈辞(专攻修辞),与玄学关系不大。而"论"类之受影响可就大了。

文人受玄学影响,以玄理为精粹,以文字为糟粕,著"论"贵发明玄理①。而世间名相制度诸端,当然也在鄙视之列,政教之论减价。原来辑为专书、广及论政论教论史论学各方面的"论"书,逐渐变成发明玄理的单篇专论,首先在规模上将"论"缩小,内容亦较单纯。传统"论"书式的全面论述的著作方式面临解体。

玄学独大于子论领域,将传统的"立言"改造成立理、立意。东晋玄学完成之后,玄学日趋专攻口辩谈义,干脆改名为义学、谈学,与文字几乎绝缘,最终脱离了与"文章"的关系。

第三,在史书与史学方面,东晋没有产生两汉的《史记》、《汉书》,西晋的《三国志》,刘宋的《后汉书》之类质量上乘的"正史",但是,并不意味着史学没有取得长足进步。如上节所述,传统子论书中本来兼容包括许多的叙事元素的,随着论体为理、特别是玄理所专,所有的叙事元素相应就有

---

① 李充《翰林论》主论贵"研求名理",似乎还是两晋之间"论"体观念的一种中间过渡的状态。参见《中国文学批评史(魏晋南北朝卷)》,第150—151页。

了一个独立与繁荣的机会。史书、史传、传奇志怪、佚事等各类史书在东晋均有大的发展。为刘宋"史学"独立打下了坚实基础。东晋杂传盛行，多元化、社会史，也是史学叙事观念深入与普及的一个标志。

第四，"文笔说"的兴起，是文论分化的值得重视的参考系。在大"文章"概念之下，"文论"说与"文笔"说不可能两立。有关文笔说的考索，研究者多有着力，以为"文笔说的起来，在东晋初年"①，则"文论"分类说亦必始没落于东晋。

综上所述，流行三百多年的大著述"文章"概念的作古，是以文、论分化为标志的。而其简略的过程又可以西晋图书"四部"分类、至刘宋国学"四学"并建为起讫，中间的东晋百年其实是个关键时期。所谓的"文论"分化，实质上并非将"论"类著作赶出"文章"概念之外，而是著述"文章"概念本身的解体，著作图书、学术诸端进行一个新的组合。以"文章"名义为考察中心，可见以修辞价值为本位的更新的"文章"概念建构成功、取而代之。同时，从原"论"类书当中衍生出来的独立的玄学、独立的史学，其价值及规模当然不可能被新修辞"文章"概念所笼络。在新的修辞"文章"格局之下，只有很少部分原来属于"文论"系列的"论"类的诸子、论说、史传类作品，矮化成为以"诗赋"为宗主的"文章"世界的成员，聊备新"文章"之一体。

值得强调的是，大致文、论分化，别流的成分居多。不过是原来组合成为著述"文章"概念主体的"立言"之"文章"与"修辞"之"文章"的异质分流而已。

六　"文论"体系中之"文章"、"文"冠名问题

在著述"文章"新概念作文、论二类的区分之时，与"论"相对的诗赋一类为何常名之曰"文"即"文章"呢？是广义的"文章"有所偏向，还是狭义的"文章"代理了大名。下面试作分析。

本书称著述"文章"新概念为"扬雄—班固"体系，是指在扬雄之前，这样的一种观念没有完全成形；而这一观念之流行，大致从班固的时代开始。以"文章"的两大类"论"书、诗赋为例，前者的渊源是诸子与《史

---

① 《汉魏六朝文学论集》，第339页。

记》，后者的渊源在《楚辞》与辞赋。但是，在"前文章"的时代，迄今尚无《史记》、辞赋称"文章"的例子，这两方面最初都不拥有"文章"的名称。

"文章"新概念的名称，即广义的"文章"，它的义指是非常明显的，即"文本位"，文字本位。写为文本的著作，即得冒"文章"之名。扬雄曰"聊因笔墨之成文章"，反映了类似意思。论书类著作、写为文本的辞赋等作品，因此组成了一个称为"文章"的共同体。在这样的一个共同体之中，看不出来"文章"的大名会偏向二类的某一类。

但是，"文"、"文章"不只具有"文字"的字义。它是多义词，其中指"礼乐"，指"美饰"、"文饰"的义项，甚至是比指"文字"的义项更重要的。由此观察点而言，诗赋、论书二类的境况就有所不同了。在文本位的基础之上，就文饰即修辞的标准看，辞赋系列的作品在对偶、藻饰、韵律诸端体现修辞价值方面的优势，显然是论书类所无可比拟的。这对接上了源远流长的"文词"的观念①。由此一端而言，诗赋、辞赋类最初称为"文"，可能是"文词"之义，稍微推广一下，就得到了"文章"的名称。大概这是著述"文章"分为文、论二类的一个主要因素。

另一方面，诗赋、辞赋类作品又可以攀缘并渐染上礼乐歌颂"文章"之义。这也是诗赋予"文章"名称关系更近的一个因素。

总之，当两大类的文字书写作品结为"文章"即书的共同体时，共同体的名称"文章"之于二者的关系，可以说大致是不偏不倚的。但是，相比较而言，"文"、"文章"的其他义项在两大类之中，明显地与诗赋一类的关系较多，所以，在两大类作分别的称述之时，具有修辞倾向的"文"、"文词"甚至"文章"的名称多被用来指称诗赋类作品。后来，当著述"文章"概念经历文、论分化之后，所进入的下一期"文笔"期的"文章"概念，其名仍然是"文章"，其实质乃在修辞价值。而前著述"文章"概念之下的"立言"之论所包括的史书、子书，因主要具有另外的价值，自然也不是修辞"文章"概念所可笼络的。脱去了"文章"的旧冠冕，到另外的世界去运行。

[作者单位：中国社会科学院文学研究所古代室]

---

① 《左传》所谓"言之无文"，《孟子》所谓"以文害辞"，反映的大致都是"文词"的观念。

论钟嵘品陶

范子烨

内容提要 本文以钟嵘对陶渊明的评论为核心,并从中古时代的家族史和选官制度的视角出发,对钟嵘品评陶渊明涉及的文学与非文学因素加以论析,指出钟嵘《诗品》"A 源于 B,B 源于 C,C 源于 D"式的理论表述,正是着眼于古典诗人的互文性建构而对其所进行的互文性解构。如果我们把萧梁以前我国的五言诗发展史视为一座颇具历史纵深的结构复杂的巨型建筑的话,那么,钟嵘《诗品》所做的工作就是为我们绘出了这座巨型建筑的结构图,尽管当时的诗人们遗留给我们的是一些作品的断壁残垣和吉光片羽,但在互文性的观照下,我们仍然看清了钟嵘的意旨和《诗品》的妙理。而由此切入《诗品》迷人的诗学世界,我们对钟嵘那极富天才性的理论创造无疑将会产生全新的认识。本文是对钟嵘《诗品》"历史批评法"或称"推源溯流"法的全新解说。

关键词 《诗品》互文性 历史批评法 "推源溯流"法

在中国文学史上,钟嵘(468?—518)的《诗品》作为一部重要的诗学理论著作一直受到人们的重视,然而时至今日,这部杰作也确实给我们留下了太多的未解之谜,譬如,关于原书的体例和结构,关于钟嵘对诗人品位的划分与排序,诸如此类的问题,虽然有许多学者深入探索,并且多有创获,但与恢复《诗品》原貌的终极目标尚有很大距离。尤其是对钟嵘在书中广泛运用的"历史批评法"①

---

① 曹旭:《诗品研究》,上海古籍出版社 1998 年版,第 150 页,并见曹旭《诗品笺注·前言》,人民文学出版社 2009 年版,第 26 页。

或称"推源溯流"法①，古今学者均有较大争议。本文试图借助西方的"互文性"理论，并从中古时代的家族史和选官制度的视角出发，对钟嵘品评陶渊明涉及的文学与非文学因素加以论析，期能揭示《诗品》的本旨与钟氏的妙谛。

一　钟嵘品陶与"互文性"解构

《诗品》中"宋征士陶潜"：

> 其源出于应璩，又协左思风力。文体省净，殆无长语。笃意真古，辞兴婉惬。每观其文，想其人德。世叹其质直。至如"欢言酌春酒"，"日暮天无云"，风华清靡，岂直为田家语耶！古今隐逸诗人之宗也。②

对此，前人或表示困惑，如明谢榛（1495—1575）《四溟诗话》卷二：

> 钟嵘《诗品》，专论流源，若陶潜出应璩，应璩出魏文，魏文出于李陵，李陵出于屈原。何其一脉不同邪？③

或进行指责，如清方东树（1772—1851）《昭昧詹言》卷四《陶潜》：

> 如陶潜、阮公，何尝有意于为诗；内性既充，率其胸臆而发为德音耳。钟嵘乃谓陶潜出于应璩，又处之以第七品，何其陋哉！④

又如宋叶梦得（1077—1148）《石林诗话》卷下：

> 魏晋间人诗，大抵专工一体，如侍宴从军之类，故后来相与祖习者，亦但因其所长取之耳。谢灵运《拟邺中七子》与江淹《杂拟》是也。梁钟嵘作《诗品》，皆云某人诗出于某人，亦以此。然论陶渊明乃

---

① 张伯伟：《中国古代文学批评方法研究》，中华书局 2002 年版，第 104—105 页。
② 曹旭：《诗品笺注》，第 154 页。
③ 丁福保：《历代诗话续编》，下册，中华书局 1983 年版，第 1162 页。
④ 《昭昧詹言》卷四《陶潜》第 6 条，人民文学出版社 1961 年版，第 98 页。

以为出于应璩，此语不知所据。应璩诗不多见，惟《文选》载其《百一诗》一篇，所谓"下流不可处，君子慎厥初"者，与陶诗了不相类。五臣注引《文章录》云："曹爽用事，多违法度，璩作此诗，以刺在位，意若百分有补于一者。"渊明正以脱略世故，超然物外为意，顾区区在位者何足累其心哉？且此老何尝有意欲以诗自名，而追取一人而模仿之，此乃当时文士与世进取竞进而争长者所为，何期此老之浅，盖嵘之陋也。[①]

清王士禛（1634—1711）《渔洋诗话》卷下：

> 钟嵘《诗品》，余少时深喜之，今始知其踳谬不少。嵘以三品铨叙作者，自譬诸九品论人，七略裁士。乃以刘桢与陈思并称，以为文章之圣。夫桢之视植，岂但斥鷃之与鲲鹏耶？又置曹孟德下品，而桢与王粲反居上品。他如上品之陆机、潘岳，宜在中品。中品之刘琨、郭璞、陶潜、鲍照、谢朓、江淹，下品之魏武，宜在上品。下品之徐干、谢庄、王融、帛道猷、汤惠林，宜在中品。而位置颠错，黑白淆讹，千秋定论，谓之何哉？建安诸子，伟长实胜公干，而嵘讥其以莛扣钟，乖反弥甚。至以陶潜出于应璩，郭璞出于潘岳，鲍照出于二张，尤陋矣，又不足深辩也。[②]

同时，尽管有人对钟氏品陶之言表示赞同，如明何良俊（1506—1573）《四友斋丛说》卷二十四《诗》一所言：

> 诗家相沿，各有流派。盖潘陆规模于子建，左思步骤于刘桢。而靖节质直，出于应璩之《百一》。盖显然明著者也，则钟参军《诗品》，亦自具眼。[③]

也不过是矮人观场，随声附和而已。钱锺书（1910—1998）《谈艺录》二四条：

---

① 何文焕辑：《历代诗话》，上册，中华书局 1981 年版，第 433—434 页。关于陶诗出于应璩的争论，详见阳金保《应璩研究》，广西师范大学 2011 年中国古代文学专业硕士学位论文，第 4—6 页。
② 《清诗话》，上册，上海古籍出版社 1983 年版，第 203—204 页。
③ 《续修四库全书》第 1125 册，上海古籍出版社 2002 年版，第 682 页。

记室论诗，每曰："某源于某"，附会牵合，叶石林、王渔洋皆早著
非议。然自具义法，条贯不紊。有身居此品，而源出于同品之人者：如
上品王粲之本李陵，潘、张之本王粲，陆、谢之本陈思；中品谢瞻五人
之本张华，谢朓之本谢混，江淹之本王微、谢朓，沈约之本鲍照，其例
是也。有身列此品，而源出于上一品之人者：中品魏文本李陵，郭璞本
潘岳，张、刘、卢三人本王粲，颜延本陆机；下品檀、谢七人本颜延，
是其例也。有身列此品，而源出于一同品、一上品之人者：鲍照本张
华、张载是也。若身居高品，而源出下等，《诗品》中绝无此例。古人
好宪章祖述，每云后必逊前，如《论衡·超奇》、《抱朴·尚博》所嘲。
菜甘蜜苦，山海日月分今古。齐世钧世之论，增冰出蓝之喻，持者盖
寡。……记室评诗，眼力初不甚高，贵气盛词丽，所谓"骨气高奇"，
"词彩华茂"。故最尊陈思、士衡、谢客三人。以魏武之古直苍浑，特以
不屑翰藻，屈为下品。宜与渊明之和平淡远，不相水乳，所取反在其华
靡之句，仍囿于时习而已。不知其人之世，不究其书之全，专恃校勘异
文，安足以论定古人。①

对于"记室论诗"，钱氏仅仅肯定其"自具义法，条贯不紊"，而对其文学
"眼力"则是大加嘲讽，这恰恰是不能将"知其人之世"和"究其书之全"
的学术理念付诸实践的表现。相对而言，章学诚（1738—1801）更具卓见，
《文史通义·诗话》指出：

《诗品》之于论诗，视《文心雕龙》之于论文，皆专门名家勒为成
书之初祖也。《文心》体大而虑周，《诗品》思深而意远，盖《文心》笼
罩群言，而《诗品》深从六艺溯流别也。

此文下章氏自注云："如云某家之诗，其源出于某家之类，最为有本之学。
其法出于刘向父子。"随后，他又指出：

论诗论文，而知溯流别，则可以探源经籍，而进窥天地之纯，古人

---
① 《谈艺录》，中华书局1984年版，第92—93页。

之大体矣。此意非后世诗话家流所能喻也。

此文下章氏复有自注云：

> 钟氏所推流别，亦有不甚可晓处。盖古书多亡，难以取证。但已能窥见大意，实非论诗家所及。①

章氏不仅对《诗品》给予高度评价，而且对其"推源溯流"的批评方法及其与"六艺"的渊源关系进行了揭示，认为这是最有根基的学术，而这种"溯流别"的批评方法来自西汉刘向（前77—前6）、刘歆（前53？—26）父子，具有"探源经籍"，"窥天地之纯"的重要意义。但章氏又指出，古代的典籍和作品亡佚甚多，因此，对钟嵘的"所推流别"的缘由，就"难以取证"了。如此论说《诗品》，可谓别具慧眼，卓尔不群。但是，如果将章氏之言落实到钟嵘品陶一类的实例上，其高论仍然令人一头雾水，茫然难解。所以，这个问题实际上是《诗品》学研究的瓶颈问题，任何研究《诗品》的学者都是绕不开的。毫无疑问，《诗品》作为一部胜义纷纭的诗学理论杰作，无论是《诗品序》那情采飞动的诗学阐释，还是分列三品的诗人评论，都似澄江蕴碧，合浦含珠，闪耀着活泼、灵动的理论光辉，千载以来，流照艺苑，令人瞩目，而有如此卓越贡献的诗论家，真的会在"推源溯流"方面表现得那么浅陋吗？换言之，超越群伦的理论建树与渊源论断上的简单粗糙能够共生于一个学术肌体之中吗？长期以来，这些问题一直让人们困惑不已，事实上，对这些问题的研究，任何点滴的实质性进展都是极为难能可贵的②。

---

① 叶瑛：《文史通义校注》，上册，中华书局1985年版，第559页。
② 以笔者之所见，这方面的论文主要有王叔岷：《论钟嵘评陶渊明诗》，《陶渊明诗笺证稿》，中华书局2007年版（台湾艺文印书馆1975年版），第527—538页；王运熙：《钟嵘〈诗品〉陶诗源出应璩解》，《文学评论》1985年第5期；袁行霈：《钟嵘〈诗品〉陶诗源出应璩说辨析》，《国学研究》，第2卷，北京大学出版社1994年版；王澍：《再论钟嵘〈诗品〉中的陶诗"源出于应璩"说——兼与袁行霈先生商榷》，《社会科学家》2003年第3期；李剑锋：《陶渊明及其诗文渊源研究》第九章《阮籍、左思与陶渊明》，山东大学出版社2005年版，第355—381页；李文初：《读〈诗品·宋征士陶潜〉札记》，《文艺理论研究》1980年第2期；杨合林：《陶渊明诗在东晋南北朝的被读解》，《文艺理论研究》2002年第2期；邓伟龙：《被"误读"的知音——浅析〈诗品〉对陶诗的评价》，《河池学院学报》2004年第5期；林葆玲：《循环的创作：重观应璩、陶潜和清贫隐士传统》，赵敏俐、佐藤利行主编：《中国中古文学研究——中国中古（汉—唐）文学国际学术研讨会论文集》，学苑出版社2005年版，第441—457页。

还是让我们回到上引钟氏品陶之言，对此，袁行霈指出：

> 这段话包括四个内容：第一，论陶诗的渊源；第二，论陶诗的语
> 言、立意、表达方式及其文格与人格的统一；第三，对世人之公论提出
> 质疑，指出陶诗不只是质直的田家语，还有清靡的一面；第四，陶潜是
> 古今隐逸诗人之宗。平心而论，这样的评语相当高了。对列入中品的其
> 他诗人，钟嵘常有贬辞。……即使是属于上品的诗人，钟嵘也往往指出
> 其不足之处。……可是偏偏对列入中品的陶潜无一贬辞。一位居于中品
> 的诗人得到这样的评价实在很特殊的。①

袁氏的概括十分深刻，他的观察也是细致入微的。钟嵘确实表现出了对陶潜
其人其诗的偏爱，而这也确实是"靖节先生的第一次显赫"②，这意味着从钟
嵘品陶开始，陶潜真正以显赫的诗人身份登上了我国文学史的舞台。"当时
解推渊明者，惟萧氏兄弟，昭明为之标章遗集，作序叹为'文章不群'，'莫
之与京'。《颜氏家训·文章》篇记简文'爱渊明文，常置几案，动静辄
讽'。"③而无论是编纂《陶渊明集》，还是编纂《文选》，萧统（501—531）
在一定程度上都受到了钟氏品陶的影响，事实正如曹旭所指出的那样：

> 钟嵘评陶诗，举了三首诗为例：一是序中标举的"咏贫之制"，即
> 陶渊明《咏贫士》诗；二是品语"至如'欢言酌春酒'，'日暮天无云'，
> 风华清靡，岂直为田家语耶'"。所举二诗，"欢言酌春酒"为《读山海
> 经》中句；"日暮天无云"为《拟古》中句。有趣的是，萧统不仅选了
> 《诗品》序中标举的《咏贫士》诗，而且选了《读山海经》和《拟古》
> 诗。《读山海经》共十三首，《拟古》诗亦有九首。十三首中，萧统独选
> 了钟嵘标举的"欢言酌春酒"一首；《拟古》九首中，萧统同样选了钟
> 嵘标举的"日暮天无云"一首。这种"相似"，结合《文选序》揭示的
> 文学观点和取舍标准，正表明萧统对钟嵘《诗品序》以"陶潜咏贫
> 之制"为"五言之警策者"，"至如'欢言酌春酒'，'日暮天无云'，风华

---

① 袁行霈：《钟嵘〈诗品〉陶诗源出应璩说辨析》，《国学研究》，第 2 卷，北京大学出版社
1994 年版。

② 曹旭：《诗品研究》，上海古籍出版社 1998 年版，第 194 页。

③ 钱锺书：《谈艺录》，第 91 页。

清靡，岂直为田家语耶'"的认同。由此可知两人对陶诗的审美趣味、品评标准是一致的。萧统完成《诗品》并卒于晋安王萧纲记室任内（约518），时萧统十八岁。钟嵘《诗品》无疑是萧统学诗和读诗的重要参考，并在其后的文学活动，特别是招集文学之士编纂《文选》的过程中产生影响。钟嵘在《诗品》中提及的陶诗佳篇，必然会引起萧统的注意，得到认同，并作为选诗的依据。其实，萧统受钟嵘影响，还有更显而易见的地方。如果把《陶渊明集序》与《诗品》作一对照，我们就不难发现：萧统《陶集序》除了更强调诗歌讽谏、移情、仁义、教化的作用以外，评论陶渊明诗歌的部分，其实与钟嵘《诗品》"陶渊明"条的内容大致相同。譬如：萧序"其文章不群，辞采精拔"，即钟品"辞兴婉惬"、"风华清靡"之谓；萧序"论怀抱，则旷而且真"，即钟品所说的"笃意真古"；萧序"余爱其文"，"尚想其德"，与钟品"每观其文，想其人德"一致；而萧序"跌宕昭彰，独超众类，抑扬爽朗，莫之与京"，与钟品"又协左思风力"、"古今隐逸诗人之宗"类似，说的也是有清拔的风力，别人比不上的意思。可见两者的评价，除了后者的用语更带感情色彩外，对陶诗的评价基本是一致的。①

这一系列发现都是非常重要的。桥川时雄（1895—1982）在其所著《陶集版本源流考》一书中说："余所见之旧钞陶集，昭明陶集序末记云：'梁大通丁未年夏季六月昭明太子萧统撰。'"② 萧梁大通元年（527）距元嘉四年（427）陶渊明去世正好是一百年，昭明太子在这一年完成《陶渊明集》八卷的编纂，无疑是对这位伟大作家的最好纪念。或许这正是萧统在这一年纂成陶集的主要目的之一。从此开始，陶渊明犹如一轮骄阳，在东方古国的诗坛上冉冉升起，放射出灿烂的光华，照亮了一千多年的中国文学史。尤其值得关注的是，曹旭对萧氏《陶渊明集序》与《诗品》品陶文字的分析，实际上是对这两篇经典文献的"互文性"（intertualité，intertextuality）关系的揭示，其态度是谨慎的，其方法也是科学的。所谓"互文性"，是法国学者朱丽娅·克里斯蒂娃（Julia Kristeva，1941—）在当代西方后现代主义文化思潮中提出的一个概念。互文性是指任何一个单独的文本都是不自足的，任何文

---

① 曹旭：《诗品研究》，第199—201页。
② 《雕龙丛抄》之一，文字同盟社1931年版，第7页。

本都是一种互文，都是对其他文本的吸收与转化，它的意义在与其他文本交
互参照、交互指涉的过程中产生①。这种被吸收与转化的文本称为"底文"
（soustexte，也就是"文下之文"）或者"互文本"②，热拉尔·热奈特
（Gérard Genette，1930—）在《隐迹稿本》中所说的"一篇文本在另一篇文
本中切实地出现"③，就是互文性。这在我国的文学批评话语中有时被视为模
拟或者用典，而人们更多地采用渊源考证和影响研究的方法来予以钩沉索
隐，抉幽发微。但是，相对于我国传统的文学批评方法，西方的"互文性"
理论无疑更具有概括力，能够更深刻更全面地揭示作品文本的生成机制。对
克氏所谓"互文性"，弗朗西斯·马尔赫恩（Francis Mulhern）解释为："一
种文化中'他者'文本在文本中的在场。它不只是简单地意味着'影响'，
也不仅仅包含特别的指涉或典故，而是文本性重新界定中的部分。"④ 杰拉尔
德·普林斯（Gerald Prince）在其《叙事学词典》中对"互文性"下了一个
更为清楚易懂的定义："一个确定的文本与它所引用、改写、吸收、扩展、
或在总体上加以改造的其他文本之间的关系，并且依据这种关系才可能理解
这个文本。"⑤ 互文性理论将文本与文本之间的互涉、互动看做是文学与文化
的基本构成因素，主要强调在文际关系中发掘和解读作品的意义。互文性概
念强调的是把写作置于一个坐标体系中予以观照：从横向上看，它将一个文
本与其他文本进行对比研究，让文本在一个文本的系统中确定其特性；从纵
向上看，它注重前文本的影响研究，从而获得对文学和文化传统的系统认
识。用互文性来描述文际关系的问题，不仅揭示出写作活动内部多元文化、
多元话语相互交织的事实，而且也呈现了写作的深广性及其丰富而又复杂的
文化内蕴和历史内涵。而从这一视阈审查《诗品》，我们可以发现钟嵘的品
陶文字正是萧氏《陶渊明集序》的"底文"或"互文本"（正如曹旭所述）；
至于《诗品》标举的经典陶诗，萧统的《文选》照单全收，无疑是更为典型
的互文性手法⑥。因此，萧统写作《陶渊明集序》，在一定程度上正依赖于以

---

　　①　秦海鹰：《互文性理论的缘起与流变》，《外国文学评论》2004 年第 3 期。

　　②　[法] 蒂费纳·萨莫瓦约（Tiphaine Samoyault）：《互文性研究》，邵炜译，天津人民出版社
2003 年版，第 85、30—31 页。

　　③　萨莫瓦约：《互文性研究》，第 19 页。

　　④　[英] 弗朗西斯·马尔赫恩：《当代马克思主义文学批评》，刘象愚译，北京大学出版社 2002
年版，第 35 页。

　　⑤　转引自程锡麟《互文性理论概述》，《外国文学研究》1996 年第 1 期。

　　⑥　萨莫瓦约：《互文性研究》，第 36—40 页。

《诗品》品陶文字为主要吸纳对象的互文性建构；而曹旭对这两篇作品的互文性关系的精彩分析，则是对《陶渊明集序》的互文性解构。不仅如此，钟嵘称陶诗"其源出于应璩，又协左思风力"，其实也是着眼于陶诗与此二家诗的互文性关系立论的①，是对陶诗的互文性解构。而利用互文性研究的这种可操作的文本分析手段，我们就可以比较充分地证实钟嵘的品陶之说。

二　钟嵘"其源出于应璩，又协左思风力"说的互文性观照

就创作主体而言，互文性的文学建构往往具有很强的主观选择性，也就是说，作家在进行互文性文学写作的时候，通常以经典作家的经典作品作为互文本，将其转化、吸纳为自己作品的有机组成部分。在陶渊明的时代，应璩和左思都无可争议地属于经典作家的序列。对左思的文学成就，我们可置而不论；而对应璩的文学成就，我们则必须予以重申，并尽量还原其在我国文学史上的实际地位。

在曹魏时代，应璩不仅是一位很有影响的作家，而且具有较高的政治地位。他出身于汝南应氏家族，其父应场（？—217）为"建安七子"之一，而他平生与曹魏政治契合甚深，颇受重用。建安十六年（211），曹丕（187—226）为五官中郎将时，他就曾参加曹丕召集的一次规模很大的名流雅集②。钟嵘认为应璩的诗歌创作主要受到了曹丕的影响。《诗品》中"魏侍中应璩诗"："祖袭魏文。善为古语，指事殷勤，雅意深笃，得诗人激刺之旨。至于'济济今日所'，华靡可讽味焉。"③ 这种评论既有文学上的根据，亦当与应璩、曹丕早年的交往与契合有关。而从公元 220 年曹丕称帝开始，直到魏明帝曹叡（204—239）时代，应璩一直担任散骑常侍，至齐王曹芳（232—274）继位，大将军曹爽（？—249）辅政，他又担任侍中，并在太尉满庞（？—242）幕中任职。他亦文亦武，极有见识。在黄初（220—226）、

　　① 李悦：《左思〈咏史〉与陶渊明〈咏贫士〉之比较》，《重庆科技学院学报》2008 年第 4 期；李斯：《浅论左思与陶渊明咏史诗的异同》，《黄石教育学院学报》2005 年第 2 期；史梅：《组诗浅比：论左思〈咏史〉与陶渊明〈咏贫士〉》，《郧阳师范高等专科学校学报》2005 年第 4 期。

　　② 事见《三国志》卷二十九《魏书·方技列传》第二十九《朱建平传》，第 3 册，中华书局1959 年版，第 808—809 页。

　　③ 曹旭：《诗品注》，第 132 页。

太和（227—232）年间，他还与许多文化名流一同参与魏史的纂修工作，后来王沈（生卒年不详）"勒成《魏书》四十四卷"①，与他的劳动也是分不开的②。在文学创作方面，应璩最有名气的作品是《百一诗》。这组诗在《文选》中被单列为一体，其中的一首"下流不可处"也进入萧《选》，而《文心雕龙·明诗》说："若乃应璩《百一》，独立不惧，辞谲义贞，亦魏之遗直也。"③《文选》卷二十一应璩《百一诗》唐李善（630？—689）注：

> 张方贤《楚国先贤传》曰："汝南应休琏作百一篇诗，讥切时事，遍以示在事者，咸皆怪愕。或以为应焚弃之。何晏独无怪也。然方贤之意，以有百一篇，故曰百一。"李充《翰林论》曰："应休琏五言诗，百数十篇，以风规治道，盖有诗人之旨焉。"又孙盛《晋阳秋》曰："应璩作五言诗百三十篇，言时事颇有补益，世多传之。"④

可见应氏的《百一诗》是以其强烈的现实主义精神受到人们普遍推重的。《全梁文》卷四十七陶弘景（456—536）《肘后百一方序》：

> 余宅身幽岭……见葛氏《肘后救卒方》，殊足申一隅之思。……抱朴此制，实为深益，然尚有阙漏，未尽其善。辄更采集补阙，凡一百一首，以朱书甄别，为《肘后百一方》，于杂病单治，略为周遍矣。昔应璩为《百一诗》，以箴规心行，今予撰此，盖欲卫辅我躬。⑤

萧统、刘勰（465？—520）和陶弘景对《百一诗》的推重，也反映了萧梁时代文化界的共识。《梁书》卷五十《刘勰传》："天监初，起家奉朝请，中军临川王宏引兼记室，迁车骑仓曹参军。出为太末令，政有清绩。除仁威南康王记室，兼东宫通事舍人。……迁步兵校尉，兼舍人如故。昭明太子好文学，深爱接之。"⑥再如《南齐书》卷五十二《文学传论》对"应璩指事"的

① 浦起龙：《史通通释》，下册，上海古籍出版社1978年版，第346页。
② 关于应璩的生平事迹，详见阳金保《应璩研究》附录二《应璩年谱》，第109—111页。
③ 范文澜：《文心雕龙注》，上册，人民文学出版社1958年版，第67页。
④ 《文选》，中华书局1977年版，第305—306页。
⑤ 严可均：《全上古三代秦汉三国六朝文》，第4册，中华书局1958年版，第3219页。
⑥ 姚思廉：《梁书》，第3册，中华书局1973年版，第710页。

赞赏①，北周庾信（513—581）《奉和永丰殿下言志》十首其二"咏史答应
璩"②的诗句，也都肯定了应璩的文学成就。另外，《文选》还收录了应璩的
四篇书牍作品，即《与满公琰书》，《与侍郎曹长思书》，《与广川长岑文瑜
书》和《与从弟君苗君胄书》③，均具有典范意义。《隋书》卷三十五《经籍
志》："应贞注应璩《百一诗》八卷。"④"魏卫尉卿《应璩集》十卷，梁有录
一卷。"⑤"《应璩书林》八卷，夏赤松撰。"⑥ 这些作品在魏晋南北朝时期一
直广泛流传，影响很大。《晋书》卷八十七《凉武昭王李玄盛传》：

> 览诸葛亮训励，应璩奏谏，寻其终始，周孔之教尽在中矣。为国足
> 以致安，立身足以成名，质略易通，寓目则了，虽言发往人，道师
> 于此。"⑦

又《晋书》卷一百二十一《李寿载记》：

> 壮作诗七篇，托言应璩以讽寿。寿报曰："省诗知意。若今人所作，
> 贤哲之话言也。古人所作，死鬼之常辞耳！"⑧

无论是李暠（351—417）的戒子，还是龚壮（？—346）的假托，都显示了
应璩的深刻影响。至唐代，应璩的魅力依然如故。《全唐诗》卷三十七王绩

---

① 萧子显：《南齐书》，第 3 册，中华书局 1972 年版，第 908 页。
② 倪璠：《庾子山集注》卷四，第 1 册，中华书局 1980 年版，第 330—331 页。
③ 《文选》卷四十二，第 597—600 页。
④ 魏征等：《隋书》，第 4 册，中华书局 1973 年版，第 1084 页。应贞（？—269）是应璩之子。
《隋书》卷三十五《经籍志》："晋散骑常侍《应贞集》一卷，梁五卷。"《隋书》，第 4 册，中华书局
1973 年版，第 1061 页。
⑤ 《隋书》，第 4 册，第 1060 页。《旧唐书》卷四十七《经籍志》："《百一诗》八卷，应璩撰。"
《旧唐书》，第 6 册，中华书局 1975 年版，第 2079 页。《旧唐书》此处又载："《百一诗集》二卷，李
夔撰。""《百志诗集》五卷，干宝撰。"这两部诗集亦当与应璩之作有关。《新唐书》卷六十《艺文
志》："应璩《百一诗》八卷。"《新唐书》，第 5 册，中华书局 1975 年版，第 1620 页。
⑥ 《隋书》，第 4 册，第 1089 页。
⑦ 《晋书》，第 7 册，中华书局 1974 年版，第 2264—2265 页。此文严可均《全晋文》卷一百五
十五题作李暠《写诸葛亮训诫应璩奉谏以勖诸子》，《全上古三代秦汉三国六朝文》，第 3 册，第 2358
页。
⑧ 《晋书》，第 10 册，第 3046 页；《全晋文》卷一百五十六题作李寿《报龚壮》，《全上古三代
秦汉三国六朝文》，第 3 册，第 2360 页。

（590？—644）《薛记室收过庄见寻率题古意以赠》诗：

> 尝爱陶渊明，酌醴焚枯鱼。①

"酌醴"一句出自应氏《百一诗》，用他的诗句来描写陶渊明的生活，这是很有趣很令人回味的文学现象，或许这里隐约表现了王绩对钟嵘品陶之说的赞同。但类似的描写已经见于隋卢思道（535—586）《听鸣蝉篇》："归去来，青山下。秋菊离离日堪把，独焚枯鱼宴林野。"② "归去来"和东篱把菊，都是陶渊明的故事。《文苑英华》卷五百八十唐宋之问（约650至656—712至713间）《为定王武攸暨请降王位表》更表达了对应璩人品的敬仰之情："又以班参禁内，秩比侍中，自非德迈应璩，识侔庆忌，将何以对扬顾问，规献文章？"③ 而应璩的饮酒也成为唐人津津乐道的话题，正如陶潜的饮酒一样，如《全唐诗》卷二百九十六张南史（生卒年不详）《早春书事奉寄中书李舍人》诗即有"酌酒伴应璩"④ 的诗句。《全唐诗》卷八百八十一收录了李瀚（公元889年前后在世）的《蒙求》，此文作为启蒙读物，历数古代文化名人，其中也有"应璩三入"、"陶潜归去"和"渊明把菊"⑤ 的表述。可见在唐人心目中应璩与陶潜都是非常值得称道的文化名人。因此，应璩的诗文在唐代常常被用为典实。再如周绍良（1917—2005）《唐代墓志汇编》麟德第69号《大唐故张府君墓志铭并序》：

> 君讳宽，字士裕……追仲理之良田，叶应璩之菀柳。⑥

"追仲"一句本汉仲长统（179—220）《昌言》"欲使居有良田广宅"⑦，"叶应"一句本应璩《与从弟君苗君胄书》"吟咏菀柳之下"，而以仲长统和应璩并叙的方式表达隐逸的情调，六朝人已开其先声（说详下文）。又如《全唐文》卷一百七十二张鷟（658？—730）《户部侍郎韦珍奏称》一文所说"应

---

① 《全唐诗》，第2册，中华书局1960年版，第480页。
② 逯钦立：《隋诗》卷一，《先秦汉魏晋南北朝诗》，下册，中华书局1983年版，第2637页。
③ 《文苑英华》，第4册，中华书局1966年版，第2998页。
④ 《全唐诗》，第9册，第3359页。
⑤ 《全唐诗》，第25册，第9962—9963页。
⑥ 周绍良：《唐代墓志汇编》，上册，上海古籍出版社1992年版，第440页。
⑦ 严可均：《全后汉文》卷八十九下，《全上古三代秦汉三国六朝文》，第1册，第956页。

璩论马齿之规，井田鳞次"① 之典故，今见《太平御览》卷二百六十五所引应璩《新论》：

> 百郡立中正，九州置都士。州闾与郡县，希疏如马齿。生不相识面，何缘别义理？②

应氏已经看到了九品中正制在品评和举荐人才的过程中出现的弊端，他将与此相关的州闾和郡县的关系比喻为稀疏的马齿，非常生动形象；而在唐代的政治生活中，张文成也发现了这种"马齿之规"的存在。

由上述可知，在我国中古时代，应璩作为一位经典作家，具有非常广泛的影响。但不幸的是，他的作品在宋代就散佚了，文献的缺失以及宋人文学观念的变化，使得应璩这样一位杰出的作家隐没在历史的烟云之中，而陶潜的光芒则照亮了神州大地。因此，从历史实际出发，我们确实可以断言钟嵘关于陶诗"其源出于应璩"的评价是相当之高的；而从"互文性"的理论出发来审视这种论断，我们也可以说是非常科学的。阳金保曾经指出，"对田园的歌咏"乃是陶诗和应文的共同主题③，他又从"相似的人生轨迹"、"相似的性格"、"相似的名利观"、"相似的酒品"和"相似的诗歌语言风格"五方面对应、陶加以比较④；显然，这些讨论已经具有互文性分析的意味，以下是他发现的例证：

> 1. 家贫孟公，无置酒之乐。（应璩《与侍郎曹长思书》）⑤
> 子云性嗜酒，家贫无由得。（陶潜《饮酒》二十首其十八）⑥
> 2. 田家无所有，酌醴焚枯鱼。（应璩《百一诗》其一）⑦
> 漉我新熟酒，只鸡招近局。（陶潜《归园田居》五首其五）⑧

---

① 《全唐文》，第 2 册，中华书局 1983 年版，第 1754—1755 页。
② 《太平御览》，第 2 册，中华书局 1960 年版，第 1243 页。
③ 阳金保：《应璩研究》，第 44 页。
④ 同上书，第 56—64 页。
⑤ 《文选》卷四十二，第 597 页。
⑥ 王叔岷：《陶渊明诗笺证稿》，第 328 页。
⑦ 逯钦立：《魏诗》卷八，《先秦汉魏晋南北朝诗》，上册，第 469 页。
⑧ 王叔岷：《陶渊明诗笺证稿》，第 116 页。

3. 斗酒当为乐，无为待来兹。（应璩《百一诗》其二）①
得欢当作乐，斗酒聚比邻。（陶潜《杂诗》十二首其一）②
4. 醉酒巾帻落，秃顶赤如壶。（应璩《百一诗》其六）③
若复不快饮，空负头上巾。（陶潜《饮酒》二十首其二十）④
5. 有酒流如川，有肉积如岑。（应璩《百一诗》其二十）⑤
过门更相呼，有酒斟酌之。（陶潜《移居》二首其二）⑥

应璩的这些诗句显然是陶诗的底文。朱自清（1898—1948）指出：

　　钟嵘说陶诗"源出于应璩，又协左思风力"。应璩诗存者太少，无
可参证。游国恩先生曾经想在陶诗字句里找出左思的影响。他所找出的
共有七联，其中《招隐》诗，"杖策招隐士，荒涂横古今"，确可定为
《和刘柴桑》诗"山泽久见招"、"荒途无归人"二语所本，"聊欲投吾
簪"确可定为《和郭主簿》诗第一"聊用忘华簪"所本。本书所举却还
有左思《咏史》诗"寂寂扬子宅"（为渊明《饮酒》诗"寂寂无行迹"
所本），"寥寥空宇中"（为渊明《癸卯岁十二月中作》"萧索空宇中"所
本），"遗烈光篇籍"（为同上"历览千载书，时时见遗烈"所本），及
《杂诗》"高志局四海"（为渊明《杂诗》"猛志逸四海"所本）四句。⑦

这也是一种对陶诗的互文性解构，只不过由于局限于个别诗句的比对而显得
有些凌乱。王运熙《钟嵘诗品陶诗源出应璩解》一文指出：

　　对读之下，我们不能不惊讶两诗的风格何其相象！这种情况并不是

---

① 逯钦立：《魏诗》卷八，《先秦汉魏晋南北朝诗》，上册，第469页。
② 王叔岷：《陶渊明诗笺证稿》，第404页。
③ 逯钦立：《魏诗》卷八，《先秦汉魏晋南北朝诗》，上册，第470页。
④ 王叔岷：《陶渊明诗笺证稿》，第340页。
⑤ 逯钦立：《魏诗》卷八，《先秦汉魏晋南北朝诗》，上册，第472页。
⑥ 王叔岷：《陶渊明诗笺证稿》，第162页。另如陶潜《停云》诗："有酒有酒，闲饮东窗。"（王叔岷：《陶渊明诗笺证稿》，第5页）《饮酒》二十首其三："有酒不肯饮，但顾世间名。"（王叔岷：《陶渊明诗笺证稿》，第283页）《归去来兮辞》："携幼入室，有酒盈樽。"（逯钦立校注：《陶渊明集》卷之五，中华书局1979年版，第161页）
⑦ 《陶诗的深度——评古直〈陶靖节诗笺定本〉》，《朱自清古典文学论文集》，上海古籍出版社1981年版，第567—575页。

个别的，如应璩《百一诗·下流不可处》篇通过客主问答表明自己才学空虚，陶潜《饮酒诗·清晨闻叩门》篇亦用客主问答体表明自己不愿出仕的意愿，虽然两诗的主旨不同，但风格却非常相象。这一特点，只要细读两家诗，便可明白。

这里更涉及了诗风和诗体的互文性问题，其发现也是非常重要的。其实，陶诗与应诗和左诗的互文性例证有很多，在这里，我们试将相关诗文详列于下，并根据情况略加按语。

1. 王叔岷《论钟嵘评陶渊明诗》一文指出：

> 钟氏句陶诗"欢言酌春酒"，乃《读〈山海经〉》十三首之一。车柱环教授云："《北堂书钞》一四八引应璩诗云：'酌彼春酒。'或即陶诗所本。"其说是也。应诗"酌彼春酒"句，又见应氏《与从弟君苗君胄书》。①

2. 王叔岷《论钟嵘评陶渊明诗》一文指出：

> 《御览》二五引应氏《杂诗》云："秋日苦促短，遥夜邈绵绵。贫士感此时，慷慨不能眠。"此残存之咏贫士诗也。"贫士"一词，亦始见于此。陶潜有《咏贫士》诗七首，命题咏贫士，似与应诗有关。②

笔者按：王说，是。陶潜《归园田居》五首其五："欢来苦夕短，已复至天旭。"③《怨诗楚调示庞主簿邓治中》："夏日长抱饥，寒夜无被眠。"④《杂诗》十二首其二："气变悟时易，不眠知夕永。"⑤ 其十一："愁人难为辞，遥遥春夜长。"⑥《时运》诗序："偶景独游，欣慨交心。"⑦《时运》诗："黄唐莫逮，

---

① 《陶渊明诗笺证稿》，第 527—538 页。
② 同上。
③ 同上书，第 117 页。
④ 同上书，第 142 页。
⑤ 同上书，第 407 页。
⑥ 同上书，第 433 页。
⑦ 同上书，第 10 页。

慨独在余。"① 《怨诗楚调示庞主簿邓治中》："慷慨独悲歌,钟期信为贤。"②
这些诗句均以应氏《杂诗》为底文,尤其是陶潜《杂诗》的命题,亦当与应
氏《杂诗》有关。

3. 《太平御览》卷九百四十七引应璩《与曹昭伯笺》:

> 空城寥廓,所闻者悲风,所见者鸟雀。其陈司空为邑宰,所在幽
> 闲,独坐愁思,幸赖游蚁,以娱其意。

笔者按:陶潜《癸卯岁十二月中作与从弟敬远》："劲气侵襟袖,箪瓢谢屡
设。萧索空宇中,了无一可悦。"③ 《丙辰岁八月中于下潠田舍获》："悲风爱
静夜,林鸟喜晨开。"④ 《饮酒》二十首其四:"栖栖失群鸟,日暮犹独飞。徘
徊无定止,夜夜声转悲。"⑤ 其十五:"贫居乏人工,灌木荒余宅。班班有翔
鸟,寂寂无行迹。"⑥ 应笺"空城"等三句,正是这些诗句的底文。陶潜《戊
申岁六月中遇火》："形迹凭化往,灵府长独闲。"⑦ 《饮酒》诗序:"余闲居寡
欢,兼比夜已长,偶有名酒,无夕不饮,顾影独尽,忽焉复醉。既醉之后,
辄题数句自娱。"⑧ 应笺"其陈"等五句,正是这些诗文的底文。

4. 应璩《与从弟君苗君胄书》。关于应氏这封书信与陶潜诗文的互文性
关系,林葆玲《循环的创作:重观应璩、陶潜和清贫隐士传统》一文指出:

> 与陶诗相比,应对这次出游的描述更具贵族气象,诗中从容安闲的
> 语气,让我们想起了陶潜那些描述自己舒适简朴的田园生活的那些脍炙
> 人口的诗,应璩对风景的描写往往只是淡然一笔,但却十分传神,这与
> 陶潜独步当时的简洁文风相近。应璩还使用了一些可以引发人们对广
> 阔、洁净的田园风光的美好联想的词汇,如"旷"、"清"等,以及对天
> 象的一些提示语(如风伯象征着微风,雨师向小径上洒水象征下雨),

① 《陶渊明诗笺证稿》,第 16 页。
② 同上书,第 144 页。
③ 同上书,第 241 页。
④ 同上书,第 271 页。
⑤ 同上书,第 286—287 页。
⑥ 同上书,第 320 页。
⑦ 同上书,第 256 页。
⑧ 同上书,第 274—275 页。

这一点也与陶潜相似。在这首诗的开头及应璩的其他作品中也用到一些独立的意象，让我们更惊诧于他与陶潜的心有灵犀，例如："深渊之鱼"，"高云之鸟"，"酌彼春酒"等等，应璩和他的堂兄弟们在一起的愉悦心情也让我们想起了陶潜在接待宾客时的喜悦心情，接着应璩描述它退隐后的生活状况，并提醒苗胄官场的险恶。我们可能会注意到在后来陶潜的诗中也同样可以看到这种对归隐和出仕的描述，而且在所用到的意象几乎都是相同的。例如：应璩用"来还京都，块然独处，营宅滨洛，困于器尘"来描述他隐退后的落寞，陶潜则用"尘网"二字描述污浊的官场；两人都感到为尘世的喧嚣所困，陶潜认为"心远地自偏"，应璩则通过自己对汶水上清新美好世界的想象来摆脱充满尘嚣的显示世界。①

笔者按：应氏的这封书信对陶潜影响很大，其中的语句多为陶诗所涵化，构成了多首陶诗的底文。如"风伯扫途，雨师洒道"二句为《读〈山海经〉》十三首其一"微雨从东来，好风与之俱"② 之底文，"亦既至止，酌彼春酒"为《止酒》诗③之底文，"接武茅茨，凉过大夏"二句为《和刘柴桑》"茅茨已就治，新畴复应畲。谷风转凄薄，春醪解饥劬"④ 之底文；"吟咏"一句为《五柳先生传》"宅边有五柳树，因以为号焉。……常著文章自娱，颇示己志"⑤ 之底文，"弋下高云之鸟，饵出深渊之鱼"二句为《始作镇军参军经曲阿》"望云惭高鸟，临水愧游鱼"⑥ 之底文，"来还京都，块然独处，营宅滨洛，困于器尘"为《归园田居》五首其一"误落尘网中"⑦ 之底文。

5.《与侍郎曹长思书》。林葆玲《循环的创作：重观应璩、陶潜和清贫隐士传统》一文指出：

由于应璩一生大部分时间都在出仕，所以很自然地他的大部分作品

---

① 赵敏俐、佐藤利行主编：《中国中古文学研究——中国中古（汉—唐）文学国际学术研讨会论文集》，第441—457页。
② 王叔岷：《陶渊明诗笺证稿》，第478页。
③ 同上书，第345—360页。
④ 同上书，第167页。
⑤ 逯钦立校注：《陶渊明集》卷之六，第175页。
⑥ 王叔岷：《陶渊明诗笺证稿》，第217页。
⑦ 同上书，第101页。

都能隐约表现出退隐的主题，也许从某种程度上讲应璩尚存的大部分诗文都作于他退隐之后。"引退"事实上是应璩书信甚至是诗中的一个中心主题，这是他与陶诗联系的一个主要纽带。在他的《与侍郎曹长思书》中，应璩感伤地说自己由于没有权要的支援，只能"复敛翼于故枝，块然独处，有离群之志"，他进一步详细描述了他平静的归隐生活："德非陈平……无置酒之乐。"出于自谦，应璩没有把自己与前代名士相提并论。在应璩的《报平陆长贡伯玮书》中，我们发现他在与官场决绝时与陶潜在《归去来兮辞》中所述十分相似，他叹道"从此辞矣，何敢复飞蝉于惠文，鸣玉于缇组哉？"陶潜离开官场后向往的是闲适的田园生活，而应璩却似乎在为即将告别已经习惯的优裕生活而叹息。①

笔者按：应氏《与侍郎曹长思书》陶潜诗具有互文性关系。如陶潜《赠羊长史》"驷马无贳患，贫贱有交娱"②，《扇上画赞》"至矣于陵，养气浩然。蔑彼结驷，甘此灌园"③ 和《饮酒》二十首其十五"贫居乏人工，灌木荒余宅。班班有翔鸟，寂寂无行迹"④ 等诗句，均以"德非陈平，门无结驷之迹"二句为底文；"学非杨雄，堂无好事之客"二句为《饮酒》二十首其十八之底文："子云性嗜酒，家贫无由得。时赖好事人，载醪祛所惑。觞来为之尽，是谘无不塞；有时不肯言，岂不在伐国。仁者用其心，何尝失显默。"⑤ "才劣仲舒，无下帷之思"二句为《劝农》诗"董乐琴书，田园弗履"⑥ 之底文；"家贫孟公，无置酒之乐"为《饮酒》二十首其十六之底文："竟抱穷苦节，饥寒饱所更。敝庐交悲风，荒草没前庭。披褐守长夜，晨鸡不肯鸣。孟公不在兹，终以翳吾情。"⑦ "夫皮朽者毛落，川涸者鱼逝，春生者繁华，秋荣者零悴，自然之数，岂有恨哉"六句为《形影神》三首《形赠影》"草木得常

---

① 赵敏俐、佐藤利行主编：《中国中古文学研究——中国中古（汉—唐）文学国际学术研讨会论文集》，第441—457页。
② 王叔岷：《陶渊明诗笺证稿》，第197页。
③ 逯钦立校注：《陶渊明集》卷之六，第176页。
④ 王叔岷：《陶渊明诗笺证稿》，第320页。
⑤ 同上书，第328—329页。
⑥ 同上书，第50页。
⑦ 同上书，第323—325页。

理，霜露荣悴之"①，《挽歌诗》三首其一"有生必有死，早终非命促"② 和
《连雨独饮》"运生会归尽，终古谓之然"③ 之底文。而应璩《报平陆长费伟
伯书》"从此辞矣"等四句④为《归去来兮辞》"归去来兮，田园将芜胡不
归？"以及"已矣乎，寓形宇内能复几时，曷不委心任去留"⑤ 诸句之底文。

　　6.《艺文类聚》卷三十五应璩《与韦仲将书》：

> 　　夫以原宪县磬之居，而值皇天无已之雨。室宇渐而作漏，堂馆洽而
> 为泥。薪刍既尽，旧谷亦倾匮。……人非神仙，须仰衣食。方今体寒心
> 饥，忧在旦夕，而欲东希诛昌治生之物，西望陵县厨食之禄，诚恐将为
> 牛蹄中鱼，卒鲍氏之肆矣。⑥

"夫以"句原宪之典故常见于陶诗，如《始作镇军参军经曲阿》"被褐欣自
得"⑦ 李善注引《家语》曰："原宪敝衣冠，并日而食蔬，衍然有自得之
色。"⑧《咏贫士》七首其三"原生纳决履，清歌畅商音"，古直（1885—
1959）注引《韩诗外传》曰："原宪居鲁，子贡往见之。原宪应门，振襟则
肘见，纳履则踵决。子贡曰：'嘻！先生何病也？'宪曰：'宪贫也，非病也。
仁义之匿，车马之饰，宪不忍为也。'子贡惭，不辞而去。宪乃徐步曳杖歌
《商颂》而返，声沦于天地，如出金石。"⑨ 而"薪刍"以下各句与《有会而
作》诗序的互文性关系尤为明显："旧谷既没，新谷未登，颇为老农，而值
年灾，日月尚悠，为患未已。登岁之功，既不可希，朝夕所资，烟火裁通。
旬日已来，始念饥乏，岁云夕矣，慨然永怀。今我不述，后生何闻哉！"⑩
"人非神仙，须仰衣食"二句，为《庚戌岁九月中于西田获早稻》"人生归有
道，衣食固其端。孰是都不营，而以求自安"⑪ 和《移居》二首其二"衣食

①　王叔岷：《陶渊明诗笺证稿》，第 76 页。
②　同上书，第 497 页。
③　同上书，第 154 页。
④　《太平御览》卷八百一十九，第 4 册，第 3644 页。
⑤　逯钦立校注：《陶渊明集》卷之五，第 160—161 页。
⑥　《艺文类聚》，第 2 册，上海古籍出版社 1965 年版，第 630 页。
⑦　《文选》卷二十六，第 376 页。
⑧　同上。
⑨　古直：《陶靖节诗笺定本》卷四，台湾广文书局 1964 年版，第 120 页。
⑩　王叔岷：《陶渊明诗笺证稿》，第 365 页。
⑪　同上书，第 263—264 页。

当须纪，力耕不吾欺"① 之底文。曹植（192—232）《赠白马王彪》："松子久
吾欺。"② 陶诗"力耕不吾欺"套改此句，而以"人非"二句为底文。

7.《北堂书钞》卷一百三十六"援鉴自照"条引应璩《与夏侯孝智书》：

> 遭值有道之世，免致贫贱之患，援鉴自照，鬓已半白，良可惧也。③

这是《饮酒》二十首其十五"宇宙一何悠，人生少至百。岁月相催逼，鬓边
早已白"④ 四句诗的底文。

8.《太平御览》卷五百三十二引应璩《与阴中夏书》："从田来，见南野
之中，有徒步之士，怪而问之。"⑤

笔者按：此为《归园田居》五首其一"开荒南野际，守拙归园田"⑥ 之
底文。

9. 左思《杂诗》与陶诗。《文选》卷二十九左思《杂诗》：

> 秋风何冽冽，白露为朝霜。柔条旦夕劲，绿叶日夜黄。明月出云
> 崖，皦皦流素光。披轩临前庭，嗷嗷晨雁翔。高志局四海，块然守空
> 堂。壮齿不恒居，岁暮常慨慷。⑦

这首诗对陶渊明影响极深，有多首陶诗以此诗为底文。"秋风"四句为陶潜
《和郭主簿》二首其二之互文本："和泽周三春，清凉素秋节。露凝无游氛，
天高风景澈。……芳菊开林耀，青松冠岩列。怀此贞秀姿，卓为霜下杰。"⑧
也是《己酉岁九月九日》"靡靡秋已夕，凄凄风露交。蔓草不复荣，园木空
自凋"⑨ 的底文；"明月"二句为《杂诗》十二首其二"白日沦西河，素月出

---

① 王叔岷：《陶渊明诗笺证稿》，第 163 页。
② 《文选》卷二十四，第 341 页。
③ 《北堂书钞》，中国书店 1989 年版，第 552 页。
④ 王叔岷：《陶渊明诗笺证稿》，第 321 页。
⑤ 《太平御览》，第 3 册，第 2417 页。
⑥ 王叔岷：《陶渊明诗笺证稿》，第 104 页。
⑦ 《文选》，第 420 页。
⑧ 王叔岷：《陶渊明诗笺证稿》，第 178—179 页。
⑨ 同上书，第 259—260 页。

东岭。遥遥万里辉，荡荡空中景"①之底文；"披轩"二句为《九日闲居》"往燕无遗影，来雁有余声"②之底文；"高志"四句，至少与四首陶诗具有互文性关系，如《杂诗》十二首其五："忆我少壮时，无乐自欣豫。猛志逸四海，骞翮思远翥。荏苒岁月颓，此心稍已去；值欢无复娱，每每多忧虑。"③其四："丈夫志四海，我愿不知老。"④与《岁暮和张常侍》："市朝凄旧人，骤骥感悲泉。明旦非今日，岁暮余何言。素颜敛光润，白发一已繁。"⑤与《咏贫士》七首其二："凄厉岁云暮，拥褐曝前轩。南圃无遗秀，枯条盈北园。倾壶绝余沥，窥灶不见烟。"⑥而岁暮的贫士之叹，正是这些作品共有的主题。

10. 左思《招隐诗》与陶潜《和郭主簿》诗。《文选》卷二十二《招隐诗》二首其一：

> 杖策招隐士，荒涂横古今。岩穴无结构，丘中有鸣琴。白雪停阴冈，丹葩曜阳林。石泉漱琼瑶，纤鳞亦浮沈。非必丝与竹，山水有清音。何事待啸歌，灌木自悲吟。秋菊兼糇粮，幽兰间重襟。踌躇足力烦，聊欲投吾簪。⑦

这首诗在东晋时代就已经成为流传众口的名篇，如《世说新语·任诞》第47条载："王子猷居山阴，夜大雪，眠觉，开室，命酌酒。四望皎然，因起仿徨，咏左思《招隐诗》。"⑧王徽之（？—388）在山阴的雪夜里吟咏左思的这首诗，足以代表当时文学界普遍的欣赏态度，陶潜也不例外，我们读《和郭主簿》二首其一：

> 蔼蔼堂前林，中夏贮清阴。凯风因时来，回飙开我襟。息交游闲业，卧起弄书琴。园蔬有余滋，旧谷犹储今。营己良有极，过足非所

---

① 王叔岷：《陶渊明诗笺证稿》，第406页。
② 同上书，第95页。
③ 同上书，第414页。
④ 同上书，第411页。
⑤ 同上书，第199—200页。
⑥ 同上书，第438—400页。
⑦ 《文选》，第309页。
⑧ 余嘉锡：《世说新语笺疏》，中华书局1983年版，第760页。

钦。春秋作美酒，酒熟吾自斟。弱子戏我侧，学语未成音。此事真复乐，聊用忘华簪。①

左诗末句与陶诗末句具有互文性关系，古直的笺注已经表明这一点（见上引朱自清之语），但事实远不止此。这两首诗都是 16 句，采用的诗韵属于同一韵部（侵韵），而且诗中有六个韵脚相同，这六个韵脚是："今"，"琴"，"林"，"音"，"襟"，"簪"。这一事实足以表明，这首陶诗乃是模拟这首左诗的作品，后者正是前者的互文本，这正是互文性文学写作的典型。明许学夷（1563—1633）《诗源辨体》卷六第五条：

> 太冲诗浑朴，与靖节略相类。又太冲常用鱼、虞二韵（原注：鱼虞古为一韵），靖节亦常用之②，其声气又相类。应璩《百一诗》，亦用此韵，中有云："前者隳官去，有人适我闾。田家无所有，酌酒焚枯鱼。"③

但左思对侵韵的使用，对陶潜影响更大，左思有三篇作品使用这一韵部的韵字，陶渊明有六篇作品使用这一韵部的韵字④。而事实上，用韵选择上的亦步亦趋，已经触及了艺术形式的互文性问题。在此方面，更为典型的例证是应璩《三叟诗》，左思《娇女诗》与陶潜《责子》诗的互文性关系。

11. 陶渊明《责子》诗与应璩《三叟词》和左思《娇女诗》。

陶渊明《和郭主簿》二首其一说"弱子戏我侧，学语未成音"两句诗，陶潜《止酒》诗说"大欢止稚子"，而陶潜对孩子的怜爱之情尤见于《责子》诗：

> 白发被两鬓，肌肤不复实。虽有五男儿，总不好纸笔。阿舒已二八，懒惰故无匹。阿宣行志学，而不爱文术。雍端年十三，不识六与七。通子垂九龄，但觅梨与栗。天运苟如此，且进杯中物。

这首诗历数诸子的情况，正是典型的乐府诗体。诗人所谓责子，正是爱子的

---

① 王叔岷：《陶渊明诗笺证稿》，第 173—177 页。
② 于安澜：《汉魏六朝韵谱》，河南人民出版社 1989 年版，第 187—188、191、193 页。
③ 许学夷：《诗源辨体》，人民文学出版社 1987 年版，第 99 页。
④ 于安澜：《汉魏六朝韵谱》，第 220—221 页。

表现，因为爱之深，方能责之切。宋郭茂倩（公元 1084 年前后在世）《乐府诗集》卷三十五《相和歌辞》十《清调曲》三乐府古辞《长安有狭斜行》："大子二千石，中子孝廉郎。小子无官职，衣冠仕洛阳。三子俱入室，室中自生光。大妇织绮纻，中妇织流黄。小妇无所为，挟琴上高堂。丈夫且徐徐，调弦讵未央。"① 《责子》诗所采用的铺陈排比的修辞手法和语言句式显然与此类作品的影响是分不开的，而应璩的《三叟词》对《责子》诗的影响当更为直接：

> 古有行道人，陌上见三叟。年各百余岁，相与锄禾莠。住车问三叟：何以得此寿？上叟前致辞，内中妪貌丑。中叟前致辞，量腹节所受。下叟前致辞，夜卧不覆首。要哉三叟言，所以能长久。②

《责子》诗写了五个孩子，而《三叟词》则写了三位老人。朱熹（1130—1200）称应氏此诗为"古乐府《三叟诗》"③。以上两首诗共同的风格特色是"古朴质直"，"语言通俗、口语化"，"还带一些诙谐的风趣"④，许学夷《诗源辨体》卷六第五条称"《三叟诗》简朴无文，中具问答，亦与靖节口语相近"。而在叙事方式上，这两首诗也如出一辙。但就内容而言，这首陶诗与左思《娇女诗》的互文性关系更为突出。《娇女诗》也是寓爱于责、情趣诙谐的名作。浦江清（1904—1957）在《左棻墓志铭跋》中指出：

> 至于两个女儿的名字，见于《玉台新咏》卷二思自己做的《娇女诗》。这首诗描写小女儿姿态顽皮如画，是一首诙谐活泼的杰作，其名贵不在《咏史诗》之下。后来陶渊明的《责子》诗，李义山的《娇儿诗》，都仿他而不及。我们看了墓志铭之后，知道左思真有惠芳、纨素

---

① 《乐府诗集》，第 2 册，中华书局 1979 年版，第 514 页。
② 逯钦立认为此诗为《百一诗》之一，见《魏诗》卷八，《先秦汉魏晋南北朝诗》，上册，第470—471 页；宋胡仔（1110—1170）题作"应璩《三叟词》"，此从之。见胡仔《苕溪渔隐丛话》（前集）卷第四十一，人民文学出版社 1984 年版，第 280 页。
③ 《朱子语类》卷一百三十八，《朱子全书》，第 80 册，上海古籍出版社、安徽教育出版社2002 年版，第 4285 页。
④ 王运熙：《钟嵘〈诗品〉陶诗源出应璩解》。

两个女儿，再取读此诗，更觉亲切有味了。①

浦氏的论析是非常精彩的，而按照他的观点，《责子》诗正是模拟《娇女诗》的作品。南朝陈徐陵（507—583）《玉台新咏》卷二左思《娇女诗》：

> 吾家有娇女，皎皎颇白皙。小字为纨素，口齿自清历。鬓发覆广额，双耳似连璧。明朝弄梳台，黛眉类扫迹。浓朱衍丹唇，黄吻澜漫赤。娇语若连琐，忿速乃明画。握笔利彤管，篆刻未期益。执书爱绨素，诵习矜所获。其姊字惠芳，两目灿如画。轻妆喜楼边，临镜忘纺绩。举觯拟京兆，立的成复易。玩弄眉颊间，剧兼机杼役。从容好赵舞，延袖像飞翮。上下弦柱际，文史辄卷襞。顾眄屏风画，如见已指摘。丹青日尘暗，明义为隐赜。驰骛翔园林，菓下皆生摘。红葩掇紫蒂，萍实骤抵掷。贪华风雨中，倏忽数百适。务蹑霜雪戏，重綦常累积。并心注肴馔，端坐理盘槅。翰墨戢闲按，相与数离逖。动为炉钲屈，屣履往之适。止为荼菽据，吹吁对鼎𬬻。脂腻漫白袖，烟熏染珂锡。衣被皆重施，难与沉水碧。任其孺子意，羞受长者责。瞥闻当与杖，掩泪俱向壁。②

据《左棻墓志》记载，左思有两个女儿，长女左芳，字惠芳，次女左媛，字纨素（参见下文）。这首诗淋漓尽致地描写了两个女孩的娇憨可爱与活泼灵秀。正如论者所言，"左思《娇女诗》与陶渊明《责子》诗不约而同均采用了寓褒于贬的艺术手法，绘声绘色地列举了儿女的一系列'罪状'和'劣迹'，但在其背后却流露了一段慈父对儿女的怜爱之情。这种寓褒于贬的艺术手法产生了诙谐、幽默的艺术效果，读来令人忍俊不禁，远比一本正经地夸赞效果要好得多"。"其实，早就有人看出了这首诗的幽默笔法，黄庭坚在《书陶渊明〈责子〉诗后》说：'观渊明之诗，想见其人恺悌慈祥、戏谑可观也。俗人便谓渊明诸子皆不肖，而渊明愁叹见于诗，可谓痴人前不得说梦也。'此诚为切中肯綮之论。林语堂在他的文章《论幽默》中也认为陶渊明是晋末成熟的幽默诗人，《责子》诗是纯熟的幽默。《责子》诗与《娇女诗》

①　赵万里：《汉魏南北朝墓志集释》卷一，科学出版社 1956 年版，第 12 页。
②　吴兆宜：《玉台新咏笺注》，上册，穆克宏点校，中华书局 1985 年版，第 90—93 页。

的不同之处,是前者的描写比较简略,不如后者有更多形象生动的细节描写,这正是读者容易产生误解的主要原因。""这两首诗在题材选择、构思布局和艺术手法等方面都表现出惊人的一致性。"① 由此,我们可以得出这样一个结论:左思的《娇女诗》也正是陶渊明《责子》诗的互文本。

上述情况足以表明,钟嵘关于陶诗"其源出于应璩,又协左思风力"的说法确实是有依据的,其品陶不仅涉及了作品内容、文学语言的互文性,而且涉及了作品形式和艺术风格的互文性,具有重要的理论意义。

三　钟嵘品陶的局限性及其成因

如上文所述,钟嵘品陶是建立在对陶诗的互文性解构基础之上的,由于陶渊明的互文性建构涉及了许多作家作品,所以钟嵘之品陶就未免有很大局限性,我们只可视为局部的真理,而这种局部的真理仅仅体现了一种片面的深刻,正如朱自清所说:

> 从本书里看,左思的影响并不顶大;陶诗意境及字句脱胎于《古诗十九首》的共十五处,字句脱胎于嵇康诗赋的八处,脱胎于阮籍《咏怀》诗的共九处。那么,《诗品》的话就未免不赅不备了。②

钟嵘品陶确非赅备之言,另如袁行霈所说:

> 陶潜诗歌的渊源并不像钟嵘所说的那么简单。他有自己独创的诗体;也有博采众家之长,加以融合而形成的诗体。与其说源出应璩,不如说源出汉、魏、晋诸贤,应璩是绝不足以笼罩他的。如果一定要在这众多的源头中特别提出两三个来,则不妨说其源出于《古诗》,又绍阮籍之遗音协左思之风力。这样,即使是按照钟嵘《诗品》的体例来安排他的品第,也不会因他源出于中品的应璩而使他屈居于中品了。不过陶潜位居何品并不重要,最重要的是弄清陶诗的渊源,加深对他的理解,

---

① 程丽芳:《左思〈娇女诗〉与陶渊明〈责子〉诗探析》,《咸阳师院学报》2007 年第 5 期。
② 朱自清:《陶诗的深度——评古直〈陶靖节诗笺定本〉》,《清华大学学报》(自然科学版)1936 年第 2 期。

同时也对《诗品》取得一个恰当的认识。①

这些意见都是非常中肯的。在这里，我们试别举二例以进一步彰明钟嵘品陶的局限性。

1. 陶潜《九日闲居并序》的互文性建构。《九日闲居并序》：

> 余闲居，爱重九之名。秋菊盈园，而持醪靡由，空服九华，寄怀于言。
>
> 世短意常多，斯人乐久生。日月依辰至，举俗爱其名。露凄暄风息，气澈天象明。往燕无遗影，来雁有余声。酒能祛百虑，菊为制颓龄。如何蓬庐士，空视时运倾。尘爵耻虚罍，寒华徒自荣。敛襟独闲谣，缅焉起深情。栖迟固多娱，淹留岂无成？

这首诗的底文是相当丰富的。我们仍然借助古直的笺注成果对此加以解释②。诗题，古直笺："《孝经》曰：'仲尼闲居，曾子侍坐。'《礼记》有'孔子闲居'篇。闲居二字本此。"诗序，古直笺："九华者，九日之黄华也。《离骚》：'夕餐秋菊之落英。'服，犹餐也。有华无酒，故云空服。""世短"二句，古直笺："汤注：'《幽通赋》：道修长而世短。'李注：'古诗云：人生不满百，常怀千岁忧。而渊明以五字尽之，曰：世短意常多。东坡曰：意长日月促。则倒转陶句耳。'直案：《列子·杨朱篇》：'理无久生。况久生之苦。'""往燕"二句，古直笺："《月令》：'季秋之月，鸿雁来宾。'""尘爵"二句，古直笺："《小雅》：'缾之罄矣，维罍之耻。'""敛襟"二句，古直笺："《国语·楚语》：'缅然引领南望。'韦注：'缅，犹邈也。'""栖迟"二句，古直笺："《楚辞·九辩》：'蹇淹留而无成。'"而在"日月"二句和"酒能"二句的笺注中，古直节引了曹丕的《九日与钟繇书》，而这封信的全文正是本诗的主要互文本：

> 岁往月来，忽复九月九日。九为阳数，而日月并应。俗嘉其名，以为宜于长久，故以享宴高会。是月律中无射，言群木庶草，无有射地而

---

① 袁行霈：《钟嵘〈诗品〉陶诗源出应璩说辨析》，《文学评论》1980年第5期。

② 古直：《陶靖节诗笺定本》卷之二，第35—36页。

生。至于芳菊，纷然独荣，非夫含乾坤之纯和，体芬芳之淑气，孰能如此！故屈平悲冉冉之将老，思餐秋菊之落英。辅体延年，莫斯之贵。谨奉一束，以助彭祖之术。①

　　诗题《九日闲居》的底文是"岁往"三句；"斯人"一句的底文是"以为"句；"日月"二句的底文是"日月并应"二句；"露凄"二句的底文是"乾坤"、"芬芳"二句；"酒能"二句的底文是"辅体延年"。这些情况表明，陶渊明《九日闲居》诗乃是对曹丕《九日与钟繇书》的重写。这首诗作为主文本，作品的机体蕴涵着丰富的"异物"，这就是上述的那些底文和互文本。显而易见，这首诗的整篇文本都来自其他文本，是主文本对多个互文本的吸收和应答。由此可见，"文学的写作是对它自己现今和以往的回忆。它摸索并表达这些记忆，通过一系列的复述、追忆和重写将它们记载在文本中，这种工作造就了互文。文学还可以汇总典籍，表现它对自己的想象。当我们把互文性当成是对文学的记忆时，我们提议把文学创作和释义紧密联系起来：主要是为了发现和理解作品从何而来，同时也不要忘了考虑载录记忆的种种具体方式"。② 换言之，如果没有对《孝经》、《礼记》、《列子》、《国语》、《诗经》和《楚辞》以及《九日与钟繇书》等文本的吸纳和转化，《九日闲居》诗的文本就不能形成，而离开这些嵌入作品内部的底文和互文本，我们也就不可能真正了解和理解这首陶诗。

　　2. 陶潜的互文性建构与湛方生（公元 376—396 年间在世）诗文的关系。徐公持在详细考察了湛方生的生平、仕履之后，又对陶、湛两位诗人进行了细致的比较：

　　　　陶氏身世，大体上亦有先出仕后归里过程，二者人生道路颇相近似。身世相似之外，二人思想亦颇相近。对于仕途鞅掌劳顿之厌倦，对于乡居朴素生活之满足，对于山川自然之喜悦爱好，以及对于玄学之略有濡染，皆所攸同。此外尚有第三层相似处，即其诗作。上举湛方生诗，其中感叹"羁旅""苦辛"，述"归薮"心情，以亲切语气写乡里家居，写"园"、"庭"、"牖"状况，以及"茹蔬"、"饮酒"等生活场面，

---

① 严可均：《全三国文》卷七，《全上古三代秦汉三国六朝文》，第 4 册，第 1088 页。
② 萨莫瓦约：《互文性研究》，第 35 页。

在陶渊明作品中亦多见，而"衡门"、"春酒"等语，在陶渊明归家后作品中，亦颇有，如"寝迹衡门下，邈与世相绝"（《癸卯岁十二月中作与从弟敬远》），"静寄东轩，春醪独抚"（《停云》）等。而且读《后斋诗》之后，直接令人联想起陶渊明《归园田居》、《归去来兮辞》。此《后斋诗》中所写场面、意境，甚至某些用语，陶于二篇作品中几乎亦皆有类似描写。如陶"羁鸟恋旧林，池鱼思故渊"，即湛"归薮"之意；"方宅十余亩，草屋八九间"与"门不容轩，宅不盈亩"义近；"榆柳荫后园，桃李罗堂前"、"三径就荒，松菊犹存"与"茂草笼庭，滋兰拂牖"义近；"试携子侄辈"、"携幼入室"与"抚我子侄，携我亲友"义近；"倚南窗以寄傲"、"时矫首而遐观"与"开棂攸瞻，坐对川阜"义近；等等，皆显示湛方生与陶渊明之间存在创作倾向上相近之处。[①]

这里的讨论已经涉及了陶渊明的文学创作与湛方生的互文性关系问题，徐氏的对比性分析为我们了解这个问题提供了丰富的例证。

应璩、左思和湛方生的文学创作显示了我国中古时代清贫隐士的文学传统。林葆玲认为："陶潜的诗歌在其生活的年代并非一个孤立的文学现象，相反，它生成于一个鲜为人知的清贫隐士传统，而这传统在应璩的作品中可以得到完全体现。只是因为陶潜创造了一种为隐士的文学模式而成为高洁隐士的典范因而备受后世推崇，所以这些成就最终完全归结为陶潜一人的个性创作。"[②] 陶潜在文学创作上与应璩、左思乃至湛方生的互文性关系，可以表明这一观点的正确性，另如《宋书》卷六十七《谢灵运传》引谢氏《山居赋》："昔仲长愿言，流水高山；应璩作书，邙阜洛川。势有偏侧，地阙周员。"谢氏自注：

> 仲长子云："欲使居有良田广宅，在高山流川之畔。沟池自环，竹木周布，场圃在前，果园在后。"应璩《与程文信书》云："故求道田，

---

① 《魏晋文学史》，人民文学出版社 1999 年版，第 551—556 页。徐公持进而指出，湛方生"当是东晋诗坛最后一员大将；同时其诗既有山水之美，又有田园之趣，实又开谢灵运山水诗及陶渊明田园诗之先河"；"有了湛方生，陶渊明之出现就不再是突发的、偶然的"。关于湛、陶的关系问题，还可参看钱志熙《湛方生——一位与陶渊明气类相似的诗人》，《文史知识》1999 年第 2 期；李剑锋：《论江州文学氛围对陶渊明创作的影响》，《文学遗产》2004 年第 6 期。

② 林葆玲：《循环的创作：重观应璩、陶潜和清贫隐士传统》。

在关之西，南临洛水，北据邙山，托崇岫以为宅，因茂林以为荫。"谓二家山居，不得周员之美。①

以上仲长统和应璩的述志之词都是很著名的，如《文选》卷六十南朝梁任昉（460—508）《竟陵文宣王行状》："良田广宅，符仲长之言；邙山洛水，协应叟之志。"尤可注意者为《全唐文》卷六百九十七李德裕（787—849）《知止赋》：

> 况乎托北阜以为宅，就东山而结庐。仲既得于清旷，陶岂叹于将芜。②

李氏自注引应璩书"南临洛水"四句，又曰："左思徙居洛城东，著《经始东山庐》诗。"又引仲长统论曰："欲卜居清旷，以乐吾志。"而"陶岂叹于将芜"则是化用《归去来兮辞》"归去来兮，田园将芜胡不归"的名句。可见李德裕也正是着眼于清贫隐士的传统来抒发其知止不殆的人生感悟的。而钟嵘称陶潜为"古今隐逸诗人之宗"，也正是着言于这种文化传统立论的。但是，曹丕并非清贫的隐士，如果单纯以这种文化传统来解释陶渊明文学创作的生成原因，显然也是有局限的。相对而言，更为犀利的理论工具还是互文性的阐释，多种文化传统在互文性的文学构建中得以兼容并包。

关于钟嵘对陶诗的互文性解构问题，明了其文学依据及其局限性固然十分重要，但更为重要的是明了其局限性的成因。这实际上涉及了钟嵘品陶的非文学与非学术因素，那就是家族与政治，而这两方面的因素又有密切的关联。

先说浔阳陶氏与颍川钟氏。《晋书》卷六十六《陶侃传》：

> 陶侃字士行，本鄱阳人也。吴平，徙家庐江之寻阳。③

在东晋时代，鄱阳和寻阳都属于江州。而陶侃（259—334）将军早年艰苦创

---

① 《宋书》，第6册，中华书局1974年版，第1755页。
② 《全唐文》，第7册，第754—755页。
③ 《晋书》，第6册，第1768页。

业，为国家的安定统一作出了重要的贡献，浔阳陶氏由此开始光显于世，其与颍川钟氏的结缘也正在此时。东晋咸和二年（327），苏峻（？—328）之乱爆发，次年京城建康被攻占，中书令庾亮（289—340）以外戚之重与江州刺史温峤（288—329）共同推举征西大将军陶侃为盟主，反击苏峻。至咸和四年（329），这场动乱始告平息[①]。在此过程中，陶侃起到了关键性的作用。尤其值得注意的是，为人耿介、正直的钟雅（？—329）在"巨猾滔天，幼君危逼"的国难之际，"匪石为心，寒松比操"[②]，最终以生命捍卫了国家的尊严。《晋书》卷七十《钟雅传》：

> 钟雅字彦胄，颍川长社人也。……苏峻之难，诏雅为前锋监军、假节，领精勇千人以距峻。雅以兵少，不敢击，退还。拜侍中。寻王师败绩，雅与刘超并侍卫天子。或谓雅曰："见可而进，知难而退，古之道也。君性亮直，必不容于寇雠，何不随时之宜而坐待其毙。"雅曰："国乱不能匡，君危不能济，各逊遁以求免，吾惧董狐执简而至矣。"……及峻逼迁车驾幸石头，雅、（刘）超流涕步从。明年，并为贼所害。贼平，追赠光禄勋。[③]

而苏峻之乱的平定和钟雅的平反昭雪，与陶侃的勤劳王事、运筹帷幄是分不开的。钟雅是钟嵘的七世祖。《南史》卷七十二《钟嵘传》：

> 钟嵘字仲伟，颍川长社人，晋侍中雅七世孙也。[④]

又《宋书》卷九十三《陶潜传》：

> 陶潜字渊明……寻阳柴桑人也。曾祖侃，晋大司马。[⑤]

这种背景可能是影响钟嵘品陶的第一个家族史因素。

---

① 《晋书》卷一百《苏峻传》，第 8 册，第 2628—2631 页。
② 《晋书》卷七十"史臣曰"，第 6 册，第 1878—1879 页。
③ 《晋书》，第 6 册，第 1877—1878 页。
④ 《南史》，第 6 册，中华书局 1975 年版，第 1778 页。
⑤ 《宋书》，第 8 册，第 2286 页。

次说浔阳陶氏与汝南应氏。在两晋时代，陶侃将军曾与应璩之孙应詹（278—331）共同奋战沙场，契合极深。《晋书》卷七十《应詹传》：

> 应詹字思远，汝南南顿人，魏侍中璩之孙也。詹幼孤，为祖母所养。……弱冠知名，性质素弘雅，物虽犯而弗之校，以学艺文章称。……镇南大将军刘弘，詹之祖舅也，请为长史……委以军政。弘著绩汉南，詹之力也。迁南平太守。王澄为荆州，假詹督南平、天门、武陵三郡军事。及洛阳倾覆，詹攘袂流涕，劝澄赴援。澄使詹为檄，詹下笔便成，辞义壮烈，见者慷慨，然竟不能从也。……寻与陶侃破杜弢于长沙，贼中金宝溢目，詹一无所取，唯收图书，莫不叹之。……疾笃，与陶侃书曰："每忆密计，自沔入湘，颉颃缱绻，齐好断金。子南我东，忽然一纪，其间事故，何所不有。足下建功峤南，旋镇旧楚。吾承乏幸会，来忝此州，图与足下进共竭节本朝，报恩幼主，退以申寻平生，缠绵旧好。岂悟时不我与，长即幽冥，永言莫从，能不慨怅！今神州未夷，四方多难，足下年德并隆，功名俱盛，宜务建洪范，虽休勿休，至公至平，至谦至顺，即自天佑之，吉无不利。人之将死，其言也善，足下察吾此诚。"以咸和六年卒，时年五十三。册赠镇南大将军、仪同三司，谥曰烈，祠以太牢。[①]

可见应詹与陶侃的关系非同一般。他们在早年都属于镇南将军刘弘（236？—304？）麾下的勇将，在平定张昌（？—304）之乱和陈敏（？—307）之乱的过程中功勋卓著。《晋书》卷六十六《刘弘传》：

> 又加南平太守应詹宁远将军，督三郡水军，继蒋超。侃与敏同郡，又同岁举吏，或有间侃者，弘不疑之。乃以侃为前锋督护，委以讨敏之任。侃遣子及兄子为质，弘遣之曰："贤叔征行，君祖母年高，便可归也。匹夫之交尚不负心，何况大丈夫乎！"陈敏竟不敢窥境。[②]

刘弘是应詹的祖舅，他对陶侃是非常信任和赏识的。《晋书》卷六十七《温

---

① 《晋书》，第6册，第1857—1861页。
② 同上书，第1767页。

嵘传》：

> 征西将军陶侃有威名于荆楚，又以西夏为虞，故使嵘为上流形援。咸和初，代应詹为江州刺史、持节、都督、平南将军，镇武昌，甚有惠政，甄异行能，亲祭徐孺子之墓。①

陶侃之代应詹为江州刺史，正出于刘弘的谋划。江州是我国六朝时代的军事重镇和重要的经济、文化区域。作为江州人，陶侃担任江州刺史当然要比应詹更合适一些。尽管如此，刘弘对他的重用也是建立在他与应詹和刘弘本人的良好关系与深厚交谊的基础之上的。事实正如阳金保所言，"应璩四十五岁左右，迎娶镇国大将军刘靖之女为妻，最终与军队联姻，后又在满庞将军麾下谋事，满庞去世后，又为曹爽大将军长史。……应詹在刘靖孙刘弘的带领下，与陶渊明祖父陶侃一起，东征西战，成为东晋开国元勋，显赫之极"。② 应詹是一员儒将，他的身上仍然流溢着祖父应璩的光彩。《隋书》卷三十五《经籍志》："晋镇南大将军《应詹集》五卷，亡。"③《晋书》卷七十"史臣曰"："应詹行业聿修，文史足用，入居列位，则嘉谋屡陈；出抚藩条，则惠政斯洽。"④ 应氏的家族史背景以及应詹与陶侃的深厚交谊，自然也会引起钟嵘的关注。

再说浔阳翟氏与临淄左氏和浔阳陶氏。翟氏在汉代即已显贵。《世说新语·栖逸》第9条南朝梁刘孝标（462—521）注引《晋阳秋》：

> 翟汤字道渊，南阳人，汉方进之后也。笃行任素，义让廉洁，馈赠一无所受。值乱多寇，闻汤名德，皆不敢犯。⑤

翟方进（？—前7）是西汉后期的名相之一。《汉书》卷八十四本传：

> 翟方进字子威，汝南上蔡人也。……方进知能有余，兼通文法吏

---

① 《晋书》，第6册，第1790页。
② 阳金保：《应璩研究》，第24页。
③ 《隋书》，第4册，第1065页。
④ 《晋书》，第6册，第1878页。
⑤ 余嘉锡：《世说新语笺疏》，第658页。

事，以儒雅缘饬法律，号为通明相，天子甚器重之。①

就翟氏的家族史而言，翟方进是一位非常耀眼的人物。浔阳翟氏是豫章名族之一，其最显著的特点是崇尚隐逸，多出隐士。《晋书》卷九十四《隐逸列传》：

> 翟汤……司徒王导辟，不就，隐于县界南山。……咸康中，征西大将军庾亮上疏荐之，成帝征为国子博士，汤不起。……康帝复以散骑常侍征汤，固辞老疾，不至。年七十三，卒于家。子庄字祖休。少以孝友著名，遵汤之操，不交人物，耕而后食，语不及俗，惟以弋钓为事。……晚节亦不复钓，端居筚门，歠菽饮水。州府礼命，及公交车征，并不就。年五十六，卒。子矫亦有高操，屡辞辟命。矫子法赐，孝武帝以散骑郎征，亦不至。世有隐行云。②

《宋书》卷九十三《隐逸列传》：

> 翟法赐，寻阳柴桑人也。曾祖汤，汤子庄，庄子矫，并高尚不仕，逃避征辟。矫生法赐。少守家业，立屋于庐山顶，丧亲后，便不复还家。不食五谷，以兽皮结草为衣，虽乡亲中表，莫得见也。州辟主簿，举秀才，右参军，著作佐郎，员外散骑侍郎，并不就。后家人至石室寻求，因复远徙，违避征聘，遁迹幽深。……后卒于岩石之间，不知年月。③

可见崇尚隐逸确实是浔阳翟氏的家风。而左思之妻就是翟氏之女。1930 年，洛阳出土了著名的《左棻墓志》，其志阳曰：

> 左棻，字兰芝，齐国临淄人，晋武帝贵人也。永康元年三月十八日薨。四月廿五日葬峻阳陵西徼道内。

---

① 《汉书》，第 10 册，中华书局 1962 年版，第 3411、3421 页。
② 《晋书》，第 8 册，第 2444—2445 页。
③ 《宋书》，第 8 册，第 2286 页。

其志阴曰：

> 父熹，字彦雍，太原相弋阳太守。兄思，字泰冲。兄子髦，字英髦。兄女芳，字惠芳。兄女媛，字纨素。兄子聪奇，字骠卿，奉贵人祭祠。嫂翟氏。①

左棻是左思的妹妹，她的嫂子翟氏自然也就是左思的妻子。《晋书》卷三十一《后妃列传》上《武悼杨皇后传》附《左贵嫔传》：

> 左贵嫔名芬。兄思……芬少好学，善缀文。名亚于思，武帝闻而纳之。②

《晋书》卷九十二《左思传》：

> 左思字太冲，齐国临淄人也。其先齐之公族有左右公子，因为氏焉。家世儒学。父雍，起小吏，以能擢授殿中侍御史。……妹芬入宫，移家京师。③

但由于史料的缺失，我们对左氏与翟氏通婚的背景不得而知。陶潜的第二任妻子也是浔阳翟氏之女。萧统《陶渊明传》曰：

> 其妻翟氏亦能安勤苦，与其同志。④

又《南史》卷七十五《隐逸列传》：

> 其妻翟氏，志趣亦同，能安苦节，夫耕于前，妻锄于后云。⑤

---

① 赵万里：《汉魏南北朝墓志集释》卷一，第 12、13 页。
② 《晋书》，第 4 册，第 957 页。
③ 《晋书》，第 8 册，第 2375—2376 页。
④ 严可均：《全梁文》卷二十，《全上古三代秦汉三国六朝文》，第 3 册，第 3068 页。
⑤ 《南史》，第 6 册，第 1859 页。

所谓"志趣亦同"，足以表明翟氏对陶潜的归隐田园、躬耕陇亩是非常理解和支持的，这当然与浔阳翟氏的家族传统的熏陶是分不开的。王瑶（1914—1989）说："据诗意，《命子》诗当为初得长子俨时所作。《与子俨等书》中说：'汝等虽不同生'，可知长子俨必为前妻所生。又《怨诗楚调示庞主簿邓治中》诗中说，'始室丧其偏'，《礼记·内则》云：'三十而有室，始理男事，四十始仕。'鳏寡都是偏丧，则先生丧妻当在三十岁；后来才继娶翟氏。"①宋王质（1135—1189）《栗里谱》：

> 太元九年甲申。……《楚调》诗云："弱冠逢世阻，始室丧其偏。"妻翟氏偕老，所谓"夫耕于前，妻锄于后"。当是翟汤家。汤、庄、矫、法赐四世，以隐行知名，亦柴桑人。②

由此看来，崇尚隐逸的家族传统或许是浔阳陶氏与翟氏缔结婚姻的一个重要因素。要之，左思之妻与陶潜之妻，属于同族，二人在时间上相距大约120年，也就是五六代人的间隔。所以，就与翟氏的关系而言，左思和陶潜也算是一门远亲。

上述五个家族的复杂关系，我们对其中任何一方面都可以视为孤立的因素，但是，如果将这些孤立的因素综合在一起，我们就可以得出一个必然的结论：钟嵘之品陶，或者说钟嵘对陶潜的互文性解构，确实受到了家族意识以及相关的家族史因素的影响，换言之，家族关系是他在品陶之时必然要考虑的一个重要因素。家族文化是中古时代的主流文化，而九品官人法作为横亘中古时代的选官大法，也是与这种主流文化相匹配相适应的。九品官人法为钟嵘《诗品》的诗学理论建构提供了一个依品论人的文化模式和批评框架。《诗品序》曰：

> 观王公缙绅之士，每博论之余，何尝不以诗为口实。随其嗜欲，商榷不同。淄渑并泛，朱紫相夺；喧议竞起，准的无依。……昔九品论人，《七略》裁士，校以宾实，诚多未值。至若诗之为技，较尔可知，

---

① 王瑶编注：《陶渊明集》，人民文学出版社1956年版，第3页。
② 许逸民辑校：《陶渊明年谱》，中华书局1986年版，第2页。

以类推之，殆同博弈。①

《七略》是西汉学者刘歆撰写的一部书目，它是我国古代目录学的鼻祖。钟氏既然将《七略》裁士与九品论人并举，则九品论人必然是指班固《汉书·古今人表》鉴别人物的九品模式②。钟嵘有感于梁代文学批评界对前人及当代诗歌创作的看法和评价纷纭不一的现状，因而采取了九品论人的模式，试图为古今诗人作出定评，并为当时的诗坛提供一个可资凭依的标准。《诗品》包含上、中、下三品，这是九品模式的一种变格。钟嵘认为"三品升降，差非定制"③，见仁见智，因人而异，为避免僵化和失误，他就没有详分九品。钟嵘的门第观念是很强的。《梁书》卷四十九《钟嵘传》：

> 天监初，制度虽革，而日不暇给，嵘乃言曰："……臣愚谓军官是素族士人，自有清贯，而因斯受爵，一宜削除，以惩侥竞。若吏姓寒人，听极其门品，不当因军，遂滥清级。"④

他认为对某些"寒人"，可以按照他的品位授予相应的官职，但不宜使之进入高品，更不宜因其在军中服务而给予特权，否则就会造成等级的混乱。钟氏之作如是说，其本意在于维护世家大族的根本利益。因此，尽管在《诗品》中，他并未给那些政治地位较高或者出身阀阅之家的诗人以"特殊关照"，能够从其诗歌创作的实际情况出发，"辨彰清浊，掎摭病利"⑤；但是，这部诗学理论杰作绝非与经常制约我国文学发展和学术进步的非文学、非学术因素完全无关。对此，我们必须采取"应具了解之同情"的态度。陈寅恪（1890—1969）说："凡著中国古代哲学史者，其对于古人之学说，应具了解之同情，方可下笔。盖古人著书立说，皆有所为而发。故其所处之环境，所受之背景，非完全明了，则其学说不易评论。……所谓真了解者，必神游冥想，与立说之古人，处于同一境界，而对于其持论所以不得不如是之苦心孤诣，表一种之同情，始能批评其学说之是非得失，而无隔阂肤廓之论。否则

---

①　曹旭：《诗品笺注》，第 37、40 页。

②　同上书，第 40 页。

③　钟嵘：《诗品》中《序》，曹旭：《诗品笺注》，第 108 页。

④　《梁书》，第 3 册，第 694 页。

⑤　钟嵘：《诗品》中《序》，曹旭：《诗品笺注》，第 108 页。

数千年前之陈言旧说，与今日之情势迥殊，何一不可以可笑可怪目之乎？"①
"著中国古代哲学史者"应当如此，著文学史者又岂能例外？故本文考察钟
嵘之品陶与中古时代之家族历史和选官制度的关系，用意即在于此。

以上我们从西方互文性理论出发，对钟嵘之品陶进行了全新的阐释。按
照现代的理论认识，上文所说的互文性属于狭义的互文性。秦海鹰指出：
"互文性理论的两个走向通常被称为广义互文性和狭义互文性。所谓广义，
就是用互文性来定义文学或文学性，即把互文性当作一切（文学）文本的基
本特征和普遍原则（正如把隐喻性和诗性当作文学的基本特征一样），又由
于某些理论家对'文本'一词的广义使用，因此广义互文性一般是指文学作
品和社会历史（文本）的互动作用（文学文本是对社会文本的阅读和重写）；
所谓狭义，是用互文性来指称一个具体文本与其他具体文本之间的关系，尤
其是一些有本可依的引用、套用、影射、抄袭、重写等关系。广义和狭义之
分并不是互文性理论家们自己的提法，比如克利斯特瓦并不需要把自己的理
论叫做广义互文性，互文性对他来讲没有广狭之分。只是在与后来的诗学范
围的互文性的对比中，学术界才感到有必要用广义和狭义来区别早期的互文
性理论和后来的互文性理论。"② 而所谓社会历史文本，是一个比喻性的说
法，与人们常说的"社会是一本教科书"相类似。按照克里斯蒂娃的动态文
本观，直接以社会、历史和自然为文本的广义的互文性文学写作也得到了充
分的肯定，而事实上，钟嵘提出的"直寻"说早已表达了这种思想：

> 夫属词比事，乃为通谈，若乃经国文符，应资博古，撰德驳奏，宜
> 穷往烈。至乎吟咏情性亦何贵于用事？"思君如流水"，既是即目。"高
> 台多悲风"，亦惟所见。"清晨登陇首"，羌无故实。"明月照积雪"，讵
> 出经史。观古今胜语，多非补假，皆由直寻。颜延、谢庄，尤为繁密，
> 于时化之。故大明、泰始中，文章殆同书抄。近任昉、王元长等，词不
> 贵奇，竞须新事，尔来作者，浸以成俗。遂乃句无虚语，语无虚字，拘
> 挛补衲，蠹文已甚。但自然英旨，罕值其人。词既失高，则宜加事义。
> 虽谢天才，且表学问，亦一理乎！③

---

① 陈寅恪：《冯友兰〈中国哲学史〉上册审查报告》，《金明馆丛稿二编》，三联书店2001年版，
第279页。
② 秦海鹰：《互文性理论的缘起与流变》，《外国文学评论》2004年第3期。
③ 钟嵘：《诗品》中《序》，曹旭：《诗品笺注》，第98页、第101页。

"夫属词比事"六句以及由"颜延谢庄"至"亦一理乎"各句，说的是狭义
的互文性文学写作，而从"至乎吟咏"至"皆由直寻"各句，则是关于广义
的互文性文学写作的具体表述。"直寻"的意思是说"诗重在兴趣，由作者
得之于心，而不贵用事"①，就是"自然英旨"，换言之，就是直接以社会、
历史、自然为文本，表达作者的感悟。显而易见，这种广义的互文性与狭义
的互文性恰好是互相对立的两极，钟嵘构建《诗品》的诗学理论体系兼而有
之，而以狭义的互文性理论为主。哈罗德·布鲁姆（Harold Bloom，
1930—）说："影响，在我看来意味着，不存在文本，只存在文本间的关
系。"② 文学的世界就是一个互文的世界。钟嵘《诗品》"A 源于 B，B 源于
C，C 源于 D"式的理论表述，正是着眼于古典诗人的互文性建构而对其所
进行的互文性解构。如果我们把萧梁以前我国的五言诗发展史视为一座颇具
历史纵深的结构复杂的巨型建筑的话，那么，钟嵘《诗品》所做的工作就是
为我们绘出了这座巨型建筑的结构图，尽管当时的诗人们遗留给我们的是一
些作品的断壁残垣和吉光片羽，但在互文性的观照下，仍让我们看清了钟嵘
的意旨和《诗品》的妙理。而由此切入《诗品》那迷人的诗学世界，我们对
钟嵘那极富天才性的遥遥领先于全人类的理论创造无疑将产生全新的认识。

　　实在不可思议，一千多年前的伟大诗论家钟嵘那运用自如的极其成熟的
"历史批评法"或"推源溯流"法，竟然与一千多年后西方文论家的互文性
理论若合符契，形神毕肖，其周旋动静，万里如一，正所谓"东海西海，心
理攸同"③。尽管如此，在人类诗史以及诗学理论的演进历程中，钟记室的孤
明先发与孤光独照，也的确令人啧啧称奇。而笔者有缘发此千古之覆案，也
深感愉悦和幸福。

［作者单位：中国社会科学院文学研究所古代室］

---

①　陈延杰：《诗品注》，人民文学出版社 1980 年版，第 12 页。
②　《影响的焦虑》，徐文博译，三联书店 1989 年版，第 3 页。
③　钱锺书：《谈艺录序》，《谈艺录》，第 1 页。

杜诗题材风格对宋词影响研究

刘京臣

内容提要 杜甫对宋词的影响是全方位的，从语词字句，到意象意境，再到题材风格，杜集中近半数的诗歌都被宋词拟则师法过，杜甫可谓唐代诗坛对宋词影响最为深远的一位。整体而言，杜诗中的忧时伤国、羁旅游宦、登临咏怀、思亲怀友、节序、咏月、咏梅等诸多题材最为宋词所关注。在这些被师法的作品中，既有立论宏阔、沉郁顿挫者，亦有造语精工、婉转流丽者，可见宋词在题材风格方面对杜诗的师法也是全方位的。

关键词 杜甫 题材 风格 宋词 影响

先贤时彦论及唐代诗人与宋词的关系时，多以某位唐代诗人与某位宋代词人一一对应进行研究，如刘扬忠先生《稼轩词与老杜诗》即为此类。本文拟从杜诗题材风格角度，将杜甫与整个宋代词坛对应起来，以成一对多之势，力图从中探讨影响、因袭、继承与接受之关系。

在用语、意象、意境和题材风格诸方面都受杜诗影响的词人，主要集中在北宋中后期乃至南宋。北宋苏轼、周邦彦受杜诗影响较为明显，南渡之后，则以向子谟、张元干、辛弃疾、刘辰翁诸人为主。这两部分词人中，又以南宋词人对老杜的师法为最。相对而言，南宋词人较之北宋词人，更多的是有意师承了杜诗中反映黎庶悲辛、苍生民瘼，流露忧时伤国，慨叹羁旅游宦等"唯歌生民病"之类的诗篇，此中深情，自杜诗一直绵延至词作当中，故而这部分词作——诸如李纲、陆游、张元干、刘辰翁诸公之作——在打并上浓郁的时代特色之后颇具"诗史"韵味。

　　其他词人自杜诗中取法，多为各取一端或几端，或师其语，或用其意，大抵未能再如以上所举词人用杜诗之变化多端。零章碎句点化杜诗的词人有280余人，约占整个宋词创作队伍的19％，所用杜诗700余首，几近现存杜诗的50％。通过分析，我们可以清楚看到：除却杜诗中的"诗眼"多为宋词关注外，宋词还从"用杜语杜意"、"用杜语杜意且进行二次引申"、"用杜语而不用杜意"、"用杜语却未得杜意"以及"虽用杜意鲜见杜语"等五个角度有意师法杜诗①。

一　少陵野老吞声哭：忧时伤国之诗对宋词的影响

　　杜甫本有"致君尧舜上，再使风俗淳"（《奉赠韦左丞丈二十二韵》）之志，奈何困顿蹉跎，襟抱未开。虽流寓四方，仍乃心王室，忠悃之情，千载之下，熠熠光华。宋代词人，特别是身经乱离的南宋词人，对杜集中忧时伤国之作，服膺不已，多所师法。这种师法，不但体现在题材、内容与风格上，更重要的是秉承了杜诗中的赤子之情。

　　《春望》、《哀江头》、《江南逢李龟年》诸诗，大抵自个人悲欢离合、家国兴灭更替出发，写尽了乱离之感与时事之悲。杜甫笔下花鸟，平时为可娱之物，然则国破之后，睹之闻之竟溅泪惊心，其忠君爱国之心毕现。"世不常治，于是有麦秀黍离之咏焉"②，至德二载（757年）三月陷叛军之中所作之《春望》即是此类忠愤之作。诗云：

　　　　国破山河在，城春草木深。感时花溅泪，恨别鸟惊心。烽火连三月，家书抵万金。白头搔更短，浑欲不胜簪。

方回称："此第一等好诗，想天宝、至德以至大历之乱，不忍读也。"③非经乱离，难有切身之痛。宋徽宗北狩之时，去国对景倍感凄然，遥指乡关涕泪涟涟。为《汧州作》四首，其一云"国破山河在，人非殿宇空。中兴何日

---

　　① 详参拙作《杜诗语词字句对宋词影响研究》，待刊。

　　② （元）方回选评李庆甲集评校点：《瀛奎律髓汇评》卷三十二，中册，上海古籍出版社1986年版，第1346页。

　　③ 《瀛奎律髓汇评》卷三十二，中册，第1347页。

是，搔首赋车攻"①，其二云"国破山河在，宫庭荆棘春。衣冠今左衽，忍作北朝臣"②。此两首皆用杜诗以抒麦秀黍离之悲。

朱敦儒亲经靖康乱离，其作于南渡之后的《减字木兰花》（刘郎已老）将个人落寞失意与家国之亡结合起来，使得整首作品在慨叹个人命运兴衰的同时，更具一种形而上的意义，它令后人去反思民族与家国层面上的兴亡更替。词作分用刘禹锡、崔护及白居易事，相较之"万里东风，国破山河落照红"，个人得失荣辱、儿女情长、出处穷达皆可谓小矣。朱氏所谓"一双新泪眼，千里旧关山"（《临江仙》），关山依旧，人事已非。但词中流露出来的，却并不是哀伤，相反而是悲壮，这是"由于词中有意境极为阔大的句子"③ 提升了整首作品的感情基调。这"意境极为阔大的句子"，便是末句——万里东风，国破山河落照红。北雁南迁，对万里东风，声断长空。正是前人所谓"风景不殊，举目有江河之异"④。

朱敦儒作于晚年的《减字木兰花》（闲人行李）词风明显由南渡初期之激愤转向"多尘外之想"的清旷颓放，这是朱氏"晚年消极退隐，重当岩壑之士"⑤ 心态的外在流露。词人所谓"时平易醉，无复惊心并溅泪"，分明即是反语，反讽当时的统治者不思进取，反而贪图享乐，自以为时平。所谓的时平，即如火山之巅的危岩。此时此刻，自当惊心溅泪，自当戮力王室，自当克复神州，怎可几番沉醉、几番歌舞。"长揖忘言"，倒不如说是"长揖无言"，无言以对，还不如"回棹桃花插满船"，落得个人的逍遥容与。

辛弃疾《酒泉子·无题》亦见麦秀之悲、黍离之叹，词云：

> 流水无情，潮到空城头尽白。离歌一曲怨残阳，断人肠。东风官柳舞雕墙，三十六宫花溅泪，春声何处说兴亡？燕双双。

邓广铭先生将此词定为辛弃疾第二次官金陵时所作。其"潮到空城头尽白"用刘禹锡"潮打空城寂寞回"（《金陵五题·石头城》）句，咏叹金陵古城。

---

①　（宋）赵佶：《沂州作（其一）》，《全宋诗》卷一四九五，第26册，北京大学出版社1998年版，第17074页。

②　（宋）赵佶：《沂州作（其二）》，《全宋诗》卷一四九五，第26册，第17074页。

③　（宋）朱敦儒：《樵歌注》，贵州人民出版社1985年版，前言第10页。

④　（唐）房玄龄等撰：《晋书》卷六十五，第6册，中华书局1974年版，第1747页。

⑤　刘扬忠：《唐宋词流派史》，中国社会科学出版社2007年版，第297页。

正如《震泽长语》所称"'潮打空城寂寞回'不言兴亡，而兴亡之感溢于言外，得风人之旨矣"①。此词结处"春声何处说兴亡"方才点出兴亡之事，但前之无情流水、残阳离歌都点染出凄凉气氛，行至"三十六宫花溅泪"处将这种气氛推向了高潮，花含露水，似泪一般，这是怎样的一种惊心动魄，怎样的一种创巨伤痛！

至德二年（757）春日，杜甫陷贼中作《哀江头》。时在乱离，睹曲江之萧条，感故宫之黍离，发而为诗"本哀贵妃，不敢斥言，故借江头行幸处标为题目耳"②。千载之下，读之仍有凛凛之气。苏辙称其："词气如百金战马，注坡蓦涧，如履平地，得诗人之遗法。"③ 正是着眼于词气贞刚、一气呵成。"明眸皓齿"与"血污游魂"之强烈对比，直可谓惊心动魄；"黄昏胡骑尘满城"则令壮士扼腕叹息，安得倚天长剑，为君谈笑静胡沙。

唐诗多写明皇贵妃事，如白居易《长恨歌》、元稹《连昌宫词》、李商隐诸诗等。宋词亦多用明皇贵妃事吊古伤今，如李纲、陈深之词，皆为此类，且胪列如下：

> 蛾眉修绿，正君王恩宠，曼舞丝竹。华清赐浴瑶甃，五家会处，花盈山谷。百里遗簪堕珥，尽宝钿珠玉。听突骑、鼙鼓声喧，寂寞霓裳羽衣曲。金舆还幸匆匆速。奈六军不发人争目。明眸皓齿难恋，肠断处、绣囊犹馥。剑阁峥嵘，何况铃声，带雨相续。谩留与、千古伤神，尽入生绡幅。（李纲《雨霖铃·明皇幸西蜀》）

> 玉搔斜压乌云堕，挂颊看书卧。开元天子惜娉婷，一笑嫣然何事、便倾城。马嵬风雨归时路，艳骨销黄土。多情谁写书画中，江水江花千古、恨无穷。（陈深《虞美人·题玉环玩书图》）

李纲词写明皇幸蜀之事，多化《长恨歌》以写实，少见感慨议论。末句"千古伤神，尽入生绡幅"，隐约透露此词似为观明皇幸蜀图所作之词。陈词即为观画词。开篇"玉搔"二句是对玉环玩书图的描绘，写出其挂颊慵懒看书

---

① （明）王鏊：《震泽长语》卷下，中华书局 1985 年版，第 30 页。
② （清）仇兆鳌注：《杜诗详注》卷四，中华书局 1979 年版，第 329 页。
③ （宋）苏辙著，曾枣庄、马德富校点：《栾城集》栾城第三集卷八，上海古籍出版社 1987 年版，下册，第 1553 页。

之态。此虽为题画，但仅此两句是实写，余者皆为感慨议论。由巧笑娉婷到黄土销骨，短短数语道出人事沧桑巨变。画中多情之佳丽，可曾料想到身后长久之寂寞？末用杜诗，杜甫此句以江水奔流不息、江花败落还复开，暗蕴长安兴复之意，而陈词则以此暗蕴无穷遗恨。

陆游《老学庵笔记》卷七称：

> 蜀人石耆公言："苏黄门尝语其侄孙在庭少卿曰：'《哀江头》即《长恨歌》也。《长恨》冗而凡，《哀江头》简而高。'"①

大抵而言，李纲《雨霖铃·明皇幸西蜀》朴质，重实写，是词中之《长恨歌》，长于面面俱到；陈深《虞美人·题玉环玩书图》轻灵，多想象，为词中之《哀江头》，长在干练精警。

再如杜甫《江南逢李龟年》"抚今思昔，世境之离乱，人情之聚散"② 一一形诸笔端。《明皇杂录》称："唐开元中，乐工李龟年、彭年、鹤年兄弟三人，皆有才学盛名。彭年善舞，鹤年、龟年能歌，尤妙制渭川，特承顾遇。于东都大起第宅，僭侈之制，逾于公侯。宅在东都通远里，中堂制度甲于都下。其后龟年流落江南，每遇良辰胜赏，为人歌数阕，座中闻之莫不掩泣罢酒。即杜甫尝赠诗所谓'岐王宅里寻常见，崔九堂前几度闻。正是江南好风景，落花时节又逢君'。"③ 杜甫诗中，无论是岐王宅还是崔九堂，都是过往的符号，承载着对往昔的回忆，"今昔盛衰之感，言外黯然欲绝"④。

刘辰翁表达今昔之感，常用杜甫《江南逢李龟年》诗及竹林七贤宴饮典。其《水龙吟·和中甫九日》即为此例。重九登高，泰半俯怀今古，感慨万端。首句写景，余者抒情。日薄西山，孤烟澹澹，清角吹寒，一片肃杀。"龙山"当指"九月九日，（恒）温燕龙山，僚佐毕集"⑤ 之事。由"珠履三千"之春申君及铸"金人十二"之始皇帝，再至汉家功业，都无法逃脱"万古销沉"的宿命。一切的一切，"无论英雄文武"，皆如秋风扫过，夫复何

---

① （宋）陆游撰，李剑雄、刘德权点校：《老学庵笔记》卷七，中华书局 1979 年版，第 95 页。
② 《杜诗详注》卷二十三，第 2061 页。
③ （唐）郑处海、裴庭裕撰，田廷柱点校：《明皇杂录 东观奏记》，中华书局 1994 年版，第 27 页。
④ 《杜诗详注》卷二十三，第 2061 页。
⑤ 《晋书》卷九八，第 8 册，第 2581 页。

存？帝王如秦皇者如此命运，王侯如岐王者如此命运，即使风流高士如竹林七贤者亦如此命运。故而"叹岐王宅里，黄公垆下"①，繁华不再，只得空记前度。下阕笔调渐开，情趋放达。欲以一樽遥祭，转思岂如生前痛饮，死便埋我。况是青春将暮，"劝君终日酩酊醉，酒不到刘伶坟上土"（李贺《将进酒》）。"平生破帽"用孟嘉落帽事，与上阕晋典呼应。"昨日如今，明年此会"用杜甫"明年此会知谁健，醉把茱萸仔细看"（《九日蓝田崔氏庄》）句。思山水无变，见花开花谢，念人事之境迁，细把茱萸，未知后会之期。

再如《沁园春·闻歌》有云：

> 十八年间，黄公垆下，崔九堂前。叹人生何似，飘花陌上，妾身难托，卖镜桥边。隔幔云深，绕梁声彻，不负杨枝旧日传。主人好，但留髡一石，空恼彭宣。不因浩叹明年，也不为青衫怆四筵。念故人何在，旧游如梦，清风明月，野草荒田。俯仰无情，高歌有恨，四壁萧条久绝弦。秋江晚，但一声河满，我自潸然。

此词以闻歌有感起笔，用范缜典②、徐德言与其妻破镜重圆典③感慨人生无常。"隔幔"三句分别用柳恽好乐④、韩娥讴歌余音绕梁及樊素善歌《杨柳枝》之事写闻歌之乐。下用淳于髡、彭宣⑤事写出饮酒闻歌之乐与不乐。词人称自己看得通透，"不因浩叹明年"，也不会像白居易那样闻琵琶歌声涕下湿衫。然而其下却笔锋一转，转思故人无存，旧游如梦，极目所见，尽是四壁萧条，野草荒田，无复管弦。行此江畔，忽闻《河满》，不禁潸然。正所谓"一声河满子，双泪落君前"（《宫词二首（其一）》）。

"正是江南好风景，落花时节又逢君"颇有"风景不殊，举目有江河之

---

① "黄公垆下"是竹林七贤会饮之处，后多指朋友聚饮之所，用以抒发物是人非之感。

② 范缜云："人生如树花同发，随风而堕，自有拂帘幌坠于茵席之上，自有关篱墙落于粪溷之中。坠茵席者，殿下是也；落粪溷者，下官是也。贵贱虽复殊途，因果竟在何处。"见（唐）李延寿撰：《南史》卷五七，中华书局1975年版，第5册，第1421页。

③ 事见（唐）孟棨等撰、李学颖标点《本事诗　续本事诗　本事词》，上海古籍出版社1991年版，第7页。

④ "（柳）恽度量宽博，家人未尝见其喜愠。甚重其妇，颇成畏惮。性爱音乐，女伎精丽，略不敢视。仆射张稷与恽狎密，而为恽赏敬。稷每诣恽，必先相问夫人。恽每欲见妓，恒因稷请奏。其妻隔幔坐，妓然后出。恽因得留目。"事见（唐）李延寿撰《南史》卷三八，第4册，第987页。

⑤ 淳于髡事见《史记》卷一二六《滑稽列传》，彭宣事见《汉书·张禹传》。

异"① 之意味。杜甫写落花时节的相逢，会令人忆起旧事，故而感伤。韦庄"门外马嘶郎欲别，正是落花时节"(《清平乐》)更为愁绝。当然，这二者之间还是有所区别。杜甫所伤，一为己身——叹人生之无常，一为世事——叹世境之离乱。杜甫将个人的哀思悲痛与社会命运打并在一起，虽未见用力，却包孕着一颗忧思深广的心。相形而之，韦词以女性视角起笔，写少妇对情郎的留恋。如果说"落花时节"在杜诗里，能带来一种风景不殊江山自异的惊心动魄的话，在韦词这里，则提供了少妇感伤的源泉——花落明年复著枝，奈我红颜能几时？以"落花时节"衬托离别气氛的，还有刘将孙"正落花时节，憔悴东风，绿满愁痕"(《忆旧游·前题分得论字》)，此词写他乡异县漂泊无定，断鸿有约人聚无期。对江空夜雨，强自宽慰，"料当君思我，我亦思君。人生自非麋鹿，无计久同群"，愁不可解，只得"黄昏细雨人闭门"。

辛弃疾两首送别杜叔高词，皆有"落花时节"意境。"江南好景，落花时节又逢君"(《上西平·送杜叔高》)写相逢却又离别，不知"何时重与细论文"，唯有绿杨阴里门掩黄昏，听取阳关一曲，再无故人，暗自伤神。《婆罗门引·别叔高，叔高长于楚词》写"落花时节，杜鹃声里送君归"，较之前首构思更为奇绝。怕云山路杳，后会难期。次忆昔日"岐亭买酒，云洞题诗"之事，不禁感慨——争如不见，争如不见，相见更有离别难。

二　整顿乾坤济时了:欲整河山之诗对宋词的影响

如果说，《春望》、《哀江头》、《江南逢李龟年》等诗是杜甫自伤家国身世不能自已，是低沉感情的自行流露；那么《洗兵行》、《夕烽》、《江上》诸诗则是杜甫欲振颓势的精警之作，发扬蹈厉、思整乾坤。

《洗兵行》当是乾元二年(759)初闻恢复之报，不胜欢喜而作。"三年笛里关山月，万国兵前草木风"写因征伐而长久不归。诗人以关山、明月、笛声并举，营造了一种苍凉悲壮的气氛。唐诗多写关山闻笛，王昌龄"更吹羌笛关山月，无那金闺万里愁"(《从军行》)写征人思妇天各一方，怀着彼此的思念，仰望着唯一的星空与明月。刘长卿"北风吹羌笛，此夜关山愁"(《从军行》)则写关月照客心，羌笛催人老，亦是征人思归。奈何万里飘摇，

---

① 《晋书》卷六五，第 6 册，第 1747 页。

十年征戍，苍老胡尘之中；赤心报国，片赏皆无，白首还家余几人？此种情调，与汉之《十五从军征》别无二致。侯寘虽亦用"笛里关山月"意象，然却非边塞征战与思归之词，其《点绛唇》词云：

> 约莫香来，倚阑低瞰花如雪。怨深愁绝，瘦似年时节。岁一相逢，常是匆匆别。歌壶缺，又还吹彻，笛里关山月。

此词写得朦胧迷离，似无明确主题，但是细细品味还是能从中体会到词人的用心。"约莫香来，倚阑低瞰花如雪"一句透漏出此词作于花时，花时词人竟有"怨深愁绝"之感，何以如此？下阕道明原因，"岁一相逢，常是匆匆别"，词人惜花，一岁花开一岁相逢，然花期却是匆匆而过，未免感伤愁绝。当花盛开之时，何如快意，高歌击玉壶，哪知笛声清扬，举首一望，冷落关山月。惜花之作，以"笛里关山月"作结，仍将基调定位于凄清幽冷。

"二三豪俊为时出，整顿乾坤济时了"写英才特出，辅佐君王拨乱济时。此为杜甫美赞为时而出、应时而动的豪俊之语，宋人多纳之寿词之中，可谓当行。如：

> 待他年，整顿乾坤事了，为先生寿。（辛弃疾《水龙吟·为韩南涧尚书寿甲辰岁》）
> 从容帷幄去，整顿乾坤了。千百岁，从今尽是中书考。（辛弃疾《千秋岁·为金陵史致道留守寿》）
> 一柱独擎梁栋重，十年整顿乾坤了。种春风、桃李满人间，知多少。（刘过《满江红·寿》）
> 趁绿鬓、朱颜不老。整顿乾坤济时了，奉板舆、拜国夫人号。可谓忠，可谓孝。（戴复古《贺新郎·为真玉堂寿》）
> 趁丹心未老，将整顿乾坤，手为经理。（方味道《庄椿岁·寿赵丞相》）
> 整顿乾坤定，千岁侍宸旒。（张榘《凯歌·为螯相寿》）
> 看明年此日，人在黄金台上，早整顿、乾坤事了。（刘辰翁《洞仙歌·寿中甫》）

　　　　整顿乾坤，巩安宗社，亦有臣功如此乎。(李团湖《沁园春》①)

　　　　问人间、缘底事，犹欠河清，须妙手、鸿钧一传。待整顿乾坤、却
　　归来，唤舞鹤翔云，洞天游伴。(熊子默《洞仙歌·寿刘帅》)

　　　　不但斯时，重恢事业，整顿乾坤弘所施。(无名氏《千春词·寿游
　　侍郎》)

　　　　佐君王、经邦整顿乾坤，愿寿等广成，更延千百。(无名氏《洞仙
　　歌·寿官教》)

　　　　念整顿乾坤，须还大手。(无名氏《瑞鹤仙·寿王侍郎》)

　　以上诸例，除无名氏无法断定具体时代而外，余下的寿词全都出自南宋词人
手笔。他们身经靖康之变，其心境大抵与身经安史之乱的杜甫相类，念念不
忘兴复，故而寿词之中亦多用"整顿乾坤"，这既是对对方的美赞，也是对
自己的一种心理暗示——提醒自己国土沦丧的事实。奈何这些寿词已经失去
了杜甫诗中高昂的理想、苍劲的悲壮，被抽走了昂扬的灵魂，所剩下的只是
似曾相识的干瘪的符号与丰腴的呼喊。而一个王朝，乃至一个民族，是无论
如何也不会在"丰腴的呼喊"中复兴，她需要的恰是风云际会、英雄辈出。

　　除寿词外，还有部分意欲为苍生谋划，为君王分忧之词，亦用"整顿乾
坤"之语。如：

　　　　除奉天威，扫平狂虏，整顿乾坤都了。(朱敦儒《苏武慢》)
　　　　整顿乾坤，廓清宇宙，男儿此志会须伸。(张元干《陇头泉》)
　　　　整顿乾坤手段，指授英雄方略，雅志若为酬。　(戴复古《水调歌
　　头·题李季允侍郎鄂州吞云楼》)

　　这些人的雄心壮志，多与严酷的现实碰撞。碰撞之后，他们或欲归隐，如
"共赤松携手，重骑明月，再游蓬岛"(朱敦儒《苏武慢》)；或欲无为，如
"何妨袖手，且做闲人"(张元干《陇头泉》)。虽如此，那"整顿乾坤赖公
等，我病只合山林居"(《奉送李叔易博士被召赴行在所》)②的期盼，"行看

――――――――――

　　①　此词虽未标明寿词，但据全词，尤其是"中书考，愿年年此日，春满蓬壶"不难推断，此
首亦当为寿词。
　　②　(宋)张元干：《奉送李叔易博士被召赴行在所》，《全宋诗》卷一七八四，第31册，第
19900页。

大展经纶手，整顿乾坤万国宁"（《许侯赠诗借韵谢（其二）》）[①] 的勇气，"我当率之效驰驱，整顿乾坤明大伦"（《续洗兵马》）[②] 的决心，是整个民族不灭的灵魂所在。"安得壮士挽天河，净洗甲兵长不用"言休兵之事，有归马华山、放牛南山之意，是对止息兵戈、国泰民安的期盼。杜甫意在休兵，宋词则多欲兴战事、净胡尘，意在用兵，此二者之大不同。靖康之乱使南宋士子无不叹息痛恨，无日不思恢复，发而为词，便是此种慷慨悲歌。如张元干己酉秋于吴兴小舟之中所作《石州慢》：

> 雨急云飞，惊散暮鸦，微弄凉月。谁家疏柳低迷，几点流萤明灭。夜帆风使，满湖烟水苍茫，菰蒲零乱秋声咽。梦断酒醒时，倚危樯清绝。心折。长庚光怒，群盗纵横，逆胡猖獗。欲挽天河，一洗中原膏血。两宫何处，塞垣只隔长江，唾壶空击悲歌缺。万里想龙沙，泣孤臣吴越。

高宗建炎三年（1129），金兵大举南侵，此词大抵作于吴兴逃难途中。上片写词人夜行乘舟，营造了凄清的场景。急雨、飞云、暮鸦、凉月、疏柳、流萤、夜帆、烟水、菰蒲，众多意象纷杂。梦断酒醒之时，举首一望，见长庚悬空，转念"群盗纵横，逆胡猖獗"内忧外患，便"欲挽天河，一洗中原膏血"，力图独挽天河水，为君谈笑静胡沙，奈何壮心空老时不我待，唾壶空击唯余悲歌。古人以为长庚主兵戈，《史记·天官书》即称："长庚，如一匹布著天。此星见，兵起。"[③] 词人此时感情激荡，两宫北狩，远在塞垣，孤臣空泣吴越，万里遥想龙沙。南宋词人，不独张元干有此种情怀。李处全渡河之时，有词称"我常欲，利剑戟，斩蛟鼍。胡尘未扫，指挥壮士挽天河"（《水调歌头·冒大风渡沙子》），宋人词中化用，大抵皆有"便令壮士挽天河，不使腥膻污后土"之意。

宋词多师杜甫"挽天河"本意写兵事。而刘辰翁《祝英台近·水后》则以之写水涨失路，词云：

① （宋）杨公远：《许侯赠诗借韵谢（其二）》，《全宋诗》卷三五二四，第 67 册，第 42115 页。
② （宋）郑思肖：《续洗兵马》，《全宋诗》卷三六二八，第 69 册，第 43434 页。
③ （汉）司马迁撰：《史记》卷二七，中华书局 1963 年版，第 4 册，第 1336 页。

昨朝晴，今朝雨，渺莽遽如许。厌听儿童，总是涨江语。是谁力挽天河，误他仙客，并失却、乘槎来路。断肠苦，蒻烛深夜巴山，酒醒听如故。勃窣荷衣，堕泪少干土。从初错铸鸱夷，不如归去，到今此、欲归何处。

"厌听儿童，总是涨江语"语本杜甫"江涨柴门外，儿童报急流"（《江涨》）句，本为雨后江涨失路，词人却称有人力挽天河，使之更改流径，从而误了乘槎仙客的来时之路。下阕多用事写欲归无归之憾。"蒻烛"用李商隐《夜雨寄北》诗写思归之情；"堕泪"则源自杜甫"近泪无干土，低空有断云"（《别房太尉墓》），写感慨遂深；末用范蠡泛舟五湖，反衬自己欲归无处。

杜甫《夕烽》诗作于秦州，望夕烽而忧吐蕃边事。诗云：

夕烽来不近，每日报平安。塞上传光小，云边落点残。照秦通警急，过陇自艰难。闻道蓬莱殿，千门立马看。

上四喜边塞无事，故以平安相报，下四写边事紧急，忧边警猝来。杜甫弃官至于秦州，正如陈贻焮先生所言"耳闻目睹，又多是胡笳戍鼓、烽火燧烟、使臣过往、军旅回防等等这样一些戎马倥偬景象，这就难免会经常触动他萦怀军国大事，而在诗歌中有所表现了"。[1] 此诗与《秦州杂诗（其一）》"西征问烽火，心折此淹留"所称皆关涉吐蕃之边乱。《旧唐书》称："及潼关失守，河洛阻兵，于是尽征河陇、朔方之将镇兵入靖国难，谓之行营。曩时军营边州无备预矣。乾元之后，吐蕃乘我间隙，日蹙边城，或为虏掠伤杀，或转死沟壑。数年之后，凤翔之西，邠州之北，尽蕃戎之境，湮没者数十州。"[2] 当时秦州正受吐蕃之扰，遂多以烽火相警。《唐六典》称："其放烽有一炬、二炬、三炬、四炬者，随贼多少而为差焉。"[3] 是故平安火用一炬，使得塞上传光小，唯见云边几点而已。

李纲《喜迁莺·塞上词》尝用杜甫"塞上传光小"句写边塞平安、

---

① 陈贻焮著：《杜甫评传》中卷，上海古籍出版社1988年版，第526页。

② （后晋）刘昫等撰：《旧唐书》卷一九六上，第16册，中华书局1975年版，第5236页。

③ （唐）李林甫等撰，陈仲夫点校：《唐六典》卷五，中华书局1992年版，第162页。

烽烟稀疏。其云：

> 边城寒早，对漠漠暮秋，霜风烟草。战□长闲，刁斗无声，空使荷
> 戈人老。陇头立马极目，万里长城古道。感怀处，问仲宣云乐，从军多
> 少。缥缈，云岭外，夕烽一点，塞上传光小。玉帐尊罍，青油谈笑，肯
> 把壮怀销了。画楼数声残角，吹彻梅花霜晓。愿岁岁静烟尘，羌虏常修
> 邻好。

此词写边塞暂无战事，并希望"岁岁静烟尘，羌虏常修邻好"，流露出对和
平的企慕，其中"缥缈，云岭外，夕烽一点，塞上传光小"与杜句相类，皆
写因燃平安火而烽烟缥缈，故而"塞上传光小"。

再看杜甫《江上》诗，黄鹤称此首作于大历元年（766），时在夔州。其
中"勋业频看镜，行藏独倚楼。时危思报主，衰谢不能休"可见老臣忧国之
情，"夜不眠以至曙，故对镜倚楼，看容色而计行藏。但以报主心切，虽衰
年而未肯自诿，此公之笃于忠爱也"。① 陆游生当南宋，见乱离而不忍，词中
两次点化杜甫此句。其一为"岁月惊心，功名看镜，短鬓无多绿"（《赤壁
词·招韩无咎游金山》），此首《赤壁词》当作于乾道元年（1165）正月，韩
元吉以考功郎被征召之后②，陆游回忆隆兴二年（1164）冬与韩元吉游览金
山，诗酒唱和之事。结处点化杜诗，慨叹岁月不居，韶华已逝，然功名
未立。

其二为《南乡子》，词云：

> 早岁入皇州，尊酒相逢尽胜流。三十年来真一梦，堪愁，客路萧萧
> 两鬓秋。蓬峤偶重游，不待人嘲我自羞。看镜倚楼俱已矣，扁舟，月笛
> 烟蓑万事休。

此词当作于淳熙十六年（1189）七月，陆游以礼部郎中兼实录院检讨官，上
距绍兴三十二年（1162）九月为枢密院编修官兼编类圣政所检讨官已三十七
年，是故有"三十年来真一梦"之语③。陆游作此词时，已经 65 岁。上片回

---

① 《杜诗详注》卷十五，第 1329 页。

② 此处系年，据夏承焘、吴熊和笺注《放翁词编年笺注》，上海古籍出版社 1981 年版，第 10
页。

③ 此处系年，据《放翁词编年笺注》，第 116 页。

忆年轻时诗酒风流，而今白发苍颜，一副衰容。下片"蓬峤偶重游"有幸再回学士院，"不待人嘲我自羞"，"看镜倚楼俱已矣，扁舟，月笛烟蓑万事休"化杜语，写年老不再忧虑国事，只望扁舟一叶，烟雨一蓑老病休。此处故作旷达之语，实则匡复之志，陆游终生未渝。同年十一月，陆游为谏议大夫何澹所劾，二十八日去职，返归里，"醉中作草，雪夜读书，仍不忘驰逐疆场，为国效力"。[①] 还家所作之《雪夜作》可为证：

> 雪重从压竹，竹折有奇声。雪深亦莫扫，小窗终夜明。我老尚耐冷，开卷对短檠。龙茶与羔酒，得失不足评。但思被重铠，夜入蔡州城。君勿轻癯儒，有志事竟成。[②]

老年仍有"但思被重铠，夜入蔡州城"之志，可见北定中原、兴复王室，是陆游一生无悔的追求。

南宋特殊的时代背景，使词人多壮心不已，不独陆游，如张元干"楼独倚，镜频看，此意无人识"（《蓦山溪》）、杨冠卿"长剑倚天外，功业镜频看"（《水调歌头·次吴斗南登云海亭》）与刘克庄"少时棋枋曾联句。叹而今、登楼揽镜，事机频误"（《贺新郎·实之三和有忧边之语，走笔答之》）等，皆是此种心境的真切流露。

三　关塞萧条行路难：羁旅游宦之诗对宋词的影响

杜甫弱冠之时，尝游吴越，落第之后，曾游齐赵。《夜宴左氏庄》大抵便为游齐赵时所作。诗云：

> 风林纤月落，衣露净琴张。暗水流花径，春星带草堂。检书烧烛短，看剑引杯长。诗罢闻吴咏，扁舟意不忘。

上四言夜宴之景，下四为夜宴所感。"风林纤月落"写微风拂过林梢，月落露浓，静琴始张。孔平仲曾以"疑是风林纤月、到船窗"（《南歌子》）写微

---

①　于北山著：《陆游年谱》，中华书局 1961 年版，第 266 页。
②　（宋）陆游：《雪夜作》，《全宋诗》卷二一七四，第 39 册，第 24722 页。

风动疏林，纤月落船窗之景，此种风致与杜甫诗境无二。

　　颔联分写暗水与春星，一为流水脉脉贯穿花径，一为春星熠耀映过草堂；一为低头所见，一为举首所望。张炎"暗水流花径，正无风院落，银烛迟销"（《忆旧游·寄友》）回忆昔日夜宴时，院落无风、高起银烛、流水脉脉、轻绕花径之景。"暗水流花径"在杜诗及张炎词中皆为实写，而柴望词中此意境则有了进一步提升，将纯粹写景之笔变成对时光流逝的拷问与反思。其《桂枝香》开篇即云"今宵月色，叹暗水流花，年事非昨"，唯有"今宵月色"乃是实写，即是月下独思。叹暗水流花去，恰如时光荏苒，万事沧桑皆非昨。这里以暗水喻指时光，以流花喻指韶华，在时光面前，一切华丽与绚烂都会黯然失色。词人也只得发出"孤鸿飞去，残霞落尽，怨深难托"的叹息。

　　颈联由夜宴之景转写夜宴之事，检书看剑分明是夜宴之乐事，若能秉烛检书引杯看剑，则为乐中之乐也。然而欢乐易失，寂寞长存，为了久有这份欢乐，彻夜长饮不失为良策。"烧烛短"多少有些"昼短苦夜长，何不秉烛游"① 的放达。"看剑"则有不平之气，杜甫有"致君尧舜"的胸襟与抱负，奈何不遇，自然不平。虽云看剑，实类弹铗，感情基调，正是杨炯"烽火照西京，心中自不平"（《从军行》）之意，有慷慨而不得行伸之志，故数引杯酌以求一醉。

　　蔡伸《水调歌头·时居莆田》流露的情绪与此相类。萧萧木叶下，飒飒菊花黄。无限秋意，时近重阳。追思彭门往事，千骑云屯、高宴古球场。惜当年英俊，而今泰半已凋亡，唯有"吊古论兴废，看剑引杯长"，兴尽悲来，怀吊古今，忍不住拔剑长叹息，"丈夫生世会几时，安能蹀躞垂羽翼？"② 平生慷慨志，化为鬓间霜，只身漂泊孤寂水云乡。欲投无门，付意与清觞。宋旧宫人吴昭淑赠汪元量南还之《望江南》词，亦用杜甫"看剑引杯长"句。宫人都习杜诗，亦可见杜诗之冠绝两宋。词云：

　　　　今夜永，说剑引杯长。坐拥地炉生石炭，灯前细雨好烧香，呵手理丝簧。君且住，烂醉又何妨。别后相思天万里，江南江北永相忘，真个断人肠。

---

①　逯钦立辑校：《先秦汉魏晋南北朝诗》汉诗卷十二，中华书局1983年版，第333页。
②　鲍照：《拟行路难十八首》，《先秦汉魏晋南北朝诗》宋诗卷七，第1275页。

既为送别，岂不举觞。念其夜永夜未央，自当"看剑引杯长"。拥地炉、听细雨、理丝簧，一别永相忘。谁不断肠，怎不断肠，却是烂醉亦无妨。

姜夔《霓裳中序第一》其中情怀与杜甫此诗颇类，题前小序交代此词之缘由：

> 丙午岁，留长沙，登祝融，因得其祠神之曲曰黄帝盐、苏合香。又于乐工故书中得商调霓裳曲十八阕，皆虚谱无辞。按沈氏乐律，霓裳道调，此乃商调。乐天诗云："散序六阕。"此特两阕，未知孰是。然音节闲雅，不类今曲。予不暇尽作，作中序一阕传于世。予方羁游，感此古音，不自知其辞之怨抑也。

词作用语雅正，基调怨抑，其云：

> 亭皋正望极，乱落江莲归未得。多病却无气力。况纨扇渐疏，罗衣初索。流光过隙。叹杏梁、双燕如客。人何在，一帘淡月，仿佛照颜色。幽寂，乱蛩吟壁。动庾信、清愁似织。沈思年少浪迹。笛里关山，柳下坊陌。坠红无信息。漫暗水，涓涓溜碧。漂零久，而今何意，醉卧酒垆侧。

此为秋夜感怀。大抵上片由"乱落江莲"、"纨扇渐疏，罗衣初索"而有"流光过隙"之感，见燕燕于飞，念己身漂泊，唯有淡月照衰容，此处化用杜甫"落月满屋梁，犹疑照颜色"（《梦李白二首（其一）》）句。备感岑寂，有庾愁沉思，忆起昔日裘马轻狂，少年意气，柳下坊陌，悠游自在。举首一望，见落红入水，流去无声。"漫暗水，涓涓溜碧"当自杜甫"暗水流花径"句而来。末叹久客飘零，只愿酒垆醉卧。杜诗、姜词皆自景语入笔，皆写月下见暗水流花而生落寞之情。杜甫闻吴咏而有扁舟之兴，姜夔叹息飘零已久而有长醉之思，其中的感情基调是相似的，似乎是平静、平和、平淡，但是沉潜于其中的，却是一种志不得伸的岑寂落寞。

杜甫《客夜》诗，大抵如黄鹤所云："宝应元年秋，自绵至梓，时家在成都。秋晚，方迎家再至梓，因秋夜而赋此。"[①] 诗云：

---

① 《杜诗详注》卷十一，第931页。

　　客睡何曾着，秋天不肯明。卷帘残月影，高枕远江声。计拙无衣食，途穷仗友生。老妻书数纸，应悉未归情。

此诗上四写秋夜之景，夜久而见月已残，夜静而闻江声渐远。"'何曾''不肯'四字，用得精神。五六正未归之情。"① 末句视角转换，从老妻收书的角度入手，称其能体会到诗人怀归之情。诗中转换视角，由对方角度入手，是杜甫诗中常见之笔法，如《月夜》诗即是此种手法。张元干《醉落魄》亦写月夜思归，无论从语言还是从感情上看，都与杜诗非常相似，甚至"客睡何曾着"还直用杜甫成句。可以说，张词是师法杜诗的，其云：

　　云鸿影落，风吹小艇敧沙泊。津亭古木浓阴合。一枕滩声，客睡何曾着。天涯万里情怀恶，年华垂暮犹离索。佳人想见猜疑错。莫数归期，已负当时约。

开篇以景语点出词人月夜舟中孤寂之情。"一枕滩声"大抵自杜句"高枕远江声"而来，写枕席之上，闻听江水拍岸，转念天涯万里尚羁旅、年华垂暮犹离索，怎么可能入睡？故有"客睡何曾着"之语。结处写已误约期，惹佳人猜疑。此二首所写之景、所抒之情，大抵相类，皆是月夜江边思归之情。不同之处仅在于，杜甫念及家中妻小，张元干所谓的佳人则是一个不确指的个体，可能是其家人，抑或是某位妙龄女子，这些我们不得而知。如果换一个角度，我们可否将这位"佳人"升华成一种理想中的美好追求？羁旅行役则是追求这种理想的必由之路，苦苦追寻，奈华年已暮，仍未得之。

　　杜甫《宿府》写宿外感怀，汪元量《望江南·幽州九日》与此诗颇为相似。《宿府》大抵作于广德二年（764），杜甫时在幕府。此诗为秋夜独宿幕府有感也，其云：

　　清秋幕府井梧寒，独宿江城蜡炬残。永夜角声悲自语，中天月色好谁看。风尘荏苒音书绝，关塞萧条行路难。已忍伶俜十年事，强移栖息一枝安。

_____

① （明）王嗣奭撰：《杜臆》卷五，上海古籍出版社1983年版，第152页。

首联写独宿幕府,感井梧凄寒,睹蜡炬始残。角声惨慄,明月空好,唯"自闻之,自言之,自见之,自赏之,皆无人相和也,独宿之况如此"①,苏轼"中秋谁与共孤光,把盏凄然北望"(《西江月》)即是此种孤寂之意。千里风沙音尘绝,万里关山行路难,不预朝堂,反借栖幕府,竟至"伶俜十年",仅得一枝栖息。这与杜甫"致君尧舜上,再使风俗淳"的雄心有多大的落差?汪元量《望江南·幽州九日》作于幽州,词云:

> 官舍悄,坐到月西斜。永夜角声悲自语,客心愁破正思家,南北各天涯。肠断裂,搔首一长嗟。绮席象床寒玉枕,美人何处醉黄花,和泪拈琵琶。

此首当作于元世祖至元十三年(1276)宋宫室抵燕之初②。是年正月,元兵至皋亭山;二月,元命宋君臣北上;三月,恭帝、太后、福王等人北上;未几,太皇太后谢氏亦离杭北上,汪元量随其北行。初秋,抵大都③。北抵之后,一人独处,观明月西斜,听角声悲咽,不禁楚客思家。南北共,正分裂。念起杜甫"永夜角声悲自语"之句,自在料想之中。肝肠寸断,搔首长嗟。转思他年九日,"绮席象床寒玉枕",而今凋敝,美人零乱,不知何处醉黄花,涕泗潸然下,和泪拈琵琶。

元世祖至元二十一年(1284),刘辰翁与其子刘将孙赴临安途中闻杜鹃啼鸣,感慨不已,遂化杜甫咏杜鹃之诗(《杜鹃》《杜鹃行》等)以成词。刘将孙先成《摸鱼儿·甲申客路闻鹃》,刘辰翁览后成《金缕曲·闻杜鹃》。此二首创巨伤痛,失路之憾,家国之悲,尽显词中。刘将孙词刻画了一幅凄清的暮行图,晚雨潇潇,春寒欲暮,听杜鹃声声,行将归去。"漫憔悴十年,愁得身成树",当指临安破后流离漂泊,心无定处,故而"摇落壮心如土"。刘辰翁词慷慨悲凉,其中多化杜甫写杜鹃之句,词云:

> 少日都门路。听长亭、青山落日,不如归去。十八年间来往断,白首人间今古。又惊绝、五更一句。道是流离蜀天子,甚当初、一似吴儿

---

①　(清)何焯著,崔高维点校:《义门读书记》卷五十四,中华书局1987年版,第1160页。

②　(宋)汪元量撰,孔凡礼编:《增订湖山类稿》,中华书局1984年版,第172页。

③　此处系年,据(宋)汪元量撰,孔凡礼编《增订湖山类稿》,第254—260页。

语。臣再拜，泪如雨。画堂客馆真无数。记画桥、黄竹歌声，桃花前度。风雨断魂苏季子，春梦家山何处。谁不愿、封侯万户。寂暮江南轮四角，问长安、道上无人住。啼尽血，向谁诉。

　　此年春，刘辰翁携子将孙至临安，凭吊故都，寄托故国之思。此为途中山行渐暮，闻杜鹃有感而作。词人自注"予往来秀城十七八年，自己巳夏归，又十六年矣"，己巳指宋度宗咸淳五年（1269），刘辰翁时任中书架阁，此年夏，丁母忧而返庐陵①。十八年间往断，白了少年头，老了壮士心。"道是流离蜀天子"从表面上看是用杜甫"君不见昔日蜀天子，化作杜鹃似老乌"（《杜鹃行》）句，以切杜鹃之事。杜甫此诗，借物感伤，感明皇失位，伤旧主孤危。刘辰翁此句，当为宋主而发。德祐二年（1276）春，元兵破临安，恭帝及全太后等被迫北上入燕，此与明皇入蜀相类，皆因胡人作乱而有屈辱之行。而今再赴故都，追思往事，泪下如雨。"臣再拜，泪如雨"用杜甫"我见常再拜，重是古帝魂……身病不能拜，泪下如迸泉"（《杜鹃》）句，复切杜鹃事。下片追念昔日"黄竹歌声，桃花前度"，而今却是风雨飘摇，欲归无处。时乱遭飘荡，何处万里觅封侯？唯愿车轮生四角，不离不弃，安老故土。回首长安道上，生民百余一，焉不断人肠？末句"啼尽血，向谁诉"再用杜甫"其声哀痛口流血，所诉何事常区区"（《杜鹃行》）句，写啼声哀惨，并将思绪引回现实。

　　此首典正，除用苏秦、李广典及三次化用杜甫写杜鹃之诗外，还化用了刘禹锡、陆龟蒙之诗。"桃花前度"暗用刘禹锡"前度刘郎今又来"（《再游玄都观绝句（并引）》）句，既切刘氏父子重返临安之事，又与其子将孙"且赢得刘郎，看花眼惯，懒复赋前度"（《摸鱼儿·甲申客路闻鹃》）句相呼应。"寂暮江南轮四角"则化陆龟蒙写情事之"愿得双车轮，一夜生四角"（《古意》）②，以抒家国之念，流露出不愿离去，欲求安居之情。

四　百年多病独登台：登临咏怀之诗对宋词的影响

　　杜甫《登高》首联颔联描写了登高闻见之景——"猿啸、鸟飞、落木、

---

①　（宋）刘辰翁撰，吴企明校注：《须溪词》，上海古籍出版社 1998 年版，第 486 页。
②　刘辰翁《沁园春·和槐城自寿》"六十一翁，垂银带鱼，插四角轮"亦用陆龟蒙此诗。

长江，各就一山一水对言，是登台遥望之所得者，而上联多用实字写景"①。宋人对此诗颔联"无边落木萧萧下，不尽长江滚滚来"喜好不已，于诗词之中多次化用。

我们先看词人对"无边落木萧萧下"的接受。吴则礼将此句打散，起篇便称"秋生泽国，无边落木，又作萧萧下"(《水龙吟·秋兴》)，开篇奠定了词作的基调。从"浊醪催贳"到"牵衣儿女，归来欢笑，仍邀同社"再到醉把茱萸、强成沾洒，感情可谓一波三折，由先前的伤秋到儿女欢笑，复至涕下沾襟，抑郁之情终于喷薄而出。杜甫"明年此会知谁健，醉把茱萸仔细看"(《九日蓝田崔氏庄》)句意含蓄，而吴词"把茱萸细看，牛山底事，强成沾洒"(《水龙吟·秋兴》)虽袭用杜甫句意，然情感外露，并未习得杜甫的沉郁②。

彭元逊《解佩环·寻梅不见》以画面凄清取胜，词作以清冷笔调勾勒出了蘼芜杜若零落无数、远道荒寒美人迟暮、风烟雨雪阴晴时晚、落木萧萧江流远去、山深闻笛蔓草多露的意境，幸有白鸥淡月，方可"微波寄语，逍遥容与"，才使得词人心理获得些许的慰藉。其"尽孤城、落木萧萧，日夜江声流去"句明显自杜诗而来。由杜甫此句而来的，还有黄升的"数尽归鸦人不见，落木萧萧"(《卖花声·忆旧》)，写出了残阳之下落叶声中，等待归人的百无聊赖之情。

陈耆卿"人间落木萧萧下，独倚秋江画不如"(《鹧鸪天·母侯置酒南教场》)句虽亦由杜甫景语而来，却有一股昂扬劲健之气。其词云：

> 莫惜花前泥酒壶，沙场千步锦平铺。将军闲试临边手，按出吴官小阵图。清露里，晓霜余，娇红淡白更怜渠。人间落木萧萧下，独倚秋江画不如。

"虽当南渡后文体衰弱之余"，然此词"实有灏气行乎其闲，非啴缓之音所可

---

① 《杜诗详注》卷二十，第 1767 页。

② 吴则礼诗词多用杜甫诗，其"江边一树垂垂花，酒杯曾觅黄公家"(《和腊梅诗》)用杜甫"江边一树垂垂发，朝夕催人自白头"(《和裴迪登蜀州东亭送客逢早梅相忆见寄》)句，其"烂烂白眼安在哉，只今怀抱向谁开"(《怀子苍》)用杜甫"身老时危思会面，一生襟抱向谁开"(《奉待严大夫》)。再如其"星星素发。只有鸣笳楼上发"(《减字木兰花·寄田不伐》)用杜甫"胡笳楼上发，一雁入高空"(《雨晴》)句。

比"①，诚不余欺。

宋人对"不尽长江滚滚来"句亦多所师法②，宋诗之中或叹惜岁月流逝，或感慨时局更替，或伤悼流景变迁。宋词之中，亦多此种情调。或如辛弃疾、韩玉用之以表达登临之感，或如向子諲用之以比拟新愁。

同杜甫《登高》相类，辛弃疾《南乡子·登京口北固亭有怀》亦是登临之作。古人登临，往往有感。陈子昂登幽州台因"前不见古人，后不见来者"，感伤作为个体的个人在历史的长河中只是沧海一粟，故而"念天地之悠悠，独怆然而涕下"。杜甫亦然，见落木萧萧、长江滚滚，不禁悲从中来，感叹是身为客孤独漂泊。辛弃疾登临，念神州陆沉如沧海桑田之变，感千古兴亡恰似长江流水，自然将杜甫景语"不尽长江滚滚来"化为词中之"不尽长江衮衮流"以达情。韩玉《鹧鸪天》是"谩邀朋辈为跻攀"时所作，其中的"无穷望眼无穷恨，不尽长江不尽山"是作者心态的真实流露。放眼四望，不见边际，既不见长江的尽头又不见远山的尽头，兴尽悲来，不禁"饱吟风月三千首，寄与吴姬忍泪看"。还有向子諲"不尽长江，无边细雨"（《踏莎行》）亦是师法杜公景语，只是此词并非登临之作，而是以"不尽长江"和"无边细雨"来喻指新愁。

五　秋来相顾尚飘蓬：思亲怀友之诗对宋词的影响

杜甫《得舍弟消息》大抵作于乾元元年（758）季春，为怀念其弟之作，诗云：

> 风吹紫荆树，色与春庭暮。花落辞故枝，风回返无处。骨肉恩书重，漂泊难相遇。犹有泪成河，经天复东注。

---

① （清）永瑢等撰：《四库全书总目》，中华书局1965年版，第1396页。

② 宋诗之中，释大观"叶脱风高天地秋，长江衮衮只东流"（《颂古十七首（其十六）》）、释师范"韶光去也谁能留，长江衮衮无暂休"（《偈颂七十六首（其二二）》）、楼钥"古往今来知几何，长江衮衮萧萧叶"（《次韵赵子野石城钓月图》）、苏轼"长江衮衮空自流，白发纷纷宁少借"（《次韵前篇（定惠院寓居月夜偶出）》）、翁泳"难忘故国千年恨，不尽长江万古流"（《己未秋登城北楼》）以及孔平仲"无边落木萧萧下，万里风烟接素秋"（《寄孙元忠（其一〇）》）等诗句大抵皆从"不尽长江滚滚来"句脱略而出。

此章对景言情，上比下赋，有古诗遗意。"紫荆"用田氏兄弟义不分产典①，写兄弟情谊之深。兄弟分离，如荆花飘落；杳难相遇，如风回不返。万里暌违，天各一方，思之断肠，泪如雨下。

刘辰翁和中斋《齐天乐》，念节庵之弟，以慰其兄弟之思。其题前小序云：

> 节庵和示中斋端午齐天乐词，有怀其弟海山之梦，昨亦尝和中斋此韵，感节庵此意，复不能自已，傥见中斋及之。

节庵为贾昌忠之号，为咸淳七年进士。昌忠之弟纯孝，"崖山败后，抱二女偕妻牟同蹈海死"②，此即小序中所称之"有怀其弟海山之梦"。中斋，即邓剡，字光荐，一字中甫，号中斋，庐陵人。崖山败，投海未死，与文天祥同被执北行，至建康，从黄冠归。元大德初卒。有《东海集》，已佚。今存诗23首、存词13首。遍检存词，未见邓剡有《齐天乐》存世，大抵业已散佚。刘辰翁词云：

> 海枯泣尽天吴泪，又涨经天河水。万古鱼龙，雷收电卷，宇宙刹那间戏。沉兰坠芷。想重整荷衣，顿惊腰细。尚有干将，冲牛射斗定何似。成都桥动万里。叹何时重见，鹍啼人起。孤竹双清，紫荆半落，到此吟枯神瘁。对床永已。但梦绕青神，尘昏白帝。重反离骚，众醒吾独醉。

此首用典纷繁，其中部分典故切合兄弟之事。上片开篇"海枯"句下，刘辰翁自注用杜甫"犹有泪成河，经天复东注"（《得舍弟消息》）句，以写兄弟之思。下片"孤竹双清，紫荆半落"分别用伯夷叔齐及田氏兄弟典，"吟枯神瘁"暗示贾纯孝业已殉国，夜雨对床，永无兄弟。此处复用韦应物"宁知风雪夜，复此对床眠"（《示全真元常》）句。结处反用屈原"众人皆醉而我独醒"③ 之意，创巨伤痛，唯以沉醉消弭。除用兄弟相关的典故之外，此词

---

① 事见（南朝梁）吴均：《续齐谐记》，《景印文渊阁四库全书》，台湾商务印书馆1986年版，第1042册，第554—555页。
② （元）脱脱等撰：《宋史》卷四四九，中华书局1977年版，第38册，第13238页。
③ 《史记》卷八四，第8册，第2486页。

还多用楚辞语，如"沉兰坠芷"、"重整荷衣"等，营造了一种雅正芳洁的氛围。

　　杜诗写兄弟之间的生离，虽有骨肉漂泊之感，但仍有相会之期；刘词写兄弟之间的死别，且是为国而死，死国者大矣。任鹃啼人起，彷徨四顾，却永无相见，唯有梦中海山之念。相较之下，刘词较之杜诗则更显沉重。

　　杜甫《春日忆李白》大抵作于天宝五载（746）春，公归长安，李白入吴。其云：

　　　　白也诗无敌，飘然思不群。清新庾开府，俊逸鲍参军。渭北春天树，江东日暮云。何时一尊酒，重与细论文。

上四写李白诗才，下四春日怀思。"公居渭北，白在江东，春树暮云，即景寓情，不言怀而怀在其中"①，故思来以把酒，再与论文。

　　"渭北春天树，江东日暮云"清新峻拔，宋词多采之以写怀人、离别与相思之情。先看化此句以怀人的宋词。苏轼作于元祐六年（1091）的《临江仙》即为此类，其云：

　　　　尊酒何人怀李白，草堂遥指江东。珠帘十里卷香风。花开又花谢，离恨几千重。轻舸渡江连夜到，一时惊笑衰容。语音犹自带吴侬。夜阑对酒处，依旧梦魂中。

元祐六年四月，苏轼自杭州知州任上返朝，过扬州，席上遇知州王存，故有此词以记之。上阕写对友人的怀念，"尊酒"句化杜甫"何时一尊酒，重与细论文"，"草堂"句则化"渭北春天树，江东日暮云"，此二句用杜甫思念李白之事，以喻对王存怀念之深切。"珠帘十里卷香风"则用杜牧"春风十里扬州路，卷上珠帘总不如"（《赠别二首》）写扬州之景，点出欲至扬州。苏轼叹息花开花谢，友人久未相逢。下阕写轻舟连夜抵扬州，与王存相见，皆有衰容。细细听来，对方"语音犹自带吴侬"，一个"犹"字表明二人先前相会过，此当是再逢。结处用杜甫"夜阑更秉烛，相对如梦寐"句，写席间把酒之时，仍有重逢之喜。

――――――――――

　　① 《杜诗详注》卷一，第52页。

点化杜句以写离别、相思的有赵彦端、李处全等人。赵彦端罢官嘉禾，友人张忠甫、曾彦思置酒舟中，为其送行。赵彦端作《虞美人》以谢之，词云：

> 兰畦梅径香云绕，长恨相从少。相从虽少却情亲，不道相从频后、是行人。行人未去犹清瘦，想见相分后。书来梅子定尝新，记取江东日暮、雨还云。

"兰畦"句写来时江边小径，兰梅环绕，香气氤氲。下写二三情亲之友相与送别，尚未离去，词人已然清瘦，料想他日别后，"书来梅子定尝新"。末句用杜诗，传达出词人与张、曾二人的感情亦与李杜一般，即使分别，也会时时挂念。

李处全《菩萨蛮·续前意，时溧阳之行有日矣》写还归故里，整首词基调较为感伤：

> 杜鹃只管催归去，知渠教我归何处。故国泪生痕，那堪枕上闻。严装吾已具，泛宅吴中路。弭棹唤东邻，江东日暮云。

闻杜鹃而思故国，整严装以待发。垂小棹以唤东邻，欲与之相别。此时，不经意举首，见远空落日残阳、暮云飘荡。整首词写离别，却无一人与焉，欲与东邻话别之时，念及杜甫春日怀李白之诗，故结处以"江东日暮云"来写景，渲染离别之情。

再如杜甫《天末怀李白》亦是追怀李白之诗，起句便称"凉风起天末，君子意如何"，此为感秋起兴，寄托对李白的怀念。刘辰翁和林元甲词尝用此句，其云"过尽凉风天末，坠华笺、行行飞翥"（《水龙吟·和南剑林同舍元甲远寄寿韵》），"坠华笺、行行飞翥"盖指林氏来书龙飞凤舞。刘辰翁以"凉风天末"起兴，点出自己与太学同舍林元甲的关系恰如李杜一般，此为用杜诗之妙也。

因李白被放逐夜郎蛮荒之地而有所悲悯，"文章不遇，魑魅见侵"[①]，此怀人之最为惨怛者。"魑魅喜人过"盖指山鬼多择人而食，此句颇为险怪，

---

① 《杜诗详注》卷七，第 591 页。

可见杜甫诗风之类骚者。韩淲《鹧鸪天·冲雨小舟上南港》写词人"避人避世"，欲学山阴访戴、宁戚讴歌。下阕笔锋一转，却怕"穿木石，泛烟波，从前魑魅喜人过"，还不如"一棹归来舞短蓑"，冒雨泛舟于灵山西畔高溪之上。

六　天寒日暮倚修竹：咏佳人诗对宋词的影响

　　杜甫《佳人》当是乾元二年（759）所作，时在秦州。首言佳人遭乱，零落失依；次写兄弟既丧，因见弃于夫；末写妇虽见弃，然终能贞洁自操[①]。宋代诗词多喜点化"天寒翠袖薄，日暮倚修竹"（《佳人》）句以写人之品性高洁，赵次公称"上句则天色已寒，而翠袖尚薄，又似言其无衣，且无心于服饰矣。下句则其所思者远矣，盖兄弟杀戮，夫婿轻薄，岂不感慨于怀哉。"[②]大抵得杜甫本旨。

　　宋词之中，或如刘学箕"日暮修竹佳人，雾绡琼佩，绰约疑仙侣"（《念奴娇·次人韵》）、张炎"渐烟波远，怕五湖凄冷，佳人袖薄，修竹依依日暮"（《还京乐·送陈行之归吴》）等化杜句以写佳人。辛弃疾《卜算子·寻春作》亦为此类，词云：

　　　　修竹翠罗寒，迟日江山暮。幽径无人独自芳，此恨知无数。只共梅花语，懒逐游丝去。着意寻春不肯香，香在无寻处。

此首写佳人寂寞，独自寻春。首二句分别化用"天寒翠袖薄，日暮倚修竹"（《佳人》）及"迟日江山丽，春风花草香"（《绝句二首》），"言一位身着罗衣的佳人，在春季天寒日暮的时候，凝视江山，独倚修竹，一副孤苦无依的样子，勾勒出了这位佳人的外貌和初步轮廓"[③]。

　　王质"天寒修竹斜阳后。翠袖中间，忽有人红袖"（《一斛珠·十一月十日知郡宴吴府判坐中赋海棠》）为宴乐之时所赋，点化杜句写外有斜阳修竹，内有红袖添香。《真珠帘·栽竹》则写欲在"吾庐溪湾山麓"栽竹之事，其

---

① 《杜诗详注》卷七，第553—554页。
② （宋）郭知达编注：《九家集注杜诗》卷五，上海古籍出版社1985年版，第77页。
③ 朱德才、薛祥生、邓红梅编著：《辛弃疾词新释辑评》，中国书店2006年版，第624页。

中"恨我，无天寒翠袖，共倚修竹"写虽有竹而无美人与共，既切美人翠袖、又切竹事，可谓化杜之蹊径。再如绍兴二十九年（1159）秋，张孝祥自临安归省，舟近芜湖时所作的《多丽》词中，有"翠袖香寒，朱弦韵悄，无情江水只东流"句，亦是点化杜语，以写佳人。

　　或化此句以写孤芳高洁之花。如姜白石《疏影》写梅，暗用与梅相关的典故，写出了梅花的风姿、品格甚至遭际。开篇"苔枝缀玉。有翠禽小小，枝上同宿。客里相逢，篱角黄昏，无言自倚修竹"写长满了苔藓的梅枝上点缀着盛开的如玉一般的梅花，翠鸟轻盈，双双宿于梅枝，此处用赵师雄遇梅花仙女典，写梅花之不凡与脱尘。再写梅花开在篱角，与竹枝交相辉映，倚傍修竹。同时，词中还化用杜诗，将梅花比作空谷幽独、品性端庄的佳人，提升了梅花的风姿品格。再如刘辰翁《声声慢·九日泛湖游寿乐园赏菊，时海棠花开即席命赋》写海棠之词与张元干《豆叶黄·唐腔也，为伯南赋早梅，复和韵》、张炎《一萼红·赋红梅》及无名氏《念奴娇》（雨肥红绽）三人写梅花之词，皆点化过杜甫此句。

　　仇远、李演等人则化此句衬托一种幽清氛围。仇远《两同心》写踏青后归西园所见之景：

> 　　踏青归后，小步西园。翠袖薄、新篁难倚，绿窗润、弱絮轻黏。春风急，暮雨凄然。早听啼鹃。忆昔几度湖边，款曲花前。约俊客、同倾凿落，看游女、同上秋千。春无主，落日低烟。芳草年年。

上片写入园门所见所闻。新竹初就，翠袖难倚。雨润绿窗，多黏轻絮。风急雨暮，听啼鹃声声，不禁凄然。下片转忆昔日，有俊客游女，湖边花前。而今却形单影只，叹芳春无主，落日低烟，唯有青草，日复年年。又送春色去，凄凄满别情。词中"翠袖薄、新篁难倚"点化杜诗，一写绿竹新近长成，尚不足倚；二与下片昔时游春之乐相对比，衬托如今的寂寥之情。李演《声声慢》写六年之后重游故地，旧情未冷，翠波如縠，结处以"翠袖薄，晚无言、空倚修竹"写五桥归路无熟稔，只有凄清如故、空倚修竹。感情基调与仇远之作相仿。

　　或如姜夔写竹榻之词亦尝点化杜句，可见用杜诗之妙。《念奴娇·谢人惠竹榻》云：

楚山修竹，自娟娟、不受人间袢暑。我醉欲眠伊伴我，一枕凉生如许。象齿为材，花藤为面，终是无真趣。梅风吹溆，此君直恁清苦。须信下榻殷勤，翛然成梦，梦与秋相遇。翠袖佳人来共看，漠漠风烟千亩。蕉叶窗纱，荷花池馆，别有留人处。此时归去，为君听尽秋雨。

此为姜夔谢人惠赠竹榻之词，其中皆合竹及竹榻事。上片言楚山修竹，忍"梅风吹溆"，却自清苦，娟娟可喜，及其成榻与姜夔为伴，"一枕凉生如许"。下片称榻上成梦，梦中与翠袖佳人共看千亩修竹，此处当是点化杜甫诗句。杜甫写佳人倚修竹，姜夔言佳人看修竹，师而不泥，颇见新意。结处秋雨将思绪引回现实，写竹榻蕉叶、荷花池馆，自是留客佳处。

七　明年此会知谁健：节序诗对宋词的影响

古人对节序异常敏感，节序之时，多为诗词以抒情达意。宋人节序词多用杜甫节序诗。王维重九忆山东兄弟，写异乡为客的落寞。杜甫《九日蓝田崔氏庄》写兴尽至醉的叹老悲秋，虽有热闹，但热闹过后，却是长久的孤寂。宋人重九诗词中，几乎都能看到这两首诗歌的影子。杜诗云：

老去悲秋强自宽，兴来今日尽君欢。羞将短发还吹帽，笑倩旁人为正冠。蓝水远从千涧落，玉山高并两峰寒。明年此会知谁健，醉把茱萸仔细看。

首联写九日畅饮，颔联取孟嘉事而翻用之，写登高之后风吹发帽之态，极为妥帖。颈联写景，写千涧汇流、两峰对峙。尾联抒情，意兴高涨醉把茱萸之时，突思明年再会，不知谁人还在。感情急转直下，叹老悲秋之情再次弥散诗中。

杜甫言"老去悲秋"，苏轼反其意而用之，称"不用悲秋，今年身健还高宴"（《点绛唇·庚午重九再用前韵》）。赵长卿《醉花阴·建康重九》则将王维《九月九日忆山东兄弟》与杜甫诗打并起来，写衰老之际恰逢异乡重九，凄凉意、把茱萸、空搔首。不同之处在于赵词并没有止步于个人命运的叹惜，而是将视野拓展到历史长河之中，感叹六代纷乱，繁华无存，江山依旧，只得把一盏黄花酒，以销此愁。

袁去华《惜分飞·九日》大抵亦从杜甫诗句脱略而出,词云:

> 平日悲秋今已老,细看秋光自好。风紧寒生早,漫将短发还吹帽。寂寞东篱人不到,只有渊明醉倒。一笑留残照,世间万事蝇头小。

此词基调仍是悲秋叹老,但末句的"一笑留残照,世间万事蝇头小"看透世间的功名利禄,颇有"为君持酒劝斜阳,且向花间留晚照"(宋祁《玉楼春·春景》)式的放达。

黄庭坚有《鹧鸪天·重九日集句》词,其中亦用杜甫此诗。词云:

> 塞雁初来秋影寒,霜林风过叶声干。龙山落帽千年事,我对西风犹整冠。兰委佩,菊堪餐,人情时事半悲欢。但将酩酊酬佳节,更把茱萸仔细看。

"塞雁初来"用许棠"江边相值夜,榆塞雁初来"(《江上遇友人》)句,"秋影寒"则师法杜牧"金风万里思何尽,玉树一窗秋影寒"(《秋感》)句。首两句写秋景,塞雁初来、霜林风过,一派肃杀景象。"龙山"句远绍孟嘉典,近取杜甫"羞将短发还吹帽,笑倩旁人为正冠"句,紧扣重九主题。"兰委佩,菊堪餐"用《离骚》语,凸现主人公超凡脱俗的人格意象。行笔至此,作者感慨"人情时事"之苦乐悲欢,唯有聊把茱萸酩酊一醉,方能酬此佳节。末两句分别袭用杜牧"但将酩酊酬佳节,不用登临叹落晖"(《九日齐安登高》)及杜甫写重九之诗。由此可见唐人重九诗对宋人重九词影响之深远。

再看周紫芝的重九集句词《鹧鸪天》:

> 终日看山不厌山,寻思百计不如闲。何时得到重阳日,醉把茱萸仔细看。敲醉帽,倚雕阑,偶然携酒却成欢。篱边黄菊关心事,触误愁人到酒边。

首句用李白《独坐敬亭山》"相看两不厌,只有敬亭山"句,"寻思"句用韩愈"断送一生惟有酒,寻思百计不如闲"(《游城南十六首·遣兴》)。"何日"句用孟浩然"待到重阳日,还来就菊花"(《过故人庄》),"醉把"则用杜甫"明年此会知谁健,醉把茱萸仔细看"句。末句"触误"亦用杜甫"剑南春色还无赖，触忤愁人到酒边"（《送路六侍御入朝》）。周氏此词，明显将杜甫《九日蓝田崔氏庄》诗化用其中，再如"篱边黄菊"等处暗用陶潜事。

宋代重九词，或用陶潜事写把菊高饮之乐①，或用孟嘉落帽事写随性适意与旷达，或用王维《九月九日忆山东兄弟》诗写异乡为客之漂泊②，或用杜甫《九日蓝田崔氏庄》诗写时光荏苒韶华不再之感伤，或用杜牧《九日齐安登高》诗写抚古伤今登临之感慨。

杜甫又有《九日五首》，作于大历二年（767），时在夔州。形单影只，叹"弟妹萧条各何在"（《九日五首（其一）》），唯有抱病登台，独酌菊酒。忆起旧日重阳宴饮，"传杯不放杯"（《九日五首（其二）》）是何等欢娱，而今蓬鬓斑白独在异乡，无人可与共秋光，把盏悄然北阙望。唐制九日赐宴及茱萸，故而诗云"茱萸赐朝士"，料想朝士已经遍插茱萸，而我却难得一枝。

重九用茱萸，古人诗盖已道尽矣。刘禹锡尝云："'茱萸'二字，经三诗人皆已道，亦有能否焉。杜公言'醉把茱萸仔细看'，王右丞'遍插茱萸少一人'，朱仿'学他年少插茱萸'。杜公为最优也。"③

管鉴《念奴娇·癸巳重九，同陈汉卿、张叔信、王任道登金石台作》下阕化用杜甫"茱萸赐朝士，难得一枝来"（《九日五首（其二）》）句，词云：

> 登高作赋，叹老来笔力，都非年少。古观重游秋色里，冷怯西风吹帽。千里江山，一时人物，迥出尘埃表。危阑同凭，皎然玉树相照。惆怅紫菊红萸，年年簪发、应笑人空老。北阙西江君赐远，难得一枝来到。莫话升沈，且乘闲暇，赢得清尊倒。饮酣归暮，浩歌声振林杪。

上阕点出重九登高，其中"西风吹帽"仍用孟嘉之事，并无新意。惆怅紫菊红萸年年盛开，年年簪发，韶华却渐渐不再。"北阙西江君赐远，难得一枝来到"则是化用杜甫"茱萸赐朝士，难得一枝来"句，写身在西江、心念北阙之情。结处作旷达语，莫计陆沉，要倾清樽，浩歌一曲，饮酣归去。

---

① 如刘一止《念奴娇·和曾宏父九日见贻》、曾慥《调笑令·并口号：五柳门前三径斜。东篱九日富贵花。岂惟此菊有佳色，上有南山日夕佳》、赵鼎《满庭芳·九日用渊明二诗作》、姚述尧《南乡子·九日删定再索席间作》、辛弃疾《水调歌头·九日游云洞和韩南涧韵》等皆用陶潜事。

② 如赵长卿《南歌子·道中直重九》、秦观《碧芙蓉·九日》、李纲《江城子·九日与诸季登高》、倪偁《鹧鸪天·九日怀文伯》、曹冠《蓦山溪·九日》等皆用王维《九月九日忆山东兄弟》诗。

③ 张忠纲编注：《杜甫诗话六种校注》，齐鲁书社2002年版，第217页。

不独宋代"重九词"师法杜甫诸公的"重九诗"，宋代反映人日的诗词，也多自杜甫人日诗歌中取法。老杜《人日二首》作于大历三年（768），时在夔州。首章感人日阴寒而作，次章则思出峡也。后人对"元日到人日，未有不阴时"（《人日二首（其一）》）句多有引申，或引东方朔《占书》以证天宝之乱离。申涵光则以此诗首二句为纪实之语，未可肆意引申。范成大人日词上阕，直袭杜甫此句，词云"元日至人日，未有不阴时。新年叶气，无处人物不熙熙"（《水调歌·人日》）。辛弃疾用此句，则有所变易，其云"莫避春阴上马迟，春来未有不阴时"（《鹧鸪天·送欧阳国瑞入吴中》）。

人日之时，多有寒气。杜甫"胜里金花巧耐寒"（《人日二首（其二）》）句多为宋代诗词点化以写梅、菊之耐寒。如韩驹"江南岁晚雪漫漫，碅谷梅花巧耐寒"（《梅花八首（其五）》）[1]、王之道"晓来飞雪缀林端，冰玉肌肤巧耐寒"（《梅花十绝追和张文潜韵（其二）》）[2]、喻良能"房陵粉水休争白，姑射冰肌巧耐寒"（《次韵宋嗣宗梅花（其二）》）[3] 等写梅花以及谢逸"芙蓉狼藉拒霜残，只有黄花巧耐寒"（《就陈仲邦乞菊》）[4] 写菊花"巧耐寒"，皆用杜句。

宋词之中，亦可见此种用法。王之道"照水窥檐巧耐寒"（《减字木兰花》）、管鉴"小小梅花巧耐寒"（《浣溪沙·寿程将》）以及无名氏"梅蕊露鲜妍，雪态冰恣巧耐寒"（《南乡子》）皆用杜甫此句写梅花之耐寒。

八　中天月色好谁看：咏月诗对宋词的影响

世人皆言李白长于写月，杜集中的咏月之作，也是别有乾坤。或单纯咏月，如《月》、《江月》分咏山月、江月；或借月夜以怀人思乡，如《月夜》、《月二首》、《八月十五夜月二首》等，如此种种，不一而足。

《月》诗上四咏将尽之月，下四对月自怜。诗云：

四更山吐月，残夜水明楼。尘匣元开镜，风帘自上钩。兔应疑鹤

---

① （宋）韩驹：《梅花八首（其五）》，《全宋诗》卷一四四一，第25册，第16615页。
② （宋）王之道：《梅花十绝追和张文潜韵（其二）》，《全宋诗》卷一八二〇，第32册，第20255页。
③ （宋）喻良能：《次韵宋嗣宗梅花（其二）》，《全宋诗》卷二三五二，第43册，第27009页。
④ （宋）谢逸：《就陈仲邦乞菊》，《全宋诗》卷一三〇八，第22册，第14858页。

发，蟾亦恋貂裘。斟酌姮娥寡，天寒耐九秋。

"四更山吐月"点出时间，当为二十四五之夜，又描绘出山月半隐山间半映天空之态，一个"吐"字可谓精妙，与吴均"疏峰时吐月，密树下开天"（《登寿阳八公山诗》）①句之"疏峰吐月"用法相同，皆写出了月亮半掩、出而未全出之势。苏轼特好杜甫此诗，以其材力富健，目为古今绝唱，特拟老杜诗韵，作《江月五首》，分咏一至五更之月，其题前小序曰：

> 岭南气候不常。吾尝曰：菊花开时乃重阳，凉天佳月即中秋，不须以日月为断也。今岁九月，残暑方退，既望之后，月出愈迟。予尝夜起登合江楼，或与客游丰湖，入栖禅寺，叩罗浮道院，登逍遥堂，逮晓乃归。杜子美云四更山吐月，残夜水明楼。此殆古今绝唱也。因其句作五首，仍以残夜水明楼为韵。②

苏过次其父坡公韵，有《次韵大人五更山吐月》五首，李彭亦有《次韵东坡五更山吐月》五首。此外，李纲《江月五首》，近拟苏轼，远绍杜甫，除此而外，李纲《志宏复示秋意五篇次韵和之》、周紫芝《五月十八日魏宗明官舍作》《次韵罗仲共灵泉夏夜二首》《中秋携小儿步湖堤》、喻良能《八月十六夜月》以及韩淲《雨多极凉冷》等诗，皆有诗句化用杜甫"四更山吐月，残夜水明楼"，可见此句对宋诗影响之大。

宋词之中，亦多用此句。王以宁《水调歌头·呈汉阳使君》语辞铿然，有金石之声，旨趣悠扬迥出尘凡之表。此词写十载之后与友人偶然重逢，回忆昔年登楼之际，正是"山吐月千仞，残夜水明楼"之时。岂知眉睫之间，一枕黄粱，几度经秋。再度携手，相逐飞步碧山头，一觞泯今古，再叹双泪流。袁去华《谒金门》上阕写夜景，亦用杜甫此句，词云"烟水阔，夜久风生苹末。东舫西船人语绝，四更山吐月"，烟水寥落，凉风渐起，夜色已深，举目所见，唯有远山吐月，一派凄清之景。张元干"华烛炯离觞，山吐四更寒月"（《好事近》）用杜句写离别之际夜宴之时，无意中举首见寒月高挂，恰如远山吞吐。辛弃疾"昨宵醉里行，山吐三更月"（《生查子·山行寄杨民

---

① 《先秦汉魏晋南北朝诗》梁诗卷十，第1737页。

② （宋）苏轼：《江月五首》，《全宋诗》卷八二二，第14册，第9520页。

瞻》)句写醉饮之后，山行所见三更之月，与"今宵醉里归"时所见之明月、所闻之笛声相呼应。葛郯"残夜水明楼，影落寒溪，行人起、沙头唤渡"（《洞仙歌·十三夜再赏月用前韵》）、丘崈"小待山头吐月，何妨说剑杯长"（《西江月》）①、刘辰翁"腊销三五，月向雪山云外吐"（《减字木兰花·腊望初晴，月佳甚，有上元花柳意，不能忘情》）、"湿云待向三更吐，更是沉沉雨"（《虞美人·壬午中秋雨后不见月》）等皆为写月之词，且皆用杜甫之诗。

杜甫《月》诗写山月，我们再看其咏江中月影之诗——《江月》：

> 江月光于水，高楼思杀人。天边长作客，老去一沾巾。玉露泫清影，银河没半轮。谁家挑锦字，烛灭翠眉颦。

此诗大历元年（766）作于夔州西阁，上四写羁人之感，下四推及远人，写离妇之情。首联"江月漾光于水上，高楼一望，顿觉身寂影孤，真堪思杀"②，辛弃疾"长忆别时，景疏楼上，明月如水"（《永遇乐·寄孙巨源》）叙分别，其中高楼一望明月如水之景与杜诗首联无二。下四"因想清影之下，玉露浓薄，半轮之旁，天河掩没，月色明皎如此"③，韩淲"一雨已秋深，月色寒而静。夜半披衣草树间，玉露团清影"（《卜算子·中秋前一日和昌甫所寄》）直袭杜句写中秋夜夜月辉映、玉露浓泫之态。

再如"谁家挑锦字，烛灭翠眉颦"写出了离妇绣字空闺，烛残挑罢，无奈皱眉的神情。钟将之《浣溪沙·南湖席上次韵二首（其一）》词虽亦写佳人因烛灭而颦眉，却与杜诗别有一番不同，词云：

> 鬟鬌云梳月带痕，软红香里步莲轻，妖娆六幅过腰裙。不怕满堂佳客醉，只愁灭烛翠眉颦，更期疏影月黄昏。

此为席上次韵唱和之作，故而绮艳旖旎。上阕写佳人，纯以香奁之笔出之。下阕"不怕满堂佳客醉，只愁灭烛翠眉颦。更期疏影月黄昏"点化杜诗及林逋诗，道出缘由：唯恐烛灭，不得尽兴，故期明月当空，点染黄昏。这分明

---

① "何妨说剑杯长"用杜甫"看剑引杯长"（《夜宴左氏庄》）句。
② 《杜诗详注》卷十七，第1465页。
③ 同上。

是"昼短苦夜长，何不秉烛游"①，毫无半点苦愁思归之意。

再看杜甫另一首写《月》之诗：

> 天上秋期近，人间月影清。入河蟾不没，捣药兔长生。只益丹心
> 苦，能添白发明。干戈知满地，休照国西营。

此诗上四写观月之景，下四写览月之情。首联"天上秋期近，人间月影清"
为向子𬤇《望江南》所化用，向词云"天上秋期明日是，人间月影十分清，
真不负佳辰"（《望江南·八月十四日望为寿，近有弄璋之庆》）。杜诗作于至
德二年（757）七月，向词作于八月，皆合"秋期近"。八月十四日月圆而
清，正所谓"人间月影十分清"。

"捣药兔长生"以传说写月中之兔，宋词喜用此句，以千岁之说寿人，
博得好彩头，向词即云"玉兔已成千岁药，桂华更与一枝新"；李刘寿丘漕，
则直接将杜甫此句纳入词中，称"圆却山河影，捣药兔长生"（《水调歌头·
寿丘漕，九月初三》）。

再如宋人写月光普照，习用杜甫"关山同一点，乌鹊自多惊"《玩月呈
汉中王》句。此句上写关山同照，王亦远谪；下写乌鹊多惊，自伤羁孤。苏
轼极爱杜甫"点"字，"绣帘开、一点明月窥人，人未寝、敧枕钗横鬓乱"
之"一点明月"（《洞仙歌》），用其语也；《赤壁赋》"山高月小"，用其
意也②。

"月轮当空，天下之所共视，故谢庄有'隔千里兮共明月'之句，盖言
人虽异处，而月则同瞻也。老杜当兵戈骚屑之际，与其妻各居一方，自人情
观之，岂能免闺门之念，而他诗未尝一及之。至于明月之夕，则遐想长思，
屡形诗什。"③诸如《月夜》、《月二首》、《八月十五夜月二首》诸篇皆月夜思
归怀人之作。《月夜》是千古怀人佳作。诗云：

> 今夜鄜州月，闺中只独看。遥怜小儿女，未解忆长安。香雾云鬟
> 湿，清辉玉臂寒。何时倚虚幌，双照泪痕干。

---

① 《先秦汉魏晋南北朝诗》卷十二，第 333 页。

② （明）杨慎撰：《词品》卷一，《词话丛编》，中华书局 1986 年版，第 1 册，第 441 页。

③ （宋）葛立方：《韵语阳秋》卷十，何文焕辑《历代诗话》，中华书局 1981 年版，第 563—
564 页。

此诗当作于天宝十五载（756）八月。公赴行在，为叛军所得，时身在长安，而家在鄜州，念生民涂炭、万姓乱离，公为此诗，以抒思念。此篇奇巧，本是思家，却从家人角度入手，写家人思己，此为一层；小儿女未解相思，则又为一层矣。至于"香雾云鬟"、"清辉玉臂"则更见杜甫情之所钟也①。

宋词怀人思乡多用杜甫此诗。绍圣三年（1096）仲秋，黄庭坚在黔守曹谱席上，闻有客吟杜甫《月夜》诗有感，操瓠立就《减字木兰花》②，其云：

> 举头无语，家在月明生处住。拟上摩围，最上峰头试望之。偏怜络秀，苦淡同甘谁更有。想见牵衣，月到愁边总不知。

绍圣二年（1095），黄庭坚贬黔州，赴贬所之时，其兄大临同行，并"送余安置于摩围山之下"③。三年，山谷仍在黔州。其年五月六日，其弟携山谷之妾李庆、山谷之子相（小德）抵黔。独处近一年，家眷前来，稍慰岑寂。仲秋之夜，举首望月，低头思乡，自在情理之中，加之居于摩围山下，故有"拟上摩围"最高峰眺望故乡之说。下片略感安慰，幸有"络秀"在身边得以"苦淡同甘"，山谷此处用晋人络秀代其妾李庆④。杜甫与家人天涯相隔，故而遥怜小儿女，山谷对月长叹，若无团聚，怕亦是只能空想牵衣不放、承欢膝下的小儿女们吧？怅惘四望，圆月空悬。阮阅《眼儿媚》（楼上黄昏杏花寒）亦为久别忆内词，"语语是意中摹想而得，意致缠绵中绘出，尽是镜花水月。与杜少陵'今夜鄜州月'一律同看"。⑤

刘辰翁词中亦尝用杜甫此诗，如其"遥怜儿女，未解忆长安、十年前月"（《酹江月·漫兴》）便是从"遥怜小儿女，未解忆长安"句化来。杜甫月夜思乡念亲，是以个人的悲欢离合为基点的，刘辰翁所处的时代，已经不

---

①　《杜诗详注》卷四，第 309 页。

②　《全宋词》第 391 页称此诗为"岑嘉州中秋诗"云云。实则此为杜甫《月夜》诗，黄庭坚精熟杜甫，不知何故如此。今且僭改，并志存疑。

③　（宋）黄庭坚：《书萍乡县厅壁》，《全宋文》卷二三二六，第 107 册，第 221 页。

④　黄庭坚"解著《潜夫论》，不妨无外家"（《嘲小德》）与苏轼"但使伯仁长，还兴络秀家"（《次韵鲁直嘲小德小德鲁直子其母微故其诗云解著〈潜夫论〉不妨无外家》）可为佐证。

⑤　（清）黄氏撰：《蓼园词评》，《词话丛编》，第 4 册，第 3039 页。按：《蓼园词评》称此词为秦观之作，据《全宋词》此首当为阮阅之作，详参唐圭璋编《全宋词》，中华书局 1965 年版，第 642 页。

允许他只关注个人命运。因此，他的词中，往往有对民族命运、国家兴亡的忧思与感慨。《永遇乐·余自乙亥上元诵李易安〈永遇乐〉，为之涕下。今三年矣，每闻此词，辄不自堪。遂依其声，又托之易安自喻。虽辞情不及，而悲苦过之》便是这类作品的典型代表。此词作于宋端宗景炎二年（1277），距乙亥上元已经三年。三年之间，刘辰翁辗转漂泊，身经乱离，昔盛今衰之感时时伴随。其下片云：

> 宣和旧日，临安南渡，芳景犹自如故。缃帙流离，风鬟三五，能赋词最苦。江南无路，鄜州今夜，此苦又谁知否。空相对，残釭无寐，满村社鼓。

此首亦为月夜感怀，然关注点与杜甫《月夜》诗明显不同。"宣和旧日"不正是李清照心中的"中州盛日"吗？风景不殊，正自有山河之异。念江南无路，感分离之悲，此中之苦谅非一人独有。

除了词风、意境等角度整体师法《月夜》外，还有一些词作单纯师法杜诗某句，如化用"香雾云鬟湿，清辉玉臂寒"的有：

> 明月空江，香雾着云鬟。陌上花开春尽也，闻旧曲，破朱颜。（苏轼《江神子》）
>
> 香雾云鬟湿，清辉玉臂寒。寻常岂是不婵娟，吟赏莫辞终夕、动经年。（晁端礼《南歌子》）
>
> 云鬟，香雾湿，月娥韵压，云冻江梅。（周邦彦《满庭芳》）
>
> 初望同盘饮，如何两处看。遥知香雾湿云鬟，凭暖琼楼十二、玉栏干。（向子䛒《南歌子·代张仲宗赋》）
>
> 香雾云鬟湿，清辉玉臂寒。休教凝伫向更阑，飘下桂华闻早、大家看。（张元干《南歌子·中秋》）
>
> 团栾，成露坐，云鬟香雾，玉臂清辉。任短髭争挽，问我归期。（袁去华《满庭芳·八月十六日醴陵作》）
>
> 遥想闺中今夜，夜久寒生玉臂，犹自倚高楼。（向滈《水调歌头》）
>
> 想见云鬟香雾湿，斜坠玉搔头。两处相思一样愁。休更照鄜州。（向滈《武陵春·藤州江月楼》）
>
> 万点苍山何处是，修竹吾庐三径。香雾云鬟，清辉玉臂，醉了愁重

　　醒。参横斗转，辘轳声断金井。(范端臣《念奴娇》)

　　云鬓香雾湿，翠袖凄余泣。(张孝祥《菩萨蛮》)

　　东风吹梦落巫山，整云鬓，却霜纨。雪貌冰肤，曾共控双鸾。吹罢玉箫香雾湿，残月坠，乱峰寒。(刘仙伦《江神子》)

以上所举，如苏轼、晁端礼、周邦彦、向子谌、张元干词化杜句专写女性①，余意无多。至于向滈、范端臣、张孝祥与刘仙伦之作，基本上沿袭了杜诗中妻子转忆的视角。袁去华亦秉承了杜诗写意的传统，如其词中的“短髭争挽，问我归期”，则是对杜甫“未解忆长安”的小儿女的反动，这里的“短髭”是“解忆长安”的。

　　杜甫《夜二首(其一)》写月夜情思，流露出一种莫可名状的感伤。诗云：

　　白夜月休弦，灯花半委眠。号山无定鹿，落树有惊蝉。暂忆江东鲙，兼怀雪下船。蛮歌犯星起，空觉在天边。

此诗作于大历二年(767)秋，作者时在夔州。诗歌先景后情，方欲就眠之时，闻号鹿惊蝉，故而不寐。转思季鹰江东鲈鲙、子猷雪夜之船，渐有吴越之兴，奈何“蛮歌四起，方觉身在天边，孤栖如故也”②。陈克《临江仙·秋夜怀人》之意境与杜诗相仿佛，其中“蛮歌犯星起，重觉在天边”直袭杜甫成句，写出了无尽的失落。词云：

　　老屋风悲脱叶，枯城月破浮烟。谁人惨惨把忧端。蛮歌犯星起，重觉在天边。秋色巧摧愁鬓，夜寒偏着诗肩。不知桂影为谁圆。何须照床里，终是一人眠。

秋夜怀人，开篇点出场所——枯城之中的老屋，风摧木叶、月透浮烟，一片肃杀的氛围。当此时，谁人能不“惨惨把忧端”？听蛮歌四起，转忆身在天边。桂影婆娑，明月为谁而圆？千里之外的孤床上，佳人仍是一人独眠。

---

① 其中张元干所写的是月中素娥，而非人间的凡俗女子。
② 《杜诗详注》卷二十，第1790—1791页。

老杜《八月十五夜月二首》作于大历二年（767），时在瀼西，上四写月夜怀归，下四写月夜之景，诗云：

> 满目飞明镜，归心折大刀。转蓬行地远，攀桂仰天高。水路疑霜雪，林栖见羽毛。此时瞻白兔，直欲数秋毫。

明镜即明月之谓也，中秋圆月高悬碧空映入眼帘。"大刀"乃用典语，汉武帝时李陵败降匈奴，昭帝即位，遣陵故人任立政等三人至匈奴招陵。单于置酒赐汉使者，"立政等见陵，未得私语，即目视陵，而数数自循其刀环，握其足，阴谕之，言可还归汉也"①。刀环在刀之头，后即以"大刀头"作为"还"字的隐语。如"槁砧今何在？山上复有山。何当大刀头？破镜飞上天"② 即此谓也。杜甫此处"归心折大刀"，便为思归之意。

　　且看"转蓬行地远"句，"转蓬"喻指自己像飞蓬一样飘忽不定，李商隐"走马兰台类转蓬"（《无题》）可为证，而诗人身处夔州，故称"行地远"。"仰天高"则指仰望长安，即是身在夔州心在长安之意。杜甫身在夔州而心念长安，故而对月思归，此中情愫大抵不离乡国之思。汪梦斗《金缕曲·月夕赋首词，书毕，怆然有感，再赋此》一词亦为月夜感怀之作，相较而言，此词的感情则较为复杂：

> 满目飞明镜。忆年时、呼朋楼上，畅怀觞咏。圆到今宵依前好，诗酒不成佳兴。身恰在、燕台天近。一段凄凉心中事，被秋光、照破无余蕴。却不是，诉贫病。宫庭花草埋幽径。想夜深，女墙还有，过来蟾影。千古词人伤情处，旧说石城形胜。又今说、断桥风韵。客里婵娟都相似，只后朝、不见潮来信。且喜得，四边静。

首句直袭杜甫"满目飞明镜"成句，写明月高悬之态。次写昔日呼朋欢饮，而今形单影只，心中凄凉，诗酒难成佳兴。下片感兴，多点化唐人诗句。"宫庭花草埋幽径"用李白"吴宫花草埋幽径，晋代衣冠成古丘"（《登金陵凤凰台》）句写昔盛今衰，"想夜深，女墙还有，过来蟾影。千古词人伤情

---

① （汉）班固撰：《汉书》卷五四，中华书局 1964 年版，第 8 册，第 2458 页。
② 《先秦汉魏晋南北朝诗》卷一二，第 343 页。

处，旧说石城形胜"则明显点化刘禹锡"山围故国周遭在，潮打空城寂寞
回。淮水东边旧时月，夜深还过女墙来"（《金陵五题·石头城》）抒发金陵
怀古之情。汪梦斗分别用李白及刘禹锡金陵怀古之诗，则推知此词可能作于
金陵，未知确否，姑为一论。再言断桥边上复见明月高悬，奈何客里心思，
"被秋光、照破无余蕴"。感情至此处，已经沦入低沉，幸"四边静"，边境
无事，聊可一欢，重新又将感情提升拉起。整首词调真可谓一唱三叹，回环
往复，颇见独运之匠心。

汪词与杜诗相比，皆有怀归之意，但使得汪词较之杜诗更为沉郁的是化
用唐诗对金陵的咏叹，这将整首作品的主题与基调从感慨个人悲欢离合、聚
散漂泊提升到感时伤事的大层面上来，词人所思所感所悲所喜，似乎已经与
整个时代的命运兴替结合了起来。

九　东阁官梅动诗兴：咏梅诗对宋词的影响

梅花凌霜而雅淡，颇合宋人品性。黄大舆有《梅苑》十卷，专收自唐至
南北宋之交的咏梅词作，"昔屈、宋偏陈香草，独不及梅，六代及唐，篇什
亦寥寥可数。自宋人始重此花，人人吟咏"。[①]"南宋以来，遂以咏梅为诗家
一大公案。江湖诗人无论爱梅与否，无不借梅以自重，凡别号及斋馆之名，
多带'梅'字，以求附于雅人。"[②] 除了《梅苑》广集咏梅之诗余外，方回
《瀛奎律髓》"于著题之外，别出梅花一类，不使溷于群芳"。[③] 自《瀛奎律
髓》、《梅苑》可见唐宋咏梅诗词之大略。

据《宋词题材研究》统计，宋代咏植物词中，"以咏花词为富，多达
2189 首，占咏物词总数的 72.70%，所咏之花多达 58 种"。"在咏花词中，
咏梅者 1041 首，占咏物词的 34.57%、咏花词的 47.56%，遥遥领先于 187
首桂花词和 147 首荷花词。"[④] 如此高的比例，可为宋人喜梅之确证。

宋词中的咏梅之作，用典大抵不出寿阳梅妆、陆凯寄梅、何逊思梅、齐
己早梅、东阁官梅、巡檐索笑、梅妻鹤子等范围。宋人写赏梅乐事，于唐诗
中多用杜甫"东阁官梅动诗兴，还如何逊在扬州"（《和裴迪登蜀州东亭送客

①　《四库全书总目》，第 1823 页。
②　同上书，第 1438 页。
③　同上书，第 1823 页。
④　许伯卿：《宋词题材研究》，中华书局 2007 年版，第 121 页。

逢早梅相忆见寄》）、"巡檐索共梅花笑，冷蕊疏枝半不禁"（《舍弟观赴蓝田取妻子到江陵喜寄三首（二）》）二句。"东阁官梅动诗兴，还如何逊在扬州"乃老杜逢早梅而作，故用何逊《早梅》诗事。宋词之中，及梅之处，多用此句。方岳有词曰"问讯何郎，怎春风未到，却月横枝。当年东阁诗兴，夫岂吾欺"（《汉宫春·探梅用潇洒江梅韵》）即是袭用杜句。"何郎"即是杜甫诗中所称之何逊，"当年东阁诗兴"便是杜甫"东阁官梅动诗兴"句。

宋代咏梅词中，同时用杜甫此句与林逋诗的有周邦彦、杨无咎、无名氏等人。周邦彦"近闻道、官阁多梅，趁暗香未远，冻蕊初发"（《三部乐·梅雪》）将杜诗中之"东阁官梅"变易为"官阁多梅"，"暗香"则用林逋"暗香浮动月黄昏"（《山园小梅二首（其一）》）[1] 句写梅之清香盈盈。杨无咎《柳梢青》写傲雪凌霜之梅，词人步绕西湖，忽闻梅香，东阁官梅之兴油然而生，不由道"兴余东阁，可奈诗肠"。悄无人行处，偏有暗香盈盈，"一夜相思，几枝疏影，落在寒窗"。无名氏《喜迁莺》描写"万木凋零，群芳消歇"之际禁苑初盛之梅，通篇皆用望梅、调鼎等与梅相关之事。其中"月观水亭，谁解怜疏影。何逊扬州，拾遗东阁，一见便生清兴"则分别用林逋"疏影横斜水清浅，暗香浮动月黄昏"（《山园小梅二首（其一）》）及杜甫"东阁官梅动诗兴"句。

再看张炎《一枝春·为陆浩斋赋梅南》，几乎句句用梅典。如其"遥知是雪，甚都把、暮寒消尽，清更润"句，其中"遥知"句暗化王安石"遥知不是雪，为有暗香来"（《梅花》）[2]，"瘦却旧时疏影"与末句之"暗香在鼎"则化自林和靖之《山园小梅》诗，"东阁谩撩诗兴"无疑源自杜甫诗。

"东阁官梅动诗兴"是见早梅而诗兴萌动，辛弃疾则反其意而用之，称"已过西风重九，且要黄花入手，诗兴未关梅"（《水调歌头·和赵景明知县韵》）。

宋词之中，用杜甫此句或寿人、或咏梅，皆不在少数，姑为胪列几例。寿人之作有：

　　　　试与问官梅，到东阁、花枝第几。（向子諲《蓦山溪·老妻生日作，十一月初七日》）

---

① （宋）林逋：《山园小梅二首（其一）》，《全宋诗》卷一〇六，第2册，第1218页。
② （宋）王安石：《梅花》，《全宋诗》卷五六三，第10册，第6682页。

东阁吟边，水清月淡，不妨游戏。（李曾伯《醉蓬莱·寿八窗叔》）

咏梅之作有：

手种江梅更好，又何必、临水登楼。无人到，寂寥浑似，何逊在扬州。（李清照《满庭霜》）

欲醉江梅兴未休，待笺春瓮洗春愁，不成欢绪却成羞。天意若教花似雪，客情宁恨鬓如秋，趁他何逊在扬州。（周紫芝《浣溪沙》）

"巡檐索共梅花笑，冷蕊疏枝半不禁"（《舍弟观赴蓝田取妻子到江陵喜寄三首（二）》）句则见出杜甫喜弟远来欢慰之意，"欢剧喜多，尚与弟相隔许程，于是步绕檐楹，索梅花共笑。此时梅花半开，即冷蕊疏枝，亦若笑不能禁矣"。[1] 谢逸"彩服巡檐，索共梅花笑语添"（《采桑子》）写梧桐影下，乳鹊喧喧，疏帘初卷，彩服巡檐，诸人与梅共笑。葛立方"兰堂畔，巡檐索笑，谁羡杜陵翁"（《满庭芳·催梅》）写黄昏庭院，霜月朦胧，疏影横斜之景。此时亦有巡檐赏梅之乐事，不必徒慕老杜。朱敦儒"醉欹纱帽，索共梅花笑"（《点绛唇》）写暖烟晴日，携酒提篮，春游之乐。张元干"好去归舟，有个人风调。君行了，此欢应少，索共梅花笑"（《点绛唇》）则写友人去后，欢愉剧少，唯共梅花方得一笑。

除却点化杜句在词篇中写梅，还有诸多词作是整首咏梅的，亦多用杜甫此句，此处仅举郭仲宣与辛弃疾词为例。郭仲宣在《全宋词》中存词仅一首，即此首专写梅花的《江神子》：

腊寒犹重见年芳，为花忙，倚雕墙。准拟巡檐，一笑但清狂。冷蕊疏枝浑不奈，凭折取，泛清觞。扬州春梦两微茫，记娥妆，耿冰肠。春信全通，何用玉奁香。谁见月斜人去后，疏影乱，蘸寒塘。

此首专写梅事。"准拟巡檐，一笑但清狂。冷蕊疏枝浑不奈，凭折取，泛清觞"明显自杜句化来，写梅初绽而未全开。下阕写梅开通春信，引得月斜人去后，唯有疏影横斜，影映寒塘。辛弃疾《丑奴儿》整首用梅事，词云：

---

① 《杜诗详注》卷二一，第1842页。

　　　　年年索尽梅花笑，疏影黄昏。疏影黄昏，香满东风月一痕。清诗冷
　　落无人寄，雪艳冰魂。雪艳冰魂，浮玉溪头烟树村。

此词首句"年年索尽梅花笑"直用杜诗，"疏影黄昏"用林逋"疏影横斜水
清浅，暗香浮动月黄昏"（《山园小梅二首（其一）》）句①，至于下阕"清诗
冷落无人寄"用南朝陆凯与范晔寄梅送春典，"雪艳冰魂"化苏轼"罗浮山
下梅花村，玉雪为骨冰为魂"（《十一月二十六日松风亭下梅花盛开再用前
韵》）② 诗句，写梅花之冰清玉洁。
　　宋词中用"冷蕊疏枝半不禁"句以咏梅花的亦不乏其人。王千秋《点绛
唇》组词四首分别从垂杨、梅梢、钗头及盘中着笔写春来，用语清新，写梅
之词多用梅典，其二云：

　　　　何处春来，试烦君向梅梢看。寿阳妆面，漏泄春何限。冷蕊疏枝，
　　似恨春犹浅。收羌管，莫惊香散，留副□和愿。

"寿阳妆面"用梅花落寿阳公主之额，成五出之花典。下阕"冷蕊疏枝"则
自杜诗化出，以梅花初绽衬托"春犹浅"。范成大《卜算子》虽无一字及梅，
却是处处写梅，可谓"不着一字，尽得风流"，词云：

　　　　云压小桥深，月到重门静。冷蕊疏枝半不禁，更着横窗影。回首故
　　园春，往事难重省。半夜清香入梦来，从此熏炉冷。

词人静夜漫步，见云低触桥，月过重门，辉映之下，梅方初绽，枝横映窗。
忆起故园早春时节，梦中常为清香激醒，这沁人的赛过熏香不知多少倍的幽
香，定然来自绮窗前的寒梅吧。此词暗用数诗，上阕"冷蕊疏枝半不禁"直
袭杜句，写梅初绽。下阕"回首故园"则大抵暗用王维"君自故乡来，应知
故乡事。来日绮窗前，寒梅著花未？"（《杂诗》），至于"半夜清香"则点化

王安石"遥知不是雪，为有暗香来"(《梅花》)[1] 句。再如洪皓"曾动诗兴笑冷蕊。效少陵，惭下里"(《访寒梅》)、沈端节"冷蕊伴疏枝，一笑何时共"(《卜算子·梅》)等亦为此类。

杜甫《江梅》诗写见江梅而思故园，"梅占春意，景物自好，而反动客愁者：盖见腊见映雪，年后飘风，花开花谢，都非故园春色，是以对巫岫而添愁耳"。[2] 诗云：

> 梅蕊腊前破，梅花年后多。绝知春意好，最奈客愁何。雪树元同色，江风亦自波。故园不可见，巫岫郁嵯峨。

向子諲《减字木兰花·梅花盛开，走笔戏呈韩叔夏》即用杜甫此诗，词云：

> 腊前雪里，几处梅梢初破蕊。年后江边，是处花开晚更妍。绝知春意，不耐愁何心与醉。更有难忘，宋玉墙头婉婉香。

向词对杜诗上四句几乎句句模拟，真可谓尺寸古法。杜甫首联"梅蕊腊前破，梅花年后多"写出了梅初绽蕊到梅花怒放的全过程，但限于篇幅，细节方面并未展开。向词上阕即点化杜诗首联，将破蕊至花开的过程点染得极为具体。既有时间之先后——腊前、年后；又有场景之转变——由雪中之"初破蕊"到江花之"晚更妍"。"绝知春意好，最奈客愁何"是漂泊在外的无奈，春景虽好，谅非故园。向词"绝知春意，不耐愁何心与醉"则是一种醉心于江梅盛开的欣喜，这与杜甫之情不啻天壤之别。更难忘，是那飘荡的淡淡梅香，隐在墙头之后的似乎是当年向宋玉招摇的东家之子……向子諲化杜诗为"戏呈"之作，语言虽类，心境不同，故风尚自不相类。

结　语

宋词之中，还有许多作品，虽不易明确指出化用何类题材，但诗词之间在基调上常有暗通之处，或在精神，或在气脉，或点化数语以成津梁。

---

① （宋）王安石：《梅花》，《全宋诗》卷五六三，第 10 册，第 6682 页。
② 《杜诗详注》卷一八，第 1598 页。

　　如杜甫《漫成二首（其二）》与辛弃疾《满江红·游南岩，和范廓之韵》便为此类，稼轩继承了杜诗的疏散萧淡之情，并将其渐转而为落寞，这就使得二者之间在风格上有着相似性。《漫成二首》作于上元二年（761），首章"对景怡情，有超然避俗之想"①，次章"随时适兴，申前章未尽之意"②。次章诗云：

　　　　江皋已仲春，花下复清晨。仰面贪看鸟，回头错应人。读书难字过，对酒满壶频。近识峨嵋老，知余懒是真。

此首小诗写仲春花下，仰观飞鸟，读书对酒，意兴疏懒。格调松散，谅非经营而就。其中"仰面贪看鸟，回头错应人"句写仰观飞鸟，误应呼声，清新自然，怡然可喜，实为诗家上品。辛弃疾《满江红·游南岩，和范廓之韵》词中尝用杜甫此句，虽为和韵之作，却也意态淡雅，气定神闲。词云：

　　　　笑拍洪崖，问千丈、翠岩谁削。依旧是西风白马，北村南郭。似整复斜僧屋乱，欲吞还吐林烟薄。觉人间、万事到秋来，都摇落。呼斗酒，同君酌。更小隐，寻幽约。且丁宁休负，北山猿鹤。有鹿从渠求鹿梦，非鱼定未知鱼乐。正仰看、飞鸟却应人，回头错。

上片由近及远写景，西风乍起，白马出游，历北村南郭，见翠岩陡峭，僧屋零乱，林烟淡薄。秋之欲来，万物摇落。下片紧扣出游，有呼酒同倾、小隐寻幽之乐事，无俗事扰扰、胁肩谄笑之烦忧。"有鹿"、"非鱼"两句用典，分别指范开出仕犹如樵夫梦鹿，直可追寻。而自己闲隐，且如游鱼，优哉游哉，不为俗事羁绊。出处行藏，无论得丧，仰观飞鸟，俯钓长流，约北山之猿鹤，追渔父以同游。结处用杜诗，但较之杜甫萧散的心境，此处略带落寞，"就构成了此处外示闲逸而内藏悲凉的抒情效果"③。

　　宋人崇杜。宋诗中除用杜语、用杜诗典故外，还常集杜句以成诗。黄公度、叶衡、杨万里、项安世、王质、俞德邻等人都有集杜诗，文天祥有集杜

---

　　① 《杜诗详注》卷十，第797页。
　　② 同上书，第798页。
　　③ 《辛弃疾词新释辑评》，第425页。

诗 200 余首，可谓集杜诗之大成。崇杜之风，流衍至词，杨冠卿、韩淲亦皆有集杜词。这两首集杜之作，皆有明确主题，围绕着这个主题，将杜诗中相关诗句集出，勾勒成篇。杨冠卿《卜算子·秋晚集杜句吊贾傅》为追吊贾谊之作，其云：

> 苍生喘未苏，贾笔论孤愤。文采风流今尚存，毫发无遗恨。凄恻近长沙，地僻秋将尽。长使英雄泪满襟，天意高难问。

"苍生"句源自"往者灾犹降，苍生喘未苏"（《行次昭陵》），写百姓受天灾人祸之难，民困未苏。"贾笔"句源自"贾笔论孤愤，严诗赋几篇"（《寄岳州贾司马六丈巴州严八使君两阁老五十韵》），此处写贾谊不为时重，屈于长沙，虽有如椽巨笔，却也只能抒写孤愤。"文采"句出自"英雄割据虽已矣，文采风流犹尚存"（《丹青引赠曹将军霸》）、"毫发"句出自"毫发无遗恨，波澜独老成"（《敬赠郑谏议十韵》）、"凄恻"句出自"贾生骨已朽，凄恻近长沙"（《入乔口》）、"地僻"句出自"地僻秋将尽，山高客未归"（《秦州杂诗二十首》），此四句写贾谊身虽磨灭，风流仍存。"长使"句出自"出师未捷身先死，长使英雄泪满襟"（《蜀相》）、"天意"句出自"天意高难问，人情老易悲"（《暮春江陵送马大卿公恩命追赴阙下》）[①]，这两句写出了英雄失路不得龙腾的苦闷。

韩淲《减字木兰花·昌甫以嵇叔夜语作曲，戏用杜子美诗和韵》用杜甫诗表达归隐之情：

> 一杯易足，自断此生犹杜曲。词客哀时，不敢愁来赋别离。孤城麦秀，常愧葛洪丹未就。诗罢长吟，衰晚迟回违寸心。

"一杯"句化用杜甫"老去一杯足，谁怜屡舞长"（《台上》），以畏酒及歌舞写出衰老之状，韩氏此用，亦是自伤老大。"自断"句是将杜甫"自断此生休问天，杜曲幸有桑麻田"（《曲江三章章五句（其三）》）合二为一。杜诗曲

---

① 化用杜甫"天意高难问，人情老易悲"的词作还有张元干"天意从来高难问，况人情、老易悲如许"（《贺新郎·送胡邦衡待制赴新州》）、程公许"世虑难平，天高难问，倚遍阑干曲"（《念奴娇·中秋玩月，忆山谷"共倒金荷家万里，难得尊前相属"之句，怅然有怀，借韵作一首》）以及刘辰翁"登高能赋最苦。叹高高难问，欲望迷处"（《齐天乐·戊寅登高，即席和秋崖韵》）等句。

江三章，志在归隐，韩词开篇即点出词旨。"孤城麦秀"用"白屋花开里，孤城麦秀边"（《行次古城店泛江作不揆鄙拙奉呈江陵幕府诸公》）、"不敢"句用"不敢要佳句，愁来赋别离"（《偶题》）、"常愧"句用"秋来相顾尚飘蓬，未就丹砂愧葛洪"（《赠李白》）、"衰晚"句用"腐儒衰晚谬通籍，退食迟回违寸心"（《题省中院壁》），皆有东皋之思。韩词化用杜诗，表达了相同的归隐主题。

除集句词外，还有檃括词，以林正大为代表。林正大 41 首皆为檃括词，其中檃括杜诗三首成词五首。其檃括《醉时歌》成《括酹江月》（诸公台省）、《水调歌头·送敬则赴袁州教官》、《满江红》（衮衮诸公）三首，檃括《饮中八仙歌》成《括一丛花》（知章骑马似乘船），檃括《丽人行》成《括声声慢》（暮春天气）①。檃括杜诗的，还有蒋捷檃括杜甫《佳人》诗以成《贺新郎·檃括杜诗》。这种将"诗语"打散之后，再整合成"词语"的檃括法，在创作上更具挑战性。

宋代崇杜，宋诗法杜自不待言，宋词之中对于杜甫、杜诗也是极为推重。杜诗海涵地负，题材风格万端。杜诗与宋词之间定然有着相同或相似的题材表达，宋代词人在面对这些题材的时候，则往往自杜诗中取法。例如杜甫的忧时伤国之诗、欲整河山之诗、羁旅游宦之诗、登临咏怀诗、思亲怀友诗、生子祝寿诗、咏佳人诗、节序诗、咏月诗、咏梅诗等，都对宋词中相关题材的作品产生了深远的影响，可谓宋词中相关题材的重要源头。

［本文为国家社科基金青年项目"宋代文学地图数字分析平台研究"（编号12CZW032）阶段成果。］

［作者单位：中国社会科学院文学研究所数字信息室］

① 辛弃疾《新荷叶·上巳日，子似谓古今无此词，索赋》、《新荷叶·徐思乃子似生朝，因为改定》词中亦化用《丽人行》之语，稼轩之词世人多习，姑不细论。

蒙元新西域诗与蒙古王朝认同建构

——以耶律楚材、丘处机为中心

王筱芸

内容提要 蒙元时期以耶律楚材和丘处机为代表的西游文学群体创作的新西域诗，一改汉、唐以来以西域为异域狄虏的叙述定式和价值认同，将蒙古王朝这个以武功和杀戮威震欧亚的"夷虏"王朝，重构为将多族、多国、多元文化统合为一体的大一统王朝；将其纳入华夏历代帝王谱系，使其具有合法性、权威性。具有独特的文学审美认同和价值重构意义。这种通过西游文学对蒙古王朝的认同建构，实际上是将汉唐以来建构的华夏民族大一统认同，由传统的汉族主体向多族主体开放转型，在华夏民族认同精神史上，具有重要意义。本文以耶律楚材和丘处机为中心，从新西域诗的特征以及它们如何进行蒙古大一统王朝认同建构、这种价值重构在华夏民族认同精神史上的作用和意义进行系统论述。

关键词 西游 新西域诗 认同建构

一 以耶律楚材和丘处机为代表的西游 文学群体的形成、活动与新西域诗

1. 西游文学群体的形成和代表人物

1212 年成吉思汗大举南下伐金，1215 年 5 月，攻下金中都（今北京），

夺取了包括金中都在内的北方大片土地，金朝被迫迁都南京（今河南开封）。金朝的灭亡已指日可待。

此前，成吉思汗出于进攻金朝的战略考虑，一直注意延揽亡辽遗民，利用他们的亡国之恨，以为己用。而金朝灭亡辽朝后，出于巩固本民族统治的需要，在对蒙古鞑靼人极尽轻蔑和侮辱的同时，也一直对契丹实行民族歧视政策，从而造成国内民族矛盾空前激化。早在成吉思汗进攻金朝之前，就已经有一些契丹人弃金降蒙。随着蒙古军队对金朝的大规模入侵，越来越多的契丹人开始投奔成吉思汗麾下，充当了蒙古人攻打金朝的急先锋。这些契丹人当中，比较有名的除了耶律阿海、秃花兄弟以外，还有移剌捏儿、耶律留哥、石抹也先、石抹明安等。他们投靠蒙古王朝，大多是出于为国复仇的愿望。如石抹也先，他的祖父在辽亡之后就"誓不食金禄"，父亲也拒不仕金。石抹也先"年十岁，从其父问宗国之所以亡，即大愤曰：'儿能复之。'及长，勇力过人，善骑射，多智略，豪服诸部。金人闻其名，征为奚部长，即让其兄赡德纳曰：'兄姑受之，为保宗族计。'遂深自藏匿，居北野山，射狐鼠而食"。后来，他"闻太祖起朔方"，以为复国报仇的时机已到，便"匹马来归"①。他念念不忘于恢复、重振家国和对金复仇，他认为成吉思汗有助于这一目的的实现。移剌捏儿，"辽亡，金以为参议、留守等官，皆辞不受。闻太祖起兵，私语所亲曰：'为国复仇，此其时也。'率其党百余人诣军门献十策"②，马上受到成吉思汗的赏识，后来成为成吉思汗的臂膀——大将木华黎的得力战将。

可以说，蒙古王朝对金作战的需要以及契丹人为国复仇的愿望，促成了契丹人归附认同蒙古王朝。加之契丹无论是族属还是语言，与蒙古族群都属于塞北文化圈，相邻的语族和民族文化使他们很容易认同。

蒙古人攻克金中都以后，成吉思汗继续实行征召辽金遗士的战略，征召各路人士扩充他的谋士队伍，以备咨问。这一时期应召赴漠北西域的原金朝人士，以契丹皇族后裔耶律楚材和金朝全真道士丘处机及其门人为代表。他们先后应诏赴漠北西域觐见成吉思汗，成为最早认同蒙古汗廷并为之效力的西游士人群体。因为他们来自蒙古人称为"汉地"的金朝北方故地，并且倡导汉法，被蒙古汗廷称为"汉人"。他们均把自己跟随成吉思汗往返漠北、

---

① （明）宋濂等著：《元史》卷一五〇《石抹也先传》，中华书局1976年版。
② （明）宋濂等著：《元史》卷一四九《移剌捏儿传》，中华书局1976年版。

西域的纪行文字，命名为《西游录》和《长春真人西游记》，他们的诗文创作因为涉及大量13世纪初西域和蒙古人西征，成为蒙元社会历史文化研究的名著。

西游文学群体，从西游伊始就由儒、道两个群体构成。他们分别是以耶律楚材为代表的倡导"汉法儒治"的儒士文学群体，以及以由丘处机为代表的倡导"老子化胡"的道教和道士文学群体。这两个群体的交汇，以耶律楚材和丘处机在西域的诗酒唱和为标志；这两个群体的解体，则是西游结束之后，因为儒道宗教观念不同相互攻击交恶为节点。

西游期间，除了与丘处机唱和外，耶律楚材与窝阔台的医官郑景贤（师真）①、王君玉等随同蒙古人西征的士人们也经常往来唱和，"翻腾旧案因君玉，唱和新诗有景贤"②，至今保留在耶律楚材文集中还有他赠与郑景贤的73首诗、赠与王君玉的34首诗。此外，他也与远在燕京故乡的师友赠答唱和。曾经作有《西域寄中州禅老士大夫一十五首》，分别寄给了万松行秀、王巨岳川（楫）、张子真（天度）、李子进（士谦）、吴德明（章）、师才卿（谞才）、陈秀玉（时可）、张子闻、刘用之（中）、赵正卿（中立）、杨仲文（彪）、雪轩老人邦杰、王清甫（直哉）等留寓燕京之人③。

与耶律楚材同时唱和赠答的还有归附蒙古王朝的契丹人黏合重山，至今保留在耶律楚材文集中还有与他唱和的5诗1文；西征中被派驻守蒲华城的女真人蒲察七斤，至今保留在耶律楚材文集中还有与他唱和的11首诗；与贾非雄、抟宵兄弟赠答诗42首；与王楫（1184—1243）的赠答诗6首；与陈时可（字秀玉）赠答诗12首。以耶律楚材为代表的儒家西游文学群体和以丘处机为代表的道家西游文学群体，大多数西游诗作已经散佚，只有耶律楚材和丘处机及其个别弟子的西游诗文留存下来。因为耶律楚材与丘处机交恶，丘处机文集中与耶律楚材相关唱和诗作和诗序多被删除。耶律楚材文集中与丘处机的唱和诗，也绝口不提他的名字。造成了西游文学研究的文本缺失。

以丘处机为代表的道家西游文学群体，有陪同丘处机西游的门人李志常

---

① 郑景贤，名师真，景贤为其字，号龙冈，顺德（今河北邢台）人。成吉思汗时就已充当窝阔台的侍医。在太宗即位后，仍为侍医。耶律楚材所作《和景贤又一首》"龙冈医隐本知机"，景贤以儒业医，受知于大汗。

② 《湛然居士文集》卷六《西域和王君玉诗二十首》，谢方点校，中华书局1986年版。

③ 《湛然居士文集》卷六《西域寄中州禅老士大夫一十五首》，谢方点校，中华书局1986年版。

等十八人①。著名的《长春真人西游记》，就是由他的门人李志常所撰。书中
除了丘处机的西游纪行外，还详细记录了丘处机沿途所作诗作和创作背景。
丘处机的西游诗，大部分是根据此书编制成集的②。当时的文士孙锡为《长
春真人西游记》作序说："门人李志常，从行者也，掇其所历而为之记。凡
山川道里之险易，水土风气之差殊，与夫衣服饮食百果草木禽虫之别，粲然
靡不毕载，目之曰西游。"③

以丘处机为代表的道家西游文学群体所创作的西游文学作品，除了丘处
机和李志常所撰诗文流传下来以外，其他大多都湮没无闻。所以大蒙古国时
期西游文学群体的创作，只能以耶律楚材和丘处机、李志常现存的创作为主
体；对西游文学群体与大蒙古国时期蒙古王朝的认同建构研究，只能在有限
的条件下，以耶律楚材和丘处机为中心。

以耶律楚材和丘处机为代表的西游文学创作，被学术界界定为"新西域
诗"④。著名元史专家陈高华先生认为：耶律楚材和丘处机的新西域诗"和唐
代的边塞诗相比，有更多更新的意境。特殊的历史环境为他们提供了特殊的
创作题材，他们的诗篇是蒙古西征和中亚社会变迁的历史见证"⑤。

至于这些新的意境具体为何，他们所处的历史环境和创作题材特殊在何
处，陈先生没有展开论述。

本人经过研究认为，新西域诗之所以"新"，除了上述陈先生论述的内
容之外，最重要的，是这些诗作，一改汉、唐以来以西域漠北为异（胡）
国、异域（胡地）、异（胡）族的"他者"叙述定式，将蒙古将士作为正面
的审美主体和审美对象，以肯定性的审美价值认同，将蒙古将士的正面形象
纳入汉语诗歌叙述的文学版图；将成吉思汗王朝纳入华夏帝王谱系予以认
同。那些在汉唐西域诗中，只属于汉族和汉唐王朝将士的正面的、肯定的审

---

① 丘处机率领的弟子赵道坚、尹志平、夏志诚、王志明、张志素、宋道安、孙志坚、宋德方、
于志可、鞠志圆、李志常、张志远、綦志清、杨志静、郑志修、孟志稳、何志清、潘德冲。

② 李志常（1193—1256），字浩然，号真常子，道号通玄大师，观城（今河南范县）人。少年
时受过良好的儒家教育，有较高的文化素养。1218 年入道拜丘处机为师，得到丘处机的赏识。1220
年西游全程陪同丘处机。西游归来，他于 1227 年任都道录，负责教门与汗廷的联络，故为汗廷所
重。1238 年嗣为教主。于丘处机去世之后的 1230 年，撰写《长春真人西游记》。李志常是十八位随
行弟子中的一员。书中的很多描述都是他的亲身见闻，读来令人有身临其境之感。王国维称赞他
"文采斐然。其为是记，文约事尽"。

③ 《长春真人西游记》序，党宝海译注，河北人民出版社 2001 年版。

④ 陈高华等著：《元代文化史》，广东教育出版社 2009 年版，第 126 页。

⑤ 同上。

美意象和审美认同，第一次被用在成吉思汗王朝的将士身上："天兵饮马西河上，欲使西戎献驯象。旌旗蔽空尘涨天，壮士如虹气如丈。"①

在一千多年来的诗歌意象和诗歌叙事中一直被冠以"胡""虏""狄"等蔑称的西域漠北胡人胡地，第一次在耶律楚材和丘处机的笔下，获得了骁勇善战的"天兵"的审美叙述和审美认同。一向被汉唐西域诗描写叙述得荒凉萧疏的西域漠北，在耶律楚材笔下，第一次以"山川相缪，郁乎苍苍，车帐如云，将士如雨，马牛被野，兵甲赫天，烟火相望，连营万里，千古之盛，未尝有也"②的气势出现，的确是千古之盛，未尝有也！更有甚者，是耶律楚材将成吉思汗直接比喻为"金鼓銮舆出陇秦，驱驰八骏又西巡。千年际会风云异，一代规模宇宙新"③，直接纳入华夏帝王谱系予以肯定和认同。

这种通过西游文学对成吉思汗王朝的认同建构，实际上是将汉唐以来建构的华夏民族大一统认同，由传统的汉族主体向多族主体开放转型，在华夏民族认同精神史上，具有重要意义。正是这种价值重构和审美认同，构成了"新西域诗"在特殊历史和特殊题材之中的新主体、新意象和新意境。正是这些新西域诗，使西域和漠北在回鹘西迁数百年之后得以重新进入汉语书写世界的视野，将与中原隔绝多年的西域山川风物，蒙古大军征战东西的情景，通过他们创作的新西域诗和新诗歌意象鲜活地呈现出来。而且他们通过新西域诗文学建构的蒙古王朝认同，开创了蒙元大一统华夏民族认同模式，将汉唐以来建构的华夏民族大一统认同，由传统的汉族主体向多族主体开放转型。如后来的元儒所谓"汉鼎即已坠，海内必有归。诚能正德业，亦足为王基"④。"能行中国之法，即为中国之主"的蒙古王朝认同建构，由传统的汉族主体认同转型为多族主体和汉法、仁政等文化认同；这些贯穿蒙元一朝的多族大一统华夏民族认同建构，都发端于此。如清人顾嗣立评价耶律楚材："顾当经营创制之初，驰骋绝域"，"旁通诣极，而要以儒者为归"。"而雄篇秀句，散落人间，为一代词臣之倡，非偶然也！"⑤ 如杨镰所论："元代文学史以耶律楚材为发端"，"对于耶律楚材来说，出入儒、道、释诸家调和

---

① 耶律楚材：《湛然居士文集》卷二《再用前韵》，谢方点校，中华书局 1986 年版。

② 耶律楚材：《西游录》卷上，《中外交通史丛刊》本，向达校注，中华书局 2000 年版。

③ 耶律楚材：《湛然居士文集》卷五《河中春游有感五首》（其四），谢方点校，中华书局 1986 年版。

④ 元郝经《寓兴》诗，《郝文忠公陵川文集》卷二，《北京图书馆古籍珍本丛刊》影印明正德二年李瀚刻本，集部 91，书目文献出版社 1998 年版。

⑤ 顾嗣立：《元诗选》初集一《耶律楚材传》，中华书局 1987 年版，第 339—340 页。

异端也好，穿越于契丹、女真、蒙古、西域等多元文明化解广袤时空也好，原本是单一的民族文化，正是从他那一代人身上，归纳荟萃为北方地域的多元文化。元代的历史和文学，就是建立在这样的模式之上。"①

2. 耶律楚材和丘处机的西游时间、路线、目的和主要活动

耶律楚材接受成吉思汗征召西游的时间，据耶律楚材本人回忆，是在"戊寅之春，三月既望"②。戊寅为元太祖十二年、金兴定三年，也就是公元1218年。从1218年应召北上，到1227年接受蒙古汗廷的委派，南下燕京"搜索经籍"③，耶律楚材在西域共十年。

成吉思汗将耶律楚材征诣行在，一是因为耶律楚材有显赫的出身。耶律楚材家族在金朝长期担任高官，地位名望显赫，对外又一直以东丹王的后裔自诩，成吉思汗之所以看中亡金的一个左右司员外郎——六品小官的耶律楚材，是因为他有过人的才能，"凡星历、医卜、杂算、内算、音律、儒释、异国之书，无不通究"④。信仰原始萨满宗教的成吉思汗在当时急需耶律楚材最直接、最显而易见的原因是需要他未卜先知的占卜术和掌管汉文文书，因为当时成吉思汗与契丹、女真、汉人打交道时，全得使用汉文。耶律楚材自己就曾说："自天明下诏，知我素通著。"⑤ 而耶律楚材正好是这方面的行家。

自此，耶律楚材在蒙古攻陷中都后，经过近三年沉寂的参禅生活后，再次出仕，转而走向服务蒙古汗廷的道路，这成为他人生的一个重要转折点。

耶律楚材等由辽契丹贵族汉化而仕金的北方汉人，其择主而仕的价值取向，与宋朝人不仕二主的"操守"不同。如金世宗所曰："燕人自古忠直者鲜，辽兵至则从辽，宋人至则从宋，本朝至则从本朝，其俗诡随，有自来矣！"⑥ 他们对此似乎有更为通达的理解。耶律楚材并不以为一定要专事一姓才算有节操。他在题为《送房孙重奴行》的诗中明确表示："汝亦东丹十世孙，家亡国破一身存，而今正好行仁义，勿学轻薄辱我门。"⑦ 对于自己的孙辈，他也并未主张"家亡国破"就必须以身殉国，或作为辽皇族的后代就一

① 杨镰：《元代文学编年史》山西教育出版社 2005 年版，第 13 页。

② 耶律楚材：《西游录》，《中外交通史丛刊》本，向达校注，中华书局 2000 年版。

③ 同上。

④ 宋子贞：《中书令耶律公神道碑》，《国朝文类》卷 57，元苏天爵编，《四部丛刊初编》本。

⑤ 耶律楚材：《湛然居士文集》卷一二《怀古一百韵寄张敏之》，谢方点校，中华书局 1986 年版。

⑥ 脱脱等著：《金史》卷一二《世宗本纪上》，中华书局 1975 年版。

⑦ 耶律楚材：《湛然居士文集》卷一一，谢方点校，中华书局 1986 年版。

定要致力于恢复契丹人的天下。他认为，只要能"行仁义"，就不算辱没了东丹王后代的身份。

耶律楚材之所以转而投靠蒙古人，是与当时的严峻形势分不开的。本来，他出身契丹皇族，是辽朝创始人阿保机的后裔。其父仕于金朝，是金朝的显贵世家；饱读诗书，地位优越。他们父子把自己的远大抱负寄托在金朝身上，以效忠金朝、济世泽民为己任，应该是顺理成章的事情。可腐朽的金朝在蒙古人的铁蹄之下，此时已经岌岌可危。虽然金室已经远迁汴梁，蒙古军队也随即追踪而至，其中三木合拨都率领的一支仅万余人的部队，由西夏进入关中，东出潼关，连破嵩、汝等州县，大掠河南，前锋直逼汴梁城郊，如入无人之境①。可以说，如果蒙古不是日后实行战略大转移的话，宣宗本人很有可能会成为金朝的最后一个皇帝。在这种情况下，稍微有头脑的人都能看出，金朝的灭亡只是一个时间早晚的问题。而对于这样一个行将覆灭的王朝，又怎能谈得上施展济世泽民的抱负呢？经过三年的静观时变，耶律楚材清醒地认识到，金朝的统治已经如大厦将倾，无可挽回了，在这种局势下，他实现其政治抱负所依靠的只能是新兴的成吉思汗政权。

耶律楚材受到成吉思汗征召后，于当年的三月份从燕京启程，向漠北成吉思汗的大营所在地进发。当时他走的路线为，"始发永安，过居庸，历武川，出云中之右，抵天山之北，涉大碛，逾沙漠"②。这里的永安，指今天的北京，耶律楚材在诗中有"三十年前旅永安"，所指应为同一地方③。由于北辽宣宗耶律淳的墓地永安陵位于北京的香山，而耶律楚材的家乡即在这一带，故而"始发永安"，实际上就是始发北京之意。

耶律楚材从北京出发后，向北穿越北京北面的重要关隘居庸关，经武川（今河北宣德）、云中（今山西大同之西），而后翻越天山（即今大青山），经净州（今内蒙古四子王旗西北净州古城）、沙井（今内蒙古达尔罕茂明安旗东北萨其庙附近古城）④，向北穿越沙漠，历经艰苦跋涉，"末浃十旬"⑤，即用了三个月的时间，才到达漠北成吉思汗的大帐所在。

耶律楚材到达位于怯绿连河畔的成吉思汗大帐时，正赶上七月份的夏

---

①　宋濂等著：《元史》卷二《太宗本纪》，中华书局1976年版。

②　《西游录》卷上，《中外交通史丛刊》本，向达校注，中华书局2000年版。

③　《湛然居士文集》卷一〇《寄妹夫人》，谢方点校，中华书局1986年版。

④　《湛然居士文集》卷二《过天山周敬之席上和人韵》，谢方点校，中华书局1986年版。

⑤　《西游录》卷上，《中外交通史丛刊》本，向达校注，中华书局2000年版。

天。草原夏天的自然景色是非常美丽的，气势磅礴的山河，一望无际的绿草蓝天，再加上点缀于其中的众多牛羊，雄伟庞大的车帐军营，骁勇善战的游牧铁骑，构成了一幅绚丽多彩的画面。耶律楚材曾以这样的语句形容他所见到的景象：

> 山川相缪，郁乎苍苍，车帐如云，将士如雨，马牛被野，兵甲赫天，烟火相望，连营万里，千古之盛，未尝有也。①

这种新的审美认同，使漠北风土习俗、生活状态，第一次以正面的、被肯定和被歌颂认同的审美形象，进入汉语书写的文学地图。

到达漠北成吉思汗大帐后，耶律楚材随即得到了成吉思汗的接见。成吉思汗对他说："辽与金为世雠，吾与汝已报之矣。"本来，成吉思汗以为耶律楚材与他所见到的其他契丹人一样，对女真人深恶痛绝，当听到自己的这番话语后，肯定会表示感激之情。可耶律楚材的回答却非常出人意料："臣父祖以来皆尝北面事之，既为臣子，岂敢复怀贰心，雠君父耶！"②成吉思汗平素最为注重主从关系，对于奴仆背叛主人的行为，往往严惩不贷③。耶律楚材的回答，可以说正适合了他的口味，令他颇为欣赏。再加上耶律楚材对占卜之术颇为精通，为信仰萨满教的成吉思汗所需要，故成吉思汗决定将耶律楚材"处之左右，以备咨访"④。由于耶律楚材"髭髯垂到腰间，眉毛俨然眼上"⑤，非常惹人注目，而"鞑人少髯，胡多必贵也"⑥，故成吉思汗径直称呼他为"吾图撒合里"，而不呼其名。在蒙古语中，吾图（urtul）的意思是长，撒合里（sahal）的意思是"髯"、"胡"，两个词合在一起，就是"长髯人"或"长胡子"的意思。

耶律楚材这次不辞劳苦地远道而来觐见成吉思汗，是满怀济世天下的雄心壮志的。在得到成吉思汗的接见后，他兴奋不已，对成吉思汗产生了莫大的希望。在《过闾居河四首》中，他曾回忆当时的心情说：

---

① 耶律楚材：《西游录》卷上，《中外交通史丛刊》本，向达校注，中华书局 2000 年版。
② 《国朝文类》卷五七宋子贞《中书令耶律公神道碑》，元苏天爵编，《四部丛刊初编》本。
③ 《蒙古秘史》第 200 节，余大均译注，河北人民出版社 2001 年版，第 321 页。
④ 苏天爵编：《国朝文类》卷五七宋子贞《中书令耶律公神道碑》，《四部丛刊初编》本。
⑤ 《湛然居士文集》卷八《自赞》，谢方点校，中华书局 1986 年版。
⑥ 《湛然居士文集》卷五，谢方点校，中华书局 1986 年版。

一圣龙飞德足称，其亡凛凛涉春冰。

千山风烈来从虎，万里云垂看举鹏。

尧舜徽猷无阙失，良平妙算足依凭。

华夷混一非多日，浮海长桴未可乘。①

"圣主得中原，明诏求王佐，

胡然北海游，不得南阳卧。"②

　　诗中不仅直接将成吉思汗喻为实现"华夷混一"的"圣主"，而且流露出耶律楚材跃跃欲试如飞鹏展翅，扶摇万里的兴奋心情。与当年李白一样，他觉得自己精通经史、学富五车，以前一直学无所用，而今却要一鸣惊人、一飞冲天了！他把成吉思汗比作尧舜一样的谋略高明、完美的帝王。将有"千山风烈来从虎，万里云垂看举鹏"的君臣风云际会。成吉思汗如神龙出世，可以给他冲天的机会，施展才能的天地。有了成吉思汗这样的无敌君主，和自己这样的以天下为己任的臣子，"华夷混一"的大一统前景还会很遥远么？孔子预言的"道不行，乘桴浮于海"③的贤人遁世的局面更不会出现。可见他西游的目标是何等高远。

　　就在耶律楚材进入蒙古汗廷效力的这一年，蒙古人正在进行战略转移，准备发动大规模的西征。这是蒙古帝国历史上三次大规模西征中的首次。刚刚到达漠北的耶律楚材，"后扈从成吉思汗西征，行程五六万里，留西域六七年"④。

　　成吉思汗首次西征，1219—1225年历时七年。蒙古军队从漠北蒙古本土出发的时间为1219年夏六月，耶律楚材跟随蒙古大军向西翻金山（今天的阿尔泰山），越达也儿的石河（今额尔齐斯河），直扑阴山，攻灭雄踞中亚的花剌子模，占领不花剌城（今乌兹别克斯坦共和国布哈拉）。攻克花剌子模的首都中亚重镇撒麻耳干，取得中亚绿洲城市及东西商道的控制权。其偏师横扫里海、咸海以北的钦察草原。

　　耶律楚材一直跟随成吉思汗，他的主要活动，一是担任成吉思汗的巫师

---

　　① 《湛然居士文集》卷五，谢方点校，中华书局1986年版。

　　② 《和平阳张彦升见寄》，《湛然居士文集》卷九，谢方点校，中华书局1986年版。

　　③ 子曰："道不行，乘桴浮于海，从吾者其由欤？"（《论语·公冶长》），《十三经注疏》，中华书局2001年版。

　　④ 《西游录》卷上，《中外交通史丛刊》本，向达校注，中华书局2000年版。

兼汉文文书（必阇赤），用他的术数、律历星算方技之术为成吉思汗西征服务。二是在塔剌思城屯田。

成吉思汗首先把他当成了一个能排忧解难、判断吉凶的巫师和预言家。据记载：

1219 年夏 6 月，大军征西。出师前祭旗之际下起了大雪。成吉思汗询问六月下雪的原因，耶律楚材解释说是"克敌之象"。继而成吉思汗大获全胜。

1220 年，成吉思汗不解何以冬天打雷，耶律楚材回答：回鹘王梭里檀将死。不久，梭里檀果然死了。

1222 年夏天，"长星见西方"。成吉思汗问主何人事？耶律楚材认为是"女真国当易主矣"。次年，金宣宗果然去世。

又有回鹘人推算 5 月 15 日晚月食，耶律楚材却认为 10 月 15 日才会月食。果然 5 月没有月食，而 10 月 15 日夜，月食八分。这一预言，使得不谙天文历法的成吉思汗大为惊讶，高呼："汝于天上事尚无不知，况人间事乎？"

西征军行至东印度国铁门关时，见一鹿形马尾、绿色独角的奇兽。它还能讲话，说是："汝君宜早回。"耶律楚材解释说："此兽名角端，日行一万八千里，解四夷语，是恶杀之象，盖上天遣之以告陛下，愿承天心，宥此数国人命，实陛下无疆之福。"成吉思汗相信异相，马上下诏班师。

1226 年冬 11 月，蒙古军队攻下灵武（今宁夏境内），诸将都去忙着掠夺子女财币，耶律楚材只取书几部和大黄两驮。不久，军中瘟疫蔓延，耶律楚材预置的大黄救活了万余人①。

这些在成吉思汗看来不可理解的奇事，其实基于耶律楚材对于天文、历算的通晓和他掌握的医学知识，被渲染夸张成大智近神的本领。使他在蒙古统治者的心目中，建立了很高的威信。

从 1220 年到 1222 年，耶律楚材没有跟随成吉思汗东返蒙古，大部分时间都待在撒马尔干。1224 年才从塔剌思城启程东返，1225 年冬至，穿过阴山的松关到达瀚海军的高昌城（今新疆吉木萨尔境内）。后随蒙古大军征服西夏，1226 年入西夏境内。1227 年随着成吉思汗去世，耶律楚材回到阔别十年的燕京，结束西游。1228 年《西游录》在燕京出版。

以济世泽民自许的耶律楚材，并不满足于在汗廷做一个巫师，西游之初

---

① 以上均见元宋子贞《中书令耶律公神道碑》，载元《国朝文类》卷五七，《四部丛刊》本。

树立的理想与现实巨大反差的挫败感时时流露在他的西游诗中，"西征万里
扈銮舆，高阁文章束石渠。""醉里莫知身似蝶，梦中不觉我为鱼。""十年潦
倒功何在，三径荒凉翠已寒"①。

　　就是在这种等待和苦闷之中，1221 年十一月到 1222 年春天，丘处机西
游到撒马尔干，与早在那里的耶律楚材开始了一段空前绝后的西游文学群体
的诗酒唱和。

　　全真教道士丘处机（1148—1227）西觐成吉思汗是 1219—1224 年。他
率领弟子赵道坚、尹志平、夏志诚、王志明、张志素、宋道安、孙志坚、宋
德方、于志可、鞠志圆、李志常、张志远、綦志清、杨志静、郑志修、孟志
稳、何志清、潘德冲等十八人，行程万余里，于 1221 年在今阿富汗境内兴
都库什山西北坡的八鲁湾行宫谒见了成吉思汗。

　　全真教，为金朝初年在中原地区兴起的新道教，对当时中原地区的政
治、经济、文化等均曾产生过深刻影响。丘处机为全真教创始人王重阳
（1113－1170）的七大弟子之一，字通密，道号长春子，山东登州栖霞县人。
在他担任掌教期间，全真教势力日益发展壮大，成为北方地区最具社会影响
力的宗教派别。鉴于全真教影响的扩大，当时，北方的金朝与南方的南宋王
朝都曾派使邀请过丘处机，但被对形势洞若观火的丘处机一一拒绝。

　　长春真人丘处机的弟子李志常撰写的《长春真人西游记》中，记载了这
样的事实：

　　　　戊寅岁之前，师在登州，河南屡欲遣使征聘，事有龃龉，遂已。明
　　年，住莱州昊天观。夏四月，河南提控边鄙使至，邀师同往，师不可，
　　使者携所书诗颂归。继而复有使自大梁来，道闻山东为宋人所据，乃
　　还。其年八月，江南大帅李公全、彭公义斌来请不赴。尔后，随处往往
　　邀请，莱之主者难其事，师乃言曰："我之行止，天也，非若辈所及知，
　　当有留不住时去也。"居无何，成吉思皇帝遣侍臣刘仲录悬虎头金牌，
　　其文曰："如朕亲行，便宜行事。"及蒙古人二十辈，传旨敦请。师踌躇
　　间，仲录曰："师名重四海，皇帝特诏仲录，逾越山海，不限岁月，期
　　必致之。"……师知不可辞……②

　　①　《壬午西域河中游春十首》，《湛然居士文集》卷五，谢方点校，中华书局 1986 年版。
　　②　李志常撰：《长春真人西游记》，党宝海译注，河北人民出版社 2001 年版。

　　由于丘处机"名重四海"，三个朝廷都在征聘、争取他。来自大梁（今河南开封）的使臣，当然是金国使者，所谓"河南"，当指南宋朝廷，而刘仲录则是成吉思汗所差了。丘处机曾经接受过金朝皇帝的召见，陶宗仪《南村辍耕录》说是在"戊申"，戊申即金世宗大定二十八年（1188），当时丘处机虽年逾"不惑"，名声还没有晚年那么响亮。在应成吉思汗之诏西行之前，丘处机德高望重、名满四海，加上年事已高，已经不愿轻易地应诏面君了。更主要的是，在干戈不已、此疆彼界的征战时期，丘处机谨慎行事是合乎情理的，于是他便用"我之行止，天也"来作为托词。不过，他在拒绝了金、宋之后，却决定不远万里，跑到阴山之北去朝见成吉思汗，这件事说明了丘处机对于金、宋、蒙古的不同态度。

　　丘处机受到成吉思汗的重视，首先是因为成吉思汗希求长生不老术，直接得力于成吉思汗周围的亲信刘仲录的引荐。刘仲录，名温，深谙医道，以善作鸣镝并向成吉思汗进医药受到成吉思汗的赏识。据说，他在向成吉思汗推荐丘处机时，说其擅长长生之术，行年且三百余岁。成吉思汗对此大为惊异，故而命刘仲录持手诏，携带"如朕亲行，便宜从事"的金虎符前去征召丘处机。耶律楚材也在《西游录》记载了相同的事实①。

　　丘处机答应成吉思汗的征召，除了对成吉思汗王朝新兴力量和发展势头的评估，如他在《西游记》所说，也与耶律楚材草拟的成吉思汗的手诏有关：

　　　天厌中原，骄华太极之性。朕居北野，嗜欲莫生之情。返朴还淳，去奢从俭，每一衣一食，与牛竖马圉共弊同飧。视民如赤子，养士若兄弟，谋素和，恩素畜。练万众以身人之先，临百阵无念我之后。

　　　七载之中成大业，六合之内为一统。非朕之行有德，盖金之政无恒，是以受天之佑，获承至尊……聘贤选佐，将以安天下也。

　　　朕践祚以来，勤心庶政，而三九之位，未见其人。访闻丘师先生体真履规，博物洽闻，探赜穷理，道冲德著，怀古君子之肃风，抱真上人

---

　　① 《西游录》载："昔刘姓而温名者，以医术进。渠渭丘公行年三百，有保养长生之秘术，乃奏举之。诏下征至德兴，丘公上表云：形容枯槁，切恐中途不达，愿且于德兴盘桓。表既上，朝廷以丘公惮于北行，命仆草诏，温言答之，欲其速致也。"

之雅操，久栖岩谷，藏身隐形，阐祖宗之遗化，坐致有道之士，云集仙径，莫可称数。自干戈而后，伏知先生犹隐山东旧境，朕心仰怀无已。岂不闻渭水司车，茅庐三顾之事？奈何山川悬阔，有失躬迎之礼，朕但避位侧身，斋戒沐浴，选差近侍官刘仲禄，备轻骑素车，不远千里，谨邀先生暂屈仙步，不以沙漠悠远为念，或以忧民当世之务，或以恤朕保身之术，朕亲侍仙座……①

这个诏书以成吉思汗的口气叙述自己奉天承运，将为一统，为安治天下，聘贤选佐，闻丘处机为有道之士，因而"仰怀无已"，自己将虚席以待，请丘处机前来请教"当世之务"和"保身之术"。这种恭敬和谦虚，几乎可以看作是一个帝王给臣下的最高荣誉，虽然丘处机还不是成吉思汗的臣子，但已足能打动丘处机的心，以至于使他觉得不能拒绝这次意义重大的远征。他从燕京抵宣德时，写了一首诗给燕京的道友，很能代表他此时的心境：

> 十年兵火万民愁，千万中无一二留。去岁幸逢慈诏下，今春须合冒寒游。不辞岭北三千里，仍念山东二百州。穷急漏诛残喘在，早教身命得消忧。②

他"以无为之教，化有为之士"拯救百姓于兵火之中的政治抱负被这诏书唤起了。据《玄风庆会录》："国师长春真人昔承宣召，不得已而后起，遂别中土，过流沙，陈道德以致君，止干戈而救物。"③ 丘处机在对宋、金、蒙古三朝的实力权衡之后，认定成吉思汗可以作为他实现"陈道德以致君，止干戈而救物"理想的君主，他也以"天赐勇智，今古绝纶，道协威灵，华夷率服"④ 等辞，称颂和认同成吉思汗王朝。这些言论虽有阿谀奉承之嫌，但与耶律楚材对于成吉思汗王朝的认同建构参看，表明经过同样是源自边疆少数民族的金源王朝的百年经营，士人们将汉唐以来建构的华夏民族大一统认

---

① （元）陶宗仪：《南村辍耕录》卷一〇，中华书局 1959 年版，第 120 页。

② 丘处机：《丘处机集·补遗》，《复寄燕京道友》，赵卫东辑校，齐鲁书社 2005 年版，第 188 页。

③ 《玄风庆会录序》，《长春真人西游记附录》，党宝海译注，河北人民出版社 2001 年版。

④ （元）陶宗仪：《南村辍耕录》卷一〇，中华书局 1959 年版，第 121 页。

同，由传统的汉族主体转向多族主体开放转型的普遍意识。

当丘处机在到达德兴，惮于远途跋涉，上书成吉思汗要求在此等待圣驾东还时，成吉思汗的反应是又命耶律楚材草诏"温言答之，欲其速至也"①。于是耶律楚材又草一诏促其西行，其中有言：

> ……时与愿适，天不人违。两朝屡召而弗行，单使一邀而肯起。谓朕天启，所以身归。不辞暴露于风霜，自愿跋涉于沙碛。书章来上，喜慰何言。军国之事，非朕所期，道德之心，诚云可尚……老氏西行，或化胡而成道……②

将丘处机此行目的比作老子化胡之举，这当然既投合了丘处机的虚荣心，又道出了他此行的目的。于是丘处机不顾年迈体衰，拼了老命，在干戈未息的道路上疲惫地奔波了两年，才到达了目的地。

这些出自耶律楚材之手的诏书表达的意思，不见得为成吉思汗所有，很可能大部分是耶律楚材的看法和主观愿望③。它不仅表达了耶律楚材对成吉思汗的认识、评价甚至是对成吉思汗王朝的主观认同建构；而且也令丘处机在无形之中把他这次北行的意义看得比实际要重要得多了。

1219 年，年过七旬的丘处机在历经艰苦的长途跋涉后，于 1222 年四月五日到达了成吉思汗在大雪山（今兴都库什山脉）的营帐所在，受到成吉思汗的隆重接待。这就是被后人所称的"金帐论道"。成吉思汗迫不及待地召见了他，首先寒暄："他国征聘皆不应，今远逾万里而来，朕甚嘉焉。"丘处机回答："山野奉诏而赴者，天也。"成吉思汗高兴地赐座，然后问："真人远来，有何长生之药以资朕乎？"丘处机回答："有卫生之道，而无长生之药。"成吉思汗或许有些失望，但仍表现了居高临下的大度，表扬丘处机"诚实"不欺，并且"设二帐于御幄之东，以居焉"（李志常《长春真人西游记》）。

---

① 耶律楚材：《西游录》，《中外交通史丛刊》本，向达校注，中华书局 2000 年版。
② 李志常：《长春真人西游记附录》，党宝海译注，河北人民出版社 2001 年版。
③ 《黑鞑事略》徐霆疏云："行于汉人、契丹、女真诸亡国者，只用汉字，移剌楚材主之。"移剌楚材即耶律楚材，他当时在成吉思汗军中掌管汉字文书。王国维《黑鞑事略笺证》也认为"霆尝考之，只是见之文书者，则楚材、镇海得以行其私意，盖鞑主不识字也"。"霆"即徐霆，南宋人，曾于太宗七、八年间出使蒙古，他的说法当是可靠的。

关心长生不老的蒙古人不只成吉思汗一个，在丘处机到达雪山行在的一年前，途经斡辰大王帐下时，斡辰大王就曾问及"延生事"。丘处机说：须得斋戒之后才可以谈这个问题，与斡辰大王约定月中授受，以示郑重，届时却碰上了下大雪，于是斡辰大王自谴说："上遣使万里，请师问道，我曷敢先焉……"① 这件事也就作罢了。

这一年九月，成吉思汗三次正式召见丘处机，只有少数大臣、近侍、翻译在场。对此，《长春真人西游记》中都有记载：

> 九月朔，渡河桥而北，师奏话期将至，可召太师阿海。其月望，上设幄斋庄，退侍女左右，灯烛炜煌，帷阁利必、镇海、定差、仲录侍外，师与太师阿海、阿里鲜入帐坐。奏曰："仲录万里周旋，镇海数千里远送，亦可入帐与闻道话。"于是召二人入，师有所说，即令太师阿海以蒙古语译奏，颇惬圣怀。十有九日，清夜再召师论道，上大悦。二十有三日，又宣师入幄，礼如初，上温颜以听，令左右录之，仍敕志以汉字，意示不忘，谓左右曰："神仙三说养生之道，我甚入心。"使勿泄于外。②

据《长春真人西游记》，丘处机一行是在 1221 年十一月八日到达撒马尔干城的，正是在此时，驻留该城的耶律楚材得以与他结识。他们二人，一位是正当壮岁的佛教居士，一位是年近垂暮的道教真人。虽然二人的宗教旨趣不同，但他们的政治愿望和成吉思汗王朝认同建构却有着相通之处。那就是劝说成吉思汗尽快结束残酷的屠杀政策，以教化的手段使百姓顺从；此外则是通过沿途的西域诗创作纪行，有意或无意地通过文学，解构金朝以来对成吉思汗王朝的认同模式，重构以成吉思汗王朝为中心的认同价值体系，使成吉思汗王朝和自己的行为具有合法性和权威性。

由于二人对成吉思汗王朝的认同相近，再加上处于远离中原的西域，遇到从中原远道而来的客人，耶律楚材心里有一种说不出的亲切感。在丘处机滞留撒马尔干的大半年时间里，他们二人曾"联句和诗，焚香煮茗，春游邃

---

① 李志常：《长春真人西游记》，党宝海译注，河北人民出版社 2001 年版。
② 同上。

圃，夜话寒斋"①，关系一度非常亲密。1222 年的二月二日，二人还曾一起
到城西的庄园游览，相互之间诗歌赠答。丘处机云：

> 阴山西下五千里，大石东过二十程。
> 雨霁雪山遥惨淡，春分河府近清明。
> 园林寂寂鸟无语，风日迟迟花有情。
> 同志暂来闲睥睨，高吟归去待升平。②

耶律楚材的和诗题为《壬午西域河中游春十首》，其中第一首云：

> 幽人呼我出东城，信马寻芳莫问程。
> 春色未如华藏富，湖光不似道心明。
> 土床设馔谈玄旨，石鼎烹茶唱道情。
> 世路崎岖太尖险，随高逐下坦然平。③

　　二人之间像这样的诗歌赠答很多，在肯定蒙古西征和认同成吉思汗王朝
的价值前提下，与汉唐诗人充满张力和紧张的西域"他者"叙述不同，在他
们的笔下，转换成为一种诗酒唱和的悠然自如意境。
　　这些诗，其中有一部分保存在《长春真人西游记》与《湛然居士文集》
中。只不过后来由于耶律楚材与全真教交恶，才在文集中绝不提及对方的名
字④。此外，丘处机在觐见成吉思汗讲道时，耶律楚材也作为翻译进行过陪
同，所以当时的会谈内容虽属绝密，但他却得以与闻。后来丘处机与成吉思
汗会谈的内容被整理为《玄风庆会录》，落款也是耶律楚材⑤。期间丘处机还
与窝阔台的医官、耶律楚材在西域的密友郑景贤唱和赠诗云：

> 自古中秋月最明，凉风届候夜弥清。一天气象沉银汉，四海鱼龙耀
> 水精。吴越楼台歌吹满，燕秦部曲酒肴盈。我之帝所临河上，欲罢干戈

---

① 耶律楚材：《西游录》，《中外交通史丛刊》本，向达校注，中华书局 2000 年版。
② 李志常：《长春真人西游记》，党宝海译注，河北人民出版社 2001 年版。
③ 《湛然居士文集》卷五，谢方点校，中华书局 1986 年版。
④ 参见王国维《耶律文正公年谱余记》。
⑤ 党宝海：《〈玄风庆会录〉作者考》，《2007 年第二届传统中国研究国际学术讨论会论文集》。

致太平。①

丘处机西行的路线大致是：从山东登州（今山东蓬莱）出发至燕京（今北京），出居庸关，北上至克鲁伦河畔。由此折向西行至镇海城（在今蒙古人民共和国哈腊乌斯及哈腊湖南岸）。再向西南过阿尔泰山，越准噶尔盆地至赛里木湖东岸。南下穿经中亚到达兴都库什山西北坡之八鲁湾。

在受到成吉思汗接见后不久，丘处机一行结束西游东返。于 1224 年春天回到燕京，并于 1227 年七月死于该地，享年 80 岁。

二　蒙元新西域诗与蒙古王朝认同建构

历史不仅是一桩桩事件，也是某种叙述方式。尤其是作为华夏民族认同精神史之一环的蒙元蒙古王朝认同建构，是通过耶律楚材和丘处机创作的新西域诗，通过新西域诗的新主体、新意象、新的审美认同价值，建构了支撑蒙元一朝统治的核心价值和主流意识形态——蒙古王朝认同和华夏多族大一统王朝认同模式。

1. 蒙元新西域诗的新主体、新意象与蒙古王朝认同建构

在耶律楚材和丘处机创作的新西域诗中首次塑造的以成吉思汗王朝将士为主体的新意象出现在诗坛之前，金朝文坛没有关于蒙古人的正面叙述和正面形象。诗词散文中充斥的都是视蒙古人为"戎"、"胡"的负面形象，直呼他们为"胡骑""胡尘"，或将蒙古军南侵比喻为蚩尤率兵入中原作乱。这当然既与蒙古人在中原烧杀掳掠的所作所为有关，也与金朝以周昂等为代表的文人儒士自视为"汉"、"华"而将蒙古称为"戎"、"胡"的华夷之别的民族认同相一致。

如卫绍王大安三年（1211）二月。在中都之战中与蒙古人殊死战斗以身殉国的节烈之士周昂②著名的《翠屏口七首》之二：

> 地拥河山壮，营关剑甲重。马牛来细路，灯火出寒松。刁斗方严夜，羔裘欲御冬。可怜天设险，不入汉提封。

---

① 李志常：《长春真人西游记》，党宝海译注，河北人民出版社 2001 年版。
② 脱脱、欧阳玄、贺惟一等著：《金史》卷一二六《文艺下·周昂传》，中华书局 1975 版。

元好问写于金亡国前三年——哀宗正大八年（1231）的《岐阳三首》的二、三首：

> 百二关河草不横，十年戎马暗秦京。岐阳西望无来信，陇水东流闻哭声。
>
> 野蔓有情萦战骨，残阳何意照空城！从谁细向苍苍问，争遣蚩尤作五兵？
>
> 眈眈九虎护秦关，懦楚羼齐机上看。禹贡土田推陆海，汉家封徼尽天山。
>
> 北风猎猎悲笳发，渭水萧萧战骨寒。三十六峰长剑在，倚天仙掌惜空闲。①

从以上金源文人的代表诗作中，不难看出这些特征。

在耶律楚材的西游诗作中，成吉思汗王朝第一次作为新的主体出现——一个充满活力和昂扬斗志的合法王朝被肯定，被纳入历代华夏帝王谱系予以认同：

> 一圣龙飞德足称，其亡凛凛涉春冰。千山风烈来从虎，万里云垂看举鹏。尧舜徽猷无阙失，良平妙算足依凭。华夷混一非多日，浮海长桴未可乘。
>
> 北方寒凛古来称，亲见阴山冻鼠冰。战斗檐楹翻铁马，穷通棋势变金鹏。五车经史都无用，一鹗书章谁可凭。安得冲天畅予志，云舆六驭信风乘。②

从以上耶律楚材写于他赴成吉思汗征召途中的《过闾局河四首》看，基于"华夷混一"的大一统理想，他将金朝人一向称为"外夷""蚩尤"的成吉思汗王朝纳入与"尧舜徽猷无阙失"并列的"一圣龙飞德足称"的华夏帝

---

① 元好问：《中州集》，《四部丛刊初编》本。

② 耶律楚材自注："闾局河即胪朐河。"《湛然居士文集》卷五《过闾局河四首》，谢方点校，中华书局 1986 年版。

王谱系序列，予以认同建构。直接继承了司马迁"华夷一体同源"的认同建构模式。

他在《和平阳张彦升见寄》中写到："圣主得中原，明诏求王佐。胡然北海游，不得南阳卧。"① 更是直接将成吉思汗称为"圣主"，把成吉思汗征召自己比喻为当年刘备三顾茅庐寻访诸葛亮拯救汉室那样，具有同样重大的历史意义。把诸葛亮扶持汉室与自己像苏武当年那样远赴西域，帮助蒙古汗廷治理中原等同而论。他毫不拘泥于"华夷之辨"、"夷夏之大防"的传统，也没有宋代士人择主而仕的纠结和痛苦。表明他作为辽契丹皇族，既欣然接受汉文化，同时又保留辽契丹的族源认同②；其先人既仕辽亦可以仕金。自己既仕金亦可以改仕蒙古③。表明他们的蒙古王朝认同和华夏民族认同，是开放的、多元的。他行为的关键参照系只有一个："行仁政"和实现"华夷混一"的"大一统"；"选贤用能以安天下"④。

从耶律楚材为成吉思汗代笔给丘处机写的第一封诏书看：

> 天厌中原，骄华太极之性。朕居北野，嗜欲莫生之情。返朴还淳，去奢从俭，每一衣一食，与牛竖马圉共弊同飨。视民如赤子，养士若兄弟，谋素和，恩素畜。练万众以身人之先，临百阵无念我之后。
>
> 七载之中成大业，六合之内为一统。非朕之行有德，盖金之政无恒，是以受天之佑，获承至尊。南临赵宋，北接回鹘，东夏西夷，悉称臣佐。念我单于国千载百世以来未之有也。然而任太守，重治平，犹惧有阙，聘贤选佐，将以安天下也。
>
> 朕践祚以来，勤心庶政，而三九之位，未见其人。访闻丘师先生体真履规，博物洽闻，探赜穷理，道冲德著，怀古君子之肃风，抱真上人之雅操，久栖岩谷，藏身隐形，阐祖宗之遗化，坐致有道之士，云集仙径，莫可称数。自干戈而后，伏知先生犹隐山东旧境，朕心仰怀无已。岂不闻渭水同车，茅庐三顾之事？奈何山川悬阔，有失躬迎之礼，朕但避位侧身，斋戒沐浴，选差近侍官刘仲录，备轻骑素车，不远千里，谨

① 《和平阳张彦升见寄》，《湛然居士文集》卷九，谢方点校，中华书局1986年版。

② "辽家尊汉制，孔教祖宣尼。焕若文章备，康哉政事熙。校猎温驰射，行营习正奇。"《怀古一百韵寄张敏之》，《湛然居士文集》卷一二，谢方点校，中华书局1986年版。

③ （元）宋子贞：《中书令耶律公神道碑》，载于《国朝文类》卷五七，《四部丛刊》本。

④ 耶律楚材：《西游录》卷上，《中外交通史丛刊》本，向达校注，中华书局2000年版。

邀先生暂屈仙步，不以沙漠悠远为念，或以忧民当世之务，或以恤朕保身之术，朕亲侍仙座……①

前述已论，这些出自耶律楚材之手的诏书表达的意思，不见得全为成吉思汗所有，很可能大部分是耶律楚材的看法和愿望。它不仅表达了耶律楚材对成吉思汗的认识、评价，而且是对蒙古王朝的主观认同建构。

第一段，直接以"天厌中原，骄华太极之性"切入蒙古替天行道惩罚中原的天命论，蒙古对中都的烧杀抢掠因之一下就具有合法性。次论蒙古族和蒙古王朝"返朴还淳，去奢从俭""视民如赤子，养士若兄弟，谋素和，恩素畜。练万众以身人之先，临百阵无念我之后"的特质，是一个有活力、有希望的民族。"七载之中成大业，六合之内为一统。非朕之行有德，盖金之政无恒，是以受天之佑，获承至尊。""七载之中成大业，六合之内为一统"，显然是将蒙古族的部族战争，直接纳入华夏民族春秋战国以来形成的"大一统"话语体系。并再次以"非朕之行有德，盖金之政无恒，是以受天之佑，获承至尊"②赋予了成吉思汗所代表的这个"朴野"而"无文饰，无诞妄"（无名氏《译语》）的民族，获得天命护佑的正义和合法性。无怪乎他会成为耶律楚材和丘处机这种有政治眼光的文人心目中"一圣龙飞德足称"的帝王至尊。

"南临赵宋，北接回鹘"，表明当时蒙古王朝攻陷金中都广大北方地区之后直接与赵宋接壤的武力征服，导致"东夏西夷，悉称臣佐"势不可挡的国威。可与他后来描写蒙古攻陷金中都的"天兵出云中，一战平城破。居庸守将亡，京畿游骑逻"③的诗歌参看。

"念我单于国千载百世以来未之有也。然而任太守，重治平，犹惧有阙，聘贤选佐，将以安天下也"，耶律楚材并不回避蒙古王朝作为北方游牧民族"单于国"的事实，但是强调"任太守，重治平，犹惧有阙，聘贤选佐"之举，是蒙古王朝从异国异族的"单于"成为"将以安天下"、行使"大一统"天命的关键。由此可以看出耶律楚材将蒙古王朝由胡人异族的"单于"王朝，到行使"大一统"天命的华夏王朝认同建构是基于"受天之佑，获承至

---

① （元）陶宗仪：《南村辍耕录》卷一〇，中华书局1959年版，第120—121页。
② 同上。
③ 《和平阳张彦升见寄》，《湛然居士文集》卷九，谢方点校，中华书局1986年版。

尊"的"天命",和完成"大一统"大业,这是将华夷差异缝合一体、使蒙古王朝获得认同建构的关键步骤。

后一封诏书所谓"两朝屡诏而不行,单使一邀而肯起。谓朕天启,所以身归",同样是用"天命观"赋予成吉思汗征召丘处机,和丘处机应召西游以特殊的意义。"老氏西行,或化胡而成道",又将丘处机等西游道教群体征召蒙古"化胡成道"的目的和"用夏变夷"作用点得非常清楚。丘处机则以"天赐勇智,今古绝纶,道协威灵,华夷率服"作为对成吉思汗的称颂认同。"军国之事非己所能,道德之心,令人戒欲,悉为难事",是丘处机对道教或者说宗教作用有限性的说明,"军国之事,非朕所期,道德之心,诚云可尚"是耶律楚材代表蒙古王朝对道教"化胡而成道"宗教作用的认可。

作为对西游道教群体应召西行以及对蒙古王朝认同的回报,成吉思汗对道教予以特殊的待遇,赐以玺书,免除各地道人的差发负担。由于有蒙古汗廷的庇护,全真道教由此大兴。成为成吉思汗和窝阔台汗两朝最显赫的宗教势力。

将蒙古将士刻画为神勇无比的"天兵"意象,是新西域诗另一个突出的特点。基于对以成吉思汗为代表的蒙古王朝的认同、期待和知遇之恩,耶律楚材和丘处机对成吉思汗和蒙古军队的描写,也充满了钦佩之情和歌颂。他们一反金、宋人对蒙古夷狄的文学叙述定式,将蒙古将士刻画为神勇无比的"天兵",所向披靡。对蒙古西征耶律楚材在诗中这样写道:

> 天兵饮马西河上,欲使西戎献驯象。
> 旌旗蔽空尘涨天,壮士如虹气千丈。
> 秦皇汉武称兵穷,拍手一笑儿戏同。
> 堙山陵海非难事,翦斯群丑何无功。①
> 西域渠魁运已终,天兵所指破金墉。
> 崇朝驲骑驰千里,一夜捷书奏九重。②
> 金鼓銮舆出陇秦,驱驰八骏又西巡。
> 千年际会风云异,一代规模宇宙新。③

---

① 耶律楚材:《湛然居士文集》卷二《再用前韵》,谢方点校,中华书局 1986 年版。

② 耶律楚材:《湛然居士文集》卷五《河中春游有感五首》(其四),谢方点校,中华书局 1986 年版。

③ 同上。

　　因为对蒙古王朝的认同，基于西征是蒙古王朝主持正义，征讨和惩罚花刺子模守将杀虏成吉思汗商队的立场，耶律楚材把它作为人类历史上的壮举，称颂不已。"天兵饮马西河上，欲使西戎献驯象。旌旗蔽空尘涨天，壮士如虹气如丈"将蒙古西征比喻为当年唐皇讨蕃那样气势如虹。"秦皇汉武称兵穷，拍手一笑儿戏同。堙山陵海非难事，翦斯群丑何无功"描写秦皇汉武穷兵黩武为之无可奈何的事情，在成吉思汗的眼中简直如儿戏一般，轻轻松松就把群丑消灭了。"金鼓銮舆出陇秦，驱驰八骏又西巡。千年际会风云异，一代规模宇宙新"直接将成吉思汗纳入华夏帝王谱系，认为君臣风云际会"一代规模宇宙新"将再次来临！

　　丘处机的西游诗中，更是塑造了逢山开山，逢水过水的成吉思汗二太子神勇过人的形象：

　　　　金山东畔阴山西，千岩万壑横深溪。溪边乱石当道卧，古今不许通轮蹄。前年军兴二太子，修道架桥彻溪水（三太子修金山，二太子修阴山）。今年吾道欲西行，车马喧阗复经此。银山铁壁千万重，争头竞角夸清雄。

对于蒙古西征这一横尸遍野、市井丘墟的征伐和征服，尽管耶律楚材是一向倡导"仁政"的儒士，丘处机是主张不杀的道士，他们还是情不自禁地为成吉思汗的武功歌功颂德。与波斯人拉斯特《世界征服者史》对蒙古西征残暴事实的叙述相比，不仅可以见出耶律楚材认同成吉思汗王朝的立场，而且看出他因为急于建功立业，因为渴望在蒙古汗廷大有所为，对蒙古王朝的暴行也不加分辨地盲目认同，还将他们与华夏王朝大一统君主秦皇、汉武比并；在将蒙古王朝着意纳入华夏历代帝王谱系、进行认同建构之时，不免落入传统文人颂之近谀的窠臼。这是他们在西游文学中着意建构蒙古王朝认同所带来的弊病和缺陷。

　　他们的西游诗中尽管也有"西行万余里，谁谓乃良图"[①]的感叹，也隐隐透漏出他们对这次西征的困惑之情。但是总体上，他们歌颂和认同蒙古王朝的价值取向是很明确的。

_____

　　①《湛然居士文集》卷六《西域河中十咏》，谢方点校，中华书局1986年版。

丘处机在前往成吉思汗大帐途中同样描写西征途中所见："水北铁门犹自可，水南石峡太堪惊。两崖绝壁搂天耸，一涧寒波滚地倾。夹道横尸人掩鼻，溺溪长耳我伤情。十年万里干戈动，早晚回军复太平。"①"我之帝所临河上，欲罢干戈致太平。"②

相比之下，丘处机对无辜百姓"夹道横尸人掩鼻，溺溪长耳我伤情"的感慨，对"十年万里干戈动，早晚回军复太平"的祈愿，多少还有一些实事求是的良知。他希望早日结束战争，恢复太平，也反映了道教的本义。

从耶律楚材后来追忆西游写下的更进一步歌颂成吉思汗蒙古王朝的诗句看："宸心尊德义，圣政济柔刚。恩泽涵诸夏，威灵震八荒。势连西域重，天助北方强。举我陪三省，求贤守四方。""百官欣戴舜，万国愿归唐。耕钓咸生遂，工商乐未央。""勋业超秦汉，规模迈帝王。"③

显然，耶律楚材是把成吉思汗当作华夏历史上秦皇汉武那样的具有宏图大略的大一统君主看待的。当时女真人已经全然失去了昔日勇猛善战的品格，正一步步走向灭亡；而南宋王朝偏安百年，也不再有重整旗鼓收拾江山的可能；在这个破碎、动荡不定的世界上，唯有"深沉有大略，用兵如神"、"灭国四十"④的成吉思汗有可能"勋业超秦汉，规模迈帝王"，承载实现他的理想。这是耶律楚材认同成吉思汗王朝的基础。此外，耶律楚材认为他在成吉思汗那里将是大有作为的。他和他的父祖，与成吉思汗一样，由起自北方的契丹民族，在仕辽、仕金的过程中，都深刻地经历了学习汉话、尊孔读经、推行科举、施行汉法的过程，并认为这是立国统一的必经之路⑤。而这一切对他来说，都是驾轻就熟。他准备以多族融合的华夏文化代表的身份，来"介入"蒙古汗国的政治生活，实施他的治国方针，以儒家正统观念和行为规范来改造这个生机勃勃的民族，实现自己的政治理想，将干戈相加的乱

---

① 《长春真人西游记》，党宝海译注，河北人民出版社2001年版。

② 同上。

③ 《湛然居士文集》卷八《和张敏之诗七十韵》，谢方点校，中华书局1986年版。

④ 宋濂等著：《元史·太祖纪》，中华书局1976年版。

⑤ 元好问《故金尚书右丞耶律公神道碑》记载耶律楚材父亲耶律履是通"六经百家之书""尤邃于《易》、《太玄》，至于阴阳方技之说，历象推步之术"的"通儒""良史"。宋子贞《中书令耶律公神道碑》记载：耶律楚材是耶律履的小儿子，传说他刚出生，他的父亲就料定他是"吾家千里驹也，他日必成伟器"，而且"当为异国用"因此以《左传》中的"楚虽有材，晋实用之"名其耶律楚材，在这样的家庭中，受到父辈的文化熏陶，从幼年起就萌生出汉族儒生那种建功立业、施展政治抱负的欲望。

世引向太平盛世。

　　耶律楚材和丘处机的新西域诗，通过新主体、新意象建构的蒙古王朝认同，首先解决了他们作为士人个体或汉人群体赖以安身立命的择主而仕的主体身份认同——作为儒道之人必须给自己和天下人交代的伦理道义问题，为他们择主而仕和效力蒙古汗廷的经世致用之道提供了合法性。

　　其次，他们建构的蒙元王朝大一统叙述，奠定了蒙元大一统意识形态的模式框架。后来成为金元之际蒙元大一统华夏认同最重要的认同建构模式，此后由许衡、郝经等金莲川幕府文学群体继承发展，提出更为直接的"天命论"和"能行中国之法乃为中国之主"华夷认同。

　　2. 蒙元新西域诗的审美价值重构与蒙古王朝审美认同建构

　　肯定性的审美认同和否定性的审美认同，是由不同的审美价值决定的；它对同样的审美对象会导致截然不同的风物叙述、审美描写，意象和意境塑造，产生截然不同的审美效应。

　　汉唐西域诗，基于汉族主体和汉族中心的大一统王朝认同，诗人肯定性的审美认同和否定性的审美认同与"华夷之辨"、"华夷大防"和"华夷混一"的价值体系相联系的。持"华夷之辨"、"华夷大防"价值导向的，将肯定性的审美认同赋予汉唐王朝将士，而将否定性的审美认同赋予胡人、胡地。持"华夷混一"价值导向的，则将肯定性的审美认同赋予戍边西域将士的同时，也赋予了西域风土景致。

　　基于耶律楚材和丘处机对成吉思汗王朝的认同和借助成吉思汗王朝实现大一统的政治期待，以及在成吉思汗王朝治下变漠北西域为中心，中原为边缘的特殊时势（"势连西域重，天助北方强"）①，他们自然将肯定性的审美认同赋予了蒙古王朝治下的漠北和西域。他们笔下的西域、漠北山川风物、民俗生活，因为这种肯定性的审美认同，获得了与汉唐西域诗截然不同的审美描写、意象和意境塑造——从"他者"所处的异域、异国，转变为与"我们"和平共处的"他乡"。与汉、金、宋因"华夷之别""华夷大防"歧视、俯视的视角，对西域漠北边远荒凉的叙述不同，为一向充满凄清冷峻之色的西域、漠北意象，增添了多元的视角和罕见的亮色。在产生截然不同的审美效应的同时，重构了对蒙古王朝的审美认同。

　　例如耶律楚材这样描写成吉思汗位于怯绿连河畔的大帐："山川相缪，

---

① 《怀古一百韵寄张敏之》，《湛然居士文集》卷一二，谢方点校，中华书局1986年版。

郁乎苍苍，车帐如云，将士如雨，马牛被野，兵甲赫天，烟火相望，连营万里，千古之盛，未尝有也。"① 在他笔下，一反中原文人将漠北西域描写得荒漠落后灰暗的定式，蒙古草原的夏天景色被描写得美丽非常。气势磅礴的山河，一望无际的绿草蓝天，再加上点缀于其中的众多牛羊，雄伟庞大的车帐军营，骁勇善战的游牧铁骑，构成了一幅绚丽多彩的画面。"千古之盛，未尝有也"，一语道出他的审美倾向性和价值认同。

丘处机描写的漠北人生活情景也是如此，只是更加趋于写实："从此以西，渐有山阜，人烟颇众，亦皆以黑车白帐为家。其俗牧且猎，衣以韦毳，食以肉酪。男子结发垂两耳，妇人冠以桦皮，高二尺许，往往以皂褐笼之，富者以红绡，其末如鹅鸭，名曰故故，大忌人触，出入庐帐须低回。俗无文籍，或约之以言，或刻木为契，遇食同享，难则争赴，有命则不辞，有言则不易，有上古之遗风焉。"② 以诗叙其实云："极目山川无尽头，风烟不断水长流。如何造物开天地？到此令人放马牛。饮血茹毛同上古，峨冠结发异中州。圣贤不得垂文化，历代纵横只自由。"③ 很显然，丘处机的西游叙述和审美认同，在道出中原与漠北异域差异的写实之外，以开放的态度和充分的包容性，将这种不同的多族文化纳入华夏文化的多元性之中，进行认同重构。

耶律楚材跟随蒙古大军西征翻金山，越阴山，过镜湖，将肯定性的审美认同，赋予了沿途的金山、阴山，西域风光："阴山千里横东西，秋声浩浩鸣秋溪。猿猱鸿鹄不能过，天兵百万驰霜蹄。万顷松风落松子，郁郁苍苍映流水。天丁何事夸神威，天台罗浮移到此。云霞掩翳山重重，峰峦突兀何雄雄。古来天险阻西域，人烟不与中原通。细路萦纡斜复直，山角摩天不盈尺。溪水萧萧溪水寒，花落空山人影寂。四十八桥横雁行，胜游奇观真非常。临高俯视千万仞，令人凛凛生恐惶。百里镜湖山顶上，旦暮云烟浮气象。山南山北多幽绝，几派飞泉练千丈。大河西注波无穷，千溪万壑皆会同。"④ "古来天险阻西域，人烟不与中原通"的阴山，在耶律楚材笔下，是何其壮丽："阴山千里横东西，秋声浩浩鸣秋溪。猿猱鸿鹄不能过，天兵百万驰霜蹄。万顷松风落松子，郁郁苍苍映流水。"好似神话中江南的天台罗浮仙境移到了西域："天丁何事夸神威，天台罗浮移到此。"这种比喻、意象

---

① 《西游录》卷上，《中外交通史丛刊》本，向达校注，中华书局 2000 年版。
② 李志常撰：《长春真人西游记》，党宝海译注，河北人民出版社 2001 年版。
③ 同上。
④ 《湛然居士文集》卷二《过阴山和人韵》，谢方点校，中华书局 1986 年版。

和意境，是从来没有过的。"云霞掩翳山重重，峰峦突兀何雄雄"、"四十八桥横雁行，胜游奇观真非常"、"临高俯视千万仞，令人凛凛生恐惶。百里镜湖山顶上，且暮云烟浮气象。山南山北多幽绝，几派飞泉练千丈"的壮丽阴山，恰恰是神勇过人的蒙古将士驰骋的舞台："猿猱鸿鹄不能过，天兵百万驰霜蹄。"结句"大河西注波无穷，千溪万壑皆会同"对阴山的意味深长的描述，使这些与中原隔绝已久的山川风物叙述，充满了由久已隔绝到东西一体的融合之美。

同样是胡地阴山，同样是作为胡人的蒙古将士，因为不同的价值导向和审美认同，它们的意象塑造和审美叙述截然不同。同样是作为胡人的蒙古将士，从掳掠中原的"外夷""蚩尤"，到"猿猱鸿鹄不能过，天兵百万驰霜蹄"的神勇意象，新西域诗在创造不同审美效应的同时，重构了对蒙古王朝的审美认同。

耶律楚材《过阴山和人韵》，原作是丘处机，他所描写的阴山同样脍炙人口："金山东畔阴山西，千岩万壑横深溪。溪边乱石当道卧，古今不许通轮蹄。前年军兴二太子，修道架桥彻溪水（三太子修金山，二太子修阴山）。今年吾道欲西行，车马喧阗复经此。银山铁壁千万重，争头竞角夸清雄。日出下观沧海近，月明上与天河通。参天松如笔管直，森森动有百余尺。万株相依郁苍苍，一鸟不鸣空寂寂。羊肠孟门压太行，比斯太略犹寻常。双车上下苦敦撼，百骑前后多惊惶。天池海在山头上，百里镜空含万象。县车束马西下山，四十八桥低万丈。河南海北山无穷，千变万化规模同。未若兹山太奇绝，磊落峭拔如神功。我来时当八九月，半山已上皆为雪。山前草木暖如春，山后衣衾冷如铁。"①

"三峰并起插云寒，四壁横陈绕涧盘。雪岭界天人不到，冰池耀日俗难观（人云：向此冰池之间观看，则魂识昏昧）。岩深可避刀兵害（其岩险固，逢乱世坚守，则得免其难），水众能滋稼穑干（下有泉源，可以灌溉田禾，每岁秋成）。名镇北方为第一，无人写向图画看。"②

"银山铁壁千万重，争头竞角夸清雄。日出下观沧海近，月明上与天河通。参天松如笔管直，森森动有百余尺"的阴山，在丘处机笔下被赋予了肯定性的审美认同，充满了壮丽与奇绝，不仅没有"他者"异域的疏离感，而

---

① 《长春真人西游记》，党宝海译注，河北人民出版社 2001 年版。
② 同上。

且东西交通融为一体，"名镇北方为第一，无人写向图画看"。

耶律楚材和丘处机的西域诗共约有 60 余首，最为人所熟知的当推他们共同唱和的《过阴山和人韵》和河中唱和诗，如耶律楚材《壬午西域河中游春十首》及《西域河中十咏》。耶律楚材与丘处机相互唱和的新西域诗，以及久负盛名的《西游录》和《西游记》，以肯定性的审美认同，以优美文辞和纪实手法，细致勾勒出了自金山至河中一带的自然景观、交通地理、风俗民情、物产经济。在他们的充满华夷混一温暖诗意的新西域叙述中，不仅塑造了与以往迥然不同的新西域意象——东西交通畅通无阻，多国、多族、多元文化交通的情景，而且重构了蒙古王朝审美认同。不仅留下了 13 世纪初期西域历史和文学叙述，而且开创了自汉唐以来别开生面的西域新景象和新意象。

撒麻耳干，耶律楚材在《西游录》及《湛然居士文集》中，称为寻思虔（或寻思干），并云："寻思虔，西域城名，西人云，寻思，肥也；虔，城也，通谓之肥城。"此外，由于"西辽名是城曰河中府"①，故耶律楚材在诗中也常以河中称呼该地。在被花剌子模攻占之前，是附属于西辽的喀喇汗朝的首都，也是中亚两河流域政治、经济、文化的中心，繁华富庶之地。

在《西游录》卷上，耶律楚材曾对当地的物产、风土人情进行过较为详细的描述："寻思干甚富庶。用金铜钱，无孔郭。百物皆以权平之。环郭数十里皆园林也。家必有园，园必成趣，率飞渠走泉，方池圆沼，柏柳相接，桃李连延，亦一时之胜概也。瓜大者如马首许，长可以容狐。八谷中无黍糯大豆，余皆有之。盛夏无雨，引河以激。率二亩收钟许。酿以蒲桃，味如中山九酝。颇有桑，鲜能蚕者，故丝茧者绝难，皆服屈朐。土人以白衣为吉色，以青衣为丧服，故皆衣白。"②

耶律楚材在公暇时间，经常与友人游览当地风景，写下了大量描写当地自然景色与社会风俗的诗歌。这些诗歌语皆本色，意趣天然，生动真实。像《西域河中十咏》均以"寂寞河中府"为首句，其中的"冲风磨旧麦，悬碓杵新粳"，"食饭秤斤卖，金银用麦分"，"葡萄垂马乳，杷揽灿牛酥"，"六月常有雪，三冬却有雷"，"避兵开邃穴，防水筑高台"，仿佛一幅幅中亚民族的生活画面，展现在人们面前，在撒麻耳干期间，耶律楚材还经常到离撒麻

① 《西游录》，《中外交通史丛刊》本，向达校注，中华书局 2000 年版。
② 同上。

耳干不远的不花剌城（即诗中的蒲华城），与当地的驻守长官蒲察七斤结下了深厚友谊。在给对方的赠诗中，他对不花剌城"锦城风景压河中"、"风光特不让苏杭"[①] 的景色赞叹不已，还提到了"素袖佳人学汉舞，碧鬟官妓拨胡琴"[②] 这一中西文化交融的奇特场面。

丘处机也记叙了西征前后阿里马力和撒麻耳干等西域的巨大变化和汉人、回鹘、契丹河西人杂处城中，后来成为蒙元多族一体常态的多族、多语、多元文化交通的情景："至阿里马城，铺速满国王暨蒙古塔剌忽只领诸部人来迎。宿于西果园，土人呼果为阿里马，盖多果实，以是名其城。其地出帛目曰秃鹿麻，盖俗所谓种羊毛织成者。时得七束为御寒衣，其毛类中国柳花，鲜洁细软，可为线、为绳、为帛、为绵。农者亦决渠灌田，土人惟以瓶取水，载而归。及见中原汲器，喜曰桃花石诸事皆巧。桃花石谓汉人也。"[③] "方算端氏未败也，城中常十万户。国破而来存者四之一，其中大率多回纥人。不能自主，须附汉人及契丹河西等。其官长亦以诸色人为之，汉人工匠杂处城中。"[④]

对蒙古西征形成东西交通，打破中亚国家、族群界限呈现的西域多族、多元文化交流融合的描写，还体现在耶律楚材对于西辽历史的叙述、对于契丹语诗歌《醉义歌》的翻译，对于中亚回鹘文化、特别是回鹘历法的学习和参用。这些都是新西域诗有别于汉唐西域诗，反映蒙元时期多族多元文化交相辉映的特点。

契丹语与蒙古语属于同一语族，也属于同一文化圈。已经汉化的耶律楚材，除了深受汉族诗歌艺术的熏陶外，对于契丹本民族的诗歌也非常喜爱。这是辽金时期凸显的既接受汉族文化，同时也不放弃本民族认同的新趋势，到蒙元时期变得更加强烈和显著。本来，耶律楚材的父亲耶律履对于契丹文和女真文字都非常精通，由于他很小的时候，父亲就已去世，故他从小并没有机会学习契丹文。在跟随成吉思汗西征期间，耶律楚材结识了前西辽郡王李世昌，并开始随其学习契丹文，一年之后，即颇为熟练。后来，他利用自己所学到的契丹文，将辽朝寺公大师用契丹文所写的著名诗歌《醉义歌》翻

---

① 《湛然居士文集》卷五《赠蒲察元帅七首》其一，《湛然居士文集》卷六《西域蒲华城赠蒲察元帅》，谢方点校，中华书局 1986 年版。

② 《湛然居士文集》卷五《赠蒲察元帅七首》其五，谢方点校，中华书局 1986 年版。

③ 《长春真人西游记》，党宝海译注，河北人民出版社 2001 年版。

④ 同上。

译为汉文，使这首契丹文的诗歌得以保存至今①。从这首诗的体裁看，非常类似汉族的乐府歌行，长达122句，842字，是现在仅存的契丹人诗歌长篇，对于我们后人研究契丹语诗歌具有非常重要的参考价值。同时充分体现了耶律楚材多族一体大一统的华夏民族认同意识。

3. 耶律楚材的蒙古王朝认同建构，在西域漠北草原中心时期的冲突与挫败

以耶律楚材为代表的西游文学群体，在蒙古西征中因为蒙汉制度和价值取向的差异，引发现实和理想的冲突，诗歌中时时抒发的英雄无用武之地的悲哀，是新西域诗的另一个重要内容。

耶律楚材在西征期间，除了卜卦和作为通事翻译之外，在河中撒马尔干闲置了数年。对于自己被闲置的原因，耶律楚材无由得知。历来的文人碰到这个古老的题目时，都会以时运不济来解释一切。因为他们既不敢把责任归咎于皇帝，又不甘心承认自己无能。他在蒙古王朝仅仅作为汉文文书和巫师的实际境遇，与他西游之初高远的理想形成巨大反差，使他在河中期间充满内心冲突。写下了很多表达英雄无用武之地悲哀的诗歌。

其实形成这种冲突和悲哀的本质原因在于蒙汉制度和核心价值的差异。

成吉思汗最初接纳汉文化，包括契丹人耶律楚材的占卜和汉人道士丘处机的玄机妙理，是从战事的需要和长生的愿望开始的，有着明确的实用目的。在以蒙古草原和西域为中心的这一时期，汉文化和儒家汉法，基本没有进入蒙古汗廷的视野，对成吉思汗的事业和思想也没有发生什么重大的影响。况且成吉思汗是个自信的、个性极强的人，他只相信力量和运气。他对耶律楚材及丘处机的信任，只限于一定的范围，"若行军用师等大事，只鞑主自断，又欲与其亲骨肉谋之，汉儿及他人不与也，每呼鞑人为自家骨头"②，这对耶律楚材来说，当然会感到与他原先预想的极不相同而深深失望，就像丘处机来见成吉思汗时，抱了息"干戈"，陈"道德"③的愿望，而实际上他对成吉思汗也并没有产生左右的力量一样。

根据记载："夏人常八斤者，以治弓见知。乃诧于公曰：'本朝尚武，而明公欲以文进，不已左乎。'公曰：'且治弓尚须弓匠，岂治天下不用治天下

---

① 《湛然居士文集》卷八《醉义歌》，谢方点校，中华书局1986年版。

② 王国维：《黑鞑事略笺证》，《王国维遗书》第八册，上海书店出版社1983年版。

③ 李志常：《长春真人西游记》，党宝海译注，河北人民出版社2001年版。

匠耶？"① 常八斤认为"本朝尚武"，耶律楚材想以文进，"不亦左乎"，最直白地道出了蒙古制度与华夏汉制在核心价值上的最大区别。蒙古家产制度只有黄金家族、贵族和作为家奴的卫士，以及匠人；没有与汉族儒士对应的制度。所有的人，都以他们的实际技能划分为匠户。所以汉制历来作为立国之本的儒学和儒士只能与"匠"对应，他们的身份和功能，在这里被极度边缘化，毫无"独尊"可言，其受重视程度和功能连道教也不如。

耶律楚材此处的"治天下匠"，同样很直白地道出儒士在蒙古汗廷中由以往的"治天下之士"到"治天下之匠"的传统身份解构、主体性质和功能的巨大变化。西域十年，耶律楚材在蒙古汗廷所起的作用的确是匠，作为巫师术士他是称职的被称道的，但是作为士的功能和所为，一直被成吉思汗置若罔闻。西域河中时期因为现实与理想冲突引发的彷徨、怀疑、挫败和消沉，对于燕京故旧的思念，统统化为诗中的纠结。所以对他而言，对蒙古汗廷的王朝认同，更多的作用不完全是无视现实的粉饰，而是他希望通过这种认同建构和蒙古王朝华夏帝王大一统叙事重构，重构自己的身份意识和人生意义。

耶律楚材所代表的西游文学群体，从文学想象到现实境遇的挫败，对蒙古王朝想象性认同建构与现实的巨大反差，君臣遇合的想象、文学叙述和屡屡上书、上表不为所用，由君臣风云际会的治天下之士、退而求其次为"治天下匠"而不得的理想与现实冲突，西域数年术士巫师的实际身份与济世泽民的理想冲突，都在《河中十咏》等新西域诗中表达出来。

"庙堂自有夔龙在，安用微生措治平？"② 莫非朝中人才太多，轮不着自己去出谋划策？那又何必"东山诏下"③，并将自己带到遥远的"西域"呢？

"良才未试聊耽酒，利器深藏俟割牛。"④ 莫非自己的经世才干还没有被充分认识？自己还要等待？"致主荐书元素志，陈书自荐我无由。"⑤ 怎样才能让主上了解自己既有"致主泽民"的志向，又有调和鼎鼐、燮理阴阳的手段呢？

---

① 宋子贞：《中书令耶律公神道碑》，《国朝文类》卷五七，《四部丛刊》本。
② 《湛然居士文集》卷五《壬午西域河中游春十首》，谢方点校，中华书局 1986 年版。
③ 《湛然居士文集》卷五《河中游西园四首》，谢方点校，中华书局 1986 年版。
④ 《湛然居士文集》卷五《感事四首》，谢方点校，中华书局 1986 年版。
⑤ 同上。

"古昔英雄初未遇，生涯或亦隐屠沽。"[1] 自己虽在成吉思汗近旁，莫非实际上还是"未遇"？

"散材潦倒浑无用，空化昂藏一丈夫。"[2] 自己如此潦倒生涯，辜负了七尺男儿！"富贵荣华若聚沤，浮生浑似水东流。"[3] 这些他都能参透，唯独自己"德望服人"、"文章重世"，却不被重用，实在难以释怀。

"泽民致主本予志，素愿未酬予恐惶。否塞未能交下上，何日亨通变交象。不图廊庙为三公，安得林泉参百丈。居士身穷道不穷，庸人非异是所同。笔头解作万言策，人皆笑我劳无功。流落遐荒淹岁月，赢得飘萧双鬓雪。谋生太拙君勿嗤，不如嗣宗学锻铁。"[4] 壮志未酬的思想冲突和心绪的烦乱，使他一会儿将自己的困窘归咎于从文而不习武，叹息着"当年元拟得封侯，一误儒冠入士流"[5]，以至于在征战之年没有用处。一会儿又回到天数和轮回的怪圈中，妄图得到解脱，安慰自己"荣枯贵贱难逃数，用舍行藏自有时"[6]，"既来此世难逃数，且应前生未了缘"[7]。他甚至有时也产生弃世归隐之心，"撇去尘嚣归去好，谁能骑鹤上扬州"[8]，"不如归去乐余龄，百岁光阴有几程"[9]。他几乎忘记了自己于三四年前在《贫乐庵记》中立下的济世的宏图大愿，当然，他的隐退之言，更大的成分仍可看作是对现状不满的愤激与不安。

因为蒙汉核心价值和制度差异，使西游士人和西游文学群体产生现实和理想的巨大反差和心理冲突，是整个蒙元时期汉族士人群体的常态。由此也形成蒙元时期汉人群体的蒙古王朝认同建构，多是一种一厢情愿的主观认同，认同建构者常常自说自话，与被建构对象的蒙古统治者，呈现一种不对称的认同关系。

4. 耶律楚材与丘处机交恶与西游文学群体的终结

与丘处机和全真教交恶，反映在耶律楚材在《西游录》中对丘处机及全

---

① 《湛然居士文集》卷五《西域家人辈酿酒戏书屋壁》，谢方点校，中华书局1986年版。

② 《湛然居士文集》卷五《和冲霄韵又一首》，谢方点校，中华书局1986年版。

③ 《湛然居士文集》卷五《感事四首》，谢方点校，中华书局1986年版。

④ 《湛然居士文集》卷二《用前韵感事二首》，谢方点校，中华书局1986年版。

⑤ 《湛然居士文集》卷五《感事四首》，谢方点校，中华书局1986年版。

⑥ 《湛然居士文集》卷三《和景贤十首》，谢方点校，中华书局1986年版。

⑦ 《湛然居士文集》卷六《自叙》，谢方点校，中华书局1986年版。

⑧ 《湛然居士文集》卷六《蒲华城梦万松老人》，谢方点校，中华书局1986年版。

⑨ 《湛然居士文集》卷五《壬午西域河中游春十首》，谢方点校，中华书局1986年版。

真教的非难，体现了耶律楚材对道教的排斥。

　　耶律楚材与丘处机在西域时交往密切，相互之间经常以诗歌酬答，在西域和燕京传为佳话。尤其在西域，耶律楚材对丘处机表现了异乎寻常的热情。他陪着丘处机出游、作诗、谈玄讲道，写下了不少唱和的诗作。诗中耶律楚材与丘处机显得和谐而默契："幽人呼我出东城，信马寻芳莫问程。春色未如华藏富，湖光不似道心明。土床设馔谈玄旨，石鼎烹茶唱道情。世路崎岖太尖险，随高逐下坦然平。"① 甚至大有相见恨晚之意："异域逢君本不期，湛然深恨识君迟。"② 不过，他们二人，一位是道教徒，另一位是佛教徒，虽然诗酒唱和，表面关系还过得去，但思想上的距离始终存在，正所谓道不同不相与谋。耶律楚材对他与丘处机的友情作了这样的解释："予久去燕，然知音者鲜。特与丘公联句和诗，焚香煮茗。春游邃圃，夜话寒斋，此其常也。尔后时复书简往来者，人不能无情也。待以礼貌者，人而无礼，非所宜为也。"③

　　两人在西域相得甚欢，甚至相见恨晚，除了耶律楚材自己承认的久离燕地，知音者鲜之外，还有两点。一是丘处机在实质上也是个文人，两个人自有趣味、爱好一致的地方。从他们交往的实际内容来看，"联句和诗"、"焚香煮茗"、"春游"、"夜话"也都是文人的雅趣之事。二是他们有着共同的西游的政治目的，一个是要以儒化胡，一个要想"以道德匡时救世"④，虽然他们所尊奉的道不尽相同，但具体主张上却有相通之处。丘处机主张的"二千之罪，莫大于不孝"、"天道好生"⑤ 以及平息干戈的愿望，其实与儒家不谋而合⑥。对他们之间由交游唱和到交恶的理由，耶律楚材解释说："予与丘公，友其身一也，不友其心也；许其诗也，非许其理也。"⑦ 是非常耐人寻味的。表明金源故地的汉人群体，他们的认同方式的灵活多元，不仅早已经超越了金世宗时代所谓的"燕人自古鲜忠直"，而且在对于自古所谓"道不同不相为谋"的人，也可以采取"友其身一也，不友其心也，许其诗也，非许其理也"的认同细分、叠合认同的方式。这种异于传统华夏中心高度同一性

---

① 《湛然居士文集》卷五《壬午西域河中游春十首》，谢方点校，中华书局1986年版。
② 《湛然居士文集》卷五《游河中西园和王君玉韵四首》，谢方点校，中华书局1986年版。
③ 耶律楚材：《西游录》，《中外交通史刊》本，向达校注，中华书局2000年版。
④ 同上。
⑤ 李志常：《长春真人西游记》，党宝海译注，河北人民出版社2001年版。
⑥ 幺书仪：《元代文人心态》，文化艺术出版社1996年版，第45—46页。
⑦ 耶律楚材：《西游录》，《中外交通史丛刊》本，向达校注，中华书局2000年版。

的多元叠合认同方式，是西域自古以来多元文化交集，形成的多元叠合认同
方式。

丘处机于 1227 年死后不久，耶律楚材即著《西游录》一书，开始公开
发泄他对丘处机及全真教的不满，《西游录》亦成为研究当时佛道之争的一
份重要历史文献。在《西游录》中，耶律楚材共总结了自己对丘处机的十大
不满，认为这些行为都表现了丘处机的虚伪和浅薄，表明在西域时他就"予
自此面待而心轻之"①。

对于这段西游文学群体由交游唱和到交恶互攻的公案，学界认为"二者
在世俗方面的争端实际上远远超过了在教义方面的分歧"②。平心而论，耶律
楚材对于全真教的非难，的确是集中在世俗方面的争端。这个世俗争端，表
面上是由于丘处机和道教的种种不当造成的，其实最本质的原因是蒙古王朝
对道教的倚重和庇护，造成道教在蒙元时期兴盛异常，颠覆了儒家从汉唐辽
金以来"独尊"的地位，解构了像耶律楚材这样一心通过儒家汉法治国平天
下的儒士的理想和身份地位功能，才引发耶律楚材如此大的不满。

大蒙古国初期，在中国北方地区，由于新道教，特别是全真教兴盛一
时，许多儒士为了免受欺凌，往往依托道教为掩护。像燕京的"长春宫多有
亡金朝士，既免跋焦，免赋役，又得衣食"③。当时的蒙古仕宦阶层，出于自
身的需要，也纷纷与道教中人交往。耶律楚材的好友当然也不能例外，像郑
师真、张本、陈时可、赵著、王槩、裴宪等等，均与道教中人交往甚厚，他
们或者作诗赋为道教歌功颂德，或者为道士撰写碑铭，或者为其著作书写序
跋。对于这些与道教来往密切的人，耶律楚材经常写诗加以规劝，有时不惜
挖苦讽刺对方，而对于那些不沾染道教习气，或者是停止与其往来的人，耶
律楚材又大加赞赏。

耶律楚材排斥道教的做法，虽然开日后蒙元佛道之争的先河，但在当时
所起的作用却微乎其微。当时的北方新道教，尤其是全真教，正处于鼎盛时
期，受到了社会各阶层乃至蒙古宫廷的欢迎，这种潮流并不是他个人意志所
能够改变得了的。直到他死后几十年，随着形势发生重大变化，尤其是经过
三次佛道大辩论后，道教独霸中国北方的势头才被遏制住。

①　耶律楚材：《西游录》，《中外交通史丛刊》本，向达校注，中华书局 2000 年版。
②　刘晓：《耶律楚材评传》，南京大学出版社 2001 年版，第 274 页。
③　王国维：《黑鞑事略笺证》，《王国维遗书》第八册，上海书店出版社 1983 年版。

北方新道教的兴盛，甚至也影响到了耶律楚材的儿子耶律铸。耶律铸对道教的偏爱，及其调和道教与佛教矛盾的态度，与其父的观点差别甚大，陈垣先生曾在《耶律楚材父子之异趣》一文中专门阐述过耶律铸对道教的偏爱及与耶律楚材在宗教旨趣方面的差异①。

在耶律铸看来，佛道二者都是对人生有益的宗教。二者之间并没有冲突，尽可以和平共处，当 1255 年佛道二者在和林举行辩论时，耶律铸曾周旋于辩论的主要参加者——和林兴国寺住持福裕与长春道人张志敬之间，试图对他们进行调解②。耶律铸这种佛道调和的论调与做法，确实与耶律楚材存在着巨大的反差。也反映了由于蒙元王朝广纳多元宗教，形成了这个时代多元宗教和多元文化共生的状态和特点。

5. 耶律楚材和丘处机新西域诗在蒙古王朝认同建构上的作用和意义

通过上述研究表明，以大蒙古国初兴、成吉思汗时期的西游文学群体作为研究蒙元士人文学群体建构蒙古王朝认同和多族大一统华夏民族认同建构的起点，具有重要意义。在西域多族多文明、多文化的冲突与认同历史语境中，这种将蒙古王朝纳入历代华夏大一统帝王谱系进行认同建构的文学叙述和文学想象，使西游文学和西游文学群体，在多族和多族文化交集参与蒙古王朝不同认同建构的漠北西域，呈现出与蒙古、色目、波斯、宋、金截然不同的华夏民族认同模式和蒙汉文化传统重构特点。体现出以西游文学群体所代表的北方汉人群体开放、多元、叠合认同的自我身份认同和身份重构。

应当说，以耶律楚材和丘处机为代表的西游文学群体，是一群勇敢的追求者。当成吉思汗在中原儒生的心中，还是一个不可理喻的杀人魔王、一尊狂飙式的天神、一匹狂奔的野马的时候，他们竟然能够从他那里看到大一统的希望，这不能不说他们的见识与勇气是超于一般人之上的③。

尤其是耶律楚材，他对于建功立业的迫切愿望，对君主的容忍和等待，在动乱之年想要驾驭时代的尝试，都代表了我国正统儒家知识分子富于悲壮意味的社会责任感和不可摆脱的从政欲望。他相信，通过他推崇的汉法可以将与华夏汉文化迥异的北国、北族蒙古王朝，引导、改造为实现华夏大一统的王朝。而他在西游过程中，通过文学建构蒙古王朝认同，就是这些理想的

---

① 《陈垣学术思想论文集》，第 1 集，中华书局 1980 年版，第 422—423 页。

② 耶律铸：《双溪醉隐集》卷三《西园春兴赠雪庭上人兼张公讲师》，文渊阁《四库全书》本，第 48 页。

③ 幺书仪：《元代文人心态》，文化艺术出版社 1996 年版，第 45—46 页。

第一步。

　　西游文学群体大一统蒙古王朝认同建构对于整个蒙元大一统王朝和权力话语建构的作用和意义，如王德威《小说中国》所言："强调小说之类的虚构模式，往往是我们想象、叙述'中国'的开端。国家的建立和成长，少不了鲜血兵戎或常态的政治律动。但谈到国魂的召唤、国体的凝聚、国格的塑造，乃至国史的编纂，我们不能不说叙述之必要，想象之必要，小说（文学虚构）之必要。"① 以耶律楚材和丘处机为代表的西游文学群体最初关于蒙古王朝"大一统认同"的文学叙述和文学想象，是叙述蒙元华夷一体蒙古王朝认同建构的开端。后来成为元朝国家意识形态的蒙元王朝"大一统"叙事和"天命"论，发端于新西域诗的最初关于蒙古王朝"大一统"的文学想象，赋予蒙古王朝政权的合法性，耶律楚材和丘处机，企图以此缝合蒙汉的核心价值和制度差异，重构在草原中心和西域中心被解构和边缘化的儒家士人的身份意识。这种文学想象和话语实践，在当时和后来，不仅对西游文人自身的文化身份定位——安身立命的道德伦理、择主而仕的生命意义十分必要，对于国族、国家意识形态的重构模式同样重要。表明在 13 世纪、14 世纪，随着不同族群和不同文化圈不断冲突与融合之际，多族大一统华夏民族认同建构在变革和冲突中形成的模式和新路径。

　　当然西游汉人和西游文学群体身处漠北、西域，由于蒙汉制度和核心价值的差异，儒家文化和士人群体由中心到边缘的身份解构引发的现实与理想的巨大反差和激烈心理冲突，由此也带来西游士人群体与西游文学群体的角色悖逆，带来他们现实世界与观念世界的悖逆。他们只有通过他们所建构的大一统蒙古王朝认同，才能完成由现实困境到话语实践的意义超越。这又使西游士人群体和西游文学群体，从一开始就带着二律背反的矛盾和纠结，这种纠结或者在现实困境中遭遇现实与认同的分裂；或者通过一厢情愿的蒙古王朝认同建构的话语实践获得意义超越解脱。如此自我循环往复不已，伴随蒙元多族士人终身，成为他们的宿命。也成为蒙元时期士人对蒙古王朝认同建构和价值重构的母题和基本模式。

［作者单位：中国社会科学院文学研究所古代室］

---

① 王德威：《小说中国》，《想象中国的方法》，三联书店 1998 版。

俞曲园与白香山的诗歌渊源

陈才智

内容提要　俞曲园诗歌瓣香白香山，取法乐天体，既体现于遵循其兴谕规刺的创作意旨，忧时感事的乐府传统，更体现于诗歌语言的浅切直白。俞樾的诗歌，触境而发，称意而言，朴实而又清新，通俗而又形象，没有晦涩的语言，也没有艰深的意境，而是娓娓道来，通俗易懂，是晚清诗坛承继香山体衣钵的代表诗人。

关键词　俞樾　白居易　诗歌渊源

白香山人称"广大教化主"[①]，对后代文人的影响深远而广泛。晚唐五代的罗隐、皮日休、陆龟蒙、聂夷中、黄滔、杜荀鹤、贯休，宋代的晁迥、王禹偁、梅尧臣、苏轼、张耒、陆游，元代的王恽，明代的袁宗道，一直到清代的吴伟业、赵执信等，都深受白香山思想、人格、诗风的熏陶。降及晚清诗坛，香山及香山体流风依旧，俞曲园堪为代表。

俞樾（1821～1907），字荫甫，号曲园，浙江德清人。幼有夙慧，六岁即由其母教授"四书"，九岁即戏为书，而自注其下。后来著述等身，实兆于此。道光三十年（1850），与兄俞林上京赴试，同中进士。改翰林院庶吉士。咸丰二年（1852），散馆授编修。博物闳览，著称辇下。咸丰五年（1855），简放河南学政，因人言罢归。晚年讲学杭州诂经精舍、苏州紫阳、上海求志等书院。治经子小学，学宗高邮王念孙、王引之父子，致力于正句读、审字义，通古文假借，注重分析其特殊文法与修辞。撰有《群经平议》、《诸子平议》、《古书疑

---

① 见唐张为《诗人主客图》。

义举例》等，与王氏父子《经义述闻》、《读书杂志》、《经传释词》一脉相承，以朴学大师著称后世。总办浙江书局，建议江浙扬鄂四书局分刻二十四史，又于浙局精刻子书二十二种。颇注重小说、戏曲等通俗文艺体裁，强调其教化作用。又喜作笔记，搜罗甚富，包含大量学术史、文学史的资料。其学问渊博，治学严谨，一生著述颇丰，总计五百卷，合为《春在堂全书》。

俞曲园精研朴学之余，旁及艺文。其中，诗歌创作贯穿其一生，从十五岁作《兰陵菊花歌》"归去不知满袖香，但惊飞满黄蝴蝶"（《春在堂诗编》压卷之作）起，到覆试诗以"花落春仍在"为主试官曾国藩所赏，直至八十六岁弥留之际的《临终自喜》"临终诗笔尚如神"及《临终自恨》"此中了却万言书"，其一生始终与诗有缘；七十二年间，诗歌是曲园唯一没有停辍的文体。其《述怀》自云："吟诗太苦心神病。"其妻也劝道："君虽不饮苦吟诗，吟诗太苦伤心脾。劝君并诗亦勿作，胸中浩浩又落落。"俞曲园则答以："吾谓卿言虽复佳，无诗何以写吾怀？□□吟诗不求好，随笔而书随意造。不雕不琢全吾天，问妇如何妇曰然。"①

这种不辍吟咏，嗜诗如命，近乎痴迷的诗歌创作态度，以及"随笔而书""不雕不琢"的创作取向，都令人不免联想到千载以前的白香山。白香山对诗歌创作的态度就很投入，其吟哦不知疲，达到了"魔"的境界。其《与元九书》云："知我者以为诗仙，不知我者以为诗魔。何则？劳心灵，役声气，连朝接夕，不自知其苦，非魔而何？"《闲吟》云："自从苦学空门法，销尽平生种种心。惟有诗魔降未得，每逢风月一闲吟。"《山中独吟》又云："人各有一癖，我癖在章句，万缘皆已销，此病犹未去。"而俞樾呢？也同样精励刻苦。几乎每年元旦（正月初一）焚香祭拜之后，俞樾都要写"元旦试笔，诸事大吉"八字，然后作诗一首，方成一年元始之端，如《壬子元旦无锡舟次试笔》、《甲寅元旦试笔》、《甲子元日试笔》、《辛巳元旦试笔》、《丁亥元旦试笔》、《辛卯元旦试笔》、《壬辰元旦口占》、《丁酉元旦口占》、《乙亥元旦试笔》、《戊戌元旦试笔》、《辛丑元旦》、《壬寅元旦》、《癸卯元旦试笔》、《甲辰元旦》、《乙巳元旦》、《丙午元旦》等。每逢生日，俞樾也常常作诗咏怀，如《五十初度偶成》、《八十自悼》、《八十一岁作歌》、《八十五岁放歌》等。每至一地，必作诗记游，如苏杭风景、燕北古迹、闽越山水。每交一

---

① 俞樾：《内子因余校士甚劳，劝勿作诗，余虽感其意而不能尽从其戒，戏书数语贻之》，《春在堂诗编》卷四，《续修四库全书》，第 1551 册，第 376 页。

友，先以诗酬唱，如其与恩锡（1818～1877）交，作《吴中唱和诗》，与汪艺农交，作叠韵诗。每遇奇事奇物，亦作诗咏之，如《火浣布》、《梵珠》等。凡遇寒暑节令，迎来送往，皆有诗篇。晚年多病，病中亦以诗排闷，病愈则作《病起口占》①。直到临终，尚作《曲园十别》及《临终自喜》《临终自恨》②；一喜一恨，均于诗中了却。可见，诗歌创作已经成为俞曲园的一种生活方式，是其生命中不可或缺的一部分。

俞樾诗歌大部分收于《春在堂诗编》，凡二十三卷，二千一百七十五首。按时间先后顺序编排，或数年一卷，或一年一卷，分数次刊行③。除此之外，还有《曲园自述诗》、《续曲园自述诗》，共一百九十首，前者光绪十五年刊刻，后者止于光绪三十年④。《春在堂诗编》与"自述诗"基本上依照写作时间编排，且多有自注。诗体兼有五言、七言、杂言，涵盖绝句、律诗、歌行、乐府；内容涉及记事、记游、咏史、咏物、讽喻等，大到世界政局，小到个人琐事；重要如中举，细微如牙齿脱落；喜如儿女婚嫁，悲如亲人离世，无不借诗而以抒感表情，或叙事状景。日本人谷铁臣为俞樾所作的七十寿诗云："三复曲园自述诗，记真录实胜铭碑。知君德量过人处，句里从无虚假词。"⑤俞樾的诗集，完全可视为俞樾的诗体自传或日记，乃至自修年谱⑥。这一点也堪与白香山媲美。白居易的诗主要就是着眼于生活的记录。

---

① 见《春在堂诗编》卷二十二、卷二十三。

② 见《春在堂诗编》卷二十三。

③ 同治七年刊至第八卷，光绪九年刊至第十卷，光绪二十年刊至第十三卷，光绪三十一年刊至第二十三卷，后两次均随《春在堂全书》刊行。参见清徐澄《俞曲园先生年谱》，商务印书馆1933年版，第12页。

④ 俞樾还有一些以类别分录的诗集存世。如《日损益斋诗钞》十卷，咸丰八年（1858）吴门刻本，收早期创作的诗歌，大部分见于《春在堂诗编》。《佚诗》一卷，共97首，作于青年时期临平教书时，多写与家人分别之苦及与孙莲叔兄弟之友情，见《俞楼杂纂》卷三十六。咸丰初，孙莲叔为俞樾刻《好学为福斋诗妙》六卷，动乱时原版毁，印本无存。后于女婿王康侯处觅之。《玉堂旧课》中存诗一卷，共10首，作于翰林院庶常馆，收于《俞楼杂纂》卷三十八。此二集收入《俞楼杂纂》。《小蓬莱谣》一卷，仿厉鹗游仙诗，皆用七绝，收入《春在堂全书》。《吴中唱和诗》195首，收与恩锡、王补帆、金眉生、彭雪琴诸人唱酬叠韵之作，以述怀写景为主要内容，因其平日不喜叠韵，故未入集而单列一编，收于《曲园杂纂》卷四十一。《集千字文诗》一卷，收于《曲园杂纂》卷四十八，均为七言绝句。妻子逝后，俞樾作《百哀诗》100篇，又作《咏物诗》21首，以抒其悲，亦不入诗编。上述诗集均为俞樾自定，此外《曲园遗诗》一卷（民国间影印本），非俞樾自编。尚有零散未成集者，或流传民间，或存于往来尺牍。

⑤ 俞樾辑：《东海投桃集》，光绪十七年（1891）刻本。

⑥ 黄秀文主编《中国年谱辞典》（百家出版社1997年版），俞樾名下首列《曲园自述诗》，称为谱主自编的"诗谱"。

每过若干年，他就将作品整理一番，编订成集，这成为其回顾和总结平生经历的契机，"诗歌已经成了他日常生活的详细记录，举凡官职迁转、人事升沉、生老病死、种植营造，一切都可在诗中津津乐道。其内容丰富的诗集，就仿佛是一部详细的回忆录，记录着他的一生"①。

俞樾晚年足迹不逾江浙，讲学定居主要是在处处可见白香山遗迹的苏杭，于白香山的文化熏陶自然是感同身受，这一点，从《茶香室丛钞》《春在堂随笔》《九九消夏录》《湖楼笔谈》中随处可见的有关白香山的诗话或轶事中，可以感受一斑。另外，曲园为人性雅，不嗜荣利，不好声色，"律己尤严，笃天性，尚廉直"（《清史稿·俞樾传》），萧然有山水志，居林下，一意著述，阅四十余载，于名位起落，一不挂怀，因此，同治七年（1868），《春在堂诗编》六卷乙甲编至壬戌编初次刊行，时任浙江布政使杨昌濬作序并推介，称"此其胸次夷旷，过人绝远，固宜其诗超出尘埃"，于是"类乎白乐天诗风之俞曲园诗名乃誉满江南"②。

除了人生经历与为人个性之外，在嗜诗态度、作诗习惯以及诗集的编纂习惯等方面，俞曲园与白香山也有许多相似之处。二人的诗歌创作持续时间都比较长，所以数量都比较多，而且取材广泛，各体兼善，内容都比较丰富。在海外之东瀛，甚至有人将俞曲园与白香山比肩并论③，并请俞樾编撰日本诗歌总集（即《东瀛诗选》），这对向以朴学名家的俞樾来说，实为不虞之誉。其实，俞曲园与白香山的种种相似并非巧合，更多的是主动地模仿。其《何处春深好四首仿元白体不用其韵》④ 就是例证：

> 何处春深好，春深吾道中。渊源秦博士，丝竹鲁王官。欲使微言绍，休将异说攻。饶伊王辅嗣，止作应门僮。
>
> 何处春深好，春深吾意中。营营非所愿，嘿嘿与人同。不慕庄周达，奚悲阮籍穷。须知方寸内，怀葛古遗风。

---

① 拙编《白居易资料新编》序。

② 郑振模编：《清俞曲园先生樾年谱》，《新编中国名人年谱集成》第18辑，台湾商务印书馆1982年版，第37页。

③ 清末黎庶昌《曲园自述诗·序》说："中土名人之著声日本者，于唐则数白乐天，近世则推先生，其名最甚。"江都向荣《曲园自述诗·题词》则云："鸡林诗价重，片纸吉光同。"（日本楢原陈子德编《曲园自述诗》，明治二十三年博文馆刻本）

④ 清光绪二十五年刻《春在堂全书》本《春在堂诗编》卷十九壬寅编，《续修四库全书》，第1551册，第584页。

何处春深好，春深吾室中。好花常在眼，俗客绝无踪。香篆一炉碧，牙籤万卷红。世间新译本，未许栋边充。

何处春深好，春深吾笔中。纵无文似锦，也有气成虹。诗格参长庆，经师拜郑公。卮言虽日出，一扫尽皆空。

"何处春深好"是白居易《和春深二十首》①的首句，唱和对象是其好友元稹②，刘禹锡有《同乐天和微之深春二十首（同用家花车斜四韵）》③，学习白体的张耒（1054～1114）亦有《何处春深好二首》④。方回（1227～1307）《瀛奎律髓》卷十"春日类"评论说："依次押韵，至此而盛，诗之趣小贬矣。虚空想象，无是景而为是语，骋才驰思，则亦可喜矣。"⑤而俞樾之作，当为眼前景身边事之实写，颇为切合自己的身份。

除了上面第四首的"诗格参长庆"之外，在其他地方，俞曲园也多次明确自言与白香山的渊源，他曾说："余生平最喜白太傅诗。"⑥"余生平最喜香山诗，所为诗亦自谓近之。"⑦又云："吾所师者唐之白。"⑧"余性坦易，不喜

---

① 《白居易集笺校》卷二十六，第 3 册，第 1827 页。

② 元稹原作已佚，惟元和四年（809）《使东川·南秦雪》有"骆谷春深未有春"之句，元和五年（810）《春别》有"春深独自看"之句，元和五年（810）《阳城驿》有"春深仍弊裘"之句，元和六年（811）《酬友封话旧叙怀十二韵》（依次重用为韵）有"春深乡路遥"之句（《元稹集》第131 页；《元稹集编年笺注·诗歌卷》第 409 页）。

③ 《刘禹锡集笺证》，第 1096 页。

④ 《四库全书》本《柯山集》卷十四。

⑤ 李庆甲：《瀛奎律髓汇评》，第 336 页。

⑥ 《春在堂随笔》，清光绪二十五年刻春在堂全书本卷五，《续修四库全书》，第 1141 册，第 51 页。

⑦ 俞樾《茶香室丛钞》卷八"二李唱和集"条："宋吴处厚《青箱杂记》曰：李文正公防诗务浅近，效白乐天体。晚年与参政李公至为唱和友，李公诗格亦相类，今世传《二李唱和集》是也。余生平最喜香山诗，所为诗亦自谓近之，惜不得二李集一读耳。"（清光绪二十五年刻《春在堂全书》本，下同）

⑧ 俞樾《茶香室续钞》卷十四"黄山谷袭用白乐天诗"条："宋洪迈《容斋一笔》云：'黄鲁直黔南十绝，尽取白乐天语，其七篇全用之，其三为颇有改易，乐天《寄行简》诗凡八韵，后四韵云："相去六千里，地绝天邈然。十书九不达，何以开忧颜。渴人多梦饮，饥人多梦餐。春来梦何处，合眼到东川。"鲁直翦为两首，其一云："相望六千里，天地隔江山。十书九不达，何用一开颜。"其一云："病人多梦医，囚人多梦赦。如何春来梦，合眼在乡社。"乐天《岁晚》诗十韵，首句云："霜降水返壑，风落木归山。冉冉岁将晏，物皆复本原。"鲁直改后两句七字，作："冉冉岁华晚，昆虫皆闭关。"按古人诗一句一联，偶同前人者，往往有之，乃袭用至数韵之多，则窃所不解矣。'容斋又云：'杜子美诗："夜足沾沙雨，春多逆水风。"白乐天诗："巫山暮足沾花雨，陇水春多逆浪风。"全用之。'按如此之类，古人集中甚多，不足为异。余与孙琴西太仆三度同年交谊甚深，而诗格则各别。余尝语之曰：'吾所师者唐之白，君所师者宋之黄也。'乃观此则，黄之与白，未始不相袭。"

作艰深语，诗法香山，文法眉山。"① 七十二岁那年还总结说："余自十五六岁始学为诗，至今岁七十有二，而所为诗终不外香山、剑南一派。"② 《清史稿》从第三者的角度也认同这一看法，论定俞曲园"所作诗温和典雅，近白居易"③。

俞曲园在诗歌创作上对白香山的有意揣摩和学习，可以从两个方面来加以分析。一是在创作内容和题材上感时而发，一是通俗浅切、畅达流利的艺术风格。白居易前期诗论主张"文章合为时而著，歌诗合为事而作"（《与元九书》），强调"为君、为臣、为民、为物、为事而作，不为文而作"（《新乐府序》），希望通过诗歌来"讽兴当时之事"，以"刺美见事"（元稹《乐府古题序》），不仅表现，更要干预现实生活，这也是他和几个朋友发起"新乐府运动"的初衷。白乐天"关于美刺比兴"的150多篇讽谕诗，就是"新乐府运动"的样本，俞樾继承了白乐天这种"为人生"的诗歌创作传统，他虽以山林之人自许，但密切关心时事，推崇杜甫"安得广厦千万间，大庇天下寒士尽欢颜"的济世之心。其《九九消夏录》卷八"屏山诗意"一则说：

> 白香山大裘万丈之句，至今艳称之，谓与少陵万间广厦同一怀抱。宋刘子翚《屏山集》，有《寄道服》诗云："此袍遍满三千界，要与寒儿共解颜。"颇与香山诗意相似。乃因用"三千界"字，王渔洋《池北偶谈》以禅语讥之，所见殊泥也。宋胡仲弓《苇航漫游稿》有《早湖》一诗云："但使孤山梅不死，其余风物不关情。"虽云高雅，何漠然无吉凶同患之心也，不及屏山诗意远矣。又如杨公远《野趣有声画》（其诗集名）有《春雪》诗云："向晓披衣更拥衾，更无一事恼胸襟。"题下注："己卯正月初三作。"己卯乃宋末帝祥兴二年，即厓山宋亡岁也。时事至此，何其言之高旷邪？可谓全无心肝矣。

与杜甫、白居易和刘子翚的忧时感事相比，胡仲弓"其余风物不关情"，这种漠然无吉凶同患之心的态度和在国家灭亡之际的杨公远的"更无一事恼胸襟"，使向来主张温柔敦厚的俞樾极度愤慨，乃至发出"全无心肝"这样的

---

① 《严淄生达叟时文序》，清光绪二十五年刻《春在堂全书》本《春在堂杂文》五编卷六，《续修四库全书》，第1550册，第573—574页。

② 《三六桥可园诗钞》，清光绪二十五年刻《春在堂全书》本《春在堂杂文》五编卷七，《续修四库全书》，第1550册，第601—602页。

③ 民国十七年清史馆本《清史稿》卷四八二列传二百六十九儒林三。

谴责。俞樾自己是怎么做的呢？俞樾《春在堂诗编》卷十二提到，他以卖文的收入赈灾募捐，"故乡昨日有书传，话到穷阎实可怜。老我空存周急意，贫儒惟仗卖文钱"。《曲园自述诗补》第一首亦云："十二年前自述诗，而今再补昔年遗。飘零一管江郎笔，两助黔敖小救饥。"注曰："余前作自述诗迄于光绪己丑五月，忆戊子乡试，余曾作拟墨七篇刊刻以售于人，得洋钱一百四十以助直隶山东之赈，区区小惠，前诗固未及也。己丑秋，江浙大水，又值乡试，余又作拟墨四篇，卖得洋蚨二百二十，仍以助振。"作为一个文人，俞樾没有两耳不闻天下事，而是能够体会百姓之愁苦，如《雨夜作》其一："秋来一夜雨，颇喜凉意足。那知多田翁，正待晒新谷。"（《春在堂诗编》卷二）从田翁的立场出发，与田翁感同身受。《佚诗》中的《雨夜作歌》："但恐水潦太盛伤田功，又恐长淮水竟与黄河通。……雨师幸勿助其虐，当念民力东南穷。"也将笔触深入百姓的困苦。还有《闻浙中大水》、《乐府体四章记江浙大水》记水灾给百姓造成的灾难，后者云：

> 天公愤愤那有此，竟遣十一龙治水。雨师又不避甲子，遂令乘船可入市。君不见黄河之水天上来，一怒欲灌淮与徐。呜呼噫嘻，民其鱼。（其一《水灾叹》）
>
> 小口三，大口六，六文钱一合粟，炊之为糜不盈一掬，何况小口又减半。虽易糠粃且未足，昔时富户今亦贫。何人为具黔敖粥，西风策策吹茅檐，大口小口同声哭。（其二《赈饥行》）
>
> 不生不死流民来，流民既来何时回？欲归不可田汗莱，欲留不得官吏催。今日州，明日府，千风万雨，不借一庑。生者前行，死者奥腐。吁嗟乎！流民何处是乐土？（其三《流民谣》）
>
> 钱六千，米一石；米一斗，钱六百。借问穷愉民，何以度朝夕？市中米价日日增，米不论斗只论升。我欲辟谷哇未曾，一饱之乐何可凭？且写鲁公《食粥帖》，归问妻孥能不能。（其四《米贵歌》）

这组诗深刻反映自然灾害给百姓带来的苦难，以及官府对百姓的漠视，作者是站在百姓的角度反映百姓密切关注的问题，为民生疾苦而慷慨陈词。这类诗歌多用乐府歌行体，体制及内容均借鉴了白居易的《新乐府》。俞樾晚年还常以歌诗歌咏忠臣节妇，以图留名史册，或供天子体察民情。如《春在堂诗编》卷二十《徐孝子诗》言"我为孝子诗，敬待太史辑"，《程贞女诗》"旧史氏俞樾，感而为之赋"等。

除百姓困苦之外，俞樾还有一些诗作视野更广，涉及国事的变故，描写了对近代一些重大政治事件（如太平天国运动、两次鸦片战争、火烧圆明园、日俄战争、中日战争等）的所见所闻、所思所感。例如《春在堂诗编》卷一《闻戒篇》（四首）记道光二十一年（1841），英军破镇海、宁波等重镇，钦差大臣裕谦兵败自杀，清军溃不成军，无力保护百姓："呜呼三镇兵，甲胄老生虮。一朝尽败没，火伴归者稀。"（其一）因临平镇离尖山海口仅百里，当时民众人心惶惶，争相逃徙，"不闻舂尔粮，不见治尔装。老幼一船载，不知往何方。……十室九则空，存者心彷徨"。（其二）① 咸丰八年（1857），俞樾还乡，亲眼目睹江南诸城皆陷入太平天国兵火的惨状，在苏州侨居不到一年，便避乱从南至北辗转到天津，直到战事结束，才再次返回苏州。这一时期的诗堪作诗史。如七律《舟过维扬，兵火之后，弥望皆碎瓦颓垣，荒榛蔓草而已，书此志慨》写扬州："绿杨城郭郁葱葱，乱后重来迥不同。官道但余春草碧，佛祠惟腾劫灰红。烧残村落龙声绝，荒尽楼台燕垒空。二十四桥都寂寞，玉箫无复月明中。"七律《壬子入都曾作金山之游，至今七载矣。金山寺已毁于贼，同游诸君亦半零落，云岌殉难江西，及李简庭叔侄先后谢世，追念昔游，慨然成咏》写金山寺："七年前向大江过，坐对云烟共啸歌。旧雨已成生死隔，名山亦自废兴多。精庐剥落余棒莽，古树摧残腾并萝。欲却蒲帆京口泊，惊看战垒尚嵯峨。"② 五古《庚申二月，贼陷杭州，戴醇士前辈在籍殉难，追念旧事，慨然有作》写杭州；七绝《贼薄苏州，余仓促出城时，四月初四也，转展迁徙于五月初二日，渡江入越，寇氛稍远，聊复息肩，途中得四绝句纪事》其二写苏州："宝带桥边正夕噫，回看红焰已连云。可怜一炬姑苏火，知是兵烽是寇氛。"其四写浙西："浙西烽火苦相催，故里荒芜半草莱。欲乞鉴湖吾岂敢，一帆聊复渡江来。"五古《贼至临平，焚烧殆尽，此余钓鱼旧地也，闻之唱然有作》写临平："无端大劫来，一炬无焦类。"③

江浙战事，俞樾深受其害，作诗慨之，很自然，而对于整个国家被列强侵略，俞樾则更是拍案而起，愤笔直书。咸丰十年（1860），英法联军进攻

---

① 《春在堂诗编》卷一，《续修四库全书》，第 1551 册，第 322—323 页。
② 《春在堂诗编》卷五，《续修四库全书》，第 1551 册，第 384 页。
③ 同上书，第 393 页。

北京，火烧圆明园，慈禧、光绪等仓皇西逃，不久下诏议和，清廷与英法签订《北京条约》。张文达、王壬秋、李慈铭、莫子德等皆作诗抒愤。郭则沄《十朝诗乘》卷十七《圆明园》谓："一时词客如汪梅村、高碧泥，各有书感之作。俞曲园先生诗尤沉痛。"[①] 俞樾当时正与家人在上虞避乱，其诗即七律《感事四首》[②]：

> 海上军容盛火茶，名王自领黑云都。独当淝水心原壮，一失街亭势已孤。九地藏兵狐善猾，重洋传檄翻难驱。遥知此夕甘泉望，早见烽烟照大沽。
> 郁郁三山次第开，离宫别殿似蓬莱。累朝制度固灵囿，每岁巡游汉曲台。海外器帆来络绎，云中凤阙失崔嵬。昆明湖畔波如镜，犹望春风玉辇回。
> 汉代和戎计最疏，重烦供张大鸿护。天吴紫凤真儿戏，清洒黄龙是誓书。式璧齐廷聘鹓鸰，击钟鲁国缫鹡鹩。几时竿上垂明月，钓取吞舟海大鱼。
> 先朝讲武旧围场，萧瑟秋风塞外凉。早望羽车迥谷口，漫劳石鼓刻岐阳。飞黄一去清尘远，凝碧重来法曲荒。剩有开元朝士在，颓唐诗笔赋《连昌》。

诗见《春在堂诗编》卷五。第一首写战事紧迫：敌军狡诈，大沽失守，战局堪忧。第二首对比着写"离宫别殿"（当是承德热河行宫）的逍遥享乐，对为人君者不顾百姓安危而逃亡；愤慨之情，意在言外。第三首写议和，以汉代和戎之事，喻当今统治者以丧权辱国的《北京条约》换取暂时的安居，表达其不愿苟且言和，接受英法联军提出苛刻条件，希望有力挽狂澜的能臣武将，捍卫国土。第四首写战争造成的破坏，以唐朝安史之乱后的衰废景象作为对比；感慨国土无人能守，局势每况愈下，恨文人徒能歌赋，不能为国出力。这组诗虽多处用典，却句句切中现实，点到要害，而且感情真挚沉重，至今读之，仍令人悲慨。

《春在堂诗编》卷十五"余于道光丙申年入县学至今光绪丙申（1896）六十年矣追念前尘抚然有作"一诗中，俞樾追忆六十年所发生的大事，抒发国门洞开、西学入侵、中学遭到巨大冲击等灾难，所以"旁人争为衰翁喜，今岁重来游浮水。谁知一领旧青衫，斑斓溃透忧时泪"。这首诗把俞樾忧时

---

① 龙顾山人著，卞孝萱、姚松点校：《十朝诗乘》，福建人民出版社 2000 年版，第 669 页。
② 《春在堂诗编》卷五，《续修四库全书》，第 1551 册，第 391 页。

感事之心深刻体现了出来，可谓句句是泪，我们看到已是七十六高龄的俞樾对国是的关心以及对国家衰弱的悲痛。《春在堂诗编》卷二十二《上海日报言日俄两国将停战议和喜赋》云："楚秦构怨大兴兵，愁杀先生老宋怪。两国烽烟全局动，万人性命一株轻。如闻玉帛仍修好，能否金戈永息争。垂死衰翁无所望，但求四海其升平。"衰暮之年的俞樾深知战争给百姓带来的乱离和死亡之苦，希望能够"金戈永停息"，大家过着四海升平的生活。

俞樾在诗歌风格上也性爱乐天之平易浅切，通俗畅达。前面曾引其自语"余性坦易，不喜作艰深语，诗法香山"，另外，俞樾《湖楼笔谈》卷六也曾说：

> 《墨客挥犀》云："乐天每作诗，令一老姬解之，姬曰解则录之，不解则不复录。"康熙闲歇人汪立名刻《香山诗集》，深以此语为不然。云："试举公晚年长律，其根柢之博，立格炼句之妙，果百老姬所能解否？"余谓汪说是矣。然老姬解诗，正不足为白公病。盖诗人用意之妙，在乎深入而显出。入之不深，则有浅易之病；出之不显，则有艰涩之患。公力矫此弊，故他人所百思不到者，无不脱口而出。如《偶吟》云："老自退闲非世弃，贫蒙强健是天怜。"高旷极矣。《哭崔儿》云："谁料汝先为异物，常忧吾不见成人。"沉痛极矣。然此等句，老姬安必不能解乎？公当吟髭拈断之时，偶就老姬一决，或亦事所尝有，若其不解，必深入而犹未显出，宜更改易，此正可见其千辟万灌之功，伐毛洗髓之力，非率尔而作也。余于太傅诗，百读不厌，在诂经精舍，曾以书白集后命题，有肄业生陆雅南诗云："苦心百炼总无痕。"得香山三昧矣。（清光绪二十五年刻春在堂全书本）

深入而显出，百炼而无痕，确实道出白香山诗三昧所在。俞曲园在《三六桥可园诗钞》还说："世传白香山诗必老姬能解而后存之，故多流于率易，此不知诗者也。白香山使老姬解诗，正其经营惨淡之苦心也。文章家贵深入显出，惟诗亦然。使老姬读之而不解，必其深入而未能显出也。故方求人之深也，径路绝而风云通，虽鬼神不能喻；及其求出之显也，则生公说法，顽石点头矣。"[①] 正可与此相互参看。另外俞曲园在评价诗人诗作时，对接近白香

---

① 清光绪二十五年刻《春在堂全书》本《春在堂杂文》五编卷七，《续修四库全书》，第1550册，第601—602页。

山诗风的作品也很敏感，例如评论吴牧骆《小鲍庵诗》说："虽至高卧乡山，而念大难之初平，悯疮痍之未复，所作新乐府诸章，沉着则老杜也，条畅则香山也，异乎世之妃青俪白以为工者。"[1] 评论张星陪《鸥榭诗钞》说："其诗出入唐宋诸名家，无畔崖之习，无靡曼之音，格律清整似王摩诘，意味淡远如韦苏州，词旨敷畅似白香山，意思隽永似陆剑南，而忧时感事，吊古伤今则又骎骎乎入少陵之室矣。"[2] 评论戴子开《招隐山房诗》说："其诗疏淡则韦苏州，工雅则王摩诘，隐秀则李义山，畅达则白乐天，而歌咏时事，表扬节义，沉郁苍凉，又居然杜少陵。"[3]

俞樾虽为硕学鸿儒，"精研朴学"[4]，但诗歌语言却务求浅切，往往直接状物抒情，喜用并擅用白描。如《曲园自述诗》："阿母操劳井臼徐，晨窗课读不教虚。儿时惊钝真惭愧，九岁才能毕四书。"通俗易懂，把母亲课读的情景栩栩如生地展现出来。《猫》："花阴昼静尽酣眠，时复低声唤膝前。提抱惯从娇女手，摩挲深得主人怜。一身雪白经宵暖，两颗明珠过午圆。痴坐苔陪呼不觉，看佗胡蝶舞编趾。"（《春在堂诗编》卷四）展现了猫的可爱灵动，充满家居生活的安详。再如《十二月十七日次曾孙女眠宝生日适有馈鹿筋者煮以咦之戏赋一诗》："今日汝生朝，明岁汝年六。唤汝以鹿筋，愿汝寿如鹿。"（《春在堂诗编》卷十二）《书长曾孙女璇宝所持便面》："吾爱重孙女，含怡备觉甘。聪明浑似母，珍惜不殊男。上口诗篇熟，居家礼数谙。为书双福寿，副此定应堪。"（《春在堂诗编》卷十五）通过浅切的语言，表达了祖父对孙辈的期望。再如《件儿豆腐歌》："非惟不用酸与铸，木菌竹菇皆所禁。但用一味酸盐酸，丁丁董董渡取汁。和之以水清无泥，炯炯热气出自釜。"（《春在堂诗编》卷十九）语言极其通俗，形象地描述了制作件儿豆腐的过程。还有一首诗，最能体现其诗笔平易浅近的乐天体之风，即《谷雨日，陈竹川、沈兰舫两广文招作龙井虎跑之游，遍历九溪十八涧及烟霞水乐石屋诸洞之胜，得诗五章》其三（见《春在堂诗编》卷八）：

---

① 《吴牧骆小鲍庵诗序》，清光绪二十五年刻《春在堂全书》本《春在堂杂文》三编卷三，《续修四库全书》，第 1550 册，第 325 页。

② 《张星陪鸥榭诗钞序》，清光绪二十五年刻《春在堂全书》本《春在堂杂文》五编卷七，《续修四库全书》，第 1550 册，第 593—594 页。

③ 《戴子开观察招隐山房诗序》，清光绪二十五年刻《春在堂全书》本《春在堂杂文》六编补遗卷四，《续修四库全书》，第 1551 册，第 274—275 页。

④ 许寿裳：《本师俞樾、章太炎传》，百花文艺出版社 2004 年版，第 56 页。

九溪十八涧，山中最胜处。昔久闻其名，今始穷其趣。重重叠叠山，曲曲环环路。东东丁丁泉，高高下下树。篮舆看未足，相约下舆步。愈进愈幽深，一转一回顾。每当溪折处，履石乃得渡。诗云深则脉，此句为我赋。但取涤尘襟，不嫌湿芒履。俯听琴筑喧，仰见屏障护。九疑有九溪，兹更倍其数。迤通到理安，精庐略可住。老僧具伊蒲，欣然为举著。

其中"重重叠叠山，曲曲环环路。东东丁丁泉，高高下下树"几句，童稚可解，被选入冀教版小学语文课本，其通俗浅近可见一斑。俞樾自己也颇为得意，其《春在堂随笔》卷六云："凡至杭州者，无不知游西湖。……白乐天谓，冷泉一亭最余杭而甲灵隐，而余则谓，九溪十八涧乃西湖最胜处，尤在冷泉之上也。……逾杨梅岭而至其地，清流一线，曲折下注，潨潨作琴筑声。四山环抱，苍翠万状，愈转愈深，亦愈幽秀。余诗所谓：'重重叠叠山，曲曲环环路。丁丁东东泉，高高下下树。'数语尽之矣。"[1]

俞樾还常以俗语入诗。如《排闷偶成》："窗下喃喃猫念佛，床头哪卿鼠求裁。"（《春在堂诗编》卷十六）俞樾纯用俚语写下《缪悠词》十二首，其一云："孟姥亭边酒一杯，阿猫阿狗各投抬。十方善信开缘薄，四海英雄打擂台。宝塔竟将天戮破，夜叉真把海抬来。隔帘花影分明看，福有根苗祸有荄。"（《春在堂诗编》卷十八）《曲园自述诗补》有云："衰翁白首卧吟窝，谚语谰言笔底多。正始雅音收拾起，一时传唱谬悠歌。"注云："辛丑岁，年八十一矣。老境稍唐，诗境亦多率笔，有新年杂咏皆用俗语，又有谬悠词十二首，亦以谚语成诗也"，指的就是这组诗。

综上所述，俞曲园诗歌瓣香白香山，取法乐天体，既体现于遵循其兴谕规刺的创作意旨，忧时感事的乐府传统，更体现于诗歌语言的浅切直白。俞樾的诗歌，触境而发，称意而言，朴实而又清新，通俗而又形象，没有晦涩的语言，也没有艰深的意境，而是娓娓道来，通俗易懂，所以，不愧是晚清诗坛承继香山体衣钵的代表诗人。

［作者单位：中国社会科学院文学研究所古代室］

---

① 清光绪刻春在堂全书本《春在堂随笔》卷六，《续修四库全书》，第1141册，第57页。

王熙凤判词"一从二令三人木"解谜

钱碧湘

内容提要 《红楼梦》第五回中王熙凤判词"一从二令三人木"一句析义歧出,史称不解之谜。本文考察"拆字法"的源流演变、游戏规则、优劣标准,以资推断曹雪芹四用"拆字法"作隐语,手法一致,合乎规范,属个中上品。凡过于曲折复杂的解谜皆有悖于作者的风格。脂砚斋在"三人木"下加批"拆字法"三字,意在排除将"三人木"误读为:凤姐"关三木"重罪系狱,或凤姐"入木"死亡,从而锁定一个"休"字,预示凤姐在贾府的结局是被贾琏休弃。本文对"二令"提出新解:"令"为对他人妻室的美称。《诗经》中始有"令妻寿母"的祝颂之辞。后世文人有类似称引运用。曹雪芹花不少笔墨写凤姐"为妻能令"。"一从"则系指凤姐"既嫁从夫",书中曾从不同层面加以描述。曹雪芹将凤姐塑造成秉"正邪两赋而来"的典型人物,既恨其作恶多端,又爱其干练多才。在判词中以"一、二、三"为序数,以"从、令、休"为一字评,概括她在贾府做媳妇的全过程:既嫁从夫,为妻能令,却被贾琏嫌恶休弃。曹雪芹同情她的悲剧命运,将其归入"薄命司"。

关键词 脂砚斋 拆字法 既嫁从夫 为妻能令 七出休妻

谜底难猜

《红楼梦》第五回贾宝玉神游"太虚幻境",在"薄命司"中先后翻阅《金陵十二钗又副册》、《金陵十二钗副册》、《金陵十二钗正册》,即警幻仙姑所谓"彼家上、中、下三等女子之终身册籍"。册子中一幅幅图画配以相应的诗文，预示了宝玉身边一个个青年女子的悲剧命运。少年宝玉不识仙机，看时竟是一再地"不解"、"仍不解"、"仍不解"。脂砚斋就此评点道："世之好事者争传《推背图》之说。想前人断不肯煽惑愚迷，即有此说，亦非常人供谈之物。此回悉借其法，为儿女子数运之机，无可以供茶酒之物，亦无干涉政事。真奇想奇笔。"①

《推背图》相传为唐人所撰。全书共六十图像，以六十卦分系，每图像之下有谶语，以及"颂曰"诗文四句，用以推演世事之兴亡变乱。脂砚斋注意到《推背图》引起"好事者"浓厚的解读兴趣，究其作意，既非"煽惑愚迷"，也非"常人供谈之物"，应是另有深意在。脂砚斋与曹雪芹相交甚密，对《红楼梦》的创作意图及写作手法别有深解。他点明第五回书的写作，完全借用了《推背图》的手法。作者本意一不在取悦市井，二不在干涉庙堂（这是曹雪芹、脂砚斋为自身的安全着想必须一再表明的），而是为笔下众女儿预言命运。脂砚斋将第五回书的构思和文字激赏为"奇想奇笔"。

既是"为儿女子数运之机"，她们的命运气数若隐若现，深藏在重重图文迷雾之中。曹雪芹以图释文，以文说图，下笔曲折委婉，绝不直白点明图文所系姓甚名谁，而其人其事则呼之欲出。历来读者颇能领会其"奇想奇笔"，将诗、画与所图画吟咏的女子身世遭遇一一对号入座，少有差错。其中王熙凤图文一幅属于例外，学界至今议论纷纷，莫衷一是。

宝玉梦中所见《金陵十二钗正册》第八幅，画面是"一片冰山上有一只雌凤"，画上题诗四句：

> 凡鸟偏从末世来，都知爱慕此身才。
> 一从二令三人木，哭向金陵事更哀。②

其中一、二、四句都好解：第一句，"凡鸟"内外组合成一"凤（鳳）"字，

---

① 曹雪芹：《脂砚斋甲戌抄阅重评石头记》影印本，沈阳出版社 2005 年版，第 136、137 页。文中"儿女子"多释为"众女子"。甲戌本此处脂批分明是个"儿"字。第五回中另有七处脂批出现"小儿"、"女儿"字样，七个"儿"字均与此"儿"字写法相同。"儿女子"特指少艾女子。第十八回林黛玉赌气铰香囊，庚辰本脂批曰："按理论之，则是'天下本无事，庸人自扰之'。若以儿女子之情论之，则事必有之事，必有之理。"脂砚斋再次用"儿女子"一词。

② 同上书，第 138、139 页。各本"此身"作"此生"。我意此处指凤姐身怀高才，用"身"字较好。

隐指王熙凤。末世指贾府赫赫世族，气数当尽，已是末代。凤喻才德，"凤鸣朝阳"，喻高才逢良时。凤若来于末世，则时坏德丧，"治世之能臣"必变身为"乱世之奸雄"。此句是作者惋惜此女身怀凤凰之才而偏于贾府没落时期到来，颇有不得其时之叹。第二句赞凤姐的才能广为贾府上下人等所爱慕。第四句所预言的事件，由于"书未成"而不得其详。但从前八十回中的诸多伏笔及脂批推断，此句诗当是指凤姐日后在贾府的地位一落千丈，终于被逐出夫家，丧尽颜面地哭回金陵娘家。这首判词，首句写凤姐嫁入贾门，末句写凤姐逐出贾门。整首判词包容的时间段为凤姐作为贾家媳妇的全过程，既不包括她未嫁之前，也不包括她被弃之后，与《聪明累》直写到她死有所不同。

至于该诗第三句"一从二令三人木"究竟应当如何解读，实在是难倒了古今才人！脂砚斋似乎对此早有预感，特地在句末批"拆字法"三字作为提示。后人有所领悟，纷纷以此提示为依据各抒己见，但结论之五花八门，令人目迷心乱，不知所从。晚近则更有愈演愈复杂，愈演愈离奇之趋势。

1795 年（乾隆六十年），海宁进士周春在《阅红楼梦随笔》中提出："十二钗册多作隐语，有象形，有会意，有假借，而指事绝少，是在灵敏能猜也。若此处一差，则全书皆不可解矣。……第八凤姐。案诗中'一从二令三人木'句，盖二令冷也，人木休也，一从月从也，三字借用成句而已。"[①] 文中"月"字系"自"字之误。他将"二令"、"人木"按拆字法左右组合成"冷"字、"休"字，"一从"则排除在"拆字法"之外，径自解作"自从"之意，将"从"字从实词变为虚词，"三"字更视作虚设以成句。连贯起来即是："自从冷休"。他虽未作进一步阐述，意义已十分明白：自从凤姐被冷落后休弃。周春首倡"自从冷休"说。

1850 年（道光三十年），太平闲人张新之《妙复轩评石头记》于此句下评曰："王熙凤终局。二令三木，冷来也。"[②] 文中"三木"间漏一"人"字。他与周春一样，将"二令"解为"冷"字，但将"三人木"新解为"来（來）"字。对"一从"则弃之不顾。张新之首倡"冷来"说，具体含义未加说明。

1929 年，化蝶《金陵十二钗》一文中称："'一从'二字是一个'从'

① 一粟编：《古典文学研究资料汇编·红楼梦卷》，中华书局 1963 年版，第 69 页。
② 曹雪芹、高鹗著，张新之评：《妙复轩评石头记》，北京图书馆出版社 2002 年版，第 226 页。

字；'二令'二字是一个'冷'字；'三人木'三字是一个'来（來）'字。合在一起是'从冷来'，这个谜实在难猜。"① 他将"冷来"说稍加梳理补充成"从冷来"说，但谜底仍未揭出。

1947 年徐高阮《读〈红楼梦〉杂记二则》提出："以我看来，'从'就是三从四德的从，'一从'是指熙凤闺中和初嫁守其妇道的时代；'令'就是发号施令的令，'二令'是指王熙凤执掌家政操纵一切的盛日；'人木'就是休弃的休，'三人木'是指凤姐时非事败致遭遣归的末路。"② 他首倡将"从"字解作三从四德之从，将"令"解作发号施令之令，只将"人木"按拆字法合成"休"字。他第一个将"一、二、三"看作序数，将"从、令、休"看作凤姐自闺中至初嫁，经历盛时，终至末路的三个阶段。这种说法日后得到较多人的认同。

后来者众说纷纭，但大致跳不出前人藩篱。"一从"或解作"自从"，即与周春、化蝶同；或解作三从四德之"从"，则与徐高阮同。"二令"或解作"冷"，即与周春、张新之、化蝶同；或解作号令之"令"，即与徐高阮同。"三人木"或解作"休"，即与周春、徐高阮同；或解作"来"，即与张新之、化蝶同。

新解往往将上述诸说分拆穿插，交错构成复杂之势。其间又因主张的主、宾不同而议论歧出：或云凤姐从贾琏；或云贾琏从凤姐；或云贾母对凤姐言听计从。或云凤姐令贾琏；或云贾琏令凤姐；或云贾母代凤姐发号施令。或云贾琏冷落了凤姐；或云凤姐冷落了秦氏临终之托。或云"冷来"系指"冷人来"，则"冷人"又或指冷美人薛宝钗；或指冷二郎柳湘莲；或指冷子兴；或指来旺儿。诸如此类，不一而足。其中最为复杂的一解当数周策纵。他认为"一从二令三人木"是指凤姐害死尤二姐的整个事件。

新红学的创始人胡适早在 20 世纪 20 年代就感慨道："第五回'十二钗'册上说凤姐的结局道：'一从二令三人木，哭向金陵事更哀。'这个谜竟无人猜得出。许多批《红楼梦》的人也都不敢下注解。所以后四十回里写凤姐的下场竟完全与这'二令三人木'无关！"并开玩笑说："这个谜只好等上海灵学会把曹雪芹先生请来降坛时再来解决了。"③ 21 世纪初，红学名家蔡义江

---

① 杜贵晨主编，常金莲编著：《王熙凤》，中华书局 2006 年版，第 243 页。
② 同上书，第 244 页。
③ 胡适：《〈红楼梦〉考证（改订稿）》，郭豫适编《红楼梦研究文选》，华东师范大学出版社 1988 年版，第 229 页。

再次陈述己见："我曾解为初时'从'其夫，继而'令'其夫，最终不免被夫所'休'，也只是取相对比较合乎情理的一种。"然后恳切呼吁："但我希望红学爱好者不要再继续花心思去猜这个谜了，因为这已经是个谁也找不出确定谜底来的谜了。"① 从胡适到蔡义江，几代红学家的努力仍未能收圆满之功。这个谜似乎不得不存疑千古了。

"拆字法"小议

起曹雪芹于地下当然只是胡适的幽默。然而，这句玩笑话透露出他认为只有作者本人才知道这个谜的谜底。其实，知道谜底的尚有第二人，那就是与曹雪芹关系密切，时时以知情人身份作批，甚至有时以个中人或合作者自居的脂砚斋。他似乎预感到这句判词会引起误解，特地在"三人木"下加批"拆字法"三字，显然是在给读者一个提示，对谜底的字义加以限定。因此，从脂砚斋的三字批入手，或许有助于我们揭开这个难解之谜。

何谓"拆字法"？

《红楼梦》第二十三回写到宝玉住进了大观园，"心满意足，再无别项可生贪求之心。每日只和姊妹丫头们一处，或读书，或写字，或弹琴下棋，作画吟诗，以至描鸾刺凤，斗草簪花，低吟悄唱，拆字猜枚，无所不至，倒也十分快乐。"② 曹雪芹在前八十回书中，只此一处写到"拆字"二字，并与"猜枚"合成一组词，当是指归类于"猜谜"，以竞猜赌胜为乐的一种文字游戏。

比曹雪芹、脂砚斋年代稍晚的嘉道间人陈森，在其所著长篇小说《品花宝鉴》第五十回中，有一段详解"拆字法"的文字。公子官儿刘文泽与公子哥儿王恂、颜仲清约同名伶林春喜、王桂保、琪官到唐和尚开的安吉堂小酌闲谈。席间，王桂保提议行"拆字法"的酒令，对王恂道："从前我在怡园，行那一个字化作三个字的令，你一个也没有想得出来。我如今又想了一个拆字法，分作四柱，叫做旧管、新收、开除、实在四项。譬如这个酒字，"一面说，一面在桌子上写道："旧管一个酉字，新收一个三点水，便成一个酒字。开除了酉字中间的一字，实在是个洒字。都是这样。你们说来，说得不

---

① 蔡义江：《红楼韵语》，中华书局 2004 年版，第 159 页。
② 曹雪芹：《脂砚斋重评石头记》影印本，第 519 页。

好，说不出的，罚酒一杯。”于是众人同行此“拆字法”的酒令。当琪官说到一个“铡”字，桂保批评道：“以后不兴说这种冷字。若要说这种冷字，字典上翻一翻，就说不尽。且教人认不真，有甚趣味？”当刘文泽说：“我旧管是波字，新收一个女字，是婆字。开除了波字，实在是女字。”春喜批评道：“旧管是波字，怎么开除也是波字？新收是女字，怎么实在又是女字？内中少了运化。”于是文泽改口道：“开除是皮字，不是波字。”琪官不解这是什么字。春喜道：“要把那三点水撇下来，把女字抬上去，不是个汝字？”桂保批评道：“太不自然，要罚一杯。”①

　　这段文字至少说明以下几点：一、“拆字法”是一种文字游戏。二、“拆字法”的游戏法则是变换字体的偏旁部首、增减字体的书写笔画，或将一字拆解为二，或将二字组合为一，从而变化生成出一个个不同的字，以此竞相斗智取乐。三、“拆字法”游戏时以下列三种为劣：用冷僻字，难确认，减少了趣味；一字重复使用，缺少了运化；字体移位太过，太不自然。

　　这种文字游戏当然不是虚构人物王桂保想出来的，也不是小说作者陈森首创的，而是“古已有之”。

　　魏晋文人已在玩这种文字游戏。最为人们熟知的当推吕安讥讽嵇喜的故事：“嵇康素与吕安友，每一相思，千里命驾。安来，值康不在。兄喜出迎，安不前。题门上作‘凤’字而去，喜不悟。康至云：‘凤，凡鸟也。’”②“凤（鳳）”字里外拆解即是“凡鸟”二字。曹雪芹写凤姐判词，首句即用了这个典故。吕安的手法是将“凤”字拆解为二，以讥讽嵇喜。曹雪芹的手法是将“凡鸟”二字组合为一，点出凤姐之名。又，三国时，蜀使张奉在吴庭嘲弄尚书令阚泽姓名，阚泽无言以对。薛综挺身救场：“蜀者何也？有犬为独，无犬为蜀。横目句身，虫入其腹。”他把对手的国名颠来倒去拆解，极尽嘲弄之能事。张奉要求他也嘲戏一下吴字。薛综应声而答：“无口为天，有口为吴。君临万邦，天子之都。”③满座为之嬉笑。薛综熟练地解构蜀、吴二字，嘲弄了对手一方，维护了自家一方的尊严。在此，拆字法也被政治家用于外交场合克敌制胜。又，北齐西阳王徐之才与王诉嘲戏，嘲弄王的姓道：“王之为字，有言则誆，近犬则狂，加头足而为马，施尾角而成羊。”王诉无

----

① 陈森：《品花宝鉴》，时代文艺出版社2003年版，第555、556页。

② 李昉：《太平广记》，中国文史出版社2003年版，第503页。

③ 同上书，第579页。

言以对。徐之才又嘲戏卢元明的姓："安亡为虐，在丘为墟，生男成虏，配马成驴。"嘲元明二字："去头则是兀明，出颈则是无明，减半则是无目，变声则是无盲。"① 徐之才将拆字法也用到了极致。北齐人也擅长使用拆字法斗智取乐。

但从纪晓岚的议论看，"拆字法"的起源更可远追到汉代。纪晓岚《阅微草堂笔记》曾就"拆字"有一段简论："亥有二首六身，是拆字之权舆矣。汉代图谶，多离合点画。"② 纪晓岚举"亥"字可拆解为身、首二部分为例，以为"拆字"的初始形态就是这种字形上的"离合点画"，汉代的"图谶"多是如此。

汉字属象形文字，所谓"仓颉仿象"，"仰观奎星圜曲之势，俯察龟文鸟迹之象，博采众美，合而为字"。③ 汉字的造字有"六书"之说，其中象意、指事、会意、形声诸法变化无穷。一个汉字，往往由两个以上的字符组成，或左右组合，或上下组合，或内外组合。解析某一字体的组合，就可追寻出该字的本意，有时也可据此解析附会成另外一种意思，而为别有用心者利用。这在史籍中可以找到不少例证。如，《汉书》记载，王莽心腹甄丰，其子甄寻擅作符命，妄言自己当娶故汉平帝皇后（王莽之女）为妻。王莽大怒，下令捕杀甄氏父子："寻手理有'天子'字，莽解其臂入视之，曰'此一大子也，或曰一六子也。六者，戮也。明寻父子当戮死也。'"④ 王莽为破除甄寻手纹上"天子"字样构成的威胁，就将二字"离合点画"成"一大子"、"一六子"，拆解字形以改变原有的字义。又《后汉书》记载：公孙述"梦有人语之曰：'八厶子系，十二为期'"⑤。"八厶子系"即"公孙"二字的拆解。虽然此梦预言他"贵而祚短"，公孙述还是野心大炽，自立为天子。曹雪芹写迎春判词，首句即用了这个典故，手法上仍是将二字组合为一，点出一个"孙"字。至于将汉皇室姓氏"刘（劉）"字拆解为"卯、金、刀"，更是屡见不鲜。如《汉书·王莽传》有"夫'刘'之为字'卯、金、刀'也"⑥。又《后汉书·光武帝纪》记载，刘秀即皇帝位，祭告天地的祝文中

---

① 李昉：《太平广记》，中国文史出版社 2003 年版，第 586 页。
② 纪昀：《阅微草堂笔记》，哈尔滨出版社 2004 年版，第 57 页。
③ 李昉：《太平广记》，第 385 页。
④ 班固：《汉书·王莽传》，大众文艺出版社 1998 年版，第 753 页。
⑤ 范晔：《后汉书·隗嚣公孙述列传》简体字本，中华书局 2000 年版，第 356 页。
⑥ 班固：《汉书·王莽传》，第 750 页。

有："谶记曰：'刘秀发兵捕不道，卯金修德为天子。'"注曰："卯金，刘字也。"① 上述数例，都是将某字"离合点画"，从字体结构上分解拆散，以附会某人某事，用于政治权力之争。

宋元之后盛行文字游戏"拆白道字"：将一个字拆解为一句话，一个短语，竞猜为乐。这种娱乐方式于诗歌、戏曲、小说中时有记载。如黄庭坚《两同心》："你共人、女边著子，争知我、门里挑心。"② "女边著子"左右组合成"好"字，"门里挑心"内外组合成"闷"字。又关汉卿《救风尘》："俺孩儿拆白道字，顶真续麻，无般不晓，无般不会。"③ 又阮大铖《春灯谜》："续麻拆字曾打和，霎儿风雨相摧挫。"④ 关汉卿所谓"拆白道字"、阮大铖所谓"拆字"，也即脂砚斋、陈森所说的"拆字法"，以解析字体重组新字争胜取乐，成为娱乐行里的专门技艺。

明人小说中多用"拆字法"增加语言的生动性，人物的神秘性，情节的曲折性。如冯梦龙《警世通言》第三十八卷《蒋淑真刎颈鸳鸯会》，写蒋淑真再嫁张二官后，又与对门店中后生朱秉中勾搭成奸："本妇便害些木边之目，田下之心。"⑤ "木边之目"即"相"字，"田下之心"即"思"字。如此写出"相思"二字，颇有点调侃味道。又如《醒世恒言》中多则故事写吕洞宾修成后下山度人，逢殷氏，题诗一首，落款"口口仙作"；于凤翔府天庆观壁上留诗一首，诗后大书"回道人"三字。⑥ 口口上下组合是个"吕"字，回字里外拆出仍是个"吕"字。吕洞宾以此隐藏自身，增加了神秘性。又如凌濛初《初刻拍案惊奇》第十九卷《李公佐巧解梦中言谢小娥智擒船上盗》，写唐元和年间，豫章富户谢某翁婿及亲属僮仆数十人于商船中遇盗被害，唯十四岁新婚女儿小娥落水得救。小娥梦见父亲对她说："你要晓得杀我的人姓名，有两句谜语，你牢牢记着：'车中猴，门东草'。"几日后，又梦见丈夫对她说："杀我的人姓名，也是两句谜语：'禾中走，一日夫'。"此后小娥逢人便请教，总不得其解。八年后，有洪州判官李公佐为之解道："'车中猴'，'车（車）'中去上下各一画，是'申'字，申属猴，故曰'车中猴'。

① 范晔：《后汉书·光武帝纪》简体字本，第16页。
② 《黄庭坚全集》，刘琳、李勇先、王蓉贵校点，四川大学出版社2001年版，第318页。
③ 奚海、陈旭霞等选注：《元曲名家精粹》，当代中国出版社2007年版，第52页。
④ 蒋星煜、齐森华、赵山林编：《明清传奇鉴赏辞典》，上海辞书出版社2004年版，第714页。
⑤ 冯梦龙：《警世通言》，时代文艺出版社2010年版，第332页。
⑥ 同上书，第259、265页。

'草'下有'门（門）'，'门'中有'东（東）'，乃'兰（蘭）'字也。又'禾中走'是穿田过，'田'出两头，亦是'申'字也。'一日夫'者，'夫'上更一画，下一'日'，是'春'字也。杀汝父是申兰，杀汝夫是申春。"① 小娥由此易装寻仇，入申兰家佣工，终于报了杀父杀夫之仇。整个故事情节，因两个字谜而倍增曲折离奇。

名著《金瓶梅》中，也屡用拆字法增加语言的生动性，如第二回，王婆向西门庆夸自己的"杂趁"手段，最后一项便是"也会做贝戎儿"②。贝、戎左右组合即成"贼"字，王婆自诩她还擅长偷窃。又，第四回，西门庆勾引潘金莲得手后，王婆问他："这雌儿风月如何？"西门庆的答话是："这色系子女不可言。"③ "色系"左右组合成"绝"字，"子女"左右组合成"好"字，即是说潘金莲风月"绝好"。又，第十六回，应伯爵逼问西门庆的小厮玳安早早备马来接主人："或是你家中那娘使了你来，或是十八子那里？"④ "十八子"三字上下组合成"李"字，即隐指李瓶儿。又如第二十一回，西门庆与吴月娘重归于好，潘金莲哄李瓶儿给月娘递酒："当初因为你的事起来，你做了老林，怎么还恁木木的！"⑤ 林字分拆，即是两个木字。潘金莲以此打趣李瓶儿木知木觉。

清代文士多好采用"拆字法"以隐约其人其事。如李渔《归正楼》中写到贝姓父子二人。父是穿窬高手，"人见他来，就说个暗号，道：'贝戎来了，大家谨慎！'。'贝''戎'二字合起来是个'贼'字"。儿子贝喜一改父道，"把'人俞'改做'马扁'，'才莫'翻为'才另'"⑥。人俞左右组合为"偷"字；马扁左右组合为"骗"字；才莫左右组合为"摸"字；才另左右组合为"拐"字。即是说，儿子一改其父"偷摸"的本行，改做"骗拐"的勾当，得别号"贝去戎"。李渔用"拆字法"揶揄这对不走正道的父子。又如《儒林外史》中马二先生即拆一"冯"字，暗指"全椒冯粹中"⑦。又如《海上花列传》的作者韩邦庆，"别号太仙，又自署'一大山人'，即'太仙'

---

① 凌濛初：《初刻拍案惊奇》，时代文艺出版社 2010 年版，第 179、181 页。
② 兰陵笑笑生：《金瓶梅》第二回，香港太平书局 1982 年版，第 11 页。
③ 同上书，第四回，第 3 页。
④ 同上书，第十六回，第 10 页。
⑤ 兰陵笑笑生：《金瓶梅》，香港明亮书局 1979 年版，第 155 页。
⑥ 李渔：《十二楼》，中华书局 2004 年版，第 62 页。
⑦ 朱一玄编：《明清小说资料选编》，南开大学出版社 2006 年版，第 798 页。

二字之拆字格也。"① 韩邦庆在自家别号上玩的"拆字格",也即脂砚斋所谓的"拆字法"。再如《品花宝鉴》中奚十一隐指两广总督孙尔准之子:"拆孙字偏,尔字上截,而凑为奚字。其一来也,夹带大土无数,至京贩卖,故拆土为十一,又呼之为老土也。"② 陈森在此用"拆字法"分隐一人、一事。

"拆字法"是谜语诸法中的一种,又称为"拆字格"。如李汝珍《镜花缘》第七十回中,紫芝笑说她的鼻烟都是"马扁儿来的。"小春误以为"马扁儿"是个地名,婉如教她:"你把两字凑在一起,就明白了。"后又对小春说:"她这'昔酉儿'也同'马扁儿'一样,都有拆字格。"③ 婉如说的"两字凑在一起",便是"拆字格"的不二法门。第八十回中,众才女猜谜时,三次提到"拆字格"。薛蘅香说道:"这个'离'字用得极妙。往往人用'拆字格',都是浑沦写出,不像这个拆得这样生动,这是'拆字格'的另开生面。"另一处,琼之道:"这个又是'拆字格'的别调。"④ 李汝珍在行文中显然将"拆字格"列入他所谓的"广陵十二格"⑤ 中,对此谜格的变化巧妙深有心得。他又借兰言之口对谜语的难易优劣作了阐述:"大凡做谜,自应贴切为主;因其贴切,所以易打。就如清潭月影,遥遥相映,谁人不见?若说易猜不为好谜,难道说那'凌霄花'⑥ 还不是绝妙的,又何尝见其难打?古来如:'黄绢幼妇,外孙齑臼'至今传为美谈,也不过取其显豁。"又借春辉之口对难猜之谜作了批评:"那难猜的不是失之浮泛,就是过于晦暗。即如此刻有人脚指暗动,此惟自己明白,别人何得而知。所以灯谜不显豁,不贴切的,谓之'脚指动'最妙。"⑦ 李汝珍主张好的谜语就要贴切、显豁而易打,浮泛、晦暗难猜之谜不是好谜。

陈森主张"拆字法"忌用冷僻字,要易于确认方有趣味;忌一字重复运

---

① 朱一玄编:《明清小说资料选编》,南开大学出版社 2006 年版,第 704 页。

② 同上书,第 677 页。

③ 李汝珍:《镜花缘》,时代文艺出版社 2010 年版,第 252、253 页。

④ 同上书,第 290 页。

⑤ 明季扬州马苍山归纳猜谜之法,首创"广陵十八格"之说。李汝珍写《镜花缘》,假托故事发生于唐武则天朝,早于明季近千年,谜格当少于十八格之数,故称"广陵十二格"。该书八十回、八十一回中写到的谜格计有:花卉谜、破损格、拆字格、会意、对景挂画、鸟名谜等,除"会意"外,其余五种与马苍山的"广陵十八格"全不相干。也许李汝珍所谓的"广陵十二格"并非随口一说,而是别有所本?

⑥ 《镜花缘》第八十回开头,若花出谜:"天上碧桃和露种,日边红杏倚云栽。"谜底为"凌霄花"。春辉称赏此谜为"花卉谜"中绝调。

⑦ 李汝珍:《镜花缘》,第 291 页。

用，讲究运化；字体不宜移位太过，追求变化自然。李汝珍主张贴切、显豁、易打的是好谜，凡浮泛、晦暗、难猜之谜不是好谜。李汝珍生于乾隆二十八年（1763），其生年恰当曹雪芹之卒年。陈森为嘉道间人。他们与曹雪芹生存的年代相去不远。他们关于"拆字法"、字谜优劣之论，在有清一代应有一定的代表性。曹雪芹四用"拆字法"作隐语，手法一致，合乎规范，属个中上品。对王熙凤判词"一从二令三人木"作过于复杂曲折的解析，显然不符合"好谜"的标准，有悖于曹雪芹的风格。

脂砚斋批注防误读

曹雪芹在《红楼梦》第五回中有四处文字用了"拆字法"：一、"子系中山狼"句中，"子系"拆一"孙"字；二、"凡鸟偏从末世来"句中，"凡鸟"拆一"凤"字；三、"自从两地生孤木"句中，"两地生孤木"拆一"桂"字；四、"一从二令三人木"句中，"人木"拆一"休"字。四处用"拆字法"，都是将两字凑合在一起组成一字，手法一致。批书人脂砚斋对此四处"奇笔"作了两样对待，值得注意。

一、二两处脂砚斋不加批注，原因很简单：一，"子系"拆一"孙"字，两字左右相合，一目了然。公孙述梦谶"八厶子系"的典故也为人所熟知。曹雪芹在此用"子系"暗指迎春的克星孙绍祖，虽隐约而明确，不致引起误会，脂砚斋不必加注挑明。此句中"拆字法"只限于"子系"二字，并不包括"中山狼"三字。二，"凡鸟"拆一"凤"字，两字内外组合，一丝不差。其出典更是人所共知，吕安访嵇康不值，康兄喜出迎，吕安题门"凤"字而去，讥嵇喜为"凡鸟"。曹雪芹反用此典，取两字组合确指凤姐，不仅不含讥讽之意，反是以"凤"命名此女，称赏其有凤凰之才而叹其不幸适逢家族末世。"凡鸟"凑成"凤"字，这也不会引起误解，脂砚斋也认为不必格外加注说明。此句中"拆字法"也只限"凡鸟"二字，并不包括"偏从末世来"五字。

其后三、四两处，脂砚斋均于句末加批"拆字法"三字，显然是怕读者误读，特地加注提示。细研究起来，两处批注虽一，考虑应有不同。

"两地生孤木"拆一"桂"字，此说未见有典。"两地"转意两个土字相叠加而成"圭"字，也要稍费周章。脂砚斋于此加批"拆字法"三字，加以导读，使读者确认作者在此隐指香菱的克星夏金桂。此句中"拆字法"也只限于"两地生孤木"五字，并不包括"自从"两字。陈森《品花宝鉴》中也有一处用"拆字法"说一"桂"字："旧管是个圭字，新收一个木字，是桂字。"① 此字谜虽晚出于《红楼梦》，却远不如曹雪芹"两地生孤木"行文优雅而富有诗意。

"人木"拆一"休"字，只需将二字左右凑合便一目了然。此句中"拆字法"也仅限于"人木"二字，并不包括"一从二令三"五字，手法上与前三处完全一致，脂砚斋在此为何也要加批"拆字法"呢？我以为，如不注明"拆字法"，锁定一个"休"字，则"三人木"尚可另作多解。脂砚斋唯恐读者误读，特加批注导读。

在"木"字的诸多字义中，最易引起读者误读的有如下两种：

一、"木"指"棺木"，转义即可指"死亡"。战国晋公子重耳"将适齐，谓季隗曰：'待我二十五年不来而后嫁。'对曰：'我二十五年矣，又如是而嫁，则就木焉。'"杜预注："容将死入木，不复成嫁。"② 东汉耿纯追随世祖，"与从昆弟䜣、宿、植共率宗族宾客二千余人，老病者皆载木自随，奉迎于育"。李贤等注："木谓棺也，老病者恐死，故载以从军。"③ 无论"就木"、"入木"或"载木"，"木"字都是指棺木，转义即指死亡。"人木"自可解释作"人死"。人终有一死。从种种迹象看，曹雪芹佚稿确实直写到凤姐死亡。《红楼梦曲》第十支《聪明累》开头四句："机关算尽太聪明，反算了卿卿性命。生前心已碎，死后性空灵。"④ 已明明白白道出凤姐机关算尽，自食恶果，最终心碎而亡。凤姐受赃婚致人死命。"自此凤姐胆识愈壮，以后有了这样的事，便恣意的作为起来，也不消多记。"脂砚斋就此批道："阿凤心机胆量，真与雨村是对乱世之奸雄，后文不必细写其事，则知其平生之作为。回首时，无怪乎其惨痛之态。"⑤ "回首"是死亡的委婉说法，可见脂砚斋看到过八十回后描写凤姐之死的文字。凤姐死得相当悲惨。如此说来，以"人死"作为凤姐的结局也未尝不可。但，曹雪芹既把凤姐之死留在《聪明累》中分明交代，就没有必要先在《金陵十二钗正册》中用拆字法作伏笔。所以，"人死"一说，应是脂砚斋要在此着意排除的解释。

① 陈森：《品花宝鉴》，第 555 页。
② 《十三经注疏·春秋左传正义》，中华书局 1980 年版，第 1815 页。
③ 范晔：《后汉书》简体字本，中华书局 2000 年版，第 506 页。
④ 曹雪芹：《脂砚斋甲戌抄阅重评石头记》影印本，沈阳出版社 2005 年版，第 150 页。
⑤ 同上书，第 322 页。

二、"木"指刑具、刑罚。"三人木"可解作"关三木"。《庄子·列御寇》："为外刑者，金与木也；为内刑者，动与过也。宵人之离外刑者，金木讯之。"郭象注："金谓刀锯斧钺，木谓捶楚桎梏。"① 捶（又作棰）、楚、桎、梏均以木为偏旁部首，分指四件木制刑具及刑罚：棍、杖、脚镣、手铐。郭象解"木"为四者之总称。《周礼·秋官·掌囚》："掌囚。掌守盗贼。凡囚者，上罪梏拲而桎，中罪桎梏，下罪梏。"郑玄注："在手曰梏，在足曰桎。中罪不拲，手足各一木耳。"贾公彦疏："古者五刑不入圜土，故使身居三木，掌囚守之。此一经所云，五刑之人，三木之囚，轻重着之。极重者三木俱着，次者二，下者一。"② 郑注、贾疏中的"木"则专指木制的手铐、脚镣。刑拘犯人按罪之轻重分三等处置：轻罪者束缚双手，称梏，即手铐；中罪者分别束缚双手、双脚，称桎梏，即手铐、脚镣并用；重罪者则"三木俱着"，即在束缚手脚之外加"拲"，把手脚分别束缚后再将手足铐在一起，进一步限制犯人的行动。司马迁《报任安书》中云："其次关木索被箠楚受辱……今交手足，受木索，暴肌肤，受榜箠……魏其，大将也，衣赭，关三木。"③ 书中所列举的"木"、"三木"也均指对犯人的拘系，而与"箠楚"、"榜箠"等棍棒交加分说。陆龟蒙《记稻鼠》写到唐末官吏搜刮欺压农民："若官督尸责，不食者有刑。当是而赋索愈急，棘械束榜棰木肌肤者无壮老。"④ 所举施于皮肉的六种刑罚，"木"列于最末，应是最轻的一种，也即束缚手足的桎梏。

沿袭至清，"木"为刑讯工具的称谓依旧不变。清人吴楚材、吴调侯选编《古文观止》，就司马迁《报任安书》中魏其受刑一节加注解云："魏其候窦婴，坐灌夫骂丞相田蚡不敬，论弃市。赭，赤色，罪人之服。关，穿也。三木在项及手足，杻枷械也。"⑤ 窦婴论的是死罪，二吴诠释"关三木"系指窦婴双手双足及颈项均被枷锁。二吴选编《古文观止》，成书于康熙三十四年（1695）。可见，康熙朝，"木"仍作刑具刑罚解。

袁枚在《子不语》中两度言及"三木"：《兔儿神》写清初某御史少年科第，巡按福建。福建人胡天保爱其貌，追随偷窥。"巡按愈疑，召问之，初

---

① 《庄子注疏》，（晋）郭象注，（唐）成玄英疏，中华书局 2011 年版，第 548 页。
② 《十三经注疏·周礼注疏》，中华书局 1980 年版，第 882 页。
③ 班固：《汉书·司马迁传》，第 449 页。
④ 陆龟蒙：《甫里先生文集》，宋景昌、王立群校点，河南大学出版社 1996 年版，第 285 页。
⑤ 吴楚材、吴调侯选编：《古文观止》，中华书局 1959 年版，第 224 页。

犹不言，加以三木，乃云……巡按大怒，毙其命于枯木之下。"① 又，《假女》写贵阳美男子洪某，乔扮针线娘，奸骗妇女无数："讯以三木，始供吐。"② 两篇文中的"三木"显然包括多种刑讯工具及其使用，而"枯木"能立时结束犯人性命，绝非桎梏可比。

李绿园《歧路灯》写贾李魁索赌债告谭绍闻借钱不还，知府看出破绽，大怒："'看夹棍来，夹你这原告。'……堂上来了七八个虬髯大汉，把那个三木刑儿，早竖在堂上，喝一声：'大刑到！'……几个皂隶按住，把袜子褪了，光腿放在三木内，一声喝时，夹棍一束，那贾李魁喊道：'小的说实话就是，原是赌博呀！'"③ 文中"三木"属大刑，对贾上的是"夹棍"。

袁枚、李绿园与曹雪芹是同时代人。可见，乾隆朝"木"、"三木"通常都作刑具、刑罚解。如今，在山西平遥县衙古建中还保存展览着清代木制的桎梏，旁边放置文字说明，其中正引用了"关三木"字样。

看过上述许多例证，再回归到凤姐判词中"三人木"的解读上来："三"字若作序数解，"人木"可解作凤姐犯法问罪，锒铛入狱。"三"字若不作序数解。"三人木"稍作位移，即成"人三木"，也即可解作凤姐犯了重罪，以至于"关三木"、"三木俱着"。从脂批透露的消息看，贾府最终被抄家，"树倒猢狲散"。王熙凤掌握荣府内部经济实权，对外重利盘剥，行贿受贿，事发后被官方追究罪责自有难逃之势。畸笏叟批四十二回有道："狱（神）庙相逢之日，始知'遇难呈祥，逢凶化吉'实伏线于千里。"④ 可见八十回后凤姐果然有牢狱之灾。但，抄家系狱乃是荣、宁二府家族主要成员的共同遭遇，连贾宝玉也不能幸免。在迷失的书稿中，就有红玉、茜雪前去探监的描写："狱神庙红玉、茜雪一大回文字，惜迷失无稿。"⑤ 茜雪当是探视旧主人宝玉，红玉则兼探凤姐、宝玉。曹雪芹显然也无意于判词中以拘系入狱来预言凤姐的个人命运。

脂砚斋在"人木"下加批"拆字法"，正是要排除"木"字的上述二解：或死亡；或问罪。从而紧紧锁定一个"休"字。凤姐在问罪死亡之前还有一段独特的不幸遭遇：被贾琏休弃。

① 袁枚：《新齐谐·子不语》，齐鲁出版社 2004 年版，第 349 页。
② 同上书，第 435 页。
③ 李绿园：《歧路灯》，中华书局 2004 年版，第 327 页。
④ 郑红枫、郑庆山：《红楼梦脂评辑校》，北京图书馆出版社 2006 年版，第 379 页。
⑤ 曹雪芹：《脂砚斋甲戌抄阅重评石头记》影印本，第 391 页。

"人木"即"休妻"之"休"

按脂砚斋提示，"人木"用"拆字法"左右组合就是个"休"字。"一从二令三人木"即是"一从二令三休"，是王熙凤在荣国府做"琏二奶奶"的三部曲。"三休"是她在荣府的终局：被贾琏无情休弃。

凤姐被贾琏休弃，这在前八十回中曹雪芹屡有伏笔。如第二十一回，大姐儿出痘症，贾琏移住外书房，乘机与多姑娘偷情，平儿拿到把柄，替贾琏遮掩。之后，二人有一段对话谈到王熙凤。贾琏说："你不用怕他，等我性子上来，把这醋罐打个稀烂，他才认得我呢！"[①] 又如第四十四回，凤姐庆生日，酒醉回房，撞破贾琏与鲍二家的偷情，二人正在骂她是"阎王老婆"、"夜叉星"，咒她死后将平儿扶正[②]。又如第六十九回，尤二姐被凤姐百般折磨后吞金自杀。贾琏哭二姐死得不明不白，发狠道："我忽略了，终久对出来，我替你报仇。"[③] 三处笔墨，层层深入写出贾琏内心对王熙凤越积越深的怨恨。第四十五回，作者又借李纨和凤姐开玩笑作一伏笔："给平儿拾鞋（也）不要，你们两个只该换一个过子才是。"[④] 特别是在六十八回中，为贾琏偷娶尤二姐事，凤姐到宁府找尤氏大哭大闹，亲口一连三次说到一个"休"字："连官场中都知道我厉害吃醋，如今指名提我，要休我。……如今咱们两个一同去见官，分证明白。回来咱们公同请了合族中人，大家觌面说个明白。给我休书，我就走路。""再者咱们只过去见了老太太、太太和众族人，大家公议了，我既不贤良，又不容丈夫婪亲买妾，只给我一纸休书，我就走。"[⑤] 王熙凤谎称官中指明要休她，要拉上尤氏去见官，见贾氏宗族，见老太太、太太等，逼得尤氏无力招架，连连告饶。如此行文，既写出了凤姐的泼辣无赖，也布下了作者的千里伏线：日后凤姐被休弃，大约真是遭到三方势力的合围，官方罪责、宗族裁决、家族唾弃，使凤姐没了退路，一败涂地，哭回金陵娘家，在歧视和孤独中悲惨地死去。

贾琏虽然记恨凤姐，他又怎么可能休弃如此强势的妻子呢？凤姐的强

① 曹雪芹：《脂砚斋重评石头记》影印本，人民文学出版社 1975 年版，第 477 页。
② 同上书，第 1009 页。
③ 同上书，第 1695 页。
④ 同上书，第 1028 页。"也"字据戚序本补。
⑤ 同上书，第 1665、1666 页。

势，源自于贾母对她的欣赏和宠信。贾母年事已高，虽然老健，但正如俗语所说："春寒秋热老来健"是不能长久的事。凤姐所依持的靠山必将由于自然规律而一朝倒塌。曹雪芹在《金陵十二钗正册》凤姐的图咏中对此作了暗示：一只雌凤站在一片冰山上。雌凤喻指凤姐；冰山喻指风烛残年的贾母。贾母一旦寿终，王熙凤失了依靠，贾琏为尤二姐报仇的机会也就来到了。

自古以来休妻有七出之条："七出者，无子一也；淫泆二也；不事舅姑三也；口舌四也；盗窃五也；妒忌六也；恶疾七也。"① 逐条数来，凤姐被拿住把柄的至少有三条：无子、不事舅姑、忌妒。对此，曹雪芹也都有伏笔。

"不孝有三，无后为大。"在宗法社会中，娶妻生子，延续香火，是婚姻中头等大事。王熙凤事事要强，偏偏在这件头等大事上说不响：她只为贾琏生有两个女儿：巧姐和大姐。如二十七回写四月二十六芒种日饯花神："宝钗、迎春、探春、惜春、李纨、凤姐等并巧姐、大姐、香菱与众丫环们都在园内玩耍，独不见林黛玉。"② 巧姐居前为大，大姐在后年小。二十九回写清虚观打醮，"奶子抱着大姐儿带着巧姐儿另在一车，还有两个丫头"③。这里交代得更清楚：凤姐的大女儿巧姐已会走路，小女儿大姐尚由奶妈怀抱。与此相矛盾的是：曹雪芹又在多处写到王熙凤只生了一个女儿，乳名大姐儿。刘姥姥二进荣国府，辞别之际应凤姐之请，为大姐儿起名巧姐。这位巧姐，在《金陵十二钗正册》中排序第十，位在凤姐之下，李纨之上。看来，曹雪芹安排凤姐生两个女儿，是为了强调她只会生女儿。但在故事情节展开时，写两个女儿未免太累赘而无必要，于是合二为一，大姐儿由刘姥姥命名巧姐儿，大姐、巧姐成了一个人。两个女儿也罢，一个女儿也罢，总而言之，凤姐只生了女儿，没有生育儿子。五十五回写到凤姐在年节中操劳过度而小产，并因此得了"下红"症，三个月后方愈。至六十一回，写平儿劝凤姐多自保重："况且自己又三灾八难的，好容易怀了一个哥儿，到了六七个月还掉了。焉知不是素日操劳太过，气恼伤着的。"④ 至此方点明凤姐流产的是个男胎。至七十二回，凤姐受了婆婆邢夫人的闲气，旧病复发，经后流血不止，鸳鸯惊呼为"血山崩"，成了个"大症候"，有致死的可能。王熙凤已是生子无望。

---

① 《十三经注疏·仪礼注疏》，中华书局 1980 年版，第 1104 页。
② 曹雪芹：《脂砚斋甲戌抄阅重评石头记》影印本，第 421 页。
③ 曹雪芹：《脂砚斋重评石头记》影印本，第 662 页。
④ 同上书，第 1445 页。

　　贾琏垂涎美色，冒着国孝、家孝两重罪偷娶尤二姐，打的却是堂皇旗号：子嗣艰难。贾蓉调唆贾琏的说辞也着眼于此："叔叔只说婶子总不生育，原是为子嗣起见，所以私自在外面作成此事。"[①] 一旦贾母归天，凤姐失势，贾琏完全可以振振有词地抬出"七出之条"的头一条"无子"，干脆利落地将凤姐休弃。

　　凤姐触犯的还有七出之条的第六条"妒忌"。凤姐是出名的厉害吃醋。贾琏恨她是醋罐，扬言要将这醋罐打个稀烂。小厮兴儿在尤二姐前面败坏凤姐是"醋缸、醋瓮"，警告尤二姐一辈子别见她。前八十回书中就有两个回目以凤姐吃醋为题：四十四回"变生不测凤姐泼醋"，六十八回"酸凤姐大闹宁国府"。婚恋中，两性之间的排他性是正常的。但在一夫多妻制时代，男性在"子嗣"的大旗下纵欲，处于从属地位的妇女失去妒忌的权利而被以恶名，甚至因此而被逐出家门。面对贾琏的淫滥，王熙凤的吃醋实在值得同情。但她不可能正面抗争夫权，而是将怨恨指向也是受害者的弱势一方——鲍二家的、尤二姐之流。在当今社会的婚恋冲突中，权利受损的妻子往往不去惩治拈花惹草的丈夫，而将硫酸泼向第三者。这实在是女性的悲哀。究其根本，女性仍处于附属地位，其抗争也只能仍是王熙凤式的：将怨毒向同性一方发泄。

　　王熙凤之妒忌终于被贾琏锻炼成罪，不仅在于她手段之毒辣，也在于后果之严重：被害的尤二姐不仅美貌迷人，还怀了一个男胎。凤姐的嫉妒不仅杀了贾琏之所爱，更是绝了贾琏的子嗣。而在宗法社会，后一点，更是罪上加罪，贾琏大可以以此为由将她休弃，实行为屈死的尤二姐报仇的誓言。

　　王熙凤还触犯了七出之条的第三条：不事舅姑。邢夫人贪婪吝啬，贾赦年老好色，王熙凤对自己的公婆颇有非议。四十六回写邢夫人召凤姐前来商议向贾母讨鸳鸯为贾赦作妾一节，凤姐对婆婆有褒贬："凤姐儿知道邢夫人禀性愚弱，只知承顺贾赦以自保，次则婪取财货为自得，家下一应大小事务，俱由贾赦摆布。凡出入银钱事务，一经他手，便克啬异常，以贾赦浪费为名，'须得我就中俭省，方可偿补。'儿女奴仆，一人不靠，一言不听的。"[②] 对公公贾赦年老好色更是鄙薄之至，借着贾母的话，公然在婆婆面前批评起来："老太太常说，老爷如今上了年纪，作什么左一个小老婆右一个

---

　　① 曹雪芹：《脂砚斋重评石头记》影印本，第 1555 页。

　　② 同上书，第 1055 页。

小老婆放在屋里，没的耽误了人家。放着身子不保养，官儿也不好生作去，成日家和小老婆喝酒。太太听这话，很喜欢老爷呢？……老爷如今上了年纪，行事不妥，太太该劝才是。比不得年轻，作这些事无碍。如今兄弟、侄儿、儿子、孙子一大群，还这么闹起来，怎样见人呢？"① 凤姐开始还只是传言贾母的私下议论，说着说着，竟放肆地指责公公胡闹，婆婆放任。邢夫人大为恼怒，立即驳回。自从讨要鸳鸯得罪贾母后，邢夫人更是迁怒于凤姐："邢夫人自为要鸳鸯之后讨了没意思，后来见贾母越发冷淡了她，凤姐的体面反胜自己，且前日南安太妃来了，要见她姐妹，贾母又只叫探春出来，迎春竟似有如无，自己心内早已怨忿不乐，只是使不出来。"② 主母的心事如此，仆妇们便顺杆爬，挑拨生事，告凤姐："只哄着老太太喜欢了他好就中作威作福，辖治着琏二爷，调唆二太太，把这边的正经太太倒不放在心上。"③ 又连带告到王夫人："老太太不喜欢太太，都是二太太和琏二奶奶调唆的。"邢夫人听了这些挑拨，"终不免生些嫌隙之心，近日因此着实恶绝凤姐"④。贾母八十寿辰，凤姐处分得罪宁府尤氏的两个仆妇，邢夫人乘机当众笑着向凤姐求情，其实是当众指责凤姐："我想老太太好日子，发狠的还舍钱舍米，周贫济老，咱们家先倒折磨起人家来了。"⑤ 气得凤姐回房哭泣，生了闷气，添了病症。凤姐和婆婆邢夫人的矛盾已经公开化。

及至大观园彻查聚众赌博，迎春乳母获罪，邢夫人赶到缀锦楼来兴师问罪，责备迎春懦弱无能，连带指责贾琏、凤姐夫妇不照顾自家妹妹："总是你（那）好哥哥好嫂子，一对儿赫赫扬扬，琏二爷、凤奶奶两口子遮天盖日，百事周到，竟通共这一个妹子，全不在意。"⑥ 邢夫人对凤姐的嫌恶已达到极点，以至并不避讳仆妇丫环在场，当众发泄心中的怨恨，当众拒绝凤姐前来侍奉。贾琏一旦时机成熟对凤姐实施报复，邢夫人必定会站在贾琏一方，为贾琏休妻增加筹码：罪责凤姐不事舅姑。

综上种种，"三人木"下脂砚斋加批"拆字法"三字，只能作一种解读：即用"拆字法"的常规方法，使"人木"左右相组合，锁定成一个"休"

---

① 曹雪芹：《脂砚斋重评石头记》影印本，第 1054 页。
② 同上书，第 1735 页。
③ 同上。
④ 同上书，第 1736 页。
⑤ 同上书，第 1737、1738 页。
⑥ 同上书，第 1783 页。"那"字据戚序本补。

字，暗示了凤姐被休弃的独特命运。"三人木"中的"三"字便只能是一个序数，应排除在"拆字法"的组合之外，由此回过头来看"一从二令"，此四字更与"拆字法"不相干。其中"一、二"也只应看作序数，与"三人木"的"三"字组成一个系列，以此罗列凤姐在贾家做媳妇的三种生存状态：从、令、休。

或有论者难以认同将"一、二、三"作序数看而是强将三个数字纳入"拆字法"作解，致使问题复杂化。殊不知用"一、二、三"作序数来叙事论物，是曹雪芹的惯用手法，依次数来就有好几例。如第四回写薛蟠借口进京的缘由："一为送妹待选，二为望亲，三因亲自入部销算旧账目再计新支。"① 这里就用"一、二、三"作序数来论事。同回书结尾处，写到薛蟠被贾府中纨绔子弟引诱得更坏了十倍。作者为洗白贾政的责任，为他开脱道："虽然贾政训子有方，治家有法，一则族大人多，照管不到这些；二则现任族长乃是贾珍，彼乃宁府长孙，又现袭职，凡族中事，自有他掌管；三则公私冗杂，且素性潇洒，不以俗务为要，每公暇之时，不过看书着棋而已，余事多不介意。"② 曹雪芹在此又用"一、二、三"分列贾政疏忽家教的三重因素。又如第六回，"刘姥姥一进荣国府"，回目上既点明"一进"，回前批更点明"且伏'二进'，'三进'及巧姐之归着"③。写刘姥姥与贾府的关系，亦是以"一、二、三"三个阶段分说。又如第十九回，袭人劝宝玉痛改的亦是"三件事"，将宝玉日常言行怪癖之处分列三个方面一一进行劝说。

与"一从二令三人木"在句法上最接近的，要数那块通灵宝玉背面镌刻的三行小字："一除邪祟二疗冤疾三知祸福"④，仙僧仙道幻化顽石为美玉时赋予它的亦是三种神奇。第二十五回已写出通灵宝玉除邪祟之神力，至于"疗冤疾知祸福"之功，当迷失在佚文之中。如果将"邪祟、冤疾、祸福"六字隐去，再将"知"字按"拆字法"解析，就得出"一除二疗三矢口"，在结构上简直就和"一从二令三人木"一模一样了。这几例内证，足以证明"一从二令三人木"中的"一、二、三"确实是序数。上文已解过"人木"为"休"，余下的就该解"从、令"二字了。

①　曹雪芹：《脂砚斋甲戌抄阅重评石头记》影印本，第 115、116 页。
②　曹雪芹：《脂砚斋重评石头记》影印本，第 93 页。
③　曹雪芹：《脂砚斋甲戌抄阅重评石头记》影印本，第 159 页。
④　同上书，第 230 页。

"从"即"既嫁从夫"之"从"

"一从"之"从"字易解。大多数论者认同此处的"从"字，也即"三从四德"之"从"字。"三从"即所谓女子"在家从父，既嫁从夫，夫死从子"。

凤姐嫁入贾门，文中的"一从"就应指她"既嫁从夫"。"从夫"也并不仅仅指顺从丈夫贾琏，也包括了对夫家诸多尊长的顺从。清夏敬渠《野叟曝言》第七十回写文素臣向李又全宠姬十五姨隋氏讲妇德，就特别提到这一点："妇德要婉娩从顺，在家孝顺父母，出嫁孝顺翁姑，敬重丈夫，和睦妯娌，不可骄奢淫逸。"① 孝顺公婆是既嫁从夫的重要内容，不事舅姑列于七出之条的第三位。夏敬渠与曹雪芹是同时代人，他对"从夫"的阐述，当为乾隆朝对此纲纪的理解，曹雪芹所指当也不外于此。曹雪芹在前八十回书中正花了大量笔墨来写凤姐对贾家长辈的尊奉。

凤姐一身素白来到小花枝巷赚取尤二姐入大观园，她的大段说辞中有道："若我实有不好之处，上头三层公婆，中有无数姐妹、妯娌，况贾府世代名家，岂容我到今日。"② 撇开凤姐的自我美化不谈，单就她的处境而言，倒也是实情。

"上头三层公婆"中的第一层当然指贾母，是凤姐的太婆婆。贾母是家族中最年长、最有地位、最有权势、最富有的女性长者。面对这样一位有钱有势、阅历丰富、洞悉人心的老贵妇，凤姐施展浑身解数，一言一行，一颦一笑都能投贾母之所好，成功地获取到贾母的赏识和宠信。林黛玉初见外祖母，贾母动情恸哭。王熙凤一到，贾母始转悲为喜。脂砚斋就此评道："阿凤笑声进来，老太君打诨，虽是空口传声，却是补出一向晨昏起居，阿凤于太君处承欢应候一刻不可少之人。看官勿以闲文淡文也。"③ 脂砚斋提醒读者，此处非作者的闲闲之笔。作者如此落笔，是着意写出凤姐做孙媳妇的"承欢应候"，大得贾母欢心。凤姐初次登场，曹雪芹就一笔写出凤姐对太婆婆的讨好奉承十分成功，是她在贾家立足的根本，正与第五回"一片冰山上

① 夏敬渠：《野叟曝言》，文强校点，中华书局2004年版，第630页。
② 曹雪芹：《脂砚斋重评石头记》影印本，第1655、1656页。
③ 曹雪芹：《脂砚斋甲戌抄阅重评石头记》影印本，第75页。

有一只雌凤"的图谶相呼应。鸳鸯当众向贾母哭诉贾赦夫妇逼她为妾，贾母盛怒，遍责诸人。凤姐出奇招，反责"老太太的不是"："谁教老太太会（调理人），调理得水葱儿似的，怎么怨得人要？我幸亏是孙子媳妇，若是孙子，我早要了，还等到这会子呢。"① 说是数落贾母的"不是"，其实是对贾母的极度奉承，难怪贾母转怒为喜，一场家庭风暴立时化解。

　　凤姐思维敏捷，审时度势，言语快利，诙谐风趣，在贾府男女上下人等中，可说是无人能敌。即便她言笑放肆时，也总能拿捏得当，不逾规矩，所以深得贾母赏识，多次称许她识礼，如，贾母回忆幼年落水伤了鬓角的往事，凤姐借机打趣，看似调侃贾母，实是恭维贾母福寿满满。因此，当王夫人笑说："老太太因为喜欢他，才惯的他这样，还这样说，他明儿越发无礼了。"贾母却就有礼无礼说出了一番道理："我喜欢他这样，况且他又不是那不知高低的孩子。家常没人，娘儿们原该这样。横竖礼体不错就罢，没的倒叫他从神儿似的作什么。"② 贾母肯定凤姐"知高低"、"礼体不错"，赞许她诙谐有趣。脂砚斋就此一段描写评道："近之暴发专讲理法竟不知礼法，此似无礼而礼法井井，所谓'整瓶不动半瓶摇'，又曰'习惯成自然'，真不谬也。"③ 脂砚斋肯定凤姐看似无礼之处其实仍恪守在礼法框架之内。凤姐能如此灵动而不逾规矩，正是严守礼法的长期熏陶所致。又如凤姐生日变生不测，贾母命贾琏给凤姐赔不是，贾琏说："老太太的话，我不敢不依，只是越发纵了他了。"贾母笑道："胡说！我知道他最有礼的，再不会冲撞人。"④ 贾母又一次当众称许凤姐知礼、顺从。再如：凤姐主动提议在大观园另设厨房，投合贾母心疼宝玉、黛玉众孙儿孙女之心。贾母再次当众夸凤姐："今儿我才说这话，素日我不说，一则怕逞了凤丫头的脸，二则众人不服。今日你们都在这里，都是经过姛娌姑嫂的，还有他这样想的到的没有？"薛姨妈、李婶、尤氏等人一起笑夸："真个少有。别人不过是礼上面子情儿，实在他是真疼小叔子、小姑子。就是老太太跟前，也是真孝顺。"⑤ 曹雪芹借薛姨妈、李婶娘之口点明凤姐对太婆婆"真孝顺"。

　　"上头三层公婆"中的第二层自然是凤姐的"正经公婆"贾赦、邢夫人。

---

① 曹雪芹：《脂砚斋重评石头记》影印本，第 1076 页。"调理人"三字据戚序本补。
② 同上书，第 868 页。
③ 同上。
④ 同上书，第 1019、1020 页。
⑤ 同上书，第 1203、1204 页。

尽管凤姐对公婆的为人不以为然，但她仍然恪守对他们的尊重和顺从。如：贾赦要讨鸳鸯为妾，凤姐明知不可为而劝阻，劝阻无效后不得不假称邢夫人有理，只是设法使自己从此事中脱祸而已。凤姐表面上顺从，并不正面抗拒婆婆。又如，贾琏夫妇向鸳鸯借当，邢夫人闻知后向贾琏索要二百两银子。凤姐说："宁可咱们短些，又别讨没意思。"命平儿将自己的金项圈押了二百两银子来，叫贾琏亲自送过去。贾母八十寿辰，邢夫人借替二仆妇讨情当众羞辱凤姐，凤姐虽然受了委屈，并不敢教人知晓。贾母听鸳鸯说明原委后表示："这才是凤丫头知礼处，难道为我的生日，由着奴才们把一族中的主子都得罪了也不管罢。这是太太素日没好气，不敢发作，所以今儿拿着这个作法子，明是当着众人给凤儿没脸罢了。"[①] 在这次婆媳冲突中，凤姐明明知礼在理，却不得不忍气吞声，顾全婆婆的尊严。可以说，凤姐对自己的公婆在面子上也做到了从和顺。

"上头三层公婆"中的第三层，当指贾政、王夫人。凤姐和这层公婆的关系非比寻常。他们既是她娘家的姑妈，姑父，又是她夫家的叔父、婶娘，的的确确是亲上加亲，利害一体。凤姐对王夫人的从顺真心实意，刻刻在心，处处留意。凤姐已在荣府内稳掌实权，但凡遇事，并不独断专行，仍不忘请示王夫人，按王夫人的旨意行事。如刘姥姥一进荣国府，凤姐一面接待这位陌生的姥姥，一面命周瑞家的去回王夫人。待周瑞家的请示回来，凤姐才按王夫人的意思斟酌着打发了这门硬攀上来的穷亲戚。又如，第七回写尤氏邀请凤姐去宁府"逛逛"，凤姐于晚间请示王夫人，得到同意后方于次日去宁府作客。再如，凤姐协助宁国府料理秦氏丧事一回，凤姐满心想承揽此事，但面对递过来的宁府对牌，"凤姐不敢就接牌，只看着王夫人"[②]，王夫人同意后，凤姐才接手办理此事。脂砚斋就此评论道："凡有本领者断不越理。接牌小事而必待命于王夫人也，诚家道之规范，亦天下之规范也。看是书者不可草草从事"[③]。脂砚斋指出曹雪芹写此接牌细节，是标明无论凤姐如何有野心，如何张扬，其行动必然约束在基本礼法之内。更如，王夫人掷出十锦春意香袋，气急败坏，声泪俱下地指责凤姐。此风化事件本与凤姐不相干，王夫人是错怪误责。凤姐在为自己辩白时却是异常地谦卑恭敬："凤姐

① 曹雪芹：《脂砚斋重评石头记》影印本，第1071页。

② 同上书，第283页。

③ 曹雪芹：《脂砚斋重评石头记》，中州古籍出版社2010年版，第106页。

听说，又急又愧，登时紫涨了面皮，便依炕沿双膝跪下，也含泪诉道……"①
凤姐分五个层次层层辩解，使王夫人相信她的清白无辜。凤姐的身份何等尊
贵骄大，八十回书中仅此一次她跪倒尘埃，为自己不曾犯的罪过辩白。她向
之屈膝的王夫人是她至亲的姑母。曹雪芹通过凤姐的仅此一跪，写出凤姐对
王夫人十分的从和顺。

　　凤姐对王夫人的从和顺，更隐秘曲折地表现在她对赵姨娘母子的态度
上。赵姨娘由"家生儿"收纳为妾，生育了探春、贾环一儿一女，可见她早
年为贾政所喜爱、所亲近，而且目下仍在为贾政"侍寝"。曹雪芹没有正面
描写王夫人对赵姨娘的嫉妒，而是通过她对赵姨娘的冷落，对贾环的嫌恶，
对探春的认可，写出了王夫人的嫉妒之心。凤姐深谙姑母的隐秘内心，为迎
合王夫人心意，屡屡对赵姨娘恶语相向，对贾环动辄训斥。对探春则忍让赏
识，因探春背弃生身之母而只认嫡母王夫人。认可探春，是对赵姨娘的最大
伤害。凤姐可说是在明面上代王夫人行妒。凤姐对王夫人的从和顺已经做到
十二分了。

　　"既嫁从夫"的重头戏，当然要落在妻对夫的从和顺这一点。但这一层
从和顺，也并非仅指妻对夫绝对的言听计从。夏敬渠《野叟曝言》第七十
回，文素臣向隋氏说"三从四德"："出嫁以后即从丈夫，嫁鸡随鸡，凡事俱
要顺从。但若遇又全这等丈夫，却不可一味顺从，要保守自己节操，宁死不
辱，方是正理。"②李又全是个淫乱暴虐不法之徒，文素臣劝说隋氏，对这样
作恶的丈夫，不能一味顺从。

　　事实上，妇女温顺从夫，也未必有好结果。如乾隆朝诗人张问陶，其四
妹张筠有诗才，十八岁出嫁高瑛为妻，不二年而亡。张作诗悲叹其妹："穷
愁嫁女难为礼，宛转从夫亦可伤。""死恋家山难瞑目，生逢罗刹早低眉。"
"似闻垂死尚吞声，二十年人了一生。"③张筠遵守妇德，"宛转从夫"，"低眉
吞声"，而在"罗刹"般的丈夫手中断送了年轻的生命。张筠的不幸遭遇，
与《红楼梦》中迎春误嫁中山狼，一载而亡的悲剧十分相似。

　　更有甚者，由于严守"三从"的教导，才招致了悲剧的发生。如袁枚三
妹素文，自小跟随兄长学习儒家经典，中毒太深。其未婚夫不成器，夫家情

---

　　① 曹雪芹：《脂砚斋重评石头记》影印本，第 1802 页。
　　② 夏敬渠：《野叟曝言》，文强校点，中华书局 2004 年版，第 630 页。
　　③ 张问陶：《冬日将谋乞假出齐化门哭四妹筠墓》，朱一玄编，朱天吉校：《明清小说资料选编》，南开大学出版社 2000 年版，第 581 页。

知不偕，主动提出退婚。素文却泥于"从一而终"的教条，坚持嫁过去，以致酿成一生悲剧。袁枚哀悼其妹"以一念之贞，遇人仳离"，作诗哀叹素文"少守三从太认真，读书误尽一生春"①。看来，乾隆朝的文士因亲人的遭遇有切肤之痛而对妇女遵守"三从"已有所保留，有所修正。

在《红楼梦》中，曹雪芹所持也是类似观点：不讲原则一味顺从，反是"不贤良"。如，邢夫人承顺贾赦，亲自出马劝说鸳鸯为妾。贾母为此挖苦斥责她："我听见你替你老爷说媒来了。你倒也三从四德，只是这贤惠也太过了！你们如今也是孙子儿子满眼了，你还怕他，劝两句都使不得，还由着你老爷性儿闹。"当邢夫人辩白自己是不得已，贾母逼问她："他逼着你杀人，你也杀去？"②贾母说得明白，"三从四德"不是一味顺从。丈夫行为不当，为妻的有责任劝说。丈夫逼迫犯法，妻子理应抗拒。过于顺从，是"贤惠太过"，也就是不贤惠了。《红楼梦》里还有另一位"贤惠太过"的贵妇，她便是宁国府的当家奶奶尤氏。贾珍"爬灰"，和儿媳秦氏私通，她不问；贾珍和她继母带过来的侍嫁妹子尤二姐私通，她也不问。贾珍居父丧，私嫁小姨，她还带礼物去探望。贾珍居丧期间，在家聚赌饮宴，娈童侍酒，妖形怪状；贵游子弟肆意妄为，污言秽语。尤氏夜间潜经窗下，饶有兴趣地偷看、偷听，听之任之。凤姐为贾琏偷娶尤二姐到宁府撒泼大闹，其中有许多夸大不实之词，但她辱骂尤氏倒十分到位："你但凡是个好的，他们怎得闹出这些事来！你又没才干，又没口齿，锯了嘴子的葫芦，就只会一味瞎小心图贤良的名儿。"③尤氏也是一个对丈夫顺从太过的妇人。万有文库版《石头记》大某山民评尤氏道："尤氏以妇人，一味不妒，视男子为可有可无，毫无关切，其情尚可问哉！"④嫉妒列名七出之条，因其妨碍子孙繁衍而被视为妇女之一大罪状。但一味不妒，走向另一个极端，是另一种形式的对宗族延续、子孙永保的不负责任，也同样受到谴责。邢夫人承顺自保，尤氏一味不妒，都是着眼于对自身利益的关切而轻忽了家族的利益。她们的"太贤惠"，是过犹不及，也就是不贤惠了。

反观王熙凤，则又是另一番光景。

①　袁枚：《祭妹文》，《哭素文三妹诗》，万明华、黄珍珠编：《古文精粹译评》，江西高校出版社2000年版，第417页。

②　曹雪芹：《脂砚斋重评石头记》影印本，第1079、1080页。

③　同上书，第1668页。

④　曹霑：《石头记》卷首《大某山民总评》，商务印书馆1957年版，第2页。

　　凤姐自幼假充男儿教养,长成一个"凤辣子"。她泼辣干练、机智多变、伶牙俐齿。她嫁进日趋没落的贾家,丈夫平庸而好色。这对年轻夫妻常常因金钱权力、情感纠纷发生冲突。冲突中贾琏多处于下风。脂砚斋往往称贾琏为"惧内者",甚至说"阿凤之带(待)琏兄如弄小儿,可思之至"①。但无论凤姐和贾琏有多少矛盾,他们夫妻职分内外,共同掌管荣国府经济生活的日常运转。根本利益的一致,决定他们合作的必要性。无论凤姐如何强势,她若要确保"内当家"的地位,就不能不尊奉"夫为妻纲"的圭臬,把她的强势约束在可被容忍的范畴之内。而凤姐的强势,本源自于她承奉贾母、王夫人,深受宠信。这无疑巩固了夫妻二人在家族中的地位。她的强势也就同时助长她的相夫之力,功不可没,是更为功利性的"从夫"之举。

　　曹雪芹也花了不少笔墨,从不同角度描写了凤姐对贾琏的从和顺。如:贾母要给宝钗过十五岁生日,凤姐揣摩贾母心意,拟将规格高于往年为黛玉做生日。决策之时,不忘征求贾琏的同意。又如,贾芸走凤姐门路谋差事,凤姐安排他掌管大观园种花种树一职,却又说:"罢了,要不是你叔叔说,我不管你的事。"②不忘把贾琏抬出来。又如:凤姐生日撞破贾琏与鲍二媳妇偷情,在极度愤怒中,她打骂平儿,扭打鲍二家的,却并不敢冲贾琏动手,而是借贾母的威力制服他。

　　凤姐对贾琏,也还有关切体贴的一面。如,贾琏送黛玉赴苏州探病奔丧,凤姐日夜牵挂。昭儿从苏州回来报信取衣物,凤姐亲自打点,亲口嘱咐。贾琏从苏州归来,凤姐设酒馔陪侍。贾琏的乳母赵嬷嬷走来,凤姐又是让座,又是布菜,热情、周到、体贴。当乳母埋怨贾琏不另眼照看两个奶哥哥,凤姐借说笑打趣安抚赵嬷嬷,并抓住时机为奶母的两个儿子谋到了差事。曹雪芹也从一个新的视角写出了凤姐对贾琏的从和顺。

　　此外,曹雪芹还从两人合作的角度来写凤姐对贾琏的从和顺。每逢贾琏为难之时,为了他们的共同利益,凤姐也会出手相助。如:贾母八十大寿,花尽了家中几千两银子,一时手头周转不开,贾琏不得已向鸳鸯开口借当。凤姐虽在病中,仍甘冒在老太太面前丢脸的风险,助贾琏说成此事。又如,夏公公打发小内监来索取银两,凤姐让贾琏藏身不见,自己出面应付周旋。

　　综上所述,"一从"是指凤姐"既嫁从夫"。凤姐之"从",不同于一般

---

　　①　曹雪芹:《脂砚斋甲戌抄阅重评石头记》影印本,第329页。

　　②　曹雪芹:《脂砚斋重评石头记》影印本,第549页。

贤德妇人之低眉顺眼，而是处处凸显出她独特的个性。曹雪芹肯定凤姐嫁入贾门，遵循了妇女"三从四德"中"从"的规范。"一从"是作者对凤姐的褒奖之辞。

"令"即"为妻能令"之"令"

现在，该来解读"二令"之"令"了。这个"令"字，至今未有确解。

前面已经说过，曹雪芹在《红楼梦》第五回中四处用了"拆字法"。四处"拆字法"显示一个共同点：只限用于一个短语而不包举全句。如："凡鸟偏从末世来。""凡鸟"内外组合成"凤"字，不包括"偏从末世来"五字在内。"子系中山狼。""子系"左右组合成"孙"字，不包括"中山狼"三字在内。"自从两地生孤木。""两地生孤木"转意两个"土"字相叠加后与"木"字左右组合成"桂"字，不包括"自从"二字。"一从二令三人木"同是此理，"人木"左右相合成"休"字，并不包括"一从二令三"五字在内。其中"一、二、三"应看作序数，"从、令、休"各自为解，全句方为统一合理。有论者将"二令"也按"拆字法"左右相合成"冷"字，看似有理，却与曹雪芹在第五回中所用手法有悖，也无法妥善安置"一从、三"三字，全句的解读不能尽善尽美。因此本文对此解存而不论。

大多数论者将"二令"之"令"从通常的字义上解读为"使令"之"令"，"命令"之"令"。"令"既被解为一个动词，分歧也随之出现：或说是凤姐威势日盛，对贾琏颐指气使；或说是凤姐威势日落，贾琏对其颐指气使。若说凤姐大权在握，威重令行，对贾琏已由"从"转变为"令"，凌驾于夫权之上，可随意使令丈夫，走向"三从四德"的对立面，"二令"便成了一个贬抑之辞。但从前八十回书中，我们看不到曹雪芹有这样的书写。

若说凤姐权势日落，最后受制于贾琏，依头顺脑被贾琏所驱使命令，由于八十回后的文稿迷失，我们更无缘看到这样的描写。而从两段脂批透露的消息来看，佚稿中曹雪芹写的则是另一番笔墨。

第二十一回后半回写平儿拿住贾琏与多姑娘偷情的把柄——一绺青丝，适逢凤姐因事回房，顺便问起收回的衣物铺盖有无异常，"一席话，说的贾琏脸都黄了。贾琏在凤姐身后，只望着平儿杀鸡抹脖使眼色儿"①。多亏平儿

---

① 曹雪芹：《脂砚斋重评石头记》影印本，第475页。

代为掩饰，救了贾琏。危机刚过，贾琏转身从平儿手中夺回那绺青丝。脂砚斋就此评道："妙！设使平儿收了再不致泄露，故仍用贾琏抢回，后文遗失，方能穿插过脉也。"① 这段脂批提示：贾琏夺回青丝是作者妙笔，伏写后文贾琏再次泄露，青丝第二次现身，引发新一轮的冲突。二十一回回前脂批云："此回'娇嗔箴宝玉'、'软语救贾琏'，后回'薛宝钗借词含讽谏，王熙凤知命强英雄'。今只从二婢说起，后文则直指其主。然今日之袭人、之宝玉，亦他日之袭人、他日之宝玉也。今日之平儿、之贾琏，亦他日之平儿、他日之贾琏也。何今日之玉犹可箴，他日之玉已不可箴耶？今日之琏犹可救，他日之琏已不可救耶？箴与谏无异也，而袭人安在哉？宁不悲乎！救与强无别也，甚矣！但此日阿凤英气何如是也，他日之身微运蹇，亦何如是耶？人世之变迁，倏尔如此！"② 脂砚斋在此说得再明白不过：青丝第一次现身，凤姐并未看到，但她料事如神，查问时字字句句敲打着贾琏的神经，气势逼人，正如脂砚斋所感慨"阿凤英气何如是也"。当青丝第二次现身，在场人物仍是平儿、贾琏、凤姐。但此一时，彼一时，人物间的关系已发生剧变，凤姐已然由昔日的"尊贵骄大"落魄为眼下的"身微运蹇"。虽然"身微运蹇"，英气尽失，但凤姐的个性决定她知命而不认命，在逆境中与贾琏正面冲突，她的表现是"知命强英雄"。若是将"令"强解为凤姐听令于贾琏，恐怕亦不符合八十回后的情节发展。

因此，将"二令"解释为"使令"、"命令"之"令"，无论是指凤姐令贾琏，或是指贾琏令凤姐，都有所不妥。

我认为，"一从"之"从"是曹雪芹对凤姐身为贾门媳妇的首度肯定。"二令"之"令"则是曹雪芹对凤姐身为贾门媳妇的再度肯定。"令"和"从"一样，同是作者对凤姐的一个褒奖之辞。这仍要从"令"字的字义上说起。

"令"字固然通常做"使令"、"命令"、"号令"解，但"令"有"美"、"佳"、"好"、"善"之意。辞书上解"令子"即"佳儿"，"令节"即"佳节"，"令名、令闻、令望"即"好名声"，"令器"即"美材"等等，不一而足。至于称呼他人父母儿女，则为"令尊"、"令堂"、"令郎"、"令爱"。如此加"令"字组成的敬辞，即缘于"令"字有"美"、"善"之意。值得注意

---

① 曹雪芹：《戚蓼生序本石头记》影印本，沈阳出版社2006年版，第799页。
② 同上书，第769、770页。

的是：称呼他人妻室，不称"令妻"而称"令正"（由于旧时有妻妾正偏之分）、"令夫人"，因为"令妻"一辞自古已用作祝庆颂美的专用辞，而不用作称谓。《诗经·鲁颂·闷宫》颂美鲁僖公勇于征伐远夷，恢复疆土："天赐公纯嘏，眉寿保鲁，居常与许，复周公之宇。鲁侯燕喜，令妻寿母。宜大夫庶士，邦国是有。既多受祉，黄发儿齿。"郑玄笺云："燕，燕饮也。令，善也。喜公燕饮于内寝，则善其妻，寿其母，谓为之祝庆也。与群臣燕，则欲与之相宜，亦祝庆也。是有犹常有也。儿齿亦寿征。"孔颖达疏："鲁侯僖公燕饮而皆喜。燕于内寝，则善其妻，寿其母，谓为之祝庆，使妻善而母寿也。其燕于外寝，则宜其大夫与众士，使与之相宜也。"① 鲁僖公得天赐大福，征服远夷，收复故土，饮宴庆祝。与群臣饮宴庆功于外朝，所祝庆的是与大夫、众士"相宜"，以期巩固增强其政治军事力量。与家族饮宴庆祝于内寝，席间重要角色则是母亲与妻室，其期盼在于王室内部的和谐稳固。母亲春秋已高，祝庆之要义在于"寿"；妻室为后宫主宰，是王室安稳的保证，祝庆之要义在于"令"，也即"善"，后世所谓的"贤内助"。"令妻"在此不再是敬称，而是赞美祝颂之辞。

以《诗经》开始，后世多有以"令"字称美妇德的。如《后汉书·皇后记》："明帝聿遵先旨，宫教颇修，登建嫔后，必先令德，内无出阃之言，权无私溺之授，可谓矫其敝矣。"② 范晔论汉高祖帷薄不修，惠帝衽席无辩，至武帝、元帝后宫侈靡逾制，导致国家的衰败。东汉光武帝中兴，斫雕为朴，明帝能遵从父旨，约束后宫，纠正前汉后宫失教的弊端。此处所谓的"令德"即专指妇德而言。又如苏轼《祭王君锡丈人文》："轼始婚媾，公之犹子。允有令德，夭阏莫遂。"③ 此处苏轼用"令德"称美他已故的元配夫人王弗。又，苏轼、苏辙兄弟同游于张方平门下，苏辙以兄弟二人名义作《祭永嘉郡夫人马氏文》："轼与弟辙，皆游门下，义均至戚。令德懿行，夙所闻知。"④ 祭文中也是用"令德"二字称颂张方平之妻马氏。又，王庭坚撰《宋氏夫人墓表》，对这位已故龙游宋氏夫人的评价言简意赅："为妻能令，为母能慈。"⑤ 这八字评显然是从《诗经》"令妻寿母"四字演化而来。其不同在

---

① 《十三经注疏·毛诗正义》，中华书局 1980 年版，第 617 页。
② 范晔：《后汉书》简体字本，第 265 页。
③ 孔凡礼：《三苏年谱》，北京古籍出版社 2004 年版，第 2203 页。
④ 同上书，第 1028 页。
⑤ 《黄庭坚全集》，刘琳、李勇先、王蓉贵校点，四川大学出版社 2001 年版，第 1678 页。

于"令妻寿母"分颂两位健在的王室命妇：鲁僖公之母与鲁僖公之妻。而黄庭坚所颂为一位亡故的夫人，她作为母亲，"能慈"，是"慈母"；她作为妻室，"能令"，是"令妻"。"为妻能令"即是对"令妻"一词的诠释。

以"令"字称美妇德，沿至清乾隆一朝仍可举出例证。如夏敬渠《野叟曝言》中，文素臣向失落二十余年后重逢的胞妹遗珠讲妇德："故梁君有举案之妻，鲍子有挽鹿之妇，皆随夫唱以垂令名。"①"令名"即"美名"、"好名声"。

上文所举"令妻寿母"、"令德"、"为妻能令"、"垂令名"，都是称美为人妻室者有美德。然而曹雪芹会用"令"字来称美王熙凤吗？《红楼梦》一百二十回的读者大概都会摇头。但是，细读八十回本脂评《石头记》，答案恐怕会有所不同。

《红楼梦》第二回，冷子兴在村肆中向贾雨村演说荣国府，就宝玉抓周只抓脂粉钗环，心性只向清净女儿，断言"将来色鬼无疑了"。贾雨村于是发了一通"绝大议论"："天地生人，除大仁大恶两种，余者皆无大异。……清明灵秀天地之正气，仁者之所秉也；残忍乖僻天地之邪气，恶者之所秉也。"一旦正邪二气相遇："既不能消，又不能让，必致搏击掀发后始尽，故其气亦必赋人，发泄一尽始散。使男女偶秉此气而生者，上则不能成仁人君子，下亦不能为大凶大恶。置之于万万人之中，其聪俊灵秀之气则在万万人之上，其乖僻邪谬不近人情之态又在万万人之下。"②看似贾雨村只是就宝玉童年显现的怪僻发议论，实质是曹雪芹借贾雨村之口，道出人性复杂性的普遍存在。

冷子兴演说荣国府议论到的最后一个人物即是王熙凤："谁知自娶了他令夫人之后，到上下无一人不称颂他夫人的，琏爷到退了一射之地。说模样又极标致，言谈又爽利，心机又极深细，竟是个男人万不及一的。"贾雨村听了笑道："可知我前言不谬。你方才所说的这几个人，都只怕是那正邪两赋而来，一路之人未可知也。"③贾雨村的这一番"绝大议论"，可看作是曹雪芹写《红楼梦》的创作宣言。人既生成于正邪纠结的环境，人性之中必然同时存在着善与恶、美与丑。曹雪芹依据他对人性复杂性的观察和理解，多

---

① 夏敬渠：《野叟曝言》，文强校点，第1078页。
② 曹雪芹：《脂砚斋甲戌抄阅重评石头记》影印本，第55、56、57页。
③ 同上书，第63、64页。

面、立体地塑造出一个个丰满真实的人物。《红楼梦》中的男男女女，没有一个是十全十美的完人，即便是人见人爱的贾宝玉，他也是一个充满矛盾，有诸多缺点的人：他生性叛逆，却不得不仰仗贾母之宠，不能不屈服于贾政之威；他深情于黛玉，却又"情不情"，处处留情，甚至迷情于男色；他调弄母婢，却临事一溜了之，让金钏独自承担后果。诸如此类，不一而足。至于十二钗，美如钗黛，形体上既是环肥燕瘦，不得兼美，个性上也各有瑕疵，美中自有不足。曹雪芹擅长描写瑕不掩瑜，善恶杂存的人性、人生，他的生花之笔由此而突破前人，由此而成就其伟大。

贾雨村"正邪两赋一路而来之人"的结论，紧接着冷子兴议论王熙凤而发。曹雪芹在此分明将王熙凤列为"方才所说的这几个人"中之一人。她不是大恶之人，亦是兼具"正邪两赋"而来之人。曹雪芹对她既有贬，亦有褒。曹雪芹在判辞中用"令"字称美王熙凤，并非不可思议，而是有诸多描写为依持的。

曹雪芹笔下的王熙凤是一个十分复杂多彩的贵妇人。她贪婪势利，阴险善变，残忍凶狠；她泼辣能干，聪明辩捷，诙谐风趣。曹雪芹充分展现了她行为、性格的方方面面，既斥责她人性之恶，又欣赏她人才之美，还肯定她为贾氏家族付出的辛劳。

曹雪芹浓墨重彩明写凤姐之恶：受贿银三千两，破坏了张金哥的婚约，使一对青年男女双双自杀身亡；毒设相思局，诱使贾瑞蹭死不悟；赚取尤二姐入府，折磨至死。她苛待下人，心狠手辣。她克扣月银，放贷取利。其恶难以尽述。宁府都总管来升说她："那是个有名的烈货，脸酸心硬，一时恼了不认人的。"[①] 贾琏心腹小厮兴儿说她："心里歹毒，口里尖快。""嘴甜心苦，两面三刀。上头一脸笑，脚下使绊子。明是一盆火，暗是一把刀。"[②]

值得注意的是：曹雪芹写凤姐之恶，是将其置于家族没落的背景之中去描写，并非仅仅归咎于个人品性。凤姐的种种恶行，自有末世贾府为其温床。《红楼梦》中写凤姐的第一桩大罪：受贿银害死张金哥一对年轻人。文中写老尼托请的首选是"老爷、太太"，可见类似托请于贾政、王夫人已早有先例。此前书中明白写到这一对全书中堪称最为正经堂皇的夫妇曾利用官场关系轻轻出脱薛蟠争买英莲殴死冯渊的人命官司。相比之下，老尼所求

---

① 曹雪芹：《脂砚斋甲戌抄阅重评石头记》影印本，第 275 页。
② 曹雪芹：《脂砚斋重评石头记》影印本，第 1587、1589 页。

"事情倒不大","太太再不管这样的事"。凤姐正是在长辈的身教下,以贾琏的名义行事,放手干下了这桩罪孽,并开启了以后种种类似罪行。

有论者痛诋凤姐"毒设相思局",指责她不去正颜厉色拒斥贾瑞,而是诱使其蹈死不悟。贾瑞人物猥琐,淫邪蔑伦,是贾府中男性族人道德沦丧的缩影。王熙凤身为尊贵骄大的当家奶奶,其威势尚且未能扼杀贾瑞的邪念,贾瑞的劣根性,又岂是一二句正言所可以改变。王熙凤以毒攻毒,其邪恶的手段,恰恰是与贾府男性群体淫邪相对应的产物。曹雪芹将王熙凤之恶,放在贾府男性普遍淫邪的罪恶环境中去描写,显现出作者的高明与公正。

贾琏偷娶尤二姐,王熙凤原是直接受害人。凤姐无论多么聪明能干,男权社会注定她在婚姻中终究处于劣势。她的权益一旦受损,她的个性决定她不会默默忍受,而是由受害人变身为加害人,将毒手伸向三角关系中最弱势的一方——尤二姐。凤姐的罪恶,源自于男权社会的不公,她面对这种不公,在无奈之中作出了非理性的抗争,终于杀害无辜。尤二姐之死,不仅要归罪于凤姐,更应首罪于贾琏,首罪于丑恶的男权社会。时至今日,我们还频频听说类似的事例:丈夫有了婚外情,妻子将仇恨集中于第三者,以极端手段施害,酿成悲剧。究其根源,仍是妇女在婚姻中处于劣势,不敢向男性直接主张权利,而选择同样身处弱势的第三者下手。这既是妇女的悲哀亦是时代的悲哀。凤姐之恶,远非一己之恶。曹雪芹清醒地看到这一点。他对凤姐的谴责中隐含着对女性的悲悯。

曹雪芹不吝笔墨描写凤姐出色之处。

在人物正式出场之前,冷子兴演说荣国府揭开序幕,重点推出者以宝玉领先,以凤姐殿后。冷子兴称美凤姐,从模样标致赞起,历数言谈爽利、心机深细,总结为"竟是个男人万不及一的",作者在此虚写一笔,对凤姐首次作出令评。刘姥姥一进荣国府,周瑞家的向她介绍眼下的当家奶奶:"这位凤姑娘年纪虽小,行事却比世人都大呢。如今出挑的美人一样的模样儿,少说些有一万个心眼子;再要赌口齿,十个会说话的男人也说她不过。"① 作者在此又虚写一笔,对凤姐再次作出令评。两处虚笔,都是夸凤姐言谈、心机赛过众多男子。在男权社会中,称赞一个女子胜过诸多男子,是对她的极大肯定。

第十三回开头写秦氏临终魂托凤姐道:"婶婶,你是个脂粉队内的英雄,

---

① 曹雪芹:《脂砚斋甲戌抄阅重评石头记》影印本,第 173 页。

连那些束带顶冠的男子也不能过你。"① 回末诗云："金紫万千谁治国，裙钗一二可齐家。"② 作者第三次用虚笔，盛赞凤姐是女中英雄，男子不及。回末诗中更是将持家与治国并举，称许妇女持家有方，谴责男子空着金紫，治国无能。此处虚笔，是作者对凤姐的终极令评。

在具体描述中，最突出、最典型的当数凤姐协理宁国府办理秦氏丧事一节，曹雪芹于此写尽了凤姐的心机、见识、才能、魄力、口辩和勤劳辛苦。凤姐借办此丧事而尽展才华，大得令名："忙的凤姐茶饭也没功夫吃得，坐卧不能清净。刚到了荣府，宁府的人又跟到荣府。既回到宁府，荣府的人又找到宁府。凤姐见如此，心中倒十分欢喜，并不偷安推托，恐落人褒贬。因此日夜不暇，筹画得十分的整肃，于是合族上下，无不称赞者。"③ 受到合族上下的称赞，当然是在家族中有了令名。凤姐以此为荣，设酒馔迎贾琏远道归来时，大谈办理丧事的来龙去脉，口吻谦虚，骨子里却十二分得意。她替丈夫争了光，正是"为妻能令"。

荣国府元宵开夜宴，演戏间歇时，两个女先儿上来说新书《凤求鸾》。贾母听了个头，便打断话头，斥之为老套陈腐，胡编乱造，大发了一通议论。凤姐接口戏称贾母之论为《掰谎记》，笑倒了众人，逗乐了贾母。薛姨妈提醒她："你少兴头些，外头有人，比不得往常。"凤姐自辩道："外头的只有一位珍大爷，我们还是论哥哥妹妹，从小儿一起淘气了这么大。……便不是从小儿的兄妹，便以伯叔论，那《二十四孝》上'斑衣戏彩'，他们不能来'戏彩'引老祖宗笑一笑，我这里好容易引的老祖宗笑了一笑，多吃了一点儿东西，大家喜欢，都该谢我才是，难道反笑话我不成？"贾母听后笑道："可是这两日我竟没有痛痛的笑一场，倒是亏他才一路笑的我心里痛快了些，我再吃一钟酒。"④ 贾母安富尊荣，儿孙们却未能使她省心。只有孙媳凤姐差强人意，时时使她一开笑颜。贾母的回应，正是她作为一家至尊之长肯定凤姐代行"斑衣彩戏"，胜过膝下子子孙孙。曹雪芹以"王熙凤效戏彩斑衣"作回目，脂砚斋在回前作批语："凤姐乃太君之要紧陪堂，今题'斑衣戏彩'是作者酬我阿凤之劳，特贬贾珍琏辈之无能耳。"⑤ 脂砚斋了解作者

---

① 曹雪芹：《脂砚斋甲戌抄阅重评石头记》影印本，第 253 页。
② 同上书，第 272 页。
③ 同上书，第 290、291 页。
④ 曹雪芹：《脂砚斋重评石头记》影印本，第 1269 页。
⑤ 同上书，第 1255 页。

著书意图，依他对此回书所作的诠释，曹雪芹以《二十四孝》中老莱子娱亲的故事来品题王熙凤，分别在回目与正文中两处点题，确实是有意褒奖王熙凤，从而贬斥贾门诸多衣冠子弟。曹雪芹描写王熙凤"为妻能令"，当以此节最为醒目。其余例证尚多，难以尽述。

　　平心而论，在宁、荣两府之中，无论叔伯兄弟，无论妯娌姐妹，唯凤姐最实干多才，最为善变风趣，最为勤劳辛苦。曹雪芹为她命名"熙凤"，深深惋惜她身怀凤凰之才而生非其时，生非其地："凡鸟偏从末世来，都知爱慕此身才。"末世凤凰，所栖止者不是梧桐而是冰山。一旦冰山消融，凤凰失所，结局悲惨。《聪明累》为凤姐之死一唱三叹，脂砚斋就此评道："过来人睹此，宁不放声一哭！"① 过来人既是批书人，更是著书人。他们的"放声一哭"，不仅是哭凤姐的悲剧命运，更是由此而引发对家族没落败亡的无限悲痛。俞平伯谈他读《聪明累》时感到作者对凤姐情感过深："本书把她放在'怀金悼玉'之列本来不曾错，如其情感过深，则未免失之于宽。如《红楼梦曲》第十支云……这般一唱而三叹，感伤的意味的确过分了一些。"② 俞平伯从曹雪芹的笔墨中真切感受到作者对凤姐的不幸一唱三叹，感情过深，伤感过分。且不论这种情感的对与错，读者确实不能否认，曹雪芹对凤姐这个人物抱有一种深深的矛盾心理：既痛恨，又惋惜；既唾弃，又赞赏。他把她的恶不简单视为一己之恶，不单单归咎为个人品德，而是将她的罪恶放在贾氏家族无可挽回的腐朽没落中去考察。这远比论者一味谴责凤姐个人要深刻得多。

结　束　语

　　《红楼梦》第五回王熙凤的判词中，曹雪芹总览王熙凤在贾府做媳妇的荣与辱，功与过，成功与失败，努力与挣扎，将其凝练归结为一句话："一从二令三人木"，即"一从二令三休"。"一、二、三"是序数，"从、令、休"是一字评，将凤姐在贾家做媳妇的全过程依次罗列为三："一从"是肯定她尊奉舅姑，和睦姑嫂，"既嫁从夫"。"二令"是肯定她辛勤持家，尽展才华，广得令名，"为妻能令"。"三休"是同情她耗尽心力，"身微运蹇"，

---

① 曹雪芹：《脂砚斋甲戌抄阅重评石头记》影印本，第 150 页。
② 俞平伯：《〈红楼梦〉中关于"十二钗"的描写》，《文学评论》1963 年第 4 期。

不幸被休弃。凤姐嫁入贾门，丈夫好色纵欲，三重公婆安富尊荣，妯娌小姑尊贵娇养。凤姐周旋其中，努力做到"既嫁从夫"、"为妻能令"，结局却是力绌身疲被休弃。曹雪芹将正面肯定的"从、令"二字，与负面否定的"休"字罗列对举，形成极其强烈的反差，谴责贾氏家族对凤姐有失公允，显示出作者的倾向性。凤姐被逐哭回金陵娘家，与大观园诸芳零落同属"红颜薄命"。王熙凤英雄末路，以悲剧告终，魂归"薄命司"。她如因"威重令行"，招致各方怨恨而被休弃，那就该从"薄命司"中请出，另辟"结怨司"来安置她了。曹雪芹显然不作如是想！

[作者单位：中国社会科学院文学研究所]

纪昀与乾嘉学派概说

杨子彦

内容提要 纪昀是《四库全书总目》总纂官,《阅微草堂笔记》的作者,《文心雕龙》、《苏诗全集》、《瀛奎律髓》等重要作品的点评者,在清代学术史、文学批评史、小说理论史上都占有重要地位。由于纂修不同于个人著述,笔记创作有别于学术研究,大量的评点零散、琐碎,整理和研究存在一定难度,纪昀的学术价值一直未得到充分认可。本文以纪昀和乾嘉学派关系为研究对象,结合纪昀对自己学术的分期特点和"俗情"、"安命以立命"的个人志趣予以分析,认为纪昀将考据学和诗学结合起来,将史家意识和求是精神贯彻于文学批评之中,发展儒家诗教思想,对于诗学和诗歌发展史有相对系统、公允的考证论述,充分显现了乾嘉学派在文学批评方面取得的进展和成就。纪昀虽然并无专门考据学著述,却是当之无愧的考据学家,乾嘉学派的重要学者。

关键词 纪昀 乾嘉学派 文学批评 安命以立命

纪昀被学界公认为乾嘉学术的代表人物之一,然而对于纪昀和乾嘉学派的关系,一直众说纷纭,没有定论。当代较有代表性的观点,主要有三种:

二是纪昀是倡导考据学的学界领袖。余英时称:"当时北京提倡考据运动最有影响力的领袖是朱筠和纪昀。……纪晓岚则比朱笥河更为激烈,他可以说是乾、嘉时代反程、朱的第一员猛将。"① 漆永祥认为纪昀主持四库馆,

---

① 余英时:《论戴震与章学诚》,三联书店 2000 年版,第 120 页。

是学界领袖之一："朱筠倡开四库馆，纪昀主持馆事，钱大昕又主持东南学术界之牛耳，他们并为学界领袖，建树良多。"① 此前类似的说法也有一些，和纪昀有过交往的朝鲜柳得恭在其《燕台再游录》称："纪公所云迩来风气趋《尔雅》、《说文》一派者，似指时流。而其实汉学、宋学、考古家、讲学家等标目，未必非自晓岚倡之也，见《简明书目》论断可知也。"② 《朝鲜李朝实录中的中国史料·纯宗实录》也有记载："近来汉人之稍有文学者，各立门户，有所谓考据之学，诋斥宋儒，专主注疏之说。礼部尚书纪昀为首，而阁老刘权之等从之。有所谓尊朱学者，专主朱子之训，太学士彭元瑞为首，而阁老朱珪、尚书王懿修等从之，便成一种党论。"③

一是纪昀是考据学的翼赞者。主要见张维屏《纪昀与乾嘉学术》："清代考证学至乾隆中叶在惠栋、戴震等人的引领之下，进入全盛发展时期。纪昀在这一段巨大的学术风潮里面，扮演着奖助翼赞汉学考证学术研究风气成长的角色。"④ 美国学者本杰明·埃尔曼的观点与此近似，称纪昀为"《四库全书》纂修官、汉学支持者"⑤。

二是纪昀和乾嘉学派有关，但不是领袖。从已有研究看持这种观点的学者是最多的。刘师培曾这样论纪昀："及四库馆开，而治汉学者踵相接……震经学既为当世冠，第少不自显，亦兼营负贩以济其贫，应试中式，犹以狂生称于京师。会钱大昕荐之，得赏庶吉士，盖出不意，然终身示感大昕恩。大昕亦不以此市德也。及震既显，适秦蕙田辑《五礼通考》，纪昀典校秘书，大兴二朱亦臻高位，慨然以振兴儒术自任。"⑥ 当代此类意见在陈祖武《乾嘉学派研究》中表现得比较突出，全书基本上没有提到纪昀和考据学的关系，只是在"《四库全书总目》的编纂"部分用了不到两页的篇幅来介绍纪昀生平及其对《四库全书总目》的贡献，认为"《四库全书总目》之编纂成功，固属集体劳作的业绩，而总纂官纪昀始终其事，用力最勤，实为全书之集大

①　漆永祥：《乾嘉考据学研究》，中国社会科学出版社 1998 年版，第 61 页。

②　柳得恭：《燕台再游录》，收入金毓绂主编《辽海丛书》，第 1 册，辽沈书社 1985 年版，第 335 页。

③　吴晗辑：《朝鲜李朝实录中的中国史料》（十二），中华书局 1980 年版，第 5060 页。

④　张维屏：《纪昀与乾嘉学术》，台湾大学出版社 1998 年版，第 9 页。

⑤　（美）埃尔曼：《从理学到朴学——中华帝国晚期思想与社会变化面面观》，赵刚译，江苏人民出版社 1995 年版，第 20 页。

⑥　刘师培：《清儒得失论——刘师培论学杂稿》，中国人民大学出版社 2004 年版，第 264 页。

成者","《四库全书总目》之得成善本,纪昀厥功甚伟,最可纪念"①,此外在乾嘉主要学者以及相关问题的论述中,对纪昀基本不予置词②。

学界对于纪昀在乾嘉学派中扮演何种角色、发挥何种作用,显然没有一致意见。这种情况的产生有一定客观原因。在学界历来的认识中,纪昀的学术成就主要是总纂《四库全书总目》,而总纂不同于个人著述,因此称颂者不少,却难以落到实处;纪昀本人也不像一般乾嘉学者著书立说,没有考据学著述流传后世,所以纪昀在乾嘉学术中就陷入了不得不说却又难以说清的尴尬境地。

考证—文章—考证:纪昀学术分期辨析

在辨析纪昀和乾嘉学派关系之前,先看一看纪昀对自己学术分期和特点的评价。纪昀曾这样总结:"余性耽孤寂,而不能自闲。卷轴笔砚,自束发至今,无数十日相离也。三十以前,讲考证之学,所坐之处,典籍环绕如獭祭。三十以后,以文章与天下相驰骤,抽黄对白,恒彻夜构思。五十以后,领修秘籍,复折而讲考证。"③

按照纪昀自己的说法,三十岁之前讲考证之学,三十以后至五十岁为文章,五十以后复折而讲考证。那么他三十岁之前做何考证?三十岁至五十岁为何文章?五十岁复折而讲考证结果如何?三十岁与五十岁时又分别发生了怎样的事件,导致了纪昀学术上的这种转向?下面就结合他的实际状况进行印证和辨析。

(一)三十岁之前的考证之学

"余自四岁至今,无一日离笔砚。"④ 这应当是纪昀笔墨生涯的开始。按照北方民间习俗,所谓四岁实为三周岁。由此可见,纪昀幼小之时便开始受教。其后,自雍正十二年十一岁时随父亲纪容舒到北京,到乾隆十二年参加

---

① 陈祖武、朱彤窗:《乾嘉学派研究》,河北人民出版社 2005 年版,第 36、38 页。

② 王俊义、黄爱平《清代学术与文化》(辽宁教育出版社 1993 年版)对乾嘉学派有较为系统的研究,对于纪昀只字未提。周积明《纪昀评传》(南京大学出版社 1994 年版)基本上没有涉及纪昀和乾嘉学派关系问题,只是在"朴学批判"小节中(第 286—288 页)简要论述了纪昀对于朴学的态度。

③ 《姑妄听之》序。

④ 《槐西杂志》一。

顺天乡试，其间十几年中，除有时回乡读书、应试、娶妻外，纪昀大部分时间在京城准备科考。

就纪昀的科考经历来看，基本还算顺遂。乾隆五年，纪昀应童子试，成为秀才；乾隆九年在河间应科试；乾隆十二年举顺天乡试，名列第一；乾隆十九年中进士，廷试二甲第四名，赐进士出身，选庶吉士。这一年纪昀三十周岁。

从这些信息来看，接受教育、准备应考，通过科举进入国家统治机构，成为官僚集团的一分子，大概就是纪昀三十岁之前的主要社会经历。那么，纪昀所说的三十岁之前讲考证之学，是从何说起的呢？

从纪昀所处的家庭氛围、社会环境、师友交往等各方面看，纪昀和考证之学有关联，但是关系并不突出。就地域而言，考据学和江南关系密切，而北方相对淡漠①。纪昀成长的地方河北沧州，虽然学风浓厚，但是和戴震、钱大昕所处地域具有浓厚的考证氛围相比还是迥然有异。纪昀先后受教的几位先生，对考证之学都没有太多研究：

纪昀的蒙师及孺爱，直隶交河县（今河北泊头市）人，雍正年间岁贡，曾任隆平县训导，"博古嗜学，世事从未问闻，特己待人，光明坦白，群推士林楷模"②。

鲍梓，字敬亭，南宫人，雍正元年进士，十三年以知县降授邑教谕，"为人古直质讷，通经训，工诗及书，尤精制艺，律法高而不泥于古。时制艺方崇尚骈俪，公力斥之，以瀹性灵、迪后进，一时翕然向往。翰林纪昀、御史戈涛、进士中书纪昭、举人鲍自清、陈之珍、张传旺、崔方、韩戈济、孙广谱、常绳愆诸人，皆出其门。其他熏陶成佳士者不可胜数也"③。

许南金，雍正元年举人，学养兼优，以胆大著称。中国社会科学院文学研究所1961年编《不怕鬼的故事》收录了《南皮许南金的故事》，《阅微草

---

① 清焦循《与孙渊如观察论考据著作书》："近世以来，在吴有惠氏之学，在徽有江氏之学、戴氏之学，精之又精，则程易畴名于歙，段若膺名于金坛，王怀祖父子名于高邮，钱竹汀叔侄名于嘉定。"（《雕菰集》卷十三）。此外，可参看（美）埃尔曼《从理学到朴学——中华帝国晚期思想与社会变化面面观》（江苏人民出版社1995年版）、许苏民《朴学与长江文化》（湖北教育出版社2004年版）等。

② 《民国交河县志》卷七《人物志上·文学》，《中国地方志集成》第45辑《河北府县志》，第546页。

③ 《民国献县志》卷九《文献志》，《中国地方志集成》第49辑《河北府县志》，第260—261页。

堂笔记》对许南金不怕鬼的故事也有所记载。

李若龙，雍正十三年举人，"文词静粹，诗类香山"，被纪昀认为"一生得力师"①。李若龙同样喜欢讲鬼狐故事，尤其喜欢借鬼狐故事譬喻人情世事。

董邦达，雍正十一年进士，官至工部尚书、礼部尚书，擅长书画，注重人品，强调"砥人品而建功名，乃真功名；有功名而不失人品，乃真人品"②。《阅微草堂笔记》中有不少故事与董邦达有关。

就同时就学的朋友来看，除等待部试期间文社的一些朋友如钱大昕等后来以考据名世外，其他人大多未专注考证，纪昀和钱大昕等人此时的交往也以诗句唱和、商榷制义为主："忆自乾隆戊辰至甲戌，袁清悫公方宦京师，与秦学士涧泉、卢学士绍弓、张编修松坪、周舍人筼溪、陈舍人筼亭、王舍人穀原、左舍人羹塘、丁舍人药圃、钱詹事辛楣及余与从兄懋园，均以应礼部试结为文社。率半月而一会，商榷制义，往往至宵分；中间暇日，又往往彼此过从，或三四人，或五六人，看花命酒，日夕留连，时以诗句相倡和，一时朋友之乐，殆无以加也。"③

不过，三十岁之前的纪昀和考证之学也还是有着一定接触，这主要在社会与家庭环境、个人接受教育和参加科举等几个方面。

纪昀出生至入仕前的 18 世纪上半叶，清廷的文化政策已有所变化，清初士人对儒家原典的研究已有不少成果④，尊经、考辨的风气已趋浓厚。对音韵训诂的研究，作为对儒家经典进行考证的重要手段，已比较盛行。和纪昀直接有关的就是朝廷对学院的设置和重视，对科举程式的改革。乾隆时期，为让更多的通经之士入选而对科举程式加以改革，乾隆二十二年增加律诗罢论、表、判⑤。

家庭方面，纪昀的父亲纪容舒（1686—1764），康熙癸巳科举人，历任户部四川、山东二司员外郎，刑部江苏司郎中，云南姚安府知府，著有《孙

---

①　《光绪东光县志》卷八《人物志上·文学》，《中国地方志集成》第 45 辑《河北府县志》，第 208 页。

②　《书陆青来中丞家书后》，《纪晓岚文集》第 1 册，河北教育出版社 1995 年版，第 260 页。

③　《袁清悫公诗集序》，《纪晓岚文集》第 1 册，第 197 页。

④　研究对象主要是《周易》、《尚书》、《诗经》等经书。成果主要有：阎若璩《古文尚书疏证》、黄宗羲《易学象数论》、胡渭《易图明辨》、顾炎武《音学五书》等。

⑤　可参阅戴逸《乾隆帝及其时代》（中国人民大学出版社 1992 年版）、周积明《纪昀评传》（南京大学出版社 1994 年版）。

氏唐韵考》五卷，《玉台新咏考异》十卷①，《杜律疏》八卷。前二种录入《四库全书》，后者载入《四库全书总目》，都注重条理翔实。纪容舒是纪氏家族中涉足官场职位较高的人，虽无甚宦绩，但有一定学术造诣，从他的著述来看，治学有偏于考据的特点。这种家学渊源对纪昀应当有一定影响。

从纪昀的考证成果来看，主要有：乾隆十九年姜丙章持史雪汀《风雅遗音》相赠，纪昀为之审订；乾隆二十年重订张为《主客图》，同住于虎坊桥的王鸣盛在诗中有所提及："孝穆新编得少瑜，飞卿酬唱有唐夫。卜邻喜占东西屋，把袂传看《主客图》。"同年撰成《沈氏四声考》二卷，认为陆法言《切韵》是根据沈约《四声谱》而作。审定《风雅遗音》、重订张为《主客图》与《沈氏四声考》，是纪昀早年考证的主要成就。注重考证可谓是贯穿纪昀一生的治学特点。此后，无论是对《史通》、《文心雕龙》、《瀛奎律髓》等诸多经典的点评删正，主持编纂《四库全书总目》，还是撰写《阅微草堂笔记》，均带有鲜明的注重考证的特点。至于纪昀所说的"三十以前，讲考证之学"，应该主要针对审订《风雅遗音》、重订张为《主客图》与《沈氏四声考》等而言。

（二）以文章与天下相驰骤

这段时间大致在纪昀三十至五十岁之间。乾隆十九年纪昀以二甲四名赐进士出身，选庶吉士，正式踏入仕途。乾隆三十八年开四库全书馆，因大学士刘统勋推荐，纪昀"于癸巳受诏校秘书"。这一年，纪昀刚好五十岁。

让我们返回纪昀以文章与天下驰骤的最初时刻。纪昀在七十多岁时追忆当年考中进士的场景：

> 是科最号得人，其间老师宿儒，以著述成家者不一；高才博学，以词章名世者不一；经济宏通，才猷隽异，以政事著能者不一；品茶斗酒，留连唱和，以风流相尚者亦不一。故交游欸洽，来往无凤期，宴会无虚日。余少年意气，亦相随驰骋，顾盼自豪。（《前刑部左侍郎松园李公墓志铭》）

---

① 关于这本书的作者存有争议。纪昀有《玉台新咏校正》，撷英书屋抄本卷6跋称："是书向以陈玉父刻本为最善，自明以来绝少佳本。馆名《玉台新咏考异》十卷，纪容舒撰。检是编，首题河间纪某校正，末题观弈道人书，均无容舒名。考知足斋集载纪文达墓志，则云文达公父讳容舒，曾官姚安太守。乃知代其先人所作也。"参见刘跃进《玉台新咏研究》，中华书局2000年版；隽雪艳《〈玉台新咏考异〉为纪昀所作》，《文史》第26辑。

这段文字被广为引用，多关注在"是科最号得人"。此科确实名家荟萃，"闱中遍搜，三场所得，如王礼堂、王兰泉、纪晓岚、朱竹君、姜石贞、翟大川辈，皆称汲古之彦"①。后人以为"汲古之彦"为注重汉学的学者，其实纪昀根据他们的发展而明确将这些"汲古之彦"分为四类：老师宿儒，以著述成家者；高才博学，以词章名世者；经济宏通，才猷隽异，以政事著能者；品茶斗酒，流连唱和，以风流相尚者。

　　如果对此科人物进行大致归类，那么王鸣盛、钱大昕可谓著述成家者；王昶则是政事著能者；朱筠情况和纪昀类似，主要在翰林院和四库馆供职，大概可以算作词章名世者；翟灏不如他们知名，但是他著有《通俗编》十分盛行，今日常用的很多俗语如"绿帽子"、"情人眼里出西施"等，都出自此书，以其处世为人，可能与风流相尚者接近。

　　四类之中，纪昀无疑是将自己归入"以词章名世者"，认为"计甲戌一榜，以文章受知者莫如余"②。"词臣只是儒官长"，翰林院的文学儒臣，可以说是这一时期贴在纪昀身上时间最长的标签。高才博学，自不待言，值得关注的是用以名世的"词章"，即纪昀在这一时期的诗歌创作和大量的点评。为什么在乾隆十九年相聚京师的大家，如戴震、钱大昕，在此后学问精进，奠定自己考据学大家的地位，而纪昀则在这一时期流连于诗歌创作和点评呢？要知道，在这个时期，义理、考据、词章三者并存，地位却并不相同，考据学日盛，而诗歌创作则日益受到贬低和轻视，对比钱大昕前后对于诗歌的态度便一目了然，且纪昀与钱大昕交往密切，长期共事于翰林院，戴震则直接假馆纪昀家中，纪昀为之出资刊刻《考工记图》并为之作序。为何两人浓厚的考证学兴趣并没有影响和感染到纪昀呢？

　　细究起来，原因大概在纪昀的个人志趣和职责身份两个方面：

　　就个人志趣而言，诗歌创作和点评更符合纪昀的性情趣味。纪昀在《瀛奎律髓刊误》跋中自称"余少时阅书，好评点"，此外还有不少自道，如"昀于文章，喜词赋；于学问，喜汉唐训诂而泛滥于史传百家之言。先大夫恒病其杂……昀早涉名场，日与海内胜流角逐于诗坛文社间"③，"余自早岁

---

　　① 《竹汀居士年谱》，《嘉定钱大昕全集》壹，江苏古籍出版社1997年版，第12页。
　　② 《刑部河南司员外郎前江苏按察使司按察使检斋王公墓志铭》，《纪晓岚文集》第1册，第353页。
　　③ 《怡轩老人传》，《纪晓岚文集》第1册，第324、325页。

受书，即学歌咏；中间奋其意气，与天下胜流相唱和，颇不欲后人"① 等。
从这些材料看，纪昀对于诗歌文章及评点的兴趣始于少时，三十岁未入仕之
前，受环境影响，对考证有所研究，集中在学习过程中接触最多的小学方
面，而对于经史没有表现出钱大昕、章学诚那样明确的兴趣，也没有致力于
此种研究的志愿。

此外，以文章与天下相驰骤和纪昀任职于翰林院的职责、文学侍臣的身
份直接相关。翰林院始于唐开元二十六年（738），为儒臣定职，主要承担掌
编国史、进讲经史、草拟文件、记载起居等职责。翰林院各级官员大抵是
"文学侍从之臣"。纪昀两入翰林，长期在此供职，对翰林院的历史与功能认
识较为全面："伏考《钦定历代职官表》，翰林即古史官。所职初非一事，亦
参杂不出于一途，多以他官兼摄；至唐置集贤院，而其秩始尊；至宋以翰林
学士掌制诰，而其权始重。至明则士子登进，必出甲科，甲科之中拔其尤者
为翰林。翰林仕宦之捷，有偃息林泉，坐待迁转，至九卿而后入朝供职者。
惜所讲者仅词赋，名臣硕学，或间出其中；亦气节经纶皆所自具，非从词赋
中来。然四首民儒，乡党之风俗，所视儒士趋向。儒士又以翰林为首，名场
之声气，尤多视翰林之导引。故其官虽不治政事，而起化之源，则恒在是
焉。"② 清代翰林院的主要职责在充经筵日讲、论撰文史、稽查史书、官学功
课，入值侍班、扈从、充乡试、会试、殿试主考官、读卷官，考选、教习庶
吉士等。乾隆九年翰林院重葺竣工，高宗颁谕："翰林之职，虽在文章，要
贵因文见道。"纪昀对翰林院的历史和职责知之甚详，对于自己的状况也很
清楚——"起家词馆，本业文章"③，纪昀进入仕途到总纂《四库全书总目》
期间的大事记也基本符合这个特点：

乾隆二十一年（1756），纪昀和钱大昕奉旨任《热河志》总纂。同年秋，
乾隆驾幸木兰，纪、钱扈从热河。

乾隆二十四年（1759），纪昀充任山西乡试正考官。

乾隆二十五年（1760），充会试同考官。

乾隆二十七年（1762），充顺天乡试同考官。十月，受命视学福建。

乾隆二十八年（1763），任福建学政，升侍读。

---

① 《鹤街诗稿序》，《纪晓岚文集》第1册，第206页。
② 《端本导源论》，《纪晓岚文集》第1册，第137页。
③ 《祝釐茂典记》，《纪晓岚文集》第1册，第146页。

乾隆二十九年（1764），丁忧归里。

乾隆三十二年（1767），服阕赴补。补授翰林院侍读，充日讲起居注官，晋左庶子。授诏续修《通志》。

乾隆三十三年（1768），补授贵州都匀府知府，上以学问优，外任不能尽其所长，命加四品衔，留任左春坊左庶子。同年四月，擢翰林院侍读学士。七月，因卢见曾案徇私漏言，革职戍乌鲁木齐。

乾隆三十六年（1771），从乌鲁木齐回京。十月迎銮密云，御试土尔扈特全部归顺诗，立成五言三十六韵以进，得旨优奖，复授编修。

乾隆三十八年（1773），开四库全书馆，因大学士刘统勋推荐，任四库全书馆总纂修。同年，乾隆谕示："见其考订分排具有条理，而撰述体要粲然可观，则成于纪昀、陆锡熊之手。二人学问本优，校书亦极勤勉，甚属可嘉。纪昀曾任学士，陆锡熊现任郎中，均著授为翰林院侍读，遇缺即补，以示奖励。"[1] 此后纪昀长期效力于四库全书馆[2]。

纪昀一生大事，基本发生或奠定于此一阶段。乾隆对他作为文学侍臣的赏识，对纪昀一生的政治生涯和学术，都有决定性的影响。乾隆三十三年贬戍乌鲁木齐，则是纪昀一生的转折点。

纪昀的诗歌创作基本上集中在这一时期。他的诗歌大致分为三类：一是恭贺诗，最初的恭贺诗写于扈从热河时，并借此得到乾隆赏识；二是日常应酬和随感，如《哭田白岩四首》、《王菊庄艺菊图》，多收入《三十六亭诗》；三是专题诗，如《南行杂咏》、《乌鲁木齐杂诗》。一般认为其专题诗艺术水平和价值最高，它们分别为纪昀任福建学政和贬戍乌鲁木齐时期所作，对于研究地方民俗文化也具有很高的价值。

纪昀对于诗歌的点评也同样集中在这一时期。乾隆二十四年充任山西乡试正考官，同年，因教授子弟的需要，作《唐人试律说》——弟子枣强李清彦、宁津侯希班、延庆郭埔及外甥马葆善从读于阅微草堂，于时科举增加律诗[3]，纪昀在授经之余，时以律诗督葆善，因每举案上唐试律，字字句句为

---

① 《钦定四库全书总目》卷首一，乾隆三十八年八月二十五日上谕。

② 此处参照《纪晓岚年谱》，《纪晓岚文集》第 3 册。

③ "试律始于唐，《文苑英华》所载至四百五十八首，清乾隆间用以考试，尚沿律诗之称，惟普通则称之曰试帖诗。按唐明经科，裁纸为贴，掩其两端，中间惟开一行，以试其通否，名曰试帖，进士亦有赎帖诗，帖经被落，许以诗赎，谓之赎帖，试帖诗之得名，殆由于此。"（商衍鎏：《清代科举考试述录》，三联书店 1958 年版，第 249 页）

葆善标记，葆善等录而藏之，积为一册，成《唐人诗律说》。六月脱稿，七月纪昀作序。从游诸人，以之付梓，未以校正，坊人率而印行。同年审订《风雅遗音》，"于时，休宁戴君东原主予家，去取之间，多资参酌"①。可见在这一时期纪昀和戴震关系密切，学问上多有切磋。

随后在乾隆二十五年，纪昀作《书韩致尧翰林集后》，点阅《香奁集》，结合时代背景，从史的角度对韩偓诗歌进行分析，指出他的诗歌不能超出当时，和李商隐、杜牧诗歌风格近似；言词虽淫邪，但由于内在的忠义，表达的和婉，所以"风骨内生，声光外溢，足以振其纤靡"。这里纪昀已经将气和风骨联系起来，将作者的内在情感和外在表现联系起来，注重诗歌性情的雅正和兴象、风骨，探求诗之原本，提出了"诗随运会"的观点②，即诗歌随着时代气运的变化而变化。后来纪昀总结影响诗歌发展的外部因素时，归结为"气运"和"风尚"。同年，纪昀又有《书八唐人集后》："二冯《才调集》，海内风行。虽自偏锋，要亦精诣，其苦心不可没也。第主张太过，欲举一切而废之，是其病耳。此八家诗，是小冯手迹，与《才调集》看法正合。著语不多，当是几砚间随笔所就者。"③

乾隆二十六年，纪昀编订《庚辰集》，同样是为了教授子弟，"时科举方增律诗，既点定唐试律说，粗明程式；复即近人选本日取数首，讲授之。阅半岁余，又得诗二三百首。儿辈以作者登科先后排纂成书，适起康熙庚辰至今乾隆庚辰止，因名之曰《庚辰集》"④。

乾隆二十七年，纪昀对陈师道的《后山集》进行钩稽考证，作《后山集钞》，序言中对陈后山不同诗歌进行评价，认为"大抵绝不如古，古不如律，律又七言不如五言"，至于文则"似较其诗又过之"，其中一些评价如其五言古"生硬权桠，则不免江西恶习"等，与后来《瀛奎律髓刊误》等一脉相承，观点基本一致。

乾隆三十年前后，纪昀在福建任学政及丁忧期间，将前几年点评和整理的作品收在一起，以其视学福建时居住的福州使院的镜烟堂命名，总称为《镜烟堂十种》，包括《沈氏四声考》、《重订张为主客图》、《点论陈后山诗集》、《点论李义山诗集》、《删正二冯评阅〈才调集〉》、《删正方虚谷〈瀛奎

---

① 《纪晓岚文集》第1册，第160页．
② 《书韩致尧翰林集后》（二则），《纪晓岚文集》第1册，第251页。
③ 《纪晓岚文集》第1册，第251页。
④ 《纪晓岚文集》第3册，第62页。

律髓〉》、《唐人试律说》、《审订〈风雅遗音〉》、《庚辰集》、《馆课存稿》。

　　乾隆三十一年，纪昀开始点评苏诗，前后近六年时间，五易其稿。"余点评是集始于丙戌之五月，初以墨笔，再阅改用朱笔，三阅又改用紫笔，交互纵横，递相涂乙，殆模糊不可辨识。友朋传录，各以意去取之。续于门人葛编修正华处得初白先生手批本，又补写于罅隙之中，益繆轇难别。今岁六月自乌鲁木齐归，长昼多暇，因缮此净本，以便省览，盖至是凡五阅矣。"纪昀在乾隆三十六年八月跋苏诗评本时如是说。作为《苏诗全集》在清代唯一的评点，纪评在苏诗研究史上占有重要地位。他不仅从诗歌史的角度为其定位，分析了苏轼诗歌创作的发展过程，对苏诗各体进行了全面研究，分析其特点，也批评其过直、过露等不足。卢坤《纪评苏诗序》对此的评价是："河间纪文达公于书无所不读，浏览所及，丹黄并下，如汉廷老吏，剖断精核，而适得事理之平。至于苏诗五阅本而后定，盖尤审也。余既刻公所评《文心雕龙》、《史通》二种，复梓是集，为读苏诗者得津梁焉。昔公尝谓生平学力尽于《四库提要》一书，余集可废，然则公不以是集重，读是集者，不能不以公重也。苏诗旧有查初白评本，此则较严，凡涉禅悦语及风议太峭处，咸乙之。盖子瞻才大，可以无所不有，公为后学，正其圭臬，固其宜也。"[1]

　　其后，乾隆三十六年，纪昀点评了《文心雕龙》，并对方回的《瀛奎律髓》进行了刊误。纪昀对此两书的点评，在其各自的研究史上都有重要价值。"纪评在《文心雕龙》研究史上，确实具有津梁古今'龙学'的重要意义，对后世例如范文澜《文心雕龙注》以及有关刘勰文学理论批评思想的探讨，有着十分深远的影响。"[2] 至于《瀛奎律髓刊误》，对于研究宋代诗学，研究唐宋诗之争等重要问题，都是必不可少的基本资料。20世纪上半叶方孝岳作批评史，专就纪昀对方回的批评进行全面回护，其重要性自不待言。

　　乾隆三十七年，纪昀作《史通删繁》，序中称："刘氏之书，诚载笔之圭臬也，顾其自信太勇，而其立言又好尽。故其抉摘精当之处，足使龙门失步、兰台变色，而偏驳太甚、支蔓弗剪者亦往往有之，使后人病其芜杂，罕能卒业；并其微言精义亦不甚传，则不善用长之过也。"《史通》是我国古代

---

　　① 清末李香岩首批本影印本，《宋集珍本丛书》第20册，线装书局2004年版，第671页。
　　② 张少康、汪春泓、陈允锋、陶礼天：《文心雕龙研究史》，北京大学出版社2001年版，第105页。

系统的史学理论著作，相当于文学界的《文心雕龙》。纪昀和《四库全书总目》对此书的评价都很高，同时也有所批评①。纪昀借此点评表达了自己的史学看法。如刘知几对官修史书非常不满，认为有人浮于事、敷衍塞责、不敢直书、义例不明、缺乏史料等五大弊病，而纪昀自乾隆二十二年受职编修后，职责多与史学有关，且清代主要是官修史书，《明史》即由清廷组织编写，因此纪昀对刘知几的说法并不同意，将《史通·辨职》中一些说法直接删去。此外，对书中《疑古》和《惑经》两篇的删减，也体现了纪昀相对保守的立场。从时间上看，纪昀作《史通削繁》之前对文学类作品多有评点，所以对《史通》的评论有些就和文学批评联系起来，如《史通·叙事》中有："盖饵巨鱼者，垂其千钧，而得之在于一筌；捕高鸟者，张其万罝，而获之由于一目。夫叙事者，或虚益散辞，广加闲说，必取其所要，不过一言一句耳。"纪昀评价："此即陆机片言居要，刘勰寸枢转关，寸辖制轴之说，（黄叔琳）崑圃先生以一筌一目不可以得鱼鸟讥之，未免吹求。如顾恺之称四体妍媸，无关妙处，岂真不画四体，而但画点点目哉？"对于文中的"章句之言，有显有晦。……晦也者，省字约文，事溢于局外。"纪昀认为这里的"晦"就是刘勰所说的"隐秀"。

从纪昀开始作《唐人试律说》，到最后作《史通删繁》，这中间的十五年，是纪昀以评点、删正等形式集中表达自己文学思想和观点的阶段。

（三）五十岁复折而讲考证

乾隆三十八年设四库馆，纪昀为总纂。纪昀这一时期以编纂《四库全书总目》为主，以在闲暇时间撰写《阅微草堂笔记》为辅。对照前面纪昀所说的"复折而讲考证"，这说明纪昀把编撰《四库全书总目》视为自己的考证工作，而视撰写笔记小说无关宏旨，不值一提。前者是清廷交代给的任务，纪昀是"总其成"的重要人物，"凡六经传注之得失，诸史记载之异同，子、

---

① 《四库全书总目》："子元于史学最深。又领史职几三十年，更历书局亦最久。其贯穿今古、洞悉利病，实非后人之所及。而性本过刚，词复有激，诋诃太甚，或悍然不顾其安。《疑古》、《惑经》诸篇，世所共诉，不待言矣。即如《六家》篇讥《尚书》为例不纯，《载言》篇讥左氏不遵古法，《人物》篇讥《尚书》不载八元、八恺、寒浞、飞廉、恶来、阕夭、散宜生；讥《春秋》不载由余、百里奚、范蠡、文种、曹沫、公仪休、宁戚、穰苴，亦殊谬妄。至于史家书法，在褒贬不在名号。昏暴如幽、厉，不能削其王号也。而《称谓》篇谓晋康、穆以下诸帝，皆当削其庙号。朱云之折槛、张纲之埋轮，直节凛然，而《言语》篇斥为小辨，史不当书。"（史部史评类，《史通》提要）

集之支分派别，罔不抉奥提纲，溯源彻委"。①《四库全书》的整理和《总目》的编纂工作和纪昀的仕途直接有关，也因此影响到了纪昀学术的转变。而此前所作研究，个人学术兴趣还是主导因素。至于此时写作笔记的原因，纪昀自称"时拈纸墨，追录旧闻，姑以消遣岁月而已"②，但是本文认为并非如此简单，这部笔记小说不仅是纪昀现实生活的记录和再现，是他的文学思想在小说创作方面的体现，同时还是其晚年"以寄所欲言"之作，较为全面地反映了纪昀对现实社会的思考。但是总体而言，对于纪昀来说，总纂《四库全书总目》是其一生中最重要的事。

于仕途而言，因整理四库全书、纂修总目有功，纪昀从此平步青云：乾隆四十年纪昀五十六岁时，三月擢詹事府詹事，四月擢内阁学士，始出翰林院。此后纪昀一路扶摇直上：乾隆四十七年（1782）授兵部右侍郎；乾隆四十八年（1783）转兵部右侍郎；乾隆五十年（1785）授左都御史；乾隆五十二年（1787）授礼部尚书；乾隆五十六年（1791）调左都御史；乾隆五十七年（1792）复为礼部尚书，兼左都御史；嘉庆元年（1796）调兵部尚书，同年六月调左都御史；嘉庆二年（1797）调礼部尚书；嘉庆八年（1803）调兵部尚书并教习庶吉子；嘉庆十年（1805），正月二十六日，升为礼部尚书协办大学士，加太子少保，并管国子监事，二月十四日纪昀离开人世，任协办大学士仅十八天。

于学术而言，《四库全书》的整理和《总目》的编纂是学术史上一件大事，纪昀能够在学术史上获得一席之地首先是因为纂修《四库全书总目》。关于纪昀在整理和纂修《四库全书总目》中的作用，大致在四库馆人事、《四库全书总目》纂修两个方面：

纪昀作为总纂官，对于四库馆人事有所影响，这几乎没有争议。乾隆三十八年七月十一日内阁奉上谕："前据办理四库全书总裁奏，请将进士邵晋涵、周永年、余集，举人戴震、杨昌霖调取来京，同司校勘。业经降旨允行。但念伊等尚无职任，自当予以登进之途，以示鼓励。着该总裁等留心试看年余，如果行走勤勉，实于办书有益，其进士出身者，准其与壬辰科庶吉士一体散馆，举人则准其与下科进士一体殿试，候朕酌量降旨录用。"③ 这一

---

① 阮元：《纪文达公集序》，《研经室三集》卷五，中华书局1993年版，第678页。

② 纪昀：《姑妄听之序》。

③ 《纂修四库全书档案》上，上海古籍出版社1997年版，第137页。

条材料经常被用以说明四库馆汇聚了当时的汉学家，对于举人戴震的破格使用更是津津乐道。对此，纪昀称："周书昌、戴东原、余秋室皆以余荐修《四库全书》，入翰林。"① 此说出自纪昀之口而载于后世，理当不诬。周书昌即周永年，余秋室即余集，都是一时名士。至于戴震，其年谱则称"于文襄公以纪文达公、裘文达公之言，荐先生于上，上素知有戴震者，故以举人特召，旷典也"②。纪昀对于戴震、周永年等人进入四库馆有所努力，四库馆也正因为有这些人在内，被认为"四库馆就是汉学家大本营，《四库提要》就是汉学思想的结晶体"③。后世将纪昀和考证学联系在一起，部分原因就在于此。不过，对四库馆是汉学大本营的说法，正如有些学者已经指出的，值得进一步商榷，本文也是持怀疑的态度。

关于纪昀和《四库全书总目》纂修的关系，则众说纷纭。大致有以下几种：

一是将总目直接等同于纪昀著述。这是最为普遍的情况。纪昀似乎也是持这种观点，他在给姜白岩《诗序补义》作的序中称："余于癸巳受诏校秘书，殚十年之力，始勒为《总目》二百卷，进呈乙览。"在《槐西杂志二》中更直接说："余撰《四库全书总目》。"除了纪昀自道外，同时代持这种说法的也不少。朱珪在其祭文中写道：生入玉关，总持四库，万卷提纲，一手编注。他的弟子、四库协勘官刘权之更加明确："吾师总撰《四库全书总目》，俱经一手裁定。"其他类似说法还有不少，如昭梿："（纪昀）所著《四库全书总目》，总汇三千年间典籍。"④ 江藩《汉学师承记》："《四库全书提要》、《简明目录》皆出于公手。"洪亮吉："乾隆中，四库馆开，其编目提要，皆公一手所成，最为赡博。"⑤ 陆敬安："《全书总目》二百卷，亦公所撰。"⑥ 后世学者也多持此论。郭伯恭认为："今《四库全书总目》固为纪氏一家之言，而原本提要亦仅代表纪氏一己之意。"对于原本提要和总目提要不相同的原因，郭伯恭的解释是："《总目提要》之编纂，原为各纂修官于阅书时分撰之，嗣经纪昀增窜删改，整齐划一而后，多人之意志已不可见，所

① 《四百三十二峰草堂诗钞序》，《纪晓岚文集》第 1 册，第 208 页。
② 段玉裁：《戴东原先生年谱》，《戴震文集》，中华书局 1980 年版，第 233 页。
③ 梁启超：《中国近三百年学术史》，东方出版社 2004 年版，第 23 页。
④ 昭梿：《啸亭杂录》卷一〇。
⑤ 洪亮吉：《北江诗话》卷一。
⑥ 陆敬安：《冷庐杂识》卷一。

可见者，纪氏一人之主张而已。"①

　　二是纪昀仅总其成，总目体现全体馆臣的意见。这类意见最有代表性的是李慈铭，他认为"总目虽纪文达、陆耳山总其成，然经部属之戴东原，史部属之邵南江，子部属之周书仓，皆各集所长。书仓于子，盖极毕生之力……故今言四库者，尽归功文达，然文达名博览，而于经史之学实疏，集部尤非当家。经史幸得戴、邵之助，故经则力尊汉学，识诣既真，别裁自易。史则耳山本精于考订，南江尤为专门，故所失亦鲜。子则文达涉略既偏，又取资贷园，弥为详密。惟集部颇漏略乖错，多滋异议。"② 对于李慈铭所言，当代学者已有所探讨，通过辨析戴震、邵晋涵、姚鼐、余集等人在四库中所作工作等，认为李慈铭所说不符合当时《四库全书总目》纂修的历史事实③。

　　三是认为总目为"钦定"，代表了清代官方的思想和标准。俞樾："提要虽纪文达手笔，而实是钦定之书。观其进简明目录表有曰：'元元本本，总归圣主之权衡；是是非非，尽扫迂儒之胶柱。'"④ 对《四库全书总目》有精深研究的余嘉锡亦指出："乾、嘉诸儒于《四库总目》不敢置一词，间有不满，微文讥刺而已。"⑤

　　在展开评论之前，有必要对四库馆和四库全书纂修过程中纪昀的作用进行简述。

　　首先，四库馆是一个庞大完备的专门机构。《四库全书总目》卷首列出的成员有：正总裁十六人，副总裁十人，总阅官十五人，总纂官三人，总校官一人，翰林院提调官二十二人，武英殿提调官九人，总目协勘官七人，校勘《永乐大典》纂修兼分校官三十九人，校办各省送到遗书纂修官六人，黄签考证纂修官二人，天文算学纂修兼分校官三人，缮书处总校官四人，缮书处分校官一百七十九人，篆隶分校官二人，绘图分校官一人，督催官三人，翰林院收掌官二十人，缮书处收掌官三人，武英殿收掌官十四人，监造官三人。除其中两人兼职外，共有三百六十人。但是整个过程中，还有不少人因

---

　　① 郭伯恭：《四库全书纂修考》，上海书店出版社 1992 年版，第 216、213 页。

　　② 李慈铭：《孟学斋日记·丙集上》，《越缦堂日记》，广陵书社 2004 年版，第 3585—3586 页。

　　③ 张传峰：《〈四库全书总目〉学术思想研究》，学林出版社 2007 年版，详见第二章《纪昀与〈四库全书总目〉》。

　　④ 俞樾：《春在堂尺牍·与陆存斋观察》，《近代中国史料丛刊》第四十二辑，文海出版社印行，第 576 页。

　　⑤ 余嘉锡：《四库提要辨证·序录》，中华书局 2007 年版，第 48 页。

种种原因未能列名其中，实际人数远超于此。在此庞大的专门机构之中，纪昀是三位总纂官之一，另两位是陆锡熊和孙士毅。其他如总裁于敏中、王杰华，副总裁金简，纂修周永年，辑校《永乐大典》的戴震、邵晋涵等人，他们各有分工，协同合作，都是这个庞大系统的一部分，也都对《四库全书总目》的编纂发挥了重要作用。

其次，纪昀在《四库全书》任总纂官漫长的过程中，也不是一帆风顺的。乾隆一方面对四库馆臣予以优待，一方面则严格控制，对于其中一些影射政治的著述毫不留情地予以删毁。这些情况总理其事的纪昀感受应该最为深刻，尤其是在经历贬戍乌鲁木齐之后。《四库全书》成书之后，乾隆翻阅时发现其中讹谬甚多，查出一批有违碍的书籍。对于文津阁所贮的《尚书古文疏证》一书，内有引用钱谦益、李清之说，乾隆为此专谕诘责纪昀："从前校订时何以并未删去？着将原书发交彭元瑞、纪昀阅看。此系纪昀原办，不能辞咎，与彭元瑞无涉。着彭元瑞、纪昀会同删改换篇，令纪昀自行赔写，并将文渊、文源两阁所藏，一体改缮。"这种情况下，纪昀惶恐不安，一方面对问题的出现加以解释，一方面专折奏请自行认勘，重校文源阁明神宗以后各书，"伏查《四库全书》，虽卷帙浩博，其最防违碍者多在明季国初之书。此种书中经部违碍较少，惟史部、集部及子部之小说、杂记，易藏违碍"①。纪昀的积极态度乾隆自然是欣赏的，因此下令"将贮热河之文津阁者，亦着陆续寄京，一并发交纪昀一体校勘"②。尽管如此，四阁全书重新校勘后，乾隆还是因为讹误多而严重大为震怒，办理《四库全书》的各员，包括纪昀在内，都受到了严厉的责罚。在第一次全面复勘后，乾隆依然发现存在讹误，"扬子《法言》一书，其卷一首篇有空白二行，因检查是书次卷核对，竟系将晋、唐及宋人注释名氏脱写"，对此乾隆认为纪昀难辞其责，"详校官既漫不经心，而纪昀系总司校阅之事，亦全未寓目，可见重加雠校，竟属虚应故事。……今篇内甚至脱去二行，纪昀等实难辞咎，宁不自知惭恶耶？况朕曾有《御制书〈扬雄法言〉》一篇，虽系近年之作，亦应缮录，弁于是书之首。纪昀并未留心补入，更属疏忽。纪昀及详校官庄通敏，俱着交部分别议处"，"着纪昀亲赴文渊、文源二阁，将《扬子法言》一书检出，缮录御制文冠于简端，并带同详校官，抽查此书卷首是否亦有空白之处，及此

---

① 《纂修四库全书档案》下，上海古籍出版社1997年版，第2021—2023页。
② 同上书，第2078页。

外各书有似此脱误者，一体抽阅填改"①。受到申饬的纪昀即传齐原赴热河各员，再次校勘文源、文渊、文津三阁全书（文溯阁全书由陆锡熊率员复校，因陆病卒盛京而草草结束）②。

在纪昀和《四库全书总目》的关系问题上，马克思的观点有借鉴意义，他在《德意志意识形态》中明确指出："统治阶级的思想在每一时代都是占统治地位的思想。这就是说，一个阶级是社会上占统治地位的物质力量，同时也是社会上占统治地位的精神力量。支配着物质生产资料的阶级，同时也支配着精神生产资料，因此，那些没有精神生产资料的人的思想，一般地是隶属于这个阶级的。"③ 这一点在中国封建社会，尤其在思想文化控制森严的乾嘉时期尤为明显。据此及上面所说两个方面，本文对于纪昀和《四库全书总目》的关系问题持这样的观点：

《四库全书总目》就总体而言，体现的是当时清朝官方的学术思想和学术标准；鉴于官方的意见主要体现在政治倾向性方面，因此在不涉及政治性的作品和具体问题上，可以认为它体现或至少也符合了纪昀的观点。

这种论断应该是比较符合实际的。时任四库总裁的于敏中写给陆锡熊信中，明确了纪昀的定稿作用："提要稿吾固知其难，非经足下及晓岚学士之手，不得为定稿，诸公即有高自位置者，吾亦未敢深信也。"④ 日本学者前野直彬称："《提要》是由各方面的专门学者分别执笔，但经总纂官纪昀大加订正之后才定稿的。虽然小说类这部分的原稿究竟是谁写的，纪昀的改笔占多大的分量，都不清楚，但反正这部分的论述无疑是纪昀所完全同意了的，在这意义上，认为《提要》的小说论即为纪昀本人的主张也无不可。"⑤ 此外，纪昀著述中有些说法和《四库全书总目》内容基本一致，如《镜烟堂十种》和总目中有关李商隐的说法，《瀛奎律髓刊误》和总目中关于江西诗派的说法，都几乎是如出一辙，可谓是最好的证明。

此外，不能忽视乾隆、纪昀、四库馆臣集体意见本身就存在很多一致性的事实。比如说《总目》凡例第十二条："说经主于明义理，然不得其文字之训诂，则义理自何而论？论史示于褒贬，然不得其事之本末，则褒贬何据

① 《纂修四库全书档案》下，第 2233 页。
② 此部详细情况可参考黄爱平《四库全书纂修研究》，中国人民大学出版社 1989 年版。
③ 《马克思恩格斯选集》第 1 卷，人民出版社 1995 年版，第 98—99 页。
④ 《于文襄公（敏中）手札》，《近代中国史料丛刊》第二十二辑，文海出版社印行，第 94 页。
⑤ 《明清时期两种对立的小说论——金圣叹与纪昀》，《古代文学理论研究》第五辑。

而定。……今所录者,率以考证精核、辨论明确为主。庶几可谢彼虚谈,敦兹实学。"这种观点多被用来说明考据学家对纂修《四库全书总目》的影响,但它又何尝不是一种时代精神的体现?

纂修《四库全书总目》对纪昀的影响是巨大的。不仅为他提供了丰厚的政治资本和学术资本,也更加改变了他为人处世的做派与风格,由意气豪放、与天下胜流争胜,逐渐转变为谨小慎微、明哲保身。这种心态的转变影响之一就是放下诗歌创作和点评,转而在闲暇之时创作《阅微草堂笔记》。

现在回到最初的问题即纪昀与乾嘉学派关系上来。对于这个问题,本文以为纪昀和乾嘉学派关系难以确定,根源在于纪昀无专门考证著述,观点又散见于大量点评、序跋之中,收集、整理和研究殊为不易,直接影响到了世人对他的认识和评价。不同于一般考据学家致力于语言文字、名物制度、古文献等的校勘、考证,纪昀的学术贡献除总纂《四库全书总目》外,集中于文学批评。

论到乾嘉时期的诗学,和考证学关系最为明显的当属翁方纲。翁方纲学术著作丰富,有《经义考补正》、《十三经注疏姓氏考》等,在诗学方面著有《石洲诗话》,提出了"肌理说",认为"为学必以考证为准,为诗必以肌理为准"(《复初斋文集》卷四《志言集序》)。同样是将考据学和诗学结合起来,翁方纲是直接将考据和创作结合,要"以考据为诗",纪昀的做法则大相径庭——将史家意识和求是精神贯彻于批评之中,发展儒家诗教思想,形成自己的诗歌理论:

以"发乎情、止乎礼义"为"诗之本旨",兼括了"诗言志"和"思无邪",认为"诗言志"即是"发乎情","思无邪"即是"止乎礼义",以此作为自己理论体系的核心,强调性情、人品和学问的统一;把"发乎情,止乎礼义"运用到诗歌发展中,认为"发乎情"和"止乎礼义"的分裂,后人在创作中的各执一端,是弊端的根源所在;提出"教外别传"说,以此来阐释陶渊明、谢灵运、王维、孟浩然、韦应物、柳宗元等人的诗歌,认为这类作品对诗教无益亦无损,在儒家诗教思想主导的诗学体系中予以定位。

关于诗歌发展,纪昀认为诗歌尤其是汉代以后的诗歌,在整体上是一个利弊相生、"互相激、互相救"[1]辩证发展的过程。依据诗歌和诗教的关系,纪昀将诗歌史分为三个阶段:第一个阶段为汉代以前,诗歌发展,诗教振兴,二者统一;第二个阶段是汉代到元代,诗歌发展而与诗教分裂;第三个阶段是

---

[1]　《冶亭诗介序》,《纪晓岚文集》第 1 册,第 190 页。

明清时期，诗歌复古，诗教重振。其中，汉代到元代又以唐代为界分为前后两个小阶段。诗歌发展每一阶段的主要问题都有所不同：齐梁时期主要是诗歌艳情和绮靡问题；唐宋时期是诗歌性情和学力问题；明代诗歌则是模拟和性灵问题。以主要问题为线索，以诗歌流派为脉络，纪昀的批评便基本上涵盖了整个诗学史。正因为对诗学史有系统总结，纪昀前所未有地以文学发展问题作为嘉庆丙辰、壬戌两科会试策问的内容，几乎涉及了所有重要的诗学问题。

　　无论是诗学，还是诗歌发展，纪昀都有相对系统、公允的考证论述，对于文学批评史来说具有重要意义，充分显现了乾嘉学派在文学批评方面取得的进展和成就。对于乾嘉学派来说，纪昀最为独特的意义便在于此。

安命以立命：纪昀的性情志趣

　　由于对其学术研究有所不足，而民间文化演绎过度，纪昀的真实面目反而模糊不清了。纪昀本身是很有特点的，尤其和同时代学者相比——乾隆四十年，和纪昀齐名的钱大昕便辞官而专注学术，同样在盛年辞官归隐、寄情山水的还有王鸣盛、袁枚等；章学诚更突出，考中进士选官之后不去；就是同样被视为正统派文论家的沈德潜，也是晚年辞官归里。唯独纪昀，做官到死，倡导乾嘉学术却未有考据学著述，而以当时被视为不入流的《阅微草堂笔记》来"寄所欲言"[①]，这种态度和做法是值得探索的。探索的途径则还是要回到纪昀自身。

　　纪昀将自己的学术分为三个阶段，其实他的人生轨迹和学术发展是完全一致的，大致也分为三个阶段。其实不仅纪昀，同时期的钱大昕、袁枚等人，后世对其生平的划分大致也是三个阶段。钱大昕学术上有词章逐渐转为经史义理的变化，人生的三个阶段界限分明：出生至乾隆十六年迎驾献赋，为求学阶段；乾隆十七年至辞官归里，为仕宦阶段；归里至死，为学院执教治学阶段。袁枚的人生，后人也一般将其分为求学应试、出仕从政、归隐随园三个阶段。三位学者的人生都大致划分三个阶段，是否存在共同之处呢？通过对比，可以发现：

　　首先，通过科举进入仕途，是这些学者进入主流社会的共同选择。不仅这三位学者，朱筠、章学诚甚至此前的蒲松龄，概莫能外。通过社会设定的

---

①　《阅微草堂笔记·盛时彦序》。

渠道进入主流，应该说是一般人的共同选择。

其次，学者们出现分化，集中于人生的第二个阶段，即进入社会之后，经过一定的冲突和磨合后走向一种平衡。这种平衡就是他们在学术和仕途中的选择。纪昀的选择是继续仕宦生涯，钱大昕、袁枚等人的选择则相反，放弃了仕宦而专心于自己的喜好。

再次，学者们的成就集中于人生第三个阶段。这时他们和社会世俗都达成了高度的协调，此前所作的选择和努力，在这个时候充分显现其后果，虽然取向有所不同，但都各得其所。纪昀总纂《四库全书总目》，在青史上留下了厚重的一笔；钱大昕执教东南，桃李遍天下，著述丰富；袁枚纵情于随园，写诗交友，留下大量诗作诗论。

这种人生三段论的情况不仅适用于乾嘉学者，魏晋时期被誉为"千古隐逸诗人之宗"的陶渊明，后人在对其研究中同样划分为三个阶段。可见，人生三个阶段虽然不能完全一概而论，但是有其内在的规律。这种规律按照社会学的观点，契合的是人生发展的三个阶段：

个人阶段——出生至青少年时期，是学习和成长时期，受到养育和教导。

个性阶段——趋于成熟和定型，同时还在受他人引导；既有意识地要和他人区别开，又往往根据别人意见审视自我。

自主阶段——已充分适应社会关系和生活方式，对自己有较为成熟和实际的评估，行为具有相对的自发性，更为关心知识和智慧以及生活的意义，进入自我导向时期①。

从这些可以看出，在个性阶段钱大昕和袁枚都毅然决然地选择了自己的人生道路，而纪昀则继续留在权力机构，这是不是意味着纪昀的本性便是如此呢？所以，了解纪昀的性情志趣，对于把握其学术思想至关重要。

（一）经世与俗情

纪昀早年性好嘲弄，争强好胜，认为"操瑜怀瑾，非有意于示奇；砥行砺名，本无心于动俗。志士握中之璧，别寄深心；醇儒席上之珍，缅怀高躅。文章之盛，不过学问之沈酣；粹盎之符，不过性情之醇笃。观于光能照

---

① 个人发展的阶段划分和分析部分，参考了韩震《生成的存在——关于人和社会的哲学思考》（北京师范大学出版社 1999 年版）第 57—71 页的内容。

夜，自发见其精神；可知学戒求沽，毋相矜以繁缛"①。随着年岁的增加、阅历的丰富，尤其是在中年因漏言获罪、流放乌鲁木齐之后，纪昀也逐渐有所改变。不过正所谓江山易改本性难移，对于纪昀来说与其说是改变，不如说是经历和坎坷打磨掉了外在的棱角更会掩饰。纪昀在经历贬戍之后，尤其在纂修四库全书时期，因为错讹而屡遭乾隆申饬，晚年愈发谨慎自守，性格也由早年的意气风发，"忆我少年游，意气恒飞动"，转变为"性耽孤寂"，"老来知敛退，塔样参无缝。公余日枯坐，如以瑜收汞"②，"嗟我多年事笔墨，自知性僻心愚蠢"③；早年坚持的"砥行砺名，本无心于动俗"，也变成了对自己俗情入骨的反复咏叹。

《幽篁独坐图》题诗因带有自传和自省之意，姑且全首录此：

　　我家京国四十年，俗情入骨医难痊，堂多隙地居无竹，此君未省曾周旋。

　　先生此画竟何意，忽然置我幽篁间？当时稽首问所以，淋漓泼墨笑不言。

　　毋乃怪我趋营猛，讽我宴坐娱林泉。拈花微旨虽默契，拂衣未忍犹留连。

　　人生快意果有失，一蹶万里随戎游。孤城独上望大漠，泱漭沙气黄无边。

　　慨然念此画中景，犹如缥缈三神仙。枯鱼书札寄鲂鲔，风波一失何时还？

　　玉门谁料竟生入，鸣珂又许趋仙班。归来展卷如再世，公羊重认黄金环。

　　少年意气已萧索，伤禽宁望高飞翻。但思臣罪当废弃，骖鸾忽蹑蓬莱巅。

　　友朋知己尚必报，况乃圣主恩如天。文章虽愧日荒落，江淹才尽非从前。

　　石渠天禄勤校录，尚冀勉涤平生愆。以此踌躇未能去，故人空寄归

① 《石韫玉赋》，《纪晓岚文集》第1册，第52—53页。
② 《冯实庵侍御绘种竹图赋赠》，《纪晓岚文集》第1册，第541页。
③ 《题田纶霞司农大通秋泛图为冯鹭庭编修》，《纪晓岚文集》第1册，第540页。

来篇。

　　湖州妙迹挂素壁，风枝露叶横苍烟。弹琴长啸悬日月，相从但恐终无缘。

　　画虽似我我非画，对之仍作他人观。磐陀石上者谁子？杏然想望如神仙。

　　这首诗写于纪昀刚从乌鲁木齐返京之时，非常真实地反映了纪昀当时的心态："人生快意果有失，一蹶万里随戎旃"，这是对以前快意人生的追悔；"少年意气已萧索，伤禽宁望高飞翻"，这是对前途莫测的恐惧；"毋乃怪我趋营猛，讽我宴坐娱林泉。拈花微旨虽默契，拂衣未忍犹留连"，这是出世与入世的矛盾；"友朋知己尚必报，况乃圣主恩如天"，这是彷徨之后决意仕进的选择。当年挥斥方遒的青年，此时已深刻体会了世事无常和人生艰难，不复当年心态。

　　在纪昀悼念同为总纂官的陆锡熊的长诗中，还有这样的诗句："羡君雅调清到骨，笑我俗病医难痊。"这和"俗情入骨医难痊"几乎完全相同。可见，对于自己的"俗情"，纪昀是深有感触的。其圆凿铭"毁方为圆，宛转周旋。盖于势不得不然"，大概也是纪昀对自己人生经历的感慨之言。

　　此外纪昀写下这样的诗句："十八年间侍紫宸，金门待诏好容身。诙谐一笑原无碍，谁遣频侵郭舍人。"《又题》诗句："俯见豺狼蹲，侧闻虎豹怒。立久心茫茫，悄然生恐惧。置身岂不高，时有蹉跌虑。"[1]"十八年来阅宦途，此心就似水中凫。如何才踏春明路，又看仙人对弈图。""局中局外两沈吟，犹是人间胜负心。那似顽仙痴不省，春风蝴蝶睡乡深。"对此，纪昀感叹"今老矣，自迹生平，亦未能践斯言，盖言则易耳"。赵慎畛《榆巢杂识》也曾载纪昀的感慨："九列人多修到，但能修到竖着出京城乃佳耳。何皆横着出去也？吁！"

　　纪昀所谓的"俗情"，亦即世俗之情，有现实世故的因素，一般人自我保全、为世所用的人之常情，同时还有强烈的经世思想在发挥作用。纪昀主张宗经明道、经世致用，处世更加务实，强调重视具体的"术"，讲求"体国经野之政，捍灾御变之方"（《姑妄听之》三）。《滦阳消夏录》卷二有一则故事，纪昀借助冥王之口表达了对于出世、入世的态度与看法："贤臣亦三

---

　　① 《三十六亭诗》，《纪晓岚文集》第1册，第476页。

等；畏法度者为下；爱名节者为次；乃心王室，但知国计民生，不知祸福毁誉者为上。……然不甚重隐逸，谓天地生才，原期于世事有补。人人为巢、许，则至今洪水横流，并挂瓢饮犊之地，亦不可得矣。"

但是，仅以经世致用是不能解释纪昀学术随仕途迁转、为官到死等行为的。纪昀自称"俗情"，有自谦，也有自嘲①。相对于钱大昕和袁枚，纪昀没有体现出那种对学术和自我的执著。钱大昕在本质上是一个学者，袁枚是一个思想家，纪昀在和沈德潜对比的时候，学者的特质更鲜明一些，但是和钱大昕、袁枚相比，他更像一个学术官僚。纪昀身上没有那种理想化和浪漫的气质，同样他也缺少戴震那样执著于义理、直剖真相的硬气。现代一些研究将其人格拔高到令人仰视的地步，是不符合实际情况的。但是，这和纪昀的学术成就值得高度重视和评价，完全是两回事。

处于社会统治高度集中的时代，纪昀本能地趋于自我保全、图谋发展。这种"俗情"决定了纪昀学术研究的转变取决于仕途的变化，一般情况下这种转变对学术发展来说是不利的，但是对于纪昀来说，却可谓塞翁失马，焉知非福——正因为他的学术受到了仕途的主导，他才得以成为四库的总纂官，成为清代中叶总结传统思想文化这一大业中的核心人物。纪昀的学术成就首先是从这里获得的。当然，他从四库馆获得的还有加官晋爵、平步青云。

对于"俗情"，还有一点值得注意，那就是纪昀放纵了其世俗本性的发展，使其更富有包容性，对社会人生的细节与变化更加敏感，反而有助于洞察隐微。这一点体现在纪昀处，便是嗜奇。《阅微草堂笔记》的写作在某种程度上便受益于此。

"缘是知一有偏嗜，必有浸淫而不自已者"②，"文士例有好奇癖，心知其妄姑自欺"③。好奇，一般被视为世俗之性。汉代王充《对作》早就说过：

①　同一时代的李宪暠曾以"俗不可耐"评论纪昀，其《定性斋诗话》称："都下谈诗者曰纪晓岚、翁谭溪、钱箨石三人而已。然晓岚博而时俗不可耐。"（转引自蒋寅《清诗话考》，中华书局 2007 年版，第 474 页）李宪暠此说有论无述，不知有何依据，但这里的"俗不可耐"和纪昀自称的"俗情"，显然不是一回事。如果用乾嘉治学的方法来研究，对这个问题可能寻出一点蛛丝马迹。"俗不可耐"，在今天看是人人皆知的成语，但在乾嘉时期，却还是比较新鲜的一个词。它出自蒲松龄《聊斋志异·沂水秀才》："一美人置白金一铤，可三四两许，秀才掇内袖中。美人取巾握手笑出曰：'俗不可耐。'"蒲松龄去世九年后纪昀出生，两人相差不远，而且众所周知，纪昀对于《聊斋志异》有所批评，创作的《阅微草堂笔记》某种程度上也是对《聊斋志异》的矫枉和立异，两位作者是大异其趣的。

②　《滦阳消夏录》序。

③　《三十六亭诗·铜雀瓦砚歌》，《纪晓岚文集》第 1 册，第 518 页。

"世俗之性，好奇怪之语，说虚妄之文。何则？实事不能快意，而华虚惊耳动心也。是故才能之士，好谈论者增益实事，为美盛之语；用笔墨者造空生文，为虚妄之传。"纪昀的偏嗜就是对世俗生活中离奇事件的好奇、关注甚至研究，"前因后果验无差，琐忆搜罗鬼一车"。"天地之大，何所不有；幽明之理，莫得而穷。不必曲为之词，亦不必力攻其说。"①

积极地将自身化为传奇的一部分，大概是纪昀这种嗜奇最为突出和独特的表现。朱珪《纪文达公墓志铭》：

> 先是郡为九河入海故道，天雨则汪洋成巨浸，水中夜夜有光怪。公王父梦见光入楼中，已而生公，光遂隐。人以为公实为此灵物化身也。……少而奇颖，目数行下。夜则暗室闪闪有光，照见一切物，了然可辨。比知识渐开，光亦敛矣。故公自憙言之不讳。

关于纪昀的传奇出世和奇特之处，最为集中的是梁章钜的《纪文达师》一文：

> 世传名人前因皆星精僧，此说殆不尽虚。相传纪文达师为火精转世，此精女身也，自后五代时即有之。每出见，则火光中一赤身女子，群击铜器逐之。一日复出，则入纪家，家人争逐，则见其径入内室。正哗然间，内报小公子生矣。公生时，耳上有穿痕，至老犹宛然如曾施钳环者。足甚白而尖，又若曾缠帛者，故公不能着皂靴。公常脱袜示人，不之讳也。又言公为猴精，盖以公在家，几案上必罗列榛栗梨枣之属，随手攫食，时不住口。又性喜动，在家无事，不肯坐片时也。又传公为蟒精，以近宅地中有大蟒，自公生后，蟒即不见，说甚不一。少时夜坐暗室，两目如电光，不烛而能见物。比知识渐开，光即敛矣。或谓火光女子，即蟒精也。以公耳足验之，传为女精者，其事或然。惟公平生不谷食，面或偶尔食之，米则未曾上口也。饮时只猪肉一盘，熬茶一壶耳。晏客肴馔亦精洁，主人惟举箸而已。英煦斋先生尝见其仆奉火肉一

---

① 《如是我闻》一。

器，约三斤许，公旋话旋啖，须臾而尽，则饭事毕矣。①

这些带有传奇色彩的出生和生活特点，和本文研究关联不大，但是这隐含的纪昀的性格兴趣，则不可不辨。关于朱珪讲的传奇，文中说明是"公自憙言之不讳"；梁章钜讲的传奇，文中也有"公常脱袜示人，不之讳也"。

把《阅微草堂笔记》和文集中的相关记载整理起来，将会发现学者、官员、批评家之外的另一个纪昀，以其中三则材料为例：

> 余两三岁时，尝见四五小儿，彩衣金钏，随余嬉戏，皆呼余为弟，意似甚相爱。稍长时，乃皆不见。（《滦阳消夏录》五）
>
> 余四五岁时，夜中能见物，与昼无异。七八岁时渐昏暗。十岁后遂无全睹；或夜半睡醒，偶然能见，片刻即如故。十六七后以至今，则一年两年或一见，如电光石火，弹指即逝。（《槐西杂志》一）
>
> 福建汀州试院，堂前二古柏，唐物也。云有神。余按临日，吏曰当诣树拜。余谓木魅不为害，听之可也，非祀典所有，使者不当拜。树枝叶森耸，隔屋数重可见。是夕月明，余步阶上，仰见树梢两红衣人，向余磬折拱揖，冉冉渐没。呼幕友出视，尚见之。余次日诣树各答以揖，为镌一联于祠门曰：参天黛色常如此，点首朱衣或是君。此事亦颇异。袁子才尝载此事于新齐谐，所记稍异，盖传闻之误也。（《滦阳消夏录》一）

人间事纵然无奇不有，但这些事情显然太过离奇，而离奇也不是问题，问题在于作者何以要如此叙述自己。如果说是时代使然，和纪昀同时代人甚多，流传至今的笔记也很是不少，却很少有人如纪昀这样对自己的神奇能力津津乐道，和纪昀同年出生的章学诚，对此便不屑一顾。至于说当时社会交往盛行以此为谈资，朋友相聚而谈狐说怪，大概也是事实。《阅微草堂笔记》很多故事就是得之于友朋闲谈。但是他人并未如纪昀一般痴迷，更未写作笔记。那么，产生这种状况的原因何在？

关于纪昀对传奇事件的兴趣和对笔记小说的撰述，现有的研究往往强调

---

① 梁章钜《归田琐记》卷六。关于纪昀出生和奇异处的附会传说，还可参见清人方士淦《蔗余随笔》，张培仁《妙香室丛话》，采蘅子《虫鸣漫录》、孙静庵《栖霞阁野乘》等。

家庭和周围环境的影响。这确实是很重要的一个原因。纪昀的老师许南金、李若龙偏好说鬼道狐，尤其喜欢借鬼狐故事譬喻人情世事。纪昀居住于河北献县乡村的家人，多持有北方农村盛行的今天所谓"封建迷信"的思想，而当时社会也盛行以此为日常交往、世俗闲谈的谈资，"友朋聚集，多以异闻相告"。

　　但是，并不能因此说纪昀从小到大耳闻目睹的都是类似的故事，时代和环境因素是一个方面，更为主要的还是主体有意识的倾向和选择。就纪昀而言，个人天性的好奇和阐发观点的需要，大概才是最为主要的原因。

　　就好奇的天性来说，纪昀曾经自述："余少好嘲弄，往往戏侮青来"，"余少年意气，亦相随驰骋，顾盼自豪"。① 陆青来也曾这样评价他："晓岚易喜易怒，其浅处在此，其真处亦在此也。"② 除了这些大家熟悉的材料外，朱珪《祭文》中还称纪昀"公少英特，弃武试文"，结合董曲江《酬纪晓岚同年》诗句"君方裼裘来，意气凌沧州"，纪昀在获罪赴乌鲁木齐途中作《杂诗三首》，其中两联是："少年事游侠，腰佩双吴钩。平生受人恩，一一何曾酬。"结合这些材料看，青少年时期的纪昀性格特征相当鲜明：好奇而自炫其异，好嘲弄，为人处世比较浅露。这虽然带有青少年年龄段的特点，但也可视为纪昀天性的流露，任何其他因素，包括家庭、生活环境、所受教育、经历等，大致都是随具体情境的不同而在这个底子上发挥作用。

　　就表达观点的需要来说，这主要体现在晚年对《阅微草堂笔记》的写作上。纪昀任四库馆的总纂官之后，虽然官职逐渐高升，但是焦虑和恐慌一直陪伴着他。《四库全书》一再发现讹误，总校官陆费墀因此幽愤病卒，家产没官，同为总纂官的陆锡熊病死东北，他不能不兔死狐悲，心情抑郁。然而在现实压力下纪昀已经学会隐忍顺从，从早年的争强好胜、文酒聚会，转变为性耽孤寂，焚香独坐。如何消遣漫长的岁月，表达自己的观点而又不触犯时讳，以一直感兴趣的奇异故事创作为笔记小说，便是一种很好的选择。

　　所以，关于纪昀的种种异事，可能最初是纪昀亲近的人有此附会，当然也不排除纪昀确有某种特异功能，但是最关键的还是纪昀本人对这些事情的

---

①　《前刑部左侍郎松园李公墓志铭》，《纪晓岚文集》第 1 册，第 346 页。
②　《书陆青来中丞家书后》，《纪晓岚文集》第 1 册，第 260 页。

津津乐道，兼之纪昀的名气声望，周围人的口耳相传，结果是不胫而走，再加上过程中不可避免的添油加醋、牵强附会，纪昀逐渐成为"箭垛子"人物，演变为今天民间流传的传奇人物。

（二）安命以立命

"俗情"只是纪昀的一个突出特点。纪昀还说过："君子之于世也，可随俗者随，不必苟异，不可随俗者不随，亦不必苟同。"在一方砚台上刻有这样的文字："池中规，砚中矩，智欲圆而行欲方，我闻古语。"智虑周到圆通，自为端方不苟，正如老子所说："智圆者，无不知也；行方者，有不为也。"《滦阳消夏录》卷二明确指出："阴律如《春秋》，责备贤者，而与人为善。君子偏执害事，亦录以为过。"所以，对于世俗，纪昀除了认同和接受，反对偏执，还有积极进取、为世所用的一面，"天地生才，原期于世事有补"。"俗情"和进取精神的结合，便是"安命以立命"——"有安命之学，有立命之学，是二者若相反，然安命即立命也。夫徼幸于所不可知，是谓不安命；颓然而不为所当为，是谓不立命。不徼幸所不可知，而务为所当为，久之未有无获者，是谓安命以立命，其理昭昭然也。"① "一身之穷达当安命，不安命则奔竞排轧，无所不至。……至国计民生之利害，则不可言命。天地之生才，朝廷之设官，所以补救气数也。身握事权，束手而委命，天地何必生此才，朝廷何必设此官乎？晨门曰：是知其不可而为之。诸葛武侯曰：鞠躬尽瘁，死而后已。成败利钝非所逆睹。此圣贤立命之学。"（《滦阳消夏录》一）

因为"俗情"，纪昀学术的兴趣点会随着仕宦生涯的变化而转化；因为"俗情"，纪昀花费了大量时间和精力写作恭贺诗，而未能留下丰厚著述；但也因为"俗情"，纪昀"老不能闲"、"余性耽孤寂，而不能自闲"，在晚年创作《阅微草堂笔记》——《阅微》五种数量大致为逐渐递减：《滦阳消夏录》297 则，《如是我闻》256 则，《槐西杂志》285 则，《姑妄听之》215 则，《滦阳续录》143 则，前后持续十年之久，作者虽精力日衰，但始终对社会人生诸多问题进行思考和探索。因此，"俗情"不足以揭示完整的纪昀，世俗而安命以立命，才是纪昀为人处世和治学的内核，是他立足于现实并在取舍中有所作为的根源。

---

① 《梁天池封翁八十序》，《纪晓岚文集》第 1 册，第 222 页。

　　纪昀的安命以立命，除嗜奇好胜的天性外，成长过程和家庭环境也起到了重要作用。概括来说，主要表现在：

　　家族积极入世精神的影响。纪家在献县虽然称得上大家，纪昀的曾祖和祖父也都体现出了强烈的经世报国的热忱，但是真正进入官场并有所表现则始于父亲纪容舒，他做到了云南知府，此前高祖纪坤为崇祯中诸生，曾祖纪钰为附监生，考授州同，祖父纪天申为监生，考职县丞。这样算起来，纪昀是纪家积极入世的第五代，却是纪家真正进入官场有所作为的第二代，还继续保持着对仕进的热望。事实表明，纪昀的确不负众望，达到了纪家进入官场的巅峰，此后便衰落了。这种家族影响，因家族不同而影响各异，比如惠栋生长于经学世家，嘉定钱大昕的父祖都是乡村塾师，同乡王鸣盛亦深受家族影响，"近三十年，东南士大夫言古学多推嘉定，而嘉定之好古学自王氏始"①。还有家族零落、父亲在外为小幕宾的袁枚。具体的家族背景对于他们后来仕途和学术选择，影响都是比较明显的。

　　家庭的严格管教。给予纪昀教育最久、影响也最大的，是他的父亲纪容舒。纪容舒"性严峻，门无杂宾"②，对纪昀管教很严。纪昀远赴云南任学政，纪容舒还千里教子，从做人、治学、处世、为官、交友等各个方面加以教导。纪昀自己也称："每忆庭训，辄悚然如侍左右也。"

　　除了家庭的影响之外，纪昀成长和发展过程中现实的教育也是一个重要方面。一个人成长和发展的过程，也是社会化的过程，在这个过程中，尤其是早期阶段，人的自然本能与天性和社会习俗礼法的不断冲突最为集中，直至社会把人自然的一面逐渐打磨到符合社会要求为止。这两者的冲突和较量几乎是贯穿始终的，只是有隐有显、程度不同罢了。而这过程中，鼓励奖赏等发挥正面作用，贬低惩罚等则从反面同样发挥作用。具体到纪昀，纵观其平生，有史料记载的大的挫折有三次：

　　第一次是乾隆九年（1744）21岁时成为府学里一名廪膳生员，而在其后的例行院试中，纪昀却成绩低下，民国《献县志》载："文不入格，列四等。"袁枚《随园诗话》也提到此事，某无名氏称纪昀"少年纨绔，无恶不作，尝考四等，为乃父所逐出"。

　　第二次乾隆十二年（1747）纪昀顺利通过顺天乡试，且高举榜首，却又

① 《虚亭先生墓志铭》，《潜研堂文集》卷四十三。
② 《滦阳消夏录》二。

在次年礼部主持的会试中名落孙山。

第三次就是乾隆三十三年（1768）纪昀因姻亲卢见曾案漏言获罪、充军乌鲁木齐。

此外，有史可查的还有：

乾隆三十九年（1774），纪昀次子汝传诘逋负累，降三级留任。

乾隆四十二年发现《四库全书》讹误后乾隆对纪昀有所申饬，并交部议处，但因纪昀态度积极，以特旨免。

乾隆五十年员外郎海升杀妻案，左都御史纪昀等查案有误，乾隆下谕："……其派出之纪昀，本系无用腐儒，原不足具数，况伊于刑名事件素非谙悉，且目系短视，于检验时未能详悉阅看，即以刑部堂官所言随同附和，其咎尚有可原，著交部严加议处。"[1]

由结果看，后来三次对纪昀来说可谓小有惩戒，影响远没有前三次巨大。再者，名列四等时纪昀 21 岁；名落孙山时纪昀 25 岁；发配新疆则在其 45 岁时。而实际生活中，纪昀 16 岁已经娶妻，名列四等之年长子汝佶也已两岁。也就是说，纪昀已完全成年进入社会。至于名列四等，存在青睐纪昀的直隶学政赵大鲸离任、吕炽接任的特殊情况，所以这一次是否真的是"少年纨绔，无恶不作"、"文不入格"，难以断明。接下来的这次名落孙山，据清人独逸窝退士《笑笑录》记载，原因在于打破常规，以经破题，借此讽刺巴结刘墉、为其购房的刘家远方子侄，再一次如考纪昀便顺利通过。至于漏言获罪，涉及众多，纪昀当时也是见到女婿提及小菜银，通风报信则主要是和卢家交好的王昶。有意思的是纪昀回京，根据乌鲁木齐都统索诺木策凌修纂的《乌鲁木齐政略》记载，纪昀是捐赎回籍的。

这三次不符合社会主流的要求和法度而遭受的挫折，以及遇到挫折后进行的调整和改变，和纪昀为人处世及性格特点，是一致的。除了世人熟知的睿智滑稽的一面外，循规蹈矩、遵守时俗的一面不仅存在，而且逐渐成为主要方面。

乾隆对待理学态度的转变，以及大兴文字狱，也是纪昀学术和风格做派

---

[1]　《大清高宗纯（乾隆）皇帝实录》（二十五）卷 1229。

转变的一个重要原因①。上有所好,下必甚焉。乾隆对程朱理学态度的转变,势必会影响到士人乃至社会对程朱理学的看法。纪昀长期任职翰林,为天子近臣,对于这种态度的转变更为清楚。不仅如此,作为四库馆的总纂修,纪昀还需要把乾隆的态度和意见细细体会,运用到四库全书的整理、删改和总目提要的写作之中,较之他人只怕更为深刻。是以鲁迅先生后来注意到这一点,极为精审地说道:"特别攻击道学先生,所以是那时的一种潮流,也就是'圣意',我们所常见的,是纪昀总纂的《四库全书总目提要》和自著的《阅微草堂笔记》里的时时排击。这就是迎合着这种潮流的,倘以为他秉性平易近人,所以憎恨了道学先生的镌刻,那是一种误解。"② 乾隆讲帝王之学与儒者终异,同样,官员之学也与儒者终异,是以纪昀终异于戴震和钱大昕。

此外,在纪昀和乾隆关系上,有一点必被提及,即乾隆将纪昀俳优、无用腐儒视之,将之作为分析和评价纪昀的一个方面。这种情况对于纪昀来说,确实是他谨慎小心的一个重要原因。但也需要说明两点。

其一,中国古代知识分子与俳优素有关联③。司马迁《报任安书》就明确说:"仆之先人非有剖符丹书之功,文史星历近乎卜祝之间,固主上所戏弄,倡优畜之,流俗之所轻也。"历史上有名的与俳优有关的知识分子如淳于髡、东方朔,纪昀不仅在自己的诗作中有提及和认可,而且也具有他们"言谈微中,亦可以解纷"的特点。

---

① 戴逸《乾隆帝及其时代》对乾隆的变化有很好的解释;陈祖武等著《乾嘉学术研究》则对乾隆对待程朱理学变化的过程和表现阐释得很清楚。在禁锢思想、大兴文字狱方面,以纪昀出生(1724年)到进入四库馆(1773)之间的五十年来看,就有:1725年,与年羹尧有联系的汪景琪以诽谤罪处斩;1728年大兴文字狱,株连浙江理学家吕留良及门人;1729年,宣布免曾静徒死刑,用其讲解《大义觉迷录》;1730年,因曾静、吕留良案,发生几起文字狱,有徐俊诗文案,上杭范世杰呈词案,屈大均诗文案;1732年,吕留良案结,吕留良等被戮尸,沈在宽立斩;1734年,沈伦《大樵山人诗集》案发;1741年,谢世济著书案;1753年,丁文林逆词案,刘震宇《沿平新策》案;1755年,胡中藻《坚磨生诗钞》案,刘裕后大江诽书案,杨淮震投献霹雳神策案;1756年,朱时藻吊时案;1757年,指责彭家屏等诽谤而兴大狱,有陈安兆著书案;1761年,文字狱迭兴,有林志功捏造诸葛碑文案,阎大镛《俣俣集》案,余腾蛟诗词案,李雍和潜递呈词案;1768年,柴世进投递词帖案,李绂诗文案;1769年,安能静试卷诗案。接连不断的残酷的文字狱,对于纪昀来说不能毫无影响。

② 鲁迅:《且介亭杂文·买〈小学大全〉》,《鲁迅全集》六,第55页。关于此点,王达敏《姚鼐与乾嘉学派》(学苑出版社2007年版)已提及,第91页。

③ 可参考余英时《士与中国文化》第三部分"中国知识分子的古代传统——兼论'俳优'与'修身'",上海人民出版社2003年版。

其二，乾隆牢牢控制权力，认为"朕为天下主，一切庆赏刑威，皆自朕出。即臣工有所建白而采而用之，仍在于朕，即朕之恩泽也"①。对汉臣心怀轻视，甚至对于张廷玉——雍正朝极为重用、被雍正遗诏配享太庙的唯一汉人，乾隆虽然颇为礼敬优容，但是依然认为："伊十余年来，仅以旅进旅退、客默保位为得及，及一一获满所愿，辄图远引。"② 这是奚落之言，鄙视之情亦溢于言表。至于方苞，乾隆评价更恶："朕嗣位之初，念其稍有文名，谕令侍直南书房，且升授礼部侍郎之职。伊若具有人心，定当痛改前愆，矢慎矢公，力图报销。乃伊在九卿班内，假公济私，党同伐异，其不安静之痼习，到老不改，众所周知。"③ 也就是说，贬损和侮辱大臣的情况并不只发生在纪昀身上，而是乾隆朝比较普遍的现象，对此没有必要过于夸大其意义。

经世、随俗而安命以立命，是纪昀能够在当时的政治中自我保全、在学术上有所作为的根本原因。"浮沉宦海如鸥鸟，生死书丛似蠹鱼"，是纪昀自作的挽联，亦是对其一生经历的真实写照。

就纪昀与乾嘉学术而言，他的贡献和作用是多方面的，其中最为主要的，除总纂《四库全书总目》外，便是将考据精神贯彻于文学批评之中并取得丰硕成果。也正因为此，朱东润先生独具慧眼地将纪昀高自标置，在其批评史中将纪昀安排在沈德潜之前，且言人所未言，对纪昀给予了极高的评价：

> 晓岚论析诗文源流正伪，语极精，今见于《四库全书》提要，自古论者对于批评用力之勤，盖无过纪氏者。
> 晓岚对于文学批评之贡献，最大者在其对于此科，独具史的概念，故上下千古，累累如贯珠。④

可以说，纪昀虽然并无专门考据学著述，却是当之无愧的考据学家，乾嘉学派的重要学者。

[作者单位：中国社会科学院文学研究所科研处]

---

① 《十一朝东华录·乾隆朝》卷二，乾隆三年六月。
② 《大清高宗纯（乾隆）皇帝实录》（八）卷363。
③ 《大清高宗纯（乾隆）皇帝实录》（二）卷92。
④ 朱东润：《中国文学批评史大纲》，古典文学出版社1957年版，第301页。

亚里士多德模仿说的目的论

户晓辉

内容提要 本文立足希腊文原典和中外解释传统探讨《诗学》的模仿说与"技艺模仿自然"的从属关系及其目的论，认为"技艺模仿自然"的要义在于一方面将他因转换为自因（自然），另一方面也通过技艺的逻各斯品质"完成自然不能做到的事"；同样，诗的模仿在质料生产的意义上模仿自然，在形式生产的意义上为模仿的产品添加可然、必然和应然的理性目的形式。诗的模仿对象不是发生过的个别事件，而是人希望按照可然律或必然律能够发生或应该发生的具有普遍性的个别事件。

从整体来看，诗的模仿重在模仿自然的目的论原则，为了达到最佳目的，诗不仅不限于盲目的自然目的形式，更要重新创造出可然、必然与应然的理性目的形式。正因如此，诗才具有高贵的哲学性质和远高于史的人文品格。亚里士多德为诗的模仿确立的目的形式，不仅为西方美学的模仿观奠定了根基，也启示我们：模仿让诗具备了理性的目的形式；诗学与诗一样，都应超越盲目的自然目的形式，以理性的目的形式为旨归，否则，它也难以成为亚里士多德意义上的制作科学。

关键词 哲学 模仿 诗 个别中的普遍

引言：从《诗学》到"技艺模仿自然"

亚里士多德主要在《诗学》和《物理学》中表达了他的模仿说。可是，在中国，研究《诗学》的学者一般很少阅读亚里士多德的哲学著作①，而研究亚里士多德哲学的学者也不大顾及《诗学》。多数学者仅就《诗学》来谈亚里士多德的模仿说。即便如此，我们也不应忘记，亚里士多德首先是一位博学的哲学家。他的哲学是体，《诗学》则是用，不了解体，就难以明了用。具体而言，《诗学》本是一部内部使用的不完整讲稿，"凡是亚氏的这一类著作，都称为秘籍，因为这些只是在亚氏的弟子间流通。亚氏的其他著作则没有这种限制。因此，是著尽管其风格简洁，论证谨严，但有时流于晦涩，其中某些词句或许只有亚氏本人及其亲聆讲授的嫡传弟子方能理解，后世人是极难得其三昧的"②。这种内部传授要求听众或读者具有高度的哲学成熟程度，尤其是具有极其活跃的哲学自发性③。后人若想参透《诗学》的微言大义，就不能不对亚里士多德哲学有较深入的领会。正因如此，20 世纪以来，欧美一直有学者主张依据亚里士多德哲学来解析《诗学》，而且身体力行的学者代不乏人，也取得了可观的成绩④，但在我看来，他们对亚里士多德哲学的钻研仍然不够深入和系统。以亚里士多德的模仿说为例，他们虽然也联系《物理学》中的著名论断"技艺模仿自然"（τεχνη μιμειται την φυσιν)⑤，却停留在片段引用或局部联系的层面，较少系统地揭示二者之间的目的论关联。

　　《诗学》名为 Περί ποιητικῆς，字面意思是论制（创）作，也可特指论诗艺。值得指出的是：一、从古希腊发源的"诗"（ποίημα，字面意思是做成

----

　　①　"打通"亚里士多德哲学与《诗学》的著作并不多见。在这方面做出初步尝试的有缪朗山的《西方文艺理论史纲》（中国人民大学出版社 1985 年版）；曹建斌、陈歆《技艺模仿自然——亚里士多德〈诗学〉中的摹仿思想述评》（《职业圈》2007 年第 2 期）。

　　②　刘以焕：《古希腊语言文字语法简说》，上海人民出版社 2006 年版，第 310 页。

　　③　参见 Max Kommerell, *Lessing und Aristoteles. Untersuchung über die Theorie der Tragödie*, S. 52, Vittorio Klostermann Frankfurt am Main, 1984；其实，亚里士多德在这部讲稿中还试图在多个层面上以迂回曲折的方式回答柏拉图对诗的非难。因此，许多文字构成了与柏拉图哲学的潜在对话关系，这也增加了理解的难度。

　　④　在这方面做出较好尝试的代表著述有 Harvey D. Goldstein, Mimesis and Catharsis Reexamined, in *The Journal of Aesthetics and Art Criticism*, Vol. 24, No. 4, 1966；Elizabeth Belfiore, Aristotle's concept of praxis in the *Poetics*, in *The Classical Journal*, Vol. 79, No. 2, 1983；Max Kommerell, *Lessing und Aristoteles. Untersuchung über die Theorie der Tragödie*, Vittorio Klostermann Frankfurt am Main, 1984；Poulheria Kyriakou, Aristotle's philosophical *Poetics*, in *Mnemosyne*, Vol. 46, 1993；*Aristotle's Poetics*, Translated and with a Commentary by George Whalley, McGill-Queen's University Press, 1997。

　　⑤　参见亚里士多德《物理学》，194a，21。

的东西）泛指与模仿有关的作品，几乎涵盖了各种文学体裁，不同于汉语的
"诗"（一般指一种有节奏和韵律的文学体裁），这种广义用法在欧美一直沿
用至今，本文也在这种意义上使用"诗"和"诗学"①。二、在古希腊，一切
制作、制造以及文艺创作都属于 τεχνη（技艺）②，直到 19 世纪，欧洲的文艺
创作才从技艺中分化出来③。实际上，《诗学》中的模仿说也从属于"技艺模
仿自然"的论断。这意味着，理解"技艺模仿自然"是理解悲剧或诗的模仿
的前提和准备。若不系统地追问技艺为何模仿自然以及如何模仿自然，也就
难以理解作为技艺表现形式之一的悲剧或诗为什么模仿以及如何模仿。只有
洞悉了《诗学》中的模仿说与"技艺模仿自然"的从属和互补关系，才能理
解亚里士多德模仿说的目的论含义。

　　为了理解的完整性，我们需要对亚里士多德的目的论哲学做一番还原④。

一　制作的本原

　　亚里士多德《形而上学》的第一句话说：Πάντες ἀνθρωποι τοῦ εἰδέναι
ὀρέγονται φύσει 字面意思是"从自然上说，所有人都想看见或知道"，通译
为"求知是所有人的本性（自然）"。他为这个论断提出的证明是一个自明的
事实，即人人都喜欢感觉，而且尤其喜欢观看，因为在一切感觉中，观看最

---

　　①　正因如此，王士仪把《诗学》译为《创作学》。参见王士仪《论亚里士多德〈创作学〉》，台
北里仁书局 2000 年版，第 51、66、138 页；西方的"诗学"概念主要指文学理论中与形式主义相关
的一个分支，也经常用于散文和戏剧创作的研究，参见 Peter Auger，*The Anthem Dictionary of
Literary Terms and Theory*，p. 233，Anthem Press，2010。

　　②　正如陈中梅所指出，"事实上，在古希腊人看来，任何受人控制的有目的的生产、合成、维
系、改良和促进活动，都是包含 technē 的'制作'过程"（陈中梅：《柏拉图诗学和艺术思想研究》，
商务印书馆 1999 年版，第 384 页）。

　　③　关于这一点，海德格尔写道，"直到那时候（指 19 世纪初——引注），所谓艺术还是指形形
色色的生产能力。手工业者、政治家和教育家，他们作为生产者都不外乎是艺术家。连自然也是一
个'艺术家'（Künstlerin）。那时候，艺术并不是指我们今天已经被狭隘化了的概念——今天的艺术
概念仅被用于在作品中把美生产出来的所谓'美的艺术'"，见海德格尔《尼采》（上），孙周兴译，
商务印书馆 2002 年版，第 76 页。

　　④　自德国学者耶格尔（Werner Jaeger）出版了具有划时代意义的著作《亚里士多德〈形而上
学〉的发生史研究》（*Studien zur Entstehungsgeschichte der Metaphysik des Aristoteles*，Berlin
1912）和《亚里士多德及其发展史的基础》（*Aristoteles. Grundlegung einer Geschichte seiner En-
twicklung*，Berlin 1923）以后，以发展的眼光分阶段地看待亚里士多德哲学思想的演变过程已成为
主导范式之一。限于题旨，本文暂不涉及发展观。

能揭示事物的差别并给我们提供知识。在他看来，知识（ἐπιστήμη）既非感觉，也非经验，而是关于本原（ἀρχή）① 和原因（αἰτία）② 的智慧。只有把握了某个事物的原因尤其是第一因（τρόπον αἴτιον），才算知道这个事物。③

亚里士多德把科学或知识分为三类，即理论或思辨科学（知识）、实践科学（知识）和制作科学（知识）④。技艺属于制作科学（知识）。他认为，理论或思辨科学（知识）以自身为内在目的，它为知识而知识，而且是人的神性的体现，因为不仅它认识的对象是不变的实体，而且思辨或沉思（θεωρία）本身也是连续的、纯粹的、自足的和神圣的，而实践科学（知识）和制作科学（知识）则以外在的东西为目的。从知识的形态和获取途径来看，人通过经验得到了技艺和科学。技艺以经验为基础，没有经验就会诉诸偶然。一旦对同类事物形成一个普遍判断，就产生了技艺。因此，技艺高于经验，因为经验只知特殊，而技艺知道普遍。有经验的人只知其然，不知其所以然；有技艺的人则知道其所以然和原因。因此，在亚里士多德看来，知与不知的标志在于能否传授，技艺比经验更接近科学，因为技艺能传授，经验不能传授。在全部科学中，那种更善于确切地传授各种原因的人，具有更大的智慧。只有具备最高层次的普遍知识的人，才必然通晓一切。最普遍的知识也是最难知晓的，因为它离感觉最远。寻求最初本原和原因的科学就是思辨科学。这种普遍知识最难，所以思辨科学也是最高的科学⑤。

尽管科学或知识有高低之分，但它们都关涉事物存在或生灭的本原和原

---

① 在希腊语中，ἀρχή（本原）的基本意思是开始、起因、基础、原则等，海德格尔讨论过这个概念在古希腊哲学中的六种含义，参见 Martin Heidegger, *Die Grundbegriffe der antiken Philosophie*, S. 34—35, Vittorio Klostermann Frankfurt am Main, 1993。

② 在希腊语中，αἰτία（原因）的特殊含义在于它还有归责（包括归功或归咎）的意思。因而，如果是好事的原因，它的意思可以是功劳；如果是坏事的原因，它的意思可以是罪责。

③ 参见亚里士多德《物理学》，194b23—25。

④ 苗力田译为创制科学，见亚里士多德《形而上学》，苗力田译，中国人民大学出版社 2003 年版，第 3、5 页。

⑤ 参见亚里士多德《形而上学》，980a—982b；克罗伊克斯认为，知识只适用于普遍和必然这种看法过于简化而且严重误解了亚里士多德的主要思想，因为即使在《诗学》中，诗也不仅是必然的，也是可然的［参见 G. E. M. De Ste. Croix, Aristotle on History and Poetry（*Poetics*, 9, 1451a36—b11）, in Amélie Oksenberg Rorty（ed.）, *Essays on Aristotle's Poetics*, p. 25, Princeton University Press, 1992]。但是，这种看法忽视了可然中的应然和必然，详见本文最后一节的分析。

因。探求本原和原因是亚里士多德所谓科学或知识的共同特征，他的所有著述几乎都是对不同事物的本原和原因的探讨。技艺就是关于制作本原和原因的知识。

既然各门科学都以本原和原因为对象，那么，本原和原因有无不同呢？在《形而上学》第 5 卷的开始，亚里士多德解释说，所谓本原（ἀρχή）就是运动、存在、生成或认识由之开始的起点，因而技艺尤其是各种建筑术也被称为本原，"原因的意思和本原一样多，因为一切原因都是本原"，因此，亚里士多德所谓的四因（质料因、动力因、形式因、终极因或目的因）[①] 也可以理解为四种本原。

本原既可以内在于事物，也可以外在于事物。"正因为这样，自然是本原，而元素、思想、意图、实体和何所为或目的都是本原或始点。"[②] 如果技艺是制作的本原，自然也是一种本原，那么它们之间有什么区别呢？要弄懂这个问题，我们先得讨论亚里士多德的自然。

二　"形态就是自然"

1. 自然是形式也是目的

在《物理学》（本应译为《论自然》）中，亚里士多德专门讨论了希腊哲学的第一个存在词 φύσις（自然）。φύσις 作为动名词有强调过程的意思，它的基本含义是自然而然——它自己成为它自己的样子。在该书第 2 卷的开始，亚里士多德指出，首先，按照自然而存在的事物自身都有运动和静止的本原，因此，自然"就是：让……从自身中起源"[③]，而通过技艺产生的东西却没有这种内在的变化冲动。其次，自然是形式或形态（μορφή）：

> 如果仅仅潜在地是一张床而还没有床的形式，我们就不应当说这东西有什么是由于技术的，也不应当说它是工艺制品，在由于自然的事物中的情形也是这样。因为潜在的肌肉或骨骼在获得我们规定的什么是肌肉或什么是骨骼的形式之前，就还没有它自己的自然，也不会是由于自

---

① 参见亚里士多德《形而上学》，1013a25—35。

② 参见亚里士多德《形而上学》，苗力田译，中国人民大学出版社 2003 年版，第 84—85 页，1013a。

③ 海德格尔：《路标》，孙周兴译，商务印书馆 2009 年版，第 276 页。

然的存在。所以，按照这一种解释，自然就应当是在自身中具有运动本原的事物的形状或形式，这种形状或形式除了在理性上外，不与事物相分离。（由质料和形式构成的东西不是自然，而是由于自然，例如人。）而且，形式比质料更是自然，因为每一事物在其现实地存在时而不是潜在地存在时被说成这个事物更为恰当些。①

因此，自然不仅是自带本原地自然而然，而且是事物要取得的（符合定义的）形态，也就是现实地成为该事物，而不仅潜在地是该事物。一旦事物获得了它的形态，也就获得了它的自然，因为"形态就是自然"（ἡ ἄρα μορφὴ φύσις）②。形态意义上的自然就是本性或本质。

将这两种意义上的自然结合起来理解：所谓自然就是事物自己向自己的形态运动、发展并获得自己的形态。自然物都要获得自己的形态，其运动和变化的本原或目的（即获得形态并实现自身）在自身。亚里士多德说："有的东西以实现方式存在，有的东西以潜能方式存在，有的东西以潜能和实现两种方式存在。"③ 但实现在时间和定义上总是优先于潜能。这两种优先都具有目的论含义：首先，在时间上，实现作为潜能的目的已经在时间上预先暗含在潜能之中，即潜能总是已经具备实现的可能，否则它就不能实现；其次，由于潜能还不是现实的存在或者还没有实现，所以，它只能依靠实现来定义而不是相反。因此，作为潜能的质料（ὕλη）与作为实现的形态（μορφή）有所不同，"尽管 ὕλη 和 μορφή 两者构成了 φύσις 之本质，但它们实际上并不是等量齐观地保持着均衡，相反，μορφή 是具有优先地位的"④。形态是动态的，它是一种获得形式或自动赋予形式的过程或功能。换言之，亚里士多德的形态以及四因都是功能概念。所谓的形式因，不是事物静态的本质，而是事物通过运动和变化而实现自身并获得自身形态的原因。

自然是事物自带运动或变化本原的直接质料基底，又是要实现或已经实现的形态，也就是说，自然有时指质料，有时指形态，但由于形态也是目

---

① 亚里士多德：《物理学》，徐开来译，193a—193b，见苗力田主编《亚里士多德全集》第二卷，第 32—33 页。

② 同上书，193b18。

③ 亚里士多德：《形而上学》，苗力田译，第 231 页。

④ 海德格尔：《路标》，孙周兴译，第 329 页。

的，所以，自然也是目的因①。既然动力因也是质料因，形式因又是终极因或目的因，因此，亚里士多德又把自己提出的所谓四因（质料因、动力因、形式因、终极因或目的因）归结为两因（质料因和形式因）。实际上，从亚里士多德的辩证观和功能观来看，同一个东西：在作为尚未实现的东西时，是质料；在作为完全实现出来的东西时，是形式；在作为要达到的东西时，就是目的。

2. 自然让每个东西都有自身的最佳目的

亚里士多德认为，自然与技艺既有相似又有不同。人能生人是由于自然，床不能生床因而是由于技艺。他引述古希腊智者安提丰的说法：如果有人把一张床埋在地里腐烂后能够发芽，长出来的会是木头而不是床，因而床的自然是木头而不是床。习惯规定和技艺安排不过是偶然，而自然是在生长和制作过程中保持不变的东西。由此看来，技艺中也有自然。亚里士多德始终将自然与技艺加以比照，有时甚至从技艺反推自然。他不是要追溯自然和技艺中的偶然，而是要寻求其中的必然。尽管他不否认偶然的存在，但他认为，偶然不是知识的对象②。如果某个事件总是发生或多半会发生，那就不是出于偶然或巧合。如果自然的经常发生不是偶然或巧合的结果，它们就必然是为了某种目的。如果某个过程有目的或终点，那么，前面的步骤就都是为了这个目的或终点。但这里的目的或终点（τέλος）不是一般意义上的过程结束或事情终结，"因为并不是一切终结都是目的，只有最好的终结才叫目的"③。正如人的目的不是死亡而是获取人的形式一样，事物的目的是让自身的潜能获得充分的、最好的实现即达到自身的功效（ἔργον），只有这样才能获得它自身的善（ἀρετή）。事物自身的善就是它的恰如其分、它的完满性、它的出类拔萃、它的优异性、它的适宜性、它的美妙绝伦。因此，从目的论角度出发，亚里士多德认为，自然绝不徒然创造任何东西，而是让每个东西都有自身的最佳目的。每个事物都有自身的目的或形式，因而都有自身的善，事物的潜能达到或实现了它的目的或形式，就是它的善。每个事物的善又共同朝向最高的至善。

在亚里士多德看来，由于自然而生成和存在的事物都有目的，先行的阶

---

① 参见亚里士多德《物理学》，199a30—32 和 199b32—33。

② 在《物理学》197a 中，亚里士多德认为，事情的确可以由于偶然而发生，但严格说来，偶然不是原因。

③ 亚里士多德：《物理学》，194a32，见苗力田主编《亚里士多德全集》第二卷，第 36 页。

段总是为了后继的阶段并共同指向目的，同样，人的行为也有目的以及有待实现的善。亚里士多德用类比推理的论证方法得出结论说，如果人工产品是为了某个目的，那么，自然产品显然也是如此：

> 假若一幢房屋是由于自然而生成的，那么，它也应该像现在由技艺制作的一样生成；假若由于自然的那些事物不仅仅是由于自然，也是由于技艺生成，那么，它们也就会像自然地生成一样。因此，先行的是为了后继的。一般说来，技艺有些是完成自然不能做到的事，有些则是模仿自然。所以，如果按照技艺的东西有目的，那么显然，按照自然的东西也就有目的。因为不论是在按照技艺的产品里还是在按照自然的产物里，后继阶段对先行阶段的关系都是一样的。①

技艺的制作与自然的生产之所以"一样"，是因为它们在先后序列上具有同样的目的论关系，序列中的每一步都是为了下一步，都指向目的。这里，最值得关注的是亚里士多德的重要论断："技艺有些是完成自然不能做到的事，有些则是模仿自然"（ὅλως δὲ ἡ τέχνη τὰ μὲν ἐπιτελεῖ ἃ ἡ φύσις ἀδυνατεῖ ἀπεργάσασθαι τὰ δὲ μιμεῖται）②。在《物理学》中，亚里士多德并没有明确说明，究竟什么才是"自然不能做到的事"，但他接着指出，非常明显的是，人以外的其他动物既非通过技艺、也非通过探究或筹划来进行制作（μάλιστα δὲ φανερὸν ἐπὶ ζῴων τῶν ἄλλων, ἃ οὔτε τέχνη οὔτε ζητήσαντα οὔτε βουλευσάμενα ποιεῖ）③，但是，"如若由于没有看见有运动的策划者，就因此而不承认生成是有目的的，这是荒谬的。其实，技艺也无谋划（καίτοι καὶ ἡ τέχνη οὐ βουλεύεται）。因为假如造船术存在于木料之中，那么，由于自然也就同样能造出船来。所以，如若目的存在于技艺中，它也就存在于自然中。最为明显的例子就是医生诊治自己，因为自然就是像这个例

---

① 亚里士多德：《物理学》，198a12—20，见苗力田主编《亚里士多德全集》第二卷，第52页；引文据希腊文有改动。
② 参见亚里士多德《物理学》，199a10—16。
③ 亚里士多德：《物理学》，199a20—21，徐开来的译文为："这种情形在其他动物方面表现得最为明显，它们不懂技术、不作研究、不加思考地进行着制作"，见苗力田主编《亚里士多德全集》第二卷，第52页。

子一样"①。这里的第三人称中动态动词 βουλευεται 表示为自身或对自身进行谋划——技艺的目的不是为了自身或作用于自身。医生给他人治病，是由于技艺；给自己治病，就是由于自然。医生有技艺的目的不是为了给自己治病，尽管他可以给自己治病，而这只是技艺的偶然，一旦这样，技艺就碰巧成了自然。尽管技艺的目的不是为了自身，而植物的目的是为了自身却不是有意而为，但不可否认的是，技艺和自然都有目的，区别仅仅在于，技艺是人的有意识的选择活动，而动植物达到目的的活动却不是技艺，也不是有意识地探究或谋划的结果，不仅如此，在动植物那里，目的和手段的关系也比较松散②，即使在没有阻碍的情况下，它们的手段通常或总会通向目的。技艺的制作过程中可能出错（άμαρτία），自然的生成过程中也可能出错③。亚里士多德没有讨论这两种出错的差别，但他指出，技艺的目的是为了正确地制作的东西。换言之，尽管自然和技艺都可能出错，但自然的出错并非人为，因而也非人力所能改变，而技艺的出错可以被人避免或有意造成，因为技艺出于人的理性选择。

3. 技艺是让人从自然中凸显出来的一种知识

显然，技艺之所以要模仿自然，是因为它和自然一样有相同的目的程序或过程。自然无须人的参与而自成自化，不借助人工而自动生成自然物，技艺则是人力所能及之事。对于自然生成过程，人或许无所作为，但人可以通过技艺来模仿自然的目的程序和过程。这种模仿不是人能否模仿或是否愿意模仿的问题，而是必须模仿的问题。因为自然为技艺"规定"了目的论规则，反过来说，技艺的目的论规则取决并受制于自然的目的论规则。

亚里士多德将自然与技艺进行对比和对言，不仅是为了进行类比推理并且用二者相互阐发，更是为了彰显技艺对人具有的存在论意义和认识论意义。在亚里士多德看来，技艺不仅是制作的技术，而且具有人之为人的本体论价值。因此，海德格尔指出：

对希腊人来说，φυσις乃是表示存在者本身和存在者整体的第一个根

---

① 亚里士多德：《物理学》，199b28—32，见苗力田主编《亚里士多德全集》第二卷，第52页；引文据希腊文有改动。

② 亚里士多德说："目的也存在于植物之中，只是准确程度差些罢了。"（《物理学》，199b10，见苗力田主编《亚里士多德全集》第二卷，第53页；引文据希腊文有改动）

③ 参见亚里士多德《物理学》，199b。

本性名称。在希腊人看来，存在者乃是那种东西，它自立自形，无所促逼地涌现和出现，它返回到自身中并且消失于自身中，即一种涌现着又返回到自身中的运作。如果人试图在存在者（φύσις［自然，涌现］）中间，在人被投入其中的存在者中间，赢获和建立一个立足点，如果人以这样那样的方式来掌握存在者，那么，他对存在者所采取的行动就是由一种关于存在者的知识来承担的，并且是受这种知识指导的。这种知识（Wissen）就被叫做τέχνη。这个希腊语词自始就不是、并且从来不是表示一种"制作"和生产的名称；而毋宁说，它表示的是那种知识，这种知识支撑和指导着人类在存在者中间的一切显突（Aufbruch）。因此，τέχνη常常是表示一般人类知识的名称。①

技艺是人在自然中赢得的一个立足点，是人仿照自然的范式可做的事，是人从自然中学到的一种知识，而且是能够让人从自然中突显出来的一种知识。一切所谓现代技术都可以在这里找到自己的哲学起源或理论本原。既然技艺不仅是制作和生产，也是一种普遍的知识，那我们就要问：什么是技艺？

三　技艺：运动与逻各斯

1. 技艺通向自然

在古希腊，技艺是连接λόγος（理性思考）和μῦθος（虚构的故事、诗歌）的重要环节，因为技艺在某种程度上化解了二者之间的对立②。到了柏拉图那里，技艺的理性特征得到进一步突出和强调。柏拉图认为，首先，技艺不是经验，也不是经验的随意的和不负责任的总结，技艺高于经验，有时甚至和知识大致平行③。其次，技艺必须善于透过表象，抓住事物的实质。因此，柏拉图已经发现理性与技艺的特殊关联，他对技艺的重视也非同一

---

① 海德格尔：《尼采》（上），孙周兴译，商务印书馆 2002 年版，第 87—88 页。
② 参见陈中梅《柏拉图诗学和艺术思想研究》，第 24 页。
③ 其实，在柏拉图那里，技艺与知识已经发生了混用或等同，参见吴童立《〈国家篇〉中关于正义的技艺论证》，《世界哲学》2012 年第 3 期。

般①。此外，柏拉图还把技艺划分为求知的技艺、分辨的技艺和制作的技艺②。

如上所述，或许在柏拉图的启发下，亚里士多德对技艺做出进一步规定并把科学或知识划分为思辨、实践和技艺三种类型。最高级的思辨科学（知识）研究的是不变或不动的普遍实体，也就是不动的动者，它推动别的东西运动而自身却不动，它是最高的存在者即神，研究这种存在者的科学就是神学。这种神学不同于后世的基督教神学，因为亚里士多德的神并非人格神，他的最高存在者是其他存在者的终极原因和本原，它之所以不动，因为它没有质料，只有形式③。质料是运动、变化和存在的潜能。最高的存在者（神）是完全实现者，因而是不动者。其他存在者之所以动，是因为它们具有尚未实现或尚未完全实现的质料或潜能。由此看来，技艺知识涉及的是非自然物运动、变化和生成的原因或本原。

在亚里士多德看来，质料（ὕλη）是事物在自身中的他物即他在④。换言之，质料意味着事物还不是自身，此时的它是作为他物而存在的自身，所以，质料必然要运动，只有通过运动，质料的潜能才能实现出来，变成现实。"所以很明显，在自然物中的必然性，就是我们所说的作为质料的东西以及它的运动。"⑤ 在自然中，质料是必然，因为如果没有阻碍，它就一定要实现，尽管不一定产生同样的结果，但一定不会产生相反的结果。所谓必然，就是只能这样，不能别样⑥。

---

① 参见陈中梅《柏拉图诗学和艺术思想研究》，第 206 页。

② 参见 F. E. Peters, *Greek Philosophical Terms*: *A Historical Lexicon*, pp. 190—191, New York University Press, 1967。

③ 亚里士多德认为，"并不是所有的东西都有质料，而只有那些有生成和相互变化的东西才有。那些存在或不存在，但没有变化的东西，都没有质料"（《形而上学》，第 171 页，1044b28—29）；但对于这些最高实体是否纯形式，仍有不同的理解。例如，聂敏里指出，"纯形式"这个概念对于理解亚里士多德的最高实体即不动的动者来说不是一个合法的概念，因为仅仅就其绝对实现而言不动的动者才是无质料的，但亚里士多德并没有说它就是与质料相分离的纯形式。参见聂敏里《亚里士多德的形而上学：本质主义、功能主义和自然目的论》，见《世界哲学》2011 年第 2 期（希腊哲学专号）。

④ 伽达默尔甚至认为，质料是存在的可能性（δυνάμει ὄν），而自然不是被思想为完成和形态，而是单纯的变形或变成他物（ἀλλοίωσις），参见 *Aristotles Metaphysik XII*, Übersetzung und Kommentar von Hans-Georg Gadamer, S. 52, Vittorio Klostermann GmbH., 2004。

⑤ 亚里士多德：《物理学》，200a33，见苗力田主编《亚里士多德全集》第二卷，第 56 页。

⑥ 对亚里士多德的必然、偶然和原因等概念的一般讨论，参见 Richard Sorabji, *Necessity, Cause, and Blame*: *Perspectives on Aristotle's Theory*, Cornell University Press, 1980。

　　相对而言，质料的深意在于其运动、变化和存在的根据或本原不在自身，而形式的深意则在于存在的本原或根据在自身①。形式是最高的或最后的质料（ἐσχάτη ὕλη）。在这个意义上，亚里士多德说："一切技艺也就是制作科学都是潜能，因为它们是在他物之中或者在作为他物的自身之中的变化本原。那些有理性的潜能，每一种都具有相反的结果，而无理性的潜能每一种只有一种结果。例如，热的结果是热，而医术既可造成疾病，也可造成健康。"② 显然，技艺比热更像自然，因为技艺和自然都与实现（ἐνέργεια）具有复杂的目的论关系。

　　先看质料与运动的关系③。尽管亚里士多德经常用实物来类比质料，但我们不能把质料仅仅理解为物质。严格地说，"质料因"这种译法也有误导倾向，因为亚里士多德质料的本义只是说"出自什么"（τὸ ἐξ οὗ）的原因，甚至有其不能被认识的方面。他明确指出，"我所说的质料，就其自身既不是某物，也不是量，也不是规定存在的任何其他范畴"④。质料是潜能，技艺的知识就是把握非自然物潜能的原因，从而让潜能变成现实，因而技艺的知识是有关非自然物运动、变化、生成和存在的潜能的知识，这种知识同时也是可以传授的出于理性的普遍知识。

　　如果说质料作为潜能是因为它的运动或变化根据不在自身，因而还不能现实地成为自身，只能潜在地是自身，那么，技艺的功效就是让这种潜能实现出来，即让潜能变成现实，让他因成为自因，让外因成为内因，最终让技艺通向自然，这是亚里士多德断言"技艺模仿自然"的深意所在。正如卡塔亚玛所指出，在亚里士多德那里，所谓本原在自身（ἐν ἑτέρῳ）和在他物（ἐν ἄλλῳ）其实是一回事，因为在自身（自然）是就实现而言，在他物（技

---

　　①　在亚里士多德那里，质料与形式一般是相对而言。例如，当我们说青铜是雕像的质料时，不能说青铜本身无形式，而只能说青铜作为雕像的质料还没有形式，因为青铜这种质料还不能显示雕像的任何形象或特征。如果单独就青铜而言，我们当然也可以谈论它本身的形式。关于亚里士多德的绝对无规定的质料问题，参见 Joseph Owens, *The Doctrine of Being in the Aristotelian Metaphysics*, pp. 205－206, Pontifical Institute of Mediaeval Studies, Toronto, Canada, 1957。

　　②　亚里士多德：《形而上学》，第 176 页，1046b4—11；引文据希腊文和赫尔曼·伯尼茨的德译文（*Aristoteles Metaphysik*, Übersetzt von Hermann Bonitz, Rowohlt München 1966）有改动。

　　③　正如海德格尔所指出，"亚里士多德对运动状态的解释乃是在一般西方形而上学历史上必须得到思考的最困难的事情了"（海德格尔《路标》，第 331 页），但限于题旨，本文只能就亚里士多德的运动理论做初步讨论；也可参见李猛《亚里士多德的运动定义：一个存在的解释》，见《世界哲学》2011 年第 2 期（希腊哲学专号）。

　　④　亚里士多德：《形而上学》，苗力田译，第 129 页，1029a22。

艺）是就潜能而言；自然之所以优先于技艺，是因为实现优先于潜能①。因此，从潜能和实现的角度来看，自然的优先性和优越性在于自然就是目的和形式，自然之所以自身具有变化或运动的本原，恰恰因为它自带目的和形式，正如种子的目的和形式已经蕴涵在种子之中一样，因而，相比于技艺，自然已经是一种实现。但技艺却没有这么幸运，"因为没有一件工艺制品的制作根源在自身之中，而是在他物之中（例如房屋和其他各种手工制品）。虽然有一些工艺制品的根源在自身之中，但那不是由于自身，而是由于偶性才可能成为这些东西的原因"②。亚里士多德对此做了一个细致的区分：即自然的形式能够得到直接复制，例如人生人，技艺的制作却不能直接复制形式，例如，技艺产品的形式不是技师自己的形式的复制，因此，"由于技艺而生成的东西，它们的形式（εἶδος）都在灵魂中。我把个别事物的所以是的是和第一实体都称为形式。甚至那些相反者也以某种方式具有相同的形式"③。

2. 自然的形式是内在的，而技艺的形式却在人或技师的灵魂之中

在亚里士多德看来，灵魂是有机体的第一个完全实现的状态，它是原理意义上的实体，是形式和定义。形式不能生灭，但制作的形式不是被制作产品的具体形状，而是技艺，因为技艺才是制作的本原或原因，因而，技艺是制作的形式，正如"医术是健康的形式，建筑术是房屋的形式"④。这里的形式是本原和知识意义上的原因，它是技艺的本原或始点。由此看来，技艺模仿自然，指的是制作物的本原和根据来自技艺，正如自然物的本原和根据来自自然一样，因而技艺要模仿自然。自然的形式是内在的，而技艺的形式却在人或技师的灵魂之中，这一点构成自然与技艺的本质区别。如果说这一点使技艺逊色于自然，那么反过来说，也恰恰是这一点使技艺高于自然。技艺的目的是人为技艺的对象赋予的，而不是它自身固有的，因此，技艺的本原和始因是人，而且是人的灵魂为制作产品提供的目的或逻各斯（λόγος）。

亚里士多德不仅把技艺看做一种高于经验的普遍知识，而且把技艺的根

---

① 参见 Errol G. Katayama, *Aristotle on Artifacts: A Metaphysical Puzzle*, pp. 79—80, State University of New York Press, 1999。

② 亚里士多德：《物理学》，192b30—34，见苗力田主编《亚里士多德全集》第二卷，第 31 页。

③ 亚里士多德：《形而上学》，苗力田译，第 138 页，1032b1—4；引文据希腊文和赫尔曼·伯尼茨的德译文（*Aristoteles Metaphysik*，Übersetzt von Hermann Bonitz, Rowohlt München 1966）有改动。

④ 亚里士多德：《形而上学》，苗力田译，第 138 页，1032b15。

本性质规定为逻各斯的品质。他在《尼各马可伦理学》中指出：

> 如果没有与制作相关的合乎逻各斯的品质，就没有技艺；如果没有技艺，也就没有这种品质。所以，技艺和与真实的制作相关的合乎逻各斯的品质是一回事。所有的技艺都使某种事物生成。学习一种技艺就是学习使一种可以存在也可以不存在的事物生成的方法。技艺的有效原因在于制作者而不是被制作物。因为，技艺同存在的事物，同必然要生成的事物，以及同出于自然而生成的事物无关，这些事物的始因在它们自身之中。如果制作与实践是不同的，并且技艺是同制作相关的，那么技艺就不与实践相关。①

这里，亚里士多德直接把技艺等同于制作的逻各斯品质，这一规定的深意在于表明，技艺在模仿自然的同时，绝不是被动地无所作为。换言之，亚里士多德在认为自然优先于技艺的同时，不仅没有否认技艺优越于自然之处，而且暗示技艺要"完成自然不能做到的事"，即自然中没有逻各斯，而技艺的品质则是逻各斯或理性。由此看来，自然有技艺所不及，而技艺也有自然所不能。

在亚里士多德看来，尽管人的实践和技艺都出于人的理性潜能，但它们实现潜能的方式不同。实践本身是潜能的直接实现，已经看到和观看、思想和已经想过了是一回事，亚里士多德把这样的活动称为实现（ἐνέργειαν），而把减肥、学习、行走、造屋之类的活动称为运动（κίνησιν），因为"一切运动都是不完满的"（πασα γαρ κίνησις ἀτελής），其中蕴涵着从不完满到完满的间距，即运动还不是实现，尽管运动朝向实现，运动的目的是实现②。显然，技艺是运动而非实践或实现。这里应该指出的是，首先，亚里士多德的运动不是近代物理学意义上的位移，而是事物生成、变化和实现潜能的方

---

① 亚里士多德：《尼各马可伦理学》，廖申白译注，商务印书馆 2009 年版，第 187 页，1140a6—16。

② 参见亚里士多德《形而上学》，1048b30—36；在《论灵魂》中，亚里士多德写道："因为运动是未完成的现实，而绝对的现实即完全的现实是与之不同的。"（亚里士多德：《论灵魂》，秦华典译，见苗力田主编《亚里士多德全集》第三卷，中国人民大学出版社 1992 年版，第 81 页，引文有改动）

式①。运动的原因在于拥有（形式）与（形式的）完全缺失（στέρησις，参见《形而上学》1055a33 以下）之间的矛盾，而技艺就是使非自然物生成和实现的知识或运动。其次，技艺与实践的差别不仅在于它们实现潜能的方式不同，也在于它们运动的目的来源不同。制作的目的在制作活动之外，因为被完成的产品总是为了他物，为了可能的用处，而实践的目的却在自身，因为行为或活动是其自身的目的，做得好就是做本身的目的。制作活动实现的可以是人想做或不想做的任务，而实践则明确揭示出活动本身的目的和为了什么（οὖν ἕνεκα，1142b16）②。也许正因为技艺的目的不是直接实现的而且是外在的，所以才格外需要逻各斯品质的保障。

总而言之，技艺不单纯是技术，而是一种出于理性的、能够传授的普遍知识，是制作物的本原（ἀρχή）或始因，因此，海德格尔说：

> 制作物ἀρχή乃是 τέχνη；τέχνη 的意思并不是制造和制造方式意义上的"技术"（Technik），也不是更广义的制造能力意义上的"艺术"（Kunst）；不如说，τέχνη 乃是一个认识概念，表示对任何一种制作和制造之基础的精通；对一种制造（例如床的制造）必须在何处到来、结束和完成的精通。这种终点在希腊文被叫做 τέλος。③

τέλος是希腊哲学的一个重要概念，一般译为目的，也指完成、实现、结局、结果、终点、完满、成熟状态。显然，技艺就是关于如何让制作物达到目的或终点以及如何完成或实现制作物的知识，也就是包括诗艺在内的所有制作活动的本原。

自然是技艺的目的（亚里士多德说，"自然是目的因"）。当事物由潜在变成现实时，它就获得了它的自然或本质，只有在这个时候，它才拥有它自身或成为它自身，它才不是他在，而是自在。事物获得了自然也就是获得了它的形式和本质，也就是达到或实现了它的目的。因而，亚里士多德认为，

---

① 亚里士多德写道："每一种东西都可分为潜能和实现。我把一个潜能上是如此的东西的实现叫做运动。"（亚里士多德：《形而上学》，苗力田译，第 231 页，1065b15—16）

② 参见 Mark Sinclair, *Heidegger, Aristotle and the Work of Art: Poiesis in Being*, p. 66, Palgrave Macmillan, 2006.

③ 海德格尔：《路标》，第 291 页；引文中的德语拼写有误，已改正。

儿童还不是真正的人，因为他还没有获得人的形式，只有成年人才把人的形式和目的实现出来，所以，我们认识人应该从成年人开始而不是从儿童开始。

由此可见，"技艺模仿自然"的要义一方面在于将他因转换为自因（自然），另一方面也通过技艺的逻各斯品质使这种模仿"完成自然不能做到的事"。

四　模仿：目的即形式

1. 模仿是诗的根本任务和基本特征

从某种意义上说，《诗学》是亚里士多德对"技艺模仿自然"论断的一个具体诠释或例证——他用制（创）作的实例说明了技艺如何模仿自然以及如何"完成自然不能做到的事"。正因如此，"模仿"（μίμησις）成为《诗学》的一个掌控全局的概念①，也是构成亚里士多德全部技艺理论的基石②。亚里士多德沿用了柏拉图的"模仿"概念，却为它赋予了崭新的含义并凸显了模仿的动态过程。

在亚里士多德看来，虽然自然有灵魂，但相对人的理性而言，自然的灵魂或目的终究是一种盲目的力量，因而自然中的必然性是在条件或环境具备的情况下只能这样不能别样，但技艺既然出于人的理性选择因而具备了逻各斯品质，它就具有为了更好或最好的目的进行选择的余地和空间。正如埃尔斯所指出，在这方面，亚里士多德是十足的柏拉图派，他保留了柏拉图的信念，即经验只有在清晰地意识到自己的主导原则时，才能变成技艺，因为技艺是一种理性的生产能力③。技艺知识的有所用是为了合乎理性的目的。亚里士多德曾把达到目的（τελείας）或完成目的的观念用于特定的动物物种、

---

① 参见 Harvey D. Goldstein, Mimesis and Catharsis Reexamined, in *The Journal of Aesthetics and Art Criticism*, Vol. 24, No. 4, 1966, S. 572；关于这个词在古希腊文献中的由来和使用情况以及不同的译法，参见王柯平《Μίμησις 的出处与释义》，《世界哲学》2004 年第 3 期；王柯平《〈理想国〉的诗学研究》，北京大学出版社 2005 年版，第 209—251 页；王士仪《论亚里士多德〈创作学〉》，第 146、151 页。

② Alfred Gudeman, *Aristoteles Περί Ποιητικῆς*, S. 80, Berlin und Leipzig: Walter de Gruyter & Co., 1934.

③ 参见 Gerald F. Else, *Aristotle's Poetics: The Argument*, p. 21, 注释 78, Leiden: E. J. Brill, 1957。

再生的灵魂、城邦和诗①。诗艺的模仿关注的是如何通过模仿达到最好的目的和效果,而不是戏剧的宗教渊源或悲剧兴衰的社会原因。《诗学》的目的既非指定完美悲剧的标准或者教未来的诗人如何创作好的悲剧,也非为艺术而艺术或者探讨美学的价值概念,甚至不是追问艺术在宗教、道德和政治意义上应该产生的效果,而是在自然史的意义上探讨人作为受共同体决定的存在者具有什么样的本质。亚里士多德把创作看做一种特殊的潜能(δύναμις),而悲剧只是他用来说明这种创作潜能的一个完美实例。悲剧的效果就是悲剧的目的并规定了悲剧的本质。换言之,悲剧的模式与悲剧的情感疏泄(κάθαρσις②)是潜能与实现(ἐνέργεια)的关系,即悲剧是潜能,而情感疏泄则是实现③。

　　亚里士多德认为,模仿是诗的根本任务和基本特征,诗与散文的区别不在于是否有韵律,而在于是否有模仿。因此,《诗学》一开始就"根据自然"(κατα φύσιν,1447a)来论证诗的模仿过程④。所谓"根据自然"就是循着诗的自然或本性探求它的实现过程。尽管亚里士多德对荷马推崇备至,但他心目中理想的诗却不是史诗,而是悲剧⑤。决定这一点的,不是他的个人喜好,而是他的目的论思想,因为悲剧不仅具备史诗具有的一切,更重要的是,"悲剧能在较短的篇幅内达到模仿的目的"。⑥

　　按亚里士多德的定义,"悲剧是对一个严肃、完整、有一定长度的行动的模仿,它的媒介是经过'装饰'的语言,以不同的形式分别被用于剧的不

---

　　① 例如,《诗学》第 6 章:Ἔστιν οὖν τραγῳδία μίμησις πράξεως σπουδαίας καὶ τελείας μέγεθος ἐχούσης。

　　② 这个词还有净化、涤罪等意思;关于这个词的各种诠释,西方的文献较多,本文暂不涉及。

　　③ 参见 Max Kommerell, *Lessing und Aristoteles. Untersuchung über die Theorie der Tragödie*, S. 54—59, Vittorio Klostermann Frankfurt am Main, 1984。

　　④ 正如罗念生准确指出的那样,"亚里斯多德并不是认为史诗、悲剧、喜剧等都是模仿,而是认为它们的创作过程是模仿"(《诗学 诗艺》,人民文学出版社 1962 年版,第 1 页,注释③),为了行文统一,引文中的"摹仿"均改为"模仿",以下不另注明;戈尔茨坦也指出,技艺模仿自然指技艺的方法或过程模仿自然的方法或过程,参见 Harvey D. Goldstein, Mimesis and Catharsis Reexamined, in *The Journal of Aesthetics and Art Criticism*, Vol. 24, No. 4, 1966。

　　⑤ 亚里士多德认为,悲剧的情节具有普遍性并且是依据可然律和必然律编制出来的一个整体,而史诗却可以容纳许多偶然的或游离的松散成分,"所以,能辨别悲剧之优劣的人也能辨别史诗的优劣,因为悲剧具备史诗所具有的全部成分,而史诗则不具备悲剧所具有的全部成分"(《诗学》,陈中梅译注,商务印书馆 2009 年版,第 59 页,1449b),归根结底,悲剧能够比史诗更好地达到诗的目的(参见《诗学》第 26 章)。

　　⑥ 亚里士多德:《诗学》,陈中梅译注,第 191 页,1462a。

同部分，它的模仿方式是借助人物的行动，而不是叙述，通过引发怜悯和恐惧使这些情感得到疏泄"①。整部《诗学》主要围绕这个定义在做具体阐释和论证。

首先，悲剧模仿的对象是行动②，这种行动的严肃性使悲剧的模仿对象区别于喜剧，而"完整、有一定长度"则体现了亚里士多德的认识观和审美观：无限的东西不美，也不能被认识；被模仿的行动长度以足以表现人物命运的变化和转折为宜。完整则是对这种行动的整体性的要求，它不仅"像一个完整的动物个体一样"有开头、中间和结尾，更要有内在的有机联系。判断行动是否完整的标准是行动的意图或目的，因为只有知道了行动的目的或意图，我们才能判定它的起始和完整性。按埃尔斯的解释，行动（πρᾶξις）具有完整性和严肃性的双关含义，所谓行动中的人（men in action）也就是行动的人（men of action），指生活在行动层面上、以行动为目的和生活原则的人③。行动不是一般意义上的行为，而是由选择引起、指向某种目的的行为，而且往往指有理性能力的人的完整行为，因此，亚里士多德才能谈到悲剧模仿的行为人的过失和责任问题。

其次，亚里士多德规定了悲剧模仿的目的，即通过引发并疏泄恐惧和怜悯来实现一种快感。尽管希腊诡辩家早就讨论过悲剧的情感功能④，而且柏拉图恰恰因为悲剧能够引发恐惧和怜悯才把模仿诗人赶出理想国，但亚里士多德认为，悲剧固然引发了恐惧和怜悯，它的积极意义却在于能够疏导并净化这种情感，从而带来审美快感。悲剧模仿的对象是行动，模仿的目的是引发并疏导恐惧和怜悯的情感，更重要的是，"必须通过模仿提供由恐惧和怜悯而产生的快感"（τὴν ἀπὸ ἐλέου καὶ φόβου διὰ μιμήσεως δεῖ ἡδονὴν παρασκευάζειν，1453b12—13）。模仿的手段则是情节（μῦθος），这个词原本指话语、故事、

---

①　亚里士多德：《诗学》，陈中梅译注，第 63 页，1449b。

②　因此，布切尔指出，景色和动物不是模仿的对象，参见 S. H. Butcher, *Aristotle's Theory of Poetry and Fine Art*，p. 124，Dover Publications, Inc.，1951。

③　参见 Gerald F. Else, *Aristotle's Poetics: The Argument*，p. 73，p. 256，Leiden: E. J. Brill, 1957；关于这个词的讨论还可参见 Elizabeth Belfiore, Aristotle's concept of praxis in the *Poetics*，in *The Classical Journal*，Vol. 79，No. 2，1983。

④　古德曼指出，希腊诡辩家们早就讨论了悲剧的恐惧和怜悯效果，参见 Alfred Gudeman, *Aristoteles Περὶ Ποιητικῆς*，S. 165，Berlin und Leipzig: Walter de Gruyter & Co.，1934。

神话等,《诗学》用它特指悲剧的情节①。亚里士多德一再强调,诗人是情节的编制者,"事件,即情节是悲剧的目的,而目的是一切事物中最重要的"②,"情节是悲剧的根本,用形象的话来说,是悲剧的灵魂"③。实现了情节,也就达到了悲剧的目的,即通过引发并疏导恐惧和怜悯而产生快感,这两者实际上是一回事(形式因就是目的因)④。

亚里士多德要求悲剧情节即被模仿的行动必须具备逻各斯品质,即在安排、长度、布局方面都要适度,而且情节必须是一个严丝合缝的统一体或整体⑤。同样,事件之间的关系不能仅仅前后相继,还须有严密的因果关系,因为"这些事件与那些事件之间的关系,是前因后果,还是仅为此先彼后,大有区别"⑥。尽管悲剧只是为了模仿行动才模仿人物及其性格,但亚里士多德要求,刻画人物性格与组合事件都必须符合必然律或可然律。正如埃尔斯所指出,必然律或可然律并不来自日常经验,而是指诗的内在结构,是确保各个部分的内聚力的内在规律⑦。必然律或可然律决定人物的行动即悲剧事件之间的内在关联,从而使这些事件成为悲剧的必然成分或可然成分,相比之下,史诗的成分却不尽如此。

2. 根据可然律或必然律而希望发生和能够发生的事

亚里士多德对悲剧模仿的行动即情节的要求,可以归结为两点:

---

① 马克斯·科默雷尔讨论了这个词在《诗学》中的五种含义,参见 Max Kommerell, *Lessing und Aristoteles. Untersuchung über die Theorie der Tragödie*, S. 133－134, Vittorio Klostermann Frankfurt am Main, 1984。

② 亚里士多德:《诗学》,陈中梅译注,第 64 页,1450a。

③ 同上书,第 65 页,1450a;埃尔斯认为,情节实际上是悲剧艺术的有效成分,是诗的本原,参见 Gerald F. Else, *Aristotle's Poetics: The Argument*, p. 263, Leiden: E. J. Brill, 1957。

④ 阿米莉·奥克森伯格·罗蒂指出,在技艺中,正如在生物学和形而上学中一样,形式由于目的和意图而发生,参见 Amélie Oksenberg Rorty, The Psychology of Aristotelian Tragedy, in Amélie Oksenberg Rorty (ed.), *Essays on Aristotle's Poetics*, p. 3, Princeton University Press, 1992。

⑤ 基里亚库甚至认为,亚里士多德把情节看作一个自然的连续体,包含一种演变 (μεταβολη) 的原理,情节或悲剧的构成满足了亚里士多德对演证科学 (demonstrative science) 的要求。参见 Poulheria Kyriakou, Aristotle's philosophical *Poetics*, in *Mnemosyne*, Vol. 46, 1993。

⑥ 亚里士多德:《诗学》,陈中梅译注,第 88 页,1452a;阿米莉·奥克森伯格·罗蒂认为,情节以如下三种方式联结相关事件: 1) 通过因果关系;2) 通过主题关联;3) 通过展示主人公性格、思想和行为之间的联系,参见 Amélie Oksenberg Rorty, The Psychology of Aristotelian Tragedy, in Amélie Oksenberg Rorty (ed.), *Essays on Aristotle's Poetics*, p. 8, Princeton University Press, 1992。

⑦ S. H. Butcher, *Aristotle's Theory of Poetry and Fine Art*, p. 166, Dover Publications, Inc., 1951。

　　首先，让它依据自然并出自自然，所有的外因须通过情节转化为内因，让它们如其本然或仿佛自然，因此，他说，情节是一个整体，其中的部分要照顾整体并为了共同的目的；正因如此，他才认为，最好的发现和急转都出自情节本身，应通过情节本身的发展而非令人恐怖的剧景来引发恐惧和怜悯，而悲剧对恐惧和怜悯的疏泄或净化本身就意味着用逻各斯来节制过度的非理性情感。这种疏泄或净化本身也是悲剧整体结构的一部分①。这里的目的因也是形式因。

　　其次，悲剧的情节不仅要依据自然、出自自然从而像自然，它甚至比自然更自然，因为悲剧情节（即被模仿的行动）中不仅有实然，还有应然。正因如此，亚里士多德说，"如果有人指责诗人所描述的事物不符实际，也许他可以这样反驳：'这些事物是按照它们应当有的样子描写的'"②。正是基于这一点，亚里士多德做出了著名论断，即诗人的职责不在于讲述已经发生的事，而在于讲述根据可然律或必然律而希望发生和能够发生的事（ὅτι οὐ τὸ τὰ γενόμενα λέγειν, τοῦτο ποιητοῦ ἔργον ἐστίν, ἀλλ᾽ οἷα ἂν γένοιτο καὶ τὰ δυνατὰ κατὰ τὸ εἰκὸς ἢ τὸ ἀναγκαῖον）。这是亚里士多德对诗人的模仿提出的原则性要求，因而需要做进一步分析。

　　让我们先比较这句话的不同译文：

　　缪灵珠（朗山）的译文："诗人的能事不在于叙述已发生的事实，而在于叙述或然或必然发生的事情。"③

　　罗念生的译文："诗人的职责不在于描述已发生的事，而在于描述可能发生的事，即按照可然律或必然律可能发生的事。"④

　　陈中梅的译文："诗人的职责不在于描述已经发生的事，而在于描述可能发生的事，即根据可然或必然的原则可能发生的事。"⑤

　　布切尔的译文："It is not the function of the poet to relate what has happened, but what may happen, —what is possible according to the

---

　　①　正如戈尔茨坦所指出，整部《诗学》并没有关注观众，恐惧和怜悯具有的只是美学意义而非心理学意义，它们作为构成性成分指的是诗或悲剧本身的整体架构，而非观众的心理，参见 Harvey D. Goldstein, Mimesis and Catharsis Reexamined, in *The Journal of Aesthetics and Art Criticism*, Vol. 24, No. 4, 1966。

　　②　罗念生译文，见《诗学　诗艺》，人民文学出版社 1962 年版，第 93—94 页。

　　③　章安祺编订《缪灵珠美学译文集》第一卷，中国人民大学出版社 1998 年版，第 11 页。

　　④　《诗学　诗艺》，第 28 页。

　　⑤　亚里士多德：《诗学》，陈中梅译注，第 81 页，1451a。

law of probability or necessity. "①

埃尔斯的译文："The poet's job is not to tell what has happened but the kind of things that *can* happen, i. e. , the kind of events that are possible according to probability or necessity. "②

惠利的译文："The poet's business is to tell not what is happening but the sort of things that might [be expected to] happen—things that, according to likelihood and necessity, *can* [happen] . "③

吉贡的德译文："Es nicht die Aufgabe des Dichters ist, zu berichten, was geschehen ist, sondern vielmehr, was geschehen könnte und was möglich wäre nach Angemessenheit oder Notwendigkeit. " (诗人的职责不是报道已经发生的事, 而是 [报道] 根据适当性或必然性仿佛能发生和仿佛可能的事)④。

这些译文各有侧重。德译文用第二虚拟式 was geschehen könnte und was möglich wäre (仿佛能发生和仿佛可能的事) 比较准确地反映了亚里士多德用中动态第三人称单数现在祈愿式动词 γένοιτο 要表达的意思：即希望能发生或希望发生过。它表达的是主观愿望和要求而非已经发生的所谓事实。惠利的译文更准确地表达了亚里士多德的原意, "the sort of things that might [be expected to] happen—things that, according to likelihood and necessity, *can* [happen]" (那种可能 [被希望] 发生的事——即那种按照可然律和必然律能 [发生] 的事)。王士仪把这句话译为：

> 悲剧创作者的功能, 在必需律与必然律之下, 是产生可能发生的事件, 而非已经发生的事件。⑤

这一译文的好处在于把希腊语的状语提前, 作为一个总体条件, 因而突

---

① S. H. Butcher, *Aristotle's Theory of Poetry and Fine Art*, p. 35, Dover Publications, Inc. , 1951.

② Gerald F. Else, *Aristotle's Poetics: The Argument*, p. 301, Leiden: E. J. Brill, 1957.

③ *Aristotle's Poetics*, Translated and with a Commentary by George Whalley, p. 81, McGill-Queen's University Press, 1997.

④ 参见 *Aristoteles Poetik*, Übersetzung, Einleitung und Anmerkungen von Olof Gigon, S. 36, Philip Reclam Jun. Stuttgart, 1961。

⑤ 王士仪：《论亚里士多德〈创作学〉》, 第 347 页。

出了亚里士多德的逻辑前提，即"根据可然律或必然律"（κατὰ τὸ εἰκὸς ἢ τὸ ἀναγκαῖον）。王士仪指出，在亚里士多德那里，先有可然或必然，然后才有可能，"换言之，悲剧由不可能，而可信，而可能，才是必然律"①。这里的 κατὰ τὸ εἰκὸς ἢ τὸ ἀναγκαῖον，刘小枫译为"看似如此或必然如此"。εἰκὸς 是 ἔοικα（像是，看来是，适合于）的中动态分词的名词形式，吉贡译为 Angemessenheit（适当性），此外，它还指合理的、当然的、公平的、同样的、得体的、应有的事。所谓 εἰκὸς（可然律）也是合理律、得体律、公平律或应有律，这不是自然所拥有的东西，而是诗人为悲剧情节赋予的属人品质，也是衡量并取舍悲剧情节的标准和尺度：正因为"根据可然律或必然律"是亚里士多德为诗人的模仿或悲剧情节规定的总体原则或前提，所以，仅仅笼统地说诗人描述的不是已经发生的事而是根据可然律或必然律能发生的事，仍然不够，因为亚里士多德在第九章中接着指出，诗人和史家的区别不在于是否用韵文写作，而在于诗人描述可能的普遍之事，而史家记述已经发生的具体事件。即使诗人偶尔写了过去发生的事，他仍是诗人，因为我们不能否认，在已经发生的事中，有些是符合可然律而且是能发生的（τῶν γὰρ γενομένων ἔνια οὐδὲν κωλύει τοιαῦτα εἶναι οἷα ἂν εἰκὸς γενέσθαι［καὶ δυνατὰ γενέσθαι］，καθ᾽ ὃ ἐκεῖνος αὐτῶν ποιητής ἐστιν，参见《诗学》1451b25 以下）。在这里和上一段引文里，亚里士多德都使用了 δυνατὰ 一词，它不仅是可能之事，更是有潜能、有能力、有力量实现之事。埃尔斯和惠利的译文都用斜体的 can 强调了"那种能发生的事"。换言之，悲剧情节模仿的行动不一定是现实中已然发生的事，或者更准确地说，它往往不是现实中已然发生的事，而是在现实中还没有发生但有潜能、有能力、有力量发生或实现出来的事。这些事能否进入悲剧并成为情节的组成部分，必须有一个总的衡量原则，即"根据可然律或必然律"，即使诗人把历史上已经发生的事纳入悲剧情节，也得以这个原则为取舍标准和尺度。正因如此，亚里士多德才认为，诗比史更爱智②、更高贵（Διὸ καὶ φιλοσοφώτερον καὶ σπουδαιότερον ποίησις ἱστορίας ἐστίν，参见《诗学》1451b6 以下）。ἱστορία 在亚里士多德那里不一定是史，有时也指关

---

① 王士仪：《论亚里士多德〈创作学〉》，第 350 页。

② 众所周知，爱智就是后来所谓哲学。亚里士多德认为，只有为知识而知识才是爱智（哲学），所以，只有思辨或理论科学才是爱智（哲学），而实践科学和制作科学都不是爱智（哲学），但他心目中理想的诗艺模仿则是更接近爱智（哲学）的活动。

于特定事实的知识①；ἀναγκαῖον（必然律）也可指被迫如此、必须如此的事或者有说服力的、令人信服的事。σπουδαιότερον（更高贵）也可指更认真、更卓越、更美好、更有价值、更值得认真看待②。所以，亚里士多德在《诗学》第 24 章中说：Προαιρεῖσθαί τε δεῖ ἀδύνατα εἰκότα μᾶλλον ἢ δυνατὰ ἰστορία（1460a26），在第 25 章中又说：Πρός τε γὰρ τὴν ποίησιν αἱρετώτερον πιθανὸν ἀδύνατον ἢ ἀπίθανον καὶ δυνατόν（1461b10），这两句话的基本意思是：对作诗而言，不能发生却可信的事比能发生却不可信的事可取（得多）③。这表明，亚里士多德要求被模仿的行动即情节要具有高度的逻各斯品质和人化特征：因为在这个标准中，可信比可能优先得多，同样，这里的可能强调的是能（δυνατὰ/δυνατόν）或不能（ἀδύνατα/ἀδύνατον），是一种潜能实现能力的有无或大小。这种行动或事件本身实现的可能、能力或潜能有多大，并非最重要；最重要的在于它是否可信。也就是说，最重要的还不是事件本身之间的"自然"联系，而是事件与人之间的"超自然"关联。

五　诗的模仿：可然、必然与应然

在亚里士多德看来，对诗的模仿而言，应然的事比实然的事更可取。这一方面固然因为应然比实然更具普遍性，但另一方面更因为应然是可能发生或必然发生的事，是比实然更合理、更公平的事，是更有说服力或更令人信服的事，也是实然和自然"不能做到的事"。因此，技艺要"完成自然不能做到的事"，指自然中只有自然而然或实然和本然而没有应然，自然做不到应然。应然同时也是可

---

① 参见 G. E. M. De Ste. Croix, Aristotle on History and Poetry（*Poetics*, 9, 1451a36 — b11), in Amélie Oksenberg Rorty (ed.), *Essays on Aristotle's Poetics*, pp. 23—32, Princeton University Press, 1992。

② 克罗伊克斯就把这个词译为 more worthwhile，参见 G. E. M. De Ste. Croix, Aristotle on History and Poetry（*Poetics*, 9, 1451a36 — b11), in Amélie Oksenberg Rorty (ed.), *Essays on Aristotle's Poetics*, p. 23, Princeton University Press, 1992。

③ 乔治·惠利把前一句译为 "You should choose [to render] things that are impossible but [will look] plausible, rather than things that are possible but [look] unbelievable"，并且指出，亚里士多德规定的条件等级是：(1) 避免不可能或不合逻辑的事；(2) 如果非用不可能或不合逻辑的事，要让它处于主要情节之外；(3) 如果决定用这种事，要使它显得可信。参见 *Aristotle's Poetics*, Translated and with a Commentary by George Whalley, p. 133, McGill-Queen's University Press, 1997；王士仪把后一句译为"就创作法而言，创作者宁愿将不可能（发生的事），使它成为可信（是发生事件），而不愿将可能（发生的事件）使它成为不可信（发生的事件）"，可谓别具匠心，见王士仪《论亚里士多德〈创作学〉》，第360—361 页。

然，是一种可能这样或可以这样，它体现的是一种逻各斯或理性的目的形式，而
不仅是一种盲目的目的形式，因而更具普遍性①。它是技艺或诗艺给被模仿的自
然添加的理性目的形式，但亚里士多德同时要求这种添加要根据自然或符合自
然，即要做到让这些理性目的如其本然地仿佛出自被模仿的行动或情节本身。

　　这里值得注意而且尤其应该强调的是，悲剧模仿的行动和人不是一般的普遍
或这样（否则诗或悲剧就成了哲学），而是特殊中的普遍即"这个"，所以，亚里
士多德说，"诗人先按可然律编制情节，然后任意给人物起些名字，而不再像讽
刺诗人那样写具体的个人"②。先有按照可然律编制的情节再给人物起名字，是将
普遍性寓于个别性之中，这样就能产生亚里士多德哲学意义上的实体"这个"
（τόδε τι），而直接写具体的人则不一定具有普遍性，也不一定能或者往往不能
产生"这个"。

　　在给出悲剧的总体任务或目的之后，亚里士多德采取了层层递进的论证顺
序：悲剧模仿人的行动→这个行动是能够完整、统一地反映人的命运逆转的事
件→事件的完整和统一要求它符合可然律或必然律，而不是单纯诉诸偶然→只
有这样的事件才能更好地通过引起并疏泄恐惧和怜悯而产生快感，从而成
为悲剧的情节→由此达到悲剧的目的形式。在《诗学》第 4 章中，亚里士
多德说，"经过许多演变，悲剧才具有了它自身的自然，以后就不再发展了"
（ καὶ πολλὰς μεταβολὰς μεταβαλοῦσα ἡ τραγῳδία ἐπαύσατο, ἐπεὶ ἔσχε τὴν
αὐτῆςφύσιν）③。按古德曼的解释，一旦"自然"概念得到充实，它的目的就
仿佛被推近了④。一旦悲剧的自然获得实现，它也就停止了发展和运动。在

---

　　① 悲剧模仿并不排除由偶然造成的不幸，关于《诗学》中的偶然与普遍性的关系，参见 Malcolm
Heath, The Universality of Poetry in Aristotle's *Poetics*, in Lloyd P. Gerson (ed.), *Aristotle: Critical Assessments*, Volume IV. Politics, Rhetoric and Aesthetics, pp. 356—373, Routledge, 1999。

　　② 亚里士多德：《诗学》，陈中梅译注，第 81 页，1451b，引文有改动。

　　③ 亚里士多德：《诗学》，1449a15。罗念生的译文把"自然"译为"性质"（《诗学　诗艺》，
第 14 页）；陈中梅译为"……经过许多演变，［悲剧］在具备了它的自然属性以后停止了发展"（《诗
学》，第 48 页）；缪灵珠（朗山）译为"经过许多演变，悲剧达到了它的自然形式，便停止发展"
（章安祺编订《缪灵珠美学译文集》第一卷，第 7 页）；崔延强译为"经过多次变更，直到发现了自
己的本质形式，悲剧便中止了发展"（亚里士多德：《论诗》，崔延强译，见苗力田主编《亚里士多德
全集》第九卷，中国人民大学出版社 1994 年版，第 647 页）；乔治·惠利译为"when it has gone
through many changes, stopped when it had realized its own *physis*—its integral nature"
（*Aristotle's Poetics*, Translated and with a Commentary by George Whalley, p. 23, McGill-
Queen's University Press, 1997）。

　　④ Alfred Gudeman, *Aristoteles Περι Ποιητικῆς*, S. 135, Berlin und Leipzig: Walter de
Gruyter & Co., 1934.

这方面，海德格尔的解释非常形象："运动之运动状态充其量在于，运动事物的运动在其终点即 τέλος 中接收自己，并且作为如此被接收的东西，它在终点中具有自身：ἐν τέλει ἔχει: ἐντελέχεια，即在终点中具有自身（das Sich-im-Ende-Haben）"①。悲剧在模仿运动的终点不再发展因而终止了，因为它已经获得了自己的自然，它在终点接收了自身，它在那里赶上、抓住或拥有了自己的目的，因而也就展示出自己的形式或本质。也许正因如此，考夫曼才认为，柏拉图主要讨论的是诗的内容，而亚里士多德讨论的则是诗的形式②。只有在悲剧完全实现了它的目的和功效时，也就是在它的潜能完全实现出来并且达到了它本身的善时，我们才能看到它的形式和本质，因为"对亚里士多德来说，这里的关键却是要显明，制作物在制造的运动状态之中并且因而在被制造状态的静止之中才存在，才是其所是和如何是"③。在亚里士多德看来，每个事物的功能就是它的目的，而且功能优于状态。功能在活动中把事物潜在的东西揭示出来。所有事物的产生都来自一种完成状态，只有处于完成状态的某种东西才能生成某种实体；实体不能由处于完成状态的其他实体构成，每个实体都处于某种完成状态。事物处于完成状态比处于潜能状态更能真实地体现其本质④。所以，辛克莱尔指出，《诗学》中的模仿是把存在者的本质（eidos）引出来以使它格外鲜明，因而它不是复制或模仿意义上的再现，而是两千年后胡塞尔的那种"本质还原"（eidetic reduction）形式⑤。如果说亚里士多德对柏拉图的"背叛"形式之一表现在他开始如其本然地考察并分析事物⑥，那么，他对诗的观看则更加敏锐和纯粹，他看到了单一的和本质的目的形式。诗或悲剧是按普遍的目的形式创造出来的艺术品，正因如此，我们才能谈论诗与真理的关系以及模仿的必然性。

由此可见，在亚里士多德那里，有两种解释原因的不同方式：对自然产物而言，主要根据构成它们的自然质料来解释，而技艺产品模仿自然所产生

---

① 海德格尔：《路标》，孙周兴译，商务印书馆 2009 年版，第 332 页。

② Walter Kaufmann, *Tragedy and Philosophy*, p. 75, Princeton University Press, 1992.

③ 海德格尔：《路标》，第 291 页。

④ 参见 Monte Ransome Johnson, *Aristotle on Teleology*, p. 89, Oxford University Press, 2005。

⑤ 参见 Mark Sinclair, *Heidegger, Aristotle and the Work of Art: Poiesis in Being*, p. 190, Palgrave Macmillan, 2006；实际上，如果从亚里士多德的哲学出发，我们也可以把胡塞尔的本质还原理解为形式还原，他的本质直观也是一种形式直观。

⑥ 参见 Humphry House, *Aristotle's Poetics*, p. 34, London: Rupert Hart-Davis, 1967。

的是类似自然实体的东西，因而只能根据它们与自然事物的关系来解释。前一种解释涉及自然事物的质料，后一种解释涉及技艺产品的目的形式①。技艺产品的目的形式不是来自自身，而是来自创造它们的人的灵魂。换言之，技艺产品的本原在人的主观，但这种主观不是随心所欲的偶性，而是必须具备逻各斯品质或符合理性的可能性和必然性的一种主观形式，因而是一种哲学意义上的主观形式，即对人人都有效的主观形式，这实际上变成了一种真正的客观形式。正如欧文斯所指出，亚里士多德的形式是一种纯粹的行为（pure act），他的所谓四因最终都被还原为形式②。这是一种客观的绝对形式，这里的形式就是目的，目的就是形式。

简言之，悲剧或诗的模仿在质料生产的意义上模仿自然，但在形式生产的意义上则"完成自然不能做到的事"——自然不能也无须把目的形式从外在方面附加给自然物，因为自然物已经自带目的形式，但另一方面，技艺或诗的模仿却可以或必须从外在方面为产品赋予目的形式并在一定意义上把这种外在目的形式变成产品的内在目的形式，在这个过程中，人通过技艺的逻各斯品质为模仿对象赋予了可然、必然和应然的理性目的形式。在这方面，技艺或诗的模仿所具有的巧夺天工或超出自然之处已自不待言③，自新古典时期以来视模仿为自然之镜的种种误解④其实与亚里士多德并不相干。

既然形式不能生灭，也不能被创造，那么，在技艺产品或诗的模仿中，形式就只能作为要达到的目的来存在，因而在这方面，亚里士多德仍是一个忠实的柏拉图主义者。在亚里士多德那里，形式只是或只能表示"这样"（thus），而不是或不表示"这个"（this），也就是说，形式表示类和普遍性，但还没有表示个体。诗必须用模仿把形式落实在个体的"这个"身上，更准

---

① 参见 Monte Ransome Johnson，*Aristotle on Teleology*，p. 133，Oxford University Press，2005。

② 参见 Joseph Owens，*The Doctrine of Being in the Aristotelian Metaphysics*，p. 291，p. 295，Pontifical Institute of Mediaeval Studies，Toronto，Canada，1957。

③ 正如乌尔默所指出，亚里士多德的模仿追求在自然领域中可能的事情，模仿的制作超出了直接被给予的东西，并且受可能的统一观念的引导，参见 Karl Ulmer，*Wahrheit，Kunst und Natur bei Aristoteles. Ein Beitrag zur Aufklärung der metaphysischen Herkunft der modernen Technik*，S. 233，Max Niemeyer Verlag Tübingen，1953。

④ 参见 Stephen Halliwell，Aristotelian Mimesis Reevaluated，in Lloyd P. Gerson（ed.），*Aristotle：Critical Assessments*，Volume IV. Politics，Rhetoric and Aesthetics，p. 331，Routledge，1999。

确地说，必须用形式塑造出诗的"这个"①。因而，诗的模仿不仅是服务于用途，而且是让被制作的实体存在，也就是创造出新的实体，让人从这种实体中重新认出某些似曾相识的内容，从而产生模仿的快感。诗的模仿对象不是发生过的个别事件，而是人希望按照可然律或必然律能够发生或应该发生的具有普遍性的个别事件。对模仿的这种要求并不限于悲剧，也适用于诗，因为悲剧只是诗的完美实例，完全实现出来的悲剧是诗的理想形式。

从整体来看，诗的模仿重在模仿自然的目的论原则，为了达到最佳目的，诗不仅不限于盲目的自然目的，更要重新创造出可然、必然与应然的理性目的形式。正因如此，诗才具有高贵的哲学性质和远高于史的人文品格。亚里士多德为诗的模仿确立的目的形式，不仅为西方美学的模仿观奠定了根基，也启示我们：模仿让诗具备了理性的目的形式；诗学与诗一样，都应超越盲目的自然目的形式，以理性的目的形式为旨归，否则，它也难以成为亚里士多德意义上的制作科学。

［作者单位：中国社会科学院文学研究所民间室］

---

① 欧文斯甚至认为，亚里士多德的形式既不是普遍的也不是个别的，而是将普遍与个别结合在一起的"这个"，是个别事物的个体性及其在定义中的普遍性的原因，参见 Joseph Owens, *The Doctrine of Being in the Aristotelian Metaphysics*, p. 233, p. 241, Pontifical Institute of Mediaeval Studies, Toronto, Canada, 1957；但是，在亚里士多德的哲学中，形式作为实体如何又做到是个别的，这是一个难题。在《形而上学》1034a6—8 和 1016a33 等处，亚里士多德的方法似乎是让形式实现于不同的质料并且成为不同质料的主体，参见弗雷德《亚里士多德〈形而上学〉中的实体》，见聂敏里选译《20 世纪亚里士多德研究文选》，华东师范大学出版社 2010 年版，第 203 页。

"母题"新观

张　靖

内容提要　"母题"（motif）是文学及民俗学的分析工具，一直被批评家们从形式和结构的角度描述为"最小的叙述单元"。但是"母题"的定义却常常与一些类似术语如"情节"、"主题"、"类型"等混淆在一起，逐渐失去了"母题"自己应有的分量和地位。本文回顾了"母题"的学术史，介绍一种"母题"新观，探讨"母题"的意义功能。这种观点旨在提供一种新的研究视角，将"母题"等术语从单纯、静态地描述"叙事现象"转换到动态、非固定地描述"叙事的存在方式"，从而指向其背后的"生活世界"（life-world）及其更为广阔和深奥的意义范畴。

关键词　母题　民间叙事　意义功能

"母题"（motif）是批评家熟悉却很难把握的一个批评术语，其定义乃至中文译名至今均备受争议①，但同时它也是文学、艺术及民俗学领域内方便实用的一个分析工具。根据万方全文数据库的统计，在过去五年中有 1118

---

① "母题"最早由胡适先生根据英文和法文 motif（motive）音义兼备地翻译为"母题"。参阅胡适《歌谣的比较的研究法的一个例》，《胡适古典文学研究论集》（全二册），上海古籍出版社 1988 年版，第 479 页。1984 年，台湾学者金荣华在《六朝志怪小说情节单元分类索引》序中提出用"情节单元"来代替"母题"作为"motif"一词的中文对应词："'情节单元'一词，就是西方所谓的'motif'，前贤译'motif'为'母题'，似乎有音义兼顾之妙，但实际上并未译明其意义，因为'motif'所指是一则故事中不能再加分析的最简单情节，译作'母题'使人误会其中还有较小的'子题'。有人译作'子题'，意在表明其为最基本的情节，但是译作'子题'会使人想到其上还有较大的'母题'，而一则故事固然可能有几个'motif'组成，也可以只有一个'motif'，所以仍不妥当。"（转引自刘守华《比较故事学》，上海文艺出版社 1995 年版，第 84 页）

篇含有"母题"二字的期刊学术论文，还有 18 篇会议论文、422 篇学位论文与"母题"有关，涉及的领域包括文学（1079 篇）、艺术（221 篇）、文化科学（84 篇）、历史地理（51 篇）、工业技术（41 篇）、哲学宗教（34 篇）和语言文字（20 篇）[①]。但是，究竟何为"母题"？在中国的比较文学或民间文学研究中，我们可见到如下定义：

> 【母题】指的是一个主题、人物、故事情节或字句样式，其一再出现于某文学作品里，成为利于统一整个作品的有意义线索；也可以是一个意象或原型，由于一再出现，使整个作品有一脉络，而加强美学吸引力；也可以成为作品里代表某种含义的符号。[②]

看来"母题"确实不容易界定，因为人们不得不借助其他的术语来帮助说明。在这个定义中出现了"主题"（theme）、"人物"（character or actor）、"故事情节"（plot or episode）和"字句样式"（syntactic pattern）等系列术语，而这些术语本身也并非没有争议。接下来又出现了"意象"（image）、"原型"（archetype）、"美学吸引力"（aesthetic attraction）、"符号"（sign）等同样复杂而抽象的术语。这种术语叠加的定义方式让人感觉"母题"的"母"字非常贴切，似乎这是一个孕育了其他一切术语的"母体"术语。但是，这种包容一切的定义恐怕只会让我们更加糊涂，让人不明白这些术语间的区别和差异，不明白为什么要有这么多含义接近的术语。其实，在主题学和叙述学研究中，学者们对"母题"与"主题"（theme）的定义和功能一直有不同认识[③]。让这幅画面更加混乱的是，与"母题"这个术语密切相关的还有"故事类型"（tale-type）、"题材"（subject matter）和"主旨"（subject）等其他术语。面对如此混乱和繁杂的局面，早有学者呼吁舍弃

---

① 万方数据知识服务平台，http：//www.wanfangdata.com.cn/。（2012 年 2 月 1 日登陆）

② 李达三：《比较文学研究之新方向》，台北联经出版事业公司 1984 年版，第 391 页。转引自陈建宪《神话解读：母题分析方法探索》，湖北教育出版社 1997 年版，第 20 页。

③ 比如，有些学者认为母题是具体描述性的，主题是抽象普遍的，但另外一些作者则认为母题是抽象的，主题是具体的。详细讨论见后文。

"母题"①，还有学者从本体论上质疑"母题是否存在"②。但不论"母题"的定义如何繁杂，也不论学者如何质疑，这个概念一直被人们使用着。在美国民俗学者斯蒂·汤普森（Stith Thompson）编撰了《民间故事母题索引》之后，全世界出现了不少按照"母题"来分类和整理故事的索引书籍③。更有中国年轻学者在近年重新从哲学的角度探讨"母题"含义并将之作为民间文学学科的基本术语④。本文首先回顾"母题"的学术史，然后再介绍近年来有关"母题"研究的新观点和新视角。

一　"母题"概念的学术史

（一）词源学追溯

英、法、德三国文学批评家们写了大量的文章和著作探讨"母题"这个术语，而且他们常常提及这个术语的词源。《法语词源字典》、《德语词源字典》、《英语词源字典》均显示，motif 的拉丁词源是拉丁动词 *movere*（移动，to move）⑤。根据《牛津英语大辞典》的总结，motif 一词来自古拉丁

① 如 Ronald Grambo, "The Conceptions of Variant and Motif: A Theoretical Approach", *Fabula* 17 (1976): 256. 葛兰博在此文重点讨论"异文"（variant）的概念，并总结了学者们对"母题"的定义之混乱，最后得出结论是到了该将这两个术语都丢弃，启用新的术语的时候了。中国学者中万建中也认为"母题"不如"主题"好，建议舍弃"母题"。参阅万建中《刍议民间文学的主题学研究》，《民间文化》2000 年第 7 期，第 43—45 页。

② Dan Ben-Amos, "Are there motifs? Criticism and Defence of Motif", *Thematics Reconsidered: Essays in Honor of Horst Daemmrich* (Amsterdam: Rodopi, 1995), 71—85. 本—阿莫斯不止一处地提及，"母题"是斯蒂·汤普森构建的概念。

③ Stith Thompson, *Motif-Index of Literature: A Classification of Narrative Elements in Folk Tales, Ballads, Myths, Fables, Medieval Roman, Exempla, Fabliaux, Jest-Books, and Local Legends*, six volumes (Bloomington: Indiana University Press, 1955—1958).

④ 户晓辉：《返回爱与自由的生活世界——纯粹民间文学关键词的哲学阐释》，江苏人民出版社 2010 年版。

⑤ Wolfgang Pfeifer, ed., *Etymologisches Wörterbuch des Deutschen*, 2. Aufl. (Berlin: Akademie Verlag, 1993), 893; Walter W. Skeat, ed., *An Etymological Dictionary of the English Language* (Oxford: Clarendon Press, 1888), 379; Janques André, ed., *Dictionnaire ? timologique de la Langue Latin: Histoire des Mots* (Paris: Klincksieck, 2001), 416—17; John C. Traupman, ed., *Latin and English Dictionary*, rev. and enl. (New York: Bantam Books, 1995), 266. 另请参阅 C. T. Onions, ed., *The Shorter Oxford Dictionary English Dictionary on Historical Principles*, vol. II, 3rd. ed. (Oxford University Press, 1973), 1361；[美] 弗朗西斯·约斯特：《比较文学导论》，上海外国语学院外国语言文学研究所译，湖南文艺出版社 1988 年版，第 239 页。

语、法语，其主要意思是："1. 绘画、雕塑、建筑、装饰等：作品的一种构成特征；组成一个设计中独特元素的单个事物或一组事物；艺术处理中的某种特别题材类型。也被运用为：结构性原则或作品之主导思想。2. 文学作品中：一种突发事件、某个特殊情境、一个伦理问题或者在想象作品中诸如此类被处理的问题。民间文学中反复出现的角色、事件、情境或主题。3. 在音乐中有不同含义：与音型（figure）、主导旋律（leitmotiv）、主旨（subject）等意义接近。"①

　　如此看来，这个术语与艺术和文学有关，其比较突出的特征是不断重复出现，人们会因为其不断出现而与主题或事件联系起来。为了厘清这一术语，接下来笔者拟深入到艺术、文学和民俗学三个领域内探究其发展历史②。在这三个学科内，"母题"的含义有细微差别和不同的侧重点，但学科间是相互交叉和相互影响的，所以，此类分学科追踪也只是为了便于论述。

（二）艺术中的结构性元素

　　"母题"与音乐和美术这两种艺术形态有密切关系③。作为一个音乐批评术语，motif（motive）第一次出现在狄德罗（Denis Diderot）主编的《百科全书》（Encyclopédie，1765 年）之中。"母题"是"咏叹调的主要思想"，是"最为独特地构成音乐天赋之物"④。《牛津音乐术语字典》把"母题"界定为"一个简短的旋律或韵律思想，一个拥有具体身份的主题句或短句之最小部分。一个母题是主题和旋律之主要基石，通过重复和多样的再现使作品

---

　　①　Sir James A. H. Murray, *A New English Dictionary on Historical Principles*, Vol. VI. Part II（Oxford：Clarendon Press, 1908）, 695；J. A. Simpson & E. S. C. Weiner, *The Oxford English Dictionary*, 2ⁿᵈ ed., vol. IX（Oxford：Clarendon Press, 1989）, 1127–1128.

　　②　下文的分类综合思路得益于本—阿莫斯和列文的两篇总结性文章。请参阅 Dan Ben-Amos, "The Concept of Motif in Folklore", *Folklore Studies in the Twentieth Century：Proceedings of the Century Conference of the Folklore Society*, ed. Venetia Newall（Totowa, N. I：Rowman and Littlefield, 1978）, 17–36；Harry Levin, "Motif", in *Dictionary of History of Ideas：Studies of Some Pivotal Ideas*, vol. III, ed. Philip P. Wiener（New York：Scribner, 1973）, 235–244. 本—阿莫斯的这篇文章曾被张举文翻译为中文并影响了很多中国学者。参阅［美］本—阿莫斯《民俗学中母题的概念》，张举文译，《民间文艺论文集》，辽宁省民间文艺协会 1984 年版。

　　③　在中文翻译中，音乐术语中常常将 motif 译为"动机"。参阅陆谷孙主编《英汉大词典》，上海译文出版社 1993 年版，第 1172 页。本文为统一，一律译为"母题"。

　　④　Harry Levin, "Motif", 235.

统一并得到人们的理解"①。从音乐批评对"母题"的定义可以比较清晰地看出，在音乐作品中，"母题"（motif）是一种结构性元素，通过重复、转调、变调及乐队精心表演等各种方式，这些结构元素逐步在一个完整的音乐作品中被建立起来。

在音乐中，"母题"常常与另外一个术语"引导母题"（leitmotif）联系在一起。"引导母题"是"1860 年代中期被创造出来的术语，用来描述一个音乐主题句（musical motto）或主题（theme），在一部音乐作品（通常是一部歌剧）中重复出现，代表一个角色、物品、情感或思想"②。瓦格纳的"抒情歌剧"（lyric drama）音乐思想对许多大作家如波德莱尔（Baudelaire）、马拉美（Mallarme）、乔伊斯（James Joyce）、普鲁斯特（Proust）等都产生过直接的影响，以至于这些作家在他们的作品中都运用了"母题"或"主导旋律"这个概念来表现自己的人物或思想③。

1845 年，"母题"作为"一个晚近被介绍到艺术中的术语"正式被收入费尔赫德（F. W. Fairhold）的《艺术术语字典》（*Dictionary of Terms in Art*）④。在艺术批评中，"母题"（motif）指某些重复出现的突出图案或图形。在造型艺术中，特别是建筑设计和风格化的装饰中，"母题"可明显分辨出来。权威的《牛津英语词典》（*The Oxford Dictionary*）把"母题"定义为"用于绘画、雕塑、建筑、装饰中：是作品的一种构成特征；组成一个设计中独特元素的单个事物或一组事物；艺术处理中的某种特别题材类型。也被运用为：结构性原则或作品之主导思想"⑤。这个定义显明，"母题"的一个基本特征是对作品的结构有重要意义，而且是让作品与众不同的重要元素。列文（Henry Levin）指出，"母题"在艺术中的早期定义强调形式，但并不完全排除内容。但在后来的扩展中，母题的定义不断强化主观的细微差别，特别是在指向一种潜在的、隐含的思想或最终的原因时，让人联想到英

---

① Alison Latham, *Oxford Dictionary of Musical Term* (Oxford: Oxford University Press, 2004), 118.

② Alison Latham, 100; G. E. H. Abraham, "The Leit-Motif Since Wagner", *Music and Letters*, vol. 6, no. 2 (1925): 175—190.

③ Stanley Sadie & John Tyrrell, eds., *The New Grove Dictionary of Music and Musicians*, 2nd ed. (Macmillan Publishers, 2001), 956.

④ Harry Levin, "Motif", 236.

⑤ J. A. Simpson & E. S. C. Weiner, eds., *The Oxford English Dictionary*, vol. IX, 1127—28.

文拼写 motive（动机）的词源意义，因此有评论家将"母题"与艺术家的创作意图关联起来[1]。

　　1860 年，此类观点的代表人物约翰·罗斯金（John Ruskin）曾给母题下过定义："一部伟大的作品总有一个引导情感的目的，可以称之为母题，作品所有的线条和形式都要与之有某种关系。比如波浪线是表现行动的线条，但如果画作的母题是安宁静止的，用波浪线的效果就错了"[2]。本—阿莫斯认为，因为罗斯金关注的是艺术作品的整体效果，所以，他将"母题"和最小单元分割开了[3]。罗斯金的"最小单元"相比于"母题"更具绝对的、普遍的含义，是超越了文化和感知的普遍视觉语言之语素，在任何处境中都有一种明确效果。因此，在罗斯金的理论中，母题的含义更接近"主题"或中心思想，是具体之物。

　　六十年后，潘诺夫斯基（Erwin Panofsky）重新将母题与最小单元结合在一起，以视觉母题构建他自己的分析框架[4]。潘诺夫斯基认为视觉母题是原初的、普遍的形式，一种能够被所有文化中的所有人认出来的事实性或表述性形式；主题是间接的、特殊的，与每个文化或某个历史时期的具体人物的特别姿势（posture）有关[5]。在其专文《肖像学与圣像学——文艺复兴艺术研究导言》（Iconography and Iconology）中，他区分了"前肖像学"（pre-iconography）、"肖像学"（iconography）和"圣像学"（iconology），收集、分类、鉴定"母题"是"前肖像学"和"肖像学"的研究范围，而"圣像学"与思想、解释有关[6]。这种区分其实也是将"母题"固定在具体内容之上。

　　总的来说，在音乐和艺术中，"母题"（motif）与旋律或作品的组织成分有关，通过重复出现或稍微改动之后重新出现，母题在强调或突出某个具体

---

　　① Levin, "Motif," 236.

　　② 罗金斯强调，每一个可以被观众观察到的最小单元，不论是线条、色彩还是形式都要与母题一致，从而有益于作品的整体表述，使得艺术作品对观者产生情感效果，但母题不是"最小单元"。Sir James A. H. Murray, *A New English Dictionary on Historical Principles*, Vol. Ⅵ., Part Ⅱ, 698. 罗金斯强调，每一个可以被观众观察到的最小单元，不论是线条、色彩还是形式都要与母题一致，从而有益于作品的整体表述，使得艺术作品对观者产生情感效果，但母题不是"最小单元"。

　　③ Ben-Amos, "The Concept of Motif in Folklore", 22.

　　④ Ibid.

　　⑤ Ibid., 30.

　　⑥ 潘诺夫斯基：《视觉艺术的意义》，傅志强译，辽宁人民出版社 1987 年版，第 31—67 页。

人物及主体。这个术语具有将整个作品统一在一起的功能。可以说，在艺术作品中区分"母题"和"主题"并不是很困难，其内涵相对简单，但在文学或民俗学领域，"母题"的定义要复杂得多，而且争执更大。

（三）文学内的抽象与具体之争

"母题"在当代文学领域与伴随着 19 世纪的神话研究和民俗研究而发展起来的"主题学"（Thematology）关系密切，是其中一个重要概念和分析工具。《简明牛津文学术语辞典》中对文学母题的定义是：

> 在诸多不同文学作品、民间故事或神话中的情境（situation）、事件（incident）、意象（image）或人物类型（character-type）；或者一部作品中后来被繁复详尽地描述为一个更普遍"主题"（theme）的任何要素。高烧让角色的虚假身份暴露，是维多利亚小说中的重复母题；在欧洲叙事诗中"何处是"（*Ubi Sunt*）母题及"及时行乐"（*Carpe Diem*）母题很常见。在一个作品中某个意象、事件或其他要素非常重要地重复出现时，常常被指为"引导母题"。①

这个定义认为"母题"不如"主题"更普遍，反映了"主题"与"母题"之间的具体与抽象之争。而这一争论的源头是 18 世纪的德国浪漫主义思潮及欧洲的民族主义运动②。歌德使"母题"这个术语在文学领域被广泛使用并获得认可③，他认为母题是"人类过去不断重复，今后还会继续重复的精神现象。"④ 本—阿莫斯指出，总的来说，在以歌德为代表的德国浪漫主义时期，母题有着双重含义，同时包含了最小和最大、抽象和具体两种极端、对立的特质。母题一方面作为具体要素为推动情节发展出力，另一方面

---

① Chris Baldick, ed., *Concise Oxford Dictionary of Literary Terms* (Oxford University Press, 2001), 162.

② Harry Levin, "Motif", 236.

③ Ibid., 237.

④ 转引自［美］乌尔利希·韦斯坦因《比较文学与文学理论》，刘象愚译，辽宁人民出版社 1987 年版，第 138 页；Horst S. Daemmrich, "Themes and Motifs in Literature：Approaches-Trends- Definition," *The German Quarterly* 58, no. 4 (1985)：567。

作为具有普遍性质的特征为统一整个作品的思想和主题作贡献①。这种双重特性一方面为分析带来便利，但另一方面也造成了术语定义的混乱。

19 世纪的两位文学批评大家舍雷尔（Wilhelm Scherer）和狄尔泰（Wilhelm Dilthey）对后来母题概念在文学、艺术及民俗学中的运用作出了贡献②。舍雷尔将母题细分为"主要母题"（principal motif）与"次要母题"（subordinate motif）。因为舍雷尔关注的是社会关系与文学之间的关系，因而母题的主要任务是将文化中的外来元素与本土元素区分开来，从而还原一个民族在语言及文学史中展示出来的特质③。狄尔泰则更关注题材（subject matter）和个体的心灵成长过程，在文学作品整体观之上发展母题概念④。狄尔泰认为："可能的母题数量是有限的，而且比较文学历史的任务是去描述单个母题的发展。"⑤ 狄尔泰的母题与浪漫主义观点接近，有着双重特性：既是影响艺术活动心理过程的经验，也是与其他诗学概念相关联的文学元素。狄尔泰关心的是如何通过对不同文化、民族和语言的比较来分析母题，从而展示相似情境下的作品如何产生不同的艺术转化效果。

"母题"在 19 世纪末、20 世纪初成为一个很普遍的术语，但同时也是被滥用和乱用得最厉害的术语⑥。约斯特（Francois Jost）在其《比较文学导论》的"主题学"一章中很详细地叙述了英美学者与德国学者在"母题"与"主题"（theme）两个术语上的分歧和争执。简单地说，英美批评家们认为"主题"与"母题"可以互换，倾向于将主题看为抽象的，把母题看成具体的。这是因为他们所说的"主题"（theme）对应的是德文的 Motiv，而"母题"（motif）对应的是德文的 Stoff。在德语中，Motiv（母题或动机）恰恰是与抽象联系在一起，而 Stoff（主题或题材）是与具体描写有关的⑦。德法

---

① 转引自［美］乌尔利希·韦斯坦因《比较文学与文学理论》，刘象愚译，第 138 页；Horst S. Daemmrich, "Themes and Motifs in Literature: Approaches-Trends-Definition", *The German Quarterly* 58, no. 4 (1985): 21。

② Ibid., 23—24; Harry Levin, "Motif", 237.

③ Wilhelm Scherer, *Poetik* (Berlin: Weidmannsche Buchhandlung, 1888), 205ff. 本文转自 Ben-Amos, "Concept of Motif", 22; Karel Svoboda, "Content, Subject and Material of a Work of Literature", *The Journal of Aesthetics and Art Criticism* 9, no. 1 (1950): 40。

④ Harry Levin, "Motif", 237.

⑤ 转引自 Ben-Amos, "Concept of Motif in Folklore", 25; Harry Levin, "Motif", 237.

⑥ Ben-Amos, "Concept of Motif in Folklore", 25.

⑦ ［德］约斯特：《比较文学导论》，第 235—236 页。约斯特在此指出德语系统中的三个要素，除了"主题"和"母题"外还有一个"素材"（*Rohstoff*, raw material）（参阅第 237 页）。

学者则相反，认为"母题"对应的是 Motiv，"主题"对应的才是 Stoff，因此"文学母题就是精心加工过的题材"。题材是通过语言来表达的，而母题则是借助结构来体现的。此外，结合母题的拉丁词源来思考，"拉丁语中的'*movere*'一词意指策励或鞭策，致使某事发生并使之进一步发展，这其中蕴含了母题的本质意义和功能效用，而主题（Stoff）则倾向于事实性的东西，因而是文学上处于静止状态的东西"[①]。约斯特认为，德国学者的观点证实了先前学者如狄尔泰等人的说法，即"可能存在的母题数目不小却是有限的，而它们的可能的表现形式——主题的数目从理论上说却是无限的"[②]。这样，德国学者们就推论出母题的特征是客观，而主题则恰恰相反，是主观的[③]。

在英美批评家与德国批评家为"母题"与"主题"的定义和特性争执的同时，俄国形式主义对"母题"在结构形式方面进行了哲学上的改造。维谢洛夫斯基（Alexander Veselovsky）发展了舍雷尔的"母题"概念，将"母题"放在与"情节"对立的层面上来讨论，并且确认母题相对于情节来说属于不可分割的、简单的叙述[④]。这种界定对后来的学者有很重要的意义，即便他们后来对这个母题概念作出了批评或者修正。另一位俄国学者托马舍夫斯基（Boris Tomashevsky）从"主题"角度出发，认为"作品不能再分解的部分的主题称作母题"[⑤]。在其专文《主题》中，托马舍夫斯基如此解释："在比较研究中，母题指的是不同作品的主题统一（如'抢走未婚妻'、'帮助人的动物'——即帮助主人公解决难题的动物等等。）这些母题往往从一个情节分布的结构中完整地过渡到另一个情节分布的结构。所以，在比较研

---

① ［德］约斯特：《比较文学导论》，第 239 页。

② 同上书，第 241 页。约斯特还说："母题是潜在的主题，是极易在许多主题中获得再生的灵魂。"

③ Ernst Robert Curtius, *Kritische Essays zur europäischen Literatur* (Bern, 1954), 219. 约斯特曾指出，库提乌斯在表述母题和主题关系的时候用的是"Thema"而不是"Stoff"，而且库提乌斯补充说："母题和主题是两回事，评论最好指出这两者的区别。母题是促进虚构故事的各种成分融会一体。仅知道主题的人是不能达到史诗或戏剧水平的。"（参阅约斯特《比较文学导论》，第 386 页注解 16、第 242 页。）

④ ［俄］维谢洛夫斯基：《历史诗学》，刘宁译，百花文艺出版社 2003 年版，第 588、594—595 页。

⑤ Boris Tomashevsky, *Literary Theory* (*in Russian*) (Moscow National Press, 1928), 137. 转引自陈淳、孙景尧、谢天振等编《比较文学》，高等教育出版社 1997 年版，第 123 页。

究中，'不可分解的母题'一词可以解释为历史地不可分解的细节。"① 托马舍夫斯基将母题作为话语类型（discourse）来处理，并进一步细分出"束缚性母题"（bound motif）——在叙述中直接影响事件完整性、不可省略的话语单元——和"自由母题"（free motif）——可以省略而不至于破坏原来叙述的联系性。托马舍夫斯基认为，对于叙述情节的构成来说，只有束缚性母题才是重要的，自由母题无关紧要②。除此之外，托马舍夫斯基还从推动情节的功能方面区分出"动态母题"（dynamic motif）和"静态母题"（static motif）③。托马舍夫斯基的划分基本上与维谢洛夫斯基是一个思路，让母题转换为一种抽象化的结构或形式要素，让之成为一种"概念"而不再仅仅是"内容"。

在此之后，普罗普（V. Propp）批评维谢洛夫斯基的"母题"概念，认为"母题的成分不单一，并非不能分解"④。普罗普仔细观察并研究了俄罗斯神奇故事，提出应该"根据故事的结构"来分析故事，而不是仅仅关注"故事中所有的这种或那种突出因素"。他提议"角色的功能"（functions of character）作为分析故事的最小组织成分，可以取代维谢洛夫斯基的"母题"⑤。在此基础上，罗兰·巴尔特（Roland Barthes）在 1968 年亦提出与母题相关的两个新术语"功能体"（functions）和"指示体"（indices）⑥。巴

① ［俄］托马舍夫斯基：《主题》，载《俄国形式主义文论选》，方珊等译，三联书店 1989 年版，第 114 页。孙文宪分析了俄文词汇"мотив"的翻译问题，指出：同样一个词语被中国学者或译为"动机"（蔡鸿滨译《苏俄形式主义文论选》，中国社会科学出版社 1989 年版）或为"细节"（方珊等译《俄国形式主义文论选》，三联书店 1989 年版）。在俄语中，该词可解释为"动机、动因、理由、主题、主要内容、情节、音乐曲调中反复出现的旋律等"，与英语"motive"相似。在乐黛云等主编的《世界诗学大辞典》（春风文艺出版社 1993 年版）中，这个俄文词被译为"母题"。参阅孙文宪《作为结构形式的母题分析——语言批评方法论之二》，《华中师范大学学报》（人文社会科学版）2001 年第 6 期，第 70 页注②。本处译文参照孙文宪意见，将方珊版中的"细节"改为"母题"。

② ［俄］托马舍夫斯基：《主题》，第 115 页。另参阅孙文宪《作为结构形式的母题分析》，第 70—71 页。

③ "典型的静态母题是对自然、地狱、环境、人物及其性格的描写。动态母题的典型形式是主人公的行为和举止。"托马舍夫斯基：《主题》，第 117 页。

④ ［俄］弗拉基米尔·雅可夫列维奇·普罗普：《故事形态学》，贾放译、施用勤校，中华书局 2006 年版，第 12 页。

⑤ 同上书，第 9、18 页。

⑥ 巴尔特认为叙述作品的最小单位可以分成两种：介入情节、邻接相续的"功能体"及提供人物和环境相关情况的"指示体"。功能体不仅是叙述的最小单位，而且是因果链中的基本环节，功能体的本质是植入叙述中的、将来能开花结果的种子，或者在同一层面或在不同层面的其他地方。参阅 Roland Barthes, "Introduction to the Structural Analysis of Narratives", *Image-Music-Text*: *Essays Selected and Translated by Stephen Heath*, trans. Stephen Heath (Fontana Press, 1977), 79—124, especially 89.

尔特还进一步细分了"功能体"和"指示体"①，以便能深入到叙述作品的结构内分解这些元素，并分析出作品的深层含义。但是，普罗普和巴尔特在分析最小叙述单元（smallest narrative units）时均已放弃了"母题"这个术语。他们的努力其实还是在追究一个结构深处不变的或有普遍意义的元素，不论这个元素的名称是"母题"还是其他。

　　尽管有着理论上的各种争议，"母题"毋庸置疑是一个重要的文学批评工具。学者们编撰了文学母题字典或百科全书，用母题作为一种归纳和诠释某些重复出现的情节或故事要素，从这些词典中也可以发现"母题"含义的变化和差别②。但是，这些字典都从另一个侧面反映了母题和主题之间难以区分的交互影响关系。在叙述学和主题学重新在后现代复苏并获得新的发展之后，对"母题"的兴趣随之复苏，于是有学者呼吁要对"文学母题"重新进行分类和定义③。

　　从上文可以看出，文学领域的"母题"研究与"主题"关系密切，在不少人的概念当中"母题"和"主题"可以互换。批评家们注意到了"母题"与情节、情境等其他要素之间的关系，以及母题会跨越时空和文化重复出现这一特征。但是，他们纠结于"母题"是普遍的还是具体的，是与"形式"有关还是与"内容"有关。这一纠结和争论在后世的研究中持续出现。此外，艺术与文学领域的批评家们纠结于"母题"是否是结构中的"最小单元"，有关这方面争论在民俗学研究中更为明显。

---

　　① 巴尔特的"功能体"分两种："核心单元"（cardinal functions）组成了情节的基本框架，用提问题及解决问题的方式推动情节前进；"催化单元"（Catalysers），在核心单元的框架中把情节链补充、扩展、丰满起来。"指示体"分为两类："标记体"（indices proper），指出人物或环境中与情节有关的某些特征；"信息体"（informants）为纯数据，不一定与情节相联系。参阅 Roland Barthes, "Introduction to the Structural Analysis of Narratives", 91—97. 本处术语翻译参阅赵毅衡《当说者被说的时候：比较叙述学导论》，中国人民大学出版社 1998 年版，第 178—179 页。

　　② 如 H. S. Daemmrich & E. Daemmirich, eds., *Themes and Motifs in Western Literature: A Handbook* (Tubingen: Francke, 1987); Jean-Charles Seigneuret et al., *Dictionary of Themes and Motifs* (Westport, CT: Greenwood Publishing Inc., 1988); Jane Garry and Hasan El-Sahmy, eds., *Archetypes and Motifs in Folklore and Literature: A Handbook* (M. E. Sharpe, Inc., 2005)。

　　③ Theodor Wolpers, "Motif and Theme as Structural Content Units and 'Concrete Universals'", *The Return of Thematic Criticism*, trans. David Konosian (Harvard University Press, 1993), 80—91; Theodor Wolpers, ed., *Gattungsinnovation und Motivstruktur*, vol. 1 & 2 (Gottingen, 1992).

（四）民俗学的"本原"情节

"母题"概念由文学领域进入民俗学领域①，但其在民俗学领域的发展和定义后来回过头来影响了文学批评理论②。"母题"虽是民俗学研究中一个很重要的概念或分析工具，但自其诞生日起，其概念就模糊而且总在变化，至今已有不少学者对此概念的发展历史进行过梳理和回顾③。

民俗学领域的"母题"研究与历史—地理批评学派（historic-geographic method）及其对已知民间故事的"本原形式"（Ur-form）之追索密切相关④。为了能够追寻到故事的"本原形式"并分析这些故事的流布和起源，学者们寻找、描述、定义并分类出最小叙述单元（minimal narrative unit），阿尔奈（Antti Aarne）的"故事类型"（tale-type）、汤普森（Stith Thompson）的"母题"及AT⑤与ATU⑥分类法，均是此类用来追索的分析工具。

---

① Ben-Amos, "Concept of Motif in Folklore", 25; Christine Goldberg, "Motif", *Encyclopedia of Folklore and Literature*, eds. Mary Ellen Brown & Bruce A. Rosendberg (Santa Barbara, CA: ABC0CLIO, Inc., 1998), 426.

② ［美］韦勒克、沃伦：《文学理论》，刘象愚等译，三联书店1984年版，第234页；［美］韦斯坦因：《比较文学与文学理论》，第126页。

③ 此类综述回顾研究请参阅Dan Ben-Amos, "The Concept of Motif in Folklore", 17—36; Horst S. Daemmrich, "Themes and Motifs in Literature: Approaches-Trends-Definition", *The German Quarterly*, vol. 58, No. 4 (1985): 566—575; Ronald Grambo, "The Conceptions of Variant and Motif: A Theoretical Approach", *Fabula* 17 (1976): 243—256; Jawaharlal Handoo, "The Concept of Unit in Folk Narrative", *Journal of Indian Folkloristics* 1 (1978): 43—52; Harry Levin, "Motif", 235—244。

④ 历史地理学派于19世纪末、20世纪初产生于芬兰，其理论基础是达尔文的进化论和斯宾塞的实证论。该学派认为每一个故事都有共时的、同地点的单一起源（不是多元的），都"有一个由朴素简陋向繁复精美演变的过程"。参见钟敬文、程蔷《民俗学概论》，上海文艺出版社1998年版，第480、481页；［美］J. H. 布鲁范德《美国民俗学》，李扬译，汕头大学出版社1993年版，第66页。

⑤ Jane Garry and Hasan El-Sahmy, eds., *Archetypes and Motifs in Folklore and Literature: A Handbook* (M. E. Sharpe, Inc., 2005), xix; Antti Aarne & Stith Thompson, *Types of the Folktale*, 10; Stith Thompson, *The Folktale*, 417. 另参阅刘魁立《世界各国民间故事情节类型索引述评》，第365—369页。

⑥ Hans-Jörg Uther, *The Types of International Folktales: A Classification and Bibliography, Based on the System of Antti Aarne and Stith Thompson*, vol. 1—3, FFC 284/285/286 (Helsinki: Academia Scientiarum Fennica, 2004). 在前言中，乌特总结了七条学者们对AT类型索引的批评意见，并在自己的书中做出修正。这部新的类型索引纠正了阿尔奈—汤普森索引的缺陷，如区分了文体（genre）、包含了五大洲的材料、提供了更多异文等。此外还重新撰写了故事类型摘要，添加了250多个新类型。每一个ATU类型由数字、标题和内容摘要组成，除了描述每一种类型，还提供了文本参考资料及已出版的相关研究文献，并列出了汤普森母题索引中的重要母题的编号。

简而言之，在这一过程中，"母题"是民俗学家的一种"索引"工具，各位学者对母题的定义也不一致。学者们最初创造"母题"这个术语是为了描述一个最小的、独立的、跨越时空和地域不断重复出现的叙述单元。但是这种描述的努力在实践中遇到了各种障碍，以至于"母题"这个概念离原初的设想越来越远。究其原因却与汤普森等人对母题的定义有关。

与文学领域类似，民俗学领域内为了修正汤普森的"母题"概念，试图进一步细分"母题"或者为之更换名称，如邓迪斯的"母题素"（motifeme）概念①。在所有学者的批评中，本—阿莫斯的批评比较一针见血：

> 母题之相对于民俗学并不等同于文字之于语言。母题不是构成民俗的条目，却不过是被建构的实体，是被汤普森及其学生们从某一单独叙述传统的肌体中抽象出来并命名之物。词语或词素在口头或者书面语言中有着象征性含义，但是母题只是在元民俗学（meta-folklore）的语言内被建构的象征，即是学者们谈论民俗的话语（discourse）。母题是为存在于故事中的要素而设的符号，却不是叙述要素本身。②

本—阿莫斯认为汤普森的母题分类是一种后天观察（*posteriori* observation），因为遵循了生物学分类和文献分类两种不同原则的分类编目方法，并无法像汤普森自己所以为的那样，让母题分类有利于建立民俗学的学科基础。本—阿莫斯认为"在汤普森手中，母题由最小叙述单元（minimal unit of narration）转换为最小分类单元（minimal unit of classification）。他将注意力从母题在叙述的形成和传播中的功能、从母题在故事上下文中的关系转移到母题在分类系统中的位置上去了"③。这种见解指出了汤普森自己没有发现的问题，即汤普森和他的学生可能太过于重视"内容"的考虑，因而受到普罗普和邓迪斯等以"结构"为分析基础的学者的批评。他们自己已经忘记了，"母题"在被他们如此编目和分类的时候，已经与"内容"的关系不大，而且已经成为一种被抽象出来的"形式"了（不排除这一过程的主观随意性）。本—阿莫斯明确地指出：

---

① Alan Dundes, "From Etic to Emic Units in the Structural Study of Folktales", *Journal of American Folklore*, vol. 75, no. 295 (1962)：96—97.

② Ben-Amos, "Concept of Motif in Folklore", 26.

③ Ibid., 26, 27.

　　重复是母题与思想之间关系的本质特征。但这种重复不再是发生在叙事故事流布中的重复，也不是因为母题能历经时间磨难而存活下来这一特别能力而出现的重复。相反，将最小叙述单元当作母题来概念化，是由于人们把相同故事片段，甚至比喻，放入相同的普遍传统之不同语境中，或放入某个单独作品中，去蓄意地、有目的地重复而产生的。正是母题在不同文学语境中的出现构成了其意义和功能。母题使得不同叙述语境相互关联起来，让它们彼此反照并将它们统一为一个概念的（如果不是叙述的）整体。①

　　汤普森提出了母题概念并运用母题为分析工具，却把母题过于具体和固化，反而无法让母题发挥其应有的作用。

　　反思历史上如此多的学者针对"最小叙述单元"而推出"母题"、"情节"、"类型"等概念，而且不止一次企图重新界定"母题"或者细分"母题"，我们不能不感觉到"母题"这个术语所具有的生命力。它重复出现，因而引起了分析者的注意，而讲述者很可能是无意识，也可能是有意识地在故事中抓住了它并将它延续下去。作为一个概念，它需要在分析开始前明确定义，但它不是可以抛弃的概念。正如刘魁立所说："母题是民间故事、神话、叙事诗等等叙述题材民间文学作品内容叙述的最小单位。对民间文学作品进行深层的研究，不能不对故事的母题进行分析。"②

二　"母题"新观

（一）"内容"或"形式"？

　　回顾艺术、文学及民俗学领域对于"母题"这个术语或者批评工具的研究和论述，我们不难发现，学者们关注到了"母题"的一些特征，但对"母题"是关乎"内容"还是"形式"、是"抽象"还是"具体"争论不休。在中国，"母题"这个概念的引进及运用均受西方和俄罗斯批评家的影响，中国学界对此的论述可以清晰看到阿尔奈、汤普森、普罗普、约斯特、韦斯坦

---

① Ben-Amos, "Concept of Motif in Folklore", 29. （引文中重点为笔者所加。）
② 刘魁立：《世界各国民间故事情节类型类型述评》，第 376 页。

因或者巴尔特等人的影响，也因此与西方一样对"母题"的理解模糊且不一致。但也不可否认，中国学者自 1922 年胡适先生引进这个术语后一直在文学和民间文学领域使用和研究这个术语，并努力结合中国处境来理解①。AT 分类法及类型分析让学者们有了整理中国民间故事的工具，通过与世界民间故事比较，找到了自己的位置。

比如，中国学者陈建宪在《神话解读：母题分析方法》认为神话母题有着四大特征：1. 易识别性与易分解性；2. 独立性与组合性；3. 传承性与变异性；4. 民族性与世界性②。但是，这类概括将"母题"放大到了一个无限的层面，使之无所不包、无所不能，却在实质上架空了"母题"的特性，让"母题"变得可以是"主题"或"中心思想"或任何其他东西。

孙文宪从结构形式单元角度来分析母题，并运用托马舍夫斯基的"自由静态母题"来分析中国现代小说出现的文学叙事方法转型。孙文宪认为，语言分析能够帮助分析源于语言结构和言说方式的意义，而从母题角度入手可以阐明母题这一语言结构如何独立地制约言说，如何"让文本产生并非源于主题意愿的蕴涵"。在详细地分析了巴金的小说《家》之后，孙文宪指出："如果说，巴金用自由性静态母题来讲述觉新的故事，原意本在便于抒发自己对人生的感受，并没有刻意追求语言技巧和问题形式的话，那么存在于觉新故事中的这种叙述话语和叙述对象的协调一致，大约只能从母题即语言结构本身内含的文化蕴意来寻找合理的解释了。由此看来自由静态母题，可以说其作为一种叙事话语，确实有它的纯粹的语言形式特征，但是这种语言形式却不是一个空洞的躯壳；母题作为叙述话语本身还蕴涵着相对独立的文化

---

① 胡适先生最早在 1922 年 12 月 4 日在《努力》周刊第 31 期上发表《歌谣的比较的研究法的一个例》，其中介绍文学术语"母题"（motif）。参阅《胡适古典文学研究论集》，第 479 页。其他有关"母题"研究的著述有：陈建宪：《神话解读：母题分析方法探索》，湖北教育出版社 1997 年版；陈建宪：《神祇与英雄：中国古代神话的母题》，三联书店 1994 年版；吴光正：《中国古代小说的原型与母题》，社会科学文献出版社 2002 年版；王立：《宗教民俗文学与小说母题》，吉林人民出版社 2001 年版；刘绪源：《儿童文学的三大母题》，华东师范大学出版社 2009 年版；王立：《武侠文学母题与意象研究》，辽宁师范大学出版社 2005 年版。单篇论文中比较有见地的有：李琳：《近二十年来古典文学主题学研究综述》，《学术交流》2004 年第 9 期，第 143—147 页；朱迪光：《文学研究的母题概念的界定》，《人大报刊复印资料》（文艺理论）2006 年第 3 期，第 134—136 页；孙文宪：《作为结构形式的母题分析——语言批评方法论之二》，《华中师范大学学报》（人文社会科学版）2001 年第 6 期，第 68—76 页。

② 陈建宪：《神话解读：母题分析方法》，第 23—26 页。

意义，它不仅能够描述、而且还能强化某种生活材料。"① 在此，母题作为语言结构和叙述话语显示出其独特的意义生成功能。

刘魁立认为母题具有能够组织和构成情节的特性，含有进一步展开叙述的能力，具备相互连接的机制。此外，母题有一个重要属性——语义变化性和变异性。正是这种属性使母题可以在传统情节不变模式的范围内，不停顿地、活跃地而且多产地反复创造新的民间文学作品。与此同时，"情节的形成和发展，依赖母题和母题间的联系以及他们的连续顺序。母题不仅是内容和结构的基础，同时也是艺术语言的重要组成部分"。他发现多数母题具有稳定的、深层的内涵，而且似乎在它自身包容着许多"潜台词"。"母题这一高度的符号性特点，使作品情节不会仅仅重复具体的、唯一的死板面孔，而是使它更有语义联系的深刻性和复杂性。"② 综合看来，孙文宪和刘魁立已经发展了"母题"定义，认为母题不是仅仅与内容或形式有关，而是与两者皆有关。

（二）描述"现象"或描述"存在方式"?

刘魁立的这种认识影响了另外两位中国学者吕微和户晓辉。吕微曾在其专著《神话何为》中抛出两个术语"功能性母题"及"类型化原型"，但是并未对术语进行深入解释③。2007 年吕微开始反思"母题"概念，并和户晓辉等四位学者在《民间文化论坛》开专栏讨论这个术语④。吕微认为"母题"的"重复律"表明了"母题"是一个纯粹形式的概念，而且"母题"是"他者使用的东西"，"由于母题索引纯粹的描述性方法，因此可以成为我们进入他者的叙述世界、精神世界的方法入口"。⑤ 在此基础上，吕微提出普罗普的"功能"与汤普森的"母题"有着异曲同工之效，并认为汤普森的"母题"深究下去其实与内容无关，而普罗普的"功能"却更贴近内容；汤普森的索引是"主位的主观性即主体间的客观性的研究方法"，而普罗普是"客位的主观性"方法。吕微重视"母题"的象征意义及在故事内部各个母题之间的相互限制、制约关系，呼吁民俗学界回到"母题索引"等"民俗学经典"中

---

① 孙文宪：《作为结构形式的母题分析——语言批评方法论之二》，第 76 页。
② 刘魁立：《历史比较研究法》，第 111 页。
③ 吕微：《神话何为：神圣叙事的传承与阐释》，社会科学文献出版社 2001 年版。
④ 吕微：《母题和功能：学科经典概念与新的理论可能性》，《民间文化论坛》2007 年第 1 期，第 1—8 页。
⑤ 同上书，第 3 页。

去，重新挖掘经典找到接近"他者"的工具①。吕微的反思将"母题"拔到了一个哲学高度，但是他在论述中一度将"母题"与"大词"和"材料"等同②，这又相当于否定了自己的"哲学"思考。

户晓辉很认真地回应了吕微的反思③，并把自己的反思在其最新专著中深入挖掘④。户晓辉基本上赞同吕微的反思，特别是"母题是纯粹形式概念"这个命题。他同样在讨论中把汤普森"母题"与普罗普的"功能"两个概念结合起来讨论，不过他首先指出，学者们最初创造"母题"这个术语是为了描述一个最小的、独立的、跨越时空和地域不断重复出现的叙述单元。但是这种描述的努力在实践中遇到了各种障碍，以至于"母题"这个概念离原初的设想越来越远。在户晓辉看来，造成这种纷纭混乱局面的原因是学者们没有区分"描述民间叙事现成对象的母题和功能术语与描述民间叙事存在方式的母题与功能概念"。他说，"所谓现成对象是静态的、非时间的和已经完成的'物'，存在方式则是动态的、有时间（机）的和未完成的'过程'"⑤。

为了进一步说明自己的观点，户晓辉指出当代对母题的定义其实都可以追溯到汤普森的"母题"定义，而汤普森因为将"母题"当做了"现成对象"来描述，所以他的六卷本索引及前后给出的母题定义都无法穷尽母题或者清楚地说明母题。在汤普森之后的学者们也未能走出这个困境。比如，普罗普注意到了汤普森的缺陷，试图用"功能"来替代"母题"，但是普罗普的描述也是着眼于"现成对象"，并未超越到描述"存在方式"上，所以其对"功能"的描述也一样无法被穷尽或者清楚展现。户晓辉认识到，尽管汤普森和普罗普都借助了"现象在直观里的重复显现"来确认"母题"和"功能"，但他们并未意识到，在这种过程中，"母题"或"功能"已经是"脱离了事实性之物（变项）的一个常项，是民间故事的一个纯形式的'本质'"。此外，其实应该将汤普森的《母题索引》看成一个分类体系，在其中的母题其实是"叙事存在方式的母题概念"，即描述了"动态的、有时间（有机）的和未完成的概念"，而

---

① 吕微：《母题和功能：学科经典概念与新的理论可能性》，《民间文化论坛》2007年第1期，第8页。

② 同上书，第3页。

③ 户晓辉：《内容与形式：再读汤普森和普罗普——"一个馒头引发的血案"：对吕微自我批评的阅读笔记》，《民间文化论坛》2007年第1期，第10—22页。

④ 户晓辉：《返回爱与自由生活的世界——纯粹民间文学关键词的哲学阐释》，江苏人民出版社2010年版。

⑤ 同上书，第147—154页，特别是第153页。

不是民间叙事中"静态的、非时间的和已完成的"素材和质料①。这一观察为汤普森的《母题索引》找到了新的存在和运用空间，也就避免了其他学者对汤普森《母题索引》无法穷尽所有母题的指责和批评。

在揭示了这一"本质"之后，户晓辉重点介绍了维谢洛夫斯基和托马舍夫斯基对"母题"概念的建构以及两位当代德国学者德鲁克斯（Rudolf Drux）和卢布科尔（Christine Lubkoll）对"母题"定义的发展，强调这些学者共有的突出特点是将"母题"描述为一个动态而非静态的概念。这样，"母题"就是一个不断在生成或形成的概念，具有独立性，且不受某个固定名称和事件的束缚，具有各种展开的可能性；但与此同时，一旦母题进入具体的叙事文本，就会与叙事情节发生关联，成为实际的情节部件，从而成为情节结构的关键部分。这就是户晓辉所强调和突出的描述民间叙事存在方式的"母题"概念。在此基础上，户晓辉结合考察了普罗普的"功能"概念，认为虽然普罗普寻找的是"本原结构或功能"，但是，普罗普却无法完全抛弃母题，因为母题在情节中的位置与行为者的类型以及行为对象联系紧密，为了确定这个位置，普罗普不得不引入故事人物和神奇之物，"也就是说，普罗普不得不从后门把母题放了进来"②。

户晓辉还注意到"母题"与"功能"这两个概念在"存在"意义上的相似："功能着眼的不是神奇故事的实体，而是其转化和生成的存在，这种存在是不可封闭的、未完成的和可能的。……从根本上说，母题和功能的概念描述的都是未完成和未封闭的存在现象，是民间叙述的整体存在方式。"他还很诗意地描绘了这种新的眼光所带来的变化：

> 以描述现成对象的术语的眼光看民间叙事时，我们见到的是单个作品中已经完成的、现成的实体成分（母题）以及这些成分在不同文化、不同作品中迁徙、流动的"生活史"……以描述存在方式的概念的眼光看民间叙事时，我们见到的却是另一番景象：母题展示的是民间叙事的存在方式，是人类叙事的一个可能世界。这里的每个母题都被"无化"了，即它已成而未成，方死又方生。它在单个叙事作品中的每次出现都

---

①　户晓辉：《返回爱与自由生活的世界——纯粹民间文学关键词的哲学阐释》，江苏人民出版社 2010 年版，第 161—69 页。

②　同上书，第 188 页。

不能限制它的存在，都不是其存在的全部，因而我们也就不能依据它在单个叙事中的出现判定它是否是母题。不过，即便描述了某个母题在不同文化、不同作品中的使用和出现情况，我们仍然不能全部穷尽它的存在。我们能够描述的只是以母题形式表现出来的民间叙述的存在方式。①

在整本书中，户晓辉强调的是这种"观看"方法的改变（第 189 页）。过去人们着力于将"母题"等民间文学概念当做可以被认识的素材和质料，用之去了解和知悉有关（人）民的知识，却缺少了对（人）民作为人的自由和尊严的维护和尊重。户晓辉极力要让我们从认识论意义上的逻辑推理转换到存在论意义上的描述。他通过对康德和胡塞尔的解读来说明人类尊重及维护"人及物自身之自在自然状态"的重要性和必要性。在此意义下，"母题"或者"功能"所描述的就不仅仅是呈现在我们眼前的现象或素材，在其背后还有更多未能被语言展现的生活世界。其实，户晓辉在努力使"母题"回归到其本身所具有的意义功能上，即关注"母题"所具有的那种意义生成和演变的功能。换言之，即便素材、人物、时代、背景、情节等等都改变了，但是那个成就故事或文本意义的"母题"不会变。母题所指向的意义不是素材和语言字面所呈现的意义，它是隐蔽的意义，需要借助具体的"母题"来呈现，但又不会停留或固定在某个具体的"母题"形态内。这样，"母题"的意义功能使得"母题"生机勃勃，能够不受任何具体文化的局限，以不同的形态、在不同的地域和时代反复出现，并在不断被书写、叙述过程中生成并传达出其隐秘的意义，让人们透过"母题"了解到另一个生活世界的面貌并根据自己的生活世界生成出新的意义。母题所具有的这种"意义功能"让"母题"是动态的而不是静态的，是民间叙事的"存在方式"而不仅仅是民间故事的内容。只有立足于这一层面，才能让"母题"不再与其他概念或术语混淆。

应该承认，户晓辉所做的努力在孙文宪和刘魁立的基础上走出了另外一种路径，赋予了"母题"和"功能"——这两个快要被民俗学研究遗忘或者舍弃的术语——新的活力，而且从"叙述存在方式"这一功能来讨论母题确实能带给我们一个不一样的诠释视角。

［作者单位：中国人民大学文学院］

---

① 户晓辉：《返回爱与自由生活的世界》，第 190 页。